KB168522

셰익스피어 5대 희극

셰익스피어 5대 희극

FIVE GREAT COMEDIES OF SHAKESPEARE

다상출판

셰익스피어의 작품은 무대에서 보는 것보다
읽음으로써 더 많은 것을 배울 수 있다.   -괴테

영국 공영방송 BBC의 '지난 천 년간 최고의 문학가는 누구인
가?'라는 설문조사에서 셰익스피어가 1위로 꼽혔다. 수많은
작가들을 제치고 그가 최고로 꼽힌 이유가 무엇일까? 이는 그
가 사망한 지 400여 년이 지난 지금도 지구촌 전역에서 가장
널리 읽힐 뿐 아니라 공연, 영화, TV 드라마, 심지어 만화 영
화로도 끊임없이 재창조되고 있기 때문이다.

오늘날 셰익스피어는 세계에서 가장 막강한 영향력을 발휘하
는 문화상품이다. 미국 영화사들은 거의 매년 셰익스피어 작
품을 영화로 만들거나 각색본을 만드는데, 대부분의 영화는
크게 흥행하거나 스테디셀러로 성공을 거두었다. 디즈니 영화
'라이언 킹'은 『햄릿』을, '웨스트사이드 스토리'는 『로미오와
줄리엣』을 각색한 영화라는 사실을 모르는 관객들도 여전히
셰익스피어의 작품을 차용한 영화들에 빠져든다. 게다가 셰익
스피어 페스티벌은 그를 탄생시킨 영국이 아닌 미국과 캐나
다, 호주에서 매년 여름 정기적으로 열릴 정도로 그의 인기는
식을 줄 모른다.

셰익스피어는 영국이 낳은 세계 최고의 극작가로서, 희 · 비극
을 포함한 37편의 희곡과 2편의 장시, 154편의 소네트를 남

겼다. 그는 대부분의 희곡에 약강 5보격 운문을 마법적으로 활용하여 극적 긴장감을 최고조로 끌어올렸다. 그래서 어떤 이는 그를 일러 '인간의 아들이라기보다 완전무결한 자연의 아들'이라고 주장하기도 했다.

괴테의 "셰익스피어의 작품은 무대에서 보는 것보다 읽음으로써 더 많은 것을 배울 수 있다"라는 글에는 누구나 공감할 것이다. 그가 직조해 내는 대사는 아름다운 상징적 표현과 재치 넘치는 유머, 시적 향기가 물씬 풍길 뿐 아니라 인간 삶의 구석구석에 대해 깊이 성찰하는 울림을 지니고 있기에 활자를 통해 음미할 때 더 깊이 빠져들게 된다.

그리고 좋은 문장을 수첩에 옮겨 적는 것이 취미라면, 장담컨대 이 한 권을 통째 옮겨 적고 싶어질 것이다. 그런 후 수첩을 보고 또 보며 마음의 파수꾼으로 삼게 될 것이다. 아무리 어려운 난제와 맞닥뜨려도 셰익스피어의 글을 읽고 있노라면 해결의 실마리를 찾을 수 있기 때문이다.

마지막으로 조지 버나드 쇼가 셰익스피어를 칭송한 말에 귀를 기울여 보자.

"셰익스피어를 즐길 수 없는 사람은 불행하다.
 그는 수천 명의 유능한 사상가들을 제치고 살아남았으며,
 앞으로도 수천 명을 더 제칠 것이기에."

차례

한여름 밤의 꿈 A Midsummer Night's Dream

아무리 천박하고 사악하고 무가치한 것이라 해도
사랑은 아름답고 가치 있는 것으로 바꿔놓게 마련이야.
사랑은 눈이 아닌 마음으로 보는 법이니까.
-'한여름 밤의 꿈' 중에서

등장인물

테로스 아테네의 공작

히폴리타 아마존의 여왕으로, 테세우스의 약혼녀

라이샌더, 드미트리우스 허미아를 사랑하는 젊은 궁정인

허미아 라이샌더를 사랑하는 처녀

헬레나 드미트리우스를 사랑하는 처녀

이지우스 허미아의 아버지

필로스트레이트 테세우스의 연예 담당자

오베론 요정의 왕

티타니아 요정의 여왕

요정 티타니아의 시종

퍽 또는 로빈 굿펠로 오베론의 시종으로 장난꾸러기 요정

완두꽃, 거미줄, 나방, 겨자씨 티타니아를 시중드는 요정들

피터 퀸스 목수(막간극에서 서두역)

닉 보텀 직조공(막간극에서 피라무스 역)

프랜시스 플루트 풀무장이(막간극에서 티스베 역)

톰 스나우트 땜장이(막간극에서 담벼락 역)

스넉 가구장이(막간극에서 사자 역)

로빈 스타블링 재단사(막간극에서 달빛 역)

그 밖에 오베론과 티타니아를 시중드는 요정들,
테세우스와 히폴리타 소속의 귀족 및 시종들

장소 : 아테네와 그 근처의 숲

1막 1장
(아테네. 테세우스의 궁정)

테세우스, 히폴리타, 필로스트레이트

및 시종들 함께 등장

테세우스　아름다운 히폴리타! 우리의 결혼식이

　　얼마 남지 않았소. 행복한 나흘 뒤면 새달이 뜬다오.

　　한데 저 낡은 달은 어찌 저리도 느리게 기우는지!

　　젊은이의 유산을 한없이 축내는

　　계모나 과부처럼 내 욕망을 질질 끌어

　　풀 죽게 만드는구려.

히폴리타　나흘 낮은 한순간에 밤 속으로 녹아들 것이고,

　　나흘 밤은 꿈결처럼 빠르게 흘러갈 것입니다.

　　그러면 하늘에 새로이 솟은 은빛 활 같은

　　초승달이 우리의 엄숙한 혼례식을 지켜볼 테죠.

테세우스　필로스트레이트는 나가서

아테네 젊은이들을 유흥으로 몰고 가라.
경쾌하고 빠른 웃음소리를 일깨우고
울적한 기분일랑 장례식장으로 보내버리라고 해.
그 창백한 심보는 축하연에 어울리지 않으니.

(필로스트레이트 퇴장)

히폴리타, 나는 이 검으로 그대에게 구애했고,
그대에게 상처도 입히면서 사랑을 얻었소.
하지만 결혼식은 새로운 기분으로
축하연과 경축 행렬, 술잔치로 흥청거리게 할 거요.

이지우스와 그의 딸 허미아, 라이샌더, 드미트리우스 등장

이지우스   고결한 테세우스 공작님, 행복을 빕니다.
테세우스   고맙소, 이지우스 공! 한데 무슨 일이오.
이지우스   제 딸자식 허미아 때문에 울화통이 치밀어
    왔소이다. 드미트리우스, 앞으로 나오게.
    고결하신 공작님, 제가 딸아이에게 결혼 승낙을 한 건
    이 사람입니다. 라이샌더, 자네도 앞으로 나오게.
    하지만 공작 전하, 이자가 제 딸년의 마음을 호렸습니다.
    너, 바로 너 말이야. 라이샌드, 넌 우리 애한테 시를
    건네주고, 사랑의 정표도 서로 주고받았다지. 또 달밤에
    애 창문 아래에서 엉큼한 목소리로 엉터리 사랑의
    찬가를 노래하고 (설익은 어린애를 강력하게 압도하는)

너의 머리털로 만든 팔찌와 반지, 패물,
노리개, 장신구, 장난감, 꽃다발, 사탕 과자 따위로
애의 환상을 훔쳐 네 걸로 만들었어. 내 딸애 마음을
교묘하게 휘둘러 아비 향한 복종심을 꺼내고, 고집불통
사고뭉치를 심어놓았어. 그러니 공작님, 만약 제 딸이
전하 앞에서 드미트리우스와 결혼하는 데 동의하지
않는다면 아테네의 옛 법대로 조처하게 해주십시오.
딸아이는 제 것이오니 제 처분에 맡겨주십시오.
즉, 이 청년을 택하든가, 아니면 죽음을
택해야 하는데, 그럴 경우 우리 법은 바로 집행할
것을 규정하고 있습니다.

테세우스 허미아야, 어쩔 거냐? 내 말을 잘 들어봐.
아버지는 네게 신과 같은 존재다. 너의 그 아리따운
신체를 주신 분이지. 암, 말하자면 그에게 넌
밀랍에 새긴 형상 같은 존재이니 그가
희망대로 두든 부숴버리든 할 수 있단다.
게다가 드미트리우스는 훌륭한 신사다.

허미아 라이샌더도 훌륭해요.

테세우스 물론 그야 그렇다만, 그는 네 부친의 승낙을
못 받았으니 다른 쪽이 더 낫다고 봐야지.

허미아 아버지도 저와 같은 눈으로 봐주면 좋겠어요.

테세우스 너야말로 아버지의 분별력으로 봐야지.

허미아 공작 전하, 용서를 청합니다.

어떤 힘 때문에 제가 이렇게 대담해졌는지 모르지만,

아니, 공작님께 감히 이런 말씀 드리는 것이

제 겸양에 적절한 것인지 모르겠습니다만, 공작님,

제가 만약 드미트리우스와의 결혼을 거절할

경우 최악의 사태가 무엇인지 알고 싶습니다.

테세우스 　법에 따라 죽임을 당하든가,

아니면 남자와의 교제를 영원히 포기해야 한다.

그러니 허미아, 네 욕망을 살펴보고 네 젊음을

이해하고, 그것이 혈기 때문이 아닌지 따져봐라.

네가 부친의 뜻을 거역할 경우 수녀 제복을

견딜 수 있겠는지, 어두운 수도원에 갇힌 채

차디찬 달님 향해 찬송가를 부르며 영원히 독신녀로

일생을 살아가야 할 텐데, 그걸 감당하겠는지,

그렇게 혈기를 잘 다스려 처녀로 일생을 마친다면

삼중의 축복이지. 그러나 손 타지 않는 가지에서

독신의 축복 속에 홀로 시드는 것보다, 향수로

정제된 장미가 지상의 축복을 더 누리는 법이다.

허미아 　각하, 제 영혼이 속박되길 거부하는 남편에게

처녀성을 넘겨주고 종속되기보다는 차라리

홀로 자라고 홀로 살다 그렇게 홀로 죽겠습니다.

테세우스 　시간을 갖고 생각해 봐. 다음 새달이 뜰 때,

──내가 사랑하는 연인과 백년가약을 맺는 날──

그날 네가 부친의 뜻을 거역한 죄로

죽음을 맞을 것인지, 드미트리우스가 원하는 결혼을
할 것인지, 그것도 아니면 처녀 여신 디아나의 제단에
영원한 금욕과 독신을 맹세할 것인지 결정해라.

드미트리우스 허미아, 마음을 돌려. 그리고
라이샌더, 부당한 요구는 접고 내 권리를 인정해 줘.

라이샌더 드미트리우스, 넌 그녀 부친의 총애를
받으니 허미아의 사랑은 내게 주고 그 부친과 결혼해.

이지우스 아니꼽냐 라이샌더, 맞다, 내 그를 사랑하니까.
그러니 내 사랑은 내 것을 그에게 줄 거다.
애는 내 거니까 나는 내 딸에 대한 모든 권리를
드미트리우스한테 양도하겠다.

라이샌더 각하, 저 역시 그만큼 가문 좋고 가진 것도
비등하며 허미아에 대한 사랑은 이자보다
더 애틋합니다. 재산은 그보다 많진 않지만
동급으로 양호합니다. 그 무엇보다 아름다운 허미아의
사랑을 받는 사람은 접니다. 그런데도 저의 권리를
행사할 수 없다고요? 그의 면전에서 밝힙니다만,
드미트리우스는 네다르의 딸 헬레나에게
사랑을 구애했고, 그 영혼을 얻었습니다.
상냥한 헬레나는 이 믿을 수 없는 변덕쟁이에게
홀딱 반해 우상처럼 섬기고 있습니다.

테세우스 내 고백건대 그 일은 이미 들었기에
그 문제와 관련해 드미트리우스와 얘기해 볼까 했다.

하지만 내 개인사로 너무 바빠 그 일을 잊었어. 그리고
드미트리우스와 이지우스는 나와 함께 갑시다,
두 사람에게 개인적으로 충고할 게 있으니까.
허미아야, 너는 마음을 굳게 먹고 네 애정을 아버지의
의사에 맞추어라. 안 그러면 아테네의 법률에 따라
(이건 짐도 어쩔 수 없구나.) 네 몸은
죽음을 택하든지 독신 맹세를 해야 한다.
자, 히폴리타, 갑시다. 한데 어째서 이리 침울하오?
드미트리우스와 이지우스 공, 갑시다.
짐의 결혼식에 대비하여 그대들이 해야
할 일이 있고, 두 사람과 밀접하게 관련이 있는
사안을 의논해야 하니.

이지우스 각하의 의견 충심으로 따르겠나이다.

(라이샌더와 허미아만 남겨두고 모두 퇴장)

라이샌더 어찌 된 일이야? 얼굴빛이 왜 이리 창백해?
장밋빛이 이리도 빨리 사라지다니?

허미아 비를 못 맞아 그럴 거야. 그건 내 눈 속의
폭풍우로 쉽사리 채울 수 있어.

라이샌더 아아! 내 지금껏 책에서 읽었거나 이야기로
들었던 그 어디에서도 참사랑의 길은 결코 순탄하지
않았어. 그 원인이 두 사람의 혈통 문제든 뭐든──

허미아 오, 시련이여! 낮은 신분에 얽매이기엔
신분이 너무 높으니.

라이샌더   아니면 나이 차가 너무 많거나—

허미아   오, 기구하기도 해라, 애송이와 결합하기엔
   나이가 너무 많거나—

라이샌더   아니면 친구들의 선택에 달렸거나.

허미아   아, 끔찍하다. 타인의 눈으로 사랑을 택하다니!

라이샌더   아니면 설사 두 사람의 마음이 일치한다 해도
   전쟁이나 죽음 또는 질병이 사랑을 공격하여
   그것을 한순간의 소리처럼 덧없게 만들어버리거나
   그림자처럼 재빠르고 꿈처럼 짧게, 아니면
   쾅 하고 터지며 천지를 섬광으로 밝힌 뒤
   사람들이 '저것 봐!' 하고 말할 틈도 주지 않고
   어둠의 아가리가 꿀꺽 삼켜버리는 칠흑 같은 밤의
   번개처럼 찰나에 그치게 만들지.
   빛나는 것은 이처럼 너무 빨리 사라져.

허미아   진실한 사랑을 나누는 연인들이 언제나 좌절을
   겪는다면, 그건 운명의 포고령이라고 봐야 해.
   그러니 우린 이러한 시련을 인내로 극복하자.
   왜냐하면 그건 상념과 꿈, 한숨, 소망
   그리고 눈물이 가련한 연정을 따르듯이
   사랑에 으레 따르는 좌절인 셈이니까.

라이샌더   맞는 말이야. 허미아, 그렇다면 잘 들어봐.
   내게는 자식이 없는 이모가 한 분 계시는데, 돈이 많은
   미망인이셔. 이모는 아테네에서 이십 마일가량

떨어진 곳에 사는데, 나를 외아들처럼 아껴주시지.

허미아, 우리 거기 가서 결혼식을 올리자.

아무리 가혹한 아테네의 법률도 거기까지는

따라오지 못할 테니. 네가 날 진정으로 사랑한다면

내일 밤 아버지 집에서 몰래 빠져나와.

그럼 난 시내에서 삼 마일 떨어진 숲에서

(언젠가 오월제 아침 축제를 보러 가서

헬레나를 만났던 그 숲 말이야) 널 기다릴게.

허미아　듬직한 라이샌더, 맹세할게.

큐피드의 가장 강한 활과 그가 지닌 황금 화살촉과

비너스의 비둘기*의 순수함에 걸고, 영혼과 영혼을

결합해 주어 사랑을 자라게 하는 것들과

가식적인 트로이 남자**가 탄 배가 떠나는 걸 보고

카르타고 여왕이 타 죽었던 불길과

(여자들의 입으로 다 말할 수 없을 정도로 많은)

남자들이 지금껏 저버린 사랑의 맹세에 걸고,

나에게 지정해 준 바로 그 장소에서

---

* 비너스의 비둘기 : 비너스의 여신이 타는 마차를 끄는 비둘기를
말함.

** 가식적인 트로이 남자 : 베르길리우스의 서사시 『아이네이아스』
의 주인공인 아이네이아스를 가리키는데, 그가 로마 건국을 위하
여 카르타고를 떠났을 때 그를 사랑했던 디도 여왕은 자신을 불
태워 죽었다고 한다.

난 내일 틀림없이 널 만날 거야.

라이샌더　약속을 지켜야 해, 내 사랑.

　　저길 봐. 헬레나가 오고 있어.

헬레나 등장

허미아　어여쁜 헬레나, 안녕! 어딜 가니?

헬레나　날 예쁘다고 했니? 그 말 취소해.

　　드미트리우스가 사랑하는 사람은 너잖니!

　　오, 예쁜이는 복도 많지! 네 두 눈은 북극성이고,

　　달콤한 네 노래는 밀 잎 푸르게 자라고 산사나무의

　　꽃봉오리가 맺힐 때 목동의 귀에 들리는

　　종달새 소리보다 더 고와.

　　전염병은 옮잖아. 오, 예쁜 외모도 옮는다면,

　　어여쁜 허미아, 네가 발길 돌리기 전에 네 것을

　　옮을래. 내 귀는 너의 목소리를,

　　내 눈은 너의 눈을 옮고, 내 혀는

　　네 혀가 내는 달콤한 선율을 옮고 싶어.

　　온 세상이 내 거라면 드미트리우스를 제외한

　　모든 걸 너에게 주고, 나를 너로 바꾸겠어.

　　오! 허미아, 가르쳐줘. 어떤 눈길과 기술로

　　드미트리우스의 뛰는 심장을 사로잡았는지.

허미아　내가 눈살을 찌푸려도 그는 날 사랑해.

헬레나 오, 내 미소가 너의 찡그리는 기교를 배운다면!

허미아 저주를 퍼부어도 그는 나를 사랑해.

헬레나 오, 내 기도로 그의 사랑 얻을 수 있다면!

허미아 미워하면 할수록 더 끈질기게 날 쫓아다녀.

헬레나 사랑하면 할수록 그는 나를 증오해.

허미아 헬레나, 그가 어리석게 구는 건 내 책임이 아냐.

헬레나 그건 네 미모 때문이야. 그 잘못이 내 것이었으면!

허미아 안심해. 다시는 그가 내 얼굴을 볼 일 없어.

　　　난 라이샌더와 함께 여길 떠날 테니까.

　　　라이샌더를 만나기 전엔

　　　아테네가 내겐 낙원이었는데.

　　　오, 그렇다면 내 사랑에 무슨 마력이 있기에

　　　그가 천국을 지옥으로 바꿔놓았단 말인가!

라이샌더 헬렌, 너에게만 우리의 마음 털어놓을게.

　　　내일 밤 우린 달의 여신 포이베가 칼날 같은

　　　풀잎에 진주 이슬 달아주며 자신의

　　　은빛 얼굴을 거울 같은 수면에 비춰볼 때

　　　(연인들의 도피를 언제나 숨겨주는 바로 그때)

　　　아테네 성문을 빠져나갈 계획이야.

허미아 너와 내가 여러 번 파리한 앵초꽃 침상에

　　　누워 달콤한 속내를 비밀스럽게 털어놓았던

　　　그 숲에서 라이샌더와 만날 거야. 그리곤

　　　아테네 밖으로 눈을 돌려 새롭고 낯선 친구들을

찾아 나설 거야. 잘 있어, 소꿉친구야,
우릴 위해 기도해 주겠니? 행운이 너에게
드미트리우스를 안겨주길 바랄게. 라이샌더,
약속 잊지 마. 내일 밤까지는 볼 수 없으니
사랑의 양식이 없어 금식해야겠는걸.

라이샌더　물론이지, 허미아.　　　　　　　　(허미아 퇴장)

헬레나, 잘 있어. 네가 드미트리우스를 사랑하듯
그도 너에게 혹했으면 좋겠어.　　　　　(라이샌더 퇴장)

헬레나　남들은 어찌 저리도 행복할까!
아테네 안에서는 나도 쟤 못지않게 예쁘다고 하는데.
그럼 뭣해! 드미트리우스의 마음이 딴 데 가 있는걸.
세상 사람들이 다 아는 사실에 그는 눈을 닫고 있어.
그가 허미아의 눈에 마음을 빼앗겨 어긋난 것처럼
그의 자질에 감탄하고 있는 건 나 역시 마찬가지야.
아무리 천박하고 사악하고 무가치한 것이라 해도
사랑은 아름답고 가치 있는 것으로 바꿔놓게 마련이야.
사랑은 눈이 아닌 마음으로 보는 법이니까.
그래서 날개 달린 큐피드를 장님으로 그려놓은 거야.
게다가 사랑하는 사람의 마음에는 분별력이라곤 없어.
날개만 있고 눈이 없으니 무턱대고 덤비는 거지.
그래서 사랑을 어린아이라고 하는 거야.
선택할 때 그 애는 빈번하게 속으니까.
짓궂은 소년들이 장난삼아 거짓 맹세하듯이

어린 큐피드도 도처에서 위증해.

드미트리우스도 허미아의 눈을 보기 전에는

자기는 내 거라며 사랑의 맹세를 우박처럼 퍼부었지.

하지만 허미아의 열기를 느끼는 순간

그는 녹아버렸고, 퍼부었던 맹세는 물이 되었어.

이제 그에게 허미아의 도피를 귀띔해 주자.

그러면 그는 내일 밤 숲속으로 허미아를 뒤쫓겠지.

이 일을 알려주어 고마워한다면 보람은 있을 거야.

하지만 그 일로 내 고통은 더욱 커지겠지.

오며가며 그이를 봐야 하니까.   (퇴장)

1막 2장
(아테네. 퀸스의 오두막)

목수 퀸스, 가구장이 스넉, 직조공 보텀,

풀무장이 플루트, 땜장이 스나우트, 재단사 스타블링 등장

퀸스 음, 단원들은 모두 모인 거지?

보텀 대본을 보고 한 사람 한 사람 호명하는 게 좋겠어.

퀸스 이 두루마리에 공작님과 공작님 부인의 결혼식 날 밤, 두 분 앞에서 펼쳐 보일 우리의 막간극에 아테네를 통틀어 역할을 맡기에 가장 어울린다고 생각되는 사람을

죄다 적어 놨어.

보텀　피터 퀸스, 먼저 연극의 내용을 들려줘. 그런 다음 배우들의 이름을 호명하고 나서 본론으로 들어가는 게 어때.

퀸스　좋아, 우리 극은 '피라무스와 티스베의 너무나 슬픈 코미디, 그리고 가장 비참한 죽음'이야.

보텀　아주 멋진 작품이야. 틀림없어. 게다가 유쾌하고. 피터 퀸스, 대본에 있는 배우들 이름을 호명해 봐! 자, 널찍하게 자리를 잡자고.

퀸스　그럼 먼저 이름을 불러보겠네. 직조공 닉 보텀?

보텀　여기 있네. 내 역할부터 말해 주고, 계속 진행하게.

퀸스　닉 보텀, 자네는 피라무스 역으로 정했네.

보텀　피라무스라니? 연인인가, 폭군인가?

퀸스　연인인데, 사랑을 위해 아주 멋지게 자결하는 역이지.

보텀　거, 제대로 해내면 객석이 울음바다가 되겠군. 내가 그 역을 맡으면 관객들에게 눈을 조심하라고 해. 난 폭풍을 일으킬 정도로 애처롭게 말할 테니까. 나머지 역은—사실 난 기질적으로 폭군역이 딱 맞는데. 고래고래 소리 지르고 갈가리 찢어놓을 천하장사 에라클레스* 역도 할 수 있는데.

---

* 에라클레스 : 헤라클레스를 잘못 말한 것임.

'포효하는 바윗돌과
꽁꽁 닫힌 감옥 문
와장창 때리면서
감옥 문의 빗장을 부수었네.
태양신을 태운 마차
저 멀리 불빛 비추며
바보 같은 운명의 여신들을
쥐락펴락하노라.'

이건 대단하잖아! 자, 이제 나머지 배우들의 이름을 호명
하게. 이런 것이 에라클레스식 폭군 말투라네! 물론 연인
역은 이보다는 애처롭게 해야겠지.

퀸스 풀무장이 프랜시스 플루트?

플루트 여기 있네, 피터 퀸스.

퀸스 플루트, 자네는 티스베 역을 맡아야겠어.

플루트 티스베가 뭐지? 방랑하는 기사 말인가?

퀸스 아니, 피라무스가 사랑하는 아가씨야.

플루트 안 돼. 여자 역은 사양하겠어. 턱수염이 돋아나기
시작했거든.

퀸스 그건 괜찮아. 망사로 가리고 할 거니까. 될 수 있는
한 목소리만 가늘게 뽑으면 돼.

보텀 얼굴을 가릴 수 있다면 티스베 역도 내가 하겠네. 끔
찍할 정도로 작은 소리로 이렇게 말할 거야. '티스네,* 티
스네!' — '아, 피라무스, 그리운 내 사랑! 그대의 티스베,

그대의 숙녀예요.'

퀸스 아냐, 아냐. 자넨 피라무스 역을 해야 해. 그리고 플루트, 티스베 역은 자네가 맡는 게 좋겠네.

보텀 좋아, 계속하게나.

퀸스 재단사 로빈 스타블링?

스타블링 여기 있네, 피터 퀸스.

퀸스 로빈 스타블링, 자넨 티스베의 어머니 역을 맡아줘야겠네. 땜장이 톰 스나우트?

스나우트 여기 있네, 피터 퀸스.

퀸스 자넨 피라무스의 아버지 역일세. 나는 티스베의 아버지 역이고. 가구장이 스넉, 자네는 사자 역을 맡아주게. 이것으로 배역은 모두 정해진 것 같구먼.

스넉 사자 역의 대사는 다 써놨나? 그렇다면 제발 내게 주게. 난 외는 데는 워낙 젬병이라서.

퀸스 그 역은 기분대로 해. 그냥 으르렁거리는 거니까.

보텀 내가 사자 역을 하면 좋겠는데. 듣는 사람들 가슴이 후련해지도록 으르렁거리게. 내가 으르렁거리면 공작님은 이렇게 말씀하실 거야. '한 번만 더 으르렁거리도록 하라, 한 번만 더!'

퀸스 자네가 너무 무섭게 으르렁거리면 공작부인이며 숙녀들을 놀라게 해, 그분들이 비명을 지를지 몰라. 그렇게

---

*티스네 : 티스베의 애칭.

되면 우린 교수형 감일걸.

모두　그렇고말고! 너나없이 교수형 감이지.

보텀　이봐, 만약 여러분이 숙녀들을 겁줘 혼을 빼놓는다면 그분들이 우릴 교수형에 처하는 도리밖에 없다는 걸 인정하겠네. 그러면 난 목소리를 악화시켜* 젖 빠는 비둘기처럼 사랑스럽게 '어흥!' 하겠네. 마치 꾀꼬리가 된 것처럼 어흥 할 거란 말이네.

퀸스　자넨 피라무스 역 말고는 할 게 없네. 피라무스는 얼굴부터 아주 잘생겼거든, 한여름에나 볼 수 있는 정말 매력적이고 사랑스러운 신사지. 그러니 자네가 그 역을 맡아줘야겠어.

보텀　좋아. 그럼 내가 그 역을 맡지. 그런데 수염은 어떤 걸 달고 그 역을 하는 게 좋을까?

퀸스　그건 기분 내키는 대로 하게.

보텀　그럼 난 흔한 밀짚 색깔의 수염이나 그 흔한 오렌지 갈색 수염이나 그 흔한 자주색으로 물들인 턱수염이나 그 흔하고 완벽한 노랑, 그 흔한 프랑스 금화 빛깔을 달고 하겠어.

퀸스　그 흔한 프랑스 병**에 걸린 사람 머리엔 금화처럼 털이 하나도 없다고 들었어. 그러니 수염을 붙이지 않고 할

---

* 악화시켜 : 약화시켜를 잘못 말한 것이다.
** 프랑스 병 : 매독을 가리키며, 털이 빠지는 것이 그 증상의 하나다.

거야. 그건 그렇고, 여보게들! 이게 자네들이 맡은 역할이네. 그리고 자네들에게 간청컨대, 요청컨대, 요망컨대 내일 저녁까지 외워주길 바라네. 그런 다음 시내에서 일 마일 떨어진 궁전 숲에서 달밤에 만나세. 그곳에서 연습해야 하니까. 시내에서 만나면 사람들이 몰려들 테고, 그렇게 되면 모처럼 준비한 우리 계획이 탄로 날 것 아닌가. 나는 그동안 연극에 필요한 소도구 목록을 만들어야겠어. 자, 모두 잘 부탁하네.

보텀 다들 만나. 그곳에서 음탕하고 대담하게 연습하자고. 모두 신경들 쓰라고! 완벽해야 하니. 잘 가.

퀸스 공작의 떡갈나무 아래에서 만나세.

보텀 알았어. 안 나오면 끝나는 거지 뭐.　　　　(모두 퇴장)

2막 1장
(아테네 근처의 숲 속)

한쪽 문에서 요정이, 다른 쪽 문에서 퍽이 등장

퍽　요정아! 어딜 그리 쏘다니니?

요정　　　　언덕 넘고 골짜기 넘어

수풀 가로지르고 가시덤불 지나

수렵장과 울짱 지나

큰물 지나고 불 속 뚫고

달님보다 더 빠르게

난 어디든지 떠돌아다니지.

그리고 난 요정 여왕을 위해

이슬로 풀밭 위에 원을 그려.

키다리 앵초는 여왕의 근위병인데,

그들의 황금 외투에 박힌 반점은

요정들이 하사받은 홍옥이고,

그 반점에는 향기가 살아 있지.
나는 이슬방울을 열심히 찾아내 모든 앵초 꽃잎 귀에
진주를 달아야 해. 잘 가, 촌뜨기 요정, 나도 갈게.
여왕님이 모든 요정을 데리고 곧 여기로 오실 거야.

퍽　왕께서 오늘 밤 여기서 잔치를 열기로 했으니
너희 여왕은 그분 눈에 띄지 않는 게 좋아.
오베론은 요즘 심기가 극도로 편치 않거든.
인도 왕에게서 훔쳐 온 아름다운 미소년을
여왕이 시동으로 삼았기 때문이야.──
하긴 그녀도 그토록 사랑스러운 업둥이는 처음이겠지.
질투쟁이 오베론 왕은 그 아이를 자신의 수행 기사로
두고 거친 숲속을 쏘다니고 싶어 하지만,
여왕이 그 사랑스러운 아이를 붙들어 두고
화관을 씌워주는 등 이만저만 예뻐하는 게 아니야.
그래서 그 두 분은 숲이건 풀밭이건 맑은 냇가건
별빛 밝은 밤이건 만났다 하면 다투니 요정들은
겁에 질려 도토리 꼭지 속에 기어들어 가 숨는단다.

요정　내가 네 형상을 잘못 본 게 아니라면 너는
교활하고 짓궂은 요정 로빈 굿펠로야. 넌 마을
처녀들을 놀라게 하고, 우유에서 크림을 걷어내고,
맷돌을 안에서 조작해 헛돌게 만들어 아낙네를
골탕 먹이고, 술에 효모가 생기는 걸 막는가 하면,
밤의 길손을 엉뚱한 길로 이끌어 골탕 먹여놓고

좋다고 웃어댄다지? 그런 너를 보고 '도깨비'니,
'상냥한 퍽'이라고 불러주면 그 사람들 일을 대신
해주고 행운을 몰아준다지? 그게 바로 너잖아?

퍽   네 말이 맞아.

내가 바로 밤의 유쾌한 방랑자야.

오베론 왕의 어릿광대 노릇을 하며 기쁨을 드리는.

콩을 먹고 투실투실 살이 오른 말로 변장하여

암망아지처럼 힝힝 울어대기도 하고,

때로는 불에 구운 능금으로 변신해 수다쟁이 할멈의

술잔 속에 숨었다가 그녀가 잔을 들이킬 때 입술을 툭 쳐

쭈글쭈글한 목에 술이 쏟아지게도 만들지.

영리한 노파가 몹시 슬픈 이야기를 하느라

가끔 날 삼발이 의자로 잘못 알 때가 있어.

그럴 때 내가 잽싸게 몸을 빼면 그녀는 '어이쿠'

하고 소리치고는 헛기침을 하지.

그러면 모든 청중이 배꼽을 쥐고 웃으며

흥에 겨워 재채기를 하면서 맹세하길,

'이보다 유쾌한 시간은 없었다'고 하지.

그건 그렇고 비켜라, 요정아, 오베론 왕께서 납신다.

요정   우리 여왕님께서도 오시네. 왕은 가시면 좋은데.

오베론이 한쪽에서 시종들을 거느리고 등장하고,
다른 문으로 여왕 티타니아가 시종들과 함께 등장

오베론 오만한 티타니아, 달빛 아래 잘못 만났군.

티타니아 아니, 질투쟁이 오베론? 얘들아, 물러나 있어.

　난 저 양반과는 잠자리 동무도 그만뒀단다.

오베론 잠깐만, 성질머리하고는! 내 그대 주인 아니오.

티타니아 그렇다면 나는 당신의 안주인이 틀림없겠군요.

　하지만 난 당신이 요정 나라에서 빠져나가 목동

　코린으로 변장해 온종일 앉아서 매혹적인 필리다에게

　보리피리 불어주며 사랑을 읊었다는 걸 알고 있어요.

　여긴 웬일이에요? 머나먼 인도에서 말예요.

　장화 신은 당신의 씩씩한 무사 애인인

　아마존 여왕이 테세우스와 결혼한다고 하니, 그들의

　혼인과 후손을 축복해 주려고 온 게 맞잖아요?

오베론 티타니아, 창피하게 이게 뭐요?

　내 테세우스에 대한 당신의 사랑 알고 있는데,

　히폴리타를 끌어들여 날 모함하려는 거요?

　페리구네를 강간한 그 친구를 당신이

　별빛 희미한 한밤중에 도주하게 도와줬잖소.

　게다가 그가 아름다운 이글스와 아리아드네,

　안티오파와도 서약을 깨게 하지 않았소?*

---

* 페리구네~안티오파 : 페리구네, 이글스, 아리아드네, 안티오파는
　모두 테세우스가 사랑했던 여인들임.

티타니아   그 모든 건 질투심이 꾸며낸 헛소리잖아요.
　한여름이 시작된 뒤 언덕이며 골짜기, 숲이며 초원,
　자갈 깔린 연못가나 골풀 덮인 개울가, 해안가의
　자갈밭에서 속삭이는 바람에 맞춰 춤이라도 추려 들면
　어김없이 당신이 싸움 걸어 우리의 흥을 깨버렸잖아요.
　그래서 바람은 우리를 향해 헛되이 펄럭이고는
　복수라도 하듯 바다에서 독기 찬 안개를 빨아들여
　육지에 쏟아놓자 하찮은 강들은 거만해져
　막고 있던 강둑을 함부로 넘나들었죠.
　그래서 황소의 밭일은 헛수고가 되고,
　농부들이 흘린 땀도 물거품이 되고,
　푸른 밀은 청춘의 수염이 나기도 전에 썩고 말았죠.
　물에 잠겼던 들판의 양 우리는 형체가 없어지고,
　까마귀는 병든 가축 사체들로 살을 찌우고,
　모리스 춤 터는 진흙으로 뒤덮이고, 무성한 풀밭 위의
　정교한 경주로는 사람 발길이 닿지 않아 식별하기조차
　어려워졌죠. 인간들은 이제 겨울철의 생기가 모자라
　밤이 되어도 찬송가를 부르지 않아요.
　우리의 다툼에 조수를 다스리는 달님도 화가 나
　파리해진 분노의 빛을 대지에 적시니
　콧물감기와 관절염이 쫙 퍼졌어요.
　이 같은 자연의 무질서로 인해 계절이 뒤죽박죽되면서
　싱싱한 선홍색 장미 꽃잎에 백발의 서리가 내리고,

노인 같은 겨울의 엷게 언 정수리에
아름답고 향기로운 여름 꽃눈 화환이 조롱하듯 얹혔으며,
봄과 여름, 결실의 가을, 차가운 겨울이 평상복을 바꾸자
어리둥절해진 세상은 이제 계절의 산물조차
구분할 수 없게 되었답니다.
이런 고약한 재해가 일어난 원인은 우리 둘의 다툼
때문이니, 우리가 그 원인 제공자란 뜻이죠.

오베론   그럼 고쳐보오, 당신 손에 달려 있으니까.
티타니아가 어째서 오베론을 거역하는 거요?
나는 단지 당신의 꼬마 업둥이를
으뜸 시동으로 삼겠다는 것뿐인데.

티타니아   꿈도 야무지네요. 요정 나라를 다 준다 해도
그 아이는 못 내줘요. 그 애 어미는 저를 몹시 따르던
여신도였는데, 한밤중에 항내 나는 인도 공기
맡으며 내 곁에서 쉼 없이 수다를 떨었죠.
넵튠의 황금빛 모래밭에 앉아 바다 위를 항해하는
무역선을 지켜보면서 말이죠. 돛들이 음탕한 바람의
희롱에 임신이라도 한 것처럼 부풀어 오른 모습을 보며
우린 웃곤 했는데, 그럴 때면 그녀는 매끄럽고 귀여운
발걸음으로 돛을 따라가며 (그녀의 자궁은 그때
어린 종자를 잉태하고 있었죠) 그 흉내를 냈고,
육지를 가로지르며 귀한 상품 가득 싣고 항해에서
돌아오듯 자질구레한 것들을 주워 돌아오곤

했죠. 하지만 인간인 그녀는 아기를 낳다가
죽었어요. 난 그녀 위해 그 아이를 기르고 있어요.
그러니 난 그 아이와 헤어져 살 수 없어요.

오베론　이 숲에서 얼마나 머물 작정이오?

티타니아　테세우스 공작의 결혼식 다음 날까지요.
당신이 참고 우리와 함께 원무를 추며 우리의
달밤 축제를 즐길 마음이 있다면 오셔도 좋아요.
아니면 나를 피하세요. 나도 당신을 멀리할 테니.

오베론　그 아일 내놓으시오. 그러면 동행하겠소.

티타니아　당신의 요정 왕국을 준다 해도 안 돼요.
요정들아, 가자! 더 지체했다간 싸움 나겠다.

(티타니아와 시종들 퇴장)

오베론　그래, 갈 테면 가. 이 숲을 벗어나기
전에 내가 받은 모욕의 대가로 고문해 줄 테니.
귀여운 퍽, 이리 오너라. 넌 기억하느냐?
언젠가 벼랑 끝에 앉아서 내가 목격했던 그 일을.
돌고래 등에 탄 한 인어 아가씨가
감미로운 목소리로 노래를 시작하자
거친 파도는 잠잠해지고, 별들도 매혹되어 그 바다
아가씨의 노래 듣고 제 궤도를 이탈했던 일을.

퍽　기억하고말고요.

오베론　바로 그 순간 (너는 못 봤겠지만) 나는 봤단다.
활로 완전 무장한 큐피드가 싸늘한 달과

지구 사이를 날아가는 것을. 그는 서쪽

나라의 아름다운 처녀 여왕을 겨냥했고,

마치 십만의 가슴이라도 뚫을 뜻 세차게 쏜

사랑의 황금 화살은 활시위를 떠났지.

그런데 그 어린 큐피드의 불같은 화살은

물기 머금은 순결한 달빛 속에 꺼졌고,

그 처녀 여왕은 사랑의 번민 한번 없이

동정녀의 명상을 계속했단다.

그때 나는 그 화살이 떨어진 곳을 눈여겨 지켜봤어.

서쪽의 작은 꽃 위에 떨어졌는데, 원래의 우윳빛이

사랑의 상처로 금세 자주색으로 변하더구나.

처녀들은 그 꽃을 '비올라'라고 부르지. 내 언젠가

너한테 보여준 적 있는 그 꽃을 꺾어 오너라.

그 꽃 즙을 잠자는 이의 눈꺼풀에 바르면

남녀 불문하고 처음 보는 생물에게 미친 듯 혹하게

만들 수 있단다. 그 약초를 가져오너라.

큰 고래가 삼 마일을 가기 전에 곧장 여기로 와.

퍽   사십 분이면 지구에 허리띠를 매요.   (퍽 퇴장)

오베론   그 즙을 손에 넣은 다음 티타니아가 잠들기를

기다렸다가 그녀의 눈 속에 그 액체를 떨어뜨려야지.

그러면 그녀가 깨어나 최초로 보는 것에

(사자든 곰이든 늑대든 황소든 까불거리는 원숭이든)

영혼 밑바닥까지 홀딱 반해서 쫓아다니겠지.

그러면 그녀의 눈에서 마법을 풀기 전에
(또 다른 약초로 마법을 풀어줄 수 있으니까)
그 시동을 내놓게 만들 거야. 한데 누가 여길
오고 있지? 나는 사람들 눈에는 보이지 않으니
저 사람들 이야기나 엿들어야겠다.

드미트리우스의 뒤를 따르는 헬레나 등장

드미트리우스   난 네게 마음이 없으니 제발 따라다니지 마.
    라이샌더와 아름다운 허미아는 어디 있지?
    난 놈을 죽여야겠어. 그녀가 나를 죽이고 있으니까.
    넌 두 사람이 숲속으로 도망쳤다고 했잖아.
    그래서 난 여기에 왔는데, 정말 미칠 지경이야.
    허미아를 만날 수 없으니까.
    저리 꺼져. 더는 날 쫓지 마.
헬레나   자석 같은 심장을 지닌 당신이 날 당기는걸요.
    당신이 당기는 건 그냥 쇠붙이가 아니에요.
    내 심장은 강철같이 진실하니 당신이 끄는 힘을
    버리면 나도 당신 쫓는 힘을 버릴 거예요.
드미트리우스   내가 널 유혹한다고?
    내가 네게 살갑게 대하기라도 했어? 나는 분명히
    널 사랑하지도 사랑할 수도 없다고 말했잖아.
헬레나   바로 그 때문에 더욱 빠져들어요.

난 당신의 애완견이에요. 그러니 드미트리우스,

당신이 날 때리면 때릴수록 아양을 떨잖아요.

날 애완견 다루듯 발로 걷어차고, 때리고

무시하고, 버려도 좋아요. 대신 내 비록 볼품은 없지만

당신을 따라다니는 것만은 허락해 줘요.

당신에게 개 다루듯 다뤄달라는 것보다

(내게는 그것도 감지덕지지만)

더한 걸 내 어찌 구걸할 수 있겠어요?

드미트리우스   증오심을 부추기는 소리는 그만해.

너를 쳐다보는 것도 구역질나니까.

헬레나   나는 당신을 못 보면 구역질이 나요.

드미트리우스   당신은 처녀가 지켜야 할

정숙함을 위기에 빠뜨리고 있어. 도시를 떠나

사랑하지도 않는 자의 손에 자신을 내맡기려 하다니.

야심한 밤에 인적 없는 장소의 나쁜 꾐에

값진 처녀성을 넘기려 하다니.

헬레나   당신의 덕망이 저를 지켜주겠죠.

당신 얼굴을 보면 어둡단 생각이 안 들어요.

그래서 난 지금이 밤이라고 느껴지지 않아요.

이 숲에 세상 만물이 없다고 보면 안 돼요.

내겐 당신이 온 세상이니까.

온 세상이 이렇게 나를 지켜보고 있는데

어떻게 내가 혼자라고 할 수 있겠어요?

드미트리우스　난 덤불 속으로 도망쳐서

　　당신이 짐승들한테 잡아먹히든 말든 내버려둘 거야.

헬레나　사나운 맹수도 당신같이 독하진 않아요.

　　어디 도망치고 싶거든 도망쳐 보라고요.

　　옛이야기를 다시 써야겠네요. 아폴로가 도망가고

　　다프네가 추적하며, 비둘기가 그리핀을 뒤쫓고,

　　온순한 암사슴이 호랑이를 잡으려 드니 말예요——

　　헛속력을, 겁쟁이가 뒤쫓고 용사가 도망치니 그렇죠.

드미트리우스　이제 질문받는 일도 끝이야.

　　가게 해줘. 기어코 따라오겠다면 숲속에서

　　너에게 못된 짓을 할지 모르니 날 믿지 마.

헬레나　그래요, 신전에서도 도시에서도 들판에서도

　　지독하게 굴었어요. 너무해요, 드미트리우스.

　　그런 행동은 여성에게 모독이에요. 우리는 남자들처럼

　　사랑을 놓고 싸울 순 없어요. 여자들은 구애받아야지

　　구애할 수는 없으니까요.　　　　　　(드미트리우스 퇴장)

　　당신을 따라가겠어요. 너무나 사랑하기에, 당신 손에

　　죽어 지옥을 천국으로 만들겠어요.　　　　　　(퇴장)

오베론　어여쁜 아가씨, 안녕. 그가 이 숲을 떠나기 전에

　　너는 밀어내는 처지가 되고, 그가 네 사랑 구할 것이다.

퍽 다시 등장

그래, 그 꽃은 구해 왔겠지, 방랑자야?

퍽   예, 여기 있어요.

오베론   그걸 이리 다오.

난 야생 백리향이 만발해 있고, 앵초꽃이며

고개 숙인 제비꽃, 해당화, 향기로운 사향 장미,

감미로운 인동으로 뒤덮여 꽃 터널을 이룬 언덕을

알아. 티타니아는 그곳에서 꽃들에 파묻혀 기쁨에

넘쳐 춤추다 자장가 들으며 밤중에 잠들지.

그곳에선 큰 뱀이 칠보 허물을 벗는데, 그건 요정이

입고 다녀도 될 만큼 큼직한 의상이지.

그럼 난 이 꽃 즙을 그녀 눈에 발라

끔찍한 환상으로 가득 채워 놓을 테다.

너도 이걸 조금 가지고 이 숲을 뒤져봐라.

한 상냥한 아테네 아가씨가 자기를 모멸하는 젊은이에게

홀딱 반해 있어. 그 남자 눈에 이걸 발라줘.

그래서 그가 눈을 뜨자마자 그 아가씨를 보게 해.

남자는 찾을 수 있을 거다. 아테네 복장을 하고 있으니.

그녀가 애인을 좋아하는 것보다 남자가 그녀를

더 사랑하도록 조심해서 시행해라.

그리고 첫닭이 울기 전에 내게로 와야 한다.

퍽   걱정 마세요, 주인님. 그러겠어요.   (모두 퇴장)

2막 2장
(숲속의 다른 곳)

요정의 여왕 티타니아, 시종들과 함께 등장

티타니아　자, 이제 원무를 추며 요정의 노래를 불러.

그런 다음 20초쯤 뒤에 여기서 물러나라.

몇 명은 사향 장미 꽃봉오리 속의 벌레를 잡고,

또 몇 명은 박쥐랑 싸워 날개를 뜯어서

작은 요정의 옷을 지어라.

또 몇 명은 우리 예쁜 요정이 놀라게 밤마다

시끄럽게 울어대는 올빼미를 몰아내 줘.

이제 내게 자장가를 불러다오.

나는 쉴 테니, 각자 맡은 일을 해.

요정들이 노래한다.

요정1　　　혓바닥 갈라진 점박이 뱀들과

가시투성이 고슴도치들은 숨어라.

도롱뇽, 도마뱀아 해코지하지 마라.

요정 여왕 근처에는 얼씬도 하지 마.

합창　　　　목청 좋은 소쩍새야

달콤한 자장가를 가락 맞춰 불러다오.

자장자장 잘 자라, 자장자장 잘 자라.

해 입히면 절대 안 돼.

주문이나 마법도

고운 마마 곁엔 얼씬도 하지 마라.

그러면 자장가 들으시고 주무시소서.

요정1   실 짜는 거미들아, 가까이 오지 마라.

다리 긴 벌레들도 저리로 물렀거라, 저리로.

검은 딱정벌레야, 이리로 오지 마라.

지렁이, 달팽이도 해 끼쳐선 안 돼.

합창   목청 좋은 소쩍새야,

달콤한 자장가를 가락 맞춰 불러다오.   (티타니아, 잠든다)

요정2   자, 이제 잘 됐으니 저리로 물러나!

하나는 떨어져서 보초를 서고.   (요정들 퇴장)

오베론 등장하여 티타니아의 눈꺼풀에 꽃 즙을 바른다.

오베론   그대가 잠에서 깨어나 무얼 보든

그걸 참사랑 임이라고 생각하시오.

그 임과 사랑에 빠져 애간장 한번 태워보시오.

살쾡이든 고양이든 곰이든

표범이든 털 억센 멧돼지든

그대가 깨어나 처음으로 보는 생물이

그대 애인 될 것이니.

제발 흉측한 것 옆에서 깨어나라.　　　(퇴장)

라이샌더와 허미아 등장

라이샌더　내 사랑, 숲속을 헤매느라 기진맥진했군.

　실은 난 길을 잃었어. 이참에 잠시 쉬었다 가, 허미아.

　그런 다음 아침의 위안을 받자.

허미아　그래, 라이샌더. 잘 곳을 찾아봐.

　나는 이 언덕에 머릴 뉘고 쉴 테니까.

라이샌더　잔디 한 덩어리면 둘의 베개 될 거야.

　마음은 하나, 침대도 하나, 가슴은 둘이나 진실은 하나니.

허미아　안 돼, 라이샌더. 제발 날 위해

　저만치 떨어져 누워. 너무 가까이는 오지 마.

라이샌더　오, 자기, 순수한 내 진심을 믿어줘.

　사랑하는 연인들은 사랑으로 뜻을 알잖아.

　내 마음은 네 마음과 서로 엮여 있으니

　하나가 되었다는 뜻이야.

　두 개의 가슴이 하나의 맹세로 묶였으니

　가슴은 둘이지만 진실은 하나인 거지.

　그러니 네 곁에 눕는 걸 허락해 줘.

　그렇게 자는 건 자는 게 아니니까, 허미아.

허미아　당신은 수수께끼, 귀엽게 말하네.

　라이샌더 이야기를 자자는 뜻으로 들었다면

허미아의 품행과 자존심은 욕먹어도 싸요.

하지만 자기, 사랑과 예의 때문에라도 조금만 떨어져.

정숙한 처녀와 예의 바른 청년에게 알맞은 거리만큼만

떨어져 줘. 그럼 이제 친구야, 잘 자.

네 생명 다하도록 사랑 변치 말기를!

라이샌더   그럼, 그럼, 아름다운 그 기도가 이뤄지기를!

내가 변심하는 날, 내 생명도 끝나게 해주소서!

그러면 나는 여기에 누울 테니, 잠의 휴식 네게 오기를!

허미아   그 소망의 절반은 너에게 깃들기를!

(두 사람 잠든다)

퍽 등장

퍽   숲속을 아무리 뒤져도

아테네 사람을 못 찾겠군.

사랑을 일으키는 이 꽃의 힘을

그 눈에 시험해 보고 싶은데.

고요한 밤중에 누굴까? ―

아테네 복장을 하고 있군.

오베론 왕이 말하길 이 청년이

아테네 처녀를 모멸했다고 했어.

그래서 이 처녀는 습하고 더러운

이쪽 땅에 곤히 잠든 거야.

예쁜 것, 이 무정하고 무례한
놈 곁엔 안 눕겠다 했군.
촌놈아, 이 마법 꽃의 온 힘을
네 눈에 몰아넣어 주겠다.

(라이샌더의 눈꺼풀에 꽃 즙을 바른다)

깨어나면 너는 사랑 때문에
한순간도 눈을 못 붙일 것이다.
그러니 내가 간 다음에 잠에서 깨어나라.
난 이제 오베론 왕한테 가봐야 하니까.   (퇴장)

드미트리우스와 헬레나, 뛰어서 등장

헬레나   날 죽여도 좋으니 잠깐만요, 드미트리우스.
드미트리우스   명령이니 저리 가. 들러붙지 좀 마.
헬레나   오, 어둠 속에 날 버리겠다고? 그러지 마요.
드미트리우스   멈추지 않으면 위험해. 난 혼자 갈 거야.

(퇴장)

헬레나   아아, 바보같이 뒤쫓느라 숨이 차 죽겠어.
애원하면 할수록 내 체신만 떨어지는구나.
어디 있는지 몰라도 허미아는 복도 많지.
매력적이고 축복받은 눈을 가졌으니까.
걔 눈은 어찌 그리 빛날까? 눈물 때문은 아닐 거야.
눈물이야 내가 더 많이 흘렸으니까.

아냐, 아냐. 난 곰처럼 못생겼어.

나를 보면 짐승들도 겁이 나서 도망치니까.

그러니 드미트리우스가 괴물이라도 보듯

내게서 도망치는 것도 놀랄 일이 아니야.

사악한 속임수를 쓰는 나의 어떤 거울이

내 눈과 허미아의 별빛 같은 눈을 비교했단 말인가!

어, 이게 누구야? 라이샌더가 땅바닥에?

죽은 걸까, 잠자는 걸까? 피도 없고 상처도 없는걸.

이봐요, 라이샌더! 살아 있다면 일어나요.

라이샌더   (깨어나며) 그대를 위해서라면 불길 속도

뛰어들 거요. 투명한 헬레나! 대자연의 마법으로

그대 가슴속 심장을 내가 훤히 들여다볼 수 있어.

드미트리우스는 어디 있지? 아, 비천한 그 이름은

내 칼날에 사라지기에 딱 어울려.

헬레나   제발 그런 말은 그만둬요, 라이샌더!

그이가 허미아를 사랑한들 뭐 어때요? 참 어때서?

허미아는 당신만을 사랑하니 된 거 아닌가요?

라이샌더   허미아로 만족하라고? 그렇겐 못 해.

그녀와 함께 보낸 지루한 시간이 후회돼.

나는 허미아가 아니라 헬레나, 당신을 사랑해.

그 누가 비둘기와 까마귀를 바꾸겠어?

인간의 욕망은 이성이 지배하고, 그 이성은

당신이 더 훌륭한 아가씨라고 외치고 있는걸.

자라나는 것들은 때가 되어야 무르익는 법!
아직 어렸던 나는 이성적 판단을 내릴 만큼
무르익지 못했던 거야. 허나 지금은 분별력이
정점에 도달하여 이성이 내 욕망의 안내자가
되어 나를 당신의 두 눈으로 인도했어. 난 거기서
가장 귀한 사랑 책의 사랑 역사를 읽는다오.
헬레나   팔자도 사납지, 이렇게 끔찍한 조롱을 받다니!
내가 당신에게 멸시받을 짓이라도 했나요?
그만하면 됐잖아요, 그만하면 됐잖아요.
드미트리우스에게서 따뜻한 눈길 한번 받지 못했는데,
아니, 받을 수 없어 서러운데, 당신마저
무력해진 나를 비웃어야겠어요?
이렇게 경멸 조로 나에게 구애하다니,
정말 잘못하는 거예요, 정말로요.
어쨌든 안녕. 부득이 고백한다면
난 당신을 진실한 신사라고 생각했어요.
아, 한 남자에게 거절당한 여자가
또 한 명의 남자에게 모욕당하다니!   (퇴장)
라이샌더   그녀는 허미아를 못 봤군. 허미아,
거기서 자. 다시는 라이샌더 곁엔 오지 마.
단것에 물리면 위장에 극도의 혐오감이 생겨나듯,
이단에 속았던 이들이 그 이단 더욱 증오하듯,
나의 과식이자 나의 이단인 너는 모두의 미움을,

아니, 나의 가장 큰 미움을 받아라.

이제 난 전력을 다해 헬렌을 찬양하고

그녀 기사 되는 데 사랑과 역량을 바치리라.　　　(퇴장)

허미아　(놀라며) 살려줘, 라이샌더, 살려줘!

내 가슴에 있는 뱀을 있는 힘껏 좀 떼어내줘.

아, 너무나 가련해! 무슨 꿈이 이럴까?

라이샌더, 무서워 떨고 있는 날 좀 봐줘.

글쎄, 뱀이 내 심장을 먹어 치우고 있는데,

당신은 앉아서 그 잔인한 포식을 보며 웃고만 있었어.

라이샌더! 어디 갔지? 라이샌더!

아니, 안 들릴 만큼 먼 데로 갔어?

아무 소리도, 내 말이 안 들려요?

아아, 어디 있는 거야?

들리면 대답 좀 해봐. 진실한 사랑을

걸고 말해 봐! 겁이 나 기절할 지경이니까.

없어? 그럼, 이 근처에 없는 게 분명해.

죽지 않았다면 내 곧장 당신을 찾아낼 거야.

　　　　　　　　(허미아는 퇴장하고 티타니아는 자고 있다)

3막 1장
(아테네 근처의 숲속)

자고 있는 티타니아.

퀸스, 보텀, 스넉, 플루트, 스나우트, 스타블링 등장

보텀 다들 모였소?

퀸스 그래, 그래. 이곳은 우리가 연습하기 기막히게 좋은 곳이야. 자, 이 푸른 풀밭은 우리의 무대로, 산사나무 덤불을 분장실로 삼자고. 그리고 공작님이 앞에 계신다고 생각하고 연습합시다.

보텀 피터 퀸스!

퀸스 왜 그러나, 보텀?

보텀 이 피라무스와 티스베에 관한 희극에는 좀 언짢은 대목이 있네. 첫째, 피라무스가 자살하려고 칼을 뽑아 드는 장면인데, 귀부인들이 이 장면을 보고 질색할 거야. 이 문제를 어떻게 해결할 건가?

스나우트　어이쿠, 엄청 겁나겠는걸.

스타블링　그렇담 죽는 장면을 빼는 게 좋다고 생각해.

보텀　그럴 필요까지는 없네. 잘 되게 하는 방법이 있으니까. 머리말을 하나 쓰라고. 그리고 그 머리말에 우리가 칼로 어떤 해도 입히지 않을 것이라고 설명하고, 피라무스는 진짜 죽는 게 아니라고 하는 거야. 그리고 보다 확실하게 하려면 나 피라무스는 피라무스가 아니라, 실은 직조공 보텀이라고 밝히지 뭐. 그러면 누구도 무서워하지 않을 테니까.

퀸스　좋아, 그런 머리말을 하나 붙이자고. 그리고 그건 팔육조로 쓸 거야.

보텀　아냐, 두 음절을 늘려 팔팔조로 쓰지 그래?

스나우트　숙녀들이 사자를 무서워하지 않을까?

스타블링　그럴 것 같아. 분명해.

보텀　여러분, 잘 생각해 봐야 하네. 숙녀들 앞에 사자를 등장시킨다는 건 (하느님 맙소사!) 정말이지 무시무시하단 말씀이야. 이 세상에 살아 있는 사자만큼 무서운 날짐승*이 어디 있단 말인가? 이건 고민해 봐야 할 문제야.

스나우트　그럼 또 하나의 머리말로 이건 진짜 사자가 아니라고 말해야겠네.

보텀　아니지, 그의 이름을 밝혀야지. 그리고 사자의 목 밖

---

* 날짐승 : 짐승이라고 해야 할 것을 날짐승이라고 했다.

으로 배우 얼굴을 반쯤 보이면 돼. 거길 통해 이런 식으로, 즉 이런 치지*로 말해야겠지. '숙녀들이시여' 또는 '아름다운 숙녀들이시여, 바라옵건대' 아니면 '청컨대 무서워하며 떨지 마십시오. 제 목숨을 걸고 부탁드립니다. 제가 이곳에 사자로 나왔다고 생각하신다면 제 목숨이 불쌍하죠. 아뇨! 전 사자가 아니라 여러분과 같은 사람입니다.' 이런 식으로 밝히고 나서 자기 이름을 말하고, 자신은 땜장이 스나우트라고 분명히 얘기하는 거야.

퀸스 좋아, 그렇게 하자고. 그래도 해결해야 할 게 두 가지더 있는데, 하나는 어떻게 달빛을 끌어들이느냐. 잘 알겠지만 피라무스와 티스베는 달밤에 만나잖아.

스나우트 우리가 연극을 하는 날 밤에 달이 뜨나?

보텀 달력을 가져오게, 달력! 달력에서 달빛을 찾아보라고, 달빛을.

퀸스 (달력을 보며) 됐어. 그날 밤엔 달이 뜨는군.

보텀 그럼 우리가 연극을 하는 넓은 홀의 창을 활짝 열어두면 되겠군. 그러면 창문으로 달빛이 비칠 테니까.

퀸스 맞아. 아니면 누군가 가시덤불 한 다발과 초롱 하나를들고 들어와서 자기가 달빛이라는 인물을 들어내려고** 또는 나타내려고 왔다고 말해야겠지. 그리고 또 해결해야

---

* 치지 : 취지가 맞는 말이다.
** 들어내려고 : 드러내려고가 맞다.

할 일은 큰 방 안에 벽이 있어야 해. 피라무스와 티스베는 벽 틈새로 얘기를 나누거든.

스나우트 벽을 들고 못 가잖아. 보텀, 어떻게 할 건가?

보텀 누군가가 벽 역할을 해야겠지. 벽을 나타내기 위해 몸에 회반죽이나 점토나 초벌칠을 둘러야 해. 아니면 이렇게 손가락을 벌리고 있으라고 해. 그 틈새로 피라무스와 티스베가 속삭이면 되잖아.

퀸스 그렇게 되면 모든 게 해결되겠군. 자, 모두 자리에 앉아서 각자 맡은 역할을 연습해 보자고. 피라무스, 자네부터 시작해. 대사를 마치면 저 덤불 속으로 들어가. 나머지는 각자의 신호에 따르도록 하고!

퍽이 뒤에서 등장

퍽 (방백) 요정 여왕의 침실 곁에서 웬 천한 촌놈들이 설쳐대고 있는 거지? 뭐, 연극 연습을 하는 거야? 들어나 보자. 필요하면 배우가 되어줄 수도 있어.

퀸스 피라무스, 시작해. 티스베도 나오고.

보텀 (피라무스로) '티스베, 감미로운 악취 나는 꽃들은——.'

퀸스 악취가 아니라 향기야.

보텀 (피라무스로) '향기 나는 꽃들은 그대 숨결 같군요. 귀여운 티스베! 그런데 무슨 소리야! 잠깐, 그대로 머물러줘요. 내 곧 돌아올 테니.'　　　　　　　(퇴장)

퍽   (방백) 지금까지와는 다른 이상한 피라무스야.   (퇴장)

플루트   이제 내 차렌가?

퀸스   그렇네. 자네 차례네. 피라무스는 무슨 소리가 들려서 보러 나갔으니 곧 돌아오겠지.

플루트   (티스베로) '오, 찬란한 피라무스여! 색조는 희디흰 백합꽃 같고, 색깔은 찬란한 덩굴 위의 붉은 장미 같아라. 힘찬 청춘에 사랑스러운 젊음의 화신, 절대 지칠 줄 모르는 말처럼 충실한 분. 니나노 왕릉에서 내 그대 피라무스를 만나리.'

퀸스   이 사람아, 니누스 왕릉이야. 아니, 그 대사를 지금 해서는 안 돼. 그건 피라무스의 질문에 대한 답이니까. 자넨 맡은 역의 대사를 신호까지 모조리 합쳐서 하고 있군. 자, 피라무스, 등장해. 자네 신호는 지났어. '절대 지칠 줄 모르는' 그거야.

플루트   오, ─ '절대 지칠 줄 모르는 말처럼 충실한 분!'

퍽과 나귀 머리를 한 보텀 등장

보텀   (피라무스로) '티스베, 내가 아무리 미남이라 해도 오직 그대 것이오.'

퀸스   오! 괴물이다. 아이고 끔찍해! 귀신이 붙었어. 이보게들, 다들 도망쳐. 이보게들! 사람 살려!

(퀸스, 스넉, 플루트, 스나우트, 스타블링 모두 함께 퇴장)

퍽 너희들을 쫓아가겠다. 숲과 수풀과 가시덤불
　사이로 너희들을 이리저리 몰아붙이겠다. 때로는
　말이 되고, 사냥개, 돼지, 머리 없는 곰, 불이 되어
　말, 사냥개, 돼지, 곰, 도깨비불처럼 곳곳에서 히히힝,
　컹컹, 꿀꿀, 으르렁대다가 태워버릴 거야.　　(퍽 퇴장)
보텀 왜 다들 달아나는 걸까? 이건 나를 골려주려고 벌이
　는 짓궂은 장난이야.

스나우트 등장

스나우트 오, 보텀, 넌 변했어. 머리에 보이는 게 뭐야?
보텀 보이는 게 뭐냐고? 바보 같은 자네 눈엔 나귀 머리가
　보이겠지. 안 그런가?　　　　　　(스나우트 퇴장)

퀸스 등장

퀸스 맙소사, 보텀, 맙소사! 자네 모습이 바뀌었어.　(퇴장)
보텀 무슨 장난을 치는지 알았다. 이건 나를 조롱하고 겁
　주려는 짓이야. 그러나 난 저들이 무슨 짓을 하든 여기서
　한 발짝도 움직이지 않겠어. 내가 두려워하지 않는다는
　사실을 저들이 알도록 여기서 앞뒤로 왔다 갔다 하며 노
　래나 해야겠다.
　(노래한다)　　　　　　'몹시 검은 수지빠귀

부리는 오렌지색이라네.

몹시 참되게 노래하는 지빠귀

목 짧은 굴뚝새 ─'

티타니아 (깨어나며) 웬 천사가 꽃 침대에 누운 나를 깨우
는 걸까?

보텀 (노래한다) '피리새, 참새, 종달새,

단조롭게 노래하는 잿빛 뻐꾸기,

뭇 남자들 그 가락 무던히 들었으니

모른다고 감히 말 못 하리.'

진정 어느 누가 그렇게 멍청한 새와 머리싸움을 하겠어?

'오쟁이 진 남편'이라고 아무리 외쳐 댄다 한들,

누가 뻐꾸기더러 거짓말이라고 대꾸하겠어?*

티타니아 고상한 인간이여, 다시 한번 노래 불러보세요.

내 귀는 그대 노랫소리에 흠뻑 빠졌고,

내 눈 또한 그대 형상에 사로잡혔어요.

당신이 지닌 미덕의 힘이 나로 하여금

첫눈에 사랑한다 말하고 맹세케 하는군요.

보텀 제 생각에 부인께서 그런 말씀을 하는 이유를 모르
겠군요. 그러나 사실 요즘은 이성과 사랑이 함께하는 경

---

* 잿빛 뻐꾸기~오쟁이 진 남편 : 뻐꾸기 울음소리인 cuckoo는 오
쟁이 진 남편을 뜻하는 cuckold와 비슷하게 들리는 데서 나온 농
담이다.

우가 드물어요. 유감인 것은 정직한 이웃조차 이 둘을 친
구로 만들어 주지 않으니 안타까울 뿐이죠. 사실 나도 뼈
있는 농담을 할 수 있다오.

티타니아   당신은 멋진 만큼이나 지혜롭기도 하군요.

보텀   무슨 말씀을! 하지만 제가 이 숲을 벗어날 수 있는 지
혜만 있다면 그 말을 인정할 듯싶습니다.

티타니아   이 숲에서 빠져나가실 생각은 마세요.
원하시건 원하지 않건 이곳에 남게 될 테니까요.
저로 말씀드릴 것 같으면 평범한 요정은 아니에요.
여름은 늘 저를 따라다니며 시중을 들지요.
난 당신을 정말 사랑해요. 그러니 함께 있어 줘요.
당신께 시중 들 요정을 드릴게요.
그들은 깊은 바닷속에서 보석을 가져오고,
당신이 잠든 꽃밭에서 자장가를 불러드릴 거예요.
난 당신의 조잡한 육신을 정화해
공중을 떠도는 정령처럼 움직이게 하겠어요.
완두꽃! 거미줄! 나방, 겨자씨야!

네 명의 요정 완두꽃, 거미줄, 나방, 겨자씨 등장

완두꽃   여기요

거미줄   저도요.

나방   저도요.

겨자씨 저도요.

모두 어디로 갈까요?

티타니아 이 어른을 친절하고 정중히 모셔라.

　이분이 걸을 땐 깡충 뛰고, 눈앞에선 팔딱 뛰고

　살구와 나무딸기, 자주색 포도와

　초록 무화과와 오디를 따 드려.

　땅벌들의 꿀주머니를 뺏어오고,

　밀랍 오른 허벅지를 긁어내 초를 만들고,

　반딧불이 눈으로 그것에 불 밝혀

　내 사랑이 취침하고 기상할 수 있도록 해.

　그리고 오색찬란한 나비 날개를 떼어와

　잠든 임의 눈에서 달빛을 가리거라.

　요정들아, 이분에게 머리를 조아려 예를 갖춰라.

완두꽃 인사드립니다, 인간 나리!

거미줄 안녕하세요!

나방 안녕하세요!

겨자씨 안녕하세요!

보텀 여러분의 용서를 빕니다. 간청하오니, 귀하의 성
　함은?

거미줄 거미줄이에요.

보텀 앞으로 당신과 잘 지내고 싶소, 거미줄 양반. 내가
　손가락을 베면 당신의 신세를 지겠소. 신사분, 당신 이
　름은?

완두꽃   완두꽃이에요.

보텀   당신의 어머님 완두 여사와 아버님 되시는 완두 선
　　　생께도 안부 전해 주시오. 완두꽃 양반, 당신과도 잘 지내
　　　고 싶소. 실례지만 당신 이름은?

겨자씨   겨자씨랍니다.

보텀   겨자씨 양반, 내 당신의 참을성은 잘 알고 있소. 저
　　　비겁하고 거대한 황소고기가 당신 집안의 신사들을 수없
　　　이 삼켰지요. 단언컨대 당신 가문 때문에 나도 눈물깨나
　　　쏟았지요. 당신과도 잘 지내고 싶소, 겨자씨 양반.

티타니아   자, 이분을 보좌하여 내 정자로 모셔라.
　　　달님이 물기 어린 눈으로 나를 보는구나.
　　　그녀가 울면 모든 작은 꽃들은
　　　강탈당한 순결을 슬퍼하며 운단다.
　　　내 님의 혀를 묶고 조용히 모셔라.　　　　　　（모두 퇴장）

3막 2장
(아테네 근처의 숲속)

요정의 왕 오베론 등장

오베론   티타니아가 잠에서 깨어났는지 궁금하군.
　　　그렇다면 그녀 눈에 맨 처음 띄어

미친 듯 매혹된 게 뭐였을까?

펄 등장

심부름꾼이 오는군. 이 미친 것아, 어찌 되었느냐?
이 요정들의 숲에 무슨 여흥거리라도 있느냐?
펄 여왕님께서 괴물과 사랑에 빠졌어요.
여왕님이 나른하게 주무시고 계실 때,
신성하고 은밀한 그녀의 휴식처에
아테네 장바닥에서 밥벌이하는 상놈들,
조잡한 장인 한 무리가 위대한 테세우스 공작의
혼인을 축하할 양으로 연극 연습을 하러 모였답니다.
그 우둔한 얼간이들 가운데 최고로 천치 같은 녀석이
자기들 놀이에서 피라무스 역을 맡았는데,
잠시 무대를 떠나 덤불로 들어왔지요.
바로 그때 제가 기회를 낚아채 그 녀석 머리에
당나귀 머리통을 씌워줬습니다.
그 가짜 배우는 곧 티스베의 대사에 응답해야
했기에 앞으로 나왔습니다. 그때 그를 본
동료들은 마치 포수를 본 들기러기처럼
아니면 붉은 머리 까마귀 무리가
(총성이 울리자 깍깍대며 날아올라)
혼비백산하여 미친 듯 하늘을 가로지르듯이

도망을 쳤는데, 그루터기에 걸려 거푸 넘어졌고,

'살인이야'라고 외치며 아테네인의 도움을 구했지요.

그렇게 감각이 약해져 확 겁을 먹고 길을 잃자

무감각한 자연물들이 해코지를 시작했죠.

덤불과 참가시가 옷을 낚아챘고,

소매며 모자 등 내놓은 건 다 빼앗겼죠.

저는 이렇게 겁먹고 혼비백산한 그들을 내몰아 버리고,

몰골이 변한 피라무스만 거기에 남겨뒀는데,

티타니아가 그 순간 잠에서 깨어나

순식간에 나귀를 사랑하게 됐지 뭡니까?

오베론   그 일은 내가 궁리했던 것보다 잘 풀렸어.

그건 그렇고, 그 아테네 청년 눈에도

내가 명한 마약을 발라주었겠지?

퍽   잠든 청년을 덮쳐 그 일을 끝냈어요.

마침 아테네 아가씨가 옆에 자고 있었으니

남자가 깨어나면 반드시 그 처녀를 볼 겁니다.

드미트리우스와 허미아 등장

오베론   몸을 숨겨. 저자가 바로 그 아테네 청년이다.

퍽   여자는 맞는데 남자는 아닌데요?   (둘이 물러선다.)

드미트리우스   오, 이토록 당신을 사랑하는데 왜 질색해?

그런 가혹한 비난은 원수에게나 해.

허미아　지금은 핀잔을 줄 뿐이지만, 갈수록

　　막 대할 것 같아. 넌 저주받을 짓을 저질렀으니까.

　　만약 네가 잠자는 라이샌더를 죽였다면

　　기왕 피 맛을 봤으니 깊이 들이마시고

　　어디 나도 죽여봐. 태양이 낮에게 충실했던

　　것 이상으로 그는 날 위했어. 허미아가 자는데

　　그가 달아났다고? 그 얘기를 믿느니 차라리

　　단단한 지구에 구멍이 뚫리고 달이 그

　　중심부로 들어가 정오에 지구 반대쪽을

　　어둡게 해서 태양을 해칠 수 있단 말을 믿겠어.

　　라이샌드를 죽인 자는 너야. 꼭 살인자의 모습이야.

　　유령처럼 음산해.

드미트리우스　피살자의 모습이 그렇겠지.

　　꼭 나처럼. 당신의 잔혹성에 심장이 뚫렸으니까.

　　그런데 살인자인 당신은 저 멀리서 빛나는 샛별처럼

　　밝고 영롱하게 보여.

허미아　아니, 그게 라이샌더와 무슨 상관이야? 어디 있어?

　　아, 착한 드미트리우스, 그를 내게 데려다줘.

드미트리우스　그러느니 그의 시체를 내 개에게 주고 말지.

허미아　꺼져버려, 이 개 같은 놈아! 네놈은 내가

　　숙녀의 인내심의 한계를 넘게 했어. 그럼 그를 죽였어?

　　이제부터 너는 절대 인간 취급을 받지 못할 거야.

　　아, 제발 한 번만 진실을 말해 봐. 나를 위해서.

너는 깨어 있는 그를 감히 마주 볼 용기조차 없어서

자고 있을 때 죽인 거지? 정말 대단하다, 대단해.

뱀이나 독사도 그 정도는 하잖아?

독사가 그랬네! 이 혓바닥 갈라진 뱀아,

너보다 더 잘 무는 독사는 없을 거야.

드미트리우스 엉뚱한 데다 격정을 토하는군.

난 라이샌더에게 피를 흘리게 하지도 않았고,

장담컨대 그는 죽지도 않았어.

허미아 그러면 말해 줘. 그가 무사하다고!

드미트리우스 그렇게 말해 주면 그 대가로 뭘 줄 건데?

허미아 나를 더는 안 봐도 되는 특권을 드리지.

그래서 난 이제 꼴도 보기 싫은 널 떠날 테니

다신 나타나지 마. 그이가 살았든 죽었든.　　　(퇴장)

드미트리우스 저리도 화를 내니 따라가진 않겠어.

여기서 잠깐 머물러야겠다.

슬픔에 빠져 잠을 못 잤더니 그 무게 때문에

더는 견딜 수 없어. 여기서 잠시 쉬며 잠을

청하다 보면 슬픔에 진 빚은 가벼워지겠지.

　　　(그가 누워서 잠을 자는 동안 오베론과 퍽이 앞으로 나온다)

오베론 이제 어떡할 거야? 완전히 오해해서

진실한 연인의 눈에 사랑의 즙을 발라주다니!

네 녀석의 오해로 잘못된 사랑은 안 바뀌고

진실한 사랑이 방향을 잃었구나.

퍽　　그럼 운의 지배 아래 한 사람만 진실하고

　　백만은 어긋나 모든 맹세 다 깨겠죠.

오베론　바람보다 빨리 숲속으로 가 보아라.

　　그리고 아테네의 헬레나를 찾아내.

　　상사병이란 놈이 그녀의 신선한 피를 말려

　　사랑의 한숨을 내쉬느라 창백해졌다.

　　환영을 이용하여 이리로 데려오너라.

　　그 일에 대비해 나는 이자의 눈에 마법을 걸겠다.

퍽　　가요, 가요, 이렇게 간다고요!

　　타타르인이 쏜 화살*보다 빠르게!　　　　　　(퇴장)

오베론　(드미트리우스의 눈꺼풀에 꽃 즙을 바르며)

　　　　큐피드의 화살을 맞은 자주색 꽃 즙아,

　　　　이 눈동자를 적셔라.

　　　　그가 임을 바라볼 때

　　　　그녀는 저 하늘의 샛별처럼

　　　　찬란하게 빛나리라.

　　　　잠에서 깼을 때 임이 곁에 있거든

　　　　그녀에게 상사병을 고쳐달라 하라.

　　　　　　퍽 다시 등장

---

* 타타르인이 쏜 화살 : 이들은 세 겹으로 만들어진 활을 쏘았는데
　영국 활보다 더 강력했다.

퍽   요정들의 대장님,

헬레나가 가까이 왔어요.

제가 잘못 보았던 그 청년은

애인의 권리를 행사하게 해달라고 애원합니다.

저들의 어리석은 놀음을 구경하시겠습니까?

허, 이런 바보 인간들을 봤나!

오베론   저리 비켜. 그렇게 떠들어대면

드미트리우스가 잠에서 깨겠어.

퍽   그러면 둘이 동시에

한 여인에게 구애하게 되니

그 얼마나 흥미진진한 구경거리입니까?

제가 가장 즐기는 것은

일이 뒤죽박죽 엉망이 되는 것입니다.

(그들이 물러선다)

라이샌더와 헬레나 등장

라이샌더 내 구애를 왜 경멸조라고 생각하는 거요?

조롱과 경멸에는 눈물이 없어요.

봐요, 맹세할 때 흘리는 이 눈물을.

이런 맹세는 출발부터 진실임이 드러나요.

이게 어째서 경멸처럼 보인다는 거요?

진실을 입증하는 정표를 지니고 있는데?

헬레나 당신은 계속 궤변을 늘어놓으며 한 사람을 향한

　　　사랑의 맹세로 다른 사람에 대한 진실을 죽이는군요.

　　　오, 악마의 성전이여! 그런 맹세는 허미아한테

　　　해야 마땅한데, 그녀를 포기할 건가요?

　　　두 맹세를 저울에 올리면 양쪽 무게는 똑같고,

　　　당신의 말은 농담처럼 가벼워지겠죠.

라이샌더 그녀한테 맹세할 땐 분별력이라곤 없었소.

헬레나 그녀를 버리려는 지금도 마찬가지 같은걸요.

라이샌더 드미트리우스는 당신이 아닌 그녀를 사랑하오.

드미트리우스 (깨어나며) 오, 헬렌!

　　　여신이여, 요정이여! 완벽하고 성스러워!

　　　임이여, 그대의 눈을 어디에 비할까.

　　　수정도 탁하다오.

　　　오, 농염한 두 개의 버찌 같은 입술은

　　　얼마나 고혹적인지! 동풍에 실려 와

　　　높은 토러스 산정에 얼어붙은 맑고 흰

　　　눈조차 그대가 손을 들면 까마귀로 변할 것이오.

　　　오, 입 맞추게 해줘요.

　　　이 순백의 공주에게, 이 희열의 표상에게!

헬레나 오, 이 분통! 오, 이 지옥!

　　　놀이 삼아 나를 공격하기로 작당했군요.

　　　당신들이 겸손하고 예의라는 걸 안다면

내게 이렇게 큰 상처를 주진 않을 텐데. 내 익히

알고 있었지만, 당신이 날 미워하면 그만이지

이렇게 의기투합해 조롱해야만 하겠어요?

겉모습 그대로 당신네가 남자라면,

진심으로 나를 미워한다는 걸 확실히

알고 있는데, 서약하고 맹세하고 내 자질을

상찬하면서까지 정숙한 여자에게 이런 식의

대접을 하진 않을 테죠. 당신들 두 사람은

허미아를 사랑하는 연적이잖아요. 근데 이젠

이 헬레나를 경쟁하듯 놀리는군요.

가련한 여자 눈에서 눈물을 뽑으며 조롱하다니,

과연 눈부신 위업이고 남자다운 처신이네요.

체통 있는 남자라면 장난으로라도

이런 식으로 한 처녀를 괴롭혀

인내심을 강탈하진 않을 거예요.

라이샌더 불손하다, 드미트리우스, 그만해.

네가 허미아를 사랑한다는 건 우리가 익히 알잖아.

내 진심으로, 아니 내 선의와 우정을 다해,

허미아로 향했던 내 사랑을 양도할게.

그러니 헬레나에 대한 너의 몫을 내게 양도해.

나는 그녀를 정말 사랑해. 죽음이 올 때까지.

헬레나 그야말로 조롱꾼의 헛소리가 절정이군.

드미트리우스 라이샌더, 허미아는 네가 가져. 난 안 해.

한때는 그녀를 사랑했지만, 이제 다 끝난 얘기야.

내 마음은 그녀에게 손님처럼 머물다가 다시

헬레나라는 고향으로 돌아왔으니 여기서 머물 거야.

라이샌더   헬렌, 저 말은 진심이 아니야.

드미트리우스   남의 진심을 함부로 짓밟지 마,

위험을 자초하여 비싼 대가 치르지 않으려면.

저기 네 애인이 오고 있어. 저쪽이 네 애인이잖아.

허미아 등장

허미아   눈의 기능을 빼앗는 어두운 밤이 오면

귀의 인지력은 더욱 예민해지지.

시력이 줄어드는 만큼 청력은 두 배의 보상을 받지.

라이샌더, 널 찾아낸 건 내 눈이 아니라

고맙게도 내 귀가 날 네 소리로 이끌었어.

한데 어째서 그리도 무정하게 날 떠난 거야?

라이샌더   사랑이 떠미는데 거기 있으라고?

허미아   어떤 사랑이 라이샌더를 떠밀었다는 거야?

라이샌더   머물지 말라는 라이샌더의 사랑이지. ─

아름다운 헬레나, 그대는 저 멀리서 불타는 둥근

뭇 별보다 더 아름답게 밤을 도금하오.

왜 날 찾아왔어? 이래도 모르겠어?

네가 싫어서 내가 떠났다는 걸?

허미아 마음에도 없는 헛소리야. 그럴 리 없어!

헬레나 저것 보라고. 저 애도 한통속이구나.

이제야 알았어. 세 사람이 작당하여

날 골탕 먹이려고 거짓 장난을 꾸민 거라는걸.

허미아, 괘씸하다. 인정머리 없기는!

날 비웃으며 괴롭히려고 이들과 추접하게 모의하고

궁리했어? 우리 둘이 나누었던 은밀한 얘기들,

자매의 맹세, 우리를 갈라놓은 발 빠른

시간을 꾸짖으며 함께 보낸 나날을

모두 잊었단 말이야? 순수했던 어린 시절과

학창 시절의 우정도?

허미아, 우린 마치 조화를 부리는 신들처럼

한 방석에 앉아 하나의 견본에 두 개의 바늘로

한 송이 꽃을 수놓았고, 같은 음조로 같은 노래를

읊조렸어. 손과 옆구리와 목소리와 마음이

일체가 된 것처럼. 우리는 그렇게 같이 자랐잖니?

겹버찌처럼 갈라진 것 같지만,

실은 하나로 연결된, 같은 가지에 맺힌

두 개의 사랑스러운 열매였어.

마치 가문의 문장이 두 개로 표시되지만

하나의 볏 장식 아래 둘러싸여 있듯이.

우린 몸은 둘이지만 가슴은 하나였지. 그런데도

넌 불쌍한 친구를 조롱하는 남자들과 한패 되어

우리의 옛 우정을 산산조각 낼 심산이니?

이건 친구로서도, 여자로서도 해선 안 될 일이야.

이 상처는 나 혼자 겪지만, 이 일로 세상 여자들이

널 비난할 거야.

허미아   왜 이렇게 네 비난이 신랄한지 모르겠구나.

내가 너를 조롱한다고? 나를 경멸하는 건 너잖니?

헬레나   라이샌드를 부추겨 날 조롱하며 따라와

내 눈이 빛난다느니, 얼굴이 예쁘다고 찬사 보내게

만든 건 너잖아? 게다가 네가 걷어찬 드미트리우스까지

내게 여신입네, 요정입네, 거룩하네, 빼어나네, 소중하네,

하늘 같네, 따위의 말을 주절거리게 만든 것도 너잖아.

왜 그가 그러는 거야, 미워하는 여자에게?

네가 부추기고 용인한 게 아니라면

라이샌드가 자기 영혼 속에 그리도 소중히 간직한

너의 사랑을 거부하고 내게 애정 공세를 퍼붓겠어?

내 비록 호감형도 아니고, 운도 안 따라줘 짝사랑이나

하는 비참한 처지지만, 그건 경멸받을

일이 아니라 동정받을 일이야.

허미아   무슨 말을 하는지 이해할 수가 없어.

헬레나   그래! 끝까지 버텨봐. 심각한 표정을 지어 보이다가

내가 돌아서면 입을 삐죽이겠지. 서로 눈짓하며

장난치는 게 신날 테지. 이 놀이는 잘만 하면

역사에 남겠구나. 너희들에게 동정심이나

자비심, 아니 최소한의 예의를 기대한 내가

잘못이지. 어쨌든 잘 있어. 내 잘못도 있으니까

죽든지 없어지면 일이 끝나겠지.

라이샌더   가지 마, 헬레나! 내 말 좀 들어봐.

내 사랑, 내 생명, 내 영혼, 아름다운 헬레나!

헬레나   잘들 노네.

허미아   (라이샌드에게) 자기, 제발 얘를 그런 식으로

놀리지 마.

드미트리우스   (라이샌드에게) 그녀의 간청이 안 통하면

내가 강제로라도 막아주지.

라이샌더   허미아의 간청도 너의 강요도 안 통해.

너의 협박은 허미아의 약한 기도보다 안 먹혀.

헬렌, 당신을 사랑해. 목숨만큼이나.

아니라는 저자의 말이 거짓임을 이 목숨

바쳐서라도 증명해 보이겠어. 장담하오.

드미트리우스   내 사랑이 그보다 덜하지는 않아.

라이샌더   그렇다면, 저쪽으로 가서 증명해 봐.

드미트리우스   가자. 당장.

허미아   라이샌더, 대체 어찌 된 일이야?

라이샌더   저리 비켜. 검둥이 계집애야!

드미트리우스   얘는 그냥 이러는 거야.

뿌리치는 척하는 거야.──(라이샌더에게) 따라올 것처럼

떠벌리는데, 못 올걸! 넌 길들여졌으니까. 꺼져버려!

라이샌더   놔, 이 고양이 같은 년. 진드기처럼 더럽게
　　달라붙는군. 놔. 안 그러면 독사를 떼어내듯 할 테다.
허미아   갑자기 왜 이렇게 난폭해진 거지?
　　이 무슨 조화야, 응, 자기?
라이샌더   자기? 꺼져버려, 이 싯누런 타타르인아.
　　꺼져 줘, 꺼져! 독약만큼이나 끔찍해. 저리 가.
허미아   농담하는 거겠지?
헬레나   맞아, 농담이야. 너도 농담하고 있잖아.
라이샌더   드미트리우스, 네게 했던 약속은 지킬 테다.
드미트리우스   나도 너처럼 구속 받고 싶어. 네 구속은
　　약하단 걸 아니까 네 말은 못 믿겠어.
라이샌더   이 여자를 상처 내고, 때려죽이란 말이야?
　　이 여자를 미워하긴 하지만 폭력은 싫어.
허미아   아니, 미움보다 더한 상처가 있을까?
　　왜 날 미워하는 거야? 무엇 때문이야? 왜 그래, 자기?
　　나, 허미아 아냐? 넌 라이샌더고?
　　난 예전과 다름없이 아름다운걸.
　　지난밤에 넌 날 사랑했어. 그런데 간밤에 떠났어.
　　그렇다면 넌 진심으로―오, 맙소사!―날 버린 거군.
　　진정이란 말이야?
라이샌더   물론이지. 내 목숨을 걸고.
　　게다가 두 번 다시 네 얼굴을 보고 싶지 않아.
　　그러니 희망도, 의문도, 의혹도 품지 마.

분명히 알아둬. 이건 농담이 아니라 진심이야.

내가 미워하는 사람은 너고 사랑하는 사람은 헬레나야.

허미아　(헬레나에게) 오, 사기꾼! 자벌레 같은 것!

사랑을 훔치는 이런 날강도를 봤나!

밤중에 나타나 남의 남자 마음을 훔쳐 가다니!

헬레나　놀고 있네.

넌 기본 예의도 수치심도 없구나.

아니, 처녀가 지녀야 할

최소한의 부끄럼도 벗어던진 거야? 순한 내

입에서 갈 데까지 간 내 심정 토해내야겠어?

이 가증스러운 것, 이런 꼭두각시를 봤나!

허미아　뭐, 꼭두각시? 아, 그걸 노렸구나.

이제 알았다. 애는 내 키와 자기 키의

높이를 비교하고 있었네. 자기 키를 역설하며,

높은 신장으로 라이샌더를 꼬셨구나. 내가

꼬마처럼 작으니 키 큰 네가 대단하다고?

내 작은 키가 그렇게 우습게 보여, 이 분칠한 장대야!

말해 봐. 그렇게 우습게 보여? 아무리 그래도

내 손톱이 네 눈에 닿지 못할 정도는 아니다.

헬레나　신사들, 부탁드릴게요. 날 놀려먹더라도

저 애가 나를 해치는 건 막아줘요. 난 짓궂은 짓을

못 하고 말괄량이 기질도 없는 소심한 사람이에요.

제발 저 애가 날 때리지 못하게 말려줘요.

    저 애는 키가 작으니 설마 무슨 일이 있으랴

    싶겠지만—

허미아   '작다'고? 또 그 소리네!

헬레나   허미아, 날 너무 미워하지 마.

    나는 너를 언제나 좋아했잖니, 허미아. 난

    네 비밀을 발설한 적도 없고, 네게 해코지한 적도

    없잖니? 단지 드미트리우스를 사랑해서

    네가 이 숲속으로 도망칠 계획이라고 귀띔했던 거야.

    그는 너를 쫓아왔고, 나는 그의 뒤를 쫓아왔어.

    하지만 저 사람은 나에게 돌아가라고 채근하며,

    날 치겠다, 차겠다, 심지어 죽이겠다고도 했어.

    그러니 제발 나를 조용히 가게만 해주면

    이 바보 같은 사랑을 가슴에 품고 아테네로 돌아가서

    다시는 네 앞에 얼씬거리지 않을게. 나를 놓아줘.

    너도 알다시피 나는 단순하고 어리숙해.

허미아   그렇다면 돌아가. 누가 널 붙드는데?

헬레나   내가 남겨둘 바보 같은 마음이.

허미아   뭐? 라이샌더에게?

헬레나   아니, 드미트리우스에게.

라이샌더   두려워 마요, 헬레나! 저 여잔 해치지 못해.

드미트리우스   당연하지. 네가 비록 그녀 편을 든다 해도.

헬레나   저 애는 화가 나면 앙칼지고 표독스러워져요.

    학창 시절에도 암여우 같았고,

몸집은 작지만 성깔은 보통 아니에요.

허미아 또 '작다'는 소리야. 넌 작거나 조그맣다는
　　말밖에 할 줄 모르니? 넌 저 애가 나를 이토록
　　조롱하는 데도 보고만 있는 거야? 안 되겠어.
　　쟤한테 가게 해줘.

라이샌더 가버려. 이 난쟁이야.
　　성장 억제제라도 먹은 거야?
　　이 염주알, 도토리야.

드미트리우스 넌 네 사랑을 경멸하는 헬레나를
　　위해 준답시고 이렇게 주제넘게 구는 거야?
　　그녀를 내버려둬. 헬레나 얘긴 입도 벙긋 마!
　　그녀 역성도 들지 마. 헬레나에게 흑심 품었다면
　　반드시 죗값 치를 거야.

라이샌더 이젠 허미아가 날 붙잡지 않아.
　　자, 용기가 있으면 날 따라와. 우리 두 사람 중
　　누가 헬레나를 차지할 권리가 있는지 담판 짓자.

드미트리우스 따라와? 그래, 착 달라붙어 가주마.

　　　　　　　　　　　　(라이샌더와 드미트리우스 퇴장)

허미아 아, 일이 이렇게 꼬인 건 너 때문이니
　　도망칠 생각은 마.

헬레나 너야말로 믿을 수가 없어.
　　그리고 싸움닭 같은 널 상대하고 싶지도 않고.
　　싸울 때는 네 손이 유리하겠지만 도망칠 때는

내 다리가 더 기니 유리해.   (퇴장)

허미아   어이가 없어 말이 안 나오는군.   (허미아 퇴장하고
                                            오베론과 퍽이 무대 앞으로 나온다)

오베론   이 모든 건 네 부주의로 생긴 일이야.

　　넌 항상 사고를 치거나 고의로 나쁜 짓을 저질렀어.

퍽   정말, 정령들의 왕이시여, 저의 실수였습니다.

　　아테네 복장을 한 사람을 눈여겨보라고

　　저에게 말씀하시지 않으셨나요?

　　적어도 아테네인의 눈에다 꽃 즙을 발라준 것까지는

　　나무랄 데 없이 잘했다고 장담합니다.

　　저는 이들의 말다툼을 재미로 여기고 있으니

　　일이 이렇게 된 게 기쁘기도 하고요.

오베론   지금 연적들이 싸울 곳을 찾고 있지 않느냐?

　　그러니 로빈, 밤의 장막을 서둘러 펼쳐라.

　　저 별이 빛나는 하늘을 내려앉는 안개로

　　지옥처럼 시커멓게 덮어버린 뒤

　　성미 급한 연적들을 멀찌감치 떼어놓아

　　길이 엇갈리도록 해놓는 거야. 그런 뒤

　　때로는 네 혀를 라이샌더의 말에 맞춰

　　드미트리우스를 신랄하게 모욕하여 선동하고,

　　때로는 드미트리우스가 되어 욕설을 퍼부어라.

　　이렇게 그들을 떼어놓으면 죽음 같은 깊은 잠이

　　그들의 이마 위로 납덩이 같은 다리와

박쥐 날갯짓으로 기어올 것이다.

그때 이 약초를 라이샌더 눈에 발라주어라.

그러면 강력한 약효가 머리에 박힌 오류를 모두 지워

그의 두 눈은 원래의 시각을 회복할 것이다.

그들이 나중에 깨어나면 이 모든 웃음거리가

꿈이요, 무의미한 환영임을 알게 될 테고,

연인들은 죽는 날까지 계속될

결연을 맺고 아테네로 돌아갈 거다.

네가 그 일을 하는 동안 나는 여왕에게로 가서

그 인도 소년을 달라고 해봐야겠다.

그런 다음 그 여자의 눈에서 괴물에게 걸린

마법을 풀어주면 만사가 평화로워질 것이다.

퍽   요정들의 왕이시여, 서둘러야 합니다.

이미 밤의 날쌘 용들이 전속력으로 구름을 가르고 있고,

저 건너편 새벽 여신의 전령인 샛별이 빛나고 있습니다.

그녀가 다가오면 곳곳을 배회하던 유령들이

교회 마당으로 몰려가죠. 자살로 십자로에 묻힌

영혼들과 물에 빠져 죽은 저주받은 영혼들은

동이 트면 자신들의 비참한 모습 들킬까 두려워

구더기가 들끓는 잠자리로 이미 돌아갔습니다.

그들은 고의로 빛을 멀리했기 때문에 영원히 검은

머리의 밤의 여신하고만 지내야 합니다.

오베론   하지만 우린 그따위 족속과는 다른 영이다.

나는 아침의 여신과 노닥거리며 지내왔고,
붉게 타오르는 동녘 문이 축복받은 빛을
바다에 띄워 푸른 소금기 있는 물결을
황금빛으로 바꿔 놓을 때까지 산지기 차림으로
숲속을 누볐지. 그렇긴 하나 지체 말고 서둘러라.
날이 밝기 전에 일을 마무리해야 하니까.　　　　(퇴장)
퍽　　　　　　위로 아래로, 위로 아래로
　　　　　　위로 아래로 이들을 끌고 다녀야지.
　　　　　시골에서도 읍내에서도 다들 나를 겁내지.
　　　　　도깨비야, 이들을 위로 아래로 끌고 다녀라.
　　　　옳지, 벌써 한 놈 오는구나.

라이샌더 등장

라이샌더　무례한 드미트리우스, 어디 있어? 말해 봐.
퍽　이 망할 자식아! 칼을 뽑고 기다린다. 넌 어디야?
라이샌더　네놈 있는 곳으로 곧장 가겠어.
퍽　그럼 날 따라와.
　　좀 평평한 땅으로.　　　(퍽의 목소리를 듣고 라이샌더 퇴장)

드미트리우스 등장

드미트리우스　라이샌더, 다시 말해!

이 도망이나 치는 겁쟁이야! 달아나 버린 거야?

말해 봐. 덤불이야? 머리를 어디다 감췄어?

퍽 겁쟁이 같으니라고! 별을 향해 우쭐대?

덤불에게 한판 붙자고 큰소리쳐?

하지만 정작 나타나지는 못하겠다 이거지?

이 배신자, 애송아, 덤벼라 덤벼!

몽둥이찜질을 해줘야겠다. 네놈을 상대로 칼을

뽑기에는 칼이 아까우니까.

드미트리우스 아니, 너 거기 있었어?

퍽 내 목소리를 따라와. 여기선 남자답게 못 싸워! (퇴장)

라이샌더 등장

라이샌더 저놈은 앞서가면서 계속 도전해 오지만,

막상 다가가면 자취를 감춰버린단 말이야.

따라잡으려고 미친 듯 따라붙으면 더 빨리

도망치니. 어라, 어둡고 울퉁불퉁한 길로 들어섰다.

여기서 잠시 쉬었다 가자. 아침이여 오너라.   (눕는다)

흐릿한 네 빛을 보여만 주면

드미트리우스를 찾아내 복수할 테다.   (잠든다)

퍽과 드미트리우스 등장

퍽   하하하! 이 겁쟁이야, 왜 따라오지 않는 거야?

(둘은 무대 위에서 교묘하게 피한다)

드미트리우스   싸울 용기가 있다면 기다려라.

요리조리 피하며 감히 멈춰 서지도,

날 쳐다보지도 못하면서

내 앞에서 뛴다는 걸 잘 알고 있으니까.

지금 어디 있는 거야?

퍽   이리 와, 나 여기 있다.

드미트리우스   아니 또, 이젠 놀려먹기까지 하네.

해가 떠서 네놈 낯짝이 보이기만 해봐라,

비싼 대가를 치를 테니. 지금은 가고 싶은 데로 가.

난 힘이 빠져 이 차가운 침대에 누워야겠어.

아침이 밝으면 찾아갈 줄 알아.   (누워서 잠든다)

헬레나 등장

헬레나   오, 지루한 밤!

오, 길고도 지루한 밤이여!

네 시간을 줄여다오.

동녘이 밝아오면 가련한 나와 함께 있길

혐오하는 이들을 떠나 아테네로 돌아가야지.

슬픔에 젖은 눈 감겨주는 잠이여,

나에게서 잠시 날 훔쳐 가라.   (누워 잠든다)

퍽   아직도 세 사람뿐인가? 한 사람이 모자라!

  두 종류가 둘씩이면 모두 네 사람이 되지.

  저기 오는군. 분노와 슬픔에 젖어서.

  큐피드는 심술쟁이가 틀림없어.

  가련한 여자들을 미치게 하다니!

허미아 등장

허미아   이렇게 넌더리나게 비통한 적은 없었어.

  이슬에 흠뻑 젖은 데다 가시에 찢기어

  더는 기어갈 수도, 걸어갈 수도 없어.

  다리가 내 소망에 보조를 못 맞추네.

  날이 밝을 때까지 쉬었다 가야겠어.

  결투가 벌어진다면 하늘이여, 라이샌더를 지키소서.

                              (누워서 잠든다)

퍽   땅 위에서

                곤히 잠들어라.

               다정한 연인아,

          네 눈에 사랑의 묘약 발라줄 테니.

                   (라이샌더의 눈에 꽃 즙을 바른다)

             잠에서 깨거든

                옛 님의

               눈 속에서

진정한 기쁨을 느껴라.
그리고 짚신도 짝이 있단
촌사람들의 속담이 맞는다는 걸
깨어나면 알 것이다.
처녀, 총각 짝짓고
만사형통하리니,
주인은 자기 암말 찾고,
만사가 순조로우리라.   (퇴장)

4막 1장
(아테네 근처의 숲)

라이샌더, 드미트리우스, 헬레나, 허미아가 자고 있고,
요정의 여왕 티타니아와 당나귀 머리를 한 보텀 및
완두꽃, 거미줄, 나방, 겨자씨와 다른 요정들 등장한다.
요정의 왕 오베론은 눈에 띄지 않게 등장한다.

티타니아   이리 오셔서 꽃 덮인 침대에 앉으세요.
   당신의 사랑스러운 두 뺨 쓰다듬으며
   매끈한 이 머리에 사향 장미를 꽂아드리고
   크고 멋진 귀에 입 맞춰 드리겠어요, 내 사랑.
보텀   완두꽃은 어디 있소?
완두꽃   여기요.
보텀   머리 좀 긁어줘요, 완두꽃님! 그리고 거미줄 선생은
   어디 있소?
거미줄   여기 대령했습니다.

보텀   거미줄 선생, 훌륭하신 선생은 손에 무기를 잡으시고 엉겅퀴꽃 위에 앉은 엉덩이가 붉은 땅벌 한 마리 잡아주십시오. 그리고 그 꿀주머니를 나에게 갖다주세요. 허나 작업할 때 너무 초조해하진 마세요. 꿀주머니가 터져서는 안 되니 조심해야 하오. 그대가 꿀통을 뒤집어쓰는 건 너무나 싫소이다. 거미줄 님, 겨자 선생은 어디 있소?

겨자씨   여기요.

보텀   악수나 합시다, 겨자 선생! 제발 예는 차리지 마시오.

겨자씨   원하는 게?

보텀   아무것도 없소, 선생. 그저 멋쟁이 거미줄 님이 날 긁는 걸 도와주는 일 말고는. 난 이발소에 가봐야겠어요, 선생. 얼굴이 온통 털북숭이가 된 것 같으니까. 게다가 난 너무나 예민한 나귀라서 털이 조금만 간질여도 긁어야 한답니다.

티타니아   사랑하는 당신, 음악을 듣는 건 어때요?

보텀   내 귀는 음악에 꽤나 밝지요.

　뼈다귀 젓가락 장단을 들어 봅시다.

티타니아   귀여운 당신, 뭘 좀 먹는 건 어때요?

보텀   여물 한 통이 간절히 당기는구려. 나는 그 말린 귀리를 씹어 먹을 수 있소. 꼴 한 다발을 먹고 싶은 욕망이 간절하군. 좋은 꼴, 맛있는 꼴보다 더 좋은 녀석이 세상에 있을까?

티타니아   용감한 요정더러 다람쥐 창고를 뒤져

숨겨 놓은 햇열매를 가져오라고 할게요.

보텀 그보다는 마른 완두콩 한두 주먹이 좋겠소.

부탁인데 제발 요정더러 날 방해하지 말라고 해주오.

잠이 쏟아지니 말이오.

티타니아 주무세요. 제 팔로 감아 안아드릴게요.

요정들아, 물러가거라. 사방으로 흩어져라. (요정들 퇴장)

담쟁이도 아름다운 인동덩굴 이렇게

부드럽게 감고, 암송악도 껍질 덮인

느릅나무 거친 손가락을 둥글게 감싼답니다.

아, 내 그대를 얼마나 사랑하는지,

얼마나 그대에게 빠졌는지!   (두 사람, 잠든다)

퍽 등장

오베론 (나오며) 잘 왔다, 로빈. 이 광경이 멋지지 않느냐?

이젠 그녀의 어리석은 사랑이 측은하구나.

이 꼴사나운 멍청이에게 줄 사랑의 정표를 찾고 있는

그녀를 최근 숲 건너편에서 보았을 때

명백한 잘못을 나무라며 다투었지.

그때 그녀가 이자의 털북숭이 머리 위에

싱싱하고 향기로운 화관을 씌워주었는데,

한때 둥글게 빛나던 진주처럼 꽃망울 위에 맺히곤 했던

이슬이 이제는 제 신세 한탄하는 눈물처럼

작고 귀여운 꽃들의 눈 속에 서려 있었으니까.

내가 여왕에게 마구 비아냥거렸더니

나더러 조금만 참아달라고 했어.

이때다 싶어 내가 그 업둥이를 요구했지.

그녀는 곧장 그 아일 내주며 자기 요정을 시켜서

요정 나라의 내 처소로 그 소년을 데려가게 했어.

난 이제 그 아이를 얻었으니 그녀의 눈이 가진

끔찍한 결함을 없애줄 것이다.

그러니 착한 퍽, 저 아테네 촌뜨기의 머리에서

변형된 머리 가죽을 벗겨줘라.

그래서 저놈이 다른 사람 깨어날 때 깨어나

다 함께 아테네로 돌아가서 이 밤의 일들을

몹시 뒤숭숭한 꿈이라 생각하도록.

그보다 요정 여왕을 먼저 풀어줘야겠다.

(꽃 즙을 짜서 티타니아의 눈에 떨어뜨린다)

원래대로 돌아와서

늘 보던 대로 보시오.

순결한 디아나의 꽃눈에 큐피드 꽃

물리칠 효능과 영험이 있으니까.

자, 티타니아, 사랑하는 나의 여왕이여! 눈을 뜨구려.

티타니아   (깨어나며) 오베론, 희한한 꿈을 꾸었어요.

제가 당나귀와 사랑에 빠져 있었다니까요.

오베론   저기 당신의 애인이 누워 있잖소.

티타니아　어떻게 이런 일이?

오, 인제 보니 정말이지 역겨운 얼굴이네!

오베론　잠시 조용히 하시오. 로빈, 그 머릴 벗겨줘라.

티타니아, 음악으로 이 다섯 명의 인간들을

더욱 깊은 잠에 빠지게 하시오.

티타니아　여봐라, 음악을, 잠 오는 곡을 연주하라.

(조용한 음악)

퍽　(보텀의 당나귀 머리를 벗기면서)

이제 깨어나면 그 바보의 눈으로 보아라.

오베론　음악을 울려라.　　　　　　(춤곡이 연주된다)

나의 여왕이여! 우리 손을 잡고

잠자는 사람들이 누운 대지를 구릅시다.

(오베론과 티타니아, 춤을 춘다)

당신과 난 새롭게 화해했으니 내일 저녁

테세우스 공작님의 저택에서 있을 장엄한 축제의

무도를 즐기며 집안의 번영을 빌어줍시다.

거기서 저 두 쌍의 충실한 연인들도 테세우스와 함께

성대한 결혼식을 치를 수 있도록 도웁시다.

퍽　요정의 왕이여, 잠깐만요.

아침을 알리는 종달새가 울고 있어요.

오베론　그렇다면 여왕이여, 조용하게 밤그림자

뒤쫓으며 뜁시다. 우리는 하늘을 떠도는

달보다 더 빨리 지구를 돌 수 있으니까.

티타니아 가요, 여보. 날아가며 말해 줘요.

　　오늘 밤 내가 어떻게 여기서 이따위 인간들과

　　잠자는 게 발견되었는지.

　　　　　　　(함께 퇴장. 네 명의 연인과 보텀은 여전히 누워 잔다)

　　　　　　뿔피리 소리에 맞춰 테세우스,

　　　　히폴리타, 이지우스, 시종들과 함께 등장

테세우스 너희 중 한 사람은 가서 산지기를 불러오너라.

　　이제 우리는 오월제 의식을 마쳤고,

　　아직은 신새벽이니 내 임에게

　　사냥개의 음악을 들려줘야겠다.

　　저 서쪽 계곡에 개들을 풀어놓아라.

　　신속히 하라. 산지기도 찾아내고.　　　　(시종 한 명 퇴장)

　　아름다운 부인, 우리는 저 산꼭대기로 올라가서

　　사냥개가 요란하게 짖어대며 만들어내는

　　메아리의 혼성을 감상합시다.

히폴리타 헤라클레스와 테베 왕 카드모스와 함께

　　크레타 숲속에서 스파르타 사냥개로 곰 몰이를

　　한 적이 있었는데, 나는 그처럼 장엄한 울음소리는

　　일찍이 들어본 적이 없었어요. 숲과 하늘과 호수와

　　주변의 모든 지역이 합동으로 울부짖는 것 같았다고요.

　　그렇게 조화로운 불협화음,

그처럼 달콤한 천둥소리는 처음이었어요.

테세우스   내 사냥개들도 스파르타 혈통이라오.

큰 턱에 털은 모래색이고, 머리에는 이슬을 털어내는

커다란 귀가 달려 있고, 굽은 다리에 처진 목살은 마치

테살리아 황소 같다오. 추격은 가히 빠르지 않지만

짖는 소리는 종의 합주처럼 소리가 층층인데,

크레타, 스파르타, 테살리아에서

이들 무리보다 더 조화롭게 뿔피리에

맞춰 짖어대는 소리를 들은 적이 없었소.

들으면 알 것이오. 가만, 이들은 무슨 요정들이오?

이지우스   공작님, 여기 잠든 이는 제 여식이고,

이쪽은 라이샌더고, 그쪽은 드미트리우스고,

여기 있는 헬레나는 늙은 네다르의 딸이지요.

이들이 무슨 일로 함께 모여 있었는지 모르겠습니다.

테세우스   이들은 틀림없이 오월제에 참석하려고

일찍 일어났다가 짐의 뜻을 전해 듣고

우리의 결혼식을 축하하려고 이곳으로 왔을 거요.

그런데 이지우스, 오늘이 허미아가

자신이 어떤 선택을 했는지 알려주기로 한 날 아니오?

이지우스   그렇습니다, 공작님!

테세우스   가서 사냥꾼들의 뿔피리로 저들을 깨워라.

(시종 한 명 퇴장. 안에서 외침.

뿔피리 소리 들리고, 두 쌍의 연인이 놀라 깨어난다)

여보게들, 좋은 아침이네. 성 발렌타인이 지났는데,
이 산새들은 이제야 짝짓기를 시작한단 말인가?

라이샌더 용서하십시오, 공작님.　　(연인들, 무릎을 꿇는다)

테세우스 모두 일어나라! 너희 두 사람은
연적인 줄 알고 있는데, 세상의 무슨 조화로
증오하던 자들이 불신을 거두고
원수 곁에 나란히 누워 잠을 잤단 말이냐?

라이샌더 전하, 비몽사몽간에 어찌 대답해야 할지
어리둥절합니다만, 맹세코 제가 어떻게
여길 왔는지 모르겠습니다. 하지만 제 생각에
─정녕 진실을 말씀드리자면, 어렴풋이
기억을 떠올려보니─제가 허미아와 함께 이곳으로
왔는데, 저희의 의도는 아테네를 떠나는 것이었고,
아테네 법률의 위험을 벗어난 곳에서 뭔가─

이지우스 그만, 그만! 공작님, 이걸로 충분합니다.
저자에게 법의 심판을 받게 해주십시오.
두 사람은 몰래 달아나려고 했네, 드미트리우스!
그런 식으로 우리를 속여 빼돌리려고 한 거라니까.
자네에게서 아내를, 나에게서 승낙을,
내 딸을 자네에게 준다는 승낙 말일세.

드미트리우스 공작님, 아름다운 헬렌이 저 두 사람이
몰래 달아나려 한다는 사실을 제게 말해 주었습니다.
저는 격분해서 그들을 뒤쫓아 숲으로 왔고

저를 사랑하는 헬레나는 제 뒤를 쫓았지요.
하오나 각하! 무슨 힘 때문인지는 모르겠습니다만—
힘인 것은 틀림없는데—허미아를 향한 제 사랑이
눈 녹듯 녹아버렸습니다. 이젠 그것이 어린 시절엔
애지중지했지만 지금은 시들해진 장난감을 보는
듯한 회상입니다. 이제야 제 마음의 신뢰와 진실,
제 기쁨의 대상이 헬레나임을 알았습니다.
헬레나는 허미아를 만나기 전 약혼한 사이였습니다.
허나 저는 병자처럼 그 음식을 혐오했죠.
하지만 건강해져 원래의 입맛을 되찾으니
이제는 진정으로 그 맛을 원하고 사랑하고 갈구하며
영원히 거기에 충실하려고 합니다.

테세우스　아름다운 연인들이여, 그대들은 운이 좋구려.
그러나 이 이야기는 짐이 곧 더 들어볼 것이다.
이지우스, 경의 뜻을 내가 꺾어야겠소.
이 두 쌍은 신전에서 우리와 함께 백년가약을 맺을
것이기 때문이오. 이제는 아침나절도 한참 지났으니
목적했던 사냥은 보류해야겠소.
자, 아테네로 함께 가자. 세 쌍의 연인이
거창한 피로연을 여는 거다. 갑시다, 히폴리타.

　　　　　　　　(테세우스, 히폴리타, 이지우스, 시종들 퇴장)

드미트리우스　그것들이 구름과 맞닿은
먼 산처럼 조그맣고 아리송해 보여.

허미아   초점이 맞지 않는 눈으로 보는 것처럼

　　모든 것이 이중으로 보여.

헬레나   나도 그래. 드미트리우스는 우연히 찾아낸

　　보석 같아. 내 건데 아닌 것 같기도 해.

드미트리우스   분명 우리가 깨어 있는 게 맞지?

　　아직도 꿈을 꾸고 있는 것 같아. 공작님이 여기서

　　우리더러 따라오라고 한 게 맞는 거야?

허미아   그래. 우리 아버지도 옆에 계셨어.

헬레나   히폴리타 님도 계셨어.

라이샌더   공작님이 신전으로 따라오라고 하셨어.

드미트리우스   그렇다면 이건 생시야. 다들 따라가자.

　　가는 길에 우리의 꿈 얘기를 되짚어보자고.

　　　　　　　　　　　　　　　　　　　(연인들 함께 퇴장)

보텀   (깨어나며) 내가 등장할 차례가 되면 불러줘. 대답할

　　테니. 내 다음번 등장 신호는 '더없이 사랑스러운 피라무

　　스여'야. 아, 음. 피터 퀸스는 어디 있나? 풀무장이 플루

　　트는? 땜장이 스나우트는? 스타블링은? 맙소사! 잠든 나

　　를 두고 다들 도망치다니! 나는 참 희한한 환영을 보았

　　어. 꿈이 맞긴 한데, 인간의 지식으로는 그게 무슨 꿈인

　　지 말 못 해. 이런 꿈을 해몽하겠다고 덤비는 놈은 어리석

　　은 나귀일 뿐이야. 내 생각엔 내가―아냐, 누구도 그걸

　　꼭 집어 말할 수 있는 사람은 없어. 내 생각엔 내가, 그리

　　고 내 생각엔 내게―그러나 인간은 얼룩 옷을 입은 어릿

광대일 뿐이야. 내 꿈이 뭐였는지, 인간의 눈은 듣지 못했고, 인간의 귀는 보지도 못했으며, 인간의 손은 맛볼 수도 없고, 인간의 혀는 이해할 수도 없고, 마음으로 말할 수도 없어. 피터 퀸스에게 이 꿈으로 가요를 지어달라고 해야 겠다. 제목은 '보텀의 꿈'이 좋겠군. 왜냐하면 거기엔 보텀은 없으니까. 그리고 난 연극이 끝날 무렵 그 노래를 공작님 앞에서 불러드려야지. 그게 아니지. 더 우아하게 만들기 위해 티스베가 죽을 때 그걸 노래해야겠어.   (퇴장)

4막 2장
(아테네. 퀸스의 집)

퀸스, 플루트, 스나우트, 스타블링 등장

퀸스 보텀네 집으로 사람을 보냈는가? 집에 안 왔어?

스타블링 감감무소식이야. 어딘가로 잡혀간 게 틀림없어.

플루트 그가 안 오면 연극을 못 해. 진행할 도리가 없잖나?

퀸스 불가능하지. 아테네 천지에 피라무스 역을 해낼 수 있는 사람은 그 친구밖에 없으니.

플루트 맞아. 그 친구는 아테네 장인들 가운데 가장 재치 있는 사람이지.

퀸스 그럼, 그만한 풍채를 가진 사람도 없지. 게다가 달콤한 목소리는 부도덕한 샛서방 같다니까.

플루트 　그건 정확한 표현이 아냐. '새 서방'이라고 해야지.

가구장이 스넉 등장

스넉 　이보게들, 공작님이 지금 신전에서 오고 있네. 그리
고 결혼식을 올릴 신사, 숙녀들이 몇 쌍 더 있다네. 우리
의 공연이 무대에 세워진다면 팔자 고치는 건데.

플루트 　오, 멋진 보텀 대장! 그리하여 그 친구는 평생에 걸
쳐 매일 육 펜스씩 잃게 생겼지 뭐야. 하루에 육 펜스는
떼어 놓은 당상이었는데, 그걸 놓치다니! 만일 공작님이
그에게 피라무스를 연기했다고 하루 육 펜스씩 수당을
주지 않는다면 내 목을 내놓겠어. 보텀은 그만한 자격이
있어. 피라무스 역으로 하루 육 펜스 이하로는 안 되지.

보텀 등장

보텀 　여, 친구들, 어디 있는 거야? 모두 어디 있냐니까?

퀸스 　보텀! 오, 정말 눈부신 날이군! 최고로 행복한 순간
이야!

보텀 　여러분! 내가 희한한 얘기를 설하겠다. 하지만 어떤
얘기냐고 캐묻지는 마시라. 그걸 대답한다면 나는 진짜
아테네 사람이 아닐 테니까. 하지만 언젠가는 그 일을 털

어놓겠다. 내게 일어난 그 일을.

퀸스 말해 봐, 착한 보텀.

보텀 한마디도 기대하지 마. 내가 해줄 수 있는 이야기는 공작님께서 식사를 마쳤다는 것뿐이네. 친구들, 어서 의상을 챙기고, 턱수염은 단단히 붙이고, 구두에는 새 리본을 달고, 곧장 궁전에서 만나도록 하세. 각자 맡은 역할을 쭉 훑어봐. 핵심을 말하자면 우리 연극이 추천되었단 말일세. 아무튼 티스베는 깨끗한 옷을 입고, 사자 역을 맡은 친구는 손톱을 깎지 마. 사자 발톱을 만지려고 구경꾼들이 몸을 내밀 테니까. 그리고 배우 여러분은 양파나 마늘은 먹지 마시오. 우리는 향긋한 입김을 뱉어야 하니까. 그리하면 그들로부터 우리의 연극이 향긋한 희극이라는 칭찬을 듣게 될 거야. 이제 말은 그만하겠네. 자, 가세나.

(모두 퇴장)

5막 1장
(아테네. 테세우스의 궁전)

테세우스, 히폴리타, 필로스트레이트를
포함한 신하들과 시종들 등장

히폴리타 테세우스, 연인들의 이야기는 참 희한하군요.

테세우스 거짓말처럼 묘한 게 많아. 난 절대
이런 기괴한 옛 전설이나 요정의 장난을 못 믿겠어.
사랑에 빠진 연인과 광인은 다들 머리가 끓어오르고
상상력이 너무 풍부해서 냉정한 이성으로 간파하는
것보다 더 많은 걸 감지한다오. 광인과 연인과
시인은 상상력으로 가득 차 있다오. 광인은
거대한 지옥에서보다 더 많은 악마를 보는데, 연인도
그와 다름없어 집시의 얼굴에서 헬렌의 얼굴을 본다오.
광기에 사로잡힌 시인의 두 눈은 세련된 광기로
구르는 동안 하늘에서 땅, 땅에서 하늘을 쳐다보며

미지의 사물을 상상의 힘으로 구체화하고,
시인의 펜촉은 그것들에 형체를 부여해 주어
이 무형물들에게 거주지와 이름을 준다오.
강력한 상상력은 속임수가 뛰어나서
그 어떤 기쁨을 감지하기만 해도 그 기쁨의
원인이나 제공자를 떠올린다오.
캄캄한 한밤중에 두려움에 사로잡히면
나무 덤불을 보며 곰을 상상하는 것은
얼마나 흔한 일이오.

히폴리타　지난밤 되풀이된 이야기들에서
그들의 마음이 다 함께 변화된 것을 보면
거기엔 상상 이상의 것이 있음이 입증되었고,
뭔가 커다란 일관성이 있는 것 같았어요.
그렇지만 어쨌든 이상하고 신기해요.

　　　라이샌더, 드미트리우스, 허미아, 헬레나 등장

테세우스　기쁨과 행복에 겨운 연인들이 오는군.
자, 친구들, 크나큰 기쁨과 사랑에 찬 날들이
그대들의 가슴에 깃들기를 기원하네.

라이샌더　저희보다 공작님의 산책길과 식탁,
침실에 더 많이 깃들기를 빕니다.

테세우스　자, 저녁 식사를 마치고 침실에 들기까지의

지루한 세 시간을 어떤 가면극과 무도로
즐기면 좋을까? 짐의 여흥 담당자는
어디 있느냐? 준비된 여흥은 없느냐? 고문의 시간을
덜어줄 연극 말이다. 필로스트레이트를 불러라.

필로스트레이트　(나서며) 여기 대령했나이다, 공작 전하!

테세우스　그래, 오늘 저녁을 위한 놀이는 무엇이냐?
가면극이냐? 음악이냐? 오락거리가 없다면
어떻게 그 지루한 시간을 속인단 말이냐?

필로스트레이트　이것이 준비된 여흥 목록입니다.
무엇을 먼저 보실지 선택해 주십시오.　　　(서류를 바친다)

테세우스　(읽는다) '아테네의 환관이 하프에 맞춰 부르는
켄타우로스 족속과 벌이는 전쟁 얘기?'
이런 건 관둬. 이건 내가 친척 헤라클레스의 영광을
기리면서 임에게 들려줬으니까. '광기에 사로잡혀
오르페우스를 찢어 죽이는 술 취한 바쿠스 사제들의
난동?' 이건 내가 테베를 정복하고 돌아왔을 때
공연되었던 낡아빠진 연극이야. '세 쌍의 뮤즈가
구걸하다 사망한 어느 학자의 죽음을 애도하는 노래'라,
이건 너무 날카롭고 비판적인 풍자극이라 흥청거려야 할
혼례 축하연에는 어울리지 않아. '젊은 피라무스와
그의 연인 티스베의 지루하고도 간결한 극, 대단히
비극적인 희극'이라, 비극적인 오락물이라고?
지루하고도 간결하다고?

그렇다면 뜨거운 얼음, 뭐 이런 식의 말장난이란 말인가?

이 같은 부조화를 어떻게 조화시키겠다는 거지?

필로스트레이트   각하, 채 열 마디도 안 되는 극이

준비됐는데, 제가 아는 한 연극으로는 지나치게 짧습니다.

그런데 열 마디밖에 안 되는 대사지만

너무 늘어져서 지루하실 겁니다.

왜냐하면 연극 전체를 통틀어 이렇다 할

대사도 없고, 배역도 전혀 맞지 않습니다.

게다가 고귀하신 각하! 비극인데

피라무스가 거기서 자살합니다. 연습할 때

한 번 구경했는데, 말씀드리기 부끄럽지만

저도 눈물이 나더군요. 그러면서도 웃음이 터져 나와

그렇게 즐겁게 눈물을 쏟아본 적이 없습니다.

테세우스   대체 어떤 자들이 출연하느냐?

필로스트레이트   이곳 아테네 시장 바닥에서

밥벌이하는 손이 거친 사람들로,

지금까지 머리라곤 써본 적이 없었으나

각하의 혼례에 대비하여 기억력을 쥐어짜 내 대사를

암기하느라 뇌를 혹사한 것 같습니다.

테세우스   짐은 그걸 듣겠다.

필로스트레이트   안 됩니다. 공작 각하!

어울리지 않습니다. 제가 다 들었는데,

아무것도, 그야말로 아무것도 아닙니다.

각하를 존경하는 마음에 머리를 쥐어짜며 극도로 고생한

그들의 노력에서 재미를 찾는다면 모를까.

테세우스   그걸 듣겠다.

순수한 마음으로 존경을 바치고자 하는 일은

어떤 것도 가볍게 볼 것이 아니다.

가서 그들을 불러들여라. 자, 부인들도 앉으시오.

(필로스트레이트 퇴장)

히폴리타   재능이 부족한 사람들이 무리하게 애쓰는 것도,

충성심이 사라져 죽게 되는 것도 안 보고 싶어요.

테세우스   아니, 여보, 그런 일은 없을 거요.

히폴리타   연극을 한 경험이 없다고 하지 않습니까?

테세우스   엉터리라도 너그럽게 봐주면 진심은 더욱

돋보이오. 그들의 실수를 이해하게 되면 재미는 덤이고,

마음만 앞선 충성심을 결과가 아니라 그 의도를

높이 사 너그럽게 받아주는 것도 우리의 몫이오.

내가 개선했을 때 위대한 학자들이 미리

준비한 환영사로 나를 환대할 계획을 세웠었소.

하지만 막상 식장으로 들어서자 모두들 얼굴이 창백해지며

몸을 떨었소. 말은 중간에 연이어 중단되고, 겁에

질려 연습했던 문장을 삼키는 바람에 질식해

결국은 벙어리가 되어 환영사를 제대로 못 하고

끝나는 걸 보았소. 그러나 침묵 중에 나는 그들에게서

마음의 환대를 찾아냈고, 두려움과 존경 품은

표현이 재잘거리는 혀만큼이나
대담한 웅변으로 느껴졌소.
말하자면 사랑이 깃든 어눌한 순박함이 내겐
더 큰 웅변으로 다가왔단 말이오.

필로스트레이트 다시 등장

필로스트레이트 공작님, 해설자 역이 준비되었습니다.
테세우스 들라 하라.   (트럼펫 합주)

퀸스, 해설자로 등장

퀸스 (해설자로) 저희 연극이 여러분을 언짢게 해드린다면
　　그것은 일부러 그렇게 한 것이 아니라고 여겨주십시오
　　우리가 선의로 단순한 재주를 보이려 한다는 걸
　　알아주십시오 그것이 우리 목적의 진정한
　　시작입니다 그러니 우린 악의를 품고
　　나오지 않았으며, 여러분에게 만족을 드리려는
　　것임을 고려해 주세요 저희의 진의는 단지
　　여러분에게 기쁨을 느끼게 해주려는 것이지 자책감
　　느끼라고 온 것이 아닌데, 배우들이 나왔고,
　　구경을 하시면 여러분은 궁금한 건 모두 다
　　알아내실 것입니다.

테세우스　이 친구는 구두점을 지키지 않는군.

라이샌더　멈출 줄 모르는 수망아지처럼 머리말을

　　읊는군요. 좋은 교훈을 배웠습니다, 각하. 말하는 것이

　　다가 아니라 참되게 말하는 것이 중요하군요.

히폴리타　저 사람은 어린애가 피리를 불 듯이 읊네요.

　　소리가 나긴 하는데 장단이 하나도 안 맞으니.

테세우스　그의 대사는 마치 뒤엉킨 사슬 같군.

　　끊어진 건 없었지만 온통 뒤죽박죽이었으니.

　　다음은 누구 차렌가?

　　　　나팔수를 앞세우고 피라무스 역의 보텀,

　　　　티스베 역의 플루트, 담벼락 역의 스나우트,

　　　　달빛 역의 스타블링, 사자 역의 스넉 등장

퀸스　(해설자로) 여러분, 이 연극이 뭔지 궁금하실 겁니다.

　　진실이 밝혀질 때까지는 의문을 품으십시오.

　　여기 이 사람이 궁금하다면 피라무스고,

　　이 아름다운 아가씨는 틀림없는 티스베지요.

　　회반죽으로 초벌칠을 한 이 사람은 담벼락인데,

　　사랑하는 연인들을 갈라놓은 고약한 벽을 나타냅니다.

　　가련한 연인들은 이 담벼락을 사이에 두고 사랑을

　　속삭이는 걸로 만족했죠. 그런 사실에 놀라지 마시길.

　　그리고 가시덤불을 둘러메고 등불과 개를 데리고 있는

이 사람은 달빛을 나타냅니다. 알려드리자면 연인들은
달빛 아래 거기, 니누스 왕릉에서 거리낌없이 만나
구애했지요. 보기에도 무시무시한 이 짐승은
사자이온데, 약속을 지키려 밤중에 먼저 온 티스베를
위협해 혼비백산하여 달아나게 했지요. 그녀는
달아나면서 외투를 떨어뜨렸고, 그걸 고약한 사자가
피 묻은 입으로 물어뜯었지요. 이윽고 훤칠하게 잘생긴
총각 피라무스가 나타나 진실한 티스베의 망토가
찢긴 걸 보고는 큰일 낼 날 세운 칼을 들어
피 끓은 가슴을 대담하게 찔렀습니다.
그러자 뽕나무 그늘에서 기다리고 있던 티스베가 달려와
피라무스의 가슴에 박힌 칼을 뽑아 자결해 버립니다.
나머지 이야기는 달빛, 사자, 담벼락 그리고 두 연인이
무대에 등장해서 자세하게 말씀 올릴 겁니다.

(스나우트만 남고 해설자 역, 피라무스, 티스베, 사자, 달빛 퇴장)

테세우스   앞으로 저 사자도 말을 할지 궁금하군.

드미트리우스   궁금하긴요, 나귀 같은 바보도
　말을 하는데, 사자가 말하는 건 이상할 것도 없지요.

스나우트   (담벼락으로) 이 극에서
　이 스나우트에게 담벼락 역이 떨어졌습니다.
　이 벽에 갈라진 틈, 혹은 구멍이 있다고 생각해 주십시오.
　그 틈으로 연인인 피라무스와 티스베가
　아주 빈번히 은밀하게 사랑을 속삭였습니다.

이 회반죽, 이 초벌칠, 이 돌은 제가 틀림없는

담벼락임을 증명해 주지요. 그게 사실이니까요.

그리고 이게 그 왼쪽과 오른쪽 틈새인데,

거길 통해 겁먹은 연인들이 속삭일 겁니다.

테세우스　털 섞은 회반죽이 이보다 더 말을 잘할 수 있

겠소?

드미트리우스　각하! 제가 들은 담벼락의 대담 중 가장 재

치 있습니다.

피라무스 역의 보텀 등장

테세우스　피라무스가 담벼락으로 다가간다. 조용하라.

보텀　(피라무스로) 오, 험상궂은 밤이여!

오, 칠흑 같은 밤이여!

오, 낮이 가면 언제나 찾아오는 밤이여!

오, 밤이여, 밤이여! 슬프고 슬프구나!

티스베가 약속을 잊은 건 아닐까?

오, 그대, 오, 담벼락이여, 아름다운 벽이여,

그녀 집과 우리 집 사이에 서 있는 벽이여!

그대 벽, 오, 벽이여, 오, 아름다운 벽이여,

틈새를 보여다오. 내 눈을 깜박여 볼 수 있도록.

　　　　　　　(담벼락이 손가락을 벌려 구멍을 보여준다)

고맙다, 정중한 벽. 신의 가호가 있기를!

한데 무슨 일이지? 티스베가 안 보인다.

오, 사악한 벽이여, 널 통해 지복을 못 보다니!

이렇게 나를 속인 너의 돌들에 저주 있을지어다.

테세우스 내 생각에 저 담벼락은 사람처럼 지각을

가졌으니 저주로 응대해야겠군.

보텀 (테세우스에게) 그래서는 안 됩니다, 공작님. '나를 속

인'이란 대사는 티스베의 등장을 알리는 신호이니

그녀는 지금 등장할 테고, 저는 담벼락을 통해

그녀를 발견하게 되지요. 말씀드린 대로 일이

벌어질 겁니다. 저기 그녀가 오는군요.

티스베 역을 맡은 플루트 등장

플루트 (티스베로) 오, 담벼락이여!

나의 사랑 피라무스와 나 사이를 갈라놓은 대가로

너는 참으로 자주 나의 한탄을 들었다.

앵두 같은 이 입술은 그대 돌에 수없이 입맞춤했지.

찰흙과 털 섞어 쌓은 그대 담벼락에 말이네.

보텀 (피라무스로) 목소리가 보인다. 이제 저 틈새로 가서

티스베의 얼굴을 들을 수 있는지 봐야지. 티스베?

플루트 (티스베로) 내 사랑! 틀림없는 내 사랑 같아.

보텀 (피라무스로) 그대가 뭘 생각하든 나는 그대의

사랑스러운 애인이고, 리맨더*처럼 난 언제나 충실하오.

플루트   (티스베로) 나 또한 헬렌[**]처럼 내 운명 다할 때까
　　　지 영원히!

보텀   (피라무스로) 셰팔루[***]도 프로커루[****]에게
　　　이처럼 충실하지는 않았을 거요.

플루트   (티스베로) 셰팔루가 프로커루에게 그랬던 것처럼
　　　저도 당신께 충실할게요.

보텀   (피라무스로) 오, 이 사악한 담벼락 틈새로 내게 키스
　　　해 주시오.

플루트   (티스베로) 당신 입술에 안 닿으니 담벼락 구멍에
　　　키스할게요.

보텀   (피라무스로) 우리 곧장 니나노 왕릉에서 만나겠소?

플루트   (티스베로) 죽기 살기로 달려가겠어요.

　　　　　　　　　　　　　　(보텀과 플루트 각자 퇴장)

스나우트   (담벼락으로) 이제 이 벽은 임무를 다했습니다.
　　　일이 끝났으니 물러가겠습니다.　　　　　　(퇴장)

테세우스   이제 두 사람을 가로막았던 담장이 허물어졌군.

드미트리우스   어쩔 도리가 없습니다, 각하.
　　　벽이 경고도 없이 저렇게 기꺼이 엿듣겠다고 하면.

히폴리타   내가 들은 허튼소리 중에서 가장 엉터리네요.

---

[*]~[****] : 리맨드→리안드로스, 헬렌→헤로, 셰팔루→케팔로스, 프로
크루→프로크리스. 이들은 모두 오비디우스의 『변신 이야기』 제 7
권에 나오는 비극적인 연인들이다.

테세우스 이런 부류에선 최고라 해도 그림자에 불과해.

　　그러니 최악의 것도 상상으로 보완하면 문제없다오.

히폴리타 하오면 그건 전하의 상상력이지

　　그들의 상상력은 아니잖아요.

테세우스 우리가 그들을 그들 스스로가 상상하는 것보다

　　더 나쁘게 상상하지 않는다면 그들은 탁월한 능력을

　　보일 거요. 저기 사람과 사자, 두 고귀한 짐승이

　　나오는구려.

　　　　　　사자 역의 스녁과 등불, 가시덤불,

　　　　　개를 가진 스타블링이 달빛 역으로 등장

스녁　(사자로) 마루를 기어다니는 괴물이나 쥐조차

　　두려워하는 점잖은 숙녀 여러분! 이제 성난 사자가

　　사정없이 으르렁거리면 아마도 부들부들

　　떨지도 모르겠군요. 그러나 소생은 가구장이

　　스녁으로, 잔인한 사자 역을 맡은 것뿐이지

　　사자의 어미도 뭣도 아님을 알아주십시오.

　　제가 만약 사자로서 포악을 부리려고

　　이 자리에 나왔다면 애석할 테니까요.

테세우스 아주 점잖고 양심적인 짐승이군.

드미트리우스 각하, 제가 지금까지 본 짐승 중 최고입니다.

라이샌더 용기로 볼 것 같으면 이 사자는 여우 급입니다.

테세우스　맞아. 지혜롭기로는 거위나 다름없지.

드미트리우스　아닙니다, 각하! 그의 용기가 분별력을
　이끌지 못하니까요. 하지만 여우는 거위를 끌고 가요

테세우스　그의 분별력이 용기를 끌고 가지
　못하는 건 맞아. 거위가 여우를 끌고 가진 못하니까.
　좋소, 그건 그의 분별력에 맡겨두고 우리는
　달이 무슨 이야기를 하는지 들어보지.

스타블링　(달빛으로) 이 등불은 뿔 모양의 달님을 나타
　내요.

드미트리우스　뿔*이라면 자기 머리에 다는 게 제격인데?

테세우스　그는 초승달이 아닌 데다가 뿔이 원주 안에 있어
　잘 보이지도 않는다네.**

스타블링　(달빛으로) 이 등불은 뿔 난 달을 나타내고, 저는
　그 달 속에 있는 사람인 것 같습니다.

테세우스　이거야말로 최고의 실수야. 저자를
　등불 속에 넣어야지 안 그러고 달 속의 사람이라고
　우기면 쓰나?

드미트리우스　촛불이 겁나서 그는 감히 등잔 가까이 못 갑
　니다. 보시다시피 벌써 심지를 잘라줄 때가 됐는걸요.

히폴리타　저 달은 지겹습니다. 빨리 바뀌었으면 좋으련만.

---

* 뿔 : 오쟁이 진 남편을 의미한다.
** 그는~않는다네 : 성행위를 암시한다.

테세우스 　조그마한 분별력으로 비추어 보건대 그는 곧 기울 것 같소. 하지만 예절이나 이치로 볼 때 우린 때를 기다려야만 하오.

라이샌더 　달빛 양반, 계속하게!

스타블링 　(달빛으로) 제가 드리고 싶은 말씀은 이 등불은 달이고, 저는 달 속의 사람이고, 이 가시덤불은 저의 가시덤불이고, 이 개는 저의 개라는 얘기입니다.

드미트리우스 　글쎄, 그 모든 게 등불 안에 있어야지, 그 모든 게 달 속에 있잖은가. 하지만 쉿, 티스베가 등장하네.

티스베 역의 플루트 등장

플루트 　(티스베로) 여기가 옛 니나노 왕릉이구나. 그인 어디?

스닉 　(사자로) 어흥! 　　　　(사자가 으르렁거리자 티스베는 망토를 떨어뜨리고 달아난다)

드미트리우스 　사자 녀석, 잘 울었다.

테세우스 　잘도 도망치는구나, 티스베!

히폴리타 　달빛아, 너도 잘한다.
　저 달은 정말 은은하게 빛나네요.
　　　　　　(사자가 티스베의 망토를 씹은 뒤 퇴장)

테세우스 　사자 녀석, 잘도 물어뜯는군.

드미트리우스 　그런 다음 피라무스가 등장하는구나. ─

라이샌더　그리하여 사자는 물러갔도다.

피라무스 역의 보텀 등장

보텀　(피라무스로) 착한 달님, 해님처럼 빛을 주어 고맙다.
　이렇게 환히 비춰주니 고맙다, 달님아.
　너의 다정하고 찬란히 빛나는 황금빛 덕분에
　나의 참된 티스베를 볼 수 있겠지.
　　　　　한데 잠깐! 오, 심술이다.
　　　　　가련한 기사여, 보아라.
　　　　　이 얼마나 비통한 광경인가?
　　　　　눈이여, 보이는가?
　　　　어떻게 이런 일이 일어난단 말인가?
　　　　오, 소중한 내 사랑, 오, 내 사랑!
　　　　　이 좋은 그대의 망토가
　　　　　피로 물들었단 말인가?
　　　　잔인한 복수의 여신들이여, 오라!
　　　　　오, 운명의 여신들이여,
　　　　이리 와서 운명의 실을 잘라다오.
　　닥치는 대로 짓밟고 끝장내고 끊어버려라.
테세우스　이런 비탄과 사랑하는 연인의 죽음은 사람을 슬
　퍼 보이게 하는 법이지만, 이건 아니오.
히폴리타　맙소사, 저이가 가엾어요.

보텀　(피라무스로) 사악한 사자가 여기서 내 임을 범했다.

　　조물주여! 어쩌자고 사자를 만드셨습니까?

　　살았고, 사랑했고, 좋아했던 활기찬 모습의

　　곱디고운 여인인데 ──아니, 아니──이었는데.

　　　　눈물샘이여, 허물어져라!

　　　　칼이여, 나와서 찔러라!

　　　　　피라무스의 젖꼭지를,

　　　　　심장이 팔딱이는

　　　　왼쪽 젖꼭지를. (가슴을 찌른다)

　　　　난 이, 이렇게 죽는구나!

　　　　　난 이제 죽었다.

　　　　　난 이제 떠났고

　　　　내 영혼은 하늘로 올랐구나.

　　　　혀여, 너는 빛을 잃어라,

　　　달이여, 너는 너의 역할을 끝내라. (달빛 퇴장)

　　　이제 죽, 죽, 죽, 죽, 죽는다.　　　(죽는다)

드미트리우스　죽이 아니라 밥이겠지. 곧 구더기 밥이 될 테
　니까!

라이샌더　밥도 아니지. 죽었으니 아무것도 아니라고.

테세우스　의사의 도움으로 살아나서 여전히 당나귀 같은
　바보로 남게 되겠지.

히폴리타　티스베가 돌아와서 자기 연인을 발견하지도 않
　았는데, 달님은 어쩌자고 퇴장해 버렸지요?

테세우스 그 아가씨는 별빛으로도 연인을 찾을 거요. 저기
　　나타났네. 그녀의 비통한 대사로 연극이 끝나겠군.

티스베 역의 플루트 등장

히폴리타 내 생각에 저런 피라무스에게 티스베가 기나긴
　　탄식을 쏟아내는 건 어울리지 않아요. 짧은 게 낫겠는걸.
드미트리우스 피라무스와 티스베의 실력은 보나마나 막상
　　막하일 겁니다. 그게 남자라면, 하느님 저희를 보호하시
　　고, 여자라면 하느님 저희를 지켜주소서.
라이샌더 그녀의 그 어여쁜 눈으로 이미 그를 찾아냈구먼.
드미트리우스 그리고 이게 그녀의 뜻이니, 즉—
플루트 (티스베로)　　주무시나요, 임이여!
　　아니, 설마 죽은 건 아니겠죠, 내 비둘기?
　　오, 피라무스, 일어나요!
　　말, 말해 봐요, 말을! 통 못한단 말예요?
　　죽, 죽었나요? 그대의 고운 두 눈이
　　무덤에 묻혀야 하다니!
　　백합 같은 이 입술,
　　버찌 같은 이 코,
　　샛노란 앵초꽃 같은 두 뺨이
　　사라졌네, 사라졌어!
　　연인들이여, 슬퍼해 주오.

그의 눈은 파처럼 푸르렀어.

오, 운명의 자매들이여,

내게로 오라. 내게로 와!

우유처럼 창백한 그 손을 들고.

그 손에 피 묻혀라,

너희가 작두로

그의 비단 명줄을 끊어놓았으니.

혀는 말을 멈추었다.

믿음직한 칼이여,

이 가슴 가차없이 갈라라.   (자신을 찌른다)

친구들아, 안녕.

티스베는 인제 간다.

안녕, 안녕, 안녕히!   (죽는다)

테세우스 달빛과 사자가 남아서 죽은 자들을 묻어야겠군.

드미트리우스 그렇군요. 담벼락도 함께요.

보텀 (벌떡 일어나며) 아니, 분명히 말씀드리는데, 연인들의 부모를 갈라놓았던 담벼락을 벌써 허물어버렸습니다. 맺음말을 보시겠습니까, 아니면 우리 극단 두 배우의 촌스러운 막춤을 들으시겠습니까?

테세우스 맺음말은 사양하겠네. 자네들의 연극은 변명이 필요 없으니 절대 변명하지 마라. 게다가 배우들이 무대 위에서 모두 죽어버렸으니 욕먹을 일도 없지 않으냐. 차라리 이 극본을 쓴 작가가 피라무스를 연기하고, 티스베의 대님으로 목을 매 죽었다면 훌륭한 비극이 되었을 텐데.——사실 지금도 훌륭해. 연기도 좋았고. 하지만 자, 자네들 맺음말 같은 건 그만두고 춤이나 춰보지 그래.

<blockquote>
(퀸스, 스녁, 스나우트 그리고 스타블링 등장.
그들 가운데 두 사람이 막춤을 춘다. 그런 다음 플루트,
보텀을 포함해서 장인들 모두 퇴장한다)
</blockquote>

자정을 알리는 무쇠 추가 열두 점을 쳤다.
연인들이여, 이제 잠자리로 가시오. 요정의 시간이다.
오늘 밤 늦게까지 깨어 있었으니
내일 아침에는 늦잠을 자지 않을까 걱정이다.
몹시 조잡한 연극이었지만, 굼벵이같이 느린 시간을
보내기에 손색이 없었다. 자, 친구들이여, 자러 가라.
짐은 2주 동안 축제를 열 것이니
밤마다 새로운 오락거리를 즐깁시다. (모두 퇴장)

퍽 등장

퍽 　　　　지금은 굶주린 사자가 울부짖고,
　　　　　늑대는 달을 보고 짖어대며
　　　　기진맥진한 농부는 힘든 노고로
　　　　　완전히 탈진해 코를 골 때다.
　　　　이제 다 탄 장작들은 빛을 내고
　　　　　소리 내어 우는 올빼미는

비탄 속에 누워 있는 자에게
수의를 떠올리게 할 때다.
지금은 무덤들이 큰 아가리를 벌려
혼령들을 토해내면 그것들이
교회 가는 길로 날아가는 밤 시간,
우리네 요정들도 지금은
태양빛을 벗어나
헤카테의 삼두마차 곁에서
꿈처럼 어둠을 뒤좇아 달리니
유쾌하구나. 신성한 이 집엔
쥐 한 마리 범접하지 못하리라.
빗자루 든 나를 먼저 보내신 건
문 뒤쪽의 먼지를 털라 하심이지.

요정의 왕 오베론과 여왕 티타니아가
시종들과 함께 등장

오베론   가물가물 꺼져가는 불빛으로
온 집안을 어렴풋이 비추어라.
가시덤불 위를 나는 새처럼
모든 요정 가볍게 뛰어놀고
나를 따라 이 노래를 부르며
경쾌하게 춤을 추어라.

티타니아   낱말마다 읊조리는 곡조 붙여

당신이 외고 있는 노래를 낭송해 보세요.

요정답게 우아하게 손을 맞잡고

우리는 노래하며 이 집안을 축복하리. (노래와 춤)

오베론   자, 동이 틀 때까지

요정들은 이 집안으로 흩어져라.

최고의 신방에 들른 다음

그곳을 축복해 주어라.

거기서 태어난 자손들은

영원한 행복을 누리도록.

세 쌍의 신랑 신부는 영원히

참사랑을 할 것이고,

대자연의 장난으로 생겨나는 결함이

그들 후손에게 나타나지 않기를.

사마귀, 언청이 그리고 흉터,

태어날 때 사람들이 경멸하는

불길한 반점 따윈 절대

그들의 자식에게 생기지 않기를.

모든 정령은 각자 이 들판의

성스러운 이슬 가지고 발걸음을 옮겨

궁전의 방이란 방에는 모두

달콤한 평화가 깃들도록 축복하라.

그리하면 축복받은 집주인은

영원히 안식을 취할 것이다.

뛰어가라, 머뭇거리지 말고.

동이 트기 전에 나와 만나자. (퍽만 남고 모두 퇴장)

퍽   우리의 그림자들이 언짢게 해드렸다면,

이들 환상이 무대에 올려지는 동안

여기서 잠시 졸았을 뿐이라고

생각하시면 모든 것이 해결됩니다.

여러분, 그저 꿈에 불과한

이 가볍고 실없는 이야기를

나무라지 마십시오.

여러분이 용서해 주시면 고쳐 보겠습니다.

제 명예를 걸고 말씀드리지만,

만일 여러분의 찬사를 얻지 못했다면

조소를 피하기 위해서라도

머지않아 개선된 모습을 보여드리겠습니다.

그렇지 않으면 퍽이 아니니까요.

자, 그럼 모두 안녕히 주무세요.

여러분이 친절하게 박수를 보내주시면

이 로빈이 그 보답으로 더욱 개선하겠습니다. (퇴장)

베니스의 상인 THE MERCHANT OF VENICE

반짝인다고 해서 다 금은 아니다. 그대는 그런 말을 자주 들었을 터.
수많은 사람이 나의 겉모습에 홀려 목숨을 팔았도다.
황금 무덤 속에는 구더기만 우글대는 법! 그대가 용감한 만큼 현명했다면,
젊은 사지에 판단력이 영글었다면 두루마리에 쓰인 이런 답은 받지 않았을 것을.

-'베니스의 상인' 중에서

등장인물

안토니오   베니스의 기독교도 상인. 바사니오의 친구
바사니오   베니스의 귀족. 안토니오의 친구이자 포셔의 구혼자
레오나르도   바사니오의 하인
그라티아노   베니스의 신사. 안토니오와 바사니오의 친구이며 네리사의 구혼자
로렌초   바사니오의 친구이자 제시카의 구혼자
살라니오/살라리노   베니스의 신사들. 바사니오와 안토니오의 친구
공작   베니스의 통치자
살레리오   베니스의 사절
포셔   벨몬트의 부유한 상속녀. 바사니오의 애인
네리사   포셔의 시녀
사자(스테파노)   포셔 집안의 하인
발타자르   포셔의 하인
머슴   포셔 집안의 일꾼
모로코 왕자   포셔의 구혼자
아라곤 왕자   포셔의 구혼자
샤일록(유대인)   베니스의 고리대금업자
제시카   유대인의 딸이자 로렌초의 애인
투발   샤일록의 유대인 친구
란슬럿 지오베   광대. 샤일록의 하인이었다가 바사니오 집안으로 간 일꾼
지오베 영감   란슬럿의 아버지
사자   포셔 집안의 일원
하인   안토니오 집안의 일꾼

간수, 고관, 시종, 수행원, 법정 관리, 악사 및 종자들

장소 : 베니스와 벨몬트의 포셔 저택

1막 1장
(베니스의 길거리)

안토니오, 살라리노, 살라니오 등장

안토니오　내가 정말 왜 이렇게 우울한지 모르겠어.
　　넌더리가 나. 자네도 지겹다고 하지만
　　내가 어쩌다 이런 상태에 빠지게 됐는지,
　　그 실체가 무엇인지, 어디에서 생겼는지
　　도저히 알 수가 없어.
　　난 우울증으로 얼이 빠지고 말았어.
　　그러니 나 자신을 아는 일에 많이 힘써야겠네.
살라리노　자네 마음은 망망대해에서 넘실대네.
　　한껏 부푼 돛을 안은 자네의 상선들이
　　바다 위의 귀족이나 부호들처럼, 아니
　　화려한 꽃수레인 양 작은 돛단배들을 굽어보며
　　튼튼한 날개로 그 곁을 지나가면, 잔챙이 돛단배들은

자네의 상선에게 굽실거리며 경의를 표하겠지.

살라니오　내가 만약 그런 모험적인 일을 벌인다면

내 마음은 온통 바다 위의 재산에 쏠려 있을 걸세.

바람의 방향을 알아본답시고 연거푸 풀을 뜯어

흩날리고, 항구며 부두, 정박지를 물색한답시고

지도를 샅샅이 살피겠지. 그리고 내 모험에

불운을 가져올지 모르는 걱정거리들은

나를 틀림없이 울적하게 만들겠지.

살라리노　난 더운 국물을 식히느라 입김을 불 때면

바다에 심한 풍랑이 일어 피해가 생길 것을 걱정해

오한이 날 것이고, 모래시계가 작동하는

것만 봐도 여울과 모래톱을 떠올린 끝에

값비싼 상품을 만재한 앤드루 호가

모래 속에 빠져 장루*를 늑골 아래 처박고

무덤에 입 맞추는 광경을 상상하겠지.

아니면 성스러운 교회의 석조 건물만 봐도 내 배가

위험한 암초를 만나지나 않을까 걱정했을 거야. 그것이

연약한 내 뱃전에 닿는 순간 향료들이 모조리 바다에

쏟아지고, 포효하는 물결은 나의 비단을 걸칠 텐데,

그렇게 되면 좀 전만 해도 큰 가치가 있었던 것이

순식간에 가치를 잃게 되겠지. 이런저런 생각이

---

* 장루 : 군사 군함 따위의 돛대 위에 꾸며 놓은 대.

고개를 디밀면 슬픔에 빠질 수밖에 없겠지.

말하지 않아도 난 안토니오가 상품을 생각하며

울적해졌을 거로 생각했네.

안토니오 그건 정말 아니네. 다행히 내 물건들을

배 한 척에 몽땅 싣지도 않았고, 한 곳에만

위탁되어 있지도 않다네. 그리고 나의 전 재산이

올 한 해의 운수에 좌우되는 것도 아니라네.

그러니 내가 울적한 건 상품 때문은 아니네.

살라니오 그렇담 사랑에 빠진 거네.

안토니오 그런 실없는 말을!

살라니오 사랑 때문이 아니라고? 그렇다면 즐겁지 않아서

우울하다고 해야겠군. 그건 마치 슬프지 않아서

웃고 뛰며 즐겁다고 말하는 것만큼이나 단순한 일이네.

두 얼굴을 가진 야누스 신에 맹세코 조물주는 때때로

기묘한 인간들을 빚어내지. 어떤 자는 항상 실눈을 뜬 채

우울한 백파이프 소리에도 앵무새처럼 웃어대고,

어떤 자는 근엄한 네스토르*가 우스꽝스러운 이야기라고

장담해도 식초 마신 얼굴로 이를 드러내지 않지.

바사니오, 로렌초, 그라티아노 등장

---

* 네스토르 : 트로이 전쟁에서 그리스의 가장 현명하고 나이 든
  장로.

아, 자네의 가장 귀한 친척 바사니오가 오는군.

그라티아노와 로렌초도 왔네. 더 반가운

친구들이 왔으니 우린 이만 물러가겠네.

살라리노   곁에 머물며 기분 전환을 시켜줄까 했는데

더 좋은 친구들이 왔으니 이만 가보겠네.

안토니오   자네들이야말로 나의 가장 소중한 친구네.

자네들, 실은 볼 일이 있던 차에 기회다 하고 뜨려는 거지?

살라리노   모두 좋은 아침 맞게나.

바사니오   여, 친구들, 우리 언제 만나 웃어보나? 언제냐고?

표정들이 어째 그래? 정말 그러긴가?

살라리노   언제 시간을 내보겠네.

(살라리노와 살라니오, 함께 퇴장)

로렌초   바사니오 형, 안토니오 형을 만났으니

우리 둘은 그만 갈게요. 하지만 저녁에 만나기로 한

장소는 절대 잊지 마세요.

바사니오   어김없이 지킬 거네.

그라티아노   안토니오 형, 어째 안색이 좋지 않네요.

형은 세상사에 너무 신경 쓰는 것 같아.

지나치게 걱정하면 그걸 잃게 될 수 있어요.

안색이 몰라보게 변했어요.

안토니오   세상은 세상일 뿐이야. 그라티아노,

일테면 무대란 말이지. 모두 각자의 배역을 맡았는데,

내가 맡은 역할은 조금 슬픈 거야.

그라티아노   저는 어릿광대 역이나 해야겠어요.

환희와 기쁨으로 이마에 주글주글 주름 새기고,

술로 제 간장을 후끈 덥히겠어요. 그러는 게

피 말리는 신음으로 심장을 식히는 것보다야 낫죠.

뜨거운 피가 흐르는 사람이 왜 노인 석상처럼

앉아 있는단 말입니까? 깨어 있는데 잠을 자요?

고집부려 황달을 불러오겠다고요? 이보세요,

안토니오 형──난 형이 좋아요. 그래서 하는 말인데

──세상에는 고인 연못처럼 부루퉁한 얼굴을 하고는

현명하고 위엄 있고 신중하다는 평을 얻으려는

자들이 있죠. 이를테면 '난 예언자다. 내가 입을

열 때는 개도 못 짖게 하라'고 의도적으로

침묵을 강요하는 부류의 인간이죠.

오, 형! 침묵을 지켜 현명하다는 소리를 듣는 자들을

알고 있는데, 그들이 한 번 입을 열면 듣는 사람은

틀림없이 자신의 귀를 저주하게 될 것이고, 그자들을

바보라고 부를 테니 벌을 받게 될 것입니다.

이 얘기는 나중에 마저 하겠어요. 그러니 우울증을

미끼로 신통치 않은──피라미, 즉 명망을

낚으려 말아요. 가자, 로렌초!──그럼 이따 봐요!

제 설교는 식사 후에 끝내도록 할게요.

로렌초   자, 그럼 저녁때 만나요.

저야말로 졸지에 벙어리 현자가 됐군요.

그라티아노가 말할 틈을 줘야 말이죠.

그라티아노 글쎄, 두어 해만 나와 어울리면

자넨 자기 목소리도 구분 못 할 거야.

안토니오 잘 가게. 이러다가 내 수다가 늘겠는걸.

그라티아노 듣던 중 반가운 소리예요. 침묵이 대우받는

곳은 마른 소 혓바닥이랑 안 팔리는 노처녀뿐이니까요.

(그라티아노와 로렌초 퇴장)

안토니오 한데 저 말이 무슨 뜻인가?

바사니오 베니스를 통틀어 그라티아노만큼

헛소리를 쉴 새 없이 지껄이는 자도 없을 걸세.

그의 말 중에 이치에 닿는 말은 두 말의 밀겨 속에

감춰진 두 낱의 밀 정도네. 그래서 종일 찾아도

손에 넣고 보면 뒤질 가치도 없는 것들이지.

안토니오 그건 그렇고, 말해 보게.

자네가 남몰래 꼭 찾겠다던 그 숙녀가 누군가?

오늘 내게 말해 주겠다고 약속하지 않았나?

바사니오 안토니오, 자네는 내가 미소한 내 수입이

허락한 수준에 맞지 않는 생활로 재산을 축낸 걸

모르진 않을 걸세. 그렇다고 이제 와서 그 같은 귀족

생활을 못 하게 되었다고 한탄하진 않아. 내 주된

관심사는 젊은 날 내가 방탕하게 지내는 동안

나 자신을 담보로 진 큰 빚을 깨끗이 갚는 거라네.

안토니오, 나는 자네의 금전적, 인간적 사랑에
큰 신세를 졌네. 자네의 사랑을 믿고
자네에게 진 빚들을 어떻게 청산할 것인지
세워놓은 계획과 의도를 전부 털어놓겠네.

안토니오　부탁일세, 바사니오. 그게 뭔지 말해 보게.
언제나 그래 왔듯이 그 일이 명예로운 것이라면
내 몸과 내 재산은 물론 극한 수단을 강구해서라도
자네가 필요로 하는 것을 아낌없이 내주겠네.

바사니오　학창 시절에 나는 내가 쏜 화살을 찾지 못하면
그 화살을 찾으려고 비행 거리를 맞추어 또 다른 화살을
조심스레 쏘았고, 둘 다 잃을 수 있는 모험 끝에 거의
둘 다 찾았네. 내가 새삼스럽게 어릴 적 이야기를 꺼낸
이유는 지금 하려는 이야기가 그때처럼 순수해서야.
난 자네에게 큰 빚이 있는데, 분별력 없는 청년처럼
빌린 돈을 낭비했네. 부탁인데 자네가 처음 쏜 화살과
같은 방향으로 한 대 더 쏴 준다면――내가 그 과녁을
눈여겨볼 테니,――틀림없이 둘 다 찾든가 최소한
모험심을 발휘해 쏜 두 번째 화살을 찾아
첫 번째 것에 감사하는 채무자로 남겠네.

안토니오　나를 누구보다 잘 아는 자네가 내 우정의 변죽을
울려 봤자 시간 낭비네. 그리고 내가 앞으로 취할
행동에 의문을 품는 건 내 재산을 모두 탕진하는
것보다 더한 잘못을 범하는 걸세. 그러니

자넨 내가 해 줄 일이 무엇인지 말하게.

준비는 다 되어 있네. 그러니 말해 주게.

바사니오 실은 벨몬트에 많은 유산을 상속받은 아가씨가

산다네. 그녀는 아름답고, 아름다움을 빛내주는

고결한 인품의 소유자라네. 언젠가 그녀의 눈에서

나에게 무언의 호감을 느끼고 있다는 메시지를 받았네.

그녀 이름은 포셔인데, 로마 장군 카토의 딸로,

브루투스*의 아내가 된 포셔에 견주어도 결코 뒤지지

않는다네. 이 넓은 세상 또한 그녀의 진가를 알고 있다네.

그녀의 명망은 바람 따라 사방에 퍼져 내로라하는

구혼자들이 몰려들고 있다네. 그녀의 관자놀이엔 황금

양털처럼 빛나는 머리 타래가 드리워져 있지.

벨몬트의 그녀 저택은 콜키스** 해안이 되었고,

수많은 이아손***이 그녀를 차지하려고 찾아온다네.

오, 안토니오, 나에게도 그들과 나란히 견줄 만한 재력이

있다면 구혼에 성공할 것 같은 예감이 든다네.

안토니오 알다시피 내 전 재산은 바다에 떠 있어

가진 돈도 없는 데다, 현금을 마련할 담보도 없네.

---

* 브루투스 : 로마의 정치가로 시저 암살의 주동자 가운데 하나다.

** 콜키스 : 그리스 신화에서 황금 양털이 있었다고 하는 아시아의
고대 국가.

*** 이아손 : 그리스 신화 속의 영웅으로, 모험 끝에 양털을 얻은 영
웅이다.

그러니 나가서 베니스에서 내 신용이 어떤지 알아보게.
최선을 다해 노력하면 벨몬트의 아름다운 포셔를
찾아갈 비용을 구할 수 있을 것이네. 당장 가서
구해 보게. 나도 돈이 나올 만한 곳을 알아보겠네.
내 신용을 담보로 해도 좋고, 나를 담보로 해도 좋아.
문제 삼지 않겠네.　　　　　　　　　　(두 사람 함께 퇴장)

1막 2장
(벨몬트. 포셔의 저택)

포셔와 시녀 네리사 함께 등장

포셔　정말이야 네리사, 내 작은 몸은 이 거대한 세상이 지
　루해.

네리사　그럴 테죠. 아씨의 불운이 행운만큼이나 충만하다
　면요. 제가 뭘 아는 건 없지만, 진수성찬을 차려놓고 포식
　하는 사람들도 굶주리는 사람만큼이나 병적 증상에 시달
　린답니다. 그러니 중간쯤에 자리를 잡는 것이야말로 행
　복이지요. 과욕하면 흰머리가 빨리 생기지만 자족하면
　장수한다잖아요.

포셔　명언이야. 전달력도 좋고.

네리사　실천한다면 그보다 더 좋을 순 없겠죠.

포셔   선행하는 것이 어째서 좋은지 아는 것처럼 쉽다면 예배실은 교회당이 될 것이고, 가난한 사람들의 오두막은 왕자들의 궁궐이 됐을 거야. 자신의 설교를 그대로 실천하는 성직자는 훌륭한 목사지. 나만 하더라도 스무 사람에게 하면 좋은 일을 가르칠 순 있어. 하지만 나 자신의 가르침을 그대로 실천하는 스무 명 안에 드는 일은 쉽지 않을 것 같아. 두뇌는 혈기를 제어할 법률을 마련할 수 있지만, 뜨거운 정열은 그 냉엄한 법의 울타리를 쉬 뛰어 넘어버리잖아? 젊음은 미친 토끼와 같아서 좋은 충고를 절름발이로 여기고 그 충고의 그물을 뛰어넘으려고만 해. 그렇다고 이런 식의 논증으로 남편감을 선택할 수도 없는 일이야. 어머나, 선택이라니! 나는 내가 원하는 사람을 마음대로 선택할 수도, 싫은 사람을 마음대로 내칠 수도 없어! 돌아가신 아버지의 유언이 살아 있는 딸의 의지를 구속하니 말이야! 네리사, 내가 남편감을 선택하지도 내치지도 못하다니, 너무 심하잖아?

네리사   아씨의 아버지는 한결같이 높은 덕망을 유지하셨죠. 그런 분들은 임종의 순간에 놀라운 영감을 얻는다고 하잖아요. 그러니 금, 은, 납의 궤 속에 마련한──그분 뜻이 담긴 궤를 고른 사람이 아씨를 선택하게 되는──제비뽑기는 진정 아씨를 사랑하는 사람이 아니면 그 누구도 올바른 선택을 못 할 게 틀림없어요. 그런데 혹시 이미 와 있는 귀하신 구혼자들 가운데 아씨의 따뜻한 마음에 드는 분이 있으세요?

포셔 그들의 이름을 하나씩 호명해 봐. 그들을 호명하면 내가 그들을 평해볼게. 그러면 너는 그걸 듣고 내 애정 정도를 가늠해 봐.

네리사 먼저 나폴리의 왕자가 있지요.

포셔 글쎄, 그분은 수망아지나 다름없어. 입만 열면 말 얘기뿐이었으니까. 말에 직접 편자를 신기는 일을 대단한 재주라고 생각한다니까. 그 사람 모친이 대장장이와 놀아났던 건 아닌지 걱정스러워.

네리사 그다음은 팰러타인 백작님이었지요?

포셔 그는 얼굴을 찌푸리는 것밖에 하는 게 없어. 마치 '날 원치 않는다고? 어디 마음대로 해보시지!'라고 하는 것 같았어. 아무리 재미있는 얘기를 해도 웃지 않더군. 젊어서도 그처럼 무례한 슬픔으로 가득 차 있으니 나이가 들면 울보 철학자가 되지 않을까 염려스러워. 이 둘 중 한 사람과 결혼하느니, 차라리 뼈를 물고 있는 해골과 결혼하는 편이 나을 것 같아. 하느님, 이 두 사람으로부터 저를 보호하소서!

네리사 그럼 프랑스 귀족 르봉 씨는요?

포셔 하느님께서 만들어놓으셨으니 그도 남자로 불러야겠지. 나도 사람을 조롱하는 게 죄라는 건 알지만, 그 사람은 참! 글쎄, 그는 말 이야기로는 나폴리 백작보다 더하고, 인상 쓰는 악습은 팰러타인 백작 찜쪄먹어. 그는 몰

개성적인 사람이면서 한편으론 다양한 개성을 지닌 사람이야. 개똥지빠귀가 울면 바로 깡충깡충 뛰기 시작하고, 자신의 그림자와도 칼싸움을 벌일 위인이야. 내가 만일 그와 결혼한다면 스무 명의 남자와 결혼하는 셈이 돼. 그 사람이 날 경멸한다 해도 난 용서할 거야. 왜냐하면 그가 나를 미친 듯이 사랑한다 해도 난 보답할 길이 없거든.

네리사 그럼 영국의 젊은 남작 펠컨브리지는 어때요?

포셔 내가 그에게 한마디도 하지 않았다는 걸 너도 알잖아? 나는 그의 말을, 그는 내 말을 못 알아들으니까. 그는 라틴어, 프랑스어, 이탈리아어를 못 해. 사실 내가 영어를 못 한다는 건 네가 법정에서 증언할 정도잖니. 겉모습은 잘 그려진 초상화 같더라만, 그 누가 무언극과 대화를 나누겠니? 게다가 옷차림은 그게 뭐니? 조끼는 이탈리아에서, 통바지는 프랑스에서, 모자는 독일에서, 그리고 행동거지는 전 세계에서 사 모은 것 같았어.

네리사 그의 이웃인 스코틀랜드 귀족은요?

포셔 이웃을 사랑하는 마음만은 높이 살만해. 왜냐하면 그는 그 잉글랜드인에게 귀싸대기를 얻어맞고도 능력이 되면 갚겠다고 맹세했으니까. 내 생각엔 그 프랑스인이 그의 보증인이 되어주었고, 자기도 한 대 추가하기로 약속해 준 것 같아.

네리사 작센 공의 조카인 독일 청년은 어떠세요?

포셔 그는 말짱한 아침에도 아주 고약하지만, 술에 취해 있는 오후에는 더욱 고약했어. 가장 상태가 좋을 때는 인간보다 약간 못하고 최악의 경우에는 짐승보다 약간 나았어. 유례없는 최악의 상황이 발생한다면 그를 내게서 떼어낼 방도가 있길 바랄 뿐이야.

네리사　만일 그가 제비뽑기로 올바른 궤를 고른다면 어떡하실 거예요? 그를 받아들이기를 거절한다면 아씨는 부친의 유언을 거역하는 것이 될 텐데요.

포셔　그러니까 그런 최악의 상황이 발생하지 않도록 라인산 포도주를 가득 담은 큰 잔을 틀린 궤 위에 올려둬. 그러면 악마가 속에 들어 있다고 해도 술의 유혹에 넘어가 그는 그 상자를 선택할 테니까. 네리사, 정말이지 술에 찌든 주정뱅이는 싫어.

네리사　아씨, 그분들 중 누구를 받아들일까 걱정하지 않아도 돼요. 그분들이 자기들의 결심을 제게 통지했는데, 고국으로 돌아가면 두 번 다시 구혼 문제로 아씨를 괴롭히지 않겠다고 했거든요. 궤로 결정되는 부친의 지시 말고 아씨를 얻는 길이 달리 없다면요.

포셔　난 시빌레*만큼 오래 산다고 해도 디아나처럼 순결을 지킬 거야. 아버지가 유언하신 방식으로 남편감을 고르지 못한다면 말야. 이번에 방문한 구혼자들 무리가 아주

---

* 시빌레 : 예언자로, 아폴로 신은 시빌레에게 그녀가 손에 쥔 모래 알 수만큼 수명을 주었다.

합리적인 판단을 해줘서 기뻐. 그들 가운데 그 누구의 부재도 아쉽지 않으니까. 그저 하느님께 그 사람들이 무사히 떠날 수 있도록 빌 뿐이야.

네리사 아씨, 혹시 기억나세요? 부친께서 살아 계실 때 몽페라 후작과 같이 이곳에 왔던 베니스 사람 말예요. 학자이자 군인이었는데?

포셔 오, 그래. 생각나고말고. 바사니오 씨였어. 내 생각에 그렇게 불렀던 것 같은데.

네리사 맞아요. 어리석은 제 눈으로 봐왔던 남자들 중에 어여쁜 숙녀를 얻기에 가장 합당했어요.

포셔 나도 그를 기억해. 그러면 너의 칭찬을 받을 만한 사람이라고 기억하고 있어.

시종 등장

그래, 무슨 일이라도 있는 거야?

시종 아씨, 이방인 네 명이 작별 인사를 드리려고 아씨를 찾고 있고, 다섯 번째 이방인인 모로코 왕자의 전령이 왔는데, 오늘 밤 이곳에 도착할 거라고 알려주었습니다.

포셔 다섯 번째 손님을 앞선 네 사람을 작별하듯 기쁜 마음으로 맞이할 수 있다면 그의 접근을 기뻐할 거야. 그가 만약 성자 같은 인품의 소유자라도 얼굴이 악마처럼 검다면 나를 아내로 삼기보다는 내 고해를 들어주는 것이 좋을 텐데. 가자, 네리사. ──이봐, 넌 먼저 들어가 보렴.

(하인 퇴장)

구혼자 한 사람을 보냈더니 또 다른 구혼자가 문을 두드리는구나.

(함께 퇴장)

1막 3장
(베니스의 광장)

바사니오가 유대인 샤일록과 함께 등장

샤일록　삼천 다카트라 했겠다.

바사니오　그렇소. 석 달 동안이오.

샤일록　석 달 동안이라, 글쎄요.

바사니오　내 이미 이야기했듯이 보증인은 안토니오 씨요.

샤일록　보증을 안토니오 씨가 선다, 글쎄요.

바사니오　날 도와주겠소? 내 청을 들어주겠소? 대답해 주겠소?

샤일록　삼천 다카트를 석 달 동안이라, 그리고 안토니오 씨가 보증한다.

바사니오　그에 대한 당신 대답은?

샤일록　안토니오 씨야 훌륭한 분이지요.

바사니오　그렇지 않다는 악담이라도 들었소?

샤일록   허, 아뇨, 아뇨, 아뇨. 그가 훌륭한 분이라고 말씀드
린 것은 그 사람이라면 충분하다는 뜻으로 이해해 달라
는 뜻입니다. 하지만 그분의 재산이란 건 어림짐작일 뿐
이오. 그의 상선 한 척은 트리폴리스로 출항했고, 또 한
척은 인도로 항해 중이니 말이지요. 뿐만 아니라 리알토*
에서 듣기로, 다른 한 척은 멕시코에 있고, 또 다른 한 척
은 영국으로 항해 중이고, 그 밖의 다른 재산도 해외에 뿌
려져 있다고 했소. 게다가 배라는 것은 나무판대기에 불
과하고, 선원 역시 인간에 지나지 않는 데다가 뭍 쥐에,
물 쥐, 뭍도적과 물도적──해적 말입니다──이 있고, 파
도, 폭풍, 암초까지 위협하지 않습니까? 그 모든 악조건
에도 불구하고 그분은 자격이 충분하지요. 삼천 다카트
라, 그분의 보증을 받아들일 수 있을 것 같습니다.

바사니오   틀림없을 것이오.

샤일록   틀림없게 만들 겁니다. 그리고 틀림없도록 생각도
해볼 겁니다. 안토니오 씨와 얘기 좀 할 수 있을까요?

바사니오   괜찮다면 우리와 식사라도 합시다.

샤일록   그렇담 돼지고기 냄새를 맡고, 당신들의 예언자 나
사렛 사람이 마법으로 악마를 집어넣은 짐승을 먹겠지
요. 난 당신네와 물건을 사고팔고, 함께 이야기를 하고,
함께 걷는 것은 가능하지만, 같이 먹고 마시고 기도하는

---

* 리알토 : 베니스의 상업 중심지로, 거래소가 있던 곳이다.

것만은 사양하겠소. 리알토에 무슨 소식이라도 있소? 저기 오는 이가 누구요?

안토니오 등장

바사니오　(샤일록에게) 이분이 안토니오 씨요.

샤일록　(방백) 아첨만 아는 로마 세리 같은 꼴이군.

　난 저자가 싫어. 기독교도이기 때문이지.

　게다가 비천한 바보처럼 이자 없이 돈을 꿔주어

　베니스 고리대금업의 금리를 끌어내려서 더 증오해.

　내 언젠가 저놈을 메다꽂는 날엔

　해묵은 원한이 모조리 풀릴 텐데.

　저놈은 거룩한 우리 민족을 증오하고, 많은 유대

　상인들이 모인 곳에서 나와 내 장사를 조롱하고,

　정당하게 버는 내 소득을 '이자'라고 부르며 욕했어.

　내 저놈을 용서하면 우리 유대 민족이 저주받을 것이다.

바사니오　샤일록 씨, 듣고 있소?

샤일록　지금 내 수중의 현금을 따져 보고 있소.

　그런데 대충 헤아려도 삼천 다카트라는 거금을 당장

　조달하기는 어려울 것 같소. 하지만 문제없소.

　돈 많은 히브리 동족인 투발에게 부탁하면 되니까.

　그런데 잠깐, 몇 달이나 쓴다고 했소?

　(안토니오에게) 평안을 빕니다. 방금 선생 얘기를

하던 참이었소.

안토니오 샤일록, 나는 원칙적으로 이자를 수수하는

금전 거래를 해본 적이 없지만, 내 친구가 급전이

필요하다니 관습을 깨는 거요. (바사니오에게) 얼마가

필요한지 알려주긴 했는가?

샤일록 예, 예, 삼천 다카트라고 했소.

안토니오 기간은 석 달이오.

샤일록 잊었군요. 석 달이라고 하셨지.

(바사니오에게) 당신이 그렇게 말했지요.

(안토니오에게) 그럼 계약을 합시다. 어디 보자—

당신은 방금 이자를 수수하는 금전거래는

안 하신다면서요?

안토니오 절대 안 하오.

샤일록 야곱*이 외삼촌 라반의 양을 치던 시절,

이 야곱은 아브라함 성자의 후손인데,

현명한 그분의 모친께서 일을 꾸민 덕분에

세 번째로 상속권을 가졌지요. 암, 세 번째지.

안토니오 그래, 그게 어쨌단 말이오? 이자라도 받았소?

샤일록 아니요. 이자는 아니지요. 말하자면 이자를

---

* 야곱 : 이삭의 아들로, 쌍둥이 형 에서를 속여 장자권을 빼앗았으
며, 후에 신의 축복을 받아 '이스라엘'로 개명하였다. 12명의 자식
은 이스라엘 12부족의 조상이 되었다. 그의 외삼촌 라반과 얼룩
양 이야기는 창세기 30장 28절에서 시작된다.

직접 받지는 않았지요. 야곱이 한 일을 짚어드리죠.
야곱은 외삼촌 라반과 약속했답니다. 그해 양이
얼룩빼기 새끼를 낳으면 모두 자신의 품삯으로
받겠다고요. 이윽고 늦가을이 되어 발정한
암컷이 수컷을 맞이해 그 털북숭이 짐승들 사이에서
생식 작업이 행해졌습니다. 그때 영리한 야곱은 껍질 벗긴
생가지에 줄무늬를 내서 교미 중인 암컷 앞에다
꽂아놓았답니다. 그랬더니 새끼를 밴 양들의 달이 차자
얼룩빼기 양들이 태어나 모두 야곱의 차지가 되었지요.
그렇게 그는 번성했고, 축복을 받았지요. 도둑질만
아니라면 돈을 버는 것은 축복이지요.

안토니오　　야곱은 종살이라는 모험을 했지만,
그 결과는 자신의 힘이 아닌 하늘의 손에
좌우되고 빚어졌소. 그건 그렇고, 돈놀이를
정당화하려고 그 얘기를 꺼낸 거요, 아니면 당신의
금과 은이 암양이나 숫양이라도 된단 말이오?

샤일록　　글쎄! 그건 뭐라고 말할 순 없지만
나는 새끼를 빨리 치게 합니다. 그런데 이보시오.

안토니오　　(방백) 주목하게, 바사니오.
제 잇속을 위해서라면 악마는 성경까지 끌어다
쓴다네. 사악한 영혼이 성스러운 증거를
대는 건 미소 짓는 악마와 같다고 할 수 있는데,
겉은 온전하지만 속은 썩은 사과와 같지.

아, 악당도 외양만은 얼마나 그럴듯한가.

샤일록   삼천 다카트라, 꽤 큰돈이오.

열두 달 중 석 달이라, 이자를 계산해 봐야겠소.

안토니오   자, 샤일록, 우리가 신세 좀 질 수 있겠소?

샤일록   안토니오 씨, 당신은 리알토에서 몇 번인지 모를
정도로 나에게 돈놀이를 한다고 꾸짖었잖소? 하지만
나는 그걸 꾹 참았습니다. 고난은 우리 유대 민족의
표지니까. 당신은 나를 이교도라느니 살인견이라
부르며, 내가 입고 있는 망토에다 서슴없이 가래침을
뱉더군요. 그 모든 건 내 돈을 내가 쓴다는 이유에서지요.
그런데 지금 선생께서 내 돈이 필요하다고요?
거참, 자기 입으로 '샤일록, 돈 좀 필요하오'라고 하다니!
내 수염에 가래침을 뱉고, 문지방 너머로 낯선
개를 걷어차듯 발길질할 때는 언제고 돈을 꿔달라니요.
뭐라고 말씀드려야 할까요? 이런 말은 어떻습니까?
'개에게 무슨 돈이 있습니까? 개가 어떻게 삼천 다카트를
꿔준단 말입니까?' 아니면 노예처럼 머리를 조아리며
기가 죽어 겸손하게, '선생께서는 지난
수요일에 제 얼굴에 가래침을 뱉으셨고, 언젠가는
발길질을 하며 개새끼라고 욕하신 적이 있지요.
그 친절에 대한 보답으로 원하는 액수의 돈을
빌려드리겠나이다'라고 할까요?

안토니오   난 당신을 다시 한번 그렇게 부르겠소.

다시 한번 침을 뱉고 발로 걷어찰 것이오. 그 돈을
빌려줄 거라면 친구에게 빌려준다고 생각하진 마시오.
사람이라면 친구에게 새끼도 치지 못하는 쇠붙이에
대한 이자를 받겠소? 차라리 원수에게 그 돈을
빌려주었다고 생각해요. 그래야 계약을 어길 경우 좀 더
당당하게 위약금을 받아낼 수 있을 테니까.

샤일록 아니, 왜 화부터 내고 그러십니까.
난 당신의 친구가 되어, 호의를 얻고 싶고,
당신이 내게 가한 모욕을 잊고, 이자 한 푼
안 받고 당신이 필요로 하는 돈을 융통해 드릴
참인데, 내 말을 들으려 하지 않는군요.
친절한 제안인데.

바사니오 그렇게만 해준다면 친절한 거지요.

샤일록 그럼 친절을 베풀어드리겠습니다. 저와 함께
공증소로 갑시다. 거기에서 무담보 계약에 서명하고
장난삼아 거는 조건으로 여차여차한 날 여차여차한
금액의 돈을 갚지 못할 경우, 벌금으로 당신의
고운 살점 일 파운드를 내가 원하는 부위에서
베어내도 된다고 명기해 주시기 바랍니다.

안토니오 참으로 만족하오. 난 그 같은 증서에
서명하고, 유대인도 대단히 친절하다고 말하겠소.

바사니오 나 때문에 그따위 계약서에 서명해서는
안 되네. 차라리 곤궁하게 지내겠네.

안토니오   이 사람아, 염려 마. 내가 위약할 리가 있나.

　　두 달 안으로, 그러니까 이 차용증서에 기록된 만료일

　　한 달 전에, 명시된 금액의 세 배의 세 곱절을

　　회수할 거라고 예상하네.

샤일록   오, 아브람 아버지시여!

　　기독교도들이란 이런 무리랍니다.

　　자기네가 이처럼 각박하게 거래를 하니

　　남의 생각을 의심하나 봅니다.

　　(바사니오에게) 어디 한번 말해 봐요.

　　만일 증서에 명시된 약속 날짜를 어겨

　　내가 몰수물을 강요해서 뭘 얻는답니까?

　　사람 몸에서 베어낸 일 파운드의 살덩이는 양고기나

　　쇠고기, 염소 고기보다 값어치가 없소.

　　난 그저 선생의 호의를 얻기 위해 인정을 베푸는 겁니다.

　　내 호의를 받아들이겠다면 그러고,

　　그게 싫으면 잘 가시오.

　　아무쪼록 내 선의를 곡해는 마십시오.

안토니오   좋아요, 샤일록. 내 이 증서에 서명하겠소.

샤일록   그럼 공증인 집에서 만납시다.

　　그에게 이 장난 같은 계약서를 쓰게 하십시오.

　　난 가서 곧바로 다카트를 챙겨 넣고,

　　도대체 절약이라고는 모르는 자에게

　　집을 맡겨놓은 터라 염려되어 잠시 살펴본 다음에 당신

들과 합류하겠소.   (퇴장)

안토니오 서두르게, 친절한 유대인 양반.

  저 히브리 인간이 기독교도가 되겠는걸.

  친절해진 걸 보면.

바사니오 난 마음에 안 들어. 호조건이지만 악의가 있네.

안토니오 왜 그러나. 이 일에 불안해할 건 없네.

  내 배들이 약속한 날짜보다 한 달 앞서 돌아올 테니까.

                                    (함께 퇴장)

2막 1장
(벨몬트. 포셔의 저택)

흰옷을 입은 황갈색 피부의 모로코 왕자와 같은 행색의 시종
서너 명 및 포셔와 네리사가 그들의 시종들과 함께 등장

모로코 피부색을 이유로 나를 싫어하지는 마시오.
 이는 불타는 태양이 입혀준 검은색 의상이오.
 나는 태양의 이웃으로, 그 가까이 살았소.
 태양신의 불길로도 고드름을 못 녹이는 북쪽 출신
 가운데 희디흰 사람 데려와 누구 피가 더 붉은지,
 그인지 나인지 당신 사랑을 위해 살펴봐도 좋소.
 아가씨께 말씀드리는데, 여기 내 얼굴은 용맹한
 자들도 겁먹게 만들었소. 내 사랑을 걸고 맹세컨대
 내 조국 최고의 미녀들도 이 얼굴을 사랑했소.
 그러니 나의 여왕인 당신 마음 훔친다면 모를까,
 내 얼굴색을 바꿀 생각은 없다오.

포서　저는 배필을 선택할 때 여느 아가씨들처럼
꼼꼼한 눈길을 따르진 않아요. 제 운명을 결정하는
추첨에는 자발적 선택권이 없습니다. 세상을 떠난
선친께서 본인의 뜻대로 저의 선택을 제한하시어
제가 방금 말씀드린 방법으로 저의 사랑을 얻는 사람의
아내가 되도록 만들지 않았다면, 고명하신 왕자님도
제가 여태껏 보아온 어떤 분 못지않게
제 애정을 충분히 차지할 수 있으십니다.

모로코　말씀만으로도 고맙소. 그러니 궤가 있는
곳으로 나를 인도하여 운명을 시험해 보도록 해주오.
페르시아 왕 소피를 참살하고 튀르키예의 왕
솔리만과의 전투에서 세 번 이긴 페르시아 왕자를 벤
이 언월도에 맹세코, 당신을 얻기 위해서라면
그 어떤 매서운 눈초리도 째려 누를 것이고,
세상의 그 어떤 강심장도 누를 것이며,
암곰의 품에서 젖을 빠는 새끼 곰도 빼앗을 수
있으며, 예, 먹이 놓고 포효하는 사자도 조롱할 수
있다오. 그러나 아, 원통하오! 헤라클레스와 리카스
중 누가 더 남자다운지 주사위로 결정한다면
약자의 손에 우연히 큰 숫자가 나올 수도 있을
것이니 말이오. 그렇게 헤라클레스는 경솔하게 농을
부리다가 패배했고, 나 또한 눈먼 운명의 여신에게
이끌려 나보다 못한 자가 얻을 수 있는 걸 놓치고

슬퍼하다가 죽을지도 모르니 말이오.

포셔　운명에 맡겨야지요.

　　그러니 선택하는 일을 단념하시든가 아니면

　　선택에 앞서 잘못 고를 경우 숙녀에게 절대

　　결혼 이야기는 않겠다고 맹세해야 합니다.

　　그러니 숙고해 보세요.

모로코　말 않겠소. 자, 운명의 시험대로 안내해 주오.

포셔　먼저 신전으로 가시죠. 운명의 시험은

　　저녁 식사를 마친 뒤에 하십시오.

모로코　그렇다면 행운이여, 최고의 축복 아니면 최악의

　　저주를 내리소서!　　　　　　　　　　(모두 퇴장)

2막 2장
(베니스의 거리)

광대 란슬럿 지오베 등장

란슬럿　내 양심은 분명 내가 유대인 주인에게서 도망치는
　　것을 허락할 거야. 그런데 악마란 놈이 바로 곁에서 날 유
　　혹하며 '지오베, 란슬럿 지오베, 착한 지오베'라고 하거나
　　'착한 지오베, 또는 착한 란슬럿 지오베, 다리는 뒀다 어
　　디에 쓸 거야? 출발해, 도망쳐!'라고 해. 허나 양심은 '안

돼. 조심해. 정직한 란슬럿, 조심해, 정직한 지오베' 또는 앞서 말했듯이 '정직한 란슬럿 지오베, 도망치지 마. 그런 생각일랑 깔보면서 걷어차 버려'라고 하지. 글쎄, 최고로 용감한 악마가 내게 보따리를 싸라는 거야. 이 악마는 '내 빼'라고 하는가 하면 '도망쳐'라고도 해. '하늘에 맹세코 용기를 내'라고 하고 '그런 다음 도망쳐'라고 해. 근데 내 양심은 내 마음의 목에 착 달라붙으며 매우 조심스럽게 말하기를, '정직한 내 친구 란슬럿' 자네는 정직한 남자의 아들이니까, 아니 오히려 정직한 여자의 아들이라고 하는 편이 나아. 아버지는 정말이지 색을 좀 썼으니까, 냄새가 좀 나거든'──거시기 맛을 보셨어.──아무튼 내 양심은 '란슬럿, 꼼짝 말고 있어'라고 하고 마귀 녀석은 '달아나'라고 해. 난 양심에게 '너 충고 한번 잘한다'라고 하고, 악마에게도 '너 충고 한번 잘한다'라고 했지. 사실 양심의 명을 따르자면 나는 유대인 주인집에 눌러살아야 하는데, 그 주인이란 사람이 (하느님, 맙소사!) 마왕 같아. 그리고 유대인에게서 도망치려면 악마의 명을 따라야 하는데, 이 악마가 죄송합니다만 마왕 그 자신이야. 유대인 주인은 바로 이 악마의 화신임이 틀림없어. 양심적으로 말한다면, 내 양심은 인정머리가 없어서 유대인과 함께 지내라고 충고한단 말씀이야. 차라리 악마 녀석의 충고가 더 친절해. 악마야, 난 도망칠 거야. 내 발을 네 명령에 맡길 거라고. 난 도망칠 거야.

광주리를 든 지오베 영감 등장

지오베 영감 이보시우, 젊은이! 말 좀 물어봅시다. 유대인 양반 댁으로 가려면 어느 길로 가야 하우?

란슬럿 (방백) 이런! 진짜 아버지잖아. 이거 원, 눈이 반소경 정도가 아니라 완전히 멀어서 나를 알아보지도 못하시네. 어디 혼란을 줘봐야지.

지오베 영감 젊은 양반, 부탁 좀 해야겠는데, 유대인 댁으로 가려면 어느 길로 가야 하우?

란슬럿 다음 길모퉁이에서 오른쪽으로 도세요. 그러나 그 다음 모퉁이에서는 왼쪽으로 도십시오. 아 참, 바로 그다음 길모퉁이에서는 어느 쪽으로도 돌지 말고 아래쪽으로 돌아서 그 유대인 주인 양반 댁으로 빙 둘러 가십시오.

지오베 영감 하느님의 성도께 맹세컨대 그건 찾아가기 어려운 길이구먼. 그와 함께 산다는 란슬럿이 아직도 그분과 사는지 안 사는지 알고 계시우?

란슬럿 젊은 란슬럿 도련님 말씀인가요? (방백) 가만있자. 눈물을 쏙 빼게 만들어야지.─그 젊은 란슬럿 도련님 말씀입니까?

지오베 영감 도련님이 아니라 그저 가난한 사람의 아들내미라우. 그놈 아비는 말하긴 뭣하지만, 정말 찢어지게 가난한데, 하느님도 고마우시지, 무사히 지내고 있다우.

란슬럿 　글쎄, 그 아비가 어떤 사람이든 우리는 지금 젊은
　란슬럿 도련님 얘기를 하는 겁니다.

지오베 영감 　당신의 친구인 란슬럿입죠.

란슬럿 　그런고로 말씀드립니다만, 노인께선, 고로
　간청컨대 젊은 란슬럿 도련님 얘기를 하십니다.

지오베 영감 　그냥 란슬럿이라우, 선생님 마음에 드신다면.

란슬럿 　고로 란슬럿 도련님 말씀이군요. 란슬럿 도련님 얘
　기는 하지 마십시오, 아버지. 그 젊은 양반은 운명인지,
　숙명인지, 아니면 그와 같은 묘한 말들과 운명의 세 자매
　와 그 비슷한 학문 분야에 입각해 말한다면 얼마 전에 운
　명했답니다. 우리끼리 통하는 쉬운 말로 천당에 가셨다
　는 말이지요.

지오베 영감 　아이고, 하느님 맙소사! 그 아인 바로 이 늙은
　이의 지팡요, 버팀목이었다우.

란슬럿 　(방백) 제가 몽둥이나 초가집 기둥, 혹은 지팡이나
　버팀목으로 보입니까? (지오베 영감에게) 저를 못 알아보
　시겠어요, 아버지?

지오베 영감 　아이고, 알아뵐 수가 없다오, 젊은 양반! 제발
　한 말씀만 해주시오. 내 아들놈이 ──하늘에 편히 쉬게 해
　주소서──죽었수, 살았수?

란슬럿 　아버지, 절 못 알아보시겠어요?

지오베 영감 　아이고, 난 깜깜 장님이라우. 못 알아본다우.

란슬럿 　예, 정말이지 두 눈이 멀쩡하다 해도 알아보지 못

하는 수가 있지요. 현명한 아버지만이 자기 자식을 알아 보는 법이니까요. 자, 노인 양반, 아드님 소식을 알려드리 겠습니다. (무릎을 꿇는다) 절 축복해 주십시오. 진실은 밝 혀지는 법이고, 살인은 오래 감출 수가 없는 법이죠. 사람 의 아들은 감출 수 있어도 진실은 결국 드러나는 법이니 까요.

지오베 영감 제발 일어나시우. 당신은 내 아들 란슬럿이 아닌 게 분명하오.

란슬럿 부탁이니 농담은 그만하시고 저를 축복해 주세요. 저는 과거의 당신 아들 란슬럿입니다. 지금도 당신 아들 이고, 미래에도 당신 자식입니다.

지오베 영감 당신이 내 아들이라고 생각되지 않는구려.

란슬럿 제가 그 말을 어떻게 받아들여야 할지 모르겠습니 다만, 저는 유대인의 하인 란슬럿이고, 당신 아내 마저리 가 제 어머니인 건 분명합니다.

지오베 영감 그녀 이름은 마저리가 틀림없는데, 맹세컨대 네가 만약 란슬럿이라면 넌 내 살, 내 피다. 하느님도 고 마우시지, 수염이 무성하구면. 네 턱에 난 털이 수레 끄는 말 도빈의 꼬리에 난 것보다 많구나.

란슬럿 그렇다면 도빈의 꼬리는 거꾸로 자라는 것 같네요. 제가 놈을 마지막으로 봤을 땐 꼬리털이 제 얼굴 털보다 많았던 게 분명한데.   (일어난다)

지오베 영감 원 참, 너 정말 많이 변했구나. 그래, 주인 양반과는 잘 지내느냐? 그분께 드릴 선물을 갖고 왔다. 요즘 둘 사이는 어떠냐?

란슬럿   글쎄요, 글쎄. 하지만 저는 그 집에서 달아날 결심을 했기 때문에, 달아나기 전에는 마음이 조금도 편치 않을 것 같아요. 제 주인은 어느 면으로 보나 유대인[*]이에요. 그분께 선물을 주겠다고요? 차라리 목맬 밧줄을 갖다 주세요. 그 인간을 섬기다 배를 곯고 있으니까요. 이젠 손가락으로 갈빗대를 셀 수 있을 지경입니다. 아버지가 오셔서 정말 기쁩니다. 그 선물은 바사니오 나리께 드리세요. 그분은 참말이지 기막힌 새 제복을 마련해 주겠답니다. 그런 분을 섬길 수 없다면 세상 끝까지라도 도망치겠습니다. 아, 이런 기막힌 행운이, 저기 바로 그분이 오시는군요. 저분에게 가요. 그 유대 놈을 계속 섬기다가는 유대인이 될 테니까요.

바사니오가 레오나르도와 시종 한두 명을 거느리고 등장

바사니오   그렇게 해도 좋아. 하지만 늦어도 다섯 시까진 저녁 식사가 준비돼야 하니까 일을 서둘러. 이 편지를 보내고, 제복도 짓도록 해. 그리고 그라티아노에게 속히 내

---

[*] 유대인 : 당시 영국 사회에서 유대인은 몰인정한 사람으로 인식되었다.

숙소로 와달라고 해라.　　　　　　　　　(시종 한 명 퇴장)

란슬럿　아버지, 저분에게.

지오베 영감　안녕하십니까?

바사니오　고맙소. 내게 무슨 용무라도?

지오베 영감　여기 제 아들놈이, 가련한 녀석이라우.

란슬럿　가련한 녀석이 아니라 나리, 부자 유대인의 하인인
　　데, 아버지가 구체적으로 말씀드리겠지만——

지오베 영감　자식 놈이 나리를 섬기고 싶다는 큰 포부가
　　있다우.

란슬럿　긴말 다 자르고 요점만 말씀드리자면, 저는 유대인
　　을 섬기고 있는데, 바람이 하나 있습니다. 아버지가 밝히
　　시겠지만——

지오베 영감　나리께 말씀드리긴 뭣합니다만, 지금 애 주인
　　과 애는 사이가 이만저만 나쁜 게 아니라우.

란슬럿　간단히 말씀드리자면 사실인즉슨 유대인이 제게
　　나쁜 일을 통고했는데, 저희 아버지가——바라건대 노인
　　이시기에 당신께 자세히 말씀 올리시겠지만——

지오베 영감　제가 나리께 드리려고 비둘기 요리 한 접시를
　　가져왔사온데, 청하고 싶은 건——

란슬럿　아주 짧게 말씀드려 그 소청은 여기 정직한 노인의
　　설명으로 당신께서 알게 되겠지만 저 자신에 대한 것입
　　니다요.——그리고 제 입으로 말씀드리기 뭣합니다만, 제
　　아버지는 가난하고 연로한 노인입니다.

바사니오 한 사람이 대변해 주시오. 뭘 원하는가?

란슬럿 나리를 섬기고 싶습니다.

지오베 영감 그것이 바로 이번 일의 오점*이라오.

바사니오 내 너를 잘 안다. 청은 받아들이겠다.

　너의 주인 샤일록과 오늘 만났는데, 그가 널 천거했다.

　글쎄, 돈 많은 유대인 부자를 버리고 나 같은 가난뱅이의

　하인이 되는 게 좋은 의미의 천거라면 말이다.

란슬럿 제 주인 샤일록과 나리께서는 옛 격언을 용케도

　나누어 가지셨네요. 나리는 '하느님의 은총'을 받으셨고,

　제 주인 샤일록은 '풍족한 재산'을 가졌으니 말입니다.

바사니오 말재간이 보통이 아니군. 어르신도 아드님과

　함께 가시지요. 그럼 넌 옛 주인한테 작별 인사를

　고하고 내 거처로 오너라. ──(시종에게) 저 친구 제복은

　다른 시종들보다 더 술을 많이 달아라. 　　　　(시종 퇴장)

란슬럿 아버지, 들어가세요. 이래서야 일자리를 구하겠나.

　암! 혀를 굴려본 적이 있어야지.** 글쎄, (손바닥을 내려다

　보면서) 이탈리아에서 이보다 더 훌륭한 미래를 약속하는

　손금을 가진 사람은 없을 거야. 난 운수대통이야. 이것 보

　란 말이야. 여기 이 생명선도 순탄한 데다 여기엔 약간의

　여편네들이 생기는 금이 있어. 뭐야, 마누라 열댓 정도야

---

* 오점 : 요점을 말한다.

** 혀를~있어야지 : 이는 란슬럿이 쓰는 반어법의 하나다.

약과지. 과부 열하나에 처녀 아홉은 한 남자의 수입으로는 수수하다고 해야겠지. 그다음을 보자. 익사할 뻔할 위기도 세 번이나 있고, 칼날 같은 깃털 침대 모서리* 때문에 생명의 위험이 있구나. 여기 이 선들은 도망을 몇 번 친다는 의미야. 글쎄, 행운의 신이 여자라면 그녀는 착한 계집이야, 이런 운수를 내게 주었으니. 아버지, 가요. 눈 깜짝할 사이에 유대인 주인과 작별 인사를 하겠어요.

(란슬럿과 지오베 영감 퇴장)

바사니오 (레오나르도에게 구매 목록을 주면서) 레오나르도,
　　신경 써서 일을 처리해야 해. 지금 말한 물건들을
　　다 사서 배에 차곡차곡 실은 다음 재빨리 와.
　　오늘 밤 연회를 베풀려고 하니 서둘러야 해.
레오나르도 분부하신 일에 최선을 다하겠습니다.

그라티아노 등장

그라티아노 네 주인은 어디 계시냐?
레오나르도 저기 걸어가고 계십니다, 나리.　　　　(퇴장)
그라티아노 바사니오 형!
바사니오 그라티아노!
그라티아노 부탁이 있어요.

---

* 칼날~모서리 : 결혼의 위험을 비유적으로 표현하는 말.

바사니오 이미 받아들였네.

그라티아노 거절은 안 돼요. 벨몬트로 함께 가야겠어요.

바사니오 그러겠다면 그래야지. 하지만 그라티아노,

　자넨 너무 거칠고 무례한 데다 막말을 해.

　그것이 자네에게는 너무나 잘 어울리고, 우리 친구들

　사이에서는 문제가 없지만, 자넬 모르는 사람들에겐,

　글쎄, 그들에게는 심한 방종으로 보일 수 있네.

　부탁이니 차가운 예절의 물방울을 떨어뜨려 끓는

　성미를 진정시키게. 내가 가는 곳에서 자네의 거친

　언행으로 오해를 사게 돼 내 희망이 깨지지 않도록.

그라티아노 바사니오 형, 지금부터 신중한 태도로 공손하게

　얘기하고, 욕설은 가끔만 하겠어요. 호주머니에는

　기도서를 넣어 다니고, 얌전한 체하겠어요.

　거기에 더해 기도할 때는 이렇게 모자로 눈을 가리고

　한숨지으며 '아멘' 하고 할머니를 기쁘게 해드리기

　위해 훈련한 사람처럼 예의범절의 모범이 될게요.

　그러지 않는다면 저에 대한 믿음을 저버리세요.

바사니오 그럼 자네 몸가짐을 지켜보겠네.

그라티아노 하지만 오늘 밤만은 제발요.

　오늘 밤의 제 행동으로 저를 판단해선 안 돼요.

바사니오 물론이지. 그러면 애석하지.

　오늘 밤은 평소대로 쾌활하게 보내게.

　흥겹게 놀 목적으로 친구들을 불렀으니 말일세.

그럼 그때까지 안녕. 난 볼일이 좀 있네.

그라티아노　　나는 로렌초 패에게 가봐야 해요.

저녁 식사 땐 형님 집으로 같이 올게요.　　　　(모두 퇴장)

2막 3장
(베니스. 샤일록의 집)

제시카와 광대 란슬럿 등장

제시카　　네가 아버지 곁을 떠난다니 서운하구나.

우리 집은 지옥이지만, 유쾌한 네가 있어서

견딜 만했는데. 그럼, 잘 가고, 다카트 한 닢 받아둬.

그리고 란슬럿, 곧 있을 저녁 식사에서 넌

새 주인의 손님인 로렌초를 만날 거야.

그분에게 이 편지를 전해 줘. 몰래 전해야 해.

그럼 잘 가. 내가 너와 얘기하는 장면을

아버지께 보이고 싶지 않구나.

란슬럿　　안녕. 눈물이 말문을 여네요. 너무나 어여쁜 이교

도, 최고로 아름다운 유대인 아씨! 기독교인 남자가 부정

을 저질러 아씨를 낳은 게 아니라면 제가 크게 잘못 아는

거겠지요. 그럼 안녕히 계세요. 이 바보의 눈물이 사나이

마음 약해지게 하네요. 안녕!　　　　　　　　　　(퇴장)

제시카 잘 가, 란슬럿. 아, 아버지의 자식임을
　부끄러워해야 하다니, 이 얼마나 가증스러운 죄인가!
　내 비록 아버지의 핏줄을 이어받은 딸이지만
　성향을 물려받진 않았어.
　오, 로렌초, 당신이 약속을 지켜준다면
　난 이런 번민에서 벗어나 기독교인,
　당신의 아내, 둘 다 될 거예요.　　　　　　　(퇴장)

2막 4장
(베니스의 길거리)

그라티아노, 로렌초, 살라리노, 살라니오 등장

로렌초 아뇨. 우린 저녁 식사 도중 살짝 빠져나와
　제 하숙집에서 변장한 뒤 돌아올 겁니다.
　넉넉잡고 한 시간이면 충분해요.
그라티아노 우리는 충분히 준비가 안 됐어.
살라리노 누굴 횃불잡이*로 할지 정하지도 않았잖아.
살라니오 제대로 하지 못하면 흉해 보일 테니

---

* 횃불잡이 : 해가 진 뒤라 무도장을 밝히기 위해 횃불잡이가 필요
　했다.

내 생각엔 그만두는 게 나을 거 같아.

로렌초　아직 네 시밖에 안 됐으니, 두 시간이나
　　준비할 여유가 있어요.

편지를 든 어릿광대 란슬럿 등장

이보게, 란슬럿, 무슨 소식인가?

란슬럿　이 편질 뜯어보세요. (로렌초에게 편지를 주며)
　　이걸 보시면 내용을 아시게 되겠지요.

로렌초　눈에 익은 필체로군. 정말 글씨체가 예뻐.
　　글을 쓴 사람의 손은 이 편지지보다 더 희고 곱지.

그라티아노　연애편지가 틀림없군.

란슬럿　저는 이만 물러가겠습니다.

로렌초　어딜 가려는가?

란슬럿　예, 옛 주인인 유대인 댁에 가서 새 주인인
　　기독교도 댁에서 저녁 식사가 있다는 걸 전하려고요.

로렌초　잠깐, 이걸 받아. (돈을 준다) 제시카 아씨에게
　　꼭 간다고 말해 줘. 은밀히 해야 해.　　　(란슬럿 퇴장)
　　자, 가시죠.
　　오늘 밤에 있을 가면극을 준비해야 하잖아요?
　　횃불잡이는 구해 놨습니다.

살라리노　아 참, 나도 곧 그 일을 시작하려 해.

살라니오　나 역시 마찬가지야.

로렌초   그럼 몇 시간 뒤 그라티아노 숙소에서 만나요.

살라니오   그러는 게 좋겠군.   (살라리노와 살라니오 퇴장)

그라티아노   그 편지는 어여쁜 제시카에게서 온 거지?

로렌초   다 털어놓을게. 그녀는 아버지 집에서
자기를 어떻게 데리고 나가야 하는지 지시했고,
금붙이와 보석들은 이미 챙겨놓았다는 것과 시동 복장도
준비했다고 했어. 만일 그녀의 유대인 아버지가 천국엘
간다면, 그건 순전히 비유대인 딸 덕분이라고 봐야지.
감히 어떤 불행도 그녀의 앞길을 가로막진 못할 거야.
그녀가 믿음 없는 유대인의 자식이라는 이유로
스스로를 몰아붙인다면 모를까. 자, 함께 가.
가면서 이 편지를 읽어봐. 아름다운 제시카를
횃불잡이로 삼을까 해.   (모두 퇴장)

2막 5장
(베니스. 샤일록의 집 앞)

샤일록과 그의 하인이었던 광대 란슬럿 등장

샤일록   그래, 이젠 너도 깨닫게 될 거다.
네 눈을 재판관 삼아 옛 주인 샤일록 노인과
바사니오의 차이를 말이지.

허, 제시카!──넌 이젠 내 집에서처럼 배불리

먹지 못할 거다.──허, 제시카!──코를 골며 잠잘 수도

옷이 닳도록 마구 입을 수도 없을 거다──

허, 제시카, 안 들려!

란슬럿　허, 제시카!

샤일록　너더러 부르랬어? 시키지도 않았잖아.

란슬럿　어른께서는 늘 제게 말씀하시지 않았습니까?

시키지 않으면 아무 일도 못 하는 녀석이라고.

제시카 등장

제시카　부르셨어요? 무슨 일이에요?

샤일록　저녁 식사에 초대받았다, 제시카.

이 열쇠 꾸러미를 받아둬라. 한데 내가 왜 가야 하지?

나를 좋아해서 부른 것도 아니고, 아첨일 뿐인데.

하지만 꼴 보기 싫어서라도 가야겠다. 가서 방탕한

예수쟁이들의 음식을 축내야겠다. 내 딸 제시카야,

집 잘 봐라. 정말 가고 싶지 않구나.

어쩐지 좋지 않은 일이 생길 것 같단 말이야.

어젯밤 꿈속에서 돈 자루를 봤거든.

란슬럿　꼭 가세요, 나리. 저의 젊은 주인께서도

어르신의 비방*을 기다리고 계십니다.

샤일록　나도 비방하고 싶어.

란슬럿 그분들은 함께 계획했답니다. 가면극을 꼭 보라는
    건 아닙니다. 만일 보신다면, 제 코에서 피가 이유 없이
    쏟아지진 않았겠죠. 지난 검은 월요일 오전 6시, 그해에
    는 사순절 수요일이었던 오후 사 년**에 말입니다.

샤일록 뭐, 가면극이 있다고? 제시카, 들었느냐?
    문을 몽땅 걸어 잠그고 북소리와 목이 움푹 팬
    피리의 역겨운 앵앵거리는 소리가 들리더라도
    구경한답시고 창틀 위로 기어 올라가서는 안 된다.
    또 잔뜩 치장한 기독교인 바보 상판대기를 보겠다고
    사람 많은 길거리로 머리를 쑥 내밀지 말고,
    집의 귀들을──창틀을 말한다──모두 틀어막아
    그 천박한 건달들의 소리가 우리 집에 못 들어오게 해라.
    야곱의 지팡이에 맹세코 오늘 저녁을 먹고 싶은
    마음이 없어. 하지만 가봐야겠다. 야, 이봐, 네놈은
    먼저 가서 내가 방문한다고 일러라.

란슬럿 그럼 저는 먼저 가겠습니다.
    (제시카에게 방백) 아가씨, 경고가 있긴 합니다만
    창밖을 꼭 내다보세요. 유대인 처녀가 눈여겨볼 만한
    아주 멋진 기독교도 청년이 지나갈 겁니다.   (퇴장)

샤일록 저 어리석은 하갈의 자손이 뭐라고 했냐?

---

* 비방 : 내방이라고 해야 할 것을 잘못 말함.
** 사 년 : 원래는 '네 시'.

제시카 '아가씨, 안녕'이란 말요.

샤일록 저 등신은 성격은 좋은데 많이 처먹는 게 흠이야.

　일을 시키면 굼벵이고, 대낮에도 살쾡이처럼 잠만 자지.

　수벌같이 무위도식하니 놈을 내보내 버릴 거야.

　난 놈을 내게 돈을 꾸어간 자에게 넘겨 그 인간이

　돈을 물 쓰듯 낭비하는 데 도움이 되게 할 거야.

　그럼 들어가거라, 제시카!

　어쩌면 난 금방 돌아올지 몰라.

　내가 일러준 대로 문단속 잘해라. '단단히 단속하면 마딘

　법'이라는 말은 언제 들어도 좋은 속담이지.　　　（퇴장）

제시카 잘 가세요.──내 운명이

　꼬이지만 않는다면 나는 아버지를,

　아버지는 딸을 잃었어요.　　　　　　　　　　（퇴장）

2막 6장
（베니스. 샤일록의 집 앞）

그라티아노와 살라리노, 가면극 차림으로 등장

그라티아노 이곳이 바로 로렌초가 우리더러 있으라고

　말했던 그 처마예요.

살라리노 약속했던 시간이 이미 지났는걸.

그라티아노 　이상한 일이에요. 사랑에 빠진 연인들은
　　언제나 제시간보다 앞질러 오는 법이거든요.
살라리노 　그렇지. 비너스의 수레를 끄는 비둘기도
　　새로운 사랑을 맺어 주기 위해서라면 이미 맺은 사랑을
　　유지할 때보다 열 배는 더 빨리 날아가지.
그라티아노 　그건 언제나 맞는 말씀이죠. 그 누가 연회석에
　　막 앉을 때의 왕성한 식욕으로 일어서나요?
　　세상 어느 말이 한 번 지나온 힘든 길을
　　열정 다해 달리려 하겠습니까? 세상사란
　　다 그렇듯 손에 넣으려 쫓아다닐 땐 활기차지만
　　막상 손에 넣으면 시들해지죠. 깃발 단 범선이
　　고향 해안을 떠나 바람둥이 바람에게 안긴 광경은
　　어찌 그리도 막내나 탕아와 닮았는지! 창녀 같은
　　바람에게 돈 뺏기고 몸 망쳐 거지꼴이 되어
　　돌아오는 광경 역시 신통하게도 탕아와 같아요.

로렌초 등장

살라리노 　로렌초가 오는군. 그 얘기는 나중에 해.
로렌초 　여러분, 기다리게 했다고 화내지 마세요.
　　기다리게 만든 건 내가 아니라 용무였으니까요.
　　아내를 얻으려 보쌈놀이를 하게 되면 나도
　　그만큼 기다려드리겠어요. 자, 가요. 여기가

제 장인 유대인 집입니다.

에헴, 안에 누구 계시느냐?

소년 복장을 한 제시카, 위층에서 등장

제시카 누구세요? 당신의 목소리는 판별할 수 있다고

　　장담하지만, 확신할 수 있게 말씀해 주세요.

로렌초 그대의 사랑 로렌초요.

제시카 틀림없는 내 사랑 로렌초군요.

　　내가 당신 말고 누굴 이토록 사랑하겠어요!

　　내가 당신 것이라는 걸 당신 말고 누가 알겠어요?

로렌초 하늘과 자기의 마음이 그걸 증명해 줄 테지.

제시카 자, 이 상자를 받으세요. 그만한 가치가

　　있는 거예요. 밤이라 기뻐요. 당신이 내 모습을

　　볼 수 없으니 말이에요. 이렇게 변장하니 몹시 창피해요.

　　사랑은 맹목적이라 연인들은 자신들의 잘못도

　　애교로 보니 탈이죠. 만일 볼 수 있다면 소년으로

　　변장한 나를 보고 큐피드조차 얼굴을 붉힐 거예요.

로렌초 내려와. 내 횃불잡이가 돼야 하니까.

제시카 불을 들고 이런 수치스러운 모습을 밝히라고요?

　　내 사랑, 수치스러움이 두드러지겠는걸요.

　　횃불잡이는 사물을 밝게 비추는 건데,

　　지금의 난 어둠 속에 숨어야 할 처지예요.

로렌초　내 사랑, 자기는 이미 소년 복장 속으로 숨었어.

　그러니 얼른 내려와요. 은밀한 밤이 달음질쳐 달아나고,

　바사니오 형의 만찬이 우릴 기다리고 있어.

제시카　문단속 단단히 하고, 금화를 두둑이 챙겨

　곧바로 내려갈게요.　　　　　　　　　　(위층에서 퇴장)

그라티아노　내 가면에 맹세코 양갓집 비유대인이야.

로렌초　나는 그녀를 진심으로 사랑해.

　내 판단이 맞는다면 그녀는 총명하니까.

　내게 진실을 보는 눈이 있다면 그녀는 아름답고

　본인이 증명했듯이 진실한 여자지.

　그러므로 총명하고 아름답고 진실한 그녀를

　한결같은 내 영혼에 품을 생각이야.

제시카 등장

　아니, 벌써 내려왔어? 여러분, 어서 가요.

　가면극 동료들이 우리를 기다리고 있어요.

　　　　　　　　　(그라티아노만 남고 모두 함께 퇴장)

안토나오 등장

안토니오　거기 누구요?

그라티아노　안토니오 형?

안토니오 나 참! 그라티아노! 다들 어딜 갔나?

　　아홉 시야. 친구들이 널 기다리고 있어.

　　오늘 밤 가면극은 없어. 마침 순풍이 불어

　　바사니오가 항해길에 오르게 됐어. 그래서 너를

　　찾으려고 사람을 스무 명이나 풀었어.

그라티아노 잘됐네요. 오늘 밤 배를 타고 떠난다니,

　　내게 이보다 기쁜 일은 없어요.　　　　　(두 사람 퇴장)

2막 7장
(벨몬트. 포셔의 저택)

포셔와 네리사, 모로코 왕자, 각각의 수행원들과 함께 등장

포셔　(시종에게) 저리 가서 커튼을 젖히고,

　　왕자님께 궤를 고를 수 있도록 해드려라.

　　자, 선택하시지요.

모로코　첫 번째 금궤에는 이렇게 적혔군요.

　　'나를 선택하는 자는 만인이 열망하는 것을 얻으리라.'

　　두 번째는 은궤고, 이런 글귀가 적혀 있군요.

　　'나를 선택하는 자는 얻기에 합당한 것을 얻으리라.'

　　세 번째의 납궤는 퉁명스럽게 경고하는군요.

　　'나를 선택하는 자는 모든 것을 걸고 모험해야 한다.'

한데 바른 선택을 했는지 어떻게 알 수 있지요?

포셔   세 개의 궤 중 하나에 제 초상화가 들어 있는데,

당신이 그걸 고르면 저는 당신 것이 됩니다.

모로코   신이시여, 저의 판단을 이끌어 주소서.

어디, 새겨진 글귀를 되짚어보자.

이 납궤는 무슨 말을 하고 있지?

'나를 선택하는 자는 모든 것을 걸고 모험해야 한다.'

'건다', 무엇을 위해서? 납을 위해 모험을?

이건 나를 협박하는 거야. 자신의 모든 걸 걸고

모험을 감수할 때는 그만한 이득을 바라보고

하는 건데, 황금의 마음이 쓰레기를 줍기 위해

허리를 굽히진 않아. 그러니 난 납덩이를 얻기 위해

무얼 내놓지도 않겠고, 위험을 감수하지도 않겠어.

저 흰 처녀의 빛깔을 한 은궤에는 뭐라고 되어 있지?

'나를 선택하는 자는 얻기에 합당한 것을 얻으리라.'

얻기에 합당한 것이라! 모로코 왕자여, 거기 잠깐 머물러

공평한 손으로 네 무게를 달아보아라.

네 잣대로 네 값을 매긴다면 충분한 가치를 지녔다.

허나 충분한 것만으로는 이 규수에 못 미칠지 모른다.

그렇다고 내 가치를 의심한다면 자신을 맥없이

과소평가하는 일. 얻기에 합당한 것이라!

아, 그건 바로 이 규수다.

문벌로 보나 재산으로 보나 덕망으로 보나

교육의 질로 보나, 게다가 무엇보다
내가 사랑하니 나야말로 합당한 인물이다.
더는 망설일 필요 없이 선택하는 것이 어떨까?
금궤에 새겨진 문구를 다시 한번 보자.
'나를 선택하는 자는 만인이 열망하는 것을 얻으리라.'
아, 이것이야말로 그녀다. 온 세상이 그녀를 원하잖는가.
이 성상에, 살아 숨 쉬는 성 처녀에게 입 맞추기 위해
온 세상 사방에서 사람들이 몰려온다.
히르카니아 사막과 넓디넓은 아라비아의 광야가
이제는 아름다운 포셔를 보러 오는 왕자들로
새길이 닦일 정도다. 오만한 머리를 들어 하늘에
침을 뱉는 저 물의 왕국도 이역만리에서 찾아오는
대담한 자들의 발걸음을 막는 장애물이 못 되니
아리따운 포셔 보려고 바다를 개울 건너듯 달려온다.
세 개의 궤 중 하나에 천사 같은 포셔의 초상화가 있다.
혹시 이 납궤 속에 들어 있을까?
그런 천한 생각을 하면 저주받을 거야.
납은 너무 조잡하니 캄캄한 무덤 속
그녀의 수의를 감싸기에도 너무 거칠다.
아니면 정제된 금에 비해 값이 열 배나 떨어지는
은궤에 그녀가 들어 있을까?
오, 죄받을 생각이다. 그렇게 값진 보석이 금보다 못한
것 속에 들어 있을 리 없어.

영국에는 천사의 상을 금에 새긴 주화가 있다지만,

그건 표면에만 새겨져 있을 뿐이다.

근데 여기 황금 침대 안의 천사는

온전히 누워 있다. 열쇠를 주시오.

이걸 고르겠소. 성공하게 해주소서!

포셔　자, 왕자님, 열쇠를 받으세요. 제 초상화가 그 속에

들어 있다면 저는 당신 것입니다.　　　（그가 금궤를 연다）

모로코　오, 이런! 이게 뭐냐?

해골바가지 아니냐. 움푹 팬 눈자위 속에 글귀를 새긴

두루마리가 있군. 읽어볼까?

（읽는다）'반짝인다고 해서 다 금은 아니다.

그대는 그런 말을 자주 들었을 터.

수많은 사람이 나의 겉모습에 홀려 목숨을 팔았도다.

황금 무덤 속에는 구더기만 우글대는 법!

그대가 용감한 만큼 현명했다면,

젊은 사지에 판단력이 영글었다면

두루마리에 쓰인 이런 답은 받지 않았을 것을.

잘 가시오. 당신의 청혼은 힘을 잃었소.'

진정 힘을 잃었고, 헛수고가 되었구나.

사랑의 열정이 식었으니 서리여, 오너라.

포셔, 잘 있으시오. 너무 슬퍼서

긴 인사 생략하고 패자는 떠납니다.　（시종들과 함께 퇴장）

포셔　매끈하게 벗어났네. 이제 커튼을 치자.

같은 혈색을 지닌 이는 모두 같은 선택을 했으면 좋겠어.

(모두 퇴장)

2막 8장
(베니스의 거리)

살라리노와 살라니오 등장

살라리노   여보게, 난 바사니오의 출항을 봤어.

　그라티아노도 그와 함께 떠났네.

　그런데 그 배에 로렌초는 보이지 않던걸.

살라니오   그 유대 놈의 아우성에 잠에서 깨어난 공작님이

　그자와 함께 바사니오가 탄 배를 찾으러 가셨어.

살라리노   너무 늦게 오셨지. 배는 이미 출항한 뒤였으니.

　공작님이 거기서 알아낸 건 누군가가 로렌초와

　매혹적인 그의 연인 제시카가 곤돌라에 탄 걸 봤다는

　것이었네. 게다가 안토니오는 공작님께 분명히

　보증했다네. 그들이 바사니오가 탄 배에 없다는걸.

살라니오   난 그 개 같은 유대인이 길거리에서 내뱉은

　격정만큼 혼란스럽고 괴상망측하게 난폭하며

　두서없는 감정 폭발은 들은 적이 없네.

　'내 딸! 오, 내 다카트! 오, 내 딸년!

예수쟁이와 내빼다니! 오, 예수쟁이가 낚아챈 내 다카트!
정의의 심판, 국법, 내 다카트, 내 딸이!
꽁꽁 묶어둔 돈 자루! 묶어둔 다카트 두 자루를,
액면가 두 배 되는 동전이 들어 있는 걸 딸년이 훔쳤어.
귀중품을, 보석 둘을, 진귀한 보석 둘을
내 딸년이 훔쳐갔어. 정의의 심판을! 그년을 찾아라.
그년이 보석을 지녔다, 다카트도 지녔다.'

살라리노　글쎄, 베니스의 애들이 모두 그를 따라다니며
'내 보석, 내 딸, 내 다카트!' 하고 외쳐댄다네.

살라니오　안토니오가 약속 기일을 지켜야 할 텐데,
어기면 무슨 봉변을 당할지 모른다니까.

살라리노　그 말 마침 잘 상기시켰네.
내가 어제 한 프랑스인을 만났는데, 그 사람 말이
프랑스와 영국 사이의 좁은 해협에서 짐을 잔뜩 실은
우리 화물선 한 척이 파선했다지 뭔가?
그 얘길 듣는 순간 안토니오 생각이 나서
그의 배가 아니길 조용히 빌었다네.

살라니오　안토니오에게 말해 주는 게 좋을 듯싶네.
그렇다고 불쑥 말하지는 말게. 상심할 수 있으니까.

살라리노　그보다 더 자상한 사람이 이 땅에 있을까!
바사니오와 안토니오가 작별하는 모습을 봤는데,
바사니오가 서둘러 돌아오겠다고 하자 안토니오가
말했지. '그러지 마, 바사니오. 나 때문에 자네 일을

서두르다가 그르치지 말고 때가 무르익기를
기다리게. 그리고 유대인이 받아 간 차용증서
말인데, 사랑으로 가득 찬 마음에 그 일이
끼어들지 못하게 하게. 명랑하게 행동하고
마음은 오직 구애하는 일, 즉 거기에 어울리는
아름다운 사랑의 말을 전하는 데 집중하게.'
말을 마친 그는 눈물 그득한 얼굴을 돌리고
그의 등을 감싸 안았는데, 거기엔 놀라울 정도로
뚜렷한 사랑이 그대로 느껴졌다네. 그런 뒤
바사니오의 손을 꼭 잡은 다음 작별을 했지.

살라니오　내 생각에 그가 세상을 사랑하는 것도
바사니오와의 사랑 때문인 것 같네. 자, 함께
그를 찾아내 우울증에 휘말린 기분을 풀어주어
상쾌한 활기를 찾게 하자고.

살라리노　그러세.　　　　　　　　　　　(두 사람 퇴장)

2막 9장
(벨몬트. 포셔의 저택)

네리사와 하인 한 명 등장

네리사　자, 커튼을 빨리빨리 젖혀. 아라곤

왕자가 선서를 마쳤으니 상자를 고르러 올 거야.

아라곤 왕자와 그의 수행원들 및 포셔 등장

포셔   왕자님 보세요, 저게 궤들입니다.
제 초상화가 들어 있는 궤를 선택하시면
우리의 결혼식은 즉시 거행될 것입니다.
하지만 실패할 경우 아무 말씀 마시고
당장 여길 떠나셔야 합니다.
아라곤   나는 맹세코 다음 세 가지를 지키겠소.
첫째, 누구에게도 어떤 궤를 선택했는지 안 밝힐 것이고,
둘째, 궤 선택에 실패했을 경우 살아서는
혼인을 목적으로 처녀에게 구애하지 않을 것이고,
그리고 끝으로 운 나쁘게 선택에 실패할 경우
즉시 작별 인사를 고하고 이곳을 떠난다는 것이오.
포셔   보잘것없는 저를 위해 모험하러 오시는 분들은
누구나 그 같은 금지령을 지킬 것을 맹세합니다.
아라곤   나도 충분히 각오하고 왔소. 내 마음의 소망에
행운이 깃들기를! 금과 은, 저급한 납이군.
'나를 선택하는 자는 모든 것을 걸고 모험해야 한다.'
모양새가 그럴싸해야 모험을 감수할 게 아니냐.
이 금궤에는 뭐라고 씌어 있지? 하, 어디 보자.
'나를 선택하는 자는 만인이 열망하는 것을 얻으리라.'

만인이 열망하는 것이라! 만인의 의미는
어리석은 무리를 두고 하는 말로, 그들은 겉만 볼 뿐
내면을 꿰뚫지 못해 바보 눈이 알려주는 것밖에
못 배우지. 그래서 제비처럼 비바람이 들이쳐 사고가
나게 되어 있는 바깥벽, 심지어 재난의 길 한복판에
집을 짓지. 난 만인이 열망하는 것을 택하진 않겠어.
나는 저열한 인간들과 한패가 되어 야만의 무리를
채울 생각은 없으니까. 그렇다면 그대 은으로
된 보고여! 내 너에게 발길을 옮기노라. 너는 어떤
글귀를 지니고 있는지 한 번만 더 말해 보아라.
'나를 선택하는 자는 얻기에 합당한 것을 얻으리라.'
내용 또한 좋구나. 그 누가 뚜렷한 공적도 없이
운명의 여신을 속이고 고귀해지려 한단 말인가?
누구도 자격 없이 존귀함을 탐내서는 안 되지.
오! 지위, 계급, 관직을 부패 없이 깨끗한
방식으로 그 영예를 얻는다면 좋으련만!
그렇게 된다면 모자를 벗고 서 있는 사람 중 얼마나
많은 이가 모자를 써야 하며,[*]
명령하고 있는 사람 중 얼마나 많은 이가

---

[*] 모자를~하며 : 당시 하급자는 상사 앞에서 모자를 써야 하는 관습이 있었다. 따라서 이 말은 하급자지만 상급자의 지위에 있어야 할 사람이란 뜻이다.

명령을 받게 될 것인가! 명문가의 혈통을
지닌 사람 중 비천한 농노가 되어야 할 사람 또한
얼마나 많으며, 세월의 쓰레기 더미에서 새롭게
건져져 휘황한 빛을 발하게 될 인물 또한
얼마나 많은가? 자, 이제는 내가 선택할 시간이다.
'나를 선택하는 자는 얻기에 합당한 것을 얻으리라.'
나야말로 거기에 합당한 사람이다. 열쇠를 이리 주시오.
당장 궤를 열어보리라.   (은궤를 연다)

포셔   그걸 얻으려고 그토록 뜸을 들였군요.

아라곤   이게 뭐냐? 백치가 두 눈을 껌벅이며 쪽지를
　내미는 그림이다. 읽어보자. 네 모습은 포셔와
　얼마나 다른가! 내 희망과 값어치와도 얼마나 다른가!
　'나를 선택하는 자는 얻기에 합당한 것을 얻으리라.'
　그래, 내 값어치가 바보만도 못하단 말인가?
　이게 내가 탈 상금인가? 내 값어치가 겨우 이거야?

포셔   잘못된 판단과 평가는 서로 별개이며,
　그 본질은 서로 어긋난답니다.

아라곤   뭐라는 거야?
　　　　　(읽는다) '일곱 번 불에 정제되었으니
　　　　　판정 또한 일곱 번이나 숙고하였다.
　　　　　　그 판정은 결코 실수가 없는 법.
　　　　　　그림자에 입 맞추는 자는
　　　　　　그림자의 행복만 누리는 법.

세상엔 은빛 머리칼의 바보들이 존재하며

이 은궤 역시 그러하다.

어떤 여자와 잠자리를 함께 하든

나*는 항상 당신의 머리가 되리라.

그러니 당장 떠나시오. 당신 일은 끝났소.'

이곳에 더 머물다가는 갈수록 바보가 되겠군.

청혼하러 올 때는 바보 머리 하나였는데, 돌아갈 때는

두 개가 되겠군. 그럼 안녕히! 난 맹세를 지킬

거고, 침착하게 불운을 견디겠소.   (시종들과 함께 퇴장)

포셔   나방이 이렇게 촛불에 타 죽었구나.

오, 논리로만 생각하는 바보들!

그들은 지나치게 심사숙고하는 탓에 낭패를 보게 돼.

네리사   저승길과 혼인길은 팔자소관이라는

오래된 속담이 틀린 말은 아니네요.

포셔   자, 커튼을 다시 쳐라, 네리사.

사자 등장

사자   아씨, 어디 계신가요?

포셔   여기야. 무슨 일이지?

사자   아씨, 한 베니스 청년이 말을 타고 와 아씨 집

---

* 나 : 바보의 머리를 말한다.

문간에서 내렸는데, 주인의 도착을 미리 알리려
왔답니다. 그리고 (찬사와 공손에 더하여)
그분이 보내온 현실적 인사말 즉, 값진 선물도
가지고 왔습니다. 지금까지 사랑의 사절로서
그처럼 근사한 이는 못 봤습니다. 사월의 하루가
제아무리 감미롭게 다가오는 여름날의 풍성함을
예고한다 해도, 주인 앞서 달려온 이 사람만은
못 할 것입니다.

포서 그만 좀 해라. 침이 마르도록 칭찬하는 걸 보니
얼마 있으면 그 사람이 네 친척뻘이라는
말이 나오지나 않을까 염려스럽구나.
어서 가자, 네리사!
예절 갖춰 와준 발 빠른 큐피드의 전령을 보고 싶구나.

네리사 사랑의 신이시여! 그분이 바사니오 씨이기를!

(모두 퇴장)

3막 1장
(베니스의 거리)

살라니오와 살라리노 등장

살라니오 그래, 리알토에서 무슨 소식이라도 들었나?

살라리노 글쎄, 값비싼 화물을 잔뜩 실은 안토니오의 배가
좁은 해협에서 난파했다는 소문이 제동이 걸리지 않고
나돌고 있다네. 사람들은 그곳을 굿윈즈*라고 하는데, 아
주 치명적인 모래톱이라고 하네. 거기에는 수많은 배의
잔해가 묻혀 있다는군. 이 소식을 알려준 수다쟁이 아줌
마의 말이 거짓이 아니라면 말일세.

살라니오 이번 일에도 그 여편네의 말이 근거 없는 잡담이
었으면 좋겠네. 생강 씹고 안 쓰다거나 세 번째 남편이 죽

---

* 굿윈즈 : 영국 템스강 어귀에서 좀 떨어진 곳에 있는 모래톱의 이
름인데, 앵글로색슨 말로 좋은 친구라는 뜻.

어서 울었다고 이웃을 속였을 때처럼. 그러나 이건 사실이야. 길게 늘어놓을 것 없이 단도직입적으로 말하겠네. 여보게, 고결한 안토니오, 정직한 안토니오가―, 오, 그 이름에 어울리는 훌륭한 존칭을 가졌다면!

살라리노　자, 문장을 끝내야지.

살라니오　하! 재촉하는 거야? 결론을 말하자면 그가 배 한 척을 잃었다는 거지.

살라리노　그것으로 그의 손실이 끝이라면 좋으련만.

살라니오　악마가 내 기도를 방해하기 전에 '아멘'이라고 말해야겠어. 유대인으로 둔갑한 그놈이 오고 있으니까.

유대인 샤일록 등장

샤일록 아니오, 상인들 사이에 무슨 소식이라도 있소?

샤일록　당신들이 잘 알잖소. 누구보다도 잘, 누구보다도 잘요. 내 딸이 날아간 것 말이오.

살라리노　그건 확실하지. 당신 딸이 잘 날아가도록 날개를 달아준 재봉사를 알고 있으니까.

살라니오　그리고 샤일록 씨로 말할 것 같으면 그 새끼 새의 깃털이 자랐다는 것을 알고 있었고요. 새끼들은 날개가 돋으면 언제든 어미 품을 떠나는 게 순리 아니오?

샤일록　그년은 천벌을 받을 것이오.

살라리노　그건 분명해. 악마가 그녀의 재판관이라면!

샤일록 내 혈과 육이 반역을 일으키다니!

살라니오 저승길 앞에 온 영감! 그 나이에도 탐욕이 동해?

샤일록 내 말은 내 딸은 내 혈육이란 말이오.

살라리노 당신 살과 따님 살 사이에는 흑옥과 흰 상아만큼
이나 큰 차이가 있어. 두 사람의 피는 붉은 포도주와 백포
도주만큼이나 차이가 있고. 그건 그렇고 영감, 안토니오
가 이번에 큰 손실을 보았다던데, 그 일과 관련해 소문 들
은 건 없소?

샤일록 그 또한 내게는 잘못된 거래요. 파산자, 방탕아가
이젠 리알토엔 감히 얼굴도 못 내밀 테지. 몹시 뻐기며 장
터에 나타나곤 하더니 거지가 됐단 말이오. 그에게 계약
서를 잘 보라고 하시오. 날 고리대금업자라고 부르곤 했
는데, 계약서나 잘 살펴보라고 해요. 기독교도라고 떠들
어대며 이자도 없이 돈을 빌려주더니만 계약서나 잘 살
펴보라고 해요.

살라리노 허 참. 안토니오가 약속을 지키지 못했다고 해서
설마 그의 살을 베어내겠다고 하진 않겠지? 살은 무엇에
쓰려고?

샤일록 낚싯밥으로 쓸 거요. 아무 쓸모없는 것 같지만 내
복수심을 달래는 데는 그만이지요. 그자는 날 모욕했고,
오십만 다카트의 이득을 취할 수 있는 걸 방해했소. 또 내
손실을 비웃고, 내 이익을 조롱했으며, 내 조국을 모욕하
고, 내 거래를 훼방했으며, 내 친구와의 우정을 식게 했

고, 원수의 마음에 불을 지폈소. 그렇게 한 이유가 뭔 줄 아시오? 내가 유대인이기 때문이오. 유대인은 눈이 없는 줄 아시오? 유대인은 손도 신체 기관도 감각도 감정도 열정도 없는 줄 아시오? 우리도 당신네 기독교도와 같은 음식을 먹고, 같은 무기에 다치고, 같은 병에 걸리면 같은 방법으로 치유하고, 여름과 겨울에는 같이 더위를 타고 추위를 탄단 말이오. 우린 찌르면 피 한 방울도 안 나오는 줄 아시오? 간질여도 우린 웃지 않을 것 같소? 독약을 먹여도 죽지 않을 줄 아시오? 그리고 당신들이 우리에게 어떤 부당한 짓을 해도 복수하지 않을 줄 아시오? 우리의 나머지 부분 역시 당신네와 같다면 그 점도 당신네와 닮았을 거요. 유대인이 기독교인에게 잘못하면 기독교인들은 겸손하게 뭘 하지요? 복수하지요. 기독교인이 유대인에게 부당한 짓을 행한다면 그들의 관용은 기독교인을 본받아 인내하며 뭘 해야지요? 그야 복수해야죠. 당신네들이 가르쳐준 비열한 짓을 난 실행할 겁니다. 그리고 어렵긴 하겠지만 교육받은 것보다 더 잘할 겁니다.

안토니오가 보낸 하인 한 명 등장

하인   신사분들, 제 주인이신 안토니오 나리께서 지금 댁에 계신데, 두 분께 드릴 말씀이 있답니다.
살라리노   우리도 지금 사방으로 그를 찾아다니는 중이라네.

투발 등장

살라니오 여기 유대인 족속이 또 하나 오는군. 악마가 유 대인으로 변했다면 모를까, 누구도 저들을 당해내지는 못할걸.　　　　　　　　(살라니오, 살라리노, 하인 퇴장)

샤일록 어쩐 일인가, 투발! 제노바에서 무슨 소식이라도 있었나? 그래, 내 딸은 찾았나?

투발 따님 소식이 있을 만한 곳을 몇 번 가봤지만 결국 허 탕만 쳤습니다.

샤일록 원, 쯧쯧쯧! 없어진 다이아몬드 하나는 프랑크푸르 트에서 이천 다카트나 주고 산 건데. 전에 없던 저주가 우 리 민족에게 내리다니! 지금에야 그걸 느끼겠어. 그 이천 다카트짜리와 다른 귀하고 귀한 보석들. 딸년이 내 발치 에서 죽어 있어도 귀에 보석만 걸고 있다면 좋겠네. 아니, 그년이 내 발치에 묻혀 있다 해도 관 속에 다카트만 들 어 있다면 좋으련만. 소식을 모른다고? 그래? 그런데 그 년을 찾는답시고 내가 돈을 얼마나 썼는지 몰라. 아니, 손 실이 계속 불어나! 그 도둑년이 거액을 갖고 사라졌는데, 그 도둑을 찾겠다고 또 큰돈을 써야 한다니! 아직 이렇다 할 결과도 없었고, 복수도 못 하고 있다네. 내 어깨에 떨 어지는 건 불운밖에 없고, 내쉬느니 한숨이요, 눈에선 감당 못 할 눈물만 흐른다네.

투발 아뇨, 불운을 당한 건 당신만이 아닙니다. 제노바에서 들은 이야긴데, 안토니오도—.

샤일록 뭐, 뭐, 뭐라고? 불운, 불운이라고?

투발 트리폴리에서 돌아오던 상선 한 척이 파선됐다죠?

샤일록 하느님, 감사, 감사합니다. 그게 사실, 사실인가?

투발 파선을 모면한 뱃사람들에게서 들었습니다.

샤일록 고맙네, 투발. 좋은 소식이네, 좋은 소식! 하하, 제노바에서 들었다고!

투발 또 다른 소식통이 전하길 당신 딸이 제노바에서 하룻밤에 팔십 다카트를 썼다더군요.

샤일록 자넨 내게 비수를 꽂는구먼. 이제 그 돈을 다시는 못 보겠군. 팔십 다카트를 앉은자리에서 모조리 쓰다니! 팔십 다카트를!

투발 베니스로 오는 길에 안토니오의 여러 채무자와 동행했는데, 모두 그가 파산할 거라고 장담하더군요.

샤일록 그것참 기쁜 소식이야. 이참에 놈을 혼내줘야겠어. 고문해 주겠어. 참으로 반가운 소식이야.

투발 동행한 사람이 제게 반지 하나를 보여주었는데, 따님에게 원숭이 한 마리를 건네고 받은 거라더군요.

샤일록 빌어먹을 년! 투발, 자넨 날 고문하고 있어. 그건 바로 내 터키석 반지야. 총각 때 아내 레아한테서 받은 거지. 나에게 황야 가득 원숭이를 준다고 해도 그걸 내놓진 않았을 거야.

투발 하지만 안토니오는 분명히 요절났어요.

샤일록 그래, 그건 확실해, 확실한 것 같군. 투발, 자네 가
서 관리 한 사람을 매수해 놓게. 예약은 이 주 전에 하는
게 좋아. 어디 위약만 해봐라, 그 심장을 가질 테니. 그자
만 베니스에서 사라져 준다면 난 이 바닥에서 마음대로
장사할 수 있어. 그럼 가보게, 투발. 이따가 우리 유대교
예배당에서 만나세. (두 사람 퇴장)

3막 2장
(벨몬트. 포셔의 저택)

바사니오, 포셔, 그라티아노, 네리사 및 수행원들 등장

포셔 위험에 맞닥뜨리기 전에,
하루 이틀가량 머물며 운명을 시험해 보세요.
혹시 선택을 잘못하면 저는 친구를 잃게 되니까요.
제발 잠시만 참으세요. 뭔가가 말해 주고 있어요.
─사랑은 아니지만─난 당신을 잃지 않을 거예요.
아시겠지만 증오심은 이런 신호를 보내지 않거든요.
혹시 당신이 제 뜻을 이해 못 할까 봐 말씀드리는데─
처녀들은 자기 생각을 함부로 발설해선 안 되는데─

저를 두고 모험하기 전에 당신을 이곳에

한두 달 붙잡아 두고 싶어요. 올바른 선택 방법을

알려줄 순 있지만, 그러면 저는 맹세를 깨뜨리게 되니

그건 절대 안 돼요. 어쩌면 당신은 날 놓칠 수도 있어요.

그렇게 되면 전 차라리 맹세를 깨고

죄를 짓는 게 나았을 거라고 생각할지 몰라요.

당신 눈빛이 원망스럽군요.

저를 현혹해 제 마음을 조각내고 말았으니 말예요.

저의 반은 당신 거고, 나머지 반도 제 것이 아녜요.

제 거라고 해야겠지만, 제 거면 당신 것이니까요.

그러니 다 당신 거예요. 오, 세상은 짓궂어.

소유주와 소유권자 사이를 빗장으로 지르다니!

그래서 당신의 것이지만 당신 게 아니에요.

그렇다면 운명이 지옥 가야지,

제 책임은 아니에요. 제 이야기가 길어진 건

시간을 끌고 싶어서예요. 시간에 무거운 추를

달아 잠시라도 선택을 지연시키고 싶어요.

바사니오　어서 선택하게 해주시오.

저는 지금 고문대 위에 서 있는 심정이니.

포셔　고문대라뇨, 바사니오? 그렇다면 고백하세요.

당신의 사랑에 어떤 반역이 섞여 있는지!

바사니오　사랑의 기쁨을 얻지 못하지나 않을까 하는 추악

한 불신의 배반이 있을 뿐이오. 눈雪과 불 사이에 우정과

생명이 있으면 있었지, 내 사랑에 배반이 깃들 순 없소.

포셔   예, 하지만 고문대 위에서 하는 말은 수상쩍어요.

거기선 강압에 못 이겨 마음에도 없는 말을 하니까요.

바사니오   목숨을 보장한다면 진심을 고백하겠소.

포셔   고백해 보세요. 살려드릴 테니까요.

바사니오   '고백하고 사랑하겠소.'

이것이 내 고백의 전부요.

오, 행복한 고문이여! 날 고문하는 사람이

구원의 답을 가르쳐주다니!

하지만 제 운명의 궤로 안내해 주시오.

포셔   가시지요, 그럼. 저 궤 중 하나에 제가 갇혔어요.

저를 사랑한다면 찾아낼 거예요.

네리사와 너희들은 모두 물러서라.

이분이 선택하는 동안 음악을 연주하라.

만약 저분의 선택이 잘못되면 백조가 최후를 맞이하듯

음악 속에서 사라지도록. 이 비유를 좀 더 그럴듯하게

하면, 내 눈은 흐르는 시내가 되어

이분에겐 물이 가득한 죽음의 자리를 만들어드리겠지.

이분은 성공할 수 있어. 그리되면 음악은

충성스러운 신하들이 새로 왕위에 등극한

왕에게 머리를 조아릴 때 울리는 팡파르가 되겠지.

아니면 새벽녘에 꿈꾸는 신랑 귀에 살며시 들어가

그를 결혼식장으로 불러내는 달콤한 음률이 될 테지.

이제 가시는구나. 바다의 괴물에게 공물로 바쳐진
처녀를 보며 울부짖는 트로이 사람들 사이에서
그녀를 구한 헤라클레스만큼이나 위풍당당하게,
아니, 그보다 더 큰 사랑을 가슴에 품고.
난 바로 그 처녀 제물이야. 저만치 물러서 있는
사람들은 트로이의 아낙네들로, 모두가 눈물에
젖어 흐릿해진 눈으로 이 위업의 결과를 보러
나왔구나. 가시지요, 헤라클레스여!
그대가 살아야 저도 살 수 있답니다.
싸우는 당신보다 그 모습을 지켜봐야 하는
제가 더 괴로워요.

         포셔의 악사들이 노래를 부르는 동안
      바사니오가 혼잣말로 궤에 대한 논평을 한다.

      사랑의 환상이 움트는 곳이 어디인가요.
         가슴속인가요, 머릿속인가요?
            어떻게 태어나 자라나요?

모두   대답해요, 대답을.

            그것은 눈에서 생겨나고,
         서로를 바라보며 커지다가

요람에서 죽는다오.
우리 모두 환상의 조종을 울려요.
나를 따라 종을 딩동 울려요.

모두　딩동 종을 울려요.

바사니오　자고로 겉과 속은 다를 수 있어.
　　세상 사람들은 늘 겉모습에 속고 살지. 제아무리
　　더럽고 부패한 소송 사건도 그럴싸한 언어로 양념하면
　　악행의 외양이 희미해지게 마련이지. 아무리
　　저주받을 과오를 저질렀다 해도 성직자가 근엄한
　　얼굴로 축복해 주고 성경 말씀 끌어 승인하면
　　그 극악함은 깨끗한 장식으로 덮이지 않던가?
　　순전한 악덕도 표지엔 약간의 미덕을 띠고 있다.
　　속은 모랫둑 같은 공허한 겁쟁이들이 턱에는
　　헤라클레스와 험상궂은 마르스 군신의 수염을 달고
　　있잖은가! 그들의 간은 우윳빛처럼 희멀겋지만
　　용기라는 외형으로 사람들을 무섭게 겁주지.
　　미인을 보라! 그러면 아름다움이라는 것이
　　화장의 무게로 매입된다는 것을 알리라.
　　무게는 자연에 기적을 일으켜 가장 무겁게 바른 이가
　　가장 가벼워지는 법이지. 또한 허울 좋은 미인의
　　머리에 올라앉아 음탕하게 바람을 희롱하는

저 뱀처럼 구불거리는 금발도 알고 보면 망자가 남긴
유품으로, 그 머리털을 키운 주인은 이미
무덤 속에 누워 있지. 그래서 꾸밈은 극히 위험한
바다로 유혹하는 교활한 해변이고, 인도 미녀를
가려 주는 아름다운 베일일 뿐이야. 한마디로 말해
겉치레는 교활한 세상이 최고의 현자를 옭아매기 위해
쓰는 허울 좋은 진리지. 그러니 그대 화려한 금이여!
굳어서 미다스*도 씹지 못한 너를 갖지는 않겠다.
또한 창백한 낯짝을 하고 사람들 사이를 오가는 천한
일꾼**인 은이여, 그대 역시 갖고 싶지 않다.
허나 보잘것없는 납이여, 그대는 뭔가를 기약하기보다
위협하는 듯하지만, 그 소박함은 웅변 이상으로
나를 감동케 하는구나. 내 기꺼이 너를 택하겠으니
기쁜 결과가 있기를!

포셔   (방백) 다른 모든 감정은 허공으로 사라진 걸까?
미심쩍은 생각과 성급히 껴안은 절망,
몸서리쳐지는 공포심과 푸른 눈의 질투의 감정은.
오, 사랑이여! 절제된 걸음으로 다가와
그대 황홀감을 진정시켜라.

---

* 미다스 : 그리스 신화에 나오는 프리기아의 왕. 손에 닿는 모든 것
  을 금으로 변하게 만드는 힘이 있었다고 전해진다.
** 천한 일꾼 : 당시 통화 수단으로 은이 사용되었다.

그대 기쁨을 절제 있게 내리부어 과도함을 피하라.

네 축복 너무 과해 물릴까 두렵다.

바사니오   무엇이 들어 있을까?   (납궤를 연다)

아름다운 포셔의 초상화다. 신의 솜씨가 아니라면

이런 창조가 불가능하다. 이 눈들이 움직일까? 아니면

그것들이 내 눈동자에 비춰서 움직이는 것처럼 보이는

걸까? 이 입술은 감미로운 입김을 내뿜기 위해 열려

있다. 이렇듯 달콤한 입김이기에 이렇듯 정다운 두 친구를

갈라놓을 수 있었겠지. 머리칼은 거미가 화가가 되어

황금 그물을 엮었는데, 거미줄에 걸려든 각다귀들을

잡을 때보다 더 단단히 남자의 마음을 사로잡는구나.

게다가 이 매혹적인 두 눈! 어떻게 이 두 눈을

완성할 수 있었을까? 눈 하나를 완성했을 때,

그것은 그의 두 눈을 뺏는 힘이 있어 나머지 눈을

완성할 수 없었을 텐데. 그러나 보라. 내가 아무리

찬사를 퍼붓는다 해도 그것이 이 그림의 진가에

미치지 못하는 것처럼 실물을 따라잡진 못해.

이 두루마리에 내 행운을 담은 내용이 집약되어 있구나.

(읽는다) '보이는 대로 선택하지 않은 그대,

운도 좋았고 선택 또한 옳았다.

이 행운이 그대에게 왔으니

받아들이고 새 사람 찾으려 말라.

이 결과에 진정 기쁨을 느낀다면,

이 행운을 축복이라고 여긴다면

아가씨 쪽으로 몸을 돌려

사랑의 키스로 그녀를 접수하라.'

두루마리가 친절도 하구나. 아가씨, 허락해 주신다면

이 글귀대로 당신을 맞이하겠습니다. (포셔에게 키스한다)

시합에서 다투던 두 사람 중 하나가 관중의 박수와

함성을 듣고 머리가 혼미해져 칭찬의 소리가 자기 건지

아닌지 의심스레 쳐다보듯 저 또한 삼중으로

아름다운 당신께서 제가 본 게 사실임을

확인하고 서명하여 인준해 줄 때까지

망설이며 서 있습니다.   (포셔가 그에게 키스한다)

포셔   바사니오 님, 보잘것없는 저는 당신이 보고 계신

그대로입니다. 저 자신을 위해서는 이보다 잘났기를

바라는 야망 없지만, 당신을 위해서라면 지금보다

스물의 세 곱절은 더 훌륭해지고 싶고, 천 배는 더

아름답고, 만 배는 더 부유해지고 싶습니다.

당신에게 좋은 평가를 얻기 위해서라면 아름다움과 덕,

재물과 친구가 헤아릴 수 없이 많았으면 좋겠습니다.

그러나 제가 가진 걸 모두 합쳐도 한없이 부족해요.

교양도 배움도 경험도 부족합니다.

그나마 다행인 건 배울 수 없을 만큼

나이가 들지 않았다는 것이고, 그보다 더 다행한 건

성품이 온순하여 저의 주인이고, 지배자이며,

왕이신 당신의 지시를 받겠다는 사실입니다.
저 자신과 저의 소유물은 이제 당신께 양도되어 당신
것이 되었습니다. 조금 전만 해도 저는 이 아름다운
저택과 하인들의 주인이었고, 저 자신의 여왕이었어요.
그러나 지금, 이 순간부터 이 집과 하인들, 변함없는
제 마음의 주인은 당신입니다. 이 반지와 함께
모든 걸 드려요. (그에게 반지를 준다)
만약 당신이 이 반지를 빼놓거나 잃어버리거나
남에게 준다면 당신의 사랑이 몰락할 징조이니
제게 당신을 비난할 기회를 줄 것입니다.

바사니오 아가씨, 당신이 내가 해야 할 말을 모조리
빼앗아서 이 혈관 속의 피만이 내 마음을 전하고 있소.
이제 내 몸의 기능들은 혼란에 빠졌소.
마치 자신들이 사랑하는 군주가 멋진 연설을 마치자
기뻐 웅성거리는 백성들의 수런거림을 듣는 것 같소.
그때는 각자가 뭔가 말을 하긴 했지만, 한데 섞여
의미를 알 수 없는 소음으로 화하고, 존재하는 것은
소리 없는 황야가 된 것과 같지요.
어쨌든 이 반지가 내 손가락에서 떠나는 날은
내 생명이 다하는 날입니다.
오, 그땐 이 바사니오가 죽었다고 단언해도 좋소.

네리사 주인님과 아씨! 저희는 지금껏 옆에 서서
저희 소원이 성취되는 것과 같은 기쁨을 맛보았습니다.

아씨, 주인님, 진심으로 축하드립니다.

그라티아노   바사니오 형, 그리고 귀하신 아씨,

누릴 수 있는 기쁨 마음껏 누리십시오.

제가 더 이상의 기쁨은 드릴 수 없다고 확신합니다.

그리고 두 분이 참된 사랑의 가약을 맺을 때

이 몸도 결혼할 수 있게 배려해 주십시오.

바사니오   자네에게 신붓감만 있다면 당연히 그래야지.

그라티아노   고맙게도 형님이 구해 주셨습니다.

제 눈도 형님 눈 못지않게 민첩해서 형님이 아씨를

보는 동안 난 이 아가씨를 눈여겨봤지요.

형님이 사랑할 때, 저 역시 사랑했어요. 왜냐하면

막간의 시간은 제게도 있었거든요.

형님의 운명이 저 궤에 걸려 있듯 제 운명도

우연히 맞아떨어졌어요.

그리고 진땀 빼며 구애하고, 입천장이 마르도록

사랑의 맹세를 거듭한 결과 마침내 이 아리따운

숙녀에게서 약속을──그 약속이 지속된다면──

받아냈답니다. 그 약속이란 만약 형이

운이 좋아 아가씨를 얻는 데 성공하면

저 또한 그녀 사랑 얻을 수 있다는 것이었지요.

포셔   그게 사실이야, 네리사?

네리사   네, 아씨! 아씨께서 허락만 하신다면요.

바사니오   그라티아노, 자네 진심인가?

그라티아노　네, 그렇고말고요.

바사니오　둘의 결혼이 우리의 잔치를 빛나게 할 것 같군.

그라티아노　우리 이분들과 내기를 합시다.

　천 다카트를 걸고 하는 거요. 누가 먼저 득남할지!

네리사　아니, 밑천을 다 걸자고요?

그라티아노　그만둡시다. 이 내기에 못 이길 것 같으니.

　　　　　로렌초, 제시카, 베니스의 전령 살레리오 등장

　저기 오는 게 누구지? 로렌초와 그의 이교도 애인 아냐?

　아니, 베니스에 사는 내 옛 친구 살레리오도?

바사니오　로렌초, 살레리오, 여길 온 걸 환영하네.

　여기서 새로이 얻은 소유권의 권한으로

　환영할 수 있다면, 아름다운 포셔,

　내 고향 친구들을 기쁘게 맞겠소.

포셔　여보, 저도요. 당신들을 진심으로 환영합니다.

로렌초　형, 반겨주어 고마워요. 저의 원래 목적은 형을

　만나려는 건 아니었지만, 오는 길에 살레리오를 만났고,

　그가 제 사양을 거부하며 동행을 간청했습니다.

살레리오　사실입니다. 그럴 만한 이유가 있었거든요.

　안토니오 형이 안부를 전해달라고 했어요.

　　　　　　　　　　　　(바사니오에게 편지 한 통을 건네준다)

바사니오　이 편지를 뜯기 전에

그래, 내 친구는 어떻게 지내는지 말해 주게.

살레리오 　병이 든 건 아닙니다. 허나 속앓이를

하고 있으니 무사한 건 아니지요. 편지에 자세한

근황이 적혀 있을 것입니다. 　(바사니오가 편지를 개봉한다)

그라티아노 　네리사, 저 낯선 여성에게 인사하고 친절히

맞아주오. 악수나 하세, 살레리오! 그래, 베니스 소식은?

선량한 거상 안토니오는 어떻게 지내는가?

우리의 성공 소식을 안다면 기뻐해 줄 텐데.

우리는 이아손이 되어 황금 양털을 얻었으니 말이야.

살레리오 　자네가 얻은 양털이 그가 잃은 것이라면 좋겠네.

포셔 　바사니오의 뺨에서 혈색을 빼앗아 간 걸 보니

저 편지에 불길한 내용이 있는 게 분명해.

사랑하는 친구가 죽은 게 아니라면 세상의 그 무엇도

침착하고 꿋꿋한 그이를 저렇게 바꿔놓진 못해.

아니, 안색이 점점 더 나빠지고 있어.

실례지만 바사니오, 저는 당신의 반쪽이니

종이로 전달된 것의 절반을 알아야겠어요.

바사니오 　오, 아름다운 포셔! 일찍이 종이 위에 쓰였던

글자 중 이처럼 최악의 단어들은 없었소.

포셔, 당신에게 사랑을 고백할 때 내가 가진 재산이라곤

혈관 속을 흐르는 피 말고는 없다고 했소. ―

신사라는 것과 함께 ― 그건 진실이었소. 하지만 포셔,

내가 가진 게 없다고 한 고백은 실은 허풍이었소.

난 아무것도 없는 정도가 아니라,
더 나쁜 상황이라는 걸 말했어야 했소. 이리로 오는
경비를 마련하려고 사랑하는 친구에게 돈을 빌렸고,
그 친구는 내 경비를 조달하기 위해 그의
철천지원수에게 자신을 잡혔소. 당신, 이 편지를
읽어보오. 이 편지는 그 친구의 몸이나 다름없고,
그의 한마디 한마디는 생명의 피를 내뿜는 상처 같구려.
한데 이게 사실인가, 살레리오? 안토니오의 투자가
요절났다는 것이? 트리폴리, 멕시코, 잉글랜드,
리스본, 바버리, 인도에서 오는 배들 모두…….
단 한 척도 그 무서운 암초를 피하지 못했단 말인가?
살레리오 그렇죠. 단 한 척도. 게다가 수중에 변제할
현금이 있다고 해도 유대인은 돈을 거부할 것입니다.
인간의 탈을 쓰고 그토록 피에 굶주린 듯 잔인하게
한 사람을 파멸시키려 달려드는 인간은 처음 봤어요.
놈은 밤낮을 가리지 않고 공작님께 들러붙어
재판이 공정하지 못할 경우 이 공국의 법적 자유를
문제 삼겠다고 해요. 스무 명의 상인과 대공님,
그리고 명망 높은 귀족들이 한목소리로 그자를
설득해 보았지만, 채무 불이행에 대한
벌금, 재판, 차용증서에 따른 악의적인
탄원을 단념케 할 수가 없었어요.
제시카 제가 아버지와 함께 지낼 때 동포인 투발과

추스 씨에게 맹세하는 걸 들었어요.

기한을 지키지 못할 경우 꾸어간 돈의 스무 배를

받느니 안토니오 씨의 살을 갖겠다고 했어요.

만일 법률의 권한과 공권력이 아버지를 막지 못하면

불쌍한 안토니오 씨는 큰 변을 당할 거예요.

포셔 곤경에 처한 이가 소중한 친구세요?

바사니오 그렇소. 나의 가장 소중한 친구요.

한량없이 친절하고 고결한 마음씨에 강인한 성격,

이탈리아에 사는 그 누구보다 옛 로마인의 기상이

강하게 흐르는 사람이오.

포셔 그분이 유대인에게 진 채무가 얼만가요?

바사니오 내게 준 삼천 다카트요.

포셔 아니, 그게 다예요?

그럼 육천 다카트를 지불하고 계약서를 말소시키세요.

그런 훌륭한 친구분이 당신 문제로 머리카락 한 올도

다쳐선 안 되니까. 육천 다카트의 두 배, 아니

그 세 배를 지불하세요. 우선 같이 교회로 가서

저를 당신의 아내로 맞아들인 뒤 베니스로 당신

친구를 찾아가세요. 불안한 마음으로는 절대

당신을 제 곁에 누워 계시게 하진 않겠어요.

당신이 진 그 시시한 빚의 스무 배라도 갚아드릴 테니,

빚을 청산한 뒤 그 진정한 친구를 여기로 모셔 오세요.

하녀 네리사와 저는 그동안 처녀나 과부처럼 살 거예요.

자, 어서 가요. 결혼식 날 이곳을 떠나야 하니까요.

친구들과 환영 인사를 나누고 기운을 내세요.

비싼 값을 치르고 얻은 당신이니 그만큼 사랑할 거예요.

그건 그렇고, 친구분의 편지 내용을 들려주세요.

바사니오　(읽는다) '사랑하는 바사니오! 내 상선들은 모두 유실됐고, 채권자들의 악랄함은 갈수록 심해지네. 내 재산은 바닥났고, 유대인에게 써준 계약증서는 기한이 지났네. 계약서대로 이행할 경우 내 목숨을 내놓아야 할 형편이네. 그러니 죽기 전에 자넬 한 번이라도 볼 수 있다면, 그것으로 자네와 나 사이의 부채는 청산하는 셈이네. 하지만 무리하진 말게. 우정에 이끌려 온다면 고맙지만, 이 편지 때문에 일부러 오지는 말게.'

포셔　오, 이런! 모든 일을 속히 처리하고 친구에게 가세요.

바사니오　가도 좋다고 했으니 서둘러 떠나겠소. 하지만 돌아올 때까지 하룻밤도 욕되지 않게 보낼 것이며, 어떤 휴식도 우리 사이를 가르지 못할 것이오. (모두 퇴장)

3막 3장
(베니스의 거리)

샤일록, 살라니오, 안토니오, 간수 등장

샤일록 간수 양반, 그자를 잘 감시하게.

　자비니 뭐니 그딴 소린 말고. 그자는 무이자로

　돈을 빌려주는 바보니까, 그자를 잘 지키게.

안토니오 샤일록, 내 말 좀 들어보시오.

샤일록 계약서대로 할 거요. 계약서에 반하는 말은

　꺼내지도 마시오. 나는 그렇게 할 거라고 맹세했소.

　당신은 까닭도 없이 나를 개라고 불렀소. 그래, 난 개니까

　이빨을 조심하시오! 공작님은 정의로운 분이오.

　놀랐다, 이 못된 간수야! 부탁한다고

　그와 함께 미련하게 외출을 하다니.

안토니오 제발 내 말 좀 들어보게.

샤일록 계약서대로 이행할 거요. 당신 말은 안 듣겠소.

　계약서대로 할 테니 더는 말 건네지 마시오.

　내가 마음이 여려 눈이 삔 바보처럼 고개를

　흔들거나 한숨 쉬며 기독교도 중재자에게

　굴복할 거로 생각한다면 큰 오산이오.

　날 따라오지 마시오. 더 말하기도 싫으니.

　계약서대로 한다니까.　　　　　　　　　　(퇴장)

살라니오 저자는 인간과 함께 산 개 중에

　가장 고집불통이라네.

안토니오 내버려 두게. 부질없이 빌면서 뒤쫓진 않겠네.

　저놈이 노리는 건 내 목숨이네. 난 이유를 알아.

　나는 종종 놈의 빚 독촉에 시달리는 사람들을

구원해 줬지. 그래서 날 미워한다네.

살라니오   공작께서 이따위 터무니없는 계약서가
법적 효력이 있다고 인정하지는 않겠지.

안토니오   공작이라고 해서 법 절차를 무시할 수는 없다네.
왜냐하면 외국인이 내국인과는 달리 베니스에서 누리는
편익에 차별받는다면 우리 베니스 공국의
공정성에 크게 문제가 되기 때문이네.
그러니 가보게. 이런저런 일로 인한 슬픔과 재산 손실로
너무 졸아들어 내일 아침 피에 주린 채권자에게
내 살 한 파운드도 못 줄 것 같네.
자, 간수 양반! 앞서게. 바사니오가 와서 자기 빚을 갚은 걸
지켜봐 준다면 나야 어찌 되든 상관없네.   (모두 퇴장)

3막 4장
(벨몬트. 포셔의 저택)

포셔, 네리사, 로렌초, 제시카 및 포셔의 하인 발타자르 등장

로렌초   부인 면전에서 이런 말씀드리는 건 뭣하지만
진실한 우정에 대해 부인께서 지닌 고귀한 생각은
부군의 부재를 이렇게 인내하는 것만으로도
그 깊이가 충분히 느껴집니다. 하지만 경의를

표하는 이가 누구인지, 부인께서 돕는 사람이
얼마나 진실한 신사인지, 그가 부군을 얼마나
아끼는지 안다면 평소 부인께서 행하신 어떠한
선행보다도 이번 일에서 큰 보람을 느낄 겁니다.

포셔　난 좋은 일을 하고 후회한 적은 없어요.
이번 역시 그래요. 왜냐하면 두 영혼이 만나
진심 어린 대화를 통해 우정의 멍에를 짊어질 경우
생김새며 태도, 정신까지 조화로운 유사성이 생겨날
테니까요. 아마 안토니오 씨가 그이를 사랑하는
만큼 필시 그이와 닮은 인격을 지녔을 거로
생각해요. 그렇다면 내 영혼이나 다름없는
남편의 친구를 끔찍한 지옥에서 구해내기 위해
내가 쓰는 비용은 보잘것없다고 생각해요.
말해 놓고 보니 제 자랑을 한 것 같군요.
이제 이런 이야기는 그만하겠어요. 그럼 화제를
바꿔 볼까요. 로렌초 씨, 그이가 돌아올 때까지
이 집의 관리와 운영을 맡아주세요.
그동안 나는 네리사를 대동하고
그이가 돌아올 때까지 기도와 명상을 하며
지내겠어요. 여기서 이 마일가량 떨어진 곳에
수도원이 있는데 우린 거기서 머물 겁니다.
내 청을 제발 거절하지 말아 주세요.

로렌초　부인, 기꺼이 부인의 뜻에 따르겠습니다.

포셔　집안 하인들은 이미 내 사정을 알고 있으니

　　당신과 제시카를 나와 바사니오를 대신해 도울 거예요.

　　그럼 다시 만날 때까지 부탁드립니다.

로렌초　부디 좋은 생각과 복된 시간 되길 바랍니다.

제시카　아씨, 모든 것이 뜻대로 이루어지길 기원할게요.

포셔　그 기원 고마워요. 두 사람에게도 행운이 함께 하길.

　　제시카 안녕.　　　　　　　　(제시카와 로렌초 퇴장)

　　발타자르! 지금껏 해왔듯이

　　앞으로도 정직하고 진실되게 일해 줘.

　　자, 이 편지를 받아. 그리고 인간이

　　할 수 있는 최대한의 속도로 파도바로 가서

　　나의 친척 벨라리오 박사에게 전해줘. (편지를 준다)

　　그리고 그분이 주는 서류와 의상은 한 가지도 빼놓지

　　말고 잘 챙겨서, 바라건대 상상 이상의 속도로 베니스로

　　와서 교역하는 일반용 나룻배의 객선으로 와줘. 인사는

　　생략해도 좋아. 난 너보다 먼저 가서 기다릴게.

발타자르　마님, 최대한 빨리 다녀오겠습니다.　　　(퇴장)

포셔　자, 가자. 네리사, 네게 아직 말하지 않은 것이 있어.

　　우린 곧 남편들을 볼 거야. 그들이 생각지도 못한 곳에서.

네리사　그들도 우릴 보게 되나요?

포셔　그럴 거야. 하지만 우리는 변장을 할 테니까,

　　우리에게 없는 걸 갖췄다고 생각할 거야.

　　내기를 해도 좋아. 우리가 젊은 사내같이 차려입으면

내가 더 예쁘장하다고 판명 나지 않을까.

난 너보다 더 멋지고 우아하게 칼을 차고

갈대 피리 소리를 내는 소년에서 어른으로

접어들 무렵의 청년 목소리로 말하고,

종종대는 걸음 대신 대장부처럼 활보할 거야.

그리고 떠버리 청년처럼 싸움했던 이야기도 하고

그럴듯한 거짓말도 늘어놓을 거야.

예컨대 '지체 있는 가문의 숙녀들이

어떻게 사랑을 구하다 거절당했고,

상사병에 걸려 죽었는지에 대해서. 한데

나 때문에 죽을 것까지는 없었다'는 등의

헛소리를 스무 가지 정도 늘어놓을 작정이야.

그래서 남자들은 내가 학교를 그만둔 지

일 년은 넘었을 거라고 장담할 거야.

허풍쟁이들이 늘어놓는 헛소리를

내 오래 봐 왔으니 이참에

한 번 실행해 볼 테야.

네리사　우리가 남자의 몸을 가진다고요?

포셔　이런, 그런 질문이 어디 있니?

　　누가 음탕하게 생각하면 어쩌려고!

　　아무튼 떠나자. 내 계책은 마차에 탄 뒤 들려줄게.

　　마차가 수렵장 문 앞에서 우리를 기다리고 있어.

　　그러니 서둘러야겠다.

오늘 안으로 이십 마일을 달려야 해.　　　　　(모두 퇴장)

3막 5장
(벨몬트. 포셔 저택의 정원)

어릿광대 란슬럿과 제시카 등장

란슬럿　네, 정말이라고요. 아버지가 지은 죄는 자식들이
물려받는 법입니다. 그러니 아가씨가 걱정이에요. 아가
씨에게만은 허물없이 대했으니까 이런 말씀을 드리는 거
예요. 그러니까 용기를 내세요. 당신은 지옥에 떨어질 것
같으니까요. 도움이 될 만한 희망이 없는 건 아닌데, 그게
좀 엉터리 희망이지 뭡니까.

제시카　그 희망이란 게 뭔지 말해 봐.

란슬럿　그건 아가씨 아버지가 아가씨를 낳지 않았을 가능
성, 즉 유대인 딸이 아닐 수 있다는 희망을 갖는다는 거
지요.

제시카　그야말로 엉터리 희망이로구나.
그럼 이번에는 어머니가 지은 죄를
물려받을 차례네.

란슬럿　그래서 말씀인데요, 아가씨는 아버지와 어머니 양
쪽 부모 때문에 지옥에 떨어질 것 같아요. 아버지 스킬라

를 피하자마자 당신 어머니 카리브디스[*]에 빠진단 말씀
이죠. 글쎄, 어느 길로 가든 지옥으로 가게 돼 있어요.

제시카 　서방님이 날 구해 주겠지. 그이가 나를 기독교도로
만들어 주었으니.

란슬럿 　진짜로 욕먹을 일이네요. 그렇지 않아도 기독교인
들이 넘쳐나서 서로 돕고 살아가기도 힘든 판에, 이런 식
으로 기독교도를 끌어들였다가는 돼지고깃값만 오르는
거죠.[**] 너도나도 돼지고기를 먹게 되는 날엔 나중에는 아
무리 많은 돈을 내도 고기 한 점 못 구할 겁니다.

로렌초 등장

제시카 　그 말을 서방님께 이르겠어, 란슬럿. 저기 오네.

로렌초 　란슬럿, 질투라도 하면 어쩌려고 남의 아내를 이렇
게 으슥한 곳으로 끌고 다니냐?

제시카 　그런 염려는 안 하셔도 돼요. 란슬럿과 난 다퉜으
니까요. 란슬럿이 말하기를 내가 유대인 딸이라서 하늘

---

[*] 스킬라~카리브디스 : 그리스 신화에 나오는 스킬라는 머리가 여
　섯인 여자 괴물로, 자기 맞은편에 있는 여자 괴물 대식가인 카리
　브디스(소용돌이)를 피해 가까이 오는 선원들을 잡아먹었다고
　한다.

[**] 돼지고깃값만~거죠 : 유대인들은 기독교인들과는 달리 돼지고기
　를 먹지 않는다.

엔 내게 베풀 자비가 없다는 거예요. 게다가 당신은 이 공
국의 훌륭한 시민이 아니래요. 유대인을 기독교도로 개
종시켜서 돼지고깃값을 올리고 있어서래요.

로렌초 검둥이 여자의 배를 부풀게 한 자네보다는 내가 공
국을 위해 훨씬 훌륭한 일을 하는 거야. 란슬럿, 그 무어
여자가 자네 아이를 뱄다지?

란슬럿 그 무어 여자 배가 사리에 어긋나게 부풀어 올랐다
면 큰일이네요. 만약 그녀가 정숙한 여자가 아니라면 그
녀는 제 생각 이상으로 엉뚱하네요.

로렌초 어릿광대들은 하나같이 말재주가 좋다니까. 이러
다가는 머잖아 최고의 재담은 침묵이 될 거고, 앵무새를
제외한 그 누구에게도 대화는 권장 사항이 못 될 거야. 넌
안으로 들어가서 저녁 식사 준비를 하라고 해.

란슬럿 준비는 이미 끝났습죠. 위장은 다 있으니까요.

로렌초 아이고 맙소사! 너는 하나도 놓치지 않고 말꼬리
를 잡는구나. 그럼 가서 저녁을 차리라고 해라.

란슬럿 그것도 다 끝났습죠. '차려' 하면 되니까요.

로렌초 그럼 '차려!'라고 할 건가?

란슬럿 못하지요. 전 움직여야 가니까요.

로렌초 여전히 기회만 생기면 물고 늘어지는군. 그래, 네
재담 보따리를 단번에 풀어헤칠 생각은 없느냐? 제발 부
탁인데 평소의 대화는 평범하게 해줘. 네 동료들에게 가
서 식탁에 보를 깔고 음식을 들여오라고 일러. 우리가 곧

식사하러 갈 테니까.

란슬럿　상은 내오게 할 것이고, 음식은 덮어씌운 채로 들
여오게 할 것이고, 두 분이 저녁 먹으러 들어가시는 건요,
기분 내키는 대로, 멋대로 하십쇼.　　　　　　　(퇴장)

로렌초　거참, 말재간 하나는 타고난 놈이군.
딱딱 맞아떨어지는걸. 저 어릿광대들 머릿속엔
근사한 말들을 태산처럼 쌓아놓은 모양이야.
난 저 친구보다 더 높은 자리에서 비슷한 말재간으로
색다른 말 한마디 하려고 억지 부리는 바보들을
제법 알아. 기분 괜찮아, 제시카?
그런데 여보, 이제 당신 생각을 좀 말해 봐.
바사니오 부인의 좋은 점에 대해서.

제시카　말로 표현할 수 없을 만큼요. 바사니오 씨는
바르게 살아야 할걸요. 그런 부인을 얻는 축복을
받았으니까요. 그분은 천상의 즐거움을
지상에서 찾은 건데, 그분이 그걸 누릴
자격이 없다면 천국의 문턱을 넘지 못할 거예요.
음, 만약 천상의 두 신이 지상의 두 여인을 놓고 내기
했을 때, 그중 한 사람이 포셔라면, 다른 여인에게는
그 외에 무얼 좀 더 걸어야 할걸요.
조잡한 이 세상에 그녀만 한 사람 없을 테니.

로렌초　포셔가 훌륭한 아내이듯
나는 당신에게 그런 남편이 되겠소.

제시카 그 문제에 관해서라면 제 의견을 물어보셔야죠.

로렌초 알았소. 우선 저녁부터 먹으러 갑시다.

제시카 아니, 의욕 있을 때 당신을 칭찬할래요.

로렌초 제발 그건 식탁에서의 화제로 남겨둡시다.
　거기선 무슨 얘기를 해도 다른 것과 섞여 소화될
　테니 말이오.

제시카 좋아요. 당신을 소리 높여 추어올려 드릴게요.

(두 사람 퇴장)

4막 1장
(베니스의 법정)

공작, 고관들, 안토니오, 바사니오, 그라티아노,

살레리오 및 시종 서너 명 등장

공작 그래, 안토니오는 출두했는가?

안토니오 예, 공작 각하!

공작 자네 일은 유감이네. 자네는 지금 돌같이

　비인간적이고, 자비심 따윈 찾을 수도 없는

　몰인정한 적수를 상대로 재판받게 됐네.

안토니오 그자의 가혹한 주장을 누그러뜨리려고

　각하께서 애써주셨다는 말씀 들었습니다.

　하지만 그자가 워낙 완고해 그의 사악한 수단을

　벗어날 어떤 합법적인 대책도 없으니 그의 폭거와

　광분을 인내심을 갖고 차분하게 견뎌낼 수밖에요.

공작 가서 유대인을 법정으로 불러오라.

살레리오　문 앞에서 대기하고 있는데, 들어옵니다, 각하.

유대인 샤일록 등장

공작　비켜라. 그를 짐의 면전에 서게 하라. 샤일록,
　　세상 사람들도, 나도 이번 일에 같은 생각을 하고 있소.
　　그대는 이런 식의 악의에 찬 주장을 마지막까지
　　고집하다가 의외의 잔인성 대신 그야말로
　　의외의 자비심과 동정심을 보여줄 거라고 말이오.
　　지금 그대는 벌금을 강요하고 있소.
　　불쌍한 이 상인의 살 일 파운드 말인데,
　　결국에 가서는 당신이 주장하는 몰수물을
　　풀어주는 것은 물론이고 인정 어린 사랑으로,
　　이 거물 상인에게 떼 지어 몰려든 감당 못 할
　　재산상의 손실을 측은한 눈으로 바라보며
　　원금의 일부까지 탕감해 줄 것으로 믿소. 최근 그가
　　감내할 손실을 동정의 눈으로 굽어볼 때 놋쇠 가슴,
　　부싯돌 심장을 지닌 사람은 물론이고 완고한 튀르키예인,
　　예절 교육이라고는 못 받은 타타르족에게서도 그를
　　측은해하는 마음을 끌어낼 수 있을 거로 생각하오.
　　우리는 모두 관대한 답변을 기대하오, 유대인!
샤일록　소인의 목적은 이미 각하께 말씀드렸습니다.
　　저는 우리의 신성한 안식일에 걸고 계약서에

명시된 대로 채무를 이행하겠다고 맹세했습니다.
공작님께서 이를 거부하시면 공작님의 헌장과
이 도시국가의 자유는 위험에 처합니다. 공작님께서는
제게 왜 삼천 다카트를 마다하고 살코기 한 덩이를
받으려 하는지 물으시겠지요. 그 물음에
답변은 않겠습니다! 제 변덕이라고 해두지요.
대답이 됐습니까? 우리 집에 쥐새끼 한 마리가
문제를 일으켜 독약을 뿌리는 데 만 다카트를 기꺼이
쓰겠다면 어떡하시겠습니까? 아, 아직도 답이 안 됐나요?
어떤 이는 입 벌린 통돼지구이가 싫다고 하고,
어떤 이는 고양이만 보면 미치는 사람도 있습니다.
또 누구는 백파이프가 코를 자극하면 소변을
못 참지요. 감정의 주인인 기분이 감정을 좋게도
만들고 싫게도 만들기 때문이지요.
그럼 각하께 드릴 말씀을 올리겠습니다.
왜 누군 입 벌린 통돼지구이를 보면 견딜 수 없어 하는지,
왜 누군 무해하면서 필요로 하는 고양이를 못 참는지,
왜 누군 백파이프를 보면 참을 수 없이
불쾌해져 남까지 불쾌하게 만드는 불가피한
치욕에 굴복하는지, 그 뚜렷한 이유를 내놓을 수 없듯이,
왜 제가 이렇듯 안토니오 씨를 상대로
손해나는 소송을 벌이고 있느냐에 대한 문제는
제가 오랫동안 품어온 증오심과 모종의 혐오감

때문이라는 것 외에는 다른 이유를 댈 수도 없고,
대고 싶지도 않습니다. 이제 답변이 됐습니까?

바사니오　그것이 네 몸속에 흐르는 잔인성을
변명해 주는 답변이냐, 이 비정한 인간아?

샤일록　당신 마음에 드는 답변을 할 의무가 없소이다.

바사니오　좋아하지 않는 건 모조리 죽이는가?

샤일록　죽이고 싶지 않은 걸 누가 미워합니까?

바사니오　모든 죄가 처음부터 미움은 아니다!

샤일록　당신은 같은 독사한테 두 번씩 물리고 싶소?

안토니오　유대인과 논쟁한다는 사실을 유념하게.
차라리 바다로 가서 드높은 파도에게 높이를 낮추라고
권하는 편이, 아니, 늑대에게 왜 새끼 양을 잡아먹어
어미 양을 울렸느냐고 따지는 게 나을 걸세. 아니,
산에 있는 소나무더러 돌풍을 만났을 때 나뭇가지를
흔들며 소리를 내지 말라고 하는 것이 나을 걸세.
저 유대인의 독한 마음을——그보다 독한 것이
이 세상에 있겠느냐만——녹이는 방법을 찾느니
불가능한 일을 시도하는 게 나을 걸세.
그러니 더는 어떤 제안도, 방법을 찾는 것도 그만두고
간단명료한 편리를 좇아 내게는 판결을,
저 유대인에겐 뜻이 이루어지도록 내버려두게.

바사니오　당신의 삼천 다카트를 육천 다카트로 갚겠다!

샤일록　그 육천 다카트의 한 닢 한 닢이 여섯 부분으로

쪼개져서 그 쪼개진 조각 하나하나가 다카트 한 닢이

되다고 해도 나는 돈을 안 받고 계약서대로 하겠소.

공작   자비를 베풀지 않고 어떻게 남이 그러길 바랄 건가?

샤일록   잘못도 없는데, 판결을 왜 두려워합니까?

당신들 가운데 많은 이가 노예를 사서 부립니다.

당신들은 그 노예를 당나귀며 개, 노새를 부리듯

비참하고 천한 일에 부려먹지 않습니까? 그건 당신들이

돈을 주고 샀기 때문입니다. 한데 제가 당신들에게

'노예를 해방해 여러분들의 자손들과 짝지어 주시오.

왜 그들에게 짐을 지우고 땀을 흘리게 합니까?

그들에게 폭신한 잠자리를 주고, 여러분이 먹는 기름진

음식을 대접하시오'라고 한다면 여러분은 펄쩍 뛰면서

말할 것이오. '노예는 우리 거야'라고 말이오.

저 역시 똑같은 답을 드리겠습니다.

제가 요구하는 살덩이 일 파운드는 제가 비싼 대금을

치르고 샀으니 제가 갖겠습니다. 공작님께서

제 요구를 거절하신다면 베니스의 법은 강제력을

잃어 우스워질 것입니다. 이젠 판결을 기다립니다.

자, 내려주실 거죠?

공작   내 직권으로 이 법정을 해산할 수도 있다.

만약을 대비해 이 사건을 해결해 달라고 내가 부른

박학한 벨라리오 박사가 여기 못 온다면.

살레리오   각하, 문밖에 파도바에서 박사님이 보낸 서찰을 갖고 지금 막 전령이 도착했습니다.

공작 그 서찰과 함께 전령을 불러들여라. (살레리오 퇴장)

바사니오 기운을 내게, 안토니오. 용기를 내라고.

　저 유대인에게 내 살과 피, 내 뼈를 주었으면 주었지

　자네한테서는 피 한 방울 흘리게 하지 않을 테니.

안토니오 나는 한 떼의 양들 중 병들고 거세된 수놈으로,

　딱 죽기에 알맞네. 열매도 가장 약한 것이 가장 먼저

　땅에 떨어지는 법이니, 그냥 이대로 내버려두게.

　바사니오, 자네는 살아남아 내 묘비명이나 써주게.

　그보다 훌륭한 일을 갖진 못할 걸세.

　　살레리오와 변호사의 서기로 변장한 네리사 등장

공작 그대는 파도바의 벨라리오 박사가 보냈는가?

네리사 (편지 한 통을 꺼내 전한다) 그렇습니다, 각하!

　벨라리오 박사의 안부입니다.

바사니오 (샤일록에게) 칼은 왜 그리 열심히 가는가?

샤일록 저 파산자의 몰수물을 베어내기 위해서지요.

그라티아노 몰인정한 유대 놈아, 구두창에다 칼을

　갈 게 아니라 네 영혼의 바닥에 대고 갈아라.

　하지만 그 어떤 금속도, 망나니의 도끼도 네놈의

　그 사나운 악의에 비하면 무디다고 해야겠지.

　네놈 가슴엔 기도도 안 통한단 말이냐?

샤일록 안 통하지. 그런 솜씨면 어떤 기도도 어림없어.

그라티아노 오, 이런 냉혹한 개새끼를 봤나!

　지옥으로 떨어져라. 널 살린 정의는 비난받아 마땅하니.

　난 네놈 때문에 신앙심마저 흔들려 짐승의 넋이

　인간의 몸에 깃들였다는 피타고라스[*]의 견해에

　하마터면 공감할 뻔했다. 개 같은 네놈 영혼은

　살인죄로 교수형 당한 늑대를 지배했어.

　잔인한 그 혼이 교수대에서 도망쳐 네놈이

　불경한 어미 배 속에 있을 때 기어든 것이 분명해.

　네놈은 굶주린 늑대처럼 잔학한 데다

　갈까마귀같이 탐욕스러우니까.

샤일록 당신이 욕지거리를 해댄다고 계약서의 서명이

　지워지는 건 아니오. 허파 아프게 소리 좀 그만 지르쇼.

　젊은이, 정신을 수선하시오. 아니면 수선도 불가능할

　정도로 파괴될 테니. 이제 법을 집행해 주십시오.

공작 벨라리오 박사가 편지로 젊고 박식한 박사

　한 분을 우리 법정에 추천했군. 어디 계시오?

네리사 각하께 허락을 얻고자 바로 곁에서

　기다리고 있습니다.

---

* 피타고라스 : 그리스의 철학자, 수학자, 종교 개혁가. 죽은 후에도
　영혼이 존속하여 다른 육체로 옮겨 가면서 영구히 재생을 계속한
　다는 영혼 이체설을 주장했다.

공작　당연히 허락하오. 너희들 중 서너 명이

　정중히 그분을 모시도록 하라.

　그동안 법정에서는 벨라리오의 편지를 낭독하겠다.

　(읽는다) '알리옵건대 각하의 친서를 받았을 당시 소인은

　와병 중이었습니다. 각하의 사자가 도착했을 때, 마침

　로마에서 젊은 박사 한 분이 문병 차 와 있었는데, 그의

　이름은 발타자르라고 합니다. 나는 그 젊은 박사에게

　유대인과 안토니오 상인 사이에 진행 중인 소송건을

　들려주었지요. 우리는 같이 많은 책을 넘겨본 후에 그에게

　나의 소견을 말해 주자, 그는 그것을 자신의 학식으로——

　그 위대함은 내가 말로 상찬할 수 없을 정도인데——

　좀 더 다듬었고, 나의 끈덕진 간청으로 내 대신 각하의

　요청에 응하여 찾아뵙기로 했음을 알립니다.

　부탁건대 그가 아직 젊다는 이유로 경의에 찬

　논평을 거두지는 마십시오. 나는 일찍이 젊은 나이에

　이토록 뛰어난 분별력을 가진 법조인을 보지 못했습니다.

　하오니 각하께서 부디 영접해 주시길 바랍니다.

　그의 실력을 직접 보시면 그에 대한 찬사를 수긍하게

　될 것입니다.'

　　발타자르 역의 포셔, 서너 명의 시종들과 함께 등장

공작　여러분은 박식한 벨라리오 박사가 쓴 것을 들었소.

그 젊은 박사가 이 사람인가 보오.

자, 손을 이리 주시오. 벨라리오 박사가 보냈소?

포셔   그렇습니다, 각하!

공작   잘 오셨소. 자리를 잡으시오.

이 법정에서 심의 중인 소송건에 대해선 들으셨소?

포셔   그 건에 대해서는 철저히 숙지했습니다.

어느 쪽이 상인이고, 어느 쪽이 유대인입니까?

공작   안토니오와 샤일록은 앞으로 나오라.

포셔   당신 이름이 샤일록이오?

샤일록   샤일록이 내 이름이오.

포셔   당신은 이상한 성격의 소송을 제기했소.

하지만 그것은 합법적이기에 베니스의 국법으로

당신의 소송을 반대할 수는 없소.

(안토니오에게) 당신의 목숨이 원고의

손아귀에 있소. 안 그렇소?

안토니오   예, 저 사람이 그렇게 말합니다.

포셔   당신은 이 계약서를 인정하시오?

안토니오   예, 인정합니다.

포셔   그렇다면 유대인은 자비를 베푸는 것이 좋겠소.

샤일록   왜 그걸 강요하십니까? 어디 좀 들어봅시다.

포셔   자비란 강요한다고 생기는 것이 아니오.

그것은 하늘에서 대지 위로 내리는

부드러운 단비 같은 것으로, 이중의 축복이 있는데,

베푸는 자와 받는 자를 동시에 축복해 줍니다.

그것은 어떤 것보다 강한 위력이 있어

왕좌에 오른 임금을 가장 임금답게 치장해 주지요.

왕의 홀은 지상의 권력을 상징하는 것으로,

그것의 속성은 경외와 위엄이니, 왕에 대한

두려움은 거기서 나오지요. 하지만 자비는

홀의 위력을 초월하여 임금의 마음속에 있으며,

신적 속성이 있습니다. 따라서 지상의 권력은

자비심을 발휘하여 정의를 완화할 때

비로소 하느님의 권세에 가장 가까워지는 것입니다.

따라서 당신의 탄원이 정의이기는 하지만, 정의를

좇는 동안 우리들 누구도 구원받지 못한다는 사실을

고려해 보시오. 우리는 진정 자비를 위해 기도해야 하고,

그 기도는 우리에게 자비를 베풀라고 가르칩니다. 당신이

탄원하는 정의를 완화해 보려고 말이 많아졌소만,

당신이 기꺼이 주장을 굽히지 않겠다면 엄격한 이 베니스

법정은 저 상인에게 불리한 판결을 내려야만 하오.

샤일록 내 행동에 대한 책임은 내가 지겠소. 나는 법의

집행, 즉 계약서에 명시된 몰수물을 원하오.

포셔 상인은 돈을 변제할 능력이 없는가?

바사니오 있습니다. 법정에서 그에게 내놓겠습니다.

원금의 두 배를. 그것이 부족하다면

제 손과 머리, 심장을 건다는 조건으로 열 배로

갚을 용의가 있음을 약속드립니다. 그래도 부족하다면
악인이 의인을 눌렀음이 분명합니다.

(공작에게) 제발 간청드리오니 각하의 권한으로
한 번만 법을 굽히어 대의를 위해 작은 부정을
행하시어 이 잔혹한 악마의 고집을 꺾어주십시오.

포셔   그럴 수는 없소. 베니스의 어떤 권력도
확정된 법령을 바꿀 수는 없소.
그렇게 되면 그것은 판례로 기록되고,
그것을 본보기로 수많은 불의가 생겨나
큰 화근이 될 것이오. 그렇게는 할 수 없소.

샤일록   명재판관 다니엘*의 귀환이구먼.
젊고 현명하신 재판관님, 진심으로 존경합니다.

포셔   문제의 계약서를 좀 봅시다.

샤일록   여기 있습니다, 존경하는 박사님. 여기요.

포셔   샤일록, 원금의 세 배를 내놓았소.

샤일록   맹세, 맹세, 저는 하늘에 맹세했습니다.
제 영혼에 거짓 맹세의 죄를 범해야겠습니까?
안 됩니다. 베니스를 준다고 해도.

포셔   이 계약은 기한이 지났소.
그러니 유대인은 합법적으로 이 상인의 심장 가장
가까운 곳에서 적법하게 살 일 파운드를

---

* 다니엘 : 기원전 6세기 이스라엘의 예언자이다.

베어낼 권한이 있소. 하지만 자비를 베풀어 원금의

세 배를 받고 이 계약서를 찢는 것이 어떻소?

샤일록 계약서대로 벌금이 지불된 다음에요.

보아하니 당신은 훌륭한 판관이십니다.

법률에 해박하시고 법 해석도 공정하십니다.

법의 대들보인 당신께서 법에 따른 판결을

내리길 부탁드립니다. 제 영혼에 걸고

맹세컨대 인간의 혀가 지닌 힘으로는

제 결심을 바꿀 수 없습니다.

저는 이 계약대로 행할 것을 주장합니다.

안토니오 진심으로 법정에 청하오니,

판결을 내려주십시오.

포셔 그렇다면 판결을 내리겠소.

피고는 가슴에 저 사람의 칼을 받을 준비하시오.

샤일록 오, 고귀하신 재판관님! 젊고 빼어난 분이시여!

포셔 법을 만든 의도와 목적은 여기 이 계약의 결과로

확정된 벌칙과 완전히 일치합니다.

샤일록 사실이오. 오, 지혜롭고 공정하신 재판관님!

당신은 겉보기와는 달리 어찌 이리 노련하십니까?

포셔 (안토니오에게) 그러니 가슴을 여시오.

샤일록 바로 저 가슴이지.

증서에 명시되어 있는. 안 그렇습니까, 재판관님?

'심장에서 가장 가까운 곳' 바로 그 문구죠.

포셔　그렇소. 살점을 올려놓을 저울은 여기 있소?

샤일록　준비해 왔습니다.

포셔　샤일록, 본인 비용으로 의사를 불러오시오.
　피고가 상처의 출혈로 생명이 위험할 수도 있으니.

샤일록　계약서에 그렇게 명시되어 있습니까?

포셔　명시되진 않았지만 그게 어쨌다는 거요?
　그 정도의 자비를 베푸는 것이 이로울 텐데.

샤일록　그런 글귀는 계약서에 없소이다.

포셔　(안토니오에게) 자, 상인은 할 말이 있습니까?

안토니오　별로 없습니다. 난 대비하고 준비했으니까요.
　바사니오, 자네 손을 한번 잡아보세. 잘 있게.
　자네 때문에 내가 이리됐다고 슬퍼 말게. 이번 일에
　운명의 여신이 평소 습관보다 친절을 베풀었으니
　말일세. 여신은 흔히 가엾은 파산자의 목숨을 부지시켜
　퀭한 눈과 주름진 얼굴로 궁핍한 노년을 맞게 한다네.
　그는 그 불행한 하세월의 고통을 내게서 중지시켰네.
　고명한 부인에게 안부 전하게. 그리고 이 안토니오가
　어떻게 최후를 맞이했는지, 또 내가 자네를 얼마나
　사랑했는지 얘기하고, 죽음에 임하여 내가 어떻게 했는지
　전해 주게. 내 얘기가 끝나거든 부인께
　이 일을 판정해 보라고 하게. 바사니오에게는
　한때 진정한 친구가 있었다고 말이네.
　만약 자네가 친구를 잃어 서러워해 준다면

자네 빚을 갚아준 이도 절대 후회하지 않을 걸세.

저 유대인이 칼을 깊숙이 찔러만 준다면

나는 내 심장을 다 바쳐 빚을 갚게 될 테니 말일세.

바사니오 안토니오, 나와 결혼한 아내는 내게

생명만큼 소중하네. 하지만 내 생명, 아내, 온 세상도

자네 생명보다는 소중하지 않아.

자네만 구할 수 있다면 난 모든 걸 잃어도 좋네.

아니, 그 모두를 이 악마에게 제물로 바치겠네.

암, 희생하고말고.

포셔 당신의 아내가 가까이에서 당신 제안을

듣는다면 고마워하지 않을 텐데요.

그라티아노 저도 아내를 사랑한다고 장담합니다만,

하늘로 갔으면 좋겠습니다. 하늘의 힘을 빌려

저 개 같은 유대 놈의 심보만 바꿀 수만 있다면.

네리사 아내 없는 데서 제안했기에 망정이지,

안 그러면 집안 시끄러워질 일이네요.

샤일록 (방백) 기독교도 남편들 꼴이라니! 나도 딸이

있지만, 기독교도에게 주느니 차라리 바라바*의 후손이

그 애의 남편이 되었으면 좋겠군.

이건 시간 낭비니 빨리 판결해 주십시오.

---

* 바라바 : 유대인들이 빌라도 총독에게 예수 대신 놓아주라고 요구
했던 도적.

포셔   저 상인의 살 일 파운드는 원고 것이오.

　이 같은 내용을 본 법정이 판정하고 법이 그것을 준다.

샤일록   최고의 판결이오.

포셔   당신은 그 살을 가슴에서 베어내야 하는데,

　법은 그걸 허락하고, 이 법정이 그 사실을 수락한다.

샤일록   참으로 유식한 재판관님이오! 판결이다!

　(안토니오에게) 자, 준비하시오.

포셔   잠깐 멈추시오. 추가 사항이 있소.

　이 증서에 당신에게 피는 단 한 방울도 주지 않소.

　명시된 문구에는 '살 일 파운드'라고만 되어 있소.

　이 증서대로 일 파운드의 살만 베시오. 살을 벨 때

　이 기독교인의 피를 단 한 방울이라도 흘린다면 그대의

　토지와 재산은 베니스 법에 따라 국고로 몰수되오.

그라티아노   오, 공정하신 재판관님!

　들었나, 유대인아? 오, 박식한 재판관님,

샤일록   법이 그런 건가요?

포셔   당신은 법 조례를 직접 터득하게 될 것이오.

　원고는 정의를 요구했으니 안심하시오.

　바라던 것 이상으로 엄정한 판결을 받을 테니.

그라티아노   오, 박식하다! 잘 봤지, 유대인아, 박식하시다!

샤일록   그럼 그 제안을 따르겠습니다.

　계약금의 세 배를 갚아주시고,

　저 기독교도를 석방하십시오.

바사니오   돈은 여기 있소.

포셔   잠깐! 유대인은 정의로운 심판을 원했소.

　그러니 천천히, 천천히,

　벌칙 외에 더 얻어서는 안 되오.

그라티아노   오, 유대인아! 공명정대하신 재판관님이지!

포셔   그러니 살을 베어낼 준비를 하시오.

　단 한 방울의 피도 흘려선 안 되며, 정확히

　일 파운드 그 이상도 이하를 베어서도 안 되오.

　정확히 일 파운드의 살만 베어야 합니다. 만약

　그 수치가 일 푼의 이십 분의 일만큼의 무게라도

　차이가 나면 아니, 머리카락 한 올만큼이라도

　한쪽으로 기울 경우 원고는 사형에 처해지는

　것과 동시에 전 재산은 몰수되오.

그라티아노   다니엘이 재림했군, 다니엘이.

　유대인아, 이제 네놈은 꼼짝 못 하게 됐구나.

포셔   유대인은 왜 머뭇거리는가? 몰수물을 가져가시오.

샤일록   원금만 주고 날 가게 해주십시오.

바사니오   그건 여기 준비돼 있으니, 갖고 가게.

포셔   공개된 법정에서 그는 그걸 거절했소.

　그는 오직 정의와 계약서에 따른 몰수물을 얻을 거요.

그라티아노   다니엘, 역시나 다니엘의 재림이네.

　그 말을 가르쳐주어 고맙다, 이 유대인아.

샤일록   원금조차도 받을 수 없습니까?

포셔　　당신은 몰수물만 얻을 거요, 유대인.

　　위험을 무릅쓰고 취한다는 조건으로.

샤일록　　그럼 그 돈 먹고 재수 옴 붙으라지!

　　이제 더는 진행하고 싶지 않소이다.　　　　　(떠나려 한다)

포셔　　잠깐만 기다리시오, 유대인.

　　그대에게 적용해야 할 또 다른 법 조항이 있소.

　　베니스의 법률에 따르면,

　　만약 외국인이 직접 또는 간접적으로

　　시민의 생명을 빼앗으려 한 사실이 판명되면

　　가해를 획책한 자의 재산을 몰수해

　　피해자가 될 뻔한 사람이 그 반을 차지하고

　　나머지 반은 정부의 비밀 금고에 귀속되오. 그리고

　　범법자의 생명은 오로지 공작님의 재량에 속하게 되며,

　　누구도 이에 대해 이의를 제기할 수 없소.

　　유대인은 지금 그 같은 궁지에 몰렸소.

　　그대가 직간접적으로 피고의 생명을 해치려고

　　획책했다는 것이 명백히 드러났기 때문이오.

　　당신은 내가 앞서 언급한 죄를 저질렀소.

　　그러니 무릎을 꿇고 공작 각하께 자비를 구하시오.

그라티아노　　스스로 목매게 해달라고 간청하시지 그래.

　　한데 재산을 국가에 몰수당했으니 밧줄 살 돈이나

　　있을지 모르겠군. 이젠 국비로 교수형을 받아야겠는걸.

공작　　우리의 정신이 그대의 것과 다름을 깨닫도록 목숨을 뺏는 벌은 요청하기 전에 사면한다.

그대 재산의 절반은 안토니오의 것이고,

국가로 귀속되는 나머지 절반은 인정상

벌금형 정도로 감할 수도 있소.

포셔 벌금형이란 국고에 귀속될 재산에 한해서이지,

안토니오에게 돌아갈 재산은 아니오.

샤일록 아, 목숨이든 뭐든 다 가져가시오. 가차 없이.

집을 받치는 기둥을 빼간다면 집을 통째로 빼앗는

것이고, 내가 살아갈 희망인 재산을 빼앗겠다면

내 목숨을 빼앗는 거요.

포셔 안토니오 씨, 그대는 어떤 자비를 베풀겠소?

그라티아노 목매달 밧줄이나 주세요. 그 외엔 안 돼.

안토니오 공작님과 법정이 허락한다면 말씀드리겠습니다.

저 사람 재산 중 국고에 귀속될 재산 절반을

벌금으로 갚도록 하는 것에 만족합니다.

그리고 제게 돌아올 절반의 재산은 제가 위탁했다가

저 사람이 사망하면 최근 그의 딸을 데려간 젊은이에게

양도하고 싶습니다. 물론 전제조건이 두 가지 있습니다.

첫 번째는 이 같은 은전의 대가로 유대인은 당장

기독교로 개종해야 하고, 둘째, 자신이 죽으면

소유 재산 일체를 사위인 로렌초와 딸 제시카에게

물려준다는 증여증서를 본 법정에 남기는 것입니다.

공작 그렇게 처리하겠소. 만일 유대인이 불복하면

방금 선언한 사면을 취소하겠소.

포셔 만족하오, 유대인? 더 할 말이 있는가?

샤일록 없습니다.

포셔 서기는 증여증서를 작성하라.

샤일록 제발 이제 여길 떠나도록 허락해 주십시오.

　몸이 불편해서요. 서류를 보내주면 서명하겠습니다.

공작 가시오. 하지만 서명은 반드시 해야 하오.

그라티아노 당신이 세례를 받으려면 대부 두 명이

　필요할 거야. 만약 내가 재판관이라면 배심원 열에다

　둘*을 더 늘려서 세례반이 아닌 교수대로 보내겠어.

(샤일록 퇴장)

공작 이보게, 내 집으로 가서 저녁을 먹는 게 좋겠소.

포셔 결례를 용서해 주시기 바랍니다.

　오늘 밤 파도바로 가야 하므로

　지금 바로 출발해야 합니다.

공작 시간이 없다니 유감스럽구려.

　안토니오, 이분에게 보답하시오.

　자네는 이분에게 큰 빚을 졌으니.　(공작과 그 일행 퇴장)

바사니오 참으로 훌륭하신 판사님, 저와 제 친구는

　판사님의 지혜로운 판결 덕분에 끔찍한 형벌을 면하게

---

* 열에다 둘 : 배심원 숫자. 당시 배심원을 농담조로 '대부'라고 불렀
　다고 한다.

되었습니다. 그 보답으로 유대인에게 갚으려던

삼천 다카트를 흔쾌히 드리고 싶습니다.

안토니오 그에 더해 우리는 판사님께 성의와 정성을

언제까지고 보답해도 부족할 것 같습니다.

포셔 마음이 흡족하다면야 그것으로 보상받은 거지요.

당신을 구해 난 만족스럽소.

그것으로 나는 보상을 잘 받았다 여깁니다.

난 금전적 보상을 바라고 일한 적은 없습니다.

혹시 다음 기회에 만나게 되거든 모른 체나 마세요.

저는 이만 실례하겠습니다.

바사니오 판사님, 저는 이대로 물러나지 않겠습니다.

제가 드리는 기념품이라도 받아주십시오. 사례가 아니라

경의를 표하는 겁니다. 두 가지만 간청드리겠습니다.

첫째, 거절하지 마시고,

둘째, 저의 실례를 용서해 주십시오.

포셔 그렇게까지 권하시니 받아들이겠습니다.

당신의 장갑을 주시면 당신 대신 그걸 낄 것이오.

그리고 당신에게선 호의의 표시로 그 반지를 받겠소.

왜 손을 뒤로 빼십니까? 제가 원하는 건 그것인데,

설마 거절하지는 않겠지요?

바사니오 이 반지를요? 이건 보잘것없는 반지랍니다.

창피하게 이걸 어떻게 드립니까?

포셔 그것 외에는 아무것도 받지 않겠습니다.

이제 보니 그게 제 마음에 쏙 듭니다.

바사니오   이 반지는 가격 이상의 무엇이 있습니다.

　　베니스에서 최고로 비싼 반지를 구해 드리겠습니다.

　　포고령이라도 내려 그걸 구할 테니

　　제발 이 반지만은, 용서를 구합니다.

포셔   아, 입으로만 선심을 쓰는 분이군요.

　　무엇이든 청하라고 하더니, 이제는 청하면

　　어떤 대답을 듣게 되는지 가르쳐주는군요.

바사니오   보세요, 이 반지는 아내에게 받은 건데,

　　아내는 이걸 끼워주면서 저에게 절대 팔아서도 안 되고,

　　잃어버리지도 말라는 맹세를 하게 했어요.

포셔   그런 말은 약속한 선물을 주기 싫을 때 하는

　　변명이지요. 당신 아내가 온전한 정신의 소유자라면,

　　제가 이 반지를 받을 만한 충분한 자격이 있다고

　　인정해 절대 저를 원망하지 않을 거예요.

　　그러면 잘 지내시오.　　　　　　(포셔와 네리사 함께 퇴장)

안토니오   이보게, 바사니오! 그 반지를 저분께 드리게.

　　저분의 수고와 내 사랑을 합쳐서 평가한다면

　　자네 아내 명령만 한 값어치는 되지 않겠나.

바사니오   이봐, 그라티아노, 뛰어가서 그를 붙잡게.

　　그분께 이 반지를 전해드리고 가능하면 안토니오

　　집으로 모셔 오게. 서두르게.　　　　(그라티아노 퇴장)

　　자, 우리는 곧장 자네 집으로 가세.

그리고 내일 아침 일찍 벨몬트로 날아가는 거야.

안토니오, 가자고! (모두 퇴장)

4막 2장
(베니스의 거리)

포셔와 네리사 등장

포셔 샤일록의 집을 찾아 그에게 이 증서를 주고

　서명하게 해. 그리고 오늘 밤에 출발하는 거야.

　남편들이 도착하기 하루 전에 귀가해야 하니까.

　이 증서를 보면 로렌초가 무척 기뻐할 거야.

그라티아노 등장

그라티아노 고운 양반, 간신히 당신을 따라잡았군요.

　실은 바사니오 형님이 충고를 더 들은 뒤 이 반지를

　전해드리라면서, 저녁 식사를 함께하자고 청했습니다.

포셔 그럴 수가 없소. 반지는 고맙게 받겠으니

　그렇게 전하시오. 부탁드리고 싶은 것이 있는데,

　이 젊은이를 연로한 샤일록의 집으로 안내해 주시오.

그라티아노 그러도록 하지요.

네리사　박사님, 말씀드릴 게 있어요.

　(포서에게 방백) 저도 남편 반지를 뺏어보겠어요.

　그 반지를 영원히 뽑지 않겠다고 맹세했습니다만.

포서　(네리사에게 방백) 얻을 거라고 장담해.

　우리의 남편들은 반지를 남자에게

　건네줬다고 맹세하겠지만, 우린 그들에게

　무안을 주고, 그들이 한 맹세를 무색하게

　만드는 거야. 자, 서둘러. 날 어디서

　만나야 하는지 알고 있겠지?　　　　　　　　(퇴장)

네리사　(그라티아노에게) 그럼, 갑시다.

　이 집 좀 가르쳐주시겠소?　　　　　　　　(함께 퇴장)

5막 1장
(벨몬트. 포셔의 저택)

로렌초와 제시카 등장

로렌초   달이 밝기도 하네. 이런 밤이었지.
  달콤한 바람이 나무에 부드럽게 키스하면
  나무는 숨소리를 죽이며 서 있던 이런 밤에,
  트로일러스가 트로이 성벽에 올라가
  크레시다가 잠자는 그리스 진영 막사를 향하여
  혼이 빠진 듯 탄식했었지.*

---

* 트로일러스~탄식했었지 : 트로이 전쟁 당시 트로이의 왕자 트로
  일러스는 트로이의 멸망을 예언한 점술가의 딸 크레시다와 사랑
  하는 사이였다. 적국인 그리스 진영으로 크레시다가 끌려가자 트
  로일러스는 애를 태우며 그녀를 기다렸지만, 크레시다는 변심하
  여 적장의 품에 안겼다.

제시카 이런 밤이었죠. 티스베*가 공포에 싸여

　이슬 덮인 길을 걷다가 사자의 그림자를 사자

　앞서 보고 깜짝 놀라 도망쳤던 밤도.

로렌초 이런 밤이었지. 디도가 해안가 제방에

　홀로 서서 애인에게 버들가지를 흔들며

　다시 카르타고로 돌아오라고 했던 밤도.

제시카 이런 밤이었죠. 메데이아**가 시아버지 아이손***

　노인을 회춘시킨 마법의 약초를 캐낸 밤도.

로렌초 이런 밤이었지. 제시카가 부유한 유대인

　아버지 집에서 도망쳐 가난한 애인과

　베니스를 탈출하여 벨몬트로 달아난 밤도.

제시카 이런 밤이었죠. 로렌초가 사랑을 맹세하며

　수많은 서약으로 그녀 혼을 훔쳤으나

　참 맹세는 하나도 없었던 밤도.

로렌초 이런 밤이었지. 아름다운 제시카가 말괄량이처럼

　연인의 험담을 늘어놓았지만, 그녀를 용서했던 밤도.

제시카 아무도 안 온다면 밤을 주제로 한 내기에서

　당신을 이길 수 있는데. 가만, 사람의 발소리가 들려요.

---

* 티스베 : 피라무스의 애인으로, 『한여름 밤의 꿈』에서 보텀 무리가
　이 두 사람의 비극적인 사랑을 연기한다.
** 메데이아 : 황금 양털을 구해 온 이아손을 도와준 콜키스의 공주.
*** 아이손 : 메데이아가 마법으로 회춘시킨 이아손의 아버지이다.

포셔의 하인 스테파노 등장

로렌초 고요한 한밤중에 누가 이리도 급히 오지?

스테파노 친구요.

로렌초 친구? 친구라니? 친구 양반, 이름이 뭐요?

스테파노 스테파노올시다. 전갈을 가지고 왔습지요.
먼동이 트기 전에 주인아씨가 벨몬트로 돌아오십니다.
성 십자가 앞을 지날 때마다 무릎을 꿇고 행복한
결혼생활을 위해 기도를 올리십니다.

로렌초 누구와 함께 오는가?

스테파노 수도사 한 분과 시녀뿐입니다.
주인님은 아직 안 돌아왔습니까?

로렌초 아직 돌아오지 않았어. 전하신 소식도 없고.
제시카, 우리는 그만 들어가자. 그리고 이 댁
안주인을 위하여 성대한 환영 준비를 하자.

광대 란슬럿 등장

란슬럿 솔라, 솔라, 오호, 호! 솔라. 솔라!*

로렌초 거기 누구요?

---

* 솔라 : 당시 우체부는 뿔나팔을 불고 다녔다. 란슬럿은 그것을 흉
내 내고 있다.

란슬럿 솔라 오호! 로렌초 나리를 못 보셨나요?

　로렌초 나리요. 솔라, 솔라!

로렌초 여기네. 고함은 그만 지르게.

란슬럿 솔라! 어디요, 어디!

로렌초 여기야!

란슬럿 그분께 주인님이 사자를 보내셨다고 말씀드리세
　　요. 뿔통 속에 희소식을 가득 담아서요. 저희 주인님은 아
　　침이 밝기 전에 도착할 겁니다.　　　　　　　　(퇴장)

로렌초 여보, 들어가서 사람들을 기다리자.

　아니, 그럴 필요 없어. 집 안에 들어가서 뭘 하지?

　여보게, 스테파노, 수고스럽지만 안에 들어가

　주인 아씨가 곧 돌아올 거라고 전해 주고,

　악사들을 밖으로 데려오게.　　　　　　(스테파노 퇴장)

　언덕 위에 잠든 달빛이 참으로 아름답구나!

　(앉는다) 제시카, 우리 여기 앉아서 귓전으로 스며드는

　음악 소리를 들어보자. 이렇게 부드럽고 고요한 밤에는

　감미로운 가락을 듣는 게 제격이지.

　앉아, 제시카. 저것 봐. 저 하늘 마루에

　황금 접시가 얼마나 촘촘히 박혔는지.

　저기 보이는 별들 가운데 가장 작은 것이라도

　궤도를 운행할 땐 천사와 같이, 언제나 눈이 반짝이는

　아기 천사와 같이 음악에 맞춰 노래하고 있어.

　불멸의 영혼 속에도 이런 화음이 있다지만

부패하는 육체라는 흙 옷에
싸인 우리는 그걸 들을 수가 없어.

악사들 등장

자, 찬미하는 노래를 불러 디아나를 깨워보게.
아름다운 가락에 마님 귀가 열려
음악 소리에 이끌려 집으로 오시도록.   (연주 소리)
제시카   난 고운 음악을 들으면 흥이 나지 않아요.
로렌초   그건 정신에 주의를 기울이지 않아서야.
야생의 짐승 떼나 길들지 않은 수말 무리를 보면
그들은 몸속에 피가 들끓기 때문에
미친 듯 뛰어다니며 힝힝 킹킹 울어대지.
하지만 어쩌다 나팔소리를 듣거나
다른 아름다운 곡조가 귓전에 닿으면
그들의 사나운 눈길이 감미로운 음악의 힘으로
부드럽게 변하잖아.
그래서 시인은 오르페우스*가
나무, 돌, 시냇물까지 감동케 했다고 한 거야.
음악은 제아무리 우둔하고 광포한 사람이라도

---

* 오르페우스 : 트라키아의 시인이자 악사. 죽은 아내 에우리디케를
  찾아 지하 세계로 내려간 것으로 유명하다.

잠시이긴 해도 천성을 변화시키는
위력이 있지. 마음속에 음악이 없거나
감미로운 화음을 듣고도 무심한 자는
반역죄, 음모, 강도질에 어울린다고 봐.
그런 자의 마음은 검은 밤처럼 둔하게 움직이고,
그런 자의 감정은 명부처럼 시커멓지.
한마디로 믿을 수 없는 인간이지.
음악을 잘 들어봐.

포셔와 네리사 등장

포셔　저기 보이는 건 우리 집에서 비치는 불빛이야.

　　저 작은 촛불이 참 멀리도 비치네.

　　사람의 선행도 타락한 세상에선 한 줄기 빛이 되지.

네리사　달빛이 밝을 때는 저 촛불이 보이지 않아요.

포셔　마찬가지로 큰 영광 앞에서는

　　작은 영광이 빛을 잃지.

　　왕이 없을 때는 대리인이 왕처럼 밝게 빛나지만

　　진짜 왕이 나타나면 그 위세는 내륙의 시냇물이

　　대양으로 흘러가 없어지듯 바닥이 나지.

　　들어봐. 저 음악 소리를.

네리사　마님, 저건 집안의 악사들 연주예요.

포셔　그 모든 건 환경에 따라 좋기도 하고

그저 그렇기도 해. 낮에 들을 때보다 훨씬 아름답구나.

네리사 마님, 고요함이 내는 효과가 아닐까요?

포셔 외따로 있으면 까마귀 울음소리도

종달새 소리만큼이나 감미로운 법이지.

허나 꾀꼬리라 할지라도 대낮의 거위 떼가

꽥꽥거릴 때 운다면 굴뚝새보다 나은 악사라고

못할 테지. 세상 모든 것은 때와 장소가 조화를

이루어야만 정당한 찬사를 받고 완성되는 거야.

쉿, 조용히! 달님이 그의 연인 엔디미온 곁에서

잠들어 깨려 않는구나. (음악 소리 멎는다)

로렌초 저 목소리의 주인공은 분명히 포셔 아씨야.

내가 잘못 들었을 리 없어.

포셔 장님이 뻐꾸기 알아보듯 내 목소리를 알아봤어.

내 악성을!

로렌초 마님, 어서 오십시오.

포셔 우리는 남편들의 평안을 위해 기도하고 왔는데

기도 덕에 운이 더 좋아지셨겠지.

그래, 그 양반들은 오셨나?

로렌초 아직 도착하지 않았습니다.

하지만 조금 전에 사자가 미리 와서

곧 오신다는 소식을 알려주었어요.

포셔 네리사, 집 안으로 들어가 하인들에게 우리가

집을 비웠다는 사실을 일절 밝히지 말라고 전해 줘.

로렌초와 제시카도 그래 줘.　　　　　　(나팔소리 들린다)

로렌초　주인 양반이 도착했습니다. 나팔 소리가 들려요.

　　저희는 입이 가벼운 사람들이 아니니 걱정 마세요.

포셔　오늘 밤은 어째 병든 낮같이 보여.

　　어찌 이리 창백할까. 해가 구름에

　　숨어버린 그런 낮, 바로 그런 낮 같아.

바사니오, 안토니오, 그라티아노 및 그들의 수행원들 등장

바사니오　태양이 없다 해도 당신이 걷는다면 우리는

　　태양이 지구 반대편을 비출 때도 대낮이라 여길 것이오.

포셔　저는 빛은 주겠지만 경박해지진 않겠어요.

　　아내가 경박하면 남편은 비참해지죠.

　　당신에게 그런 일은 절대 없을 거예요.

　　신이여, 모든 걸 당신 뜻에 맡깁니다.

　　무사히 돌아와서 기뻐요.

바사니오　고맙소, 여보. 내 친구를 환영해 주오.

　　이 사람이 바로 안토니오요,

　　내가 무한한 빚을 지고 있는.

포셔　소문에 이분이 당신 때문에 큰 고초를

　　겪었다던데. 당신은 여러모로 큰 빚을 졌네요.

안토니오　이렇게 죄를 벗었으니 고통은 없습니다.

포셔　우리 집을 찾아주셔서 정말 기쁩니다.

반가운 마음은 말로만 표현해선 안 되니

　　입에 발린 찬사는 이만할게요.

그라티아노　(네리사에게) 저 달님께 맹세코,

　　내게 잘못하고 있소. 나는 정말로

　　그 반지를 재판관의 서기에게 줬단 말이오.

　　반지를 받은 그 녀석이 고자라면 좋겠군.

　　당신이 이렇게 언짢아하니 말이오.

포셔　아니, 벌써 싸움을 벌이다니!

　　무슨 일이라도 있는 거예요?

그라티아노　금고리요. 아내가 제게 준

　　보잘것없는 반지 때문이랍니다. 그 반지에는 칼 장수가

　　이런 문구를 새겨 넣었더라고요.

　　'날 사랑하고 버리지는 마세요.'

네리사　반지 문구며 가격 얘기는 왜 하는 거예요?

　　제가 그 반지를 드렸을 때 당신은 맹세했어요.

　　죽을 때까지 그걸 꼭 끼고 있겠다고.

　　당신의 무덤 속에 같이 누울 거라고도 했어요.

　　절 위해서가 아니라 당신의 맹렬한 맹세를 위해서라도

　　그 반지를 신중히 간직했어야지요.

　　재판관 서기 놈에게 줬다고요? 벼락 맞을 일이지,

　　그걸 받은 서기 얼굴에 수염이 난다면!

그라티아노　수염이야 어른이 되면 나겠지, 뭘.

네리사　그럴 테죠. 여자가 자라 남자가 된다면.

그라티아노   내 이 손에 맹세코 젊은 청년에게 줬다니까.

　　아니, 사실은 소년이었소. 자라다 만 애였는데,

　　당신보다 크지 않은 재판관의 서기였소.

　　그 서기 녀석이 반지를 보수로 달라고 하는데

　　난 도저히 그 청을 거절할 수가 없었소.

포셔　　솔직히 말씀드려 책망받을 만하네요.

　　부인의 첫 번째 선물을 경솔하게 내주었으니 말예요.

　　더욱이 그건 맹세를 거듭하고 손가락에 끼워준 것이고,

　　충일한 사랑의 못으로 당신 살에 박힌 물건 아닌가요.

　　나도 남편에게 반지를 드릴 때 맹세코 손에서 빼지

　　않겠다고 했어요. 그이는 지금 여기 서 계세요.

　　내 감히 맹세컨대 세상 재물 다 준대도

　　이이는 절대 그걸 손에서 뽑지 않을 거예요.

　　그라티아노, 당신은 부인을 너무 슬프게 해드렸네요.

　　만일 제가 그런 일을 겪었다면 미쳤을 거예요.

바사니오　　(방백) 차라리 이 왼손을 잘라버리고,

　　반지를 지키려다 그걸 잃었다고 하는 게 나을 뻔했어.

그라티아노　　바사니오 형님도 재판관이 조르는 바람에

　　그걸 드린걸요. 사실 재판관은 그걸 받을 만했지요.

　　그런데 재판을 기록하느라 옆에 있던 서기 말입니다.

　　글쎄, 그 친구도 제 반지를 달라고 애걸하지 뭡니까.

　　재판관이나 서기나 반지 말고는 아무것도 받지

　　않겠다고 고집을 부렸어요.

포셔   여보, 어떤 반지를 줬어요?

　　설마 제가 드린 반지는 아니겠죠.

바사니오   실수에 거짓말까지 보탤 수 있다면

　　아니라고 잡아떼고 싶지만, 보시다시피

　　이 손가락에는 반지가 없소. 사라졌소.

포셔   당신 마음엔 진실이라곤 없군요.

　　하늘에 맹세코 저는 그 반지를 보기 전에는

　　당신 곁에 안 누워요.

네리사   저 역시 반지를 보기 전에는 당신 곁엔 안 누워요.

바사니오   내 사랑 포셔, 그 반지를 누구에게 주었는지

　　안다면, 그 반지를 누구를 위해 주었는지 안다면,

　　내가 그 반지를 어째서 주었는지, 그리고

　　재판관이 그 반지 외에는 아무것도 받지 않으려 해서

　　내가 얼마나 망설이며 그걸 줬는지 안다면

　　당신의 노여움도 줄어들 거요.

포셔   당신이 그 반지가 지닌 힘을 아셨다면, 그것을

　　드린 여자의 가치를 반만이라도 아셨다면, 그것을

　　간직하는 것이 당신 명예를 지키기 위함이라는

　　걸 아셨다면 당신은 절대 그 반지를 단념하진

　　않았을 거예요. 그렇게 몰상식한 사람이 어디 있어요?

　　당신이 열정을 다해 기꺼이 변호했는데,

　　예물 반지를 강요할 만큼 염치없다니요.

　　네리사가 이 일을 어떻게 생각해야 할지 알려주네요.

틀림없이 그 반지는 여자가 가진 거네요.

바사니오   그렇지 않소, 여보. 내 명예와 영혼을 걸고

　　맹세하오. 그 반지를 가져간 사람은 여자가 아니라

　　민법 박사요. 그는 내가 주겠다는 삼천 다카트를

　　굳이 사양하고 반지를 달라고 졸랐소.

　　물론 나는 그의 청을 거절했소. 난 귀한 내

　　친구의 목숨을 구해 준 그를 께름칙한 마음을 품고

　　보냈소. 한데 여보, 이걸 어떻게 말해야 할까?

　　결국 나는 사람을 보내 그 반지를 전해 주었소.

　　차오르는 수치심과 인정 때문에 배은으로

　　내 명예를 더럽힐 수는 없었기 때문이오.

　　용서하오, 포셔. 축복받은 저 밤의 촛불*에 걸고

　　맹세해도 좋소. 만약 당신이 그곳에 있었다면,

　　당신이 주선해서 박사님께 그 반지를 드렸을 거요.

포셔　 그 박사를 절대 우리 집 가까이 못 오게 하세요.

　　제가 귀히 여기는, 그리고 당신이 저를 위해 평생

　　간직하겠다고 약속한 보석을 가졌으니

　　저도 당신처럼 그분께 뭐든 드릴지 모르니까요.

　　내 몸, 아니 남편의 침대까지 말이에요.

　　전 그분과 동침할지도 몰라요. 확신해요.

　　하룻밤도 외박은 마세요. 당신은 눈이 백 개 달린

---

* 밤의 촛불 : 별.

아르고스*처럼 절 감시해야 해요. 만일 저를

혼자 두면, 제 순결을 걸고 드리는 말씀이지만,

그 박사님을 제 침실 동무로 삼겠어요.

네리사　저도 그 서기와 동침할지 몰라요.

그러니 절 혼자 있게 방치해선 안 돼요.

그라티아노　잘해 봐요. 그자가 내 손에 안 잡히게.

잡히는 날에는 그놈의 펜대를 부러뜨릴 테니까.

안토니오　제가 이 불행한 싸움을 일으킨 장본인입니다.

포셔　괴로워하지 마세요. 당신을 환영하니까요.

바사니오　포셔, 부득이한 잘못을 용서해 주시오.

친구들 앞에서 맹세하겠소. 아니, 지금 내 모습이

비친 당신의 아름다운 두 눈동자에 걸고 맹세하겠소.

포셔　저 말 들으셨죠?

제 두 눈 속에서 저이는 두 개의 자신을 본다는군요.

한쪽 눈에 하나씩. 차라리 이중적인 인간성에 걸고

맹세하시죠. 그럼 아주 믿음직한 서약이 될 테니까요.

바사니오　제발 내 말 좀 들어보시오.

이번 일을 용서해 주면 앞으로

두 번 다시 당신과의 서약을 깨지 않겠소.

안토니오　그의 행복 바라며 제 몸을 한번 빌려줬지요.

---

* 아르고스 : 백 개의 눈을 가진 신화적인 괴물. 헤라는 이 괴물에게
　제우스가 건드린 미녀 이오를 감시하게 했다.

제 몸은 남편의 반지를 가져간 사람이 아니었다면

파멸됐을 겁니다. 제 영혼을 걸고 단언합니다만,

남편이 고의로 사랑의 맹세를 깨는 일은 없을 겁니다.

포셔   그럼 당신을 담보로 잡겠어요.

(안토니오에게 반지를 빼주면서) 이걸 저분에게 주고,

저번 것보다 소중히 간직하라고 해주세요.

안토니오   이 반지를 받게나, 바사니오.

그리고 이 반지를 잘 간직하겠다고 맹세하게.

바사니오   맹세코, 이건 박사님께 드렸던 반지야.

포셔   제가 그에게서 받은 거예요. 용서해 줘요, 서방님.

이걸 받은 답례로 저는 그 박사와 동침했어요.

네리사   저도 용서해 주세요, 그라티아노.

아직 다 자라지도 않은 서기 애가

이걸 놓고   (그라티아노에게 반지를 보여주면서)

간밤에 저와 함께 동침했어요.

그라티아노   이게 무슨 영문이람?

멀쩡한 신작로를 한여름에 뜯어고치는

격이 됐으니. 허, 아무 이유 없이

우린 오쟁이 진 남자가 됐단 말인가?

포셔   야한 말은 삼가세요. 모두 놀라셨겠지만,

시간 날 때 이 편지를 보면 의문이 풀릴 거예요.

파도바의 벨라리오 박사님이 보낸 편지예요.

이걸 보면 그 박사는 포셔였고, 서기는 네리사였다는

걸 알게 될 겁니다. 여기 로렌초가 증인이 되어줄 거고요.

우리는 당신이 출발한 직후 집에서 출발해서

조금 전에 돌아왔어요. 저는 아직 집에 들어가 보지도

못했어요. 안토니오 씨, 정말 잘 오셨어요.

저는 당신이 생각도 못 한 희소식을 가져왔어요.

이 편지를 뜯어보시면 당신의 배 세 척이 뜻밖에도 상품을

만재해 귀항했다는 걸 알 겁니다. 이 편지를 어떤

기연으로 손에 넣게 되었는지는 알려드리지 않겠어요.

안토니오   그저 말문이 막히는군.

바사니오   박사님이 당신이었는데 내가 몰라봤다고?

그라티아노   당신이 나를 오쟁이 지우려 한 그 서기라고?

네리사   네, 하지만 그 서기는 그럴 뜻이 없었어요.

어른이 된 다음이라면 모를까.

바사니오   박사님, 나의 침실 동무가 되어주시오.

내가 집을 비울 땐 내 아내와 침대를 같이 써도 좋소.

안토니오   부인은 제게 목숨과 재산을 주었어요.

여기에 내 상선들이 틀림없이 안전하게 정박했다니까.

포셔   잘 있었어요, 로렌초 씨? 내 서기가 당신에게도

좋은 소식을 가지고 왔답니다.

네리사   그래요. 사례금도 받지 않고 드리지요.

당신과 제시카에게 드리는 거예요. 자, 받으세요.

유대인 부호 샤일록이 사망 후에 소유한 유산 전부를

양도한다는 특별 증여증서예요.

(로렌초에게 문서를 건넨다)

로렌초 아리따운 두 분은 굶주린 사람들의

길 위에 만나를 내리셨군요.

포셔 벌써 동이 틀 때가 됐지만,

아직 이번 일에 궁금증을 다 해소하진 못했을 거예요.

자, 일단 안으로 들어가요. 안에서 마음껏 저희 두 사람을

심문하세요. 모든 것을 성실하게 답해 드릴게요.

그라티아노 그럽시다. 네리사가 맹세하고 답해야 할

첫 번째 질문은 두 시간이 지나면 아침인데,

다음 날 저녁까지 기다릴 것이냐,

아니면 지금 자러 갈 것이냐 결정하는 일이오.

어쨌든 날이 새더라도 박사님의 서기와

드러누울 때까지는 컴컴했으면 좋겠습니다.

그건 그렇고, 평생에 걸쳐 제가 네리사의 반지를 잘

간직할 수나 있을지 걱정스럽군요.   (모두 퇴장)

좋으실 대로 As You Like It

세상은 무대요,
인간은 잠시 등장했다 퇴장하는 배우일 뿐이지요.
-'좋으실 대로' 중에서

등장인물

로절린드 원로 공작의 딸

실리아 프레더릭 공작의 딸

노공작(페르디난드) 추방 생활 중

프레더릭 공작 형인 전인 공작을 몰아낸 장본인

올랜도 롤런드 드 보이스 경의 막내아들

올리버 롤런드 드 보이스 경의 장남

자크 드 보이스 롤런드 드 보이스 경의 차남

애덤 보이스 경 집안의 하인

데니스 올리버의 하인

찰스 프레더릭 공작의 씨름 선수

르보 궁정 사람

터치스턴 어릿광대

에이미언스 원로 공작을 따르는 귀족

자크 우울한 신사

코린, 실비우스 양치기들

피비 여자 양치기

오드리 시골 처녀

올리버 마텍스트 신부 시골 신부

윌리엄 시골 청년

히멘 혼인의 신

귀족들 프레더릭 공작의 수행원

다른 귀족들 노공작의 동료

산지기들

두 시동 원로 공작의 수행원

수행원들

장소 : 올리버의 저택, 프레더릭 공작의 궁정, 아든 숲

1막 1장
(올리버의 집 정원)

올랜도와 애덤 등장

올랜도   애덤 영감, 내 기억에 아버지는 이런 방식의 유언
으로 내게 겨우 천 크라운의 푼돈을 남겼어. 당신도 말했
듯이, 큰형을 축복하며 나를 잘 돌보라고 당부하셨어. 한
데 그때부터 나의 슬픔은 시작됐어. 큰형은 작은형 자크
를 대학에 보냈고, 자크 형은 수재라는 금빛 찬사를 듣고
있어. 그런데 난 촌놈으로 시골구석에 처박아 두고 있어.
아니, 그냥 방치한다고 하는 게 적절하겠군. 왜냐하면 나
같은 뼈대 있는 가문의 신사에게 이걸 관리라고는 못 하
니까. 외양간에 가둬 황소를 먹이는 것과 뭐가 달라? 그
는 나보나 자기 말을 더 잘 돌봐. 형네 말들은 잘 얻어먹
어 튼튼한 데다 걷는 법을 가르칠 목적으로 비싼 기수까
지 고용했으니까. 한데 동생인 내가 그에게서 얻는 것이

라곤 크는 것 말고는 없는데, 그건 두엄 위에서 크는 그의
짐승들이 그에게 신세 지는 것과 같다고 봐. 더구나 내겐
어떤 것도 풍족하게 안 주면서, 자연이 내게 준 걸 인상
쓰며 빼앗으려 들어. 자기 머슴들이랑 같은 식탁에서 나
를 밥 먹게 하고, 동생의 위치에서 내쫓을 양으로 온 힘을
다해 내 귀족 품성을 깎아내리려고 교육하고 있어. 내가
한탄스러운 건 애덤 영감, 바로 이거야. 그런데 아버지의
기개, 그게 내 안에 있다고 생각하는데, 그것이 이런 식의
굴종에 반항하기 시작했어. 지금의 현실을 어떻게 헤쳐
나가야 할지 현명한 방법은 아직 찾지 못했지만, 더는 참
지 않을 거야.

올리버 등장

애덤　저기 주인님이 오시네유. 당신 형님 말예유.
올랜도　잠시 비켜서 봐, 애덤. 그러면 그가 어떤 식으로 날
　혼쭐내는지 듣게 될 거야.
올리버　야, 여기서 뭘 하는 거야?
올랜도　아무것도요. 뭘 배운 게 있어야 뭘 하죠.
올리버　그렇다면 뭘 망치고 있어?
올랜도　글쎄요. 전 형님을 도와 신이 빚어주신 이 불쌍하
　고 하찮은 동생을 빈둥거리게 해서 신세를 망치고 있는
　중입니다.

올리버 원 참, 일을 찾아서 해야지. 썩 내 눈앞에서 꺼져.

올랜도 제가 형님네 돼지나 치면서 그것들과 함께 왕겨나 먹을까요? 제가 제 몫의 재산을 얼마나 방탕하게 써버렸다고, 이렇게 궁핍하게 지내야 합니까?

올리버 네 위치를 알고나 있니?

올랜도 예, 물론 알지요. 여긴 형님네 과수원이잖아요.

올리버 누구 앞인지 알고 있느냐고?

올랜도 예, 제 앞에 서 계신 분이 저를 아는 것보다 더 잘 압니다. 당신이 제 맏형이라는 것 말입니다. 그러니 귀족의 혈통답게 형님도 절 동생 대접하셔야죠. 형님이 저보다 먼저 태어났으니 세상 예법으로 제 윗사람입니다, 장남이니까. 하지만 같은 전통에 따라 우리 사이에 형제가 스물이 있다 해도 혈연관계가 없어지는 건 아닙니다. 제 몸에도 형님처럼 아버지의 정기가 흐릅니다. 게다가 형님이 저보다 앞서 태어났으니 아버지와 더 가깝다는 것도 인정합니다.

올리버 뭐야, 이 햇병아리가!

올랜도 아서요, 형님, 이런 일엔 아직 어리십니다.

올리버 이런 상놈 같으니라고! 내게 손찌검을 하겠다고?

올랜도 상놈이 아니고 저는 롤런드 드 보이스 경의 막내아들이에요. 그분이 제 아버지셨으니, 그런 아버지가 상놈을 낳았다고 말하는 자는 세 겹의 상놈*입니다. 당신이 내 친형만 아니었다면 한 손으로 목을 누르고, 그따위 독설을 내뱉는 혓바닥을 당장 뽑아버렸을 겁니다. 당신은 자기 얼굴에 침을 뱉었어요.

애덤   나리들, 참으세유. 돌아가신 부친을 생각해서라도 의좋게 지내셔야 해유.

올리버   이거 놓지 못해?

올랜도   제 맘 누그러질 때까진 못 놔요. 제 말부터 들으세요. 아버지는 분명히 형님에게 저를 잘 교육하라는 유언을 남기셨습니다. 그런데 형이 저를 농사꾼으로 만드는 바람에 귀족다운 풍모는 모조리 숨겨졌다고요. 제 안에 아버지의 기개가 힘차게 뻗어나니 더는 참지 않을 겁니다. 그러니 귀족에게 어울리는 교육을 시켜주시든지 아니면 아버지가 유언에 남기신 초라한 배당금이라도 제게 주세요. 그걸로 행운을 잡아볼 생각입니다.

올리버   그걸로 뭘 하겠다고? 다 털어먹고 거지 노릇을 하겠다고? 좋다, 안으로 들어가. 너 때문에 오래 골치 썩이긴 싫으니, 원하는 것의 일부를 갖게 해 주겠다. 그러니 좀 놔줘.

---

* 세 겹의 상놈 : 여기서 상놈은 자작농이라는 의미로 사용하고 있다. 세 겹의 상놈은 첫째 올랜도가 자작농이면 올리버도 자작농이다. 둘째, 아버지가 자작농을 낳았다고 인정한 것이 되므로 올리버는 아버지를 모욕하고 있다. 셋째 엘리자베스 시대에는 서자가 자작농이었기 때문에 올리버는 서자임을 인정하고 있다.

올랜도   제 몫을 제대로 주기만 하면 더는 형을 괴롭히지 않을게요.

올리버   (애덤에게) 함께 꺼져버려. 이 늙은 개야.

애덤   늙은 개라고 부르는 게 저에 대한 보답이에유? 맞아유. 나리 뒷바라지를 하느라 이가 몽땅 빠졌으니께유. 돌아가신 큰어르신이라면 그런 말은 않았을 거예유.

(올랜도와 함께 퇴장)

올리버   그러겠단 말이지? 형에게 기어오르겠다 이거지? 그 주제넘은 태도를 고쳐주지. 오만불손한 네놈한테 천 크라운을 주나 봐라. 이봐, 데니스!

데니스 등장

데니스   부르셨습니까, 나리?

올리버   공작 댁의 씨름꾼 찰스가 할 말이 있다고 나를 찾아오지 않았느냐?

데니스   예, 나리, 여기 문간에서 나리를 만나게 해 달라고 조르고 있습니다.

올리버   들라 해라.   (데니스 퇴장)

그게 좋은 방법이야.──게다가 내일 씨름판이 열리거든.

찰스 등장

찰스 안녕하십니까, 나리!

올리버 잘 지냈나, 찰스 군. 새 공작님을 맞이한 궁정에 새
로운 소식이라도 있나?

찰스 새 궁정에 옛 소식 말고는 무소식입니다, 나리. 말하
자면 옛 공작은 동생인 새 공작에 의해 추방됐고, 충성스
러운 귀족들 서넛이 자진해서 유랑길에 올랐는데, 그 사
람들이 남긴 토지 덕분에 새 공작님은 더욱 부자가 되었
습니다. 그래서 공작님은 귀족들의 유랑을 쾌히 허락하
셨습니다.

올리버 공작의 딸 로절린드도 부친과 함께 추방됐는가?
말해 보게.

찰스 아닙니다. 왜냐하면 공작 딸인 사촌 실리아가 그녀
를 너무 사랑하여—요람에 있을 때부터 함께 자란 터
라—함께 추방당하거나, 그것이 여의찮으면 죽겠다고
했기 때문이죠. 덕분에 로절린드는 궁궐에 머물며 친딸
못지않게 삼촌의 사랑을 받고 있습니다. 아무튼 그렇게
사이가 좋은 자매는 세상에 없을 겁니다.

올리버 옛 공작은 어디에 사느냐?

찰스 소문에 듣자 하니 그는 많은 유쾌한 사람들과 함께
아든의 숲속에 있으며, 그 옛날 잉글랜드의 로빈 후드*처

---

* 로빈 후드 : 숲속의 무법자 무리의 지도자인 전설 속 영웅. 로빈
후드 이야기는 대륙의 『롤랑의 노래』처럼 영국에서는 중세부터

럼 살고 있답니다. 듣기로는 젊은 신사들이 날마다 떼 지어 몰려와 어울리며 마치 황금시대처럼 근심 없이 지낸다고 했습니다.

올리버 그건 그렇고, 자넨 내일 새 공작님 앞에서 씨름을 할 건가?

찰스 네, 나리! 그 문제로 한 가지 알려드릴 것이 있어 왔습니다. 제가 비밀히 알아본 바에 의하면 나리의 동생 올랜도가 신분을 감추고 저와 단판걸이할 거라고 하더군요. 나리, 저는 내일 명예를 걸고 씨름하려 하는데, 잘못 걸리면 팔다리가 부러지는 불운을 각오해야 합니다. 나리의 동생은 아직 어리고 몸도 약하니 나리 생각을 해서라도 그를 살살 다루고 싶습니다만, 실제 경기에 임하면 저는 양보는 없습니다. 제 명예 때문에라도요. 이런 사실을 말씀드리는 것은 나리께 호의를 품고 있기 때문입니다. 이번 일은 그가 자초한 일이지, 제 의도와는 정반대이니 그의 계획을 막아주시든지, 아니면 스스로 불러온 치욕이니 견디라고 하세요.

올리버 찰스, 나에게 호의를 보여주어 고맙네. 앞으로 알게 되겠지만 이번 일은 최대한 후하게 갚을 생각이네. 난 이번에 동생 녀석의 의도를 알고 은밀한 방법으로 출전을 만류해 봤네. 하지만 확고해. 찰스, 자네에게 단언컨대

대중문화의 일부였다.

그 녀석은 프랑스인 젊은이 중 최고의 독불장군으로, 야심만만하고 세상 모든 사람의 장점을 시기하여 경쟁하려 들며, 친형인 나를 궁지에 몰아넣으려 음모를 꾸미는 모사꾼이네. 그러니 자네 뜻대로 하게나. 난 자네가 녀석의 손가락이 아니라 모가지를 분질러놓았으면 시원하겠네. 확실히 그러는 게 좋겠어. 왜냐하면 그 녀석이 자네에게 조그만 망신을 당하거나 자네를 누르고 영예를 얻지 못하면 자네를 독살시킬 음모를 꾸미거나 덫에 빠뜨릴 걸세. 하여튼 갖가지 수단을 다 써서 자네 목숨을 끊어놓으려고 할 거네. 분명히 말해두네만 (녀석의 행실을 생각하면 눈물이 날 지경이네) 그토록 어린 풋내기가, 그토록 사악한 인간은 세상에 없을 것이네. 형제라 차마 내 입으로 말하기는 뭣하지만, 실상을 뜯어보면 난 얼굴을 붉히고 울어야 하고, 자네는 놀라 얼굴이 창백해질 걸세.

찰스 나리를 찾아뵌 게 참으로 기쁩니다. 내일 그가 나오면 대가를 치르게 해주지요. 만일 그가 제 발로 걸어 나간다면 저는 상금 걸린 씨름은 절대 안 할 겁니다. 안녕히 계십시오, 나리.   (퇴장)

올리버 잘 가게, 찰스 군.──이젠 이쪽 선수를 부추겨야겠군. 녀석이 끝장나는 걸 보고 싶어. 내 영혼은──이유는 알 수 없지만──누구보다 그를 증오하니까. 그도 그럴 것이 녀석은 학교 문턱에도 가보지 않았지만 박식하며, 고결한 계획으로 그득하고, 세상 사람들로부터 마법

같은 사랑을 받고 있는 데다가, 이 세상 사람들의 마음, 특히 그를 잘 아는 내 사람들의 마음마저 빼앗고 있어. 그 바람에 내 평판은 갈수록 평가절하되고 있지. 그러니 이런 상태가 오래 가게 해서는 안 돼. 이 씨름꾼이 다 해결해 줄 거야. 얼른 녀석을 선동해서 씨름판에 나가게 해야겠어.

(퇴장)

1막 2장
(공작의 궁궐 앞 잔디밭)

로절린드와 실리아 등장

실리아 소중한 사촌 로절린드, 부탁할게, 얼굴 좀 펴.

로절린드 사랑하는 실리아, 난 최대한 노력하고 있어.

실리아 그래도 조금만 더 즐거워해 줘.

로절린드 추방된 아버지를 잊게 하는 방법이 없는 한 내게 다른 행복을 기억하겐 못 해.

실리아 그렇게 말하는 걸 보니 넌 내가 너를 사랑하는 만큼 나를 사랑하지 않는다는 게 느껴져. 나는 만약 큰아버지가 우리 아버지를 추방했다 해도, 너만 항상 곁에 있다면 난 내 사랑에게 너희 아버지를 내 아버지로 받아들이라고 가르칠 수 있어. 너도 그럭할 거야. 나에 대한 네 사랑이 올바르게 조율되어 있다면 말이야.

로절린드 좋아, 내 처지는 잊고 네 처지를 기뻐할게.

실리아 넌 우리 아버지가 자식이 나 하나밖에 없고, 가질 가망도 없다는 걸 알잖아. 그러니 아버지가 돌아가시면 당연히 그 계승자는 나잖아. 그렇게 되면 아버지가 네 아버지에게서 강제로 빼앗은 것을 너에게 애정 어린 마음으로 되돌려 줄 생각이야. 내 명예를 걸고 맹세할게. 만일 이 맹세를 깨면 괴물이 되라고 해. 그러니까 아름다운 로즈*, 사랑하는 로즈, 기뻐해 줘.

로절린드 지금부터 그럴게. 그럼 얘, 오락거리라도 생각해 봐야겠어. 가만있자, 사랑에 빠지는 놀이는 어때?

실리아 그래 볼까. 장난삼아 말이야.──하지만 진정으로 남자를 사랑해서는 안 돼. 그래야 나중에 정절을 지키고 얼굴 한번 붉히면서 안전하게 빠져나올 수 있으니까.

로절린드 그럼 대신 어떤 놀이를 할까?

실리아 음, 우리 앉아서 운명의 여신 아줌마가 물레질을 못 하게 놀려먹자. 그래서 앞으로는 모든 인간에게 선물을 공평하게 나누도록.

로절린드 그렇게 된다면 얼마나 좋겠니. 여신이 주는 행운은 늘 잘못 배정되니까. 특히 관대한 장님 여신**은 여자

---

* 로즈 : 로절린드의 약칭. 장미라는 뜻이기도 하다.
** 장님 여신 : 운명의 여신을 말하며, 그녀가 인간에게 행운과 불행

들에게 선물을 줄 때 크게 실수를 하잖아.

실리아 정말 그래. 아름다우면 정조가 부족하고, 정조가 곧으면 아주 못난 얼굴로 만들거든.

로절린드 아냐. 넌 자연이 하는 일을 운명이 하는 일이라고 착각하고 있어. 운명의 여신은 이 세상의 행운이나 불운을 지배하지 자연이 빚어내는 이목구비는 상관하진 않아.

광대 터치스턴 등장

실리아 정말 그럴까? 자연이 미녀를 만든다 해도 그 미녀를 불 속에 떨어지게 하는 건 운명이 아닐까? 자연은 우리에게 운명을 조롱할 기지를 주었지만, 운명은 우리의 토론을 중지시키기 위해 저 바보를 보낸 게 아닐까?

로절린드 운명이 자연의 천치로 하여금 자연의 기지를 중단시키게 하다니, 자연에겐 정말 가혹한 운명이야.

실리아 어쩌면 이건 운명의 여신이 한 일이 아니라 자연의 여신의 소행일 수 있는데, 그녀는 우리가 우둔해서 여신들을 논할 수 없다는 걸 알고 이 천치를 우리의 숫돌로 쓰라고 보냈는지도 몰라. 바보의 멍청함은 언제나 지혜를 가는 숫돌 역할을 하니까.──이봐요, 똑똑씨께선 어딜

을 공평하게 배분한다는 사실을 표시하기 위하여 운명의 여신은 장님이나 눈을 가린 상태로 그려진다.

그렇게 어슬렁거리시나요?

터치스턴 아씨, 부친께 가셔야겠습니다.

실리아 이제 심부름꾼 노릇도 한단 말이야?

터치스턴 제 명예를 걸고 맹세컨대 아닙니다. 하지만 아씨를 불러오라는 분부를 받았습니다.

실리아 그런 맹세는 어디서 배웠어, 바보야?

터치스턴 어떤 기사한테서요. 그 기사는 자기 명예를 걸고 맹세컨대 팬케이크는 맛있고, 자기 명예를 걸고 맹세컨대 겨자는 형편없다고 했지요. 이제 제 주장을 펼친다면 팬케이크는 형편없었고, 겨자는 좋았어요. 그렇다고 그 기사의 맹세가 완전 엉터리는 아니에요.

실리아 높이 쌓은 네 지식으로 그걸 어떻게 증명할래?

로절린드 자, 네가 가진 지혜를 보여봐.

터치스턴 그럼 두 분은 앞으로 나오세요. 그리고 뺨을 쓰다듬으면서 턱수염을 걸고 맹세해 보세요. 제가 악당이라고요.

실리아 우리의 수염에 걸고 ─ 만약 그게 있다면 ─ 맹세하는데 넌 악당이야.

터치스턴 제 사악함에 걸고 맹세하는데 ─ 만약 그게 있다면 ─ 저는 악당이에요. 하지만 존재하지 않는 걸 걸고 맹세한다면 거짓 맹세라고 할 순 없지요. 그 기사 또한 자기 명예를 걸고 맹세한 게 아니었죠. 왜냐하면 그런 건 있지도 않고, 만약 있다 하더라도 그 팬케이크나 그 겨자를 보기도 전에 이미 맹세를 남발해서 흔적조차 사라져 버렸을 테니 말이죠.

실리아　제발 네가 말하는 그 기사님이 누군지 말해 봐.

터치스턴　(로절린드에게) 아씨 아버님인 페르디난드 노인이 총애하는 분이죠.

로절린드　아버지의 사랑을 받은 것만으로도 충분히 명예로운 일이야. 그러니 그 사람 얘긴 그만해. 넌 그런 험담하는 버릇 때문에 언젠가 채찍질을 당할 거야.

터치스턴　현자들의 어리석은 행동을 바보들이 솜씨 좋게 꼬집을 수 없다니 애석하군요.

실리아　네 말이 정말 맞구나. 바보의 하찮은 기지가 조용해진 뒤로 현명한 사람들의 사소한 바보짓이 화제가 되는 세상이니 말이야. 저기 르보 씨가 오네.

궁정인 르보 등장

로절린드　입에 소식을 가득 물고 오는군.

실리아　제비가 새끼들에게 먹이를 주듯 그걸 우리에게 먹일 참이야.

로절린드　그럼 우린 소식으로 통통해지겠군.

실리아　잘됐지 뭐. 덕분에 우리도 더 잘 팔릴 테니까. 봉주르, 르보 씨, 새로운 소식이라도?

르보　어여쁜 공주님, 재미있는 구경거리를 놓치셨군요.

실리아   구경거리? 어떤 종류인데?

르보   마마, 색깔*이라뇨? 뭐라고 해야 할까요?

로절린드   기지와 운명에 따라야겠지.

터치스턴   아니면 숙명의 여신이 명하는 대로 하든지.

실리아   맞아.──나오는 대로 내뱉으니까.

터치스턴   아니, 그렇게 제 입을 막으시면.

로절린드   묵은 너의 구린내가 아래로 빠지겠네.

르보   이것 참 놀랍습니다. 아씨들께 몹시 흥겨운 씨름 구
경을 놓치셨다고 얘기하려던 참이었어요.

로절린드   그럼 그 씨름의 방식이라도 얘기해 봐.

르보   지금 첫째 판에 대해 말씀드릴 테니까, 혹시 마음에
드시면 마지막 판을 보실 수 있습니다. 왜냐하면 결승은
아직 멀었고, 그걸 벌이기 위해 그들이 여기로 오고 있으
니까요.

실리아   그럼 이미 끝난 첫째 판에 대해 얘기해 줘요.

르보   어떤 노인에게 세 아들이 있었는데──

실리아   그런 시작과 짝이 되는 얘기는 나도 하나 알아.

르보   그 셋은 외모와 체격이 뛰어난 젊은이들로──

로절린드   그들의 목에 걸린 유서에는 '이 문서로 모두에게

---

* 색깔 : 실리아는 르보와 의사소통의 어려움을 느낀다. 실리아는
영어 color를 종류의 뜻으로 사용하고 르보는 색깔로 이야기하고
있다.

고하건대'라고 적혀 있겠지?

르보　셋 가운데 첫째가 공작 휘하의 장사인 찰스와 한판 붙었죠. 찰스는 상대를 순식간에 메다꽂아 갈빗대 세 대가 나가 생명이 위태로워졌답니다. 둘째와 막내도 똑같은 꼴이 되었지요. 삼 형제가 널브러져 누워 있자 그걸 본 가엾은 늙은 아비가 비탄에 빠져 울음을 터뜨리자 구경꾼들도 그와 함께 울고 있답니다.

로절린드　딱하기도 해라.

터치스턴　그렇다면 르보 씨, 아씨들이 놓친 오락은 뭐요?

르보　바로 그것이 내가 얘기하려는 겁니다.

터치스턴　사람은 그래서 매일 깨닫는다니까. 여자들이 갈빗대 부러뜨리는 이야기를 좋아한다는 건 처음 들었어.

실리아　나도 그래. 정말로.

로절린드　그런데 자기 옆구리에서 나는 불협화음을 좋아하는 사람이 있나? 갈비뼈 부러뜨리기를 고대하는 사람이 있단 말이야? 얘, 우리 씨름 구경하는 건 어때?

르보　여기 계시면 구경하게 될 것입니다. 여기가 지정된 씨름장이니까요. 그들은 경기 준비를 마쳤습니다. (음악)

실리아　그들이 정말 저기 오고 있어. 여기 있다가 그걸 구경하자.

프레더릭 공작, 귀족들, 올랜도, 찰스 및 시종들 등장

프레더릭 공작   어디 보자, 이 젊은이가 간청을 듣지 않는군. 자기가 자초한 일이니, 위험을 감수해야겠지.

로절린드   저 사람을 말하는 건가?

르보   예, 바로 저 사람이에요.

실리아   어머나, 너무 어리잖아. 하지만 잘 해낼 것 같은걸.

프레더릭 공작   웬일이냐, 딸아, 그리고 조카야, 씨름 구경하려고 여길 숨어든 거냐?

로절린드   네, 각하, 허락해 주세요.

프레더릭 공작   별로 재미없을 텐데. 분명히 말하는데, 저 친구*가 승리할 게 확실해. 도전자가 너무 어리고 경험이 없어 말렸지만, 간청을 들으려 않는구나. 숙녀들이 권해 봐. 너희가 설득하면 혹시 들을지도 모르니 말이야.

실리아   르보 씨, 그를 이리 불러오게.

프레더릭 공작   그리하게. 난 자리를 비켜줄 테니.

르보   도전자 양반, 공주님이 부르시네.

올랜도   존경심과 의무를 다해 분부 받들겠습니다.

로절린드   당신이 저 천하장사 찰스에게 도전했나요?

올랜도   아닙니다, 고운 공주님! 그가 모두에게 도전했습니다. 저는 다만 다른 사람들처럼 저의 젊은 혈기를 시험해 보려고 나왔을 뿐입니다.

실리아   젊은 신사! 당신은 나이에 비해 너무 기백이 넘쳐

---

* 친구 : 찰스를 말함.

요. 저 사람의 힘이 남긴 잔인한 전력을 봐왔잖아요. 당신 눈으로 직접 봤거나 판단해 본다면 이 모험이 얼마나 위험한지 깨닫고 좀더 신중하게 행동할 겁니다. 제발 젊은이의 안전을 위해 부탁드리니 시합을 포기하세요.

로절린드　그러세요, 젊은이. 그렇다고 당신의 명예가 손상되는 건 아니랍니다. 우리가 공작님께 간곡히 부탁드려 이 시합을 중단하게 할게요.

올랜도　간청컨대 이렇게 아름답고 훌륭한 숙녀분들의 부탁을 거절하는 것은 큰 죄가 된다는 걸 알지만, 저를 나쁘게 생각하는 벌은 내리지 마십시오. 대신 고운 눈길과 따뜻한 염원으로 저의 도전을 지켜봐 주십시오. 제가 만약 패한다 해도 신의 은총 한 번 못 받은 사람이 창피 좀 당하는 것뿐이고, 설령 죽는다고 해도 그러고 싶은 사나이가 살해당하는 것뿐입니다. 슬퍼해 줄 친구가 없으니 그들에게 폐를 끼칠 일도 없고, 가진 것도 없으니, 세상에 해를 끼칠 일도 없습니다. 저는 그저 이 세상에 자리 하나 차지하고 있었을 뿐이니, 자리를 비워주면 저보다 더 나은 사람이 채우겠죠.

로절린드　내 힘은 보잘것없지만, 당신에게 드릴게요.

실리아　제 힘도 보탤게요.

로절린드　잘 가요. 하늘에 고하건대 당신을 얕잡아봤기를!

실리아　소원을 이루시길!

찰스　자, 그 젊은 한량은 어디 있지? 자신을 낳은 어머니인 대지에 꼭 붙어 있고 싶어 한다던데?

올랜도 여기 있소. 하지만 내 욕심은 좀 더 겸허하오.

프레더릭 공작 승부는 단판걸이로 결정된다.

찰스 좋습니다. 공작님께서 그를 첫판부터 들어서지 말라고 그렇게 말렸는데 이리되었으니, 둘째 판까지 갈 일이 없으리라고 장담합니다.

올랜도 그런 식으로 나를 미리 조롱하진 마세요. 그건 나중에 해도 되니. 덤벼보시오.

로절린드 헤라클레스의 도움으로 성공하세요, 젊은이!

실리아 내가 투명 인간이 되어 저 힘센 자의 다리라도 걸었으면 좋으련만.   (올랜도와 찰스의 씨름이 시작된다)

로절린드 오, 젊은이 실력이 뛰어나.

실리아 내가 벼락을 맞는다면 누가 쓰러질지 알 수가 있을 텐데.   (크나큰 함성과 함께 찰스가 넘어진다)

프레더릭 공작 그만, 그만!

올랜도 아뇨, 공작님께 청컨대 저는 아직 몸도 풀지 못했습니다.

프레더릭 공작 찰스, 자네는 어떤가?

르보 공작님, 말을 못 할 지경입니다.

프레더릭 공작 그를 데리고 가거라.

          (터치스턴과 수행원들 찰스와 함께 퇴장)

이름이 무언가, 젊은이?

올랜도 올랜도입니다, 각하! 롤런드 드 보이스 경의 막내

아들입니다.

프레더릭 공작　네가 다른 사람의 아들이라면 좋았을걸.

　　세상 사람들은 네 아버지를 고결한 사람으로 여겼다만

　　나에게는 언제나 적이었다.

　　네가 만약 다른 가문의 후손이었더라면

　　이번 일을 매우 기뻐했을 텐데.

　　그야 어쨌든 잘 가라. 너는 씩씩한 청년이다.

　　난 네가 다른 아비의 이름을 말하길 바랐다.

(프레더릭 공작, 르보, 신하들 퇴장)

실리아　애, 내가 만약 아버지였더라도 저랬을까?

올랜도　저는 롤런드 경의 아들, 막내아들이라는 것이

　　자랑스러워요. 설령 프레더릭 공작님의 후계자로

　　입양된다 해도 이 이름을 바꾸진 않을 것입니다.

로절린드　아버지는 롤런드 경을 영혼처럼 아끼셨고

　　세상 사람들도 아버지와 같은 마음이었어.

　　만일 이 청년이 그의 아들이라는 걸 진작 알았다면

　　이런 위험한 모험을 하기 전에 눈물로 말렸을 텐데.

실리아　로절린드, 우리 가서 그를 축하하고 격려하자.

　　아버지의 고약한 시기심 때문에 가슴이 아파.

　　─여보세요, 당신은 참으로 훌륭했소.

　　당신이 우리의 예상보다 훨씬 멋지게 해낸 것처럼,

　　사랑할 때도 약속을 정확히 지킨다면

　　당신의 연인은 정말이지 행복할 것이오.

로절린드　(자신의 목걸이를 풀어준다) 신사여,

　　날 위해 걸어줘요. 더 많은 걸 드리고 싶지만

　　운명의 여신 눈 밖에 나서 그럴 수 없네요.

　　애, 가 볼까?

실리아　그래.──잘 가요, 신사분!

올랜도　(방백) 왜 감사하다는 말도 못 했지?

　　내 장점은 모조리 바닥에 떨어지고, 여기에 서 있는 건

　　모형 과녁과 생명이 없는 나무토막뿐이다.

로절린드　그가 불러. 내 자존심은 불운과 함께 무너졌어.

　　그가 뭘 원하는지 물어볼래──불렀어요?

　　당신 정말 씨름을 잘했고, 당신의 적 이상을

　　때려눕혔어요.

실리아　애, 가야지?

로절린드　응, 알았어.──안녕히!　(로절린드와 실리아 퇴장)

올랜도　내 혀를 짓누르는 이 격정은 뭐람?

　　그녀가 대화를 재촉했지만 내 입은 얼어붙었어.

르보 다시 등장

　　오, 가엾은 올랜도, 넌 나가떨어졌어.

　　찰스나 그보다 약한 게 네 주인이야.

르보　이봐요, 내 진정한 우정으로 충고하는데,

　　여길 떠나게. 자네의 승리는 큰 칭찬과

박수갈채와 사랑받아 마땅하지만

지금 공작은 몹시 못마땅해하며

당신이 한 일을 모두 반대로 해석하고 계시네.

공작은 변덕이 심한데, 그의 진짜 모습은 내가

말하는 것보다 상상해 보는 게 더 나을 거네.

올랜도 감사합니다. 그런데 말씀 좀 해주시오.

아까 씨름을 보신 분 가운데

어느 쪽이 공작님 따님인가요?

르보 음, 행실로 보면 두 분 다 아니지만,

사실을 말하자면 몸집이 작은 분이 따님이고,

같이 온 숙녀는 추방된 공작님의 딸인데,

권력을 찬탈한 동생이 자기 딸의 동무하게

해 주려고 붙잡아 두고 있다네. 그 두 자매의

우애는 친자매보다 훨씬 더 극진하다네.

하지만 최근 들어 공작님이 그 조카딸을

심히 불쾌하게 생각하고 있다는군.

백성들이 훌륭했던 그 아버지의 뜻을 기리며

질녀의 미덕을 높이 사 동정하기 때문이지.

그리고 맹세컨대 질녀에 대한 분노가

언젠가는 터져 나올 것이네. 잘 가게.

앞으로는 이곳보다 더 나은 세상에서

당신의 관심 받으며 가까이 지내고 싶네.

올랜도 큰 신세를 졌군요. 안녕히 가십시오.   (르보 퇴장)

엎친 데 덮친다고 포악한 공작을 떠나

포악한 형에게 가야 하는구나.

하지만 천사 같은 로절린드! (퇴장)

1막 3장
(공작의 궁전)

실리아와 로절린드 등장

실리아 아니, 애, 로절린드! 큐피드여, 자비를 베푸소서! 한마디도 않겠다고?

로절린드 개한테 던져줄 말조차 없어.

실리아 그럼 네 말은 너무 소중하니 개한테 주지 말고 나한테 몇 마디 던져줘. 몇 개의 이유로 날 바보 만들어봐.

로절린드 그러다가 두 사촌이 쓰러지겠지. 한쪽은 이유 있어 쓰러지고, 한쪽은 이유 없이 쓰러지고.

실리아 모든 게 아버지 때문이야?

로절린드 아니, 일부는 내 아이 아빠 때문이야. 아, 세상살이는 평일조차 이토록 가시밭길이니!

실리아 애, 그건 너의 공휴일 바보짓에 묻어온 가시 열매 때문이야. 인적 드문 풀숲을 가다 보면 우리 치마에도 그게 들러붙지 않니?

로절린드   옷에 붙은 것이라면 털어내면 그만이지만, 이 가
시 열매는 가슴 속에 있어.

실리아   헛기침을 해서 뱉어버려.

로절린드   그렇게 하고 싶어. 헛기침해서 그분이 온다면.

실리아   자, 자, 네 애정과 씨름해 봐.

로절린드   오, 그것이 나보다 씨름꾼을 편들어.

실리아   오, 잘하길 응원할게. 넌 뒤로 나자빠져도 배는 부
풀 테니까. 하하, 이건 농담이고 진지하게 얘기 좀 해보
자. 한데 그렇게 갑자기 롤런드 경의 막내아들에게 빠져
든다는 게 있을 수 있는 일이야?

로절린드   아버지도 그의 아버지를 몹시 좋아하셨어.

실리아   그러니까 그런 이유로 그분의 막내아들을 잇달아
극도록 사랑하겠다는 거야? 그런 논리라면 나는 그를 극
도로 미워해야 해. 아버지가 그의 아버지를 극도로 미워
하니까. 하지만 난 올랜도를 미워하지 않아.

로절린드   나를 위해서라도 그를 미워해선 안 돼.

실리아   왜 그러지 말아야지? 그래야 마땅한 사람이잖아?

프레더릭 공작, 귀족들과 등장

로절린드   그는 사랑받을 만하니까 내가 사랑하게 내버려
둬. 그리고 내가 그를 사랑하니까 너도 사랑해 줘. 저 봐!
숙부님이 오시네.

실리아 두 눈에 분노가 가득한걸.

프레더릭 공작 질녀는 빨리 짐을 챙겨 궁정을 떠나거라.

로절린드 저 말인가요, 숙부님?

프레더릭 공작 그렇다. 앞으로 열흘 뒤에도 네가 짐의 관할
　　지역 이십 마일 안에서 발각되면 죽는다.

로절린드 공작님께 간청하건대 제가 무얼 잘못했는지
　　알려주세요. 제가 꿈을 꾸거나 실성했다면
　　모를까 (그렇지 않다고 믿는데) 절대 그럴
　　리는 없습니다. 숙부님, 저는 여태껏 숙부님을
　　거역하는 마음을 한순간도 품은 적이 없습니다.

프레더릭 공작 반역자들은 늘 그렇게 말하지.
　　그들의 면죄가 말로써 말끔하게 씻긴다면
　　그들은 은총 그 자체만큼 순수하다고 해야겠지.
　　내가 널 믿지 않는다는 이유로 만족해라.

로절린드 하지만 숙부님의 의심이 저를 반역자로 만들진
　　못해요. 제발 의심하는 근거를 말씀해 주세요.

프레더릭 공작 넌 네 아비의 딸이다. 그걸로 충분하다.

로절린드 각하께서 그분 공국을 취했을 때나
　　그분을 추방했을 때도 저는 아버지 딸이었습니다.
　　반역은 상속되지 않습니다, 각하.
　　설사 친족에게 물려받는다고 하더라도
　　그것이 저와 무슨 상관이죠?
　　게다가 아버지는 반역자가 아닙니다.

그러니 각하, 제가 아무리 궁색하다 해도

반역할 거라고는 오해하진 마십시오.

실리아 전하, 제 말도 좀 들어주세요.

프레더릭 공작 그래 실리아, 널 위해 저 애를 붙잡았다.

아니면 제 아비와 함께 떠돌았을 텐데.

실리아 저는 언니를 잡아달라고 간청하지 않았어요.

그건 아버지가 동정심으로 원한 것이었어요.

당시에는 제가 너무 어려 로절린드의 가치를 몰랐으나

지금은 알아요. 로절린드가 반역자라면

저도 반역자예요. 우리는 항상 같이 잤고

같이 일어나 같이 배우고, 놀고, 식사했고,

어딜 가나 주노의 백조처럼 떼려야 뗄 수 없는

짝이 되어 함께했어요.

프레더릭 공작 넌 저 애가 얼마나 약은지 몰라.

애의 부드러움과 침묵과 인내심이

사람들 마음을 움직여 그들의 동정을 받고 있어.

이 바보야, 얘가 너의 명성을 빼앗잖아.

애가 없어지면 너의 명성은 더욱 빛나고

고결해 보일 거야. 그러니 아무 말 마.

쟤한테 내가 내린 결정은 확고하여

돌이킬 순 없어. 이 아이는 추방됐다.

실리아 그렇다면 저한테도 같은 판결을 내리세요.

로절린드와 헤어져선 하루도 못 사니까요.

프레더릭 공작　너는 바보야.──질녀야,

　　넌 길 떠날 채비를 해라. 만일 지체하면 내 명예와

　　내 말의 권위에 따라 넌 죽는다.

(프레더릭 공작과 귀족들 퇴장)

실리아　오, 가엾은 로절린드, 어디로 갈 거니?

　　아버지를 바꿀래? 우리 아버지를 네게 줄게.

　　부탁이니 나보다 더 슬퍼하진 마.

로절린드　슬플 이유는 내가 더 많아.

실리아　아니야, 얘. 제발 기운 좀 내. 공작님이 자기 딸인

　　나도 추방한 거야. 모르겠어?

로절린드　아니잖아.

실리아　아니라고? 그럼 넌 우리가

　　하나임을 가르치는 사랑이 부족한 거야.

　　우리가 갈라져? 우리가 헤어질 수 있어, 예쁜아?

　　아냐. 아버지께 딴 후계자를 물색하라지 뭐.

　　그러니까 어떻게 도망칠지 궁리를 하자고.

　　어디로 갈 것인지, 그리고 뭘 가져갈지도.

　　그러니 주어진 운명을 너 혼자 감당하며

　　네 비탄을 홀로 지고 갈 생각으로

　　날 떨쳐버릴 생각은 하지 마.

　　우리의 불행에 새파랗게 질린 하늘에 맹세코

　　하고 싶은 말을 해 봐,

　　난 따를 테니.

로절린드   글쎄, 어디로 가지?

실리아   큰아버지를 찾아 아든 숲으로 가면 어떨까?

로절린드   처녀의 몸으로 그렇게 멀리 여행하면

　　어떤 위험이 우리에게 닥칠지도 몰라.

　　도둑에게 황금보다 자극을 주는 게 미모야.

실리아   난 하찮고 남루한 옷차림을 하고

　　얼굴에 황토칠 같은 걸 할 거야.

　　너도 그렇게 해. 그렇게 한다면

　　그 누구도 덤비지 못할 거야.

로절린드   이렇게 하면 어떨까?

　　내 키가 보통보다 크니까 완전히 남장을 하는 게?

　　허벅지엔 멋진 단검 차고,

　　손엔 곰 잡는 창을 들면

　　내 가슴에 그 어떤 여자의 공포심이

　　숨어들든 겉으로는 허세에 찬 무사나 용감한

　　사나이처럼 보일 거야. 많은 남자들이

　　실제로는 겁쟁이지만 그렇게 두려움에 맞서는 거니까.

실리아   남자로 변장한 널 뭐라고 부르지?

로절린드   조브의 시동 이름보다 못한 건 안 가질래.

　　그러니까 '가니메데'*라고 불러줘.

---

* 가니메데 : 가니메데는 원래 트로이의 아름다운 목동이었는데 조
　브가 독수리의 모습으로 변신하게 해 그를 낚아채 올림포스로 데

너는 뭐라고 부르지?

실리아　　내 처지를 상징하는 것이면 좋은데.

　　난 실리아가 아니라 엘리나로 할 테야.

로절린드　　그런데 얘, 우리가 네 아버지 궁정에서

　　어릿광대를 꾀어내 같이 가는 게 어때?

　　그가 우리 여행에 위안을 주지 않을까?

실리아　　그를 설득하는 건 나에게 맡겨.

　　나와 함께라면 이 세상 끝까지 함께 갈 테니까.

　　그리고 보석과 재물도 챙기고

　　도주 후에 있을 추적에 대비해

　　몸을 숨기기에 가장 안전한 시간과 방법을

　　같이 궁리하자. 우리는 추방당하는 게 아니라

　　만족스런 삶을 위해 자유를 찾아 길을 나서는 거야.

(함께 퇴장)

　　려가 자신의 술시중을 들게 했다.

2막 1장
(아든의 숲속)

노공작, 에이미언스 및 두세 명의 귀족이
산지기 복장으로 등장

노공작 자, 추방당한 나의 동료, 유배의 벗들이여,
　이곳 생활도 오래 하다 보니 익숙해져서
　채색한 허영보다 더 달콤하지 않소?
　이 숲이 위험하긴 해도 시기심으로 들끓는
　궁정 생활보다 낫지 않소?
　여기서 우리는 아담의 형벌도,
　계절의 변화도 못 느끼네.
　──엄동설한의 차가운 독니와 심술궂은 꾸짖음이
　내 몸을 때리고 깨물어 움츠러들어도
　난 웃으며, '이것은 아첨이 아니야. 이것들은
　내가 무엇인지 느끼도록 설득해 주는

조언자들이야'라고 말한다네. 역경의 쓸모는
기쁨을 안기는 데 있는데, 생긴 건
독두꺼비 같지만 머리엔 귀한 보석이 박혀 있지.
번잡한 속세에서 벗어나 나무의 이야기를 듣고,
냇물을 책 삼으며, 돌에게서 설교를 듣고,
세상 만물에서 선을 찾아낸다네.

에이미언스　저는 이런 삶을 안 바꾸렵니다.
가혹한 운명을 이렇게 고요하고 아름다운
문장으로 표현하시는 공작님은 행복을 아십니다.

노공작　자, 우리 이제 사슴 사냥이나 해볼까?
한데 이 인적 없는 마을의 원주민인
가엾은 점박이 바보*들이 자기네 영토에서
갈라진 화살을 맞고 둥그런 엉덩이가
찢기는 건 참으로 애석한 일이야.

귀족1　하긴 그렇습니다. 우울증에 걸린 자크도 그 일을
한탄하며, 그런 점에선 당신은 당신을 추방한 아우보다
지독하다고 했어요. 오늘 낮에 에이미언스 경과 제가
이 숲의 요란하게 흐르는 냇가에 늙은 뿌리를 뻗은
참나무 아래 누워 있었지요. 거기로 사냥꾼의 화살을
맞고 고립되어 있던 수사슴이 죽으러 왔더군요.
그런데 공작님, 그 가엾은 동물이 내뱉는 신음이

---

* 바보 : 노공작은 사슴을 고깔모자 쓴 광대에 비유했다.

어찌나 컸던지 가죽옷은 찢어질 정도로 늘어났고,

왕방울 같은 눈물이 순진한 코를 타고 쉼 없이 흘렀지요.

그 바보 털북숭이는 우울한 자크에게 크게

주목받았는데, 녀석은 시내의 가장자리에 서서 콸콸

흐르는 눈물로 물을 불리며 서 있었답니다.

노공작 그래, 자크는 뭐라고 하던가,

이 광경을 보며 설교 한마디 없었나?

귀족1 있었지요. 천 가지 비유를 늘어놓으며.

먼저 개울물에 불필요한 눈물을 더한 것에 대해서는,

'불쌍한 사슴아, 너도 세상 사람들처럼

유산을 분배하는구나. 지금도 넘쳐나는데.'

그러고는 부드러운 그 벨벳 친구들로부터

버림받고 외톨이로 남은 사슴에게

'그래, 맞아. 불행은 친구들을 줄줄이

떠나가게 만들지'라고 말했습니다.

잠시 후에 배불리 먹은 사슴 떼가

수사슴에게 인사도 없이 지나가자 자크가

'그래, 지나가라, 번지르르 살 오른 것들아.

그게 바로 세상인심이다. 저 불쌍한 파산자를

뭣 때문에 쳐다봐 주겠어?'라고 했죠. 자크는

이런 식의 지독한 욕설로 이 나라와 도시와 궁정과

예절 등 우리 삶의 전반에 대해 신랄하게 비난했지요.

동물들은 그들이 배정받아 태어난 삶의 터전에

무법자인 우리가 나타나 겁을 주고 잡아 죽이니,

우리야말로 찬탈자에 독재자보다 더 나쁘다는 거지요.

노공작　그토록 깊은 상념에 빠진 그를 놔두고 왔는가?

귀족2　예, 흐느끼는 사슴을 보고 울면서

촌평하는 그를 두고 왔습니다.

노공작　그곳으로 안내하라. 거칠게 성내는 그를

보고 싶구나. 그럴 때는 속이 꽉 찬 듯하니까.

귀족1　곧바로 모셔다드리지요. 　　　　　　　(모두 퇴장)

2막 2장
(프레더릭 공작의 궁전)

프레더릭 공작이 귀족들과 함께 등장

프레더릭 공작　그래, 아무도 그 애들을 보지 못했다고?

있을 수 없는 일이다. 궁전 안에 그 일을 동조하고

묵인해 준 악당들이 있는 게 틀림없다.

귀족1　그녀를 본 사람이 정말로 없다고 합니다.

침실에서 시중드는 시녀들은 그녀가

잠자리에 드는 것은 보았는데, 아침 일찍

그 침대가 비어 있는 걸 알게 되었다고 합니다.

귀족2　공작님께서 종종 보고 웃으셨던

그 유치한 광대도 사라지고 없습니다.

공주님의 시녀 히스페리아가 말하길,

공주님과 조카따님이 최근 기운찬 찰스를

확실히 거꾸러뜨린 씨름꾼의 외모와 성품을 극구

칭찬하는 걸 은밀히 엿들었는데, 그녀는

공주님들이 있는 곳에 필시 그 청년도

함께 있을 거라고 장담하더군요.

프레더릭 공작   그의 형한테 사람을 보내

그 한량을 불러오너라. 만약 그가 없으면

형을 데려오너라. 형에게 그를 찾아오도록

시킬 것이다. 철저히 추적하고 탐문해서

그 바보 같은 도망자들을 붙잡아 오너라.   (모두 퇴장)

2막 3장
(올리버의 집 근처 과수원)

올랜도와 하인 애덤 만나며 등장

올랜도   누구냐?

애덤   어이구, 젊은 주인님이구먼요. 오, 자상한 주인님.

오, 친절하신 주인님. 오, 롤런드 옛 어르신을

생각나게 하는 분! 여긴 왜 오셨는감유?

어째 그리 덕이 많으시고, 어째 그리 사랑받는단감유?

어째 그리 부드럽고 강하고 용감하신감유?

어째서 어리석고 변덕스러운 공작의

기운찬 우승자를 쓰러뜨려버렸는감유?

칭찬이 당신 앞서 너무 빨리 집으로 왔어유.

주인님, 그것도 모르세유?

사람에 따라 미덕이 화의 근원을 제공한다는 것을유.

당신의 경우가 그래유. 당신에게 미덕은

신성하고 거룩한 역적이에유.

오, 세상이 어떻게 돌아가기에

고상한 자에게 독기를 내뿜을까유!

올랜도   아니, 대체 무슨 일이냐?

애덤   오, 가련한 청년이여!

이 집 문턱에 들어설 생각을 마세유. 이 지붕 아래에는

당신의 온갖 미덕을 증오하는 적이 살고 있습지유.

당신 형이—아니, 형이 아닌, 그래도 아들인—

하지만 아들이 아니라 저는 그를 부친의 아드님이라

막 그러려고 했는데, 안 부를래유.—

당신 칭찬을 듣고, 당신이 늘 자던 숙소를

오늘 밤에 불태울 작정이어유. 당신을

넣어둔 채 말이지유. 혹시 그게 실패할 경우

다른 방편을 써서라도 당신을 요절낼 거예유.

그 양반이 흉계를 꾸미는 걸 이 귀로 들었시유.

여긴 안전하지 않어유. 여긴 도살장일 뿐이니

　　　증오심이 두려워서라도 들어가지 마세유.

올랜도　허 참, 애덤, 나더러 어디로 가란 말이냐?

애덤　이 집만 아니라면 어디든 상관없슈.

올랜도　아니, 나더러 나가서 밥을 구걸하라고?

　　　아니면 대로에서 시끄럽고 천하게 칼을 휘두르며

　　　일삼아 강도질이라도 하란 말이냐?

　　　그렇게라도 해야겠지. 아, 뭘 해야 할지 모르겠어.

　　　하지만 어찌 됐든 그 짓만은 못해.

　　　그럴 바에야 차라리 비뚤어진 혈연의 피에 굶주린

　　　형의 적의에 굴복하고 말겠어.

애덤　그래선 안 돼유. 저한테 금화 오백 크라운이

　　　있시유. 늙은 사지 굽어버려 하인 노릇도 못 하고

　　　천대받아 구석으로 몰렸을 때

　　　노후 자금 만들려 당신 부친 밑에서

　　　근검절약하며 모은 급료지유.

　　　자, 이 돈 받아유. 공중을 나는 까마귀를 먹이고, 예,

　　　섭리 따라 참새까지 살리시는 그분께서

　　　이 늙은이를 살피시겠지유. 여기 있는 금화를

　　　모두 다 드립지유. 저를 하인으로 삼으세유.

　　　제가 늙어 보이지만, 아직은 기운차유.

　　　젊었을 때 화 돋우는 독주 같은 건

　　　절대 핏속에 들여보내질 않았고,

또 뻔뻔한 낯빛으로 허약함과 쇠약함을 불러오는
짓을 안 했기 때문이지유. 그러니 제 노년은
겨울처럼 차갑지만 더없이 활기차답니다. 도련님,
함께 가게 해줘유. 당신이 원하는 일을
젊은이처럼 봉사해 드리겠어유.

올랜도　오, 인정도 많으시지. 당신에겐
그 옛날 하인들이 보수보다 존엄을 귀히 여기며
땀 흘렸던 충실한 봉사 정신이 그대로 살아 있군요.
당신은 세태에 영합하지 않는구려. 요즘 사람들은
출세에는 목매지만, 땀을 흘리지는 않아요.
원하는 걸 이루면 곧바로 이룬 걸 가지고 봉사심을
꽉 틀어막는데, 당신은 안 그래요. 한데, 딱하구려 노인,
당신은 그간의 많은 노고와 절약에 대한 보답으로
한 송이 꽃도 못 피우고, 썩어가는 나무를 가꾸려
하니 말이오. 어쨌든 이리 와요. 우린 같이 가는 거요.
당신이 젊은 시절 모은 노임을 다 쓰기 전에
소박하고 안정된 만족을 얻게 해줄 테니.

애덤　주인님, 가셔유. 그러면 숨넘어갈 때까지
진심 다해 충성으로 섬기겠어유.
저는 열일곱 살 때부터 여든이 된 지금까지
여서 살았지만, 이제 더는 여서 살고 싶지 않구면유.
열일곱엔 너나없이 행운 찾아 나서지만
여든이면 늦어도 한참 늦었지유.

허지만서두 잘 죽어 주인님께 빚 안 지는 것보다
더 나은 운명의 보상은 저에게 없답니다.　　(함께 퇴장)

2막 4장
(아든의 숲속)

변장한 로절린드와 실리아, 그리고 터치스턴 등장

로절린드　오, 주피터여! 어쩜 이리도 기분이 처질까?

터치스턴　저는 다리만 괜찮다면 기분 따윈 개의치 않아요.

로절린드　난 실은 이 남장을 욕보이면서 여자처럼 울었으
면 좋겠어. 하지만 바지와 저고리는 치마에게 강한 모습
보여줘야 하듯이 약한 여자를 위로하는 게 내 역할이야.
그러니 용기를 내야 해, 착한 엘리나.

실리아　제발, 날 좀 봐줘. 더는 못 가겠어.

터치스턴　저로서는 아가씨를 업고 가느니 내버려두는 게
차라리 나아요. 아가씨를 업어드린다 해도 생기는 것도
없을 것 아뇨? 보나마나 아가씨 지갑은 한겨울일 테니 말
이죠.

로절린드　오, 여기가 아든 숲이구나.

터치스턴　그렇습니다요. 저도 아든 숲에 오고 보니 더욱
바보짓을 한 것 같네요. 집 나서면 고생이라는데, 어쨌든

나그네는 참아야 하는 법이죠.

양치기 코린과 실비우스 등장

로절린드 그래, 참아. 착한 터치스턴, 저기 누가 오지? 젊
　은이와 노인이 엄숙한 얼굴로 대화하네.
　　(로절린드, 실리아, 터치스턴이 대화를 엿듣기 위해 비켜선다)
코린 그따위 짓을 하니 그 여자*가 자넬 함부로 아는 거지.
실비우스 오, 코린! 그녀 향한 제 사랑은 모르실 거예요.
코린 일부는 짐작이 가. 나도 한때 사랑해 봤으니께.
실비우스 영감님은 늙어서 절대 몰라유.
　젊은 시절에는 한밤중에 머리를 베개에 얹고 한숨 쉬는
　참사랑을 했겠지만서두.
　영감님의 사랑이 제 것과 같았다면유―
　누구도 저처럼 사랑한 사람은 없다고 장담하지만―
　영감님은 사랑에 빠져 얼마나 여러 번
　미친 짓을 해봤어유?
코린 다 잊어버렸지만, 아마 수천 번은 했을걸.
실비우스 오, 그렇담 진실한 사랑은 없었구먼유.
　사랑에 빠져 저지른 하찮은 바보짓을,
　티끌만 한 것이라도 기억하지 못한다면

---

* 그 여자 : 실비우스가 좋아하는 피비를 말한다.

그걸 사랑이라곤 못 하지유. 지금의 저처럼

듣는 사람 지겹도록 애인 칭찬을 하지 않았다면

사랑한 게 아니지유. 또 지금의 저처럼

느닷없이 흥분하여 동행인들을 버리고

달아난 적이 없다면 진짜 사랑은 못 해본 거예유.

오, 피비, 피비, 피비!   (퇴장)

로절린드   오, 가엾은 양치기여, 네 상처를 살피다가

운 나쁘게 내 상처를 찾아내고 말았구나.

터치스턴   저 역시도요. 언젠가 사랑에 빠졌을 때 칼로 바위*를 내리쳐 칼을 망가뜨린 뒤, 밤중에 그것에게 '제인 스마일 양을 찾아온 대가'라고 소리친 기억이 나요. 그러고는 그녀의 빨랫방망이에다 입맞추기도 하고, 그녀가 갈라 터진 예쁜 손으로 젖을 짰던 젖소의 젖꼭지에도 입맞췄지요. 또 완두콩 꼬투리를 그녀라 생각하고 구애한 기억도 나네요. 거기서 콩알 두 개를 꺼낸 다음 눈물을 흘리며 되돌려 주면서 '나 대신 이것들을 간직해 주세요'라고 말했죠. 참사랑에 빠지면 엉뚱한 짓을 하나 봐요. 하지만 모든 피조물이 자연스레 죽음을 맞이하듯 사랑을 하면 죽도록 바보짓을 하지요.

로절린드   넌 머리로 아는 것보다 더 현명하게 말하는군.

터치스턴   예, 되도록 제 기지를 의식하지 않으려고요. 정

---

* 바위 : stone은 고환이라는 의미도 있다.

강이가 거기 부딪혀 깨진다면 모를까.

로절린드　아, 어쩌나! 이 목동의 사랑은 그 방식이

　어찌 나와 이리도 닮았을까?

터치스턴　제 것과도 닮았지만, 제 건 한물갔어요.

실리아　누가 저기 저 사람에게 물어봐.

　돈 받고 먹을 걸 줄 수 있는지. 어지러워 죽을 지경이야.

터치스턴　여보슈, 시골 양반!

로절린드　조용히 말해, 바보야. 네 친척인 줄 알아?

코린　뉘시우?

터치스턴　그대 상전이니라.

코린　나보다 돈이 많지 않다면 불쌍한 인간이지유.

로절린드　잠자코 있으라니까.──좋은 오후 맞으세요.

코린　당신도 그러슈. 그리고 여러분도 다.

로절린드　양치기여, 간청하건대 인정과 돈으로

　인적 없는 이곳에서 환대받을 수 있다면

　잠시 쉬면서 요기할 만한 곳으로 안내 좀 해주오.

　여기 이 아가씨가 여독에 지쳐 기절할 지경이라오.

코린　신사여, 여자분이 딱하게 됐구먼유.

　그리고 나보다는 그녀를 위해

　구제해 줄 형편이 된다면 좋겠구먼유.

　하지만 보시다시피 나는 고용된 양치기로

　내가 풀 먹이는 양의 터럭 하나도 어쩌지 못해유.

　주인이란 작자는 구두쇠 심보를 지녀서

손님에게 인정을 베풀어 천당 갈 생각은

털끝만치도 없답니다.

게다가 요 근래 그는 자기 집이며 양 떼와 목장을

팔려고 내놓았어유. 주인이 없으니 우리

양치기 움막엔 당신들이 요기할 만한 것이

아무것도 없어유. 그나저나 와서 봐유.

저로선 능력껏 환영하겠수.

로절린드　그 양 떼와 목장을 사려는 이가 누군가?

코린　조금 전에 당신이 보았던 젊은인데,

　살 의향이 없는 것 같더라구유.

로절린드　청컨대 당신이 그 오두막과 목장과

　양 떼를 사주시오. 그게 만약 정직한

　거래라면 돈은 우리가 치르겠소.

실리아　영감님 임금을 올려드릴게요. 나는 이곳이 좋아.

　여기라면 시간을 즐겁게 보낼 수 있을 것 같아.

코린　이 물건이 나온 건 확실하니

　저와 함께 가시지요. 얘기를 들어보신 뒤

　이 땅에서 거둘 수익과 이곳에서의 생활이

　마음에 드신다면 이 몸은 당신들의 충실한

　양치기가 되겠어유. 가지고 계신 돈을 주시면

　물건을 사드리도록 허지유.　　　　　　　　(모두 퇴장)

2막 5장
(아든의 숲속)

에이미언스, 자크, 산지기 차림의 다른 귀족들 등장

에이미언스　(노래한다)

> 푸른 나무 그늘 아래
>
> 나와 함께 누워서
>
> 고운 새소리에 맞추어
>
> 유쾌한 노래 부를 자여
>
> 이리 오라, 이리 오라, 이리로 오라.

모두　(노래한다)　이곳엔 원수는 없지만

> 겨울날의 혹독한 추위가 있다네.

자크　부탁이야. 제발 한 곡만 더 불러.

에이미언스　그러면 더 우울해질 텐데요, 자크 씨.

자크　난 그걸 원해. 제발 한 곡만 더해 줘. 난 족제비가 알을 빨아먹듯이 노래에서 우울증을 빨아들인다네. 그러니 제발 더 불러봐.

에이미언스　목소리가 갈라져서 기쁘게 해드릴 수 없을 것 같은데요.

자크　기쁘게 해달라는 게 아니야. 그저 노래를 불러달라는 거지. 한 스탠자* 더. 넌 그걸 스탠자라고 부르냐?

에이미언스　그거야 뭐라든 상관없어요, 자크 씨.

자크 하긴 아무려면 어떤가. 빚진 것도 아닌데 뭘. 부를
거야?

에이미언스 제가 좋아서라기보다 당신이 간청하시니까요.

자크 내가 누군가에게 감사해야 한다면 그 사람은 자네
야. 흔히 말하는 예의라는 건 개코원숭이** 두 마리의 조
우 같은 거라네. 그래서 난 누가 내게 진심으로 고맙다고
하면, 내가 그에게 돈을 한 푼 줬는데 그가 거지처럼 마구
굽실거린다는 생각이 들어. 자, 불러.──자, 노래하고 싶
지 않은 자는 입을 다물라고.

에이미언스 그럼 노래를 끝낼게요. 여러분! 제가 노래하는
동안 식탁을 차리세요. 노공작님께서 이 나무 아래에서
한잔하실 예정이거든요. 그분은 온종일 당신을 찾으시
던데.

자크 나는 종일 그를 피해 다녔네. 그는 같이 있으면 따지
기를 너무 좋아하셔. 나도 그 사람만큼 많은 일을 생각하
지만 하늘에 감사할 뿐, 그걸 사람들 앞에서 늘어놓지는
않아. 자, 어서 노래나 지저귀게나, 어서.

에이미언스 (노래한다)

야망을 멀리 떠나

---

* 스탠자 : 일정한 운율적 구성을 갖는 시의 기초 단위.
** 개코원숭이 : 긴꼬리원숭이과의 일부인 개코원숭이속에 속하는
아프리카 구세계원숭이이다.

햇빛 속에 살고 싶어 하는 자여,

먹을거리를 구하고

얻는 것에 만족하는 이

여기 오라, 여기 오라, 여기로 오라!

모두　(노래한다) 여기엔 적은 없고 보이는 건

겨울날의 모진 날씨뿐이네.

자크　이 가락에 붙일 가사를 하나 주겠네.

부족한 상상력을 쥐어짜내 만든 거지.

에이미언스　그걸 노래로 불러볼게요.

자크　이렇게 지었네.　　　　　　　　(쪽지를 건네준다)

에이미언스　(노래한다) 누군가가 나귀 되어

고집스런 생각 따르다가

재산과 안락을 버리는

일이 벌어진다면

덕대미, 덕대미, 덕대미!*

모두　(노래한다)　　그가 내게로 오면

자기만큼 어리석은 바보를 만나리라.

에이미언스　그 덕대미가 무슨 뜻이죠?

자크　그건 바보들을 둥글게 세우는 의미 없는 그리스어

주문일세. 그럼 나는 가서 눈이나 좀 붙여야겠어. 잠이 안

---

* 덕대미 : 여기 오세요. come hither의 뜻이다.

오면 이집트의 모든 장자를 욕할 거야.[*]

에이미언스   저는 공작님을 찾으러 가야겠어요. 향연이 준비됐으니! (모두 퇴장)

2막 6장
(아든의 숲속)

올랜도와 애덤 등장

애덤   주인님, 저는 더 못 가겠어유. 배고파 죽을 지경이에유. 전 여기에 누워 묏자리나 봐야겠어유. 안녕히 가세유, 주인님.

올랜도   아니, 애덤, 도대체 왜 이래? 용기가 이것밖에 안 돼? 조금만 더 살아야지. 그러니 조금만 더 여유 갖고, 조금만 더 기운을 내봐. 만약 이 거친 숲속에 맹수가 산다면 내가 그 밥이 되든, 아니면 그 맹수를 영감이 드시게 가져올 테니까. 당신은 정말 기운이 없다기보다 생각 속의 죽음에 더 가까이 갔어. 날 위해 기운을 차리고 잠시 죽음을 팔로 막아봐. 난 곧바로 여길 돌아오겠지만, 만약 먹을 걸

---

[*] 이집트의~거야 : 자크는 애급의 장자들처럼 자신의 잠을 방해하는 자를 저주하겠다는 의미.

못 구하면 죽는 걸 허락할게. 하지만 내가 오기 전에 죽는다면 당신은 나의 노고를 조롱했다고 볼 테야. 좋아. 기운을 차린 것 같네. 빨리 돌아올게. 그런데 여긴 추우니까 아늑한 데로 옮겨줄게. 그리고 이 황량한 곳에 무슨 생물이든 살아 있다면 당신이 식사를 못 해서 죽는 일은 없을 거야. 자, 기운을 내. 착한 애덤.　　　　　(함께 퇴장)

2막 7장
(아든의 숲속)

노공작, 에이미언스, 무법자 차림의 귀족들 등장

노공작　어디에서도 그를 찾을 수 없으니
　　짐승으로 둔갑을 했다는 생각이 드는군.
귀족1　공작님, 그가 금방 여길 떠났습니다.
　　여기서 노래를 듣고 기분이 좋아 보이던걸요.
노공작　불평불만으로 가득 찬 그가 음악을 좋아한다면
　　천체가 머잖아 불협화음을 내겠군.
　　그 친구를 찾아보게. 내 할 얘기가 있다고 전하고.
귀족1　스스로 나타나 제 수고를 덜어주는군요.

자크 등장

노공작   아니, 이 사람아, 대체 어찌 된 일인가?

　불쌍한 친구들이 만나고 싶다고 애원해야겠어?

　뭐야, 어째 기분이 좋아 보이는군.

자크   바보요, 바보. 숲에서 바보 하나를 봤는데,

　색동옷을 입은 바보였다네.──비참한 세상이네.

　분명히 단언컨대 바보 하나를 만났어.

　그 친구는 땅바닥에 길게 누워 햇볕을 쬐면서

　좋은 말, 좋고도 바른말로 운명의 여신을

　저주하고 있었지만, 어쨌든 색동옷 입은 바보였지.

　'안녕, 바보야' 했더니, '안녕 못해요. 하늘이 제게

　행운을 줄 때까지는 바보라고 부르지 마십쇼'라더군.

　그러고는 자루에서 해시계를 꺼내더니

　초점 없는 눈으로 들여다보며

　몹시 또렷하게, '열 시가 됐구먼.

　세상의 흐름은 이렇게 알 수 있단 말이야.

　아홉 시 이후 한 시간이 지났고,

　한 시간 후에는 열한 시가 될 것이고.

　매시간 우리는 익고 또 익으며

　매시간 우리는 썩고 또 썩겠지.

　그러곤 끝을 맺지' 그랬어.

　내가 색동옷 입은 바보의 시간에 관한 교훈을

　들었을 때, 갑자기 바보가 이리도 깊은

명상을 하는 것에 가슴을 쳤는데,
순간 훼를 치는 수탉처럼 기쁨이 솟구치더군.
난 그의 시계로 한 시간 내내 무중력 상태로
쉼 없이 웃었지. 오, 고상한 바보여! 훌륭한 바보여!
입을 건 색동옷뿐이로다.

노공작　그 바보가 누군가?

자크　오, 근사한 바보여!──궁정에서 온 것 같았는데,
젊고 아리따운 아가씨들이라면 그걸 알아낼 재주가
있다고 했어. 그 친구 머리는 항해 후에 먹다 남은
비스킷처럼 바싹 말랐지만, 자신의 머릿속 곳곳에
자기가 보고 들은 것들을 쑤셔 넣어 뒀다가
그 기억의 편린들을 표출해 보였어.
오, 나도 그런 바보였으면!
색동 외투 한 벌 갖는 게 내 야망이라네.

노공작　내 한 벌 주지.

자크　내 유일한 청일세. 단, 자네의 뛰어난 식견 속엔
내가 현명하다는 편견이 무성한데
그것을 모조리 솎아줬으면 하네.
그래야 바람 같은 폭넓은 특권으로
누구든 마음대로 흔들어댈 자유를 얻을 테니까.
그건 바보도 갖는 걸세. 내 바보짓에 가장 가슴이
쓰린 자들이 가장 많이 웃어야 해. 아, 왜 그래야 하냐고?
그 이유는 마을의 교회 가는 길처럼 뻔하지 않은가?

바보에게 공박 당한 현자는 아파도 무심하게
행동하지 않는다면 참바보지. 안 그러면 그 현자의
바보짓을 바보가 조롱하며 마구잡이로 파헤칠 테니까.
내게 색동옷을 입혀주게. 내 마음을 드러내도록
허락해 주게. 그러면 난 이 오염된 세상에서 오물을
철저히, 철저히 씻어낼 테니까.
단, 사람들이 내 약을 참고 먹어줘야 하네.

노공작 이 사람아, 난 자네가 뭘 해야 할지 말해 주지.

자크 맹세컨대 난 좋은 일만 할 것이네.

노공작 죄 중에 남을 정죄하는 것이 가장 더러운
죄라네. 솔직히 자네는 짐승의 본능대로
음란한 난봉꾼으로 살아오지 않았는가?
자네의 방종한 생활로 인해 생긴
부푼 물집, 고름으로 꽉 찬 종기를
온 세상에 털어내겠다는 건가?

자크 아니, 세상의 교만을 성토하겠다는 건데
내가 특정 개인을 나무랄 거로 생각했는가?
교만은 수단 그 자체가 줄어들 때까지
바닷물처럼 도도하게 흐르고 있잖은가?
이를테면 도시 아낙네가 군주들의 장신구를
볼품없는 어깨에 걸쳤다고 했을 때, 도시의
어느 특정 여성을 콕 집어 말한 게 아니잖은가?
그러니 누가 그것이 자기라고 항변하겠나?

그 여자의 이웃에도 같은 처지의 여자가 있을 텐데?

아니면 미천한 신분의 남자가 내 말을 자신을 빗댄 거라고

넘겨짚고 자기의 사치스러운 옷은 내 돈으로

산 게 아니니 상관 말라고 소리친다면——오히려 내

의도대로 그의 미련함이 드러나는 것 아니겠는가?

그렇지.——바로 그거야.

그러면 내 비난이 그자를 어떻게 해쳤는지 보자고.

그것이 옳다면, 그는 자기를 해친 거네.

그가 만약 결백하다면 내 꾸지람은 누구도

잡지 못한 야생거위처럼 날아갈 것이네.

한데 저 사람은 누구지?

올랜도 등장

올랜도   꼼짝 마. 더는 먹지 마.

자크   아니, 먹긴 누가 먹는다고 그래?

올랜도   급한 불을 끌 때까지 먹어선 안 돼.

자크   이건 어디서 떨어진 수탉이야?

노공작   자넨 곤경을 당해 이리 무엄해진 건가?

　아니면 예의를 무시하며 살다 보니

　격식이란 걸 차릴 줄 모르는 무뢰배가 된 건가?

올랜도   제 형편을 알아맞히셨소. 곤경이 여지없이 뾰족한

　칼날 내밀어 부드러운 예의를 차릴 처지가 못 됐소.

이래 봬도 나는 궁정에서 자랐고, 약간의 교육도

　받았소. 다시 한번 말하건대 꼼짝 마시오.

　내 문제가 해결되기 전에

　그 과일에 손댔다간 죽을 줄 아시오.

자크　당신이 과일로 만족 못 하면 난 죽어야겠군.

노공작　원하는 게 뭐냐?

　예의는 어떤 강압적인 행동보다 힘이 있다네.

올랜도　굶어 죽을 지경이오.─먹게 해 주시오.

노공작　앉아서 들게. 우리 식탁으로 어서 오게.

올랜도　이렇게 친절을 베풀다니? 무례를 용서하시오.

　여기엔 모두 야만인들만 살 거로 생각하고

　난폭하게 행동하고 말했소.

　그런데 사람의 접근이 쉽지 않은 이런 사막의

　어두운 나무 그늘 아래 유유자적 지내는

　당신들이 누구든─만약 당신들이 지금보다 나은

　시절을 보냈고, 교회에 오라는 종소리에 이끌려

　교회에 간 적이 있으며, 선한 사람의 집안 잔치에

　가본 적이 있고, 눈물 젖은 눈시울을 훔친 적이 있다면,

　그래서 동정하고 또 받을 줄 안다면─

　넓은 아량으로 제 부탁을 들어 주길 바라며

　부끄러운 마음으로 칼을 집어넣겠습니다.

노공작　우리는 지금보다 좋은 시절을 보았으며,

　신성한 종소리를 들으며 교회에 갔고,

선한 사람의 잔치에 초대를 받았고,
연민에서 우러난 눈물을 훔쳤네. 그러니 자네는
편안한 마음으로 앉아서 어떤 도움이 필요한지
우리에게 청하여 얻도록 하게.

올랜도 그럼 잠시만 식사를 자제해 주신다면
그동안 저는 암사슴처럼 제 새끼를 찾아서
먹이를 주겠습니다. 가련한 노인이 있는데
그분은 오로지 저에 대한 순수한 사랑으로
피곤한 다리를 절며 여기까지 저를 따라왔습니다.
고령에 노쇠한 몸, 이 두 가지
고통에 눌린 그가 먼저 만족감을 느끼기 전엔
저는 먹을 수 없습니다.

노공작 그럼 어서 가서 노인을 데려오게.
자네가 올 때까지 아무것도 안 삼키겠네.

올랜도 고맙게도 큰 위안 주셨으니 축복을 빕니다. (퇴장)

노공작 보다시피 우리만 불행한 게 아닐세.
모든 것을 다 포함하는 이 넓은 우주라는
극장에는 우리가 연기하는 장면보다 더
비참한 야외극이 있다네.

자크 세상은 무대요, 모든 남자와 여자는 배우일
뿐이고, 그들에겐 각각의 등장과 퇴장이 있다네.
사람은 일생 동안 많은 역할을 하는데
연령에 따라 칠 막의 연기를 한다네.

일 막은 아기 역을 맡아 유모 품에 안겨 앵앵거리며
토해대지. 이 막은 불평 많은 학생으로,
아침이면 가방 메고 환하게 빛나는 얼굴로
달팽이처럼 학교로 기어가지.
삼 막은 연인인데, 애인 눈썹 찬미하는 슬픈 노래 부르며
아궁처럼 한숨을 쉬어대지. 사 막은 군대에 가는 시기로,
별난 맹세 해대며 표범 수염 턱에 달고,
명성을 시기해 대포 구멍 앞에서조차
거품 같은 명성에 매달리지. 오 막은 법관으로
뇌물로 받은 수탉 잡숴 넉넉하고 둥근 배에
눈초리는 엄격해지고, 격식 차린 턱수염에
그럴듯한 격언과 진부한 사례를 넉넉히
준비해 자기 역을 해내지. 육 막은 수척해진
덧신 신은 바보 할아범인데, 코에는 돋보기 걸치고,
옆구리엔 지갑을 차고, 잘 간수해 둔 젊은 시절
입었던 바지는 정강이가 얇아져 세상처럼 널찍하고,
우람했던 목소리는 아이처럼 고음으로 되돌아와
날카롭게 쌕쌕거리지.
이상하고 사건 많은 이 사극이 끝나는 마지막
장면은 다시 유아기로 돌아가 완전한 망각에 빠진 채
이는 다 빠지고 눈은 침침해지고 입맛도 없어지는
허무한 세상이 기다린다네.

올랜도, 하인 애덤과 함께 등장

노공작   어서 오시오. 존경하는 그 짐을

　　　내려놓고 음식을 드리게.

올랜도   노인을 대신해 감사드립니다.

애덤   그러셔야지요.

　　　저는 인사를 드리지도 못할 처지라서.

노공작   자, 환영하네. 어서 드시구려. 지금은

　　　그대들의 사정 캐물으며 괴롭히진 않겠소.

　　　음악 좀 부탁하네. 조카는 노래하게.

에이미언스   (노래한다) 불어라, 불어라, 너 겨울바람아!

　　　　　　넌 배은망덕한 인간만큼

　　　　　　냉혹하지는 않구나.

　　　　　　네 숨결 거칠어도

　　　　　모습이 보이지 않기에

　　　　이빨이 날카로운지 알 수 없구나.

　　　헤이 호, 노래하자, 저 푸른 감탕나무,

　　우정은 거의 가짜고, 사랑은 순 바보짓이라네!

　　　그러니까 헤이 호, 감탕나무여,

　　　　우리 인생 참으로 흥겹구나.

　　　　얼어라, 매서운 하늘이여, 얼어라,

　　　너희 바람은 은혜 잊은 사람만큼

혹독하지는 않구나.

　　　네 비록 냇물은 얼린다 해도

　　　친구의 배신만큼

　　　네 침이 날카롭지는 않구나.

　　헤이 호, 노래하자, 저 푸른 감탕나무,

　우정은 거의 가짜고 사랑은 순 바보짓이라네!

　　　그러니까 헤이 호, 감탕나무여,

　　　우리 인생 참으로 흥겹구나.

노공작　자네가 만약 롤런드 경의 아들이라면

　　충직하게 그렇다고 속삭여 주게나.

　　내 눈은 자네 얼굴에서 여실히 드러난

　　그 사람 초상이 살아 있는 걸 보았으니

　　정말 여기 잘 왔네. 나는 자네 아버지를

　　아꼈던 공작일세. 나머지 이야기는

　　동굴로 같이 가서 말해 주게. 착한 노인,

　　그대도 주인처럼 열렬히 환영합니다.

　　영감님의 팔을 부축해 드려라. 자, 나와 악수하세.

　　그리고 모든 삶의 여정을 내게 들려주게나.　　(모두 퇴장)

3막 1장
(공작의 궁정)

프레더릭 공작, 올리버, 귀족들 등장

프레더릭 공작   그 후론 그를 못 봤다고?
　이봐, 이봐, 믿을 수가 없어. 내가 자비심이 없었다면
　그놈 대신 너에게 한풀이했을 거다.
　하지만 조심해! 네 동생을 어떻게든 찾아내란 말이다.
　촛불을 들고서라도 찾아. 죽었든 살았든
　일 년 안에 찾아내. 그러지 못하면
　짐의 영토 안으로 돌아와 살 생각은 하지도 마.
　너의 토지와 네 것이라 부르는 것 중 몰수할 가치가
　있는 건 모조리 짐의 손으로 몰수할 테다.
　네 동생의 입을 통해 너에 대한 짐의 불신이
　씻길 때까지.
올리버   오! 각하께서 제 마음을 헤아려 주십시오.

소생은 살면서 동생 놈을 사랑한 적이 없습니다.

프레더릭 공작 생각보다 악당이네. 그를 문밖으로 끌어내.

그리고 그 분야의 관리들에 명하여

이놈의 토지와 가옥에 압류장을 쓰게 하라.

신속하게 처리하고 그를 추방해라.　　　　(모두 퇴장)

3막 2장
(아든의 숲속)

올랜도가 종이 한 장을 들고 등장

올랜도 나의 시여, 내 사랑의 증거로 거기에 걸려라.

그리고 세 겹의 관을 쓴 그대 밤의 여왕이여,

파리한 창공에서 순결한 눈길로 내 생명 좌우하는

여사냥꾼 이름을 지켜보소서!

오, 로절린드! 이 나무들은 나의 책이니

그 줄기에 내 생각을 새겨 넣을 것이오.

그래서 이 숲을 바라보는 모든 눈은 사방에서

증언하는 그대의 미덕을 알아볼 것이오!

뛰어라, 올랜도여, 온 나무마다 새겨라.

표현이 불가능할 정도로 곱고 순결한 그녀에 대해!

코린과 터치스턴 등장

코린 양치기 생활은 마음에 드시남유, 터치스턴 나리?

터치스턴 양치기라, 그 자체는 좋아. 하지만 '양치기 생활'
은 별로야. 혼자라는 점에선 만족하지만 더럽게 외로워.
전원생활이라는 점은 마음에 들지만 궁궐 생활이 아니기
에 지루해. 검소한 생활이라, 잘 들어, 기분에는 맞지만,
풍족하지 못하니 비위가 상해. 양치기여, 그대에게는 무
슨 철학이 있는가?

코린 사람은 아프면 아플수록 편치 못하다는 걸 아는 것
이지유. 돈 없고, 수단 없고, 만족을 모르면 좋은 친구 셋
이 없는 것이고, 비의 속성은 적시는 데 있고, 불의 속성
은 태우는 데 있으며, 목장이 좋으면 양이 살찌고, 밤이
어두운 것은 태양이 없기 때문이지유. 저절로, 또는 배워
서도 지혜를 얻지 못하는 사람은 아주 둔한 혈통을 타고
난 것에 대해 불평한다는 것이지유.

터치스턴 그런 건 천치 철학이야. 양치기여, 그대는 궁궐
에 가본 적이 있는가?

코린 아뇨, 못 가봤어유.

터치스턴 그렇다면 그대는 영벌을 받겠군.

코린 그렇지 않어유.

터치스턴 진짜야. 잘못 구워 한쪽만 태운 계란처럼.

코린 궁중에 못 가봤기 때문에유? 이유를 말해 봐유.

터치스턴 궁궐에 가본 적이 없으니 제대로 된 예의범절을 한번도 못 봤을 테고, 훌륭한 예의범절을 한 번도 못 봤다면 당신의 예절은 사악할 것이 틀림없고, 사악하다는 것은 죄고, 죄를 지으면 영벌을 받는다네. 양치기여, 그대는 지금 위태로운 상황이라네.

코린 그렇지 않어유, 터치스턴. 궁정 예의범절이란 시골에서는 꼴불견일 뿐이쥬. 시골 풍속이 궁정에서 웃음거리가 되는 것처럼유. 궁정에서는 인사할 때마다 손에 입을 맞춘다쥬? 양치기들이 그런 궁정 예의를 지킨다면 불결하다고 할걸유.

터치스턴 그걸 증명할 수 있나? 예를 들어보게.

코린 그야 우린 항상 새끼 암양들을 만지는데, 그 털은 아시다시피 기름기가 많잖어유.

터치스턴 아니, 궁정인들의 손에는 땀이 안 나나? 그리고 양의 기름은 사람의 땀처럼 건강에 좋은 것 아닌가? 별로야, 별로. 좀 더 그럴듯한 증거를 대봐.

코린 게다가 우리네 손은 거칠어유.

터치스턴 그렇다 해도 입술이야 예민하게 느끼겠지.──그건 얄팍해. 좀 더 적절한 예를 들어봐. 어서.

코린 또 양의 상처를 치료하다 보면 우리 손에는 가끔 타르가 묻는데, 우리더러 타르에 입을 맞추라는 건가유? 궁정 사람들은 손에 사향을 바르잖어유.

터치스턴 참으로 얄팍한 사람이군. 그대는 괜찮은 사람 같지만 실은 구더기 밥이야, 진짜로! 현자에게 배운 다음 숙고해 보세. 사향은 타르보다 더 천하게 생겨난 것이네. 고양이의 불결한 배설물, 바로 그거니까. 그러니 다른 사례를 제시해 봐.

코린　나리의 기지는 내겐 너무나 궁정풍이니 관두겠수.

터치스턴　관두고 영벌을 받겠다고? 신이시여!
　　이 얄팍한 자를 도와주소서! 자넨 날것이야.

코린　나리, 저는 참된 일꾼이에유. 먹을 것을 벌고,
　　입을 것을 얻으며, 누구도 미워하지 않았고,
　　누구의 행복도 시샘하지 않았다고요.
　　남의 이익 보며 기뻐하고, 내가 손해 보면
　　그러려니 했어요. 내 최고의 자부심은 풀 뜯는
　　암양과 젖 빼는 어린 양을 보는 것이어유.

터치스턴　어리석은 죄를 또 하나 추가하는군. 암양과 수양을 한데 몰아넣어 흘레를 붙이며 밥벌이하다니. 게다가 양 떼 우두머리 위해 뚜쟁이 노릇하고, 열두 달 된 암양을 머리가 뒤틀리고 오쟁이 진 양과 몰래 짝짓기를 하게 했잖아. 전혀 어울리지 않는 짝인데도 팔아넘기려 했어. 이래도 영벌을 받지 않는다면 마왕이 지옥에 목자가 들어오는 것을 반대하기 때문이야. 그대가 달리 피할 방도가 있는지 모르겠네.

　　　가니메데로 변신한 로절린드, 쪽지를 들고 등장

코린　저기 젊은 가니메데 도련님이네유. 소인의 새 여주인의 오라버니지유.

로절린드　(읽는다) 동인도와 서인도를 다 뒤져도

로절린드 같은 보석은 없나니,

그녀의 미덕은 바람 등을 올라타고

온 세상에 알려졌네.

아무리 고운 초상화라 해도

로절린드에 비하면 볼품없네.

당신 마음속엔 로절린드의 미모 말고

다른 아름다움은 간직하지 마라.

터치스턴　이런 식으로 운을 맞춘다면 팔 년은 할 수 있겠네요. 식사 시간과 잠자는 시간을 제외하면. 그건 장터로 여자들이 줄지어 버터 팔러 가는 꼴이에요.

로절린드　관둬, 바보야.

터치스턴　맛보기로 들으세요. ──

수사슴아, 암사슴이 그리우면

로절린드 찾아내 보라지요.

고양이도 끼리끼리 사귄다면

로절린드도 그럭할 게 분명해.

겨울옷은 털을 넣어야 제격인데

너무나 날씬하오, 로절린드.

추수하는 사람들은 단 묶어

로절린드와 함께 타작해야죠.

껍질 가장 쓴 열매가 가장 단데

그 열매가 바로 로절린드죠.

어여쁜 장미꽃 찾는 사람은

찔리게 되리 ──가시와 로절린드에게

이 시들은 천방지축 마구 날뛰고 있군요. 어째서 이런 것에 물들려 하십니까?

로절린드 쉿, 바보야! 이건 나무에서 발견했어.

터치스턴 젠장, 그 나무에 고약한 과일이 열렸네요.

로절린드 그 나무에 널 접붙인 다음에 다시 모과나무와 접붙여주겠어. 그러면 넌 이 나라에서 가장 빨리 열매 맺는 유실수가 되겠지. 그래서 넌 반도 채 익기 전에 썩어 떨어질 거야. 그게 바로 잔소리꾼의 운명이거든.

터치스턴 말씀은 하셨지만, ──과연 그 말씀이 옳은지 그른지는 숲이 판단하라지요.

로절린드 쉿! 내 동생이 뭘 읽으면서 오네. 비켜 서.

실리아가 종이쪽지를 읽으며 등장

실리아 (읽는다) 여기가 적막한 이유는

사람이 살지 않아서일까? 아니야!

난 나무마다 혀를 걸어

경건한 격언을 전할 거야.

어떤 건 방랑자의 순례길 같은

우리의 일생이 짧고도 짧아

펼친 한 뼘 안으로 모든 나이

다 들어온다고 말하고,

어떤 건 친구들 사이에

마음으로 맺은 맹세도

깨질 수 있다고 할 거야.

하지만 난 가장 예쁜

나뭇가지나 모든 명언 끝에

'로절린드'라고 적어

이걸 읽는 모든 이에게 전하리.

하늘이 인간에게 주려고 하는

덕목이 이 소우주에 들어 있다는 것을.

하늘은 자연의 신에게 명해

드넓게 퍼져 있는 모든 미덕

한 몸에 채우라고 명하셨지.

자연은 곧바로 헬레나의

마음을 제외하고 어여쁜 두 뺨과

클레오파트라의 위엄과

아탈란테*의 좋은 점과

---

* 아탈란테 : 오비디우스의 『변신 이야기』에 의하면 아탈란테는 달
리기를 잘했을 뿐만 아니라 뛰어난 용모의 소유자이기도 했다.

신실한 루크레티아의 정숙함을 뽑아냈지.

이렇게 신들의 회의로

여러 얼굴, 눈과 마음 가운데서

최고로 평가받을 특성 갖춘

복합체로 로절린드가 빚어졌다네.

그녀는 하늘의 뜻으로 이런 천품 지녔으니,

난 그녀 종으로 살다 죽으리.

로절린드 오, 참으로 고상한 전도사여, 이렇게 상투적인 사랑의 설교로 교구민들을 질리게 해놓고 한 번도 '선량하신 분들이여, 참아주세요'라는 애원도 않으십니까?

실리아 어머, 너무해. 친구들은 물러나게.——양치기는 잠시 나가 계시게나. 어릿광대, 자네도 함께 가.

터치스턴 가세, 양치기 양반, 명예롭게 퇴각하자고. 망과 망태기는 두더라도 소소한 소지품은 가져가자고.

(코린과 함께 퇴장)

실리아 이런 시 들어봤어?

로절린드 아, 그럼, 다 들어봤지. 그리고 더한 것도. 몇몇 시행에는 시가 지탱 못 할 음보가 여럿 달려 있다니까.

실리아 그건 상관없어.——그 음보로 시를 지탱할 수 있으니까.

로절린드 그래, 하지만 그 음보가 절름발이라서 시행을 붙잡고 일어나야 해. 그래서 절룩거리며 시 안에 서 있는 거야.

실리아 　한데 어째서 네 이름이 이 나무들에 걸리거나 새겨
　　졌는지 놀라지도 않았어?

로절린드 　네가 오기 전까지 난 아홉 날 가운데 이틀은 놀
　　라 있었어. 왜냐하면 이것 좀 봐. 종려나무에서 내가 뭘
　　발견했는지. 내가 이렇게 시로 찬양받기는 피타고라스
　　시대 이래 처음이야. 지금은 거의 기억 못 하지만 그때 난
　　아일랜드 쥐*였어.

실리아 　이런 일을 한 게 누군지 짐작 가?

로절린드 　그게 남자일까?

실리아 　게다가 한때 네가 걸었던 목걸이까지 하고 있
　　어.―안색이 변하네?

로절린드 　제발, 그 사람이 누군데?

실리아 　맙소사, 맙소사! 친구들이 만나는 건 어려운 일이
　　지만, 지진이 나면 산조차 이동하고, 그래서 마주칠 수 있
　　단다.**

로절린드 　응, 한데 그가 누구야?

실리아 　이럴 수가?

로절린드 　아니, 이제 정말 간청조로 부탁할게, 그게 누군

---

* 아일랜드 쥐 : 아일랜드 사람들은 운율이 담긴 풍자시로 동물을
　죽일 수 있다고 믿었다. 로절린드는 올랜도가 쓴 운율이 안 맞는
　시 때문에 죽을 지경이라는 것을 나타낸다.
** 친구들이~있단다 : 친구는 만날 수 있으나 산은 만날 수 없다는
　속담을 반대로 말하고 있다.

지 말해 봐.

실리아   오, 놀랍다, 놀라워. 정말로 놀랍고 놀라워. 그런데
　　　　도 다시 놀랍고, 그다음엔 온갖 괴성 질러도 모자라.

로절린드   화나게 하지 마. 넌 내가 남장을 하고 있다고 내
　　　　본성조차 남자가 되었다고 생각하는 거야? 조금만 더 지
　　　　체하면 그 시간에 남쪽 바다 탐험도 하겠다. 제발 그게 누
　　　　군지 빨리 말해 봐. 난 네가 말을 더듬거리다가 감춰진 그
　　　　이름을 마구 쏟아냈으면 좋겠어. 포도주가 마치 좁은 병
　　　　목으로 한 방울도 나오지 않다가 한꺼번에 쏟아져 나오
　　　　듯이 말이야. 제발 네 입에서 코르크를 뽑아. 그래야 내가
　　　　너의 소식을 마실 수 있잖아.

실리아   그렇게 한 남자를 네 배 속에 넣을 수도 있겠지.

로절린드   하느님이 만든 피조물이야? 어떤 종류의 남자일
　　　　까? 모자를 쓰고 수염이 어울리는 남자야?

실리아   아니, 수염은 조금밖에 안 났어.

로절린드   그야 하느님께 감사를 드리면 조금 보태주시겠
　　　　지. 네가 그 남자의 턱에 대한 정보를 늦추지만 않는다면
　　　　수염이 자랄 때까지 기다릴게.

실리아   올랜도라는 분이야. 씨름꾼의 다리와 네 마음을 순
　　　　식간에 고꾸라뜨린 사람.

로절린드   뭐라고, 하지만 조롱하면 악마가 잡아가. 엄숙한
　　　　얼굴로, 진실한 숙녀로서 말해 봐!

실리아   정말이야, 얘. 그이야.

로절린드   올랜도?

실리아   올랜도.

로절린드   어쩌면 좋아. 이 바지저고리를 어쩌지? 네가 그
를 봤을 때 뭘 하고 있었니? 무슨 말을 했어? 표정은 어땠
고? 뭘 입고 있었어? 여기서 뭘 하는 거야? 그가 날 찾았
어? 어디 있어? 너랑 헤어질 때 아무 말도 안 했어? 언제
그를 다시 만나기로 했어? 말해 줘, 얼른!

실리아   가르강튀아*의 입을 빌려야겠어. 그 한마디는 너무
커서 이 시대의 입 치수로는 못 담아. 그 질문에 대해 '예'
와 '아니오'를 말하는 건 교리문답에 답하는 것보다 더 어
려운걸.

로절린드   한데 그는 내가 이 숲속에서 남장을 하고 있다는
걸 알아? 그는 씨름하던 그날처럼 활력이 넘쳐?

실리아   연인의 물음에 답해 주느니 티끌을 세는 게 낫겠
어. 내가 어떻게 그를 만났는지 얘기해 줄 테니 잘 음미
해 봐. 난 그를 나무 밑에서 발견했어. 떨어진 도토리 같
았어.

로절린드   그런 열매가 떨어지다니, 조브 신의 나무라고 해
도 무리가 없겠네.

실리아   제발 듣기만 해.

---

* 가르강튀아 : 라블레의 『가르강튀아』에 나오는 거인으로 입이 큰
것으로 유명하다.

로절린드   계속해.

실리아   거기에 몸을 뻗고 부상당한 기사처럼 누웠는데—

로절린드   그런 광경을 보는 건 애처롭긴 하지만, 배경엔
  딱 어울려.

실리아   제발, 그 입에 재갈을 물려. 천지 분간을 못 하고 날
  뛰니. 그는 사냥꾼 복장이었는데.—

로절린드   오, 불길해! 그는 내 심장 속의 사슴*을 죽이러
  왔어.

실리아   그렇게 장단을 넣으면 말 안 한다.—너 때문에 엇
  박자가 났잖아.

로절린드   넌 내가 여자라는 걸 몰라? 난 생각나면 말해야
  한단 말이야. 자, 계속해 봐.

올랜도와 자크 등장

실리아   네가 얘길 끊었잖아. 쉿, 이리로 오는 게 그 아냐?

로절린드   그이야. 우리 숨어서 지켜보자.   (두 사람 숨는다)

자크   동행해 줘서 고맙네만 솔직히 말하는데 난 혼자인
  편이 좋아.

올랜도   저도 동감입니다만, 예의상 어울려 주어 기쁘다고
  한 것입니다.

---

* 심장 속의 사슴 : heart(심장)는 hart(사슴)의 동음이의어이다.

자크 잘 가게. 우리 가능하면 뜸하게 만나세.

올랜도 차라리 낯선 사람이 되길 바랍니다.

자크 제발 나무 껍데기에 연서를 새겨 더는 나무를 버려 놓지 말게.

올랜도 제발 제 시를 엉터리로 해석해 왜곡시키지 마십시오.

자크 로절린드가 자네 애인 이름인가?

올랜도 예, 그렇습니다.

자크 난 그 이름이 별로야.

올랜도 그녀가 세례받을 때 당신을 기쁘게 할 생각은 없었습니다.

자크 그 애인 되는 분 키는 얼마나 되나?

올랜도 제 심장에 딱 닿을 정도죠.

자크 재미있는 대답을 많이 알고 있군. 금은방 아낙네들과 사귀면서 반지 글귀를 외운 거 아냐?

올랜도 아뇨, 저는 벽걸이 천의 문구를 보고 대답한 건데, 당신도 거기서 격언을 배웠잖아요.

자크 민첩하게 대응하는군. 마치 아탈란타 신의 뒤꿈치로 만들어진 것처럼. 자네 나와 함께 우리의 애인들이며 부조리한 세상에 대해 욕설이나 퍼붓는 건 어때?

올랜도 전 세상에서 숨 쉬는 인간 가운데 저 하나만 꾸짖을 겁니다. 그의 결점을 가장 많이 아니까요.

자크 자네의 최대 결점은 사랑에 빠졌다는 거네.

올랜도   제 결점을 당신이 가진 최고의 미덕과도 바꾸고 싶
　　지 않습니다. 난 당신이 싫증나요.

자크   실은 바보*를 찾다가 자넬 만난 거였어.

올랜도   그는 개울물에 빠져 죽었어요. 당신이 거길 들여다
　　보면 그가 보일 겁니다.

자크   거기서 나 자신을 보겠지.

올랜도   그게 바보이거나 영影이라고 생각합니다.

자크   자네와 더는 함께 있지 않겠네. 상사병 선생, 안녕!

올랜도   떠나신다니 반갑군요. 안녕히 가세요, 우울증 양
　　반!
　　　　　　　　　　　　　　　　　　　　　(자크 퇴장)

로절린드   (실리아에게 방백) 그에게 건방진 사내종처럼 말
　　을 걸고, 사내역을 해야지.──산지기, 내 말 들리오?

올랜도   아주 잘 들리오. 왜 그러시오?

로절린드   지금 시계가 어떻게 됐는지 말해 주겠소?

올랜도   시간이 어떻게 됐느냐고 물으셔야죠. 숲속에는 시
　　계가 없으니까.

로절린드   그렇다면 이 숲에는 진정한 연인도 없겠군요. 있
　　다면 매분 한숨짓고 매시간 신음하면서 게으른 시간의
　　걸음걸이를 시계만큼 정확하게 탐지할 테니.

올랜도   어째서 시간이 빨리 간다고 하지 않습니까? 그게
　　더 적절할 텐데요.

────────

* 바보 : 터치스턴을 말함.

로절린드　절대 그렇지 않소. 시간은 사람에 따라 다른 속
　　도로 간다오. 내가 당신에게 '시간이 한가로이 가는 사
　　람', '시간이 종종대며 가는 사람', '시간이 질주하는 사
　　람', '시간이 서 있는 사람'이 누군지 말해 주겠소.

올랜도　바라건대 종종대며 가는 사람은 누굽니까?

로절린드　그야 혼인 서약을 맺고 예식날을 기다리는 어린
　　처녀에겐 시간은 힘겨운 종종걸음을 치겠지요. 그 기간
　　이 일곱 밤밖에 안 남았다 해도 시간의 발걸음이 너무나
　　무거워 칠 년처럼 길게 느껴질 테니 말이오.

올랜도　시간이 한가로이 가는 사람은 누구입니까?

로절린드　라틴어가 부족한 신부와 통풍이 없는 부자요. 신
　　부는 공부할 것이 없으니 시간이 더디게 가고, 부자는 고
　　통을 모르고 즐겁게 사니까 그렇지요. 한쪽은 사람 피를
　　말리고 쇠약하게 만드는 배움의 짐이 없고, 다른 쪽은 무
　　겁고도 지겨운 가난의 짐을 알지 못해 그렇지요. 이들에
　　게 시간은 한가로이 흘러가지요.

올랜도　누구에게 시간이 질주합니까?

로절린드　교수대로 가는 강도죠. 아무리 천천히 가려 해도
　　눈 깜짝할 사이에 도착한다고 생각하니까요.

올랜도　어떤 이에게 그게 서 있습니까?

로절린드　휴가 중인 변호사들에게요. 그들은 다시 개정할
　　때까지 잘 테니 시간이 흐른다는 걸 알 턱이 없지요.

올랜도　어여쁜 친구여, 사는 곳이 어디요?

로절린드　이 양치기 누이동생과 숲 언저리에서 살고 있다오. 치마로 말할 것 같으면 치맛단쯤 되는 곳이죠.

올랜도　이곳 태생이오?

로절린드　당신 눈에 보이는 저 산토끼처럼 저도 배태된 곳에서 산다오.

올랜도　당신의 말투는 이렇게 외딴 거주지에서 습득할 수 있는 것보다 세련됐군요.

로절린드　많은 사람이 그렇게 말해요. 실은 교단 소속의 노숙부께서 화법을 가르쳐주셨는데, 그분은 젊은 시절 궁정에서 살았어요.——거기서 사랑에 빠진 경험이 있어서, 구애하는 데는 통달했죠. 그분은 저에게 절대 연애만은 하지 말라고 하셨지요. 난 여자가 아닌 것을 하느님께 감사한다오. 노숙부께서 여성 전체를 싸잡아 꾸짖을 때 말했던 수많은 경박한 죄악에 물들지 않게 되어서죠.

올랜도　그분이 비난한 여성의 죄목 가운데 기억나는 것이 있소?

로절린드　이렇다 할 만한 건 없었어요.——그것들은 반푼짜리 동전처럼 모두 거기서 거기였지요. 한 여자의 결점은 끔찍한데, 다른 여자들의 결점과 비교하면 아무것도 아닌 것이 돼요.

올랜도　그중에서 몇 가지만 다시 꼽아 보시오.

로절린드　싫소. 난 아픈 사람이 아니면 내 치료약을 함부로 남발하지 않는다오. 최근 이 숲속을 쏘다니며 온 나무 껍질에 '로절린드'라는 이름을 새기며 우리의 어린 식물을 못살게 구는 남자가 있는데, 산사나무엔 송가를, 찔레나무에는 비가를 걸어두었는데, 흥, 로절린드라는 이름을 신처럼 떠받든다지요. 내가 이 사랑에 미친 사람을 만날 수 있다면 몇 가지 좋은 충고를 해주고 싶소. 왜냐하면 그 사람은 분명 상사병에 걸린 듯하니까요.

올랜도 사랑의 열병으로 덜덜 떨고 있는 사람이 바로 나요. 제발 당신의 처방전을 받고 싶소.

로절린드 당신에게는 숙부님이 말씀하신 증세가 하나도 없소. 그분은 제게 사랑에 빠진 사람을 알아내는 법을 알려주셨는데, 당신은 그 갈대 감옥* 속의 죄수가 아닙니다.

올랜도 상사병 증세가 어떻답니까?

로절린드 두 볼이 움푹 팬다는데 당신은 아니고, 눈은 시퍼레져 쑥 들어간다는데 당신은 그렇지 않아요. 타인과 말을 섞지 않는다는데 당신은 아니고, 수염을 깎지도 않는다는데 당신은 그렇지 않아요.──하지만 그건 용서해주겠소. 솔직히 당신의 수염은 손아래 동생의 수입만큼이나 보잘것없으니까. 그리고 바지 대님은 풀어헤쳐져 있고, 모자 끈은 풀려 있고, 소매 단추는 안 채우고, 구두 끈도 매지 않아야 하는데 당신은 그렇지 않아요. 당신의 옷차림은 단정하고 말쑥해요. 당신은 누군가를 사랑한다

---

* 갈대 감옥 : 허술해서 쉽게 빠져나올 수 있는 감옥을 말한다.

기보다 자신을 사랑하는 사람처럼 보입니다.

올랜도 아름다운 젊은이, 어떻게 하면 내가 사랑에 빠졌다
는 사실을 믿겠소?

로절린드 그걸 나더러 믿으라고요? 차라리 당신 연인한테
그걸 믿으라고 하는 편이 더 낫겠소. 장담컨대 당신의 연
인은 당신이 고백하기 전에 이미 그걸 알고 있을 테니 말
이오. 여자들은 언제나 진심을 숨기고 거짓말을 합니다.
한데 당신이 정말 로절린드를 그토록 찬미하는 연서를
걸어놓은 분 맞소?

올랜도 그렇소. 로절린드의 흰 손에 걸고 맹세컨대 내가
바로 그 불운한 사람이오.

로절린드 정말 당신은 시의 압운에서 드러나는 만큼 그녀
를 깊이 사랑하오?

올랜도 압운의 논리로는 내 사랑을 표현할 수 없소.

로절린드 사랑은 순전히 광기일 뿐이오. 그러니 미친 사람
을 다루듯 캄캄한 광에 가두고 매질해야 한다오. 그런데
그들이 이런 식의 처벌과 치료를 받지 않는 까닭은 이 광
증이 너무나 흔하여 매질하는 사람까지 사랑에 빠져버리
기 때문이오. 하지만 나는 충고로 치료하고 있소.

올랜도 그런 방식으로 누굴 치료한 적이 있습니까?

로절린드 예, 한 사람을 다음과 같은 방식으로 치료했소.
그에게 나를 자기 애인이라고 상상하게 한 뒤 매일 내게
구애하도록 만들었소. 그럴 때 나는 변덕스러운 청년이

되어 슬퍼하다가 나약해졌다가 이랬다저랬다 하고, 또 그리워하며 좋아하기도 하고, 오만하게 대해 보기도 하고, 공상에 잠겨 보기도 하고, 원숭이같이 얄팍해지기도 하고, 예측하기 힘들게 눈물을 흘렸다가 활짝 웃기도 했소. 그러나 모든 감정을 조금씩 갖되 어떤 감정도 진정으로 품지 않은 채——소년들과 대부분의 여자가 이런 특성을 가진 가축이죠——한번은 그를 좋아했다가 한번은 혐오하고, 그다음엔 그를 환대하다가 그다음엔 물리치고, 한 번은 그를 위해 울다가 그다음엔 침을 뱉는 식으로 이 애걸남을 사랑에 미친 변덕에서 살아 있는 광기로 몰아갔는데, 결국 그 사람은 이 세상의 도도한 흐름과는 결별하고 은둔자처럼 구석진 곳에서 살게 되었죠. 내가 그를 그런 방식으로 치료했으니, 이 방법을 택하여 당신의 간도 건강한 양의 심장처럼 깨끗이 만들어 주겠소. 거기에 사랑의 그림자도 남아 있지 않도록 말입니다.

올랜도   젊은이여, 나는 치료받고 싶지 않소.

로절린드   난 치료해 드리고 싶소. 나를 로절린드라고 부르며 날마다 오두막으로 와서 사랑을 고백한다면 가능하오.

올랜도   그렇다면 내 사랑에 대한 믿음에 맹세코 그러겠소. 오두막이 어디 있는지 말해 주시오.

로절린드   함께 가면 보여주겠소. 그리고 가는 길에 당신이 이 숲속 어디에 살고 계신지도 알려주시오. 가시겠소?

올랜도   기꺼이 그러겠소. 친절한 젊은이!

로절린드 아니, 나를 로절린드라고 불러야 합니다. (실리아
에게) 자, 누이야, 갈까?   (모두 퇴장)

3막 3장
(아든의 숲속)

터치스턴과 오드리 등장. 그들 뒤로 자크 등장

터치스턴 빨리 와, 착한 오드리.──네 염소는 내가 끌어다
줄 테니까. 그런데 어때, 오드리? 내가 아직도 네 남자야?
이 꾸밈없는 풍채가 마음에 들어?

오드리 당신 풍채요? 하느님, 맙소사! 풍채라니요?

터치스턴 나는 여기 너와 네 염소들과 함께 있어. 가장 호
색적이고 정직했던 시인 오비디우스*가 염소 같은 야만
족과 함께 살았듯이 말이야.

자크 (방백) 오, 잘못 깃든 지식이여! 너는 초가집에 들어
간 조브보다 더 나쁘구나.

터치스턴 한 남자의 시가 누구에게도 이해받지 못하고, 한

---

* 오비디우스 : 『사랑의 기술』의 저자인 오비디우스는 로마에서 추
방되어 고트족(야만족)과 살았는데 그들이 자신의 시를 이해하지
못한다고 불평하였다.

남자의 뛰어난 지성이 조숙한 지식인에게 받아들여지지 않는다면 싸구려 방에 묵으며 터무니없이 비싼 숙박비를 내야 하는 것만큼이나 한 남자를 죽이는 일이야. 오! 신들께서 너를 시적으로 만들어 줬다면 얼마나 좋았을까?

오드리 난 시적이라는 게 뭔지 몰라요. 시적인 말과 행동은 깨끗한가요? 그런 게 정말 있나요?

터치스턴 없어, 정말로. 왜냐하면 가장 진실한 시는 가장 꾸밈이 많아. 그래서 연인들이 시에 빠진다니까. 그들이 시로 맹세하는 것도 알고 보면 연인으로서 꾸며내고 있다고 봐야 해.

오드리 그래서 당신은 신들이 나를 시적으로 만들었길 바라나요?

터치스턴 두말하면 잔소리지. 넌 내게 정숙하다고 맹세했으니까. 네가 만약 시인이라면 난 네가 그걸 꾸며냈다는 희망을 품을 수 있을 텐데.

오드리 내가 깨끗하지 않았으면 좋겠어요?

터치스턴 그럼. 정말로. 얼굴이 못생겼다면 괜찮은데. 왜냐하면 미모와 순결을 짝짓는 건 설탕에 꿀 소스를 치는 격이니까.

자크 (방백) 뼈 있는 말을 하는 바보네.

오드리 글쎄, 난 곱지 않으니까 깨끗하게 만들어달라고 신들에게 기도해요.

터치스턴 그래. 사실 순결을 못생긴 잡년에게 바친다는 건 좋은 고기를 더러운 접시에 담는 거나 마찬가지지.

오드리　난 잡년은 아니에요. 못생긴 것에 대해서는 신들에게 감사하지만.

터치스턴　그렇다면 널 추하게 만든 신들께 찬양을 드리마. 잡년은 나중에도 될 수 있어. 하지만 그거야 어찌 됐든 난 너와 결혼할 거야. 그래서 그 문제를 옆 동네에 사는 올리버 마텍스트 신부님께 부탁드렸더니 이곳으로 찾아와 우리를 짝지어 주기로 약속하셨어.

자크　(방백) 이 만남을 기꺼이 보고 싶군.

오드리　신들이여, 우리에게 기쁨을 내려주소서!

터치스턴　아멘. 겁쟁이라면 이 일을 시도하면서 휘청거릴지도 몰라. 여긴 숲 천지라 성당도 없고, 뿔 달린 짐승 말곤 사람이 없으니까. 하지만 무슨 상관이람! 용기를 내자. 뿔*이란 보기엔 흉측하지만 필요한 물건이잖아. 많은 남자들이 자기 재산의 끝을 모른다고 말해. 맞아. 그들은 멋진 뿔을 여럿 달고도 그 끝을 몰라. 글쎄, 그건 자기 아내의 지참금이지─자기 스스로 얻은 게 아니라고. 뿔이 여럿이라고? 맞아. 가난한 남자들만 뿔이 난다고? 아니, 아니, 가장 고귀한 사슴도 어린 사슴만큼이나 거대한 걸 달고 있어. 그러니 독신 남자야말로 축복받은 게 아닐까?

---

* 뿔 : 짐승의 뿔을 말하지만, 동시에 오쟁이 진 남편의 이마에 돋는다는 물건을 비유적으로 말한다.

아니지. 성벽 두른 도시가 일반 마을보다 더 가치가 있듯
이 유부남의 이마가 총각의 맨이마보다 더 영광스러워.
또 방어 기술이 없는 것보다는 있는 게 나아. 뿔이 무서워
결혼하지 않는 것보다는 위험을 감수하고라도 결혼하는
편이 낫고.

올리버 신부 등장

저기 올리버 마텍스트 신부가 오는군. 올리버 신부님, 잘
오셨어요. 이 나무 아래에서 우리 일을 서둘러 주시겠어
요, 아니면 당신과 함께 예배당으로 갈까요?

올리버 신부　새 신부를 넘겨줄 사람이 아무도 없소?

터치스턴　쓰던 물건처럼 다른 남자로부터 그녀를 받지는
않을 거요.

올리버 신부　신부를 넘겨줄 사람이 있어야 하오. 안 그러
면 이 혼인은 불법이오.

자크　(나서며) 식을 올리시오. 내가 그녀를 건넬 테니.

터치스턴　좋은 오후입니다. 자, 자꾸* 선생님, 어떻게 지냈
습니까? 마침 잘 만났습니다. 일전에 제 동무해 준 일도
있지요. 이렇게 만나게 되어 아주 기쁩니다. 이건 그리 대
단한 일은 아닙니다만──아니, 모자는 그대로 쓰시지요.

---

* 자꾸 : 자크를 장난스럽게 부르는 말.

자크 색동옷 바보가 결혼하고 싶은 모양이지?

터치스턴 황소는 멍에를, 말은 재갈을, 매에겐 방울이 있듯이 남자에게는 욕정이 따라다니죠. 비둘기가 부리를 비벼대듯 결혼해서 함께 쪼아 먹으려고요.

자크 한데 자넨 교육을 받았다는 사람이 거지처럼 덤불숲에서 식을 올리겠다는 건가? 교회로 가게. 그리고 결혼이 뭔지 알려주는 훌륭한 신부님을 찾게나. 이 양반은 두 사람을 널빤지 붙이듯 붙여놓을 테니까. 시간이 지나면 둘 가운데 하나는 오그라든 판자처럼 되거나 생나무처럼 확확 뒤틀릴 걸세.

터치스턴 (방백) 내 생각엔 다른 사람보다 이 양반이 주례를 서는 게 나을 것 같아. 왜냐하면 그는 날 번듯하게 결혼시키지 못할 테고, 제대로 결혼을 하지 않았으니 나중에 아내를 버릴 좋은 구실이 될 테니까.

자크 나와 같이 가세. 상담해 주겠소.

터치스턴 가자, 귀여운 오드리! 우린 결혼식을 하지 않으면 죄를 지어야 해. 잘 가시오. 올리버 신부님.

  (노래하며 춤을 춘다)

오, 친절한 올리버,

오, 용감한 올리버,

날 두고 가지 마세요.

  아, 이게 아니고―

방향 바꿔

가라니까 그러네.

결혼식엔 같이 못 가.

이거요.   (자크, 오드리, 터치스턴 퇴장)

올리버 신부   상관없어.

저따위 엉터리 녀석이 나를 모욕해도

성직자인 내 모가지가 잘리는 건 아니니까.   (퇴장)

3막 4장
(아든의 숲속)

가니메데가 된 로절린드와 엘리나가 된 실리아 등장

로절린드   아무 말 하지 마, 울고 싶으니까.

실리아   실컷 울어. 하지만 눈물 짜는 건 남자에게 어울리
지 않는다는 걸 알고나 있어.

로절린드   하지만 내겐 울 만한 사정이 있잖아?

실리아   울고 싶은 이유야 누구에게나 있지. 그러니까
울어.

로절린드   그는 머리칼까지 배반자의 색이야.

실리아   유다의 머리칼보다 좀 더 갈색이지. 참 그의 키스
도 유다의 키스처럼 거짓일 거야.

로절린드   그의 머리칼은 정말 근사해!

실리아   빼어난 색깔이지. 그 다갈색은 최고의 색깔이지.

로절린드   그리고 그의 키스는 성찬식의 빵처럼 신성했어.

실리아   그는 디아나가 던진 입술 한 쌍을 샀어.——겨울과 자매결연을 맺은 수녀라도 더 이상 경건하게 키스할 순 없어. 그 입술엔 바로 그 얼음 같은 순결함이 깃들어 있어.

로절린드   그는 오늘 아침에 온다고 약속했는데 왜 오지 않는 걸까?

실리아   그의 마음에는 진실이 없어.

로절린드   그렇게 생각해?

실리아   응. 난 그 사람이 소매치기나 말 도둑은 아니라고 생각해.——하지만, 사랑에 대해서는 뚜껑을 덮어둔 잔이나 벌레 먹은 견과처럼 속이 비었다고 생각해.

로절린드   사랑에 진정성이 없다고?

실리아   사랑에 빠지면 진실해지겠지만 난 그가 빠졌다곤 생각 안 해.

로절린드   그가 깊숙이 빠졌다고 맹세하는 걸 너도 들었잖아.

실리아   다 지난 일이야. 게다가 연인의 맹세는 급사의 말보다도 힘이 없어. 양쪽 다 부풀린 계산서를 가지고 우겨대니까. 그는 이 숲속에서 네 아버지의 시중을 들고 있어.

로절린드   난 어제 공작님을 만났고 대화도 꽤 나눴어. 그분은 내게 부모님이 누구냐고 물어보셨어. 당신처럼 훌륭한 분이라고 했더니, 그는 웃으시면서 날 보내주셨어.

한데 우리가 왜 아버지 이야기를 하지, 올랜도 같은 남자
가 있는데?

실리아   오, 그는 멋진 남자야. 그는 멋진 시를 쓰고, 멋지게
말을 하고, 멋진 맹세를 한 다음 그것을 애인의 마음과 빗
나가게, 그녀 뜻에 반하여 멋지게 깨버려. 마치 풋내기 기
사가 비스듬히 말을 달리다가 얼간이 귀족처럼 자기 창
을 부러뜨리는 격이야. 하지만 젊은이는 어리석은 행동
을 해도 멋져.

코린 등장

이게 누구야?

코린   아가씨와 도련님은 사랑을 호소하는 양치기에 대해
여러 번 물으셨지유? 그가 언젠가 저와 잔디밭에
앉아서 자기 애인, 즉 거만하게 자기를 무시하는
그 여자 양치기를 칭찬하는 걸 보셨잖아유.

실리아   그런데 그 사람이 어쨌다는 거야?

코린   진정한 사랑에 빠져 창백해진 남자의 얼굴과
얼굴이 상기되어 오만하게 거절하는 여자 사이에서
거짓 없이 펼쳐지는 구경거리를 보시겠다면
조금만 나가시쥬. 지켜볼 마음이 있다면
안내해 드리지유.

로절린드   자, 함께 가요. ──

연인들은 다른 연인들을 보면서 힘을 내.
그곳으로 우리를 데려가면 나도 그 연극에서
중요한 역할을 맡을 수 있을 거야.　　　　(모두 퇴장)

3막 5장
(아든의 숲속)

양치기 실비우스와 어린 여자 양치기 피비 등장

실비우스　　어여쁜 피비, 제발 날 멸시하지 마, 그러지 마.
나를 사랑하지 않는다고 해도 좋으니 제발 쓰라린
말은 마. 사람 죽이는 광경에 익숙해져서 마음이
굳어버린 공개 처형하는 망나니도 아래로 굽힌 목을
도끼로 내려치기 전에 용서를 먼저 구해. 당신, 핏물을
흘리며 먹고사는 그자들보다 더 잔인하게 굴 거야?

가니메데가 된 로절린드, 엘리나가 된 실리아,
코린이 등장하여 옆으로 선다.

피비　　난 그런 망나니가 되고 싶지 않고,
네게 상처를 주고 싶지 않아서 피할 뿐이야.
넌 내 눈에 살기가 돈다고 하는데,

작은 먼지에도 겁쟁이 대문을 닫아거는

최고로 연약한 내 눈을

독재자, 백정, 살인자로 부르다니,

있는 힘껏 너를 노려볼 테야.

내가 진심으로 인상을 써서

널 해칠 수 있다면 널 죽여보려고 해.

기절하는 척해 봐.──자, 이제는 넘어져!

그렇게 못 하겠다면──오, 창피하다, 창피해.──

내 눈에 살기가 돈다는 그따위 거짓말은 하지 마.

내 눈이 입힌 상처를 어디 한번 보여 봐.

핀이 스치기만 해도 약간의 상처가 남잖아.

골풀에 기대봐.

손바닥에 짓눌린 흔적이

잠깐 유지돼. 하지만 방금 내 눈은

네게 화살을 던졌지만 넌 안 다쳤어.

단언컨대 내 눈에는 너를 해칠 만한 힘이 없어.

실비우스　오, 소중한 피비!

네가 언젠가──그것이 가까운 시일일 수 있으니까──

새로운 사람과 사랑에 빠진다면

그제야 넌 날카로운 화살이 준

보이지 않는 상처를 알 거야.

피비　하지만 그때까진 내 곁에 오지 마. 그런 때가

왔을 때 날 놀리고 괴롭혀. 동정은 사양하겠어.

그때까진 나도 널 동정하지 않을 테니까.

로절린드 (나서며) 왜 동정하지 않겠다는 거요?

당신은 어머니가 누구기에 비참한 사람 앞에서

거만하고 의기양양하게 구는 겁니까?

당신에게 미모가 없다 한들—

맹세코 당신은 촛불 없는 어두운 침실에서나

잠자리를 같이할 정도의 미모를 갖고—

왜 그렇게 오만하고 비정하게 행동하는 거요?

아니, 이건 무슨 뜻입니까? 왜 나를 쳐다봐요?

당신은 자연의 여신이 대충 만든 싸구려

물건 그 이상으론 쳐줄 수 없어. 나 원 참,

이 여자가 내 눈까지 얽어매려 드네!

안 됩니다. 오만한 아가씨, 그건 꿈도 꾸지 마.

당신의 잉크 빛 눈썹과 검은 비단 머리칼,

구슬 같은 눈동자, 우윳빛 뺨으로도 내 맘을

사로잡아 당신을 경배하게 할 순 없소.

(실비우스에게) 어리석은 양치기여, 온습한 남풍처럼

비바람을 내뿜으며 왜 이 여자를 따라다니오?

당신은 저 여자보단 몇백 배나 더

잘생긴 남자요. 당신 같은 바보들이

이 세상을 못난 아이들로 가득 채우죠.

이 여자를 돋보이게 하는 건 거울이 아니라

바로 당신이오. 저 여자는 당신 때문에

자신의 외모를 예쁘다고 착각한다오.

(피비에게) 그러니 아가씨, 정신 차려요. 무릎 꿇고

좋은 남자 보내준 하늘에 감사하세요.

친구로서 충고하건대 시세 있을 때 처분해요.

늘 시세가 좋진 않을 테니까.

이 사람에게 용서를 구하고 그의 제안 받아들여요.

추한 얼굴 조롱받으면 더욱 추해진다오.

(실비우스에게) 그러니 양치기여, 그녀를 가져요. 안녕.

피비   친절한 청년이여! 나를 일 년 내내 꾸짖어 주세요.

이 남자의 구애보다 당신의 꾸지람이 듣기 좋으니까요.

로절린드   이 남자는 그대의 못난 얼굴과 사랑에 빠졌고,

(실비우스에게) 그리고 이 여자는 내 노여움에 반했나 보

군. 그리되면 그녀가 당신에게 찌푸린 얼굴로 대답하자

마자 난 쓰라린 말로 그녀를 꾸짖을 거요.

(피비에게) 왜 그렇게 나를 뚫어지게 바라보는 거요?

피비   당신에게 나쁜 감정은 없어요.

로절린드   바라건대 나를 절대로 사랑해선 안 되오.

난 취중 맹세하는 인간보다 믿지 못할 사람이니까.

더구나 난 아가씨를 좋아하지 않아요.

(실비우스에게) 내 집을 알고 싶다고 했는데,

여기서 가까운 올리브 숲에 있소.

(실리아에게) 누이야, 가볼까?

(실비우스에게) 양치기여, 열심히 설득해 보세요.

(실리아에게) 가, 누이야,

(피비에게) 양치기 아가씨, 그에게 친절하게 대하고,

도도하게 굴지 말아요. 온 세상 사람들이 다 알듯이

이 남자만큼 눈썰미 없는 사람도 없어요.

(실리아, 코린에게) 자, 이제 양 떼를 보러 가자꾸나.

(로절린드와 실리아, 코린 함께 퇴장)

피비　죽은 시인이여, 이제 당신 격언의 참뜻을 알겠어요.

'첫눈에 빠진 사랑 말고 사랑했던 적이 있었던가?'

실비우스　아름다운 피비!

피비　하? 너 지금 뭐라고 했니, 실비우스?

실비우스　아름다운 피비, 날 가련하게 여겨줘.

피비　네 처지가 안타까워, 착한 실비우스.

실비우스　슬픔이 있는 곳에 치유가 있게 마련이지.

비탄에 빠진 나를 슬퍼해 준다면

사랑을 줌으로써 네 슬픔과 내 비탄은

함께 소멸될 거야.

피비　넌 내 사랑을 가졌어. 이웃간에 친구로 지내면 충분

하잖아.

실비우스　난 너를 갖고 싶어.

피비　그건 탐욕이야. 실비우스, 난 너를 미워한 적이 있어.

하지만 너에게 사랑을 품어서가 아니야.

넌 사랑 이야기를 너무나 능숙하게 하니까

함께 있는 것이 전에는 넌더리가 났지만

앞으로는 견디겠어. 일거리도 줄 거고.

하지만 일거리를 받아서 얻게 되는

기쁨 이상의 보상은 바라지 마.

실비우스 내 사랑은 너무나 거룩하고 완벽해.

내가 받은 은혜가 비록 적다 해도

추수하는 사람 뒤를 따라다니며

상한 이삭 줍는 것을 최고로 풍성한

수확으로 여길 거야. 마음에 없는 미소라도

가끔 지어주면 그걸 먹고 살게.

피비 조금 전에 내게 말을 건 청년 알아?

실비우스 잘 몰라. 하지만 여러 번 만났는데

한때 칼롯 노인이 소유했던

오두막과 풀밭을 그 사람이 사들였대.

피비 내가 그를 찾는다고 해서 사랑한다는 생각은 마.

철없는 애 같았으니까.──말은 잘하더라만──

사실 말이 무슨 상관이야. 말하는 사람이

듣는 이를 기쁘게 해준다면 말을 잘하는 거지.

잘생긴 청년이야.──대단히 잘생긴 건 아니지만──

거만해. 하지만 거만함이 그에겐 어울려.

근사해질 거야. 그의 가장 큰 매력은 얼굴빛이야. 혀를

놀리면 내게 상처를 주지만, 그는 눈으로 치료를 해줘.

키가 아주 크진 않지만, 나이에 비하면 큰 편이야.

다리는 보통이지만 곧게 잘 뻗었어.

입술은 귀여운 붉은 기가 도는데 뺨 색깔보다
조금 더 성숙하고 더 밝게 붉어. 그 차이는
고르게 붉은색과 흰빛이 도는 연분홍 같아.
다른 여자들이 나처럼 그 사람을 조목조목
뜯어보았다면 실비우스, 누구든 사랑에 빠질
얼굴이야. 하지만 나는 그를 사랑하지도
미워하지도 않아.
그래도 사랑하기보다 미워할 이유가 더 많아.
그는 언제 봤다고 나를 그리도 나무라는 거지?
그는 내 머리칼과 눈이 검다 했어.
그리고 이제 생각났는데 날 깔봤어.
내가 왜 바보처럼 아무 반응을 안 했지, 이상하네.
하지만 상관없어.─반응하지 않았다고 봐준 건
아니니까. 그에게 빈정대는 편지를 쓸 거야.
넌 그걸 전달해 줘. 그럭할래, 실비우스?

실비우스   피비, 그렇게. 진심이야.

피비   그걸 금방 쓸 거야. 써야 할 말로 내 머릿속이 꽉 찼
어. 난 매서워. 지독하게 쌀쌀맞게 쓸 거야. 같이 가자, 실
비우스.   (두 사람 퇴장)

4막 1장
(아든의 숲속)

가니메데가 된 로절린드, 엘리나가 된 실리아, 자크 등장

자크　부탁인데 미남 청년, 자네와 좀 가까이 지내고 싶네.

로절린드　소문에 당신은 우울증에 걸렸다고 하던데요?

자크　그렇다네. 난 웃는 것보다 그걸 더 좋아한다네.

로절린드　어느 쪽이든 극단에 치우치면 불쾌해지고, 온갖
　　책망을 주정뱅이보다 더 많이 듣죠.

자크　하지만 진지해서 아무 말 않는 것도 좋아.

로절린드　그럼 차라리 말뚝이 되지 그래요?

자크　나의 우울증은 시기심 가득한 학자의 우울증과는 다
　　르고, 환상 가득한 음악가의 우울증과도 다르고, 거만한
　　궁정인이나 야심만만한 군인, 정략적인 변호사, 까다로
　　운 귀부인, 모든 것이 복합된 연인들의 우울증과도 다르
　　다오. 나의 우울증은 나만의 것으로, 많은 사물에서 뽑아

합성됐고, 내가 여행하면서 본 다양한 요소들이 복합된 것인데, 내가 그 안에서 명상에 잠길 때면 참으로 걷잡을 수 없는 슬픔으로 우울해진다네.

로절린드 여행자라! 정말이지 당신이 우울해하는 것도 무리가 아니군요. 당신은 남의 땅을 보려고 당신 걸 팔지나 않았는지 걱정되네요. 그렇다면 많이 보기는 했는데 손에 쥔 것이 없으니, 눈은 높아졌지만 손은 비었다고 할 수밖에요.

자크 그래, 난 덕분에 경험은 얻었소.

올랜도 등장

로절린드 그런데 그 경험이 당신을 슬프게 만드는군요. 난 날 슬프게 만드는 경험을 하느니 차라리 나를 즐겁게 해 주는 어릿광대를 데리고 있겠어요. 당신은 우울해지기 위해 여행을 했군요.

올랜도 사랑하는 로절린드, 행복한 날입니다.

자크 자네들이 운문으로 이야기하겠다면 잘들 있으시오.

로절린드 여행자여, 안녕히 가십시오. 이상한 차림새에 꼬부랑말을 늘어놓고, 조국이 주는 혜택을 힐난하고, 고향이라면 진저리치고, 자신의 용모를 꾸며준 신을 실컷 원망해 보라고요. 그러지 않으면 당신이 곤돌라를 띄워봤다고는 절대 믿지 못할 테니까요. 아, 어찌 된 일이세요,

올랜도? 그동안 줄곧 어디 계셨어요? 당신이 사랑에 빠진 게 맞아요? 만약 이런 장난을 다시 할 거면 절대 내 앞에 얼씬거리지 말아요.

올랜도 아름다운 로절린드, 약속 시각보다 겨우 한 시간 늦었습니다.

로절린드 사랑의 약속을 한 시간이나 어기다뇨? 연애할 때는 일 분을 천분의 일로 나누고, 그 천 가운데 어느 한 순간이라도 어기는 사람이 있다면 큐피드가 그의 어깨를 스쳐갔을 뿐일 거예요. 그러니 그의 심장은 멀쩡할 거라구요.

올랜도 용서하십시오. 사랑하는 로절린드.

로절린드 못 해요. 이렇게 늦을 거면 다시는 내 눈앞에 나타나지 마세요. 차라리 달팽이의 구애를 받는 게 낫겠어요.

올랜도 달팽이라니요?

로절린드 예, 달팽이요. 그는 걸음은 느리지만 머리에 자기 집을 이고 오잖아요.──그게 당신이 여자에게 줄 수 있는 것보다 더 나은 예물 아닐까요. 그뿐인가요, 그는 자신의 운명까지 들고 와요.

올랜도 그게 뭔데요?

로절린드 뿔 말이에요.──당신 같은 사람들은 그걸 아내 덕분에 기꺼이 달겠지만, 그는 자기 운명에 맞서 무장하고 왔기 때문에 자기 아내의 추문을 미리 막는답니다.

올랜도 정숙한 여인은 남편 이마에 뿔이 돋게 하지 않아요. 그리고 나의 로절린드는 정숙하오.

로절린드 내가 당신의 로절린드요.

실리아 (두 사람 사이에서) 저 사람은 오빠를 로절린드라고 부르고 싶은가 봐. 하지만 이분의 진짜 로절린드는 오빠보다 훨씬 때깔이 곱지.

로절린드 자, 내게 구애해요. 나는 지금 축제를 맞은 기분이라 당장이라도 승낙할 것 같으니까요. 내가 당신의 로절린드라면 무슨 말을 할 것 같소?

올랜도 말하기 전에 키스부터 하겠소.

로절린드 아뇨, 우선 말부터 하는 게 나아요. 키스는 할 말이 없어졌을 때 기회를 잡아서 하시오. 훌륭한 연설가들은 말문이 막히면 침을 뱉는다고 하잖소. 사랑하는 사람이야 그런 일이 없겠지만, (하느님 맙소사) 키스로 대처하는 것이 상책이오.

올랜도 키스를 거절하면 어쩌지요?

로절린드 그럼 당신이 애원해야 하는데, 거기서부터 새로운 화젯거리가 생긴다고 봐야지요.

올랜도 누가 사랑하는 여자 앞에서 말문이 막힐까?

로절린드 그야 당신이 그러겠지요. 내가 당신의 애인이라면, 혹은 내가 내 순결이 밤일보다 더 중요하다고 생각하면요.

올랜도 그럼 구애를 어떻게 하죠?

로절린드 옷*에 대한 얘기가 아니고요, 말문이 막힌다는 겁니다. 내가 당신의 로절린드가 아닌가요?

올랜도 당신을 그렇게 부르면 그녀 얘기를 하게 되니 기쁨을 조금 느낍니다.

로절린드 글쎄, 그녀를 대신해 말하는데, 난 당신을 원하지 않아요.

올랜도 그렇다면 당사자로서 말하는데, 난 죽어버릴 거요.

로절린드 아뇨. 죽는 건 대리인에게 시키세요. 서글픈 이 세상이 시작된 지 육천 년이 지났지만, 긴긴 세월 동안 사랑 때문에 죽은 사람은 없었습니다. 트로일로스는 그리스인의 몽둥이에 머리통이 깨져 숨졌지만, 그전에도 별짓 다했어요. 그런데 그가 사랑 때문에 죽고 싶어 했다는 이유로 사랑의 표본으로 여겨지는 것이지요. 헤로가 비록 수녀가 되기는 했지만, 레안드로스는 뜨거운 여름밤이 아니었더라면 족히 여러 해는 더 살았을 거예요. 그 착한 젊은이는 헬레스폰투스로 몸을 씻으러 갔다가 쥐가나서 물에 빠져 죽은 거예요. 그걸 당대의 어리석은 역사가들이 '세스토스의 헤로' 때문에 죽은 것으로 결론지었어요. 그러나 이 이야기는 얼토당토않은 거짓말이에요. 수많은 구더기 밥이 된 남자들 가운데 사랑 때문에 죽은

---

* 옷 : suit는 옷과 구애라는 뜻이 있기 때문에 로절린드 앞에서 올란도가 of suit의 의미를 달리 받아들이고 있다.

사람은 한 명도 없어요.

올랜도 진짜 나의 로절린드는 당신처럼 생각하지 않았으면 좋겠소. 그녀가 얼굴을 찌푸리면 난 죽을 것 같습니다.

로절린드 이 손에 걸고 맹세하지만, 그런다고 해도 파리 한 마리 안 죽을 겁니다. (바짝 다가가면서) 좋아요. 자, 이젠 내가 좀 더 기분 좋게 당신의 로절린드가 되렵니다. 그러니 마음대로 요청하세요. 허락할 테니.

올랜도 날 사랑해 주오, 로절린드.

로절린드 물론이지요. 금요일도 토요일도 매일같이요.

올랜도 그러면 날 받아들이겠소?

로절린드 당신을 닮은 분이라면 스무 명도 마다 않겠어요.

올랜도 무슨 소리를 하는 거예요?

로절린드 당신은 훌륭하지 않나요?

올랜도 그렇길 바라지요.

로절린드 그렇다면 훌륭한 건 많을수록 좋지 않나요?──자, 누이야, 네가 신부님이 되어 우리의 결혼식을 진행해다오.──올랜도, 손을 이리 주세요.──누이야, 뭐라고 말을 해야지?

올랜도 우리를 결혼시켜 주십시오.

실리아 난 어떻게 하는지 몰라.

로절린드 이렇게 하면 돼. '올랜도 군은······.'

실리아 나 참, '올랜도 군은 로절린드 양을 아내로 맞이하겠는가?'

올랜도　그러겠어요.

로절린드　좋아요. 그러면 언제요?

올랜도　지금 당장! 여동생이 우릴 결혼시키자마자!

로절린드　그렇다면 이렇게 말하세요. '나는 그대 로절린드를 아내로 맞이합니다.'

올랜도　나는 그대 로절린드를 아내로 맞이합니다.

로절린드　당신에게 위임장을 요구할 수도 있어요. 하지만 난 그대 올랜도를 진정 남편으로 맞아들입니다. 여기 신부님을 앞지르는 처녀가 있네. 여자의 생각은 행동보다 앞서 달리는 게 분명해.

올랜도　생각이란 다 그렇죠. ──날개가 달렸으니까.

로절린드　자, 이제 말해 봐요. 로절린드와 결혼한 뒤 얼마나 함께 사시겠어요?

올랜도　영원히. 그리고 하루 더요.

로절린드　영원히라는 말 대신 하루만이라고 하십시오. 아뇨, 아뇨, 올랜도, 남자들은 사랑을 속삭일 때는 꽃피는 사월이고 결혼하고 나면 십이월이 되지만, 여자들은 처녀일 땐 오월이나 아내가 되었을 땐 날씨가 변한답니다. 난 당신을 바버리산 수비둘기가 암컷을 질투하는 것보다 더 심하게 질투할 거고, 비 오기 전의 앵무새보다 더 소란스러울 거고, 원숭이보다 더 새로운 걸 좋아하고, 경박한 욕망을 좇느라 정신없을 거예요. 또 디아나가 연못에서 그랬던 것처럼 아무것도 아닌 일에 눈물을 쏟을 거예요.

그것도 당신이 유쾌한 기분일 때를 노려서요. 또한 당신이 졸려서 자고 싶어 할 때면 하이에나처럼 미친 듯이 웃어댈 거고요.

올랜도   과연 나의 로절린드가 그럴까요?

로절린드   맹세컨대 내 말대로 할 거예요.

올랜도   아, 하지만 그녀는 현명해요.

로절린드   안 그러면 그렇게 할 기지도 없겠죠. 영리할수록* 변덕과 고집이 지독해요. 여자의 기지에 빗장을 걸어봐요. 창문으로 빠져나갈 테니까. 창문을 닫으면 열쇠 구멍으로 빠져나갈 거고, 그걸 막으면 연기와 함께 굴뚝으로 새 나갈 거예요.

올랜도   그런 기지를 가진 아내를 둔 남자는 '잔머리야, 오늘은 어디로 갈 거니?'라고 물어봐야겠네요.

로절린드   아뇨, 그런 말은 이웃집 남자의 침대로 가고 있는 아내의 기지와 맞닥뜨릴 때까지 보류해야죠.

올랜도   그럼 기지는 어떻게 그 일을 변명하나요?

로절린드   그야 당신을 찾으러 거기로 왔다고 하겠죠. 그녀를 붙잡았을 때 혀가 없지 않는 한 대답 못 하는 일은 절대 없을 겁니다. 오, 자기의 잘못을 남편한테 뒤집어씌우지 못하는 여자에게 자기 자식을 절대 키우게 해서는 안

---

* 영리할수록 : 원어의 Wit는 영리하다는 것과 생식기관의 의미가 있다.

되죠. 애를 바보로 길러낼 테니까!

올랜도 로절린드, 지금부터 두 시간만 떠나 있겠소.

로절린드 오, 내 사랑! 난 그대 없이 두 시간을 못 보내요.

올랜도 정찬 때 공작님 시중을 들어야 하오. 두 시까지 당신에게 돌아오겠소.

로절린드 좋아요. 갈 길 가요, 가라고요. 당신이 본색을 드러낼 줄 알았어요. 모두 그럴 거라고 했고, 나 또한 그러리라 생각했어요. 아첨하는 당신 혀가 내 마음을 얻었어요. 난 버림받은 사람일 뿐이니 죽음이여, 오라. 두 시라고요?

올랜도 그렇소. 사랑스러운 로절린드!

로절린드 진정으로, 정말이지 진정으로 하느님께 맹세코, 위험하지 않은 모든 사소한 서약에 걸고 만약 당신이 한 치라도 약속을 어긴다면, 또는 일 분이라도 늦게 온다면 난 당신을 불성실한 자들의 무리 전체에서 골라낸 가장 지독한 약속 위반자이자 최고로 허풍선이 애인으로 생각할 거예요. 그리고 로절린드라는 여자를 사랑할 자격이 없는 사람으로 생각할 거라고요. 그러니 비난받지 않으려면 알아서 하세요.

올랜도 그대가 진짜 나의 로절린드로 생각하고 그러겠소. 안녕.

로절린드 글쎄요, 시간의 신이 그런 범법자들을 모두 조사하는 늙은 판관이니 시간더러 시험해 보라죠. 안녕히.

(올랜도 퇴장)

실리아   너는 시답잖은 사랑 타령으로 우리 여성들을 철
    저히 모독했어. 우린 네 바지저고리를 까뒤집어서 세상
    사람들에게 여자 망신은 여자가 시킨다는 걸 보여 줘야
    겠어.
로절린드   오, 오, 오, 사랑스런 내 꼬마 사촌! 내가 몇 길이
    나 깊이 사랑에 빠졌는지 네가 알아줬으면! 허나 그건 측
    정할 수 있는 게 아니야.——내 사랑은 포르투갈만*처럼
    바닥을 알 수 없거든.
실리아   아예 바닥이 없는 것 아냐? 그래서 애정을 쏟자마
    자 흘러가 버리는 거지.
로절린드   아냐. 환상으로 생겨났고 변덕으로 잉태되어 광
    기로 태어난 비너스 여신의 짓궂은 사생아, 자기 눈이 멀
    었다고 다른 사람의 눈에 장난치는 저 파렴치한 맹인 소
    년,** 그더러 내가 얼마나 깊이 사랑에 빠졌는지 판단해
    보라고 해. 아, 실리아, 난 올랜도 안 보고는 못 살아. 그늘
    진 곳을 찾아서 그이가 올 때까지 잠시 쉬고 있을래.
실리아   난 한잠 잘래.   (두 사람 퇴장)

---

* 포르투갈만 : 이곳의 바다는 매우 깊어 해안에서 40미터 떨어진
  곳의 깊이가 2,500여 미터에 이른다고 한다.
** 맹인 소년 : 눈을 가린 큐피드를 말한다.

4막 2장
(아든의 숲속)

자크, 귀족들, 산지기들 등장

자크　이 사슴을 잡은 게 누군가?

귀족1　예, 접니다.

자크　이분을 공작님께 로마의 개선장군처럼 소개하게. 이마에는 승리의 월계관 대신 사슴뿔을 올리는 게 좋겠어. 산지기, 자네에겐 이럴 때 어울리는 노래가 있잖은가?

귀족2　있습니다.

자크　그럼 불러보시오. 가락이야 어찌 됐든 상관없네. 소리만 충분히 내면 되니까.

모두　(노래한다) 사슴을 잡은 자는 무엇을 갖지?
　　　　　　　가죽옷과 머리에 다는 뿔이지요.

자크　그러면 노래하며 집으로 데려가게. 나머지는 이 후렴을 부르고.

모두　(노래한다) 그대여, 뿔 다는 걸 경멸하지 마라.──
　　　　　　　그대가 태어나기 전에도 그것은 증표였다.
　　　　　　　그대 아비의 아비도 달았고,
　　　　　　　그리고 아비도 이를 지녔으니.
　　　　　　　그 뿔, 그 뿔, 활기찬 그 뿔은
　　　　　　　비웃음의 대상이 아니라네!　　　(함께 퇴장)

4막 3장
(아든의 숲속)

가니메데로 변신한 로절린드와
엘리나로 변신한 실리아 등장

로절린드   이젠 뭐라고 할 거야! 벌써 두 시가 지났잖아?
　근데 여긴 올랜도의 그림자도 안 보이잖아.
실리아   내 장담하는데 그는 순수한 사랑으로 머리가 복잡
　해 활과 화살 메고 숲속으로 잠자러 들어갔어.

실비우스 등장

　저기 봐. 누가 왔나.
실비우스   젊고 멋진 양반, 당신에게 심부름 왔어요.
　사랑스러운 피비가 이걸 전하라고 했소.
　내용이 뭔지 모르지만, 이걸 쓸 때의
　성난 표정과 말벌같이 쏘는 행동으로 봐선
　화났다는 취지가 적힌 것 같소. 미안하오.
　나야 심부름한 죄밖에 없습니다.
로절린드   인내의 화신조차 이 편지엔 깜짝 놀라
　고함을 지를 거야. 이걸 참으면 그 무엇도 참을 수 있어.
　그녀는 나더러 못생겼다느니 버릇이 없다고 하는군.

오만해서 남자가 불사조처럼 귀하다 해도

나를 사랑하진 않겠다는군. 하느님 맙소사!

내가 쫓는 토끼는 그녀의 사랑이 아니잖아.

왜 이런 편지를 보냈을까? 좋아요, 양치기, 좋아요.

이건 당신이 지어낸 계책이오.

실비우스   분명코 아니오! 나는 모르오.

그걸 쓴 이는 피비요.

로절린드   원, 숙맥 같으니라고!

그래서 사랑의 극단에 몰렸어.

그녀의 손을 봤는데──가죽 같이 거친

바윗빛이었지.──난 헌 장갑을 끼고 있다고

생각했는데, 알고 보니 그녀 손이었소.

부엌데기 손이었지만, 허나 그건 상관없어요.

그런 그녀가 이런 편지를 창작할 순 없어.

이건 남자의 창작이고 글씨야.

실비우스   그녀 것이 분명하오.

로절린드   아냐, 이건 떠들썩하고 잔인한 도전자의

문체요. 내게 싸움을 걸어오잖소.

기독교도에게 달려드는 튀르크예인 같아. 온화한

여성의 머리로 이렇게 예의에 어긋나는

불길하고 암흑 같은 말을 내뱉을 순 없어요.

내용을 듣겠습니까?

실비우스   그러세요. 난 아직 못 들어봤으니까.

하지만 피비가 매정한 인간이란 얘긴 많이 들었소.

로절린드 내가 봐도 잔인하오. 폭군이 이렇게 썼소.

　　　　(읽는다) '처녀의 마음에 불을 지른 그대,

　　　　　　그대는 양치기로 둔갑한 신인가요?'

여자가 어떻게 이런 악담을 퍼부을 수 있지?

실비우스 그걸 악담이라고 보시오?

로절린드 (읽는다) '어찌하여 그대는 신성을 내려놓고

　　　　　　여자의 마음과 싸우시나요?'

이런 욕을 들어본 적 있어요?

　　　　　'여러 남자의 눈이 내게 구애할 땐

　　　　　　내 마음 아프게 못 했어요.'

　──이건 내가 짐승이란 뜻인데,──

　　　　　'빛나는 당신 눈이 경멸로써

　　　　　내 사랑의 불꽃 지필 힘이 있다면

　　　　　아, 부드러운 눈길로 봐주신다면

　　　　　내 가슴은 얼마나 놀랄까요?

　　　　　당신의 꾸중이 날 사랑하게 했는데,

　　　　　기도해 주시면 어떻게 될까요?

　　　　　그대에게 이 사랑의 편지를 전하는 자는

　　　　　내가 당신을 얼마나 사랑하는지 몰라요.

　　　　　그를 통해 그대 마음 전해 주세요.

　　　　　그대는 청년다운 친절한 마음으로

　　　　　나와 내 벌이를 드리겠다는

충실한 이 제안을 택하든지

그를 통해 내 사랑을 거절하세요.

그럼 나는 죽는 법을 배울게요.'

실비우스   어떻게 이게 악담이라고 하시오?

실리아   오, 불쌍한 양치기!

로절린드   당신은 그녀를 동정하는 거요? 하지 마. 동정받을 자격 없으니까. 이런 여자를 사랑하오? 아니, 당신을 악기 삼아 엉터리 곡을 연주하는데도? 참을 수 없는 일이오! 허나 그녀에게 가요. (당신은 사랑에 길든 뱀 같아 보이니까) 자, 가서 이렇게 전해. 나를 사랑하겠다면 당신을 사랑하라고 명령했다고! 만일 고집부리면 난 절대 그녀를 안 볼 거요. 당신이 간청한다면 모를까. 당신이 그녀를 진정 사랑한다면 어서 가요. 아무 말 말고. 여기 동무가 더 오니까.　　　　　　　　　　　　(실비우스 퇴장)

올리버 등장

올리버   좋은 아침. 고운 분들, 당신들이 안다면 말해 줘요.
　이 숲 어딘가에 올리버 나무에 둘러싸인 양치기
　오두막이 있다고 하던데, 어디인지.

실리아   여기서 서쪽으로 가서 그 옆 골짜기 아래로
　흐르는 개천가의 무성한 버드나무 길을 따라
　오른손 편을 지나면 그곳에 이릅니다.

그러나 이 시각에는 집만 홀로 있죠.

사람이 없으니까요.

올리버   내 눈이 만약 언어의 도움을 받는다면

복장과 나이에 대해 들은 이야기로

미루어 당신들을 알아보겠소.

'그 남자는 미남이고 여자의 용모를 하고 있고,

그의 행동거지는 성숙한 누이 같소. 여자는 오빠보다

조금 더 작고 갈색이오.' (로절린드에게) 내가 찾고

있었던 그 집의 주인이 당신들 아닙니까?

실리아   이렇게 물으시니 자랑 같지만 저희가 맞네요.

올리버   올랜도가 당신들에게 안부 전하며

자기의 로절린드라는 젊은이에게

피 묻은 이 손수건을 보냈소. 당신이 그 사람이오?

로절린드   네, 우리가 이걸 어떻게 이해해야 합니까?

올리버   말하자니 부끄럽소만, 만약 내가 누구인지,

어떻게, 왜, 어디서 이 손수건이 피로 물들었는지

아시면 이해하실 겁니다.

실리아   말씀해 주세요.

올리버   조금 전 올랜도가 당신들을 떠났을 때

그는 한 시간 안으로 돌아오겠다는 약속을 남기고

달콤하고 쓴 사랑을 곱씹으며 숲속으로 갔습니다.

한데 아뿔싸, 일이 터졌습니다. 그가 눈을 돌렸을 때

어떤 물체가 그의 눈에 들어왔습니다.

거기, 세월에 이끼 끼고, 수액이 닿지 못해
꼭대기가 말라 벗겨진 참나무 고목 아래,
덥수룩한 머리칼에 누더기를 걸친 가엾은 한 남자가
자고 있었습니다. 한데 그 사람 목을
초록과 금빛 띤 뱀이 친친 감고 있었는데,
머리를 날렵하게 쳐들어 위협하듯
남자의 입을 향해 다가가고 있었지요. 그러나 뱀은
때마침 나타난 올랜도를 보고는 감았던 몸을 풀고
나무 덤불 속으로 구불구불 미끄러져 사라졌답니다.
그 덤불 그늘에는 새끼에게 젖을 빨려 허기진
암사자가 머리를 바닥에 대고 자고 있는 사람이
움직이기를 살쾡이처럼 기다리고 있었지요.
왜냐하면 그 짐승의 품성은 제왕 같아서
죽은 듯 보이는 건 안 잡아먹으니까요.
이걸 본 올랜도는 그 남자에게 다가갔고,
그가 바로 자기 형, 맏형이란 걸 알았습니다.

실리아   아, 그가 자기 형 얘기하는 걸 들었어요. 인간들
  틈에서 살았던 가장 냉혈한이라고 했는데.

올리버   맞는 말일 거요.
  그가 몰인정하다는 건 내가 잘 아니까요.

로절린드   그런데 올랜도는 그 형 곁을 떠났나요?
  젖을 빨려 허기진 암사자 밥이 되라고?

올리버   그렇게 할 작정으로 두 번이나 등을 돌렸지요.

그러나 형에 대한 복수심보다 더 고귀한 천성 때문에,

절호의 기회보다 더 강한 천륜으로

그는 그 암사자와 싸움을 벌였고,

놈이 그의 앞에 쓰러졌을 때, 그 소동에

나는 무서운 잠에서 깨어났습니다.

실리아   당신이 그의 형님이오?

로절린드   당신이 올랜도가 목숨을 건져준 형님이오?

실리아   동생의 목숨을 여러 차례 노렸던 이가 당신이오?

올리버   나였소. 허나 지금은 아니오.

개심한 지금이 너무나 달콤하기에 과거의 내가

어떤 인간이었는지 아무리 질타해도 부끄럽지 않소.

로절린드   그렇다면 이 피투성이 손수건은요?

올리버   이제부터 들려드리지요. 우리 두 사람은

눈물을 흘리며 지난 일을 자초지종 이야기했지요.

말하자면 내가 어쩌다가 그 황야로 왔는지를요.

요약하면 동생은 날 공작님께 인도했고,

공작님은 내게 새 옷과 음식을 주시고는

나를 동생의 사랑에 맡겼지요.

그날 동생은 나를 자기가 사는 동굴로 안내했고,

거기서 그가 옷을 벗자, 팔뚝 살을 암사자에게

뜯어먹혀 피가 흐르고 있었지요.

기절한 그는 가냘픈 목소리로 로절린드, 하고 외쳤어요.

요약하면 나는 동생을 살리려 상처를 싸매주었고,

시간이 지나 심장이 안정되자

동생이 날 여기로 보냈어요.

올랜도는 자기가 장난삼아 로절린드라고 불렀던

양치기에게 이 피로 물든 손수건을 보여주며,

자신이 약속을 지키지 못한 것을 관대히

봐달라고 전하라고 했어요.　　　　　(로절린드, 기절한다)

실리아　괜찮아? 가니메데!──친절한 가니메데!

올리버　피를 보면 기절하는 사람도 많아요.

실리아　그게 다가 아니에요. 사촌오빠──가니메데!

올리버　보시오. 정신이 돌아온 것 같소.

로절린드　집에 있었다면 좋았을걸.

실리아　우리가 데려갈게.

　　──부탁인데요, 그 팔 좀 부축해 주실래요?

올리버　기운을 내요, 젊은이! 당신이 남자요?

　남자의 심장을 갖지 못했군요.

로절린드　맞소, 고백하겠소. 아, 보세요. 이걸 멋진 연기라
　고 생각하는 사람도 있을 거요. 당신 동생에게 가거든 내
　가 그럴듯한 연기를 하더라고 전해 주세요. 어이쿠!

올리버　이건 연기가 아니오. 진지한 감정이 당신의 얼굴에
　너무나 뚜렷하게 드러났소.

로절린드　단언컨대 연기요.

올리버　글쎄, 흉내를 내겠다면 굳게 마음먹고 사내의 흉내
　를 내 보시오.

로절린드 그러고 있소. 난 여자로 태어났어야 하는데.

실리아 가. 점점 더 창백해지네. 제발 빨리 집으로 가자. 저, 당신도 우리와 함께 가요.

올리버 그러겠소. 로절린드, 당신이 내 동생을 용서했는지 확답을 가지고 가야 하오.

로절린드 좀 궁리를 해봐야겠어요. 그리고 제발 내가 연기를 잘하더라고 전해 주시오. 자, 가시겠소?   (모두 퇴장)

5막 1장
(아든의 숲속)

광대 터치스턴과 시골 처녀 오드리 등장

터치스턴 때가 올 거야, 오드리. 참아.

오드리 정말 그 신부로 충분했는데, 그 늙은 신사*가 무슨
　　말을 했든 간에.

터치스턴 저런, 올리버 경은 매우 사악해. 오드리, 아주 못
　　된 마텍스트라고! 그런데 오드리, 여기 이 숲속에 당신에
　　게 눈독 들이는 젊은 녀석이 있다고 했는데.

오드리 예, 그게 누군지 알아요. 하지만 그 사람은 내게 어
　　떤 권리도 없어요.

시골 청년 윌리엄 등장

---

* 늙은 신사 : 자크를 말함.

당신이 말하는 그 사람이 오는군요.

터치스턴   시골뜨기는 내 밥이자 술이야. 맹세코 우리처럼 기지가 뛰어난 사람들은 다양한 농담 따먹기를 해. 놀려 줘야겠어. 안달이 나.

윌리엄   좋은 저녁이네, 오드리.

오드리   너도 좋은 저녁 맞이해, 윌리엄.

윌리엄   그리고 좋은 저녁 맞으십죠.

터치스턴   좋은 저녁이네, 점잖은 양반! 제발 모자 좀 쓰시 오, 써. 아냐, 제발 모잘 쓰라니까. 친구, 몇 살이나 됐소?

윌리엄   스물다섯입니다요, 나리.

터치스턴   인생의 황금기군. 이름이 윌리엄인가?

윌리엄   예, 윌리엄입니다.

터치스턴   고운 이름이야. 여기 이 숲에서 태어났는가?

윌리엄   네, 감사하게도.

터치스턴   '감사하게도'라?

　　──괜찮은 대답이군. 돈은 많나?

윌리엄   실은 저, 그저 그렇습니다.

터치스턴   '그저 그렇다'니, 좋았어. 멋졌어.──하지만, 아 냐. 그저 그래. 자넨 영리한 편인가?

윌리엄   뭐, 기지가 꽤 뛰어납니다.

터치스턴   말솜씨가 보통이 아니군. 그러고 보니 '어리석은 자는 자신이 현자인 줄 알지만, 현자는 자신이 어리석다는 걸 안다.'는 말씀이 생각나는군. 그 이교도 철학자[*]는 포도가 먹고 싶을 때면 그걸 입 안에 넣기 위해 입을 벌렸는데, 그건 포도를 먹으려고 한 것이고, 입술은 열기 위한 것이라는 뜻이지. 이 색시를 사랑하나?

윌리엄 그렇습니다요.

터치스턴 그럼 나와 악수하세. 자네 유식한가?

윌리엄 아닙니다요.

터치스턴 그렇다면 한 가지 가르쳐주겠네. 가져야 갖는 걸세. 왜냐하면 술을 컵에 따라 유리잔에 부으면 한쪽을 채움으로써 다른 쪽을 비운다는 의미가 되지. 알고 보면 모든 작가가 말하는 '그'는 바로 '본인'이라는 데 동의한다고 봐야 해. 그런데 자넨 그 '본인'이 아니네. 내가 '그'니까.

윌리엄 어느 '그'를 말합니까?

터치스턴 이 여자와 결혼해야 할 '그' 말이야. 쉽게 말해 촌뜨기, 자넨 이 여성(속된 말로 여자라고 하지)과의 교제(시골말로는 사귀는 것)를 포기하게. 이걸 종합하면 '이 여성과의 교제를 포기해.' 안 그러면 너 촌뜨기는 소멸한다. 알아듣기 쉽게 말해 넌 죽는다. 또는 (다시 말하면)

---

[*] 이교도 철학자 : 누구를 가리키는지는 알 수 없다. 이런 표현은 터치스턴의 마구잡이 학식의 일부로 소크라테스의 지혜를 짓이겨 보여주고 있다.

내가 널 죽여 없애버리고, 네 삶을 죽음으로, 그리고 네 자유를 속박으로 전환할 거야. 나는 너를 독살하든가 몽둥이찜질을 하든가 칼로 거래를 하겠다는 거야. 너를 파벌 싸움에 휘말리게 하거나 계략을 꾸며 파멸시킬 수 있으며, 일백오십 가지 방법으로 널 죽일 수 있어. 그러니 벌벌 떨며 내빼.

오드리   그렇게 해, 윌리엄.

윌리엄   안녕히 계십쇼!   (퇴장)

양치기 코린 등장

코린   우리 주인님과 아씨가 당신을 찾으십니다.

　어서 가요, 어서!

터치스턴   살며시, 오드리, 살며시 가자고 오드리! 난 따라갈게, 따를게!   (함께 퇴장)

5막 2장
(아든의 숲속)

올랜도와 올리버 등장

올랜도   어떻게 그런 일이 가능해요, 형이 안면도 없는 여자를 좋아하다니? 보자마자 사랑했고, 사랑하니 구애했고, 구애하자마자 허락했고, 그래서 기어이 그녀를 차지하기 위해 끝까지 버티겠다 이거예요?

올리버　일을 왜 이렇게 서두르는지 따지지 마. 그녀의 가난도, 만남의 기간도, 갑작스러운 나의 구애도, 또 갑작스러운 그녀의 동의에 대해 문제 삼지 말고 나와 함께 말해 줘, 엘리나를 사랑한다고. 그녀와 함께 말해 줘, 나를 사랑한다고. 우리가 서로를 얻을 수 있도록 양쪽에서 동의해 줘. 그게 너에게 유익해. 난 아버지의 집과 옛 롤런드 경의 소유였던 모든 재산을 너에게 주고 여기서 양치기로 살다 삶을 마감할 거야.

로절린드 등장

올랜도　저는 동의할게요. 내일 결혼식을 올리세요. 거기에 공작님과 그분을 따르는 추종자 모두를 초대하겠습니다. 형님은 엘리나한테 가서 준비를 시키세요. 왜냐하면 여기 나의 로절린드가 오니까요.

로절린드　축복을 빕니다, 매제.

올리버　아름다운 처형도요.　　　　　　　　　　(퇴장)

로절린드　오, 사랑하는 올랜도! 심장을 천으로 동여맨 걸보니 참으로 가슴이 쓰리군요!

올랜도　심장이 아니라 팔이오.

로절린드 난 사자 발톱이 당신 심장을 할퀸 줄 알았어요.

올랜도 심장에 상처를 입은 건 맞아요. 어떤 숙녀의 눈
길에.

로절린드 형님이 당신 손수건을 내게 보여줬을 때 내가 어
떻게 기절하는 연기를 했는지 이야기했소?

올랜도 예, 그보다 더 놀라운 이야기도 들었소.

로절린드 아, 무슨 말씀을 하실지 알겠소. 아무렴, 그건 사
실이에요. 두 마리 숫양의 싸움과 시저의 '왔노라, 보았노
라, 이겼노라'라는 호언장담을 제외하고 이보다 더 갑작
스러운 것은 없었어요. 당신 형님과 내 누이가 만나자마
자 서로를 보았고, 보자마자 사랑했으며, 사랑에 빠지기
가 무섭게 한숨을 쉬었고, 한숨을 쉬자마자 서로에게 그
이유를 물었고, 이유를 알기가 무섭게 해결책을 찾았기
때문이랍니다. 그리고 그런 식의 단계를 거쳐 그들은 결
혼에 이르는 일련의 층계를 만들었고, 그곳을 무절제하
게 오를 겁니다. 안 그러면 결혼을 하기 전에 무절제해질
테니까요. 지금 그들은 후끈 달아올랐어요. 그래서 합칠
작정이랍니다. 이제 몽둥이찜질로는 둘을 갈라놓을 수
없소.

올랜도 그들은 내일 결혼할 겁니다. 난 공작님을 결혼식
에 초청할 생각입니다. 하지만 아, 다른 사람의 눈을 통해
행복을 세심히 살피다니, 이 얼마나 고통스러운 일인가!
내일 형이 원하는 걸 얻어 얼마나 행복할까 생각하면서

내 마음의 무거움은 최고조에 달할 것이오.

로절린드   아니, 그럼 난 내일 당신을 위해 로절린드 역을 할 수 없단 말이오?

올랜도   이제 더는 상상만으로는 살 수가 없소.

로절린드   그렇다면 나도 부질없는 이야기로 더는 당신을 괴롭히지 않겠소. 그러니 알아두시오──내가 지금 진심으로 말한다는 것을──난 당신을 이해력이 뛰어난 신사로 알고 있소. 내가 이렇게 말하는 것은 당신이 내 학식을 높게 평가해 줄 것이라는 계산에서 하는 말이 아니오. 즉, 이건 내 영예를 위해서가 아니오. 당신에게 좋은 일을 하기 위해, 당신의 믿음을 좀 더 끌어내려는 것이었을 뿐 내가 더 크게 인정받겠다는 건 아니오. 뭐 그야 어쨌든 간에 내가 기상천외한 일을 벌일 수 있음을 믿어 주시오. 나는 세 살 때부터 대단히 심원하지만, 영벌 받을 정도는 아닌 술법을 익힌 마법사와 사귀었소. 만약 당신이 몸짓으로 외치고 있는 만큼 로절린드를 사랑한다면 당신 형이 엘리나와 결혼식을 올릴 때 당신도 그녀와 결혼할 수 있도록 해드리죠. 난 그녀가 어떤 운명의 질곡에 빠져 있는지 알고 있소. 그러니 당신이 괜찮다면 내일 내가 그녀를 실제로 존재하는 인간으로 데려오겠소. 아무런 위험 없이 그녀를 당신 앞에 세우겠소.

올랜도   진심으로 하는 말이오?

로절린드   목숨을 걸고, 그렇소. 내 비록 마술사이긴 하지만 당신 문제는 소중히 여긴답니다. 내일 좋은 옷으로 차려입고 친척들을 초대하세요. 내일 결혼하겠다면 시켜줄 테니까. 원한다면 로절린드와 말이오.

실비우스와 피비 등장

저기 나를 사랑하는 사람과 그녀를 사랑하는 사람이 오는군요.

피비 젊은이여, 내가 당신에게 쓴 편지를 다 보여주다니, 당신은 내게 무례를 범했소.

로절린드 보여준들 어떻소? 당신에게 불친절하고 심술궂게 보이게 한 건 나의 의도였소. 저기 저 충실한 양치기가 당신을 따르잖소. 마주 보고 사랑을 나누어요. 그는 당신을 숭배하니까.

피비 양치기야, 이 양반에게 사랑이 무엇인지 말해 줘.

실비우스 그건 온통 한숨과 눈물로 채워졌는데, 나 또한 피비에게 그렇소.

피비 나 또한 가니메데에게.

올랜도 나 또한 로절린드에게.

로절린드 나 또한 있지도 않은 여자에게.

실비우스 사랑은 온통 믿음과 헌신으로 가득한데 피비에 대한 나의 사랑이 그렇습니다.

피비 나 또한 가니메데에게 그래요.

올랜도　나 또한 로절린드에게 그래요.

로절린드　나 또한 있지도 않은 여자에게 그래요.

실비우스　그건 온통 환상으로 가득하고

　　모든 열정, 모든 소망으로 가득하고

　　모든 경배, 모든 복종, 그리고 존경으로 가득하고

　　모든 겸손, 모든 인내, 그리고 안달로 가득하지요.

　　모든 순수, 고난, 순종으로 가득한데,

　　나 또한 피비에게 그렇소.

피비　나 또한 가니메데에게.

올랜도　나 또한 로절린드에게.

로절린드　나 또한 있지도 않은 여자에게.

피비　(로절린드에게) 사랑이 이런 거라면 왜 내가 당신을
　　사랑해서는 안 된다고 꾸짖죠?

실비우스　(피비에게) 사랑이 이런 거라면 왜 내가 당신을
　　사랑한다고 꾸짖지?

올랜도　사랑이 이런 거라면 왜 내가 당신 사랑한다고 꾸
　　짖죠?

로절린드　'그럼 왜 내가 당신 사랑한다고 꾸짖죠?'라는 말
　　을 누구에게 하죠?

올랜도　여기에 있지도 않고, 듣지도 못하는 그녀에게.

로절린드　제발 이제 그만해요. 마치 달을 보고 울부짖는
　　아일랜드 늑대들 같군요. (실비우스에게) 가능하면 당신
　　을 도와드리지요. (피비에게) 가능하면 당신을 사랑하겠

소.——내일은 모두 함께 만나지요. (피비에게) 내 언젠가 여자와 결혼한다면 당신과 하겠소. 난 내일 결혼할 것이오. (올랜도에게) 내가 언젠가 남자의 요청을 들어줄 수 있다면 당신의 요청을 들어드리겠어요. 당신은 내일 결혼할 겁니다. (실비우스에게) 당신이 원하는 걸 가져야 만족한다면 내가 당신을 만족시켜 드리지요. 당신은 내일 결혼하게 될 거요. (올랜도에게) 당신이 로절린드를 사랑한다면 내일 오길 바라오. (실비우스에게) 당신은 피비를 사랑하니까 내일 오세요.——그리고 난 있지도 않은 여자를 사랑하니까 오겠소. 그럼 안녕히들 가십시오. 내 당신들에게 해야 할 일을 말했소.

실비우스   목숨이 붙어 있는 한 어기진 않겠소.

피비   나도.

올랜도   나도.   (모두 퇴장)

5막 3장
(아든의 숲속)

터치스턴과 오드리 등장

터치스턴   내일은 즐거운 날이야, 오드리. 우리는 내일 결혼할 거요.

오드리 저도 진심으로 원하는 바예요. 결혼하길 원하는 것
    이 부정한 욕망이 아니죠?

시동 두 사람 등장

  저기 추방된 공작님의 두 시동이 오네요.

시동1 정직한 신사분, 만나서 반가워요.

터치스턴 만나서 반갑소. 자, 앉아요, 앉아. 그리고 노래 한
    곡 해봐요.

시동2 좋아요. 가운데 앉으십시오.

시동1 저희 둘이 곧바로 손뼉 치며 시작할까요? 목청을
    가다듬거나 침을 뱉거나 목이 쉬었다고 말하지 않겠어
    요. 그건 전부 목소리가 안 좋다는 전주곡일 뿐이니까요.

시동2 정말이야, 정말. 한 마리의 말에 탄 두 집시처럼 한
    곡조로 부르자.

시동들 (노래한다)
사랑하는 여자와 남자가 있었네.
야 하고 호 하고 다시 야호 부르며
푸른 밀밭 가로질러 걸어갔었네.
때는 봄, 혼사 치르기 딱 좋을 때
지지배배 지지배배 새들은 노래하고
달콤한 연인들은 봄을 사랑하네.

저 너른 들판의 호밀밭 두렁에
야 하고 호 하고 다시 야호 부르며
어여쁜 시골 사람들 몸을 뉘고 싶다네.
때는 봄, 혼사 치르기 딱 좋을 때
지지배배 지지배배 새들은 노래하고
달콤한 연인들은 봄을 사랑하네.

그때 그들은 이 노래를 시작했다네.
야 하고 호 하고 다시 야호 부르며,
인생은 한 송이 꽃일 뿐이니까.
때는 봄, 혼사 치르기 딱 좋을 때
지지배배 지지배배 새들은 노래하고
달콤한 연인들은 봄을 사랑하네.

그러니까 이 순간을 잡아야 해.
야 하고 호 하고 다시 야호 부르며
사랑하기 좋은 호시절 왔으니.
때는 봄, 혼사 치르기 딱 좋을 때
지지배배 지지배배 새들은 노래하고
달콤한 연인들은 봄을 사랑하네.

터치스턴   어이, 젊은 친구들! 가사에 대단한 내용이 없었
　　는데도, 곡조가 엉망이야.
시동1   속으신 겁니다. 저흰 장단을 놓치지 않고 맞추었거

든요.

터치스턴　맹세코 놓쳤소. 그리고 이런 어리석은 노래를 듣는 건 시간 허비라고 봐요. 잘 있어요. 그리고 제발 그 목소리 좀 고쳐요. 갑시다, 오드리!　　　　　　(모두 퇴장)

5막 4장
(아든의 숲속)

노공작, 에이미언스, 자크, 올랜도, 올리버, 실리아 등장

노공작　올랜도, 자넨 그 젊은이의 말이 현실에서 이루어지리라고 믿는가?

올랜도　가끔은 믿고 가끔은 믿지 않습니다. 마치 헛된 기대를 하지만 그것이 이루어지지 않을 것을 아는 사람처럼 말입니다.

가니메데가 된 로절린드, 실비우스, 피비 등장

로절린드　약속 조항을 검토하는 동안 잠시 기다려 주세요. (노공작에게) 공작님께서는 만일 제가 로절린드를 데려오면 여기 올랜도에게 주겠다고 하셨지요?

노공작　딸과 함께 줄 왕국이 여럿 있다 해도 그러겠네.

로절린드 (올랜도에게) 당신은 내가 그녀를 데려오면 결혼
　　한다고 했죠?

올랜도 내 모든 왕국의 왕이라 할지라도 그렇소.

로절린드 (피비에게) 당신은 내가 원하면 나와 결혼하겠다
　　고 했죠?

피비 그런 뒤 당장 죽는다고 해도요.

로절린드 하지만 당신이 나와 결혼할 생각이 없어지면
　　최고로 충실한 양치기와 결혼한다고 약속하겠습니까?

피비 그러겠어요.

로절린드 (실비우스에게) 당신은 피비가 원한다면 그녀를
　　가질 거죠?

실비우스 설령 그 길이 죽음과 하나일지라도.

로절린드 나는 이 모든 걸 해결하겠다고 약속했습니다.
　　공작님, 올랜도에게 따님을 주겠다는 언약 지키시고,
　　올랜도는 로절린드를 맞이하겠다는 약속을 지키고,
　　피비, 당신은 나와의 결혼이 여의찮으면
　　여기 이 양치기와 결혼하겠다는 약속을 지키고,
　　실비우스, 피비가 나를 거절한다면 그녀와
　　결혼한단 약속을 지켜요. 이 모든 문제를
　　해결하기 위해 저는 잠시 떠납니다.

　　　　　　　　　　　　　　　(로절린드와 실리아 퇴장)

노공작 이 양치기 청년은 내 딸이 보였던
　　몇몇 발랄한 모습을 떠올리게 해.

올랜도 공작님, 저도 저 청년을 처음 보았을 때 그가

공작님 따님의 남자 형제가 아닌가 생각했어요.

하지만 저 청년은 이 숲에서 태어났고,

그의 말에 의하면 위대한 마법사인

삼촌으로부터 갖가지 위험한 공부의

초보적 기술을 배웠는데, 그분은

이 숲속에 숨어서 지낸답니다.

터치스턴, 오드리 등장

자크 분명 또 한 번의 대홍수가 머지않은 모양이오. 그래서 암수 짝들이 방주로 오고 있어. 여기 오는 한 쌍은 아주 진귀한 짐승으로, 어느 나라 말로든 광대라고 부르지.

터치스턴 여러분! 문안드리옵니다.

자크 공작께선 이 사람을 환영한다고 말하게나. 내가 숲에서 가끔 만났던 사람으로, 색동옷 입은 신사라네. 맹세코 본인은 한때 궁궐에 드나들었다고 하네만.

터치스턴 그걸 의심하는 이 있으면 얼마든지 시험해 보십시오. 전 박자깨나 밟아봤고, 귀부인들께 알랑방귀도 뀌었고, 친구들에겐 술책을 부렸고, 적에겐 싹싹하게 대했고, 세 명의 양복장이를 파산시켰고, 네 번이나 언쟁을 벌였는데 한 번은 싸울 뻔했지요.

자크 그래, 어떻게 수습했나?

터치스턴 실은 만나서 알고 보니 그 말다툼은 일곱 번째
　　이유 때문이었음을 알았지요.

자크 어째서 일곱 번째인가?──공작은 이 친구를 좀 좋아
　　해 주게나.

노공작 좋아. 썩 마음에 드는구먼.

터치스턴 행운을 빕니다. 저도 사랑받길 원합니다. 저도 여
　　기 시골 교접꾼들 사이로 비집고 들어와 결혼으로 맺고
　　젊은 혈기로 끊는 법칙에 따라 맹세하고는 저버릴까 합
　　니다.──그녀는 가난하고 못생겼지만 나리, 제 것입니다.
　　저는 별난 변덕 좋아, 나리, 누구도 원치 않는 것을 가지
　　렵니다. 진주가 더러운 굴 껍데기 속에 들어 있듯이 값비
　　싼 순결은 구두쇠처럼, 나리, 가난한 집에 산답니다.

노공작 이 친구 정말이지 빠르게도 경구를 갖다 쓰는군.

터치스턴 다른 광대처럼 저도 기지가 바닥나기도 하고, 잘
　　못 겨냥하기도 합니다.

자크 그건 그렇고, 그 일곱 번째 이유 말인데, 어떻게 그
　　말다툼이 일곱 번째 이유 때문인 줄 알았나?

터치스턴 일곱 번이나 치고받은 거짓말 때문이죠.──자세
　　를 똑바로 해야지, 오드리,──나리, 그게 이렇습니다. 제
　　가 어떤 궁정인의 수염 다듬은 모습이 마음에 안 든다고
　　했습니다. 그랬더니 그가 기별해 와 나야 뭐라 하든지 자
　　기 마음에만 들면 된다고 할 겁니다. 이것을 '예의 바른
　　대꾸'라고 합니다. 그래서 제가 재차 기별을 보내 잘못 잘

랐다고 한다면 그도 기별을 보내 자기만 좋으면 된다고
할 겁니다. 이걸 '적당한 비꼬기'라고 부릅니다. 제가 또
다시 모양이 흉하다고 하면 그는 제 판단력을 헐뜯을 겁
니다. 이것을 '무뚝뚝한 응답'이라고 합니다. 제가 이에
다시 잘못 잘랐다고 말하면 그는 제가 진실을 말하지 않
는다고 대답할 겁니다. 이것을 '용감한 질책'이라고 부릅
니다. 제가 또다시 수염을 잘못 잘랐다고 하면 그는 제가
거짓말한다고 할 겁니다. 이것을 '논쟁적 반박'이라고 부
릅니다.──이런 식으로 '에두르는 거짓말'에서 '노골적
거짓말'로 가지요.

자크 그럼 자네는 그에게 몇 번이나 수염 깎은 모양이 흉
하다고 했나?

터치스턴 사실 '에두르는 거짓말' 이상으로 갈 생각은 못
했지요. 그 사람도 감히 제게 '노골적 거짓말'이란 말은
못 했고요. 그래서 우린 칼만 겨누어 보고 헤어졌답니다.

자크 그럼 거짓말의 단계를 순서대로 명명해 줄 수 있
겠나.

터치스턴 오, 나리! 저희는 적힌 대로, 책에 따라, 예절 책
에 있는 대로 말다툼합니다. 그 단계별 명칭을 말하지요.
첫째는 '예의 바른 대꾸'고 둘째는 '적당한 비꼬기', 셋째
는 '무뚝뚝한 응답' 넷째는 '용감한 질책' 다섯째는 '논쟁
적 반박', 여섯째는 '에두르는 거짓말', 일곱째는 '노골적
거짓말'입니다. 이 모든 건 노골적 거짓말만 빼고는 다 피

할 수 있는데, 그것조차도 '만약에'가 붙으면 피할 수 있답니다. 제가 알기로는 일곱 명의 판사가 말다툼 하나를 해결하지 못하다가 당사자들이 직접 만난 자리에서 한 사람이 그저 '만약에 당신이 그렇게 말했다면 나도 이렇게 대답했을 거요'라고 했지요. 그래서 그들은 악수를 하고 형제를 맺었지요. '만약에'만 있으면 모든 문제가 해결됩니다.

자크　공작, 이 친구, 정말 보기 드문 친구 아닌가? 그는 뭐든 잘하지만, 바보 얼간이임이 분명하네.

노공작　그는 바보라는 은폐물 뒤에 숨어서 마음껏 기지를 쏘는군그래.

　　　　결혼의 신 히멘, 원래 모습의 로절린드와 실리아 등장.
　　　　　　　　　　조용한 음악 흐른다.

히멘　(노래한다)　지상의 일들이 해결되고
　　　　　　　　모두가 화해할 때
　　　　　　　기쁨은 하늘에 닿으리.
　　　　　　공작이여, 따님을 받으시라.
　　　　　히멘이 하늘에서 데려왔소.
　　　　가슴속에 심장 가진 그의 손과
　　　　　그녀 손을 맞잡게 이리로
　　　　　　데려왔소. 그렇지요.

로절린드 (공작에게) 당신께 저를 드립니다. 저는 당신 것
   이니. (올랜도에게) 저는 당신 것이니 당신께 드립니다.

노공작 보이는 게 사실이라면 넌 내 딸이다.

올랜도 보이는 게 사실이라면 당신은 나의 로절린드요.

피비 보이는 게 사실이라면 내 사랑 그대여, 잘 가요.

로절린드 (공작에게) 당신이 내 아버지가 아니라면 저는 아
   버지가 없습니다. (올랜도에게) 당신이 내 남편 아니면 저
   는 남편이 없습니다. (피비에게) 당신 아닌 여자와는 절대
   결혼 않겠소.

히멘   조용히 해라! 혼란을 금하노라.
      몹시 이상한 이 사건은 내가 매듭을 지어야겠소.
            진실 속에 진실이 담겼다면
         여기 계신 여덟 분은 서로 손을 잡고
            히멘의 무리와 합쳐야 하리.
   (실리아와 올리버에게) 어떤 고난도 그대 둘을 못 가르고
   (로절린드와 올랜도에게) 그대 둘은 영원히 하나일지어다.
      (피비에게) 그대는 남자의 사랑을 따르지 않으면
            여자를 낭군으로 맞아야 하리.
      (오드리와 터치스턴에게) 겨울과 궂은 날씨
         함께 오듯 두 사람은 분명 하나로다.
            우리가 혼인 축가를 부르는 동안
         서로서로 궁금증이 풀릴 때까지 질문하라.
      서로가 만나게 된 기이한 사연을 이치로 풀어서

놀라움을 가라앉히고 이 일을 끝내도록.

(노래한다)
결혼은 위대한 주노의 왕관이니,
오, 축복받은 숙식의 계약이여!
히멘이 도시를 사람으로 채우나니,
신성한 혼인은 경배받을지어다.
영광, 드높은 영광을
온 마을의 신인 히멘께 바칠지어다.

노공작   오, 사랑하는 조카딸아, 내 널 환영한다.
내 딸 못지않게 환영한다.

피비   (실비우스에게) 난 약속을 어기지 않겠어.
넌 이제 내 거야. 네 믿음이
내 사랑을 너와 하나로 만들었어.

롤런드 드 보이스 경의 차남 자크 드 보이스 등장

자크 드 보이스   여러분, 제 말을 경청해 주세요.
이 아름다운 모임에 기쁜 소식 전하러 온 이 몸은
돌아가신 롤런드 경의 둘째 아들입니다.
유력 인사들이 이 숲에서 날마다
모인다는 소식을 들은 프레더릭 공작이
대군을 모집하여 자신의 지휘 아래 출정했는데,

여기 계신 형을 체포해 베어버릴 목적이었지요.

그러나 이 불모의 숲 근처에 도착했을 때,

거기서 한 신심 깊은 노인을 만나

그분과 몇 마디 나눈 후에

자신의 계획을 철회하고 속세와 작별했습니다.

왕권은 추방된 형님께 반환하고,

땅은 그와 함께 망명한 분들께 모조리

반환하겠다는 전갈입니다. 이 일이 사실임은

제 목숨을 걸고 맹세합니다.

노공작　젊은이여, 환영하네.

형제들의 결혼식에 멋진 선물 가져왔구려.

누구에겐 몰수당한 땅을, 또 누구에게는

강력한 왕국인 이 나라 전체를 말이네.

자, 그럼 이 숲에서 그 시작과 결실이

좋았던 일들을 마무리해 봅시다.

그런 다음 짐과 함께 모진 나날을 견뎌준

동료들 한 사람 한 사람에게

그 지위와 재산의 등급에 따라

이 돌아온 행운을 나눠줄 작정이오.

그때까진 회복된 명예를 잊고

짐의 촌 잔치에 흠뻑 빠져봅시다.

자, 음악을 연주하라! 그리고 신랑 신부는

넘치는 기쁨으로 마음껏 춤을 추어라.

자크　저 잠깐만 좀 참게나.

(자크 드 보이스에게) 내가 자네 말을 올바로
이해했다면 공작은 수도 생활을 하기 위해
호화로운 궁정 생활을 그만두었다는 건가?

자크 드 보이스　그렇습니다.

자크　난 그에게 가겠네. 개심한 사람한테는
듣고 배울 게 많으니까.

(노공작에게) 자네는 옛 영예를 되찾았군.
참을성과 미덕이 있으니 그런 대접을 받아 마땅하지.

(올랜도에게) 자네의 신실한 사랑이 결실을 얻었군.

(올리버에게) 자네는 사랑과 영토, 좋은 친구를 얻었군.

(실비우스에게) 오랫동안 구애한 덕분에 신부를 얻었군.

(터치스턴에게) 당신에겐 입씨름이 기다리겠군. 그 사랑의
여정에는 두 달 치 식량이 전부라는 걸 잊지 마시오.

──자, 여러분! 마음껏 즐기게나. 난 춤추는 것 말고
다른 할 일이 있으니까.

노공작　가지 마시오. 자크, 잠깐만!

자크　여흥은 안 볼 거네. 버려진 동굴에서 자네를 기다릴
테니 그곳에서 하고픈 말씀을 하시오.　　　　　(퇴장)

노공작　계속해, 계속. 그럼 예식을 시작하겠다.
모든 일이 행복하게 끝나리라 믿으니까.

　　　　　(음악에 맞춰 춤. 로절린드만 남고 모두 퇴장)

맺음말

로절린드 맺음역을 하는 아가씨를 보는 건 유행은 아니지만 서두역을 하는 남자를 보는 것보다 더 꼴불견은 아니겠지요. 맛 좋은 포도주는 광고가 필요 없듯이 희곡이 좋으면 맺음말이 필요 없는 건 사실이지요. 하지만 좋은 술은 광고를 하니까 좋은 희곡도 좋은 맺음말의 도움으로 더 좋아지겠지요. 그렇다면 제 처지는 어떤가요? 좋은 맺음말을 하지도 못하고 이 연극을 좋게 평하도록 유도하지도 못하니 말입니다. 저는 걸인 행색을 하진 않아서 구걸은 어울리지 않아요. 제 방식은 여러분들에게 마술을 거는 건데, 여성들로부터 시작하죠. 오, 여성들에게 명하노니, 남자에 대한 여러분의 사랑처럼 이 연극을 마음껏 사랑해 주세요. 그리고 오, 남성 여러분, 여러분이 여성들에게 품은 사랑처럼 (선웃음을 짓는 걸 보니까 아무도 그들을 미워하지 않는 모양인데) 이 희곡이 당신들과 여성들 모두에게 기쁨을 드렸으면 합니다. 제가 만약 여자라면 제 마음에 드는 수염 기른 남자, 제가 좋아하는 혈색가진 남자, 상큼한 입 냄새를 가진 남자들이 아무리 많아도 다 키스해 줄 겁니다. 그리고 확신컨대 그만큼 많은 숫자의 훌륭한 수염, 훌륭한 얼굴, 또는 달콤한 입김을 가진 남자들이 친절한 이 제안을 듣고 제가 무릎 굽혀 절할 때 감사의 손뼉을 쳐주실 것을 확신합니다.   (퇴장)

말괄량이 길들이기 THE TAMING OF THE SHREW

우리의 육체를 풍요롭게 하는 것은 뭐니 뭐니 해도
정신 아니겠소? 옷이 아무리 남루하다 해도 미덕은 절로 빛나는 법이오.
태양이 시커먼 구름을 헤치고 빛나듯이.

-'말괄량이 길들이기' 중에서

등장인물

〈서막〉

영주
슬라이 크리스토퍼 슬라이. 술에 취한 땜장이
시동 바돌러뮤
여주인 주막 여주인

그밖에 사냥꾼들, 하인들, 배우들

〈본극〉

밥티스타 파도바의 갑부
빈첸티오 피사의 노신사
루첸티오 빈첸티오의 아들. 비앙카를 사랑하는 청년
페트루치오 베로나의 신사로, 카타리나의 구혼자
그레미오, 호텐쇼 비앙카의 구혼자
트래니오, 비온델로 루첸티오의 하인
그루미오 페트루치오의 하인
커티스 페트루치오의 별장 관리인
너새니얼, 조셉, 필립, 니콜러스, 피터 페트루치오의 하인
교사
카타리나, 비앙카 밥티스타의 딸들
미망인
그 밖에 재단사, 잡화상, 밥티스타와 페트루치오의 하인들

장소 : 파도바와 페투르치오의 시골 별장

서막 1장
(히스가 우거진 벌판의 어느 술집 앞)

문이 열리고 안에서 주막 여주인에게 내쫓겨
거지꼴을 한 슬라이가 휘청이며 걸어 나온다.

슬라이 　제기랄, 두고 보자.

여주인 　죽여도 시원찮을 이 악질!

슬라이 　뭐가 어쩌고 어째? 이 떠버리 할망구야! 슬라이 집
　　안엔 악질은 없어. 족보를 뒤져봐. 우리 슬라이 집안은 그
　　옛날 리처드 정복왕과 함께 이곳으로 건너온 명문가야.
　　그러니 함부로 주둥아릴 놀리지 말라고! 에잇, 덧없는 세
　　상 될 대로 되라고 해. 제기랄!

여주인 　유리잔들을 깨놓고 물어내지 않겠다는 거야?

슬라이 　천만에! 한 푼도 못 줘. 이럴 땐 삼십육계 줄행랑이
　　최고지. 푸근한 잠자리로 가서 잠이나 자야지.

(비틀거리다가 덤불 옆에 쓰러진다)

여주인   내가 너를 가만둘 거 같아? 가서 경찰을 불러와야
겠다.   (퇴장)

슬라이   파출소장이든 경찰서장이든 뭐 겁날 것 없어. 난
법대로 할 테니까. 누가 겁낼 줄 알아? 제기랄, 불러올 테
면 불러와.   (잠이 들어 코를 골기 시작한다)

뿔피리 소리. 영주와 그의 부하들이
벌판을 가로질러 사냥에서 돌아오고 있다.

영주   이봐, 사냥꾼들, 내 사냥개들을 잘 보살펴. 저 암컷
메리먼은 풀어줘. 입에 거품을 물고 있구나. 클라우더는
큰 소리로 짖어대는 암놈하고 같이 놔둬. 그런데 실버 녀
석의 거동을 봤나? 아까 울타리 모퉁이에서 금세 냄새
를 찾아냈잖아. 그러니 이십 파운드를 준다 해도 바꿀 수
없어.

사냥꾼1   벨먼도 그 녀석 못지않아요. 완전히 놓친 사냥감
의 냄새를 놈이 찾아냈거든요. 오늘도 거의 다 놓칠 뻔한
걸 두 번이나 냄새로 찾았잖아요. 정말 그놈이 가장 영리
한 것 같습니다.

영주   바보 같은 소리 마. 에코란 놈만 해도 잘만 뛰어주면
벨먼보다 열 배는 가치가 있어. 아무튼 잘 먹이고 보살펴.
내일 또 사냥을 나갈 계획이니까. 알겠나?

사냥꾼1   예, 잘 알았어요.

그들이 슬라이를 발견한다.

영주 이건 뭐냐? 죽은 거냐, 술에 취한 거냐? 숨은 붙어
 있나?

사냥꾼2 아직 숨을 쉬고 있네요. 술기운이 아니고선 차디
 찬 맨바닥에 이렇게 곤히 잠이 들 순 없을 거예요.

영주 허허, 짐승이나 매한가지네! 돼지처럼 나자빠져 있
 는 꼴 좀 봐. 무서운 죽음의 형상을 한 잠도 저 낯짝에서
 는 그저 더럽고 역겨울 뿐이다. 가만, 이 주정뱅이에게 장
 난 좀 쳐야겠어. 너희들 생각은 어떠냐? 녀석을 침실로
 옮긴 뒤, 좋은 옷으로 갈아입히고. ──손가락에는 반지를
 끼워주고, 머리맡엔 진수성찬을 차려놓고, 그럴듯한 시
 종들을 대기시켜놓는다면, 잠이 깬 이 거지가 자기 신분
 을 완전히 착각하지 않을까?

사냥꾼1 정말이지 그러면 착각할 수밖에 없겠죠.

사냥꾼2 잠이 깨면 어리둥절할 테죠.

영주 달콤한 꿈이나 허황된 망상에서 깨어났을
 때와 같겠지. 그럼 이 자를 옮겨서 잘 해보자고.
 가장 좋은 내 방으로 옮겨라. 방 안에는 온통 음탕한
 그림들을 걸어놓고, 더러운 머리에는 따뜻한 향수를
 뿌려주고, 향나무를 피워서 방을 향기롭게 해.
 그리고 연주할 준비를 하고 있다가 그가 깨어나면

묘하고 상쾌한 음악을 들려주란 말이야.

그리고 혹 그가 무슨 말이라도 할라치면

재빨리 공손하고 나직한 목소리로 응대해라.

'무슨 분부할 말씀이?' 이런 식으로 말이다.

그리고 누구 한 사람은 장미수에 꽃잎을 띄운

대야를, 다른 한 사람은 물병을, 그리고 또 한

사람은 수건을 들고 대령했다가 시중을 드는 거야.

'시원하게 손을 씻지 않으시렵니까?' 하고 물어봐.

그리고 한 사람은 값진 옷들을 준비하고 있다가

어떤 옷을 입고 싶은지 묻고, 또 한 사람은 사냥개들과

말 이야기를 해주다가 그의 부인이 나리의

병환을 슬퍼하고 계신다고 말해 주는 거야.

이런 식으로 그를 실성한 사람으로 몰아가란

말이다. 그때 이자가 자기는 슬라이라고 하면

금방 이렇게 맞받아치는 거야. 지금 꿈을 꾸고 계시는

거고, 사실은 훌륭한 영주님이 틀림없다고

말이다. 그런 식으로 해라. 조심해서 잘해 봐.

적당히 잘만 진행한다면 정말이지 굉장히 볼만한

즐길 거리가 되지 않겠느냐 이거지.

사냥꾼1   예, 저희는 각자 충성을 다해 이자가 자기를

   우리가 말하는 바와 같은 사람인 줄로 착각하게

   만들겠습니다.

영주   살며시 옮겨다 재우고, 그가 눈을 뜨거든

내가 시키는 대로 하라. (슬라이를 운반해 간다. 나팔 소리)

여봐라, 저 나팔 소리는 뭐냐? 가서 알아봐라.

(하인이 달려 나간다)

혹시 어떤 귀족이 여행하는 도중에

이 근처에서 좀 쉬자는 건 아닐까?

아까 그 하인이 다시 등장

영주　그래 누구더냐?

하인　배우들이에요. 영주님 앞에서 공연을 한다네요.

영주　이리로 불러라.

배우들 등장

아, 여러분, 잘 왔소.

배우들　감사합니다.

영주　오늘 밤 내 집에 머물러 주겠소?

배우1　예, 영주님의 분부시라면 그럭허지요.

영주　그렇게들 하게. 저 사람은 나도 안면이 있군.

언젠가 농부 맏아들 역을 했었지, 아마. 귀부인을

그럴듯한 말로 설득하는 장면이 있었는데, 어떤 역인지는

잊었으나, 그 인물에 꼭 맞는 역이었지.

분장도 자연스러웠고.

배우1   그건 소토 역을 맡았을 때 같군요.

영주   그래, 맞아. 그건 굉장했어. 그리고 자네들 잘 왔네.
실은 심심풀이로 내가 계획하는 일이 있는데,
자네들이 멋진 솜씨로 도움을 준다면 한결 흥미진진할
것 같군. 오늘 밤 어느 영주님께 자네들의 연극을
보여드릴 참인데, 염려되는 건 그분이 생전 처음
연극을 본다는 사실이네. 혹시 그 영주님의 기묘한
행동을 보고 자네들이 예절도 잊고
웃음을 못 참으면 그분이 기분 나빠 할까 봐 걱정되네.
자네들이 웃으면 그분은 화가 날 테니까.

배우1   염려 마십시오. 조심, 또 조심하겠습니다.
그분이 천하에 둘도 없는 어릿광대라도 말입니다.

영주   여봐라, 이 사람들을 식당으로 안내해
한 사람 한 사람 극진히 대접하라. 내 집에서
뭐 하나 부족함이 없도록 말이야.
(하인이 배우들을 안내해 들어간다) 여봐라, 너는
시동 바돌러뮤에게 귀부인 옷으로 갈아입힌 뒤,
그 주정뱅이가 자는 방으로 데리고 가라.
그리고 시동에게 '마님, 마님'이라고 부르고,
그 아이에게 굽실대거라. 그만한 보수가 있을 테니까.
그리고 그 아이에게도 나의 지시를 전해라. 귀부인이
남편을 대하는 것처럼 품위 있게 주정뱅이를 대하고,

고분고분 말하고, 허리를 낮게 굽히라고
시켜라. '무엇이든 분부만 내리옵소서. 소첩은
여러 가지로 부족하지만, 정성과 애정을 보여드리고
싶어 이렇게 대령했나이다.' 이렇게 말하라고 해.
그리고 정답게 껴안고 키스를 하고 싶어 하며,
상대방 가슴에 얼굴을 묻고 눈물을 흘리라고 해라.
가엾게도 일곱 해나 비참한 거지꼴이 된 줄로만 알고
있던 남편이 드디어 건강이 회복되어 정말 기쁘다고
말이야. 그 애가 마음대로 소낙비 쏟는 재주가
없거든 묘안이 있다. 양파를 손수건에 싸서
눈에 문지르면 눈물이 나올 거 아니냐.
자, 그럼 너는 이런 일들을 되도록 신속하게 처리해라.
다음 지시는 곧 내리겠다…….   (하인 퇴장)
시동 아이는 품위나 음성, 태도, 몸가짐으로 봐서
넉넉히 귀부인 흉내를 낼 수 있을 거야.
그 아이가 주정뱅이를 여보라고 부르는 소리를
듣고 싶군. 그리고 또 내 신하들이 웃음을
참아가며 그 촌놈에게 굽실거리는 꼴은 참으로
가관일 테지? 안에 들어가서 주의를 줘야겠어.
설마 내가 참석했을 때 너무 흥분하여 일을
그르치지는 않을 테지?   (모두 퇴장)

서막 2장
(영주 저택의 호화스러운 침실)

잠옷을 입은 슬라이가 의자에 기대어 자고 있다.
그 주위에 시종들이 옷, 세숫대야, 물병을 비롯한
여러 물건을 들고 서 있다. 이때 영주가 등장한다.

슬라이 (잠이 덜 깬 얼굴로) 제발 맥주나 한 병 줘.

하인1 나리, 백포도주를 한 잔 드릴까요?

하인2 각하! 설탕에 절인 과일을 드릴까요?

하인3 각하! 오늘은 어떤 옷을 입으시겠습니까?

슬라이 난 크리스토퍼 슬라이야. 나더러 나리니, 각하라고
부르지 말라니까. 난 백포도주 따윈 생전 마신 적도 없어.
그리고 설탕 절임 과일 말고 쇠고기 조림을 줘. 어떤 옷을
입겠느냐고 묻지도 마. 내 등이 윗옷이요, 내 두 다리가
양말이고, 내 두 발이 신이니까. 그러니, 글쎄! 이렇게 발
가락이 구두 밖으로 비죽 나왔잖아.

영주 어이쿠, 하늘이여, 우리 영주님의 이 근원 모를 망상
증을 속히 고쳐주소서. 그리도 훌륭한 혈통에 드넓은 영
토를 소유하고 계신 고귀한 영주님께서 이런 끔찍한 망
령이 들다니!

슬라이 아니, 당신네들, 생사람 잡아 미치게 할 거요? 내가
버튼히드에 사는 슬라이 영감의 아들인 크리스토퍼 슬라

이가 아니란 말이오? 처음에는 행상을 하다가 다음엔 양털을 빗질하는 철제 솔 공장에 취직했다가 다시 곰지기를 하다가, 그것도 집어치우고 지금은 땜장이 노릇을 하고 있는 슬라이가 아니란 말이오? 궁금하거든 윈콧 주막에 가서 뚱뚱한 여주인 매리언 해컷한테 날 아느냐고 물어보구려. 외상술값이 십사 펜스 있는데, 그 여자가 그런 일이 없다고 잡아뗀다면 나야말로 예수교 나라에서 천하에 으뜸가는 거짓말쟁이오.

하인이 맥주를 들고 등장

나 원 참, 내가 미치다니! 천만에! 그러면 그 증거로 말이야.　　　　　　　　　　(하인이 내민 맥주를 마신다)

하인3　오, 이러시니 마님이 슬퍼하시지요.

하인2　이러시니 하인들이 근심에 잠겨 있습니다.

영주　이러시니 친척들도 영주님이 실성했을까 봐 두려워 겁을 먹고 영주님댁에 발걸음을 끊은 것입니다. 영주님, 당신 가문을 생각해서라도 이미 몰아낸 과거의 마음을 불러들이지 마시고, 그 비참한 악몽에서 깨어나십시오. 보십시오. 이렇게 하인들이 곁에서 영주님의 분부를 기다리고 있지 않습니까? 음악을 들으시겠습니까? 아니면 음악의 신 아폴로의 연주를 들어보시겠습니까? (음악이 연주된다) 스무 마리의 밤꾀꼬리가 새장에서 노래하고 있어요. 아니, 졸리십니까?

주무시게 이부자리를 깔아드릴까요? 저 아시리아의

세미라미스* 여왕을 위해 마련했다는 음탕한 침상보다

더 푹신하고 달콤한 잠자리를 우리가 마련했습니다.

산책하시겠다면 우린 바닥에 꽃을 뿌려놓을 것이고,

말을 타시겠다면 황금과 진주로 꾸민 마구를

갖추도록 하겠습니다. 매사냥을 하시겠습니까?

아침의 종달새보다 더 높이 솟아오르는 매들이

준비되어 있습니다. 사냥은 어떠십니까?

사냥개들이 씩씩하게 짖어대는 소리가 하늘 높이

울리고 움푹 꺼진 대지에서는 날카로운 메아리를

울려 보낼 것입니다.

하인1   각하께서 달리라고 하시면 사냥개들은 수사슴처럼

숨도 쉬지 않고 쏜살같이 달릴 것입니다.

날쌔기로는 노루도 못 당합니다.

하인2   나리, 그림을 감상하시겠습니까? 지금 당장이라도

내오겠습니다. 물살 빠른 개울가엔 미소년 아도니스**가

서 있고, 사초 덤불 속에는 여신 키테레아가 누워 있지요.

---

* 세미라미스 : 아시리아의 여왕으로, 삼시 아다드 5세의 아내이자
아다드 니라리 3세의 어머니이다. 고대 왕국에서는 상대적으로 드
문 여성 지도자였는데, 중세 문학에서는 퇴폐적이고 유능한 지도
자의 이미지로 그려져 있다.

** 아도니스 : 그리스 신화에 나오는 미소년을 말함.

그 입김에 요염하게 흔들리는 사초들은 마치 바람에 산
들거리는 듯합니다.

영주   또 다른 그림도 보여드리겠습니다.
숫처녀 이오가 제우스 신에게 속아 습격당하는
광경이 생생하게 그려진 그림입니다.

하인3   아니면 여신 다프네가 아폴론에게 쫓겨
찔레밭을 헤매다가 다리를 긁혀 피를 흘리고,
그걸 본 아폴론이 슬퍼하며 눈물을 뚝뚝
흘리는 그림은 어떻습니까?

영주   영주님, 영주님은 정말로 저희 영주님이
맞사옵니다. 영주님께는 이 말세에 다시없을
아름다운 부인이 계시옵니다.

하인1   영주님 때문에 홍수 같은 눈물이 밉살스럽게
흘러내리기 전에는 동서고금을 통틀어 유례없는
미인이셨지요. 아니, 지금도 천하일색이지만요.

슬라이   내가 정말 영주고, 내게 그런 부인이 있었단
말이냐? 아니면 이건 꿈이 아니냐? 아니야,
난 지금까지 꿈을 꾸고 있었던 것일까?
확실히 잠결은 아니야. 음, 내 눈은 보이고,
내 귀는 들리고, 나는 말을 하고 있구면.
향긋한 냄새도 나고 손으로 만져봐도 보드라움이
느껴져. 정말 나는 땜장이 크리스토퍼 슬라이가 아니라
영주란 말인가? 그렇다면 나의 마님을 당장 모셔 오너라.

그리고 맥주도 한잔 더 가져오고.

하인2 (대야를 내밀며) 영주님, 손을 씻으십시오.

(슬라이가 손을 씻는다) 아, 영주님이 정신이 들어 신분을
알아보시니 저희는 얼마나 기쁜지 모릅니다.

영주님께선 지난 열다섯 해 동안 꿈속에서 헤매다가
마치 잠에서 깨어나듯 이제야 눈을 뜨셨습니다.

슬라이 열다섯 해나! 제기랄, 오래도 잤구나.

그동안 내가 한마디도 하지 않았단 말이지?

하인1 웬걸요. 계속 종잡을 수 없는 소리를 하셨지요.
이렇게 훌륭한 방에 계시면서도 밖으로 쫓겨났다고
하시고, 술집 주모를 야단쳤거든요. 그리고 마개를
따지 않은 두 홉들이 통조림 병을 가져오라고 했는데,
여주인이 돌 주전자를 가져왔다고 하면서
그 여자를 고소하겠다고 하는가 하면, 또
이따금 시실리의 해케트란 이름도 입에 올리셨습니다.

슬라이 음, 그건 주막집에서 일하는 여자야.

하인3 아닙니다. 영주님께서 그런 주막집이며 주막집
여자를 아실 리 없습니다. 그리고 스티븐 슬라이니
그리스 마을의 존 냅스 영감이니, 피터 터프,
헨리 핌퍼넬이라든지 그 밖에 이십여 명의 이름을
입에 올리셨지만, 그런 사람들은 이곳에 있지도 않고,
아무도 그들을 만나본 적이 없어요.

슬라이 그렇다면 모든 것이 하느님 덕분이군.

오! 하느님, 감사합니다.

모두 아멘!

슬라이 다들 고맙소. 여러분의 기원이 헛되지 않게 하
겠소.

부인으로 변장한 시동이 시종들을 거느리고 등장.
그중의 한 시종이 슬라이에게 맥주를 권한다.

시동 나리, 기분이 좀 어떠세요?

슬라이 좋소, 좋아. 이젠 몹시 기운이 나는군. 한데 내 아내
는 어디 있나?   (맥주를 마신다)

시동 여기 대령했습니다, 나리! 무슨 용무라도 있으세요?

슬라이 당신이 내 아내라고? 그럼 왜 나더러 서방님이라
고 부르지 않소? 내 부하들이 나리, 나리 하는 건 이해가
되지만, 난 당신의 남편이잖소.

시동 나리는 저의 남편이자 영주님이시옵니다.
전 당신의 아내로서 뭐든 당신 뜻을 따르겠어요.

슬라이 잘 알았소. 그럼 나는 당신을 뭐라고 불러야 하오?

영주 부인이라고 하십시오.

슬라이 엘리스 부인이오, 존 부인이오?

영주 그냥 부인이라고만 부르십시오. 영주들은
자기 부인을 다 그렇게 부른답니다.

슬라이 여보, 부인! 듣자 하니 내가 열다섯 해나

잠을 자며 꿈을 꾸고 있었다던데, 그게 정말이오?

시동 네, 그렇사옵니다. 저에게는 그 세월이 삼십 년처럼
　　길게 느껴졌지요. 그동안 저는 쭉 독수공방을 했답니다.

슬라이 그것참 안됐구먼. 그래, 여봐라! 하인들은 물러가
　　고 우리 두 사람만 있게 해다오. (하인들이 물러선다) 부인,
　　자, 옷을 벗어요. 그리고 잠자리로 듭시다.

시동 귀하고 귀하신 영주님, 간청드립니다. 제발 하룻밤만
　　참아주세요. 그것조차 안 되겠다면 해가 질 때까지만이
　　라도. 의사들 말이 동침은 나리의 병환을 다시 유발시킬
　　수 있으니 삼가라고 당부하셨습니다. 제 말을 이해하시
　　겠습니까?

슬라이 음, 거시기가 뭣해서 난 잠시도 참을 수가 없구먼.
　　하지만 또다시 그런 악몽 속으로 떨어지는 것은 싫으니
　　참기로 하지. 피와 살이 뛰기는 하지만.

　　　　　　하인 한 사람 들어온다.

하인1 영주님의 전속 배우들이 영주님께서
　　쾌유하셨다는 소식을 듣고 유쾌한 희극을 상연할
　　목적으로 문안드리려고 와 있습니다. 의사 선생님들도
　　대단히 좋다며 찬성했고요. 깊은 슬픔이 피를 굳게 했고,
　　우울증이 실성의 보금자리였던 만큼 영주님께서 연극을
　　보시고 흥겨운 일에 마음을 쏟는다면 수많은 해악도

방지되고 수명도 늘어날 것이라고 했습니다.

슬라이   음, 그렇다면 시작하라. 그런데 그 희극인가 뭔가는 크리스마스 춤인가, 아니면 곡예사의 묘기인가?

시동   아닙니다, 나리. 그보다 훨씬 더 재미있습니다.

슬라이   그럼 살림살이 도구 같은 것인가?

시동   그런 것이 아니라 옛이야기 같은 것입니다.

슬라이   그런가? 아무튼 구경해 보자꾸나. 자, 부인, 내 옆에 와서 앉구려. 우리가 두 번 다시 어떻게 젊어볼 수가 있겠소?

(시동, 슬라이 곁에 앉는다. 나팔소리 들리고,
'말괄량이 길들이기'가 시작된다)

1막 1장
(파도바의 광장)

밥티스타와 호텐쇼의 집과 이웃한 집들이 광장에
접해 있다. 광장의 나무 아래로 벤치가 놓여 있고,
루첸티오와 그의 하인 트래니오가 등장한다.

루첸티오   이봐, 트래니오, 난 문화의 요람인
  아름다운 파도바를 꼭 한번 구경하고 싶었는데,
  이탈리아의 낙원인 이 기름진 롬바르디아 평야에
  드디어 도착했구나. 더구나 아버지의
  주선으로 너처럼 충직한 하인과 동행하니
  모든 일이 일사천리구나. 자, 여기서 좀 쉬자.
  그리고 나서 천천히 학문과 문화를 접하는 길을
  찾기로 하자. 나는 시민들이 점잖기로 유명한
  피사에서 태어났고, 천하를 주름잡는 대상인
  벤티볼리 가문의 거상 빈첸티오를 아버지로

두었으며, 피렌체에서 교육받지 않았느냐.
그러니 세상의 기대에 어긋나지 않기 위해서는
내가 잡은 행운에 어울리는 인격으로 장식해야 해.
그러니 이봐, 지금 내가 배우고 싶은 것은 미덕인데,
이 분야의 철학을 몸에 지니게 되면 행복에 이르는
길도 미덕 덕분에 자연스레 알게 되지 않겠느냐?
그래, 네 생각은 어떠냐? 내가 피사를 떠나
파도바에 온 것은 우물 안 개구리 신세에서
벗어나 깊은 못에 몸을 담그고 흐뭇하게
갈증을 없애고 싶어서다.

트래니오 예, 주인님, 저는 주인님과 같은 마음이어서
참으로 기쁩니다. 달콤한 학문의 길로 들어서시겠다고
했으니 그 결심을 제발 꺾지 마십시오.
다만 주인님, 덕을 닦겠다며 수양을 하는 것은 좋지만
제발 저 금욕주의자인지 돌대가리는 되지 마십시오.
엄격한 아리스토텔레스의 말만 듣느라 달콤한
오비디우스의 시를 멀리해서는 안 되니까요.
친구 사이의 대화는 논리학 공부로 삼으시고,
일상 대화는 수사학을 연습하는 기회로 삼으십시오.
그리고 기분을 살리기 위해서는 음악이나 시가 좋고,
수학이나 형이상학 같은 것도 입맛 당기면 해도 좋겠죠.
흥미가 없는 곳에는 소득도 없는 법입니다.
어쨌든 주인님이 하고 싶은 공부를 하세요.

루첸티오　고맙다, 트래니오. 네 말이 백번 맞다.

　한데 비온델로가 이렇게 늦어지지 않았다면

　우린 이미 숙소를 정하고 파도바에 있는 친구들을

　초청했을 텐데. 가만있자, 저 사람들은 누구지?

트래니오　주인님, 우리를 환영하는 행렬인가 봅니다.

　　문이 열리고 밥티스타와 두 딸 카타리나와 비앙카가

　　함께 등장한다. 늙은 어릿광대인 그레미오와 호텐쇼가

　　그 뒤를 따른다. 두 사람은 비앙카의 구혼자들이다.

　　루첸티오와 트래니오는 나무 그늘에 숨는다.

밥티스타　이제 내게 그만 조르시오. 두 분은 내가

　단단히 결심했다는 것을 알고 있잖소. 글쎄, 큰딸의

　신랑을 정하기 전에는 둘째를 절대 줄 수가 없다니까.

　만일 두 분 중에 카타리나를 좋아하는 사람이 있다면,

　두 분은 나와 허물없이 지내는 데다 내가 호의를

　갖고 있으니, 사양 말고 그 애와 담판을 지으시오.

그레미오　(방백) 담판이 아니라 재판을 해야겠지요,

　큰따님은 내 힘으로 다룰 수 없으니. 한데 호텐쇼 씨,

　당신은 아내가 누구든 상관없지 않소?

카타리나　아버지, 그래, 저를 이런 작자들 앞에서

　웃음거리로 만들겠다는 거예요?

호텐쇼　작자들이라뇨, 아가씨? 무슨 말을 그렇게 합니까?

좀 더 조신하게 굴지 않으면 당신의 남편 될 사람은 아무
도 없을 거요.

카타리나　누가 댁더러 그런 걱정 해달래요? 난 결혼
생각이 조금도 없다고요. 만일 내가 결혼하는 날엔
세 발 달린 의자를 빗 삼아 당신 머리털을 빗겨줄 거고,
얼굴은 피칠을 해서 광대 취급할 거예요.

호텐쇼　어이구, 하느님! 제발 저를 이 악마에게서 구해 주
소서!

그레미오　저도 제발요!

트래니오　(방백) 쉿, 주인님! 이거 보통 구경거리가
아닙니다. 저 계집애는 완전히 미쳤거나 아니면 굉장한
말괄량이 같아 보이는군요.

루첸티오　그런데 저쪽의 말 없는 아가씨는 얌전하고 온순
해. 쉿, 트래니오!

트래니오　정말 그래요. 그럼 묵묵히 마음껏 보세요.

밥티스타　두 분 양반, 그럼 내가 한 말을 실천해 보이겠소.
얘, 비앙카! 너는 안으로 들어가 있거라. 하지만 언짢게
생각 마라. 넌 변함없이 내 사랑을 받고 있으니까.

　　　　　　　　　　　　　　　(비앙카의 머리를 쓰다듬는다)

카타리나　흥, 귀염둥이 아가씨! 손가락을 눈에 대고 울지
그래. 너도 이제 머잖아 그 까닭을 알게 될 거다.

비앙카　언니는 내가 불행해지면 속이 시원할 테지?
아버지, 저는 아버지 분부대로 할게요.

책과 악기를 벗삼아 혼자 읽고 연습하겠어요.

루첸티오 (방백) 저것 봐라, 트래니오! 미네르바*

여신이 말문을 여셨어.

호텐쇼 밥티스타 님, 그건 너무 심하지 않나요?

저희들의 호의가 비앙카에게 슬픔의 씨앗이 되다니요.

그레미오 밥티스타 님, 이런 지옥의 마녀 때문에

작은따님은 감금당해 마녀의 독설을

감당해야 하다니요.

밥티스타 아무튼 두 분은 양해하시오. 난 결심했소.

얘, 안으로 들어가거라, 비앙카. (비앙카, 퇴장)

글쎄, 저 애는 음악과 시를 좋아한다오. 난 아직

미숙한 저 애를 가르쳐줄 가정교사를 구하고 있소.

그러니 호텐쇼, 그레미오, 혹시 아는 분 가운데

적절한 사람이 있다면 추천해 주시오. 난 재주 있는

분에게는 대우를 잘해 줄 거요. 자식들의 교육엔 돈을

안 아낄 생각이니. 그럼, 다음에 봅시다. 카타리나, 넌

여기 더 있어도 좋아. 난 비앙카한테 가봐야겠다. (퇴장)

카타리나 어머나, 나도 들어가 봐야지. 날 왜 못 들어가게

하는 거야? 내가 왜 일일이 지시를 받고 행동해야 해?

오가는 것조차도 내 마음대로 못 해? (홱 돌아선다)

---

* 미네르바 : 그리스 신화의 아테네에 해당하며, 지혜와 기술을 주
관하는 신으로 숭배되었다.

그레미오 악마 어미에게나 가버려. 성격이 괴팍하니 어느
    누가 좋다고 붙잡겠어. (카타리나, 안으로 들어가 문을 쾅 닫
    는다) 이봐요, 호텐쇼, 보아하니 부녀 사이도 별로인 것
    같구려. 하지만 우린 쫄쫄 굶더라도 손끝이나 후후 불면
    서 기다려 봅시다. 가만히 보니 밥이 설었소. 설었다고.
    그러면 안녕히 계십시오. 하지만 난 사랑스러운 비앙카
    를 위해 적당한 가정교사를 찾아내 그녀 아버지께 추천
    해야겠소. 그녀가 기뻐할 테니.

호텐쇼 그레미오 씨, 나도 같은 생각이오. 그런데 상의할
    것이 있소. 지금까지 우리는 경쟁자 입장이었기에 의논
    하지 않았지만, 이렇게 됐으니 생각을 달리해야겠군요.
    우리가 저 아가씨에게 접근해 사랑을 다투는 행복한 경
    쟁자가 되려면 한 가지 대책을 마련해야 할 것 같소.

그레미오 그게 도대체 뭐요?

호텐쇼 언니의 신랑감을 구해 주는 일이오.

그레미오 신랑감이라니! 그 악마 말이오?

호텐쇼 아니, 남편 말이오.

그레미오 아니, 악마라고요. 호텐쇼 씨, 생각 좀 해봐요.
    장인이 아무리 부자라 해도 뻔한 지옥으로 뛰어들 쓸개
    빠진 녀석이 어디 있겠소?

호텐쇼 쯧쯧, 그레미오 씨! 우리는 그 말괄량이를 잡지 못
    하지만, 세상에는 그걸 해낼 걸물이 있을 테니, 그런 사람
    을 만나면 저 아가씨가 아무리 흠집투성이라 해도 지참

금이 두둑하니 시집가게 될 거란 말이지요.

그레미오 글쎄요, 나 같으면 지참금 보고 장가드느니 차라
리 매일 아침 네거리에서 매 맞는 걸 택하겠소.

호텐쇼 하긴 당신 말대로 썩은 사과를 고를 사람은 없을
거요. 자, 우리는 같은 운명이니 서로 친구가 되어야 해
요. 그럼 먼저 밥티스타 씨의 큰딸에게 신랑감을 구해 준
뒤 작은딸도 자유롭게 결혼하도록 해줍시다. 경쟁은 천
천히 해도 늦지 않으니까요. 아름다운 비앙카여! 그대를
차지하는 자는 행복할지어다! 가장 빨리 뛰는 자가 반지
를 차지하렷다! 자, 어떻습니까, 그레미오 씨?

그레미오 좋소. 누구든 저 말괄량이한테 구애를 시작하고
온전히 설복시킨 뒤 결혼해서 침실로 데려가만 준다면,
그래서 친정집에서 몰아내 주면, 난 그에게 파도바 최고
의 말 한 필을 선물하겠소. 자, 갑시다.   (두 사람 퇴장)

트래니오 아이고, 주인님, 그게 정말입니까?
이렇게 급작스럽게 사랑에 붙들리다니요?

루첸티오 오, 트래니오! 지금까지 이런 일이 일어나리라곤
절대 믿지 않았어. 멍하니 보고 있다가
그만 사랑의 마력에 빠지고 말았어. 이렇게 됐으니
네게 솔직히 고백할게. 카르타고의 여왕 디도는 동생
안나에게 비밀을 고백했다지. 하지만 너와 나는 그보다
더한 사이 아니냐. 그러니 트래니오, 그 얌전한
동생을 얻지 못하면 내 가슴은 사랑에 불탄 끝에

말라 죽고 말 거야. 이봐, 트래니오, 어떡하면 좋을까?
너의 지혜로 그만한 일을 할 수 있잖아.

트래니오　주인님, 이젠 주인님은 책망받을 단계를
넘어섰군요. 사랑이 책망받는다고 해서 가슴을 떠나진
않거든요. 사랑이란 감정에 일단 빠지면 방법이 없어요.
라틴어 속담에도 있잖습니까. '보석금은 되도록
적게 치르고 석방하라'고요.

루첸티오　고맙구나. 자, 이제 본론으로 넘어가자.
서문이 그럴듯하니 본론도 큰 위로가 될 거야.

트래니오　주인님이 그 아가씨에게 넋이 빠지는 바람에
문제의 핵심을 미처 못 보셨을 거예요.

루첸티오　오, 아냐. 그녀의 고운 얼굴은 아게노르의
딸 에우로페를 방불케 했어. 주피터 신이 소로
둔갑해 크레타 해안에 이르렀을 때 공손히 무릎 꿇고
그녀의 손에 키스했다는 그 에우로페 말이다.

트래니오　다른 건 못 봤나요? 아가씨 언니가
고래고래 소리를 지르고, 도저히 사람 귀로는
들을 수 없는 소동을 일으키는 건 못 보셨어요?

루첸티오　봤지. 그때 동생의 산호 같은 입술이 달싹이며
열릴 때마다 주변에 향기를 뿌리는 것 말이야.
그녀에게 속한 것은 모두 거룩하고 감미로웠어.

트래니오　(방백) 이거, 꿈에서 깨워드려야겠어. 주인님,
정신 차려요. 정말 그녀를 사랑한다면 그녀를

손에 넣을 궁리를 하셔야죠. 지금 사태는
이래요. 그녀의 언니는 이만저만한 말괄량이가
아니라서 아버지가 큰딸을 먼저 치우기 전까지
도련님이 사모하는 색시를 집에 붙들어
매둔대요. 청혼자들한테 시달림을 당할까 봐
아버지가 가둬둔다나 봐요.

루첸티오   아, 트래니오, 그 아버지 한번 지독하다! 한데
너 그 말 들었지? 딸애를 교육하기 위해 좋은
가정교사를 물색 중이라고 하지 않았느냐?

트래니오   저도 들었죠. 마침 좋은 계획이 떠올랐습니다.

루첸티오   나도 그래, 트래니오.

트래니오   그렇다면 우리의 계획은 틀림없이 같을 겁니다.

루첸티오   그럼, 네 계획부터 말해 봐.

트래니오   주인님이 가정교사가 되어 아가씨의 교육을 맡
는 겁니다. 그런데 주인님의 계획은요?

루첸티오   나도 같은 거야. 그런데 잘 될까?

트래니오   쉽진 않겠지요. 한데 주인님 역할은 누가 하죠?
빈첸티오 씨 아들로, 이곳 파도바에 머물면서
셋집을 얻고, 독서를 하며 친구를 접대하는
역할을 누가 하면 좋을까요?

루첸티오   문제없어. 마침 좋은 생각이 떠올랐어. 우리는
아직 어디에도 얼굴을 내밀지 않았으니, 누가 하인이고
누가 주인인지도 몰라. 그러니 이렇게 하는 거야.

트래니오, 네가 내 주인이 되어 나 대신 집을 얻고,
주인 행세를 하며, 하인도 거느리는 거야. 나는 다른
곳에서 온 사람처럼 위장할 테다. 피렌체나
나폴리 사람, 혹은 미천한 피사 사람이 되는 것도
괜찮겠지. 이제 계획을 세웠으니 행하는 거다.
그러니 트래니오, 얼른 옷을 벗고 이 화려한
모자와 외투를 착용해라. 비온델로가 오면 네 하인이
되라고 하겠다. 그러나 그전에 우리는
그 녀석을 속여 입을 봉해야 한다.

트래니오   그 방법밖에요.   (두 사람이 옷을 바꿔 입는다)
주인님이 정 그러시겠다면 저는 복종할 수밖에요.
우리가 떠나올 때 주인님의 아버님이 제게 거듭
'내 아들에게 잘하라'고 당부하셨으니까요.
하긴 설마 이러라는 의미는 아니었을 것입니다만,
소중한 주인님을 위해 기꺼이 루첸티오가 되어드리죠.

루첸티오   트래니오, 그래 줘. 이제 이 루첸티오도 사랑에
눈을 떴으니, 그 처녀를 얻기 위해서라면 노예가 되어도
좋아. 원, 처녀를 보자마자 첫눈에 사랑의 포로가
되다니! (비온델로가 들어온다) 저 녀석이 오는군.
얘, 넌 어디 가 있었어?

비온델로   어디에 있었냐고요? 아이, 원, 이거 웬일이에요?
트래니오 자식이 주인님 옷을 훔쳐 입고 있네요?
아니면 서로가 훔쳐 입었나요? 이게 무슨 영문입니까?

루첸티오   이리 와 봐. 농담하고 있을 때가 아냐. 그러니까
    이런 상황에 좀 맞춰달란 거야. 네 동료 트래니오는
    지금 내 목숨을 구하려고 내 옷차림으로 내 행세를 하고
    난 트래니오의 옷을 입고 도주 중이다. 글쎄, 난 이곳에
    도착하자마자 싸움판에 말려들어 사람을 죽였는데,
    곧 발각될 것 같아. 그러니 내 명령하는데, 넌
    트래니오의 하인이 되어 내가 안전하게 도피할
    수 있도록 하란 말이다. 내 말 이해했니?

비온델로   뭐가 뭔지 모르겠는걸요.

루첸티오   절대 트래니오란 이름을 입 밖에 내선 안 돼.
    트래니오는 루첸티오가 됐으니까.

비온델로   형, 부럽군요. 나도 그렇게 되어봤으면.

트래니오   나도 정말 그렇게 되어 그다음 소원을
    이뤄봤으면! 밥티스타 씨의 작은따님을 얻기로
    작정한 주인님의 소원이 이루어지게. 그런데 이봐,
    이 모든 건 주인님을 위해서니까 넌 탄로 나지
    않게 조심해야 해. 우리가 단둘이 있을 때는
    내가 트래니오지만 그 밖의 경우엔
    난 네 주인 루첸티오라는 걸 명심해!

루첸티오   트래니오, 이제 가 보자. 한 가지 더 부탁이
    있다. 네가 그녀의 구혼자 중 한 사람으로 행세하는
    거야. 그 이유는 묻지 마. 하지만 안심해.
    나쁜 일은 아니니까.

깊은 속뜻이 다 있어서 그러는 거야.　　　　　(모두 퇴장)

서막의 관람자들이 상단에서 이야기를 나눈다.

하인1　영주님이 조는 걸 보니 마음에 안 드는 모양이군요.

슬라이　(잠에서 깨며) 천만에! 여간 근사한 게 아니야.
　아직 이야기가 남았나?

시동　아이고, 서방님도. 이제 겨우 시작인걸요.

슬라이　여보, 마누라, 이거 참으로 근사하구려. 제기랄, 빨
　리 끝났으면 좋겠구먼.

　　　　　　(모두 자리에 앉고 다시 연극이 시작된다)

1막 2장
(파도바의 광장)

페트루치오와 그의 하인 그루미오가
호텐쇼의 집 문 앞으로 다가온다.

페트루치오　베로나를 잠시 작별하고 파도바에 친구들을
　만나러 왔으니, 가장 절친인 호텐쇼를 만나봐야겠군.
　이 집이다, 틀림없어. 얘, 그루미오, 두드려 봐라.

그루미오　두드리라뇨? 누굴 두드립니까?

누가 주인님께 무례한 짓이라도 저질렀나요?

페트루치오　이 촌놈아, 여길 쿵쿵 두드리란 말이야.

그루미오　여길, 주인님을 두들겨요? 그래, 제가 주인님을 두드린다면 어떻게 될까요?

페트루치오　이 촌놈 보게. 여길 두드리란 말이야. 쿵쿵 두드리라니까. 머뭇거리기만 해봐, 네 골통을 두드려 줄 테다.

그루미오　왜 그렇게 시비조세요. 만약 제가 주인님을 두드린다면, 무슨 봉변을 당할지는 안 봐도 뻔하잖아요.

페트루치오　그래도 못 알아들었느냐? 그러면 인마, 내가 널 두드려서 소리가 나게 해주겠다. 어디 '도, 레, 미' 하고 소리 좀 내봐라.　　　　　(그루미오의 귀를 비튼다)

그루미오　아이고, 사람 살려! 우리 주인님이 미쳤어요.

페트루치오　이 촌놈아, 어서 명령대로 두드려 봐.

호텐쇼가 문을 열고 나온다.

호텐쇼　이거 무슨 일인가? 아니, 그루미오, 그리고 페트루치오 아닌가! 그래, 베로나는 별일 없나?

페트루치오　호텐쇼, 자넨 싸움 말리러 나왔나? 그럼 난 '참으로 잘 만났어요'라고 말해야겠군.

호텐쇼　그럼 난 '존경하는 페투르치오 씨, 우리 집을 방문하신 걸 환영합니다'라고 해두지. 한데 그루미오, 어서 일어나. 일어나라고. 이제 싸움은 화해하게.

그루미오   그렇게 어려운 문구를 쓰신다 해도 난 상관 안
해요. 이래도 제가 하직할 정당한 이유가 안 된단 말인가
요? 호텐쇼 나리, 주인님께서 제게 다짜고짜 쿵쿵 두드리
라는데, 어떻게 하인이 주인님을 두드릴 수가 있겠습니
까? 제기랄, 차라리 제가 먼저 실컷 주인님을 두드려주었
더라면 억울하지는 않았을 것입니다.

페트루치오   이런 멍텅구리 녀석을 봤나! 여보게 호텐쇼,
내가 이 녀석더러 자네 집 문을 두드리라고
했더니, 이 자식이 그 말을 못 알아듣잖아.

그루미오   문을 두드리라고 했다니! 맙소사! 주인님은 분
명 이렇게 말씀하셨어요. '이 자식아, 여길 두드려라. 여
길 두드리라니까. 쿵쿵 세게 두드리라고.' 문을 두드리라
는 말씀은 지금 하신 거잖아요?

페트루치오   이 자식아, 꺼져버려. 아니면 입을 닥치든지.

호텐쇼   페트루치오, 참게. 내가 그루미오의
보증인이 되어줄 테니까. 원, 이건 주인과 종 사이의
굉장한 싸움이군. 그루미오는 오랜 세월 자넬 섬긴
믿음직하고 충직한 하인 아닌가? 그런데 이봐,
무슨 바람이 불어 고향 베로나를 버리고
파도바를 찾게 됐는가?

페트루치오   그야 좁은 고향 땅에 싫증 난 젊은이들을
선동해 외국에서 팔자 고쳐 보게 하는 바람을

타고 왔지. 실은 호텐쇼, 사정은 이렇다네.
우리 아버지 안토니오 옹이 돌아가셨네. 그래서 난
운명에 몸을 맡긴 채, 혹시라도 길운을 낚아채
아내도 얻고 돈도 벌어볼 작정으로 왔네. 고향에는
유산이 있고, 지갑에는 돈이 있다네.
그래서 세상 구경을 하러 나온 거지.

호텐쇼   페트루치오, 그렇다면 나도 솔직히 할 얘기가
있네. 심술 사나운 말괄량이가 하나 있는데,
그녀를 아내로 삼는 건 어떤가? 그게 달갑지
않을지도 모르지만, 그녀가 부자인 것만은
확실하네. 어마어마하다네. 나야 소중한 친구인
자네에게 그런 여자를 권하고 싶지는 않네만.

페트루치오   이봐, 호텐쇼, 우리 사이에 빈말은 접자고.
이 페트루치오의 아내로서 부족하지 않을 재산이
있다니 됐네. 재산은 내 구애의 반주가 될 테니까.
그녀가 저 플로렌티우스의 애인 같은 박색이건,
백 살 먹은 무당 같은 할망구건, 아니
소크라테스의 악처 크산티페 찜쪄먹을 정도로
고약한 바가지를 긁는다고 해도 난 상관없네.
아니, 그녀가 저 아드리아해의 성난 파도처럼
사납다 해도 난 동요하지 않을 거고, 애정이
무디어지는 일도 없을 것이네. 내가 파도바에
온 건 돈 많은 색싯감을 얻기 위해서니까.

돈만 생긴다면야 이 파도바는 천당이네.

그루미오 호텐쇼 나리, 지금 저희 주인님은 본심을 말했습
니다. 돈만 생긴다면 상대가 꼭두각시건 난쟁이건 아니,
말 쉰두 필 몫의 질병을 혼자 짊어지고 이가 하나도 없는
할망구라 해도 마누라로 삼을 겁니다. 그야말로 끄떡도
않을 겁니다. 돈만 들어온다면 상관 안 해요.

호텐쇼 여보게, 페트루치오!
여기까지 얘기가 나왔으니 솔직히 말하겠네.
아까는 농담이었네. 실은 자네 중매를 서고 싶을 만큼
여자가 돈은 몹시 많아. 그리고 젊고 미인이네.
어디 내놔도 부끄럽지 않을 정도의 교육도 받았지.
그러나 한 가지 치명적인 결함이 있다네. 그 결함은
그 누구도 감당하지 못할 정도로 지독한 왈패에
사나운 말괄량이이지. 도저히 방법이 없다는
거야. 나라면 아무리 곤경에 빠져 있다 해도
아니, 황금 노다지를 준다고 해도 그런 여자와는
결혼하지 않을 걸세.

페트루치오 가만있게, 호텐쇼! 자넨 황금의 위력을
모르는구먼. 그녀 부친의 함자가 어찌 되는가?
그걸 알면 돼. 내 당장 찾아가 봬야겠네.
그녀가 가을철의 천둥벼락처럼 무섭게
악을 써댄다 하더라도.

호텐쇼 부친 함자는 밥티스타 미놀라네.

대단한 호인에다 점잖은 신사지. 딸의 이름은
카타리나 미놀라라고 하는데, 파도바에서
내로라하는 욕쟁이지.

페트루치오   나는 딸은 모르지만, 아버지 쪽과는
안면이 있네. 그분은 돌아가신 선친하고 잘 아는
사이였거든. 호텐쇼! 난 그녀를 만나보기
전에는 눈을 붙이지 않겠네. 무례한 부탁인 줄
알지만 날 그 집으로 안내해 주게.
싫다면 자네와 이렇게 만나자마자 작별할 수밖에.

그루미오   제발 우리 주인님이 변덕 부리기 전에 안내 좀
해주세요. 그 아가씨가 저만큼 주인님을 알게 되면 아무
리 욕을 퍼붓는다고 해도 주인님이 끄떡 않는다는 걸 알
게 될 겁니다. 악당이니 뭐니 하고 욕을 퍼부어 대봤자 주
인님 앞에서는 다 부질없어지죠. 주인님은 한번 시작했
다 하면, 끝장을 보니까요. 그 아가씨가 대꾸라도 했다가
는 주인님이 그에게 꼼짝 못 할 호령을 내려 엉망진창으
로 만들 겁니다. 결국 그녀는 눈면 고양이 신세가 되고 말
테지요. 당신은 주인님 성품을 모르시나 보죠?

호텐쇼   그렇다면 페트루치오, 내가 같이 가주겠네.
밥티스타 씨 집에는 내 목숨보다 소중한 보물, 그러니까
어여쁜 작은딸 비앙카가 있으니 말이네. 문제는 그녀의
아버지가 날 얼씬도 못 하게 한다는 거야. 아냐, 나만이
아니라 나의 경쟁자인 다른 구혼자들도 얼씬 못 하게

해. 내가 말한 그 결점 때문에 큰딸 카타리나를 데려갈 사람이 없을 거로 생각하는 모양이야.

그래서 그 빌어먹을 카타리나를 치우기 전에는 누구도 비앙카에게 접근할 수 없다네.

그루미오 빌어먹을 카타리나? 처녀 별명치고 그렇게 고약한 별명이 있을까요?

호텐쇼 (페트루치오를 한쪽으로 데리고 가서) 페트루치오, 날 좀 도와주지 않겠나? 점잖은 옷으로 갈아입고 변장할 테니, 나를 비앙카를 가르칠 실력 있는 음악 교사로 추천해주게나. 만일 그렇게만 해주면 나는 마음 놓고 그녀에게 접근할 수 있을 테니 말이네.

그루미오 이건 음모도 뭣도 아니군. 그저 늙은이를 속이려고 젊은이들이 머리를 맞대는 거로군.

  그레미오가 광장으로 돌아온다. 그 뒤로 가정교사로 변장한 루첸티오가 들어온다. 그는 캠비오라고 이름을 바꾸었다.

  주인님, 주인님, 저기 누가 옵니다.

호텐쇼 쉿, 그루미오, 저자는 내 연적이야.

  페트루치오, 잠시 이리 좀 물러서게.

그루미오 잘생긴 젊은이구먼. 게다가 멋쟁이고!

(세 사람 물러선다)

그레미오 (루첸티오에게) 아주 좋소.

목록은 내가 한번 쭉 훑어봤소. 잘 제본해 주시오,

그 연애 책들 말이오. 잘해야 하오. 그녀에게 다른 강의를

해서는 안 돼요, 아시겠소? 나는 밥티스타 씨보다

더 많은 사례를 드릴 것이오.　　　　(목록을 돌려주면서)

자, 이 목록은 도로 넣어두시오. 그리고 책에는

향수를 잔뜩 뿌려놓으시오. 그 책을 받을 여자는

향수보다 더 향기로우니까. 그래, 무얼 읽어줄 거요?

루첸티오　제가 그녀에게 무얼 읽어주든 제 후원자이신

댁에 대해선 잘 말씀드릴 겁니다. 그러니 안심하십시오.

당신이 그 자리에 계시는 것처럼, 아니, 그 이상으로

교묘하게 변호하겠습니다. 당신은 학자가 아니니까요.

그레미오　오, 학문이라니, 기가 막혀!

그루미오　(방백) 아, 바보 새 같으니라고, 기가 막혀!

페트루치오　야, 입 닥쳐.

호텐쇼　그루미오, 쉿! (앞으로 나서면서) 안녕하십니까,

그레미오 씨?

그레미오　마침 잘 만났소, 호텐쇼 씨. 지금 내가

어디로 가고 있는 줄 아세요? 밥티스타 미놀라 씨 댁에

가고 있소. 아름다운 비앙카의 가정교사를 물색해

주겠다고 약속했는데, 마침 이 청년을 만났지요.

학식이 높고 인품이 방정하여 처녀에게 적합하고,

시를 비롯해 다양한 책을 두루 읽으신 분이지요.

호텐쇼　그것참 잘됐군요. 저도 한 신사를 만났는데, 그가

아가씨를 가르칠 음악 교사로 나를 추천했소. 그러니까
난 아름다운 비앙카를 위해 최선을 다할 겁니다.

그레미오　난 사랑하는 비앙카를 위한 마음을 행동으로 증
명할 거요.

그루미오　(방백) 그건 돈지갑이 증명할 문제야.

호텐쇼　이봐요, 그레미오 씨, 우린 지금 사랑 문제로
다툴 때가 아니오. 자, 내 말 좀 들어봐요. 당신이
솔직해진다면 나도 실례가 안 되는 범위에서
할 이야기가 있소. 오늘 이분을 우연히 만났는데,
우리가 이분의 요구에 응해 준다면 말괄량이한테
구혼하겠답니다. 그리고 지참금의 액수에 따라서
당장 결혼할 수도 있다고 했습니다.

그레미오　그렇게 말한 게 정말입니까? 좋습니다!
한데 호텐쇼 씨, 그녀의 결함을 솔직히 말씀드렸습니까?

페트루치오　난 그녀가 아주 진저리나는
말괄량이라는 걸 알고 있어요. 허나 그까짓
성깔머리 정도야 하나도 겁나지 않소이다.

그레미오　아, 상관이 없다고요? 당신 고향은 어딥니까?

페트루치오　베로나입니다. 돌아가신 선친의 함자는
안토니오고요. 유산도 있으니 난 편안히 오래오래 살고
싶습니다.

그레미오　아, 그 정도 신분인 분이 그런 여자를 아내로
맞겠다니, 말도 안 됩니다. 하기야

입맛이 동한다면 그래야지요. 저도 돕겠습니다.

그런데 당신 정말 그 살쾡이한테 청혼하시겠습니까?

페트루치오 그럼요.

그루미오 청혼하고말고요. 만일 청혼하지 않는다면
제가 그 살쾡이 목을 매달아 죽일 겁니다.

페트루치오 그럴 생각이 없다면 내가 무엇하러 여기까지
왔겠소? 시시한 소음에 내 귀가 끄떡할 줄 아시오?
나는 사자가 으르렁거리는 소리도 들어본 사람이오.
성이 나 땀 흘리는 곰처럼 바람에 들끓는 파도 소리도
들어봤소. 대지를 뒤흔드는 대포 소리, 하늘을 울려대는
천둥소리를 내가 들어보지 못한 줄 아시오?
난투가 벌어진 전쟁터에서 병사들의 아우성에 뒤섞여
들리는 준마의 울음소리와 나팔소리도 들었소. 그러니
여편네 혓바닥 놀리는 것쯤이야 눈도 깜짝 안 합니다.
그까짓 건 농가의 화로에서 터지는 군밤 소리지요.
쯧쯧, 아이들이나 도깨비를 무서워하는 법이오.

그루미오 우리 주인님은 원래 무서운 것이 없으십니다.

그레미오 호텐쇼 씨, 이분을 모셔 오길 정말 잘하셨소.
자신을 위해서나 우리를 위해 이분은 정말 잘 오셨어요.

호텐쇼 그래서 난 이렇게 약속했어요. 이 친구의 청혼
비용이 얼마가 들든 우리가 부담하기로 말입니다.

그레미오 나야 좋소. 그 여자를 넘어뜨려 주기만 하면야.

그루미오 그럼 잔치도 확실히 벌어지겠군.

트래니오가 주인 루첸티오로 변장하여
좋은 옷을 입고 등장하는데,
하인으로 비온델로를 거느리고 있다.

트래니오 여러분, 안녕하십니까? 실례지만 밥티스타
 미놀라 님 댁으로 가는 지름길이 어디입니까?

비온델로 그분에게는 예쁜 따님이 두 분 있다죠.
 그렇습죠, 주인 나리?

트래니오 음, 그렇다, 비온델로.

그레미오 댁도 그 댁 여자에게 볼일이 있다는 거요?

트래니오 그렇소. 아버지와 딸, 양쪽에 볼일이 있습니다.
 그런데 댁은 무슨 일이라도?

페트루치오 제발 그 말괄량이 쪽은 아니기를!

트래니오 난 말괄량이는 딱 질색이오. 자, 비온델로, 가자.

루첸티오 (방백) 제법인데, 트래니오.

호텐쇼 이보세요, 잠깐 한말씀만. 당신이 지금 말한
 그 처녀한테 청혼할 생각이오? 가부를 말해 보세요.

트래니오 그렇다고 대답하면 안 될 일이라도 있소?

그레미오 천만에요! 더는 아무 말 말고 돌아가 주시오.

트래니오 이보시오, 여긴 한길 아니오? 당신이 독점했소?

그레미오 아무튼 그 처녀에 관한 한은 안 되오.

트래니오 무엇 때문이오? 그 이유나 들어봅시다.

그레미오   정 그러시다면 내 말하리라. 글쎄, 그 여잔

　이 그레미오가 사모한단 말이오.

호텐쇼   이 호텐쇼도 그 여자를 사모하오.

트래니오   조용히들 하시오.

　당신들이 신사라면 내 말도 들어봐야

　할 것 아니오. 점잖은 밥티스타 씨는

　우리 부친과도 잘 아는 사이요.

　한데 그분 따님이 대단한 미인이라면

　구혼자가 들끓는 건 당연하며,

　나도 그중 한 사람이 될 권리가 있잖소.

　레다의 딸 헬레나에게는 천 명의 청혼자가

　있었다잖소? 그렇다면 아름다운 비앙카에게

　청혼자 한 명 더 는다고 대수요?

　사실 그렇게 될 거요.

　이 루첸티오도 도전할 테니.

　설사 파리스*가 나타나 독점하겠다 해도 말이오.

그레미오   허 참, 이 사람 입심 한번 좋군.

루첸티오   가만 놔두구려. 머잖아 정체를 드러낼 테니까.

페트루치오   호텐쇼, 무엇 때문에 그렇게 떠드는 거야?

호텐쇼   실례지만 당신은 밥티스타 씨 따님을 만나봤소?

---

* 파리스 : 트로이의 왕자이며, 스파르타의 왕비 헬레나를 빼앗음으
　로써 트로이 전쟁이 일어났다.

트래니오 　아직이오. 듣자 하니 두 자매 중 한쪽은

　　지독히 사납고, 한쪽은 미인에다 조신하다던데요?

페트루치오 　맞소. 입이 험한 쪽은 내 거니 손대지 마시오.

그레미오 　좋소, 그대 사업은 영웅 헤라클레스*한테 맡겨두

　　겠소. 그건 저 열두 가지 어려운 일보다 더 힘들 거요.

페트루치오 　이것만 알아두시오.

　　당신이 간절히 원하는 작은딸은

　　큰딸을 치우기 전에는 구혼자가 얼씬도

　　못하게 하겠다고 아버지가 말했소.

　　큰딸을 치운 뒤에는 작은딸도 자유롭겠지만,

　　지금으로선 어림없는 일이오.

트래니오 　그렇다면 당신은 우리에게, 아니 특히 나에게

　　중요한 분이오. 우선 당신이 돌파구를 찾아 언니를 손에

　　넣은 뒤 동생을 우리에게 풀어준다면 누구 손에 복이

　　떨어지든 우리는 배은망덕한 짓은 않겠소.

호텐소 　옳소. 좋은 말씀이오. 당신도 구혼자로 나선 이상

　　그래야죠. 우리와 마찬가지로 이분에게 보답을 해드려야

　　죠. 저분의 혜택을 입을 사람들이니까.

트래니오 　물론 나는 은혜를 잊지 않을 겁니다. 괜찮다면

　　오늘 오후에 애인의 건강을 축복하는 의미에서 주연을

---

* 헤라클레스 : 그리스 신화 최고의 영웅이다. 헤라 여신의 집요한
　박해를 받으며 용기와 지혜를 겸비한 위대한 영웅으로 성장한다.

열고 건배를 올립시다. 싸울 때는 당당하게 싸우더라도
지금은 친구로서 먹고 마시기로 합시다.

그루미오 · 비온델로　굉장한 제안인걸. 함께 갑시다.

호텐쇼　물론 참으로 좋은 제안이오. 그렇게 합시다.

이봐, 페트루치오!

자네 일은 모두 내게 맡겨두게.　　　　　　　(모두 퇴장)

2막 1장
(밥티스타 저택의 한 방)

매를 든 카타리나가 비앙카에게 달려든다.

비앙카는 두 손이 묶인 채 벽 쪽에 웅크리고 있다.

비앙카 언니, 제발 날 모욕하지 마. 이러는 건 언니
　스스로를 모욕하는 거야. 노예같이 나를 묶다니,
　정말 너무해. 이 손만 풀어주면 내가 지닌 허접한
　물건들은 내 손으로 떼어버릴게. 아니, 입고 있는 옷도,
　속치마까지, 언니가 하라는 대로 할게.
　나도 손윗사람에게 해야 할 의무는 잘 알고 있다고.
카타리나 좋아, 그럼 말해 봐. 너에게 청혼한 사람 중
　누가 가장 마음에 들어? 거짓말하면 없어!
비앙카 언니, 여러 남자들 중에서 정말로 내가 반한
　사람은 아직 한 명도 없어.
카타리나 이 계집애가, 거짓말 마! 호텐쇼를 좋아하지?

비앙카　언니도! 언니가 그를 마음에 품고 있다면

　　언닐 위해 주선해 줄 테니 그분과 결혼해.

카타리나　아, 그럼 넌 부자가 마음에 있나 보구나.

　　그레미오에게 시집가서 호사를 누려볼 셈이네.

비앙카　그분 때문에 날 이렇게 미워하는 거야?

　　말도 안 돼. 장난하는 거지? 인제 보니 언니는 계속

　　나를 놀리고 있었던 거야. 언니, 제발 이 손 좀 풀어줘.

카타리나　(비앙카를 때리며) 그럼 이렇게 때리는 것도 장난

　　이겠지.

아버지 밥티스타 등장

밥티스타　너 이게 무슨 짓이냐! 별일 다 보겠구나.

　　비앙카, 이리 와. 가엾게도 울고 있구나.　(손을 풀어주며)

　　들어가서 바느질이나 하렴. 네 언니는 상대하지 말고.

　　(큰딸에게) 넌 염치도 없냐? 못된 것, 얘를 왜 못살게 굴어!

　　동생이 기분 나쁜 말이라도 했니?

카타리나　재가 아무 말도 하지 않으니 더 기분이 나빠요.

　　야, 내가 널 가만두나 봐. (비앙카에게 달려든다)

밥티스타　(카타리나를 붙들면서) 이런, 내 앞에서까지?

　　비앙카, 넌 안으로 들어가거라.　　　　　　(비앙카 퇴장)

카타리나　아버지는 왜 날 못 살게 하는 거예요?

　　좋아요, 알았다고요. 저 앤 아버지의 보배니까

좋은 신랑감을 얻어주겠다 이거죠?

저 애 결혼식 날 난 노처녀니까 맨발로 춤을 추겠어요.

아버지가 저 애만 예뻐하시니, 난 원숭이를 끌고

지옥에나 가겠어요. 아무 말 않겠어.

분이 풀릴 때까지 서럽게 울 거야.　　　(방을 뛰쳐나간다)

밥티스타　위신 떨어지게 이 무슨 팔자야! 아니, 누가 오나.

그레미오, 교사로 변장한 루첸티오, 페트루치오, 음악 교사 리
치오로 변장한 호텐쇼, 루첸티오로 변장한 트래니오, 류트와
책을 든 비온델로 등장한다.

그레미오　안녕하십니까, 밥티스타 씨?

밥티스타　안녕하시오, 그레미오 씨. (인사를 한다) 여러분,
잘 오셨소.

페트루치오　아, 안녕하십니까. 여기 아름답고 얌전한 카타
리나라는 따님이 있다고 들었는데요?

밥티스타　예, 카타리나라는 딸이 있습니다만.

그레미오　퉁명스럽게 말씀하시는군요. 좀 부드럽게 말씀
하세요.

페트루치오　그레미오 씨, 참견하지 마시고
날 가만 내버려둬요. (밥티스타에게) 난 베로나에서
온 사람입니다만, 듣자 하니 미인에 재주 있는
따님이 있다죠. 게다가 상냥하고 수줍음이 많고

얌전하다죠? (밥티스타, 당황한다) 게다가 경탄할 만한
마음씨에, 몸가짐이 조신하다고 해서 소문의 진위를
눈으로 확인하고 싶어 실례를 무릅쓰고 댁을
찾아왔습니다. 초면입니다만 이분을 소개하지요.
(호텐쇼를 소개한다) 음악과 수학에 재능이 출중한데
따님도 소질이 있으시다니, 잘 가르칠 것입니다.
저를 믿고 부디 이분을 채용해 주십시오.
이름은 리치오라고 하는데, 만토바 출신입니다.

밥티스타　만나서 반갑소. 그리고 당신의 소개로
오신 분도 환영하오. 고맙긴 하지만 우리 딸
카타리나는 당신도 못 당할 거요.
나로선 그저 통탄할 뿐이오.

페트루치오　그럼 따님을 결혼시키기 싫단 말씀입니까?
아니면 제가 마음에 들지 않는다는 뜻입니까?

밥티스타　오해하지 마시오. 사실을 말했을 뿐이니까.
그런데 어디서 온 누구요?

페트루치오　제 이름은 페트루치오이며,
안토니오 옹의 아들입니다. 저의 아버지는
이탈리아에서는 모르는 사람이 없습니다.

밥티스타　잘 압니다. 그분 자제라니 오신 걸 환영하오.

그레미오　페트루치오 씨! 당신은 그만 입 좀 닫으시고
가엾은 구혼자들에게도 말할 기회를 주시오.
교대 좀 하자 이거요, 수다쟁이 양반아!

페트루치오　오, 그레미오 씨, 미안하오.

　난 그저 쇠뿔도 단김에 빼자는 생각에서.

그레미오　그야 그럴 테지요. 하지만 지금의 청혼을 틀림없
　이 후회할 거요. (밥티스타에게) 밥티스타 씨, 저분의 추천
　은 대단히 고마운 선물이 될 겁니다. 그런데 나로 말하자
　면 평소 댁의 신세를 많이 졌으니, 나도 똑같은 성의를 보
　여드리지요. (루첸티오를 소개하면서) 이 젊은 학자는 프랑
　스 랭스에서 오랫동안 공부하신 분입니다. 저분은 수학
　과 음악에 능통하다고 했는데, 이분은 그리스어와 라틴
　어 등 여러 외국어에 능통하지요. 이름은 캠비오입니다.
　잘 부탁드립니다.

밥티스타　뭐라고 감사의 인사를 드려야 할지 모르겠군요,
　그레미오 씨. 잘 오셨습니다, 캠비오 씨. (트래니오를 보고)
　당신은 초면인데 실례지만 무슨 일로 오셨소?

트래니오　아, 인사가 늦어서 죄송합니다. 저는 이 도시에는
　처음입니다만, 댁의 어여쁘고 얌전한 비앙카 양에게
　청혼하러 온 사람입니다. 큰딸을 먼저 결혼시키고
　싶은 당신의 심정을 모르지는 않습니다.
　다만 제가 청하고 싶은 것은 저희 가문에 대해
　알아본 다음 저를 구혼자 중의 한 사람으로 대우하여
　자유로운 접근과 호의를 베풀어 달라는 것입니다.
　우선 따님의 교육을 위해 이렇게 변변찮은 악기를
　가지고 왔습니다. 그리고 그리스어와 라틴어 책꾸러미도

가지고 왔습니다. 받아보시면 (하인 비온델로가 앞으로 나

와서 류트와 책을 내민다) 그만한 가치가 있을 겁니다.

밥티스타   루첸티오라고 했소? 그래, 고향은 어디시오?

트래니오   피사입니다. 아버지 성함은 빈첸티오입니다.

밥티스타   피사의 명문가로군요. 나도 소문을 들어

잘 알고 있습니다. 오신 걸 환영합니다.

(호텐쇼를 보고) 그럼 당신은 류트를 들고,

(루첸티오를 보고) 당신은 책을 들고 딸들한테

가보시오. 여봐라, 안에 누구 없느냐?   (하인, 등장한다)

자, 이 두 분을 아가씨들에게 안내해 드려라. 이분들은

가정교사들이니 실례를 저질러서는 안 된다고 전해.

(호텐쇼, 루첸티오, 하인 퇴장) 우리는 정원을 잠시 산책한

뒤 식사나 할까요? 모두 잘 오셨습니다.

그리고 제발 너무 서두르지는 마십시오.

페트루치오   밥티스타 씨, 저는 바쁜 몸이라

날마다 구혼하러 올 수가 없습니다. 저희 부친을

잘 아신다니, 제가 어떤 인물일지도 예상하실 겁니다.

상속받은 토지와 재산이 어느 정도인지 알고 계실 텐데,

제 대에 와서 예전보다 더욱 형편이 좋아졌습니다.

이제 댁의 의견을 말씀해 주십시오. 만일 제가 따님의

사랑을 얻게 된다면 지참금을 얼마나 주시겠습니까?

밥티스타   내가 죽으면 내 소유의 토지 절반과

이만 크라운을 줄 생각이오.

페트루치오　말씀하신 지참금을 주신다면, 따님이
　　과부가 됐을 경우, 즉 제가 먼저 죽으면
　　제 소유의 토지와 모든 종류의 계약권을 따님에게
　　양도하겠습니다. 자, 그럼 세부 항목을 작성하여
　　서로 계약을 이행할 수 있게 해둡시다.
밥티스타　좋소. 다만 그 첫째 조건은 당신이 내 딸의
　　사랑을 얻는 거요. 문제의 핵심은 그것이오.
페트루치오　그야 문제없습니다. 장인어른,
　　따님이 아무리 고집이 세다 해도 저는 못 당할 겁니다.
　　타오르는 두 개의 불길이 맞붙으면 땔감은 순식간에 타고
　　재만 남는 법입니다. 작은 불길은 미풍에야 견디지만
　　돌풍에는 쉬 꺼집니다. 제가 돌풍이라면 따님은
　　작은 불꽃에 불과해 저한테는 못 당합니다. 저는 워낙
　　거칠어 어린아이들 같은 구애는 하지 않습니다.
밥티스타　잘 설득해서 부디 성공하시오. 하지만
　　단단히 각오해야 할 것이오. 혹시 욕을 볼지도 모르니.
페트루치오　물론 단단히 각오했습니다. 그래 봐야
　　바람 앞의 태산이지요. 연거푸 불어와도 끄떡없습니다.

호텐쇼가 창백해져서 돌아온다. 그의 머리에 상처가 나 있다.

밥티스타　아니, 웬일이오? 얼굴이 왜 그렇게 창백하오?
호텐쇼　그렇게 보인다면, 그건 공포 때문입니다.

밥티스타 그건 그렇고, 딸아이가 음악에 소질은 있는 것
  같습디까?

호텐쇼 차라리 군대에 가면 어울릴 것 같던데요.
  류트보다는 쇠붙이가 더 어울릴 것 같았습니다.

밥티스타 그 애 마음을 류트에 처넣지 못한단 말이오?

호텐쇼 처넣다니요? 따님이 다짜고짜 류트를
  제 머리통에 처넣었다고요. 글쎄, 손가락을 잘못 짚기에
  손목을 잡고 가르쳐주려고 했을 뿐인데 악마처럼
  화를 내며 '뭐? 잘못 짚었다고? 어디 내가 한수
  가르쳐주지'라며 악기로 제 머리통을 내리쳤는데, 제
  머리가 악기를 뚫고 솟아 나왔어요. 그래서 한참 멍하니
  서 있었습니다. 마치 칼을 찬 죄수 꼴을 하고요.
  그러고는 미리 연구라도 해둔 것처럼 저더러
  엉터리 악사라느니 코맹맹이라느니 놈팡이라는
  등 갖은 욕설을 냅다 퍼부었습니다.

페트루치오 어이쿠, 참으로 씩씩한 아가씨군요. 난 그녀가
  전보다 열 배는 더 좋아지는군요. 어서 그녀와
  이야기를 해보고 싶군요.

밥티스타 (호텐쇼를 보고) 자, 나와 같이 들어가 봅시다,
  그렇게 비관하지 말고. 이제 작은딸을 맡아주시지요.
  그 아이는 공부할 의향이 있는 데다가 수고에 보답할
  줄도 알지요. 그럼 페트루치오 씨, 당신도 같이 들어가
  보겠소? 아니면 큰딸 케이트*를 이리로 보낼까요?

페트루치오 보내주십시오. 여기서 기다리겠습니다. (모두

　　퇴장하고 혼자 남는다) 그녀가 오면 열렬히 설득해야지.

　　욕을 하면 나이팅게일처럼 아름답게 노래한다고 하고,

　　얼굴을 찌푸리면 이슬 머금은 아침 장미처럼 맑다 하고,

　　입을 닫고 있으면 심금을 울리는 웅변이라고 하고,

　　꺼지라고 하면 더 머물라고 한 것처럼 고맙다고 해야지.

　　청혼을 거절하면 교회에 언제 결혼을 알릴 것인지,

　　결혼식은 언제 올릴 것인지 물어봐야지.

　　드디어 오는군. 당장 말을 걸어보자.

　　　　　　　　카타리나 등장

　　케이트, 안녕하세요? 이름을 그렇게 들었어요.

카타리나 똑바로 들었어야죠. 당신, 귀머거리 아니에요?

　　사람들은 보통 날 카타리나라고 불러요.

페트루치오 그건 새빨간 거짓말이야. 사람들은 모두

　　케이트라고 부르니까. 어떨 때는 대장부 케이트라고

　　부르고, 어떨 때는 말괄량이라고 부르더군요.

　　하지만 이봐요, 케이트 양, 기독교도 세상에서

　　최고 미인 케이트, 엘리자베스 여왕님이 묵어가는

　　케이트 홀의 케이트, 과자같이 먹고 싶은 케이트,

---

* 케이트 : 카타리나의 애칭.

내 말 좀 들어봐요. 내 마음의 위안인 케이트,
어딜 가나 당신은 상냥하다고 칭찬이 자자하고
어여쁘고 조신하다는 소문이 퍼져 있더군요.
그러나 그런 소문도 실물에 비하면 아무것도
아니라나요. 그 얘길 듣고, 나는 당신을 아내로
맞으려고 이렇게 움직여 찾아왔소.

카타리나　움직였다고요! 흥! 그럼 그렇게 움직여 온
발로 돌아가 주세요. 난 단박에 당신이 움직이기 쉬운
사람이라는 걸 알았어요.

페트루치오　아니, 움직이기 쉽다니?

카타리나　접었다 펼 수 있는 의자 같은 거지요.

페트루치오　내 말이 그 말이오. 그럼 와서 걸터앉으시오.

카타리나　당나귀에나 걸터앉는 거지, 당신이 당나귀예요?

페트루치오　여자에게 걸터앉는 법이오, 당신 같은.

카타리나　그렇다 해도 난 당신처럼 금방 지치지는 않아요.

페트루치오　착한 케이트 양! 나도 그렇게 막무가내로
걸터타진 않아요. 글쎄, 당신은 젊고 가벼우니까.

카타리나　하긴 당신 같은 시골뜨기기가 걸터앉기에는
가볍고말고요. 이래 봬도 난 꽤 무게 있는 여자라고요.

페트루치오　무게가 있다고? 무게가 있다니! 허허!

카타리나　그럼 잡아 봐요. 바보같이 말이에요.

페트루치오　어이구, 느림보 산비둘기 같으니라고.
바보같이 잡아보라고?

카타리나　산비둘기 같다고? 산비둘기가 바보를 잡을걸요.

페트루치오　저런, 저런, 당신 말벌같이 지독히 화가 났군.

카타리나　내가 말벌 같다면 침을 조심하세요.

페트루치오　난 그 침을 뽑는 수단이 있어.

카타리나　흥, 침이 어디 있는지도 모르는 주제에.

페트루치오　그걸 모르는 사람이 있다고? 꽁무니에 있지.

카타리나　미안하지만 혀에 있는걸.

페트루치오　누구 혀라는 거요?

카타리나　당신 혀지, 누구 혀겠어요! 아까부터 말꼬리를
　물고 늘어지던데, 썩 꺼져버려요!

페트루치오　아니! 내 혀를 당신 꼬리에다? 말도 안 돼.
　(여자를 팔로 감아 안으며) 이리 와요, 케이트. 난 신사요.

카타리나　그럼 맛 좀 봐야 알겠군요.

　　　　　　　　　　　　　　　　　(페트루치오의 뺨을 때린다)

페트루치오　한 대만 더 때려요. 다음엔 내가 때릴 테니까.

카타리나　아니, 팔이 들썩이나 보죠? 때리기만 해봐, 당신
　신사가 아니라고 할 테니. 신사가 아니면 명예도 없는 법.

페트루치오　가문의 문장을 두고 하는 말이오, 케이트?
　아, 그럼 내 문장도 당신 장부에 기입해 주시오.

카타리나　어떻게 생겼는데요? 닭 볏 모양의 광대 모자처
　럼 생겼나요?

페트루치오　당신은 볏 없는 닭, 글쎄, 내 암탉이 될 거요.

카타리나　당신은 수탉이게? 겁쟁이 수탉은 소리나 지르지.

페트루치오 아니야, 케이트. 자, 그렇게 시큼한 얼굴 좀 하지 마시오.

카타리나 시큼한 능금을 보면 언제나 그래요.

페트루치오 아니, 신 능금이 어디 있소?

그러니까 그런 시큼한 얼굴을 하지 마시오.

카타리나 있다고요, 있어.

페트루치오 그럼 어디 한번 보여주오.

카타리나 거울이 없어서 유감이군요.

페트루치오 아니, 그럼 내 얼굴이 그렇다는 거요?

카타리나 제대로 맞추었네요. 젊어서 그런지.

(빠져나오려고 몸부림친다)

페트루치오 그건 옳아. 난 젊고말고!

카타리나 금세 시들고 말 거야. (손으로 상대의 이마를 민다)

페트루치오 (여자 손에 입을 맞춘다) 이제 됐소.

카타리나 뭐가 됐다는 거예요?   (겨우 빠져나온다)

페트루치오 이봐요, 케이트! 제발 달아나지 말아요.

(다시 붙든다)

카타리나 이러면 가만있지 않을 거예요. 썩 놓지 못해요.

(빠져나오려고 몸부림친다)

페트루치오 못 봐. 인제 보니 당신은 정말 상냥해. 소문에 억척스럽고 뚱뚱하고 무뚝뚝하다던데 거짓말이었어. 당신은 쾌활하고 예의 바르고 말씨는 얌전해. 얼굴은 봄꽃처럼 예쁘고, 찡그리지도 않고, 곁눈질로 남을

멸시하지도 않고, 화가 나 입술을 깨물지도 않고,

남의 말 가로채며 쾌감을 느끼는 여자가 아니란 말이오.

반대로 상냥하고 얌전한 말씨로 구혼자들을 대하지.

(그녀를 놓으면서) 그런데 세상 사람들은 왜 케이트를

절름발이라고 하지? 왜 남의 욕하기를 그렇게 좋아할까?

케이트는 개암나무 가지같이 쭉 곧고 날씬하잖아.

그리고 피부는 개암 열매처럼 윤기가 잘잘 흐르고,

맛도 그 속살같이 싱싱하잖아. 어디 좀 걸어봐.

케이트가 절룩거리다니, 당치도 않아.

카타리나　바보같이 그러지 말고, 명령하고 싶으면

당신 집에서나 해요.

페트루치오　오, 당신의 여왕 같은 걸음걸이가 방안을

환하게 밝히는군. 달의 신 디아나도 숲을 이렇게

빛나게 하진 못할 거요. 오, 당신이 디아나가 되고,

디아나더러 케이트가 되라고 해. 그리고 케이트는

순결한 여자가 되고, 디아나더러 놀아나라고 해요.

카타리나　어디서 이런 능청을 배웠어요?

페트루치오　이를테면 즉흥이오. 내 어머니 쪽의 재주요.

카타리나　알뜰한 어머니군요. 하마터면 바보 아들을 낳을

뻔하셨군.

페트루치오　그래, 날 바보라 생각하오?

카타리나　그래요. 그러니 자신을 따뜻하게 잘 간수하세요.

페트루치오　그러니까 내가 당신을 이불 속에서 따뜻하게

잘 간수하겠다는 거요. 이제 허튼소리 그만하고 솔직히
말해 봅시다. 당신 아버지도 허락했으니 당신은 내
아내가 돼야 하오. 지참금 액수도 합의를 봤소.
싫건 좋건 난 당신과 결혼할 거요. 케이트, 난 당신
남편이오. 당신의 미모를 보게 해 주는
저 태양빛에 걸고 맹세컨대 내가 당신을
좋아하는 것은 당신 미모 때문이오. 그러니
당신은 나 외의 어떤 남자와도 결혼할 수가 없소.
나는 당신을 길들이기 위해서 태어난 사람이오.
살쾡이 케이트를 집고양이처럼
온순하게 길들이는 게 내 임무지.

밥티스타, 그레미오, 트래니오 등장

마침 당신 아버님이 오는구려. 절대 거절하지 마시오.
난 당신을 기꺼이 아내로 맞이해야 하니까.
밥티스타 오, 페트루치오! 그래, 내 딸아이와는
　어느 정도 진전이 있었소?
페트루치오 어느 정도라고요? 그야 당연한 일이죠.
　제 인생에 실패라는 건 있을 수 없는 일입니다.
밥티스타 아니, 내 딸 카타리나, 왜 그렇게 새침해 있냐?
카타리나 내 딸이라고요? 아버지는 참으로 자상하게
　아버지 노릇을 하시는군요. 이런 반미치광이한테 저를

시집보내려고 하다니, 무식한 왈패에, 독설가,

버럭 소리나 지르면 다 되는 줄 아는 사내인 줄도 모르고.

페트루치오　장인어른, 사실을 말씀드리겠습니다.

장인어른을 비롯한 세상 사람들은 카타리나에 대해

엉뚱한 소문을 퍼뜨려 놓았더군요. 따님이

고집쟁이처럼 보였다면 그건 하나의 전략일 뿐입니다.

따님은 고집쟁이가 아니라 비둘기같이 온순하고

성미가 급하기는커녕 아침나절같이 상쾌한 여자입니다.

게다가 참을성이 많기로는『데카메론』의 저 유명한

양처 그리셀다에 뒤지지 않고, 정조 관념은 로마의 열녀

루크레티아에 버금가는 여자입니다. 그래서 저희 둘은

돌아오는 일요일에 결혼식을 올리기로 합의 봤습니다.

카타리나　난 일요일에 당신이 교수형 당하는 걸 보겠어요.

그레미오　들었소, 페트루치오?

당신이 교수형 당하는 꼴을 보고야 말겠다고 하잖소.

트래니오　이게 당신의 성공이오? 이렇게 되면

우리가 할당금을 낼 수가 없지요.

페트루치오　여러분! 쉿, 난 이 여잘 택했소. 당사자들이

좋다는데 여러분이 왈가왈부할 것 없잖소?

우린 이런 약속을 했지요. 사람들 앞에서는

여전히 말괄량이인 체하기로요. 사실 케이트가

날 무척 사랑한다고 말하면 거짓말처럼 들리겠죠?

오, 상냥한 케이트! 케이트가 내 목에 매달려

연방 키스를 퍼부어 대며 굳은 맹세를 연발해

마침내 날 설복시켰다오. 아, 당신네 같은 풋내기가

뭘 알겠어. 아무리 병신 같은 사내도 부부끼리 있을

때는 살쾡이 같은 여자를 녹이는 기술이 있다는걸.

(카타리나의 손목을 잡으며) 자, 케이트, 우리 악수해요.

그럼 난 베니스로 돌아가서 결혼식 날 입을 옷을

마련해야겠소. 장인어른께선 피로연 준비와 손님을

초청해 주십시오. 내 장담하지만, 케이트는

멋진 신부가 될 것입니다.

밥티스타　글쎄, 뭐라고 말해야 할지 모르겠군. 어쨌든

손을 이리 주시오. 신의 축복을 빌어주겠소.

이건 약혼이 성립되었음을 축하하는 나의 말이오.

그레미오 · 트래니오　아멘! 이건 우리의 말이오.

그리고 증인이 되어드리겠소.

페트루치오　장인어른, 안사람, 그리고 여러분 모두

안녕히 계십시오. 난 베니스로 가봐야겠습니다.

가서 반지며 예복 등 필요한 예물을 마련할까 합니다.

일요일이 코앞이니까요. 케이트, 키스 안 해주겠소?

우린 일요일에 결혼하는 거요.　　(페트루치오가 키스한다.

카타리나는 화를 내며 그를 떼밀고 달아난다.

페트루치오도 방을 나간다)

그레미오　이렇게 갑작스러운 약혼도 있소?

밥티스타　여러분, 솔직히 난 무역상들처럼

성공이냐 실패냐를 운명에 맡길 거요.

트래니오 　하긴 간수해 봤자 썩을 물건이라면 팔아서

　　이익을 챙겨야지요. 최악의 경우 바닷속으로

　　사라질 뿐이지 않겠소?

밥티스타 　이익은 무슨 이익을 본다는 거요?

　　나는 그냥 조용히 데려가 주기만을 소원할 뿐이오.

그레미오 　그자가 여자를 꽉 잡은 건 분명해 보입니다.

　　그런데 밥티스타 씨! 작은따님 말입니다만, 이제 우리가

　　고대해 온 날이 왔군요. 저로 말할 것 같으면

　　이웃인 데다가 첫 번째 구혼자 아닙니까?

트래니오 　나로 말하자면 말로 표현할 수 없을 정도로,

　　아니 상상할 수 없을 정도로 비앙카를 사모합니다.

그레미오 　이봐요, 당신 같은 젊은이의 사모의 정은 나와는

　　비할 바가 못 되오.

트래니오 　당신 같은 반백 노인의 애정은 얼음이지 뭐요.

그레미오 　당신네의 애정은 팔랑개비지. 촐랑대지 말고

　　물러가 있어요. 그 나이엔 여자에게 먹히기나 할 테니.

트래니오 　허나 당신 나이의 사람 앞에서는

　　여자의 식욕도 도망칠걸요.

밥티스타 　자, 조용히들 해요. 이 자리는 내가 맡겠소.

　　승부를 가려야 하지 않겠소. 일테면 두 분 중 우리

　　딸에게 더 많은 유산을 남길 사람에게 그 애를

　　주겠소. 그레미오 씨, 당신은 무얼 줄 수 있소?

그레미오   당신도 알다시피 시내에 있는 제 집에는 접시며,
    금은 패물, 따님의 예쁜 손을 씻을 대야며 물병 등이
    쌓여 있소. 벽걸이 천들은 모두 티레 산이고,
    상아 궤짝에는 금화가 가득 들어차 있지요. 그리고
    삼나무 옷장에는 값진 아라스 홑이불과 고급 의복,
    천막, 휘장, 고급 리넨, 진주가 박힌 튀르키예산
    방석, 금실로 수놓은 베니스산 능직이 가득하고,
    백납 그릇, 놋그릇 등 가재도구들이 갖춰져 있소.
    또한 농장에는 젖소 백 마리와 살진 황소 백이십
    마리가 있소. 그 외에도 모든 게 충분히 갖춰져 있소.
    사실 난 늙었소. 그러니 내일이라도 내가 죽으면 내
    재산은 따님이 독차지하게 됩니다. 물론 내가
    살아 있는 동안은 내가 그녀를 독점할 것이오.
트래니오   그런 하찮은 것으로 '독점'한다니.
    자, 내 말을 들어보시오. 나는 외아들에 상속자입니다.
    만일 따님을 주신다면, 저는 저 융성한 피사 성 안에
    있는 고급 저택 서너 채를 따님에게 주겠습니다. 물론
    그 집들은 파도바의 그레미오 씨 저택보다 훌륭하지요.
    게다가 기름진 농토에서는 매년 이천 크라운의
    소작료를 받는데, 그것도 따님한테 주겠습니다.
    어떻소, 그레미오 씨, 이제 손들었소?
그레미오   매년 소작료가 이천 크라운이라! 내 토지를
    모조리 팔아도 그 액수엔 어림없겠는데.

(소리를 높이며) 어쨌든 내 토지도 그녀에게

　　주겠소. 게다가 지금 내 상선 한 척이 마르세유

　　항구에 정박해 있소. 어떻소, 내 상선에는

　　당신도 할 말이 없겠지?

트래니오　그레미오 씨, 다 알다시피 우리 아버지는

　　대상선을 세 척 이상 갖고 있소. 게다가 중형 상선이

　　두 척, 소형 상선은 열두 척이오. 그것들은 모두

　　그녀 것이 되겠지요. 다음에 당신이 무얼 제공한다고

　　할지 모르나 나는 그 모든 것의 두 배를 약속하겠소.

그레미오　있는 걸 모두 털어놨으니 더는 할 말이 없군.

　　내 능력 이상을 줄 수는 없으니까. 그러나 허락하신다면

　　내 재산과 더불어 나 자신까지 그녀에게 바치겠소.

트래니오　그렇다면 따님은 이제 틀림없이 제 것입니다.

　　당신은 그렇게 약속했으니까요.

　　그레미오 씨는 경쟁에서 졌습니다.

밥티스타　당신 조건이 훨씬 낫다는 걸 인정하오.

　　그럼 당신 아버지의 승인을 받아 오시오. 우리 아이를

　　며느리로 삼겠다는 승인 말이오. 그러지 않으면

　　미안한 말이지만, 당신이 아버지보다 먼저

　　죽을 경우 우리 아이의 유산은 어떻게 되겠소?

트래니오　그건 당신이 모르고 하는 말씀입니다. 우리

　　아버지는 이미 늙었고 나는 이렇게 젊지 않습니까?

그레미오　아니, 젊었다고 나중에 죽으란 법이 있소?

밥티스타 그럼, 이렇게 하겠소. 오는 일요일에

큰딸 카타리나가 결혼하니, 그다음 일요일에

비앙카를 당신에게 드리겠소. 단, 아까 말씀드린 대로

아버지의 승인을 얻는다는 조건이오.

그것이 불가능하다면 그레미오 씨에게 드릴 거요.

그럼 이만 실례하겠소.

두 분에게 감사하오.　　　　　　　　　　　　(절을 하고 퇴장)

그레미오 안녕히 가십시오. 알고 보니 좋은 이웃이군.

내가 너 따위를 겁낼 줄 알아. 이봐, 젊은 사기꾼!

부친이 바보가 아닌 다음에야 아들에게 전 재산을

물려주고 뒷방 늙은이로 산다고? 쳇, 어린애 같은

수작 작작 하시지. 그래, 이탈리아의 늙은 여우가

자식한테 그렇게 만만히 당할 줄 아나?　　　　　(퇴장)

트래니오 흥, 늙고 교활한 네 낯가죽을 확 벗겨주겠어.

내가 값을 올리니 무안했겠지.

이 모든 건 우리 도련님을 위해서야.

이젠 가짜 루첸티오가 가짜 아버지를 만들어야겠는걸.

일이 묘하게 돌아가는군. 대개 아버지가 자식을

만드는 법인데, 이 혼담으로 자식이

아비를 만들게 생겼군.

물론 내 계획이 실패하지 않는다면 말씀이야.　　(퇴장)

3막 1장
(밥티스타 집의 비앙카 방)

비앙카와 리치오로 변장하여 류트를 든 호텐쇼가
앉아 있고, 조금 떨어진 곳에 캠비오로 변장한
루첸티오가 자기 차례를 기다린다. 호텐쇼가 류트를
가르치는 것을 핑계로 비앙카의 손목을 잡는다.

루첸티오   (안절부절못하면서) 여보게 악사, 좀 삼가시오.
　너무 대담하잖소. 언니인 카타리나한테 그렇게 혼나고
　벌써 잊었단 말이오?
호텐쇼　이봐요, 사기꾼 같은 현학자, 이분은 섬세한
　음악 애호가요. 그러니 내게 우선권이 있소.
　내가 한 시간 음악을 가르친 뒤에
　당신도 그만큼 가르치구려.
루첸티오　앞뒤 분간도 못 하는 이런 바보를 봤나.
　어째서 음악이 생겨났는지 그 이유도 모르는 작자가!

무릇 음악이란 공부나 노동을 한 뒤에 생기를 얻기 위해
듣는 것 아니오? 철학 강의를 먼저 해야겠으니 내게
양보하시오. 내가 쉴 때 당신이 음악을 가르치시오.

호텐쇼　(일어서면서) 뭐가 어째? 당신이 이런 식으로
나온다면 나도 가만있지 않겠어.

비앙카　(두 사람 사이를 가로막아 서며) 아, 두 분 선생님,
이러시면 저를 이중으로 모욕하는 거라고요. 뭘 택하든
그건 제 자유 아니겠어요? 전 어린 학생처럼 교사의 매는
필요 없고, 시간표에 얽매이는 것도 딱 질색이에요.
뭘 배우고 싶어 하든 그건 제 마음 아니겠어요?
싸움의 뿌리를 뽑아야 하니 자, 이리들 와서
앉으세요. 선생님은 그동안 악기를 들고 연주를 하세요.
조율이 다 되면 이분의 철학 강의도 끝나겠죠.

호텐쇼　조율이 끝나면 당신이 철학 강의를 끝내겠소?

루첸티오　조율이 그리 쉽나! 아무튼 조율해 놓아요.

비앙카　지난번에 어디까지 했나요?

루첸티오　네, 여기까지 했습니다.

　"Hic ibat Simois, hic est Sigeia tellus,
　Hic steterat Priami regia celsa senis.
　여기는 시모이스 강이 흐르고 있다. 이곳은 시게이아 땅. 프
　리암의 옛 대궐이 여기 있었다.——(오비디우스의 라틴어 시)

비앙카　번역해 주세요.

루첸티오　'Hic ibat' 전에도 말했다시피, 'Simois' 내 이름

은 루첸티오, 'hic est' 아버지는 피사의 빈첸티오, 'Sigeia tellus' 당신의 사랑을 얻기 위해 이렇게 변장했소, 'Hic steterat' 나중에 청혼하러 올 루첸티오는, 'Priami' 내 하인 트래니오로 'regia' 나를 가장하고 있는데, 'celsa senis' 실은 영감쟁이의 눈을 속이기 위해서요.

호텐쇼   자, 이제 조율이 다 됐습니다.

비앙카   그럼 들려주세요.   (호텐쇼, 연주한다)

　어머나! 아, 시끄러워.

루첸티오   구멍에 침을 뱉어서 다시 조율해 봐요.

　　　　　　　　　　　　　　　　　(호텐쇼, 물러선다)

비앙카   이번엔 제가 번역해 보겠으니 맞는지 보세요. 'Hic ibat Simois' 전 당신을 몰라요. 'hic est Sigeia tellus' 전 당신을 믿지 않아요. 'Hic steterat Priami' 저분께 들리지 않도록 주의하세요. 'regia' 우쭐대면 안 돼요. 'celsa senis' 그러나 낙담하진 마세요.

호텐쇼   (돌아보면서) 이제 조율이 다 됐어요.

루첸티오   아직 저음부가 제대로 안 됐어.

호텐쇼   저음부는 괜찮아. 시끄럽게 떠드는 자는 저능아야.
　(혼잣말로) 저 현학자 녀석이 맹렬히 구애하는 것 같군.
　야, 이 샌님아, 내가 감시를 안 할 줄 알아?

　　　　　　　　　　　　　(두 사람 뒤로 살금살금 다가간다)

비앙카   나중엔 믿을지 몰라도 지금은 믿지 않겠어요.

루첸티오   믿음이 안 가다뇨? (호텐쇼를 의식해 큰 소리로)

그 까닭인즉 아이아키데스는 조부의 이름을 따서

아약스라고 불렸지요.

비앙카　(일어서면서) 그럼 선생님의 말씀을 믿을 수밖에요.

아니라면 언제까지나 의심하며 기묘한 논쟁을 하고

있어야 할 판이니까요. 그건 그렇고, 자, 리치오 선생님,

(호텐쇼를 한쪽으로 데리고 가서) 너무 기분 나빠하지

마세요. 제가 선생님 모두에게 유쾌하게 대한다고 해서.

호텐쇼　(뒤돌아보면서) 이봐요, 당신 잠깐만 나가주시오.

내 수업은 삼부 합주로는 장단이 맞지 않으니까.

루첸티오　그렇게 격식이 엄격하오? 좋소, 기다리겠소.

그러나 잘 감시해야지. 내가 속아 넘어갈 것 같아?

저 말쑥한 악사 녀석이 무슨 생각으로 저렇게 바람기를

살살 풍길까. (약간 뒤로 물러선다. 호텐쇼와 비앙카가 앉

는다)

호텐쇼　자, 먼저 악기를 다루기 전에 손가락 쓰는

법부터 가르쳐 드리지요. 그럼 우선 기초부터

시작하겠습니다. 음계 말입니다만, 과거의 어떤

음악 선생보다도 간단한 방법, 즉 효과적인 방법으로

재미있고 쉽게 가르쳐 드리겠습니다. 자, 이겁니다.

비앙카　어머나, 음계는 벌써 다 배운걸요.

호텐쇼　하지만 내 음계는 조금 색다르니까 읽어보세요.

비앙카　(읽는다)

'도' 나는 모든 화음의 기초.

'레' 호텐쇼는 열정을 호소합니다.

'미' 비앙카여, 그를 남편으로 맞이하세요.

'파' 전심전력으로 사랑하는 이 사람을.

'솔 레' 음부는 두 개지만 마음은 하나.

'라 미' 가엾게 여겨주세요, 죽을 지경이니.

이게 다 뭐예요! 쳇! 이런 건 싫어요.

나는 구식이 좋아요. 나는 무던한 성격이라서 기묘한

새 유행 따르느라 취향을 바꾸고 싶진 않아요.

하인 등장

하인　아씨, 아버님의 분부신데, 오늘은 공부를

　　그만하고, 큰아씨 방을 같이 꾸미라는데요.

　　결혼식이 내일이니까요.

비앙카　그럼 두 분 선생님, 안녕히 가세요.

　　전 이만 실례할게요.　　　　　　　(비앙카와 하인 퇴장)

루첸티오　나도 이만 가봐야지.

　　더 있을 이유가 없어졌으니.　　　　　　　　(퇴장)

호텐쇼　하지만 난 더 머물며 저 현학자의 동정을

　　살펴봐야겠는걸. 아무래도 비앙카에게 반한 모양이야.

　　비앙카, 그대가 저 엉터리 사기꾼의 일거수일투족에

　　한눈 팔 만큼 값싸게 군다면 이 호텐쇼도 당신에겐

　　미련을 버리고 다른 여자를 찾아보겠소.　　　(퇴장)

3막 2장
(광장)

밥티스타, 그레미오, 루첸티오로 가장한 트래니오,
캠비오로 가장한 루첸티오, 혼례복을 입은 카타리나,
그리고 비앙카, 하인들, 그 밖에 군중들 등장한다.

밥티스타   (트래니오에게) 루첸티오 씨, 오늘이 카타리나와
　　페트루치오의 결혼식인데, 사위 될 사람이
　　감감무소식이군요. 이게 무슨 창피요?
　　신부님이 오셔서 식을 올려야 할 시각에 신랑이
　　나타나지 않으니 이 무슨 웃음거리요?
　　루첸티오 씨, 이게 집안 망신이 아니고 뭐겠소?
카타리나   창피를 당하는 건 저라고요. 저는 마음에도
　　없는 결혼을 강요당했단 말이에요. 이런 미치광이
　　자식! 급한 성질에 기분 내키는 대로 청혼해 놓고,
　　결혼식을 올릴 때가 되니까 꽁무니를 빼다니.
　　그러기에 제가 뭐랬어요. 그 자식은 쾌활하게
　　행동하고 있지만, 그 천연덕스러운 태도 속에
　　독을 감춘 미치광이라고요. 가는 곳마다 구혼해서
　　결혼식 날을 받아놓고, 약혼 피로연을 하고,
　　손님들을 청하고, 교회에 결혼 예고도 하지만
　　정작 결혼할 생각은 눈곱만큼도 없었던 거라고요.

두고 보세요. 사람들은 이 카타리나를 손가락질하면서
이렇게 말할 거예요. '저 봐, 미친 페트루치오의
마누라지 뭐야. 제발 그 녀석이 어서 돌아와
결혼해 줬으면 좋으련만'이라고요.

트래니오　진정하세요. 카타리나 양, 그리고 밥티스타 씨도
참으세요. 페트루치오 씨가 어떤 일로 약속을
못 지키는지 모르지만, 악의가 없음을
제가 보증합니다. 그는 무뚝뚝해 보이지만 사실은
참으로 총명한 분입니다. 쾌활하면서도 착실해 보였어요.

카타리나　그이를 만나지 않았더라면 좋았을걸. (울면서 들
어간다. 비앙카와 신부의 들러리들도 함께 퇴장)

밥티스타　들어가 있어라. 네가 그렇게 우는 건
당연하다. 이런 모욕을 받고 성인인들 가만히
있겠느냐. 버릇없이 자란 너라 더욱 참기 어려울 거야.

비온델로, 달려 들어온다

비온델로　주인님, 주인님, 소식이 있어요.
아주 낡은 새 소식입니다.

밥티스타　소식이면 소식이지, 아주 낡은
새 소식이라니? 어떻게 그런 일이 있어?

비온델로　지금 페트루치오 님이 오고 있습니다.
이거 굉장한 소식 아닙니까?

밥티스타　　그럼 다 왔단 말이냐?

비온델로　　아니, 아직 멀었습니다.

밥티스타　　그렇다면 뭐냐?

비온델로　　지금 오고 있습니다.

밥티스타　　그럼 언제 여기 도착하느냐?

비온델로　　제가 이렇게 서서 주인님을 보고 있는
　　바로 이곳에 그분이 나타나는 바로 그 시각이 되겠지요.

트래니오　　그러면 너의 그 낡은 새 소식이란 게 뭐냐?

비온델로　　지금 오고 있는 페트루치오 님의 차림새 말인데
　　요, 새 모자에 헌 가죽조끼를 입고, 바지는 세 번이나 뒤
　　집어 꿰맨 것이고, 양초들을 담았던 헌 장화는 한쪽은 죔
　　쇠로 죄어져 있고, 다른 쪽은 끈으로 묶여 있어요. 그리고
　　읍내 무기 창고를 뒤져 꺼내온 듯한 녹슨 칼을 차고 있는
　　데, 칼자루는 부러지고, 칼집 끝의 쇠 덮개는 없고, 칼끝
　　은 두 갈래로 갈라졌어요. 낡은 안장은 좀이 슬었고, 등자
　　는 천하의 걸작이고, 그가 탄 말로 말하자면 엉덩이는 주
　　저앉았고, 비창증에 걸려 등뼈가 곪았으며, 입천장은 헐
　　고, 전신이 퉁퉁 부었으며, 발뒤꿈치에는 종기가 나 있고,
　　관절염으로 걸음은 절룩거리는 데다, 황달병에, 귀밑은
　　부어 있고, 현기증까지 일으켜 보고 있을 수가 없습니다.
　　또 기생충이 우글거리고, 등은 휘청휘청하고, 어깻죽지
　　는 금이 가 있고, 뒷다리는 딱 붙어 있어요. 또 재갈은 다
　　끊어져 가고, 양가죽 굴레는 허청거릴 때마다 잡아당기

는 성화에 몇 번이나 끊어져 다시 이은 것이고, 배띠는 여섯 군데나 기워져 있고, 낡은 벨벳 엉덩이줄에는 먼저 주인 여자 이름의 머리글자 두 자가 장식용 단추같이 뚜렷합니다. 그것도 새끼로 몇 군데 이어댄 것입니다.

밥티스타 누구와 같이 오더냐?

비온델로 아 예, 마부와 같이 오고 있습니다만, 그 마부란 자도 그 말과 다를 게 없는 꼬락서니입니다. 글쎄, 한쪽 다리엔 리넨 양말을 신고, 다른 쪽 다리엔 거친 모직 바지를 끼고 있고, 빨강과 파랑 대님을 매고 있습니다. 낡은 모자에는 깃털 대신 마흔 가지나 되는 묘한 장식이 달려 있습니다. 괴물, 글쎄, 옷을 걸친 괴물이라고 할까요, 도저히 기독교 나라의 하인이나 신사의 마부 꼴은 아닙니다.

트래니오 어떤 묘한 기분에 이끌려 그런 옷차림을 했겠지요. 하기야 그런 분은 가끔 그처럼 천한 차림을 하고 나타나는 수가 있긴 합니다만.

밥티스타 차림새야 어떻든 와주니 고맙군.

비온델로 아니에요, 아직 오지 않았습니다.

밥티스타 그가 왔다고 지금 네가 말하지 않았느냐?

비온델로 누가요? 페트루치오 님이 왔다는 말씀요?

밥티스타 그야 페트루치오가 왔다는 말이지.

비온델로 아닙니다. 전 그분의 말이 주인을 등에 태우고 온다고 말했을 뿐입니다.

밥티스타 　그건 결국 마찬가지 아니냐?

비온델로 　그건 그렇지 않습니다. 십 페니 걸고 내기를 해
　　도 좋습니다만, 말과 사람은 하나가 아닙니다. 하긴 그 수
　　가 많지는 않습죠.

　　　　　　페트루치오와 그루미오가 몹시
　　　　꼴사나운 차림으로 떠들썩하게 등장한다.

페트루치오 　이봐, 젊은 신사들은 어디 계시는가?
　　안에 아무도 없느냐?

밥티스타 　(쌀쌀맞게) 아, 잘 왔네.

페트루치오 　뭘요, 잘 왔으려구요.

밥티스타 　어쨌든 어서 오게

트래니오 　하지만 난 당신이 좀 더 좋은 옷을 입고 와주었
　　으면 하고 바랐어요.

페트루치오 　아니, 이런 차림이 어때서요?
　　그런데 케이트는 어디 있습니까? 내 귀여운 신부는
　　어디 있습니까? 장인어른, 무슨 일이 있습니까?
　　훌륭한 신사들이 왜 이렇게 노려보는 겁니까?
　　마치 굉장한 기념비나 혜성, 아니 놀라운
　　사건을 눈앞에서 보기라도 한 것처럼.

밥티스타 　아니, 여보게! 오늘은 자네 결혼식 날 아닌가!
　　조금 전까지만 해도 우린 자네가 나타나지 않을까 봐

노심초사했지. 헌데 기왕에 나선 김에 제대로

차려입지, 이렇게 처참한 복장으로 와서 황당하네.

자, 그 옷은 당장 벗어버리게. 자네 신분에

맞지 않고, 이 엄숙한 결혼식에는 꼴사나우니 말이야.

트래니오   그런데 말 좀 해보세요. 어째서 신부를 이렇게

기다리게 했고, 복장은 또 왜 그 모양인지를요.

페트루치오   지루한 이야기는 그만둡시다.

들어봤자 소용없을 테니. 아무튼 약속대로 내가 왔으니

불만은 없겠지요? 잠깐 어디 좀 들르느라 이렇게

됐습니다만, 나중에 틈이 나면 충분히 납득이 가게

말씀드리지요. 그건 그렇고, 케이트는 어디 있습니까?

너무 늦지 않았어요? 오전이 마구 지나가고 있어요.

지금쯤 교회에 가 있어야 할 시간인데.

트래니오   아니, 그렇게 꼴사나운 차림새로

신부를 맞을 거요? 자, 내 방으로 가서

옷을 갈아입으세요. 내 옷을 빌려드릴 테니.

페트루치오   천만에요, 난 이대로 만나겠소.

밥티스타   설마 그런 꼴로 결혼식을 올리지는 않겠지?

페트루치오   아뇨, 이대로 식을 올리겠습니다. 그러니 더는

말씀 마세요. 신부는 나와 결혼하는 것이지 내 복장과

결혼하는 건 아니니까요. 내가 옷을 갈아입는 것은 어렵지

않아요. 그러나 난 신부에게 마음의 옷을 갈아입혀

주고 싶습니다. 케이트를 위해서나 나를 위해서나.

지금은 쓸데없는 수다로 시간을 끌 때가 아닙니다.
어서 신부한테 가서 사랑의 키스를 하고 남편의 권리를
확보하겠습니다.　　　(뒤에 서 있는 그루미오를 데리고 퇴장)

트래니오　저렇게 미치광이처럼 차려입은 데는
분명히 무슨 곡절이 있을 테지만, 아무튼 교회로
가기 전에 바꿔 입도록 설득해야겠습니다.

밥티스타　뒤쫓아 가서 좀 살펴보게나.
　　　　　(트래니오와 루첸티오만 남고 밥티스타, 그레미오를
　　　　　　　　비롯한 나머지 인물은 모두 퇴장한다)

트래니오　그런데 말이에요, 당사자의 승낙 외에도 신부
아버지의 승낙이 필요합니다. 승낙을 얻기 위해서는
요전에 말씀드린 대로 사람을 한 명 구해야겠습니다.
우리 쪽의 목적에 맞기만 하면 누구라도
상관없으니 그리 어려운 일은 아닙니다.
그를 피사의 빈첸티오 나리로 꾸며 이곳으로 오게 해서
내가 약속한 액수보다 더 많은 재산을 물려준다는
의사 표시만 하면 됩니다. 그렇게만 하면 주인님은
그토록 바라던 목적을 달성하고, 아름다운
비앙카와 결혼할 수 있습니다.

루첸티오　그런데 그 동료 가정교사 놈이 비앙카의
일거수일투족을 감시하고 있는 게 걸려. 그렇지만
않으면 그녀와 몰래 결혼식이라도 올리고 싶어.
일단 결혼식만 해버리면 그다음엔 온 세계가 아니라고

외쳐도 기어코 내 걸 지킬 텐데.

트래니오   그 문제도 꼼꼼히 살펴서 우리의 계획이
　　　성공하도록 해보죠. 그런데 우선 그 반백의
　　　그레미오와 빈틈없는 아버지 미놀라, 그리고 교활한
　　　호색한인 음악 교사 리치오, 이 세 사람을 감쪽같이
　　　속여야 해요. 이 모든 건 주인님을 위해서예요.

그레미오 다시 등장

아니, 그레미오 씨, 교회에서 돌아오는 길입니까?

그레미오   예, 하굣길의 아이들처럼 신이 나서 즐겁게.

트래니오   신랑 신부도 돌아옵니까?

그레미오   신랑이라고요? 그 인간이 어찌나 으르렁대는지
　　　색시는 이젠 꼼짝을 못 한답니다.

트래니오   여자보다 한술 더 뜬단 말이에요? 원, 그럴 리가.

그레미오   아니, 그 인간은 악마예요, 악마. 정말 마귀요.

트래니오   그 여자가 악마지요. 정말 악마 어미요.

그레미오   쳇! 그 여잔 남편 앞에서는 새끼 양이자,
　　　비둘기요, 바보요. 글쎄, 루첸티오 씨, 식장에서 신부님이
　　　카타리나를 아내로 삼겠느냐고 묻자 그 신랑이라는
　　　인간이 어찌나 큰 소리로 '그야 물론이오'라고
　　　외쳤던지 신부님이 깜짝 놀라 성경을 떨어뜨렸지 뭐요.
　　　그런데 신부님이 성경을 집으려고 허리를 굽히자,

그 미치광이 신랑이 느닷없이 신부님에게 주먹을
날리지 뭡니까? 결국 성서를 들고 있던 신부님이
나자빠지고 말았지요. 그러자 그 작자가 '야, 어떤
놈이든 덤빌 테면 덤벼봐!'라고 으르렁거렸어요.

트래니오　　그럼, 신부님이 다시 일어섰을 때
그 말괄량이가 뭐라고 하던가요?

그레미오　　그저 벌벌 떨고만 있었소. 신부님 쪽에서
실수라도 한 것처럼 신랑이 하도 발을 구르고
욕설을 퍼부어 대니 말이에요. 그런데 겨우 식이 끝나자
그 작자는 술을 내오라고 하더니 '건배!' 하고
고함을 질렀는데, 마치 태풍을 겪은 뱃사람이 배
위에서 동료들과 무사함을 자축하는 것 같았다니까요.
글쎄, 술을 꿀꺽꿀꺽 마신 뒤에는 그 찌꺼기를
집사 얼굴에다 내던졌는데, 무슨 이유가 있어서가
아니라 그 집사의 수염이 성글고 굶주린 듯한 표정이
이쪽이 마시는 술 찌꺼기라도 얻어먹고 싶어 하는
눈치였기 때문에 그랬다는 거예요. 그런 뒤 그 작자는
신부의 목을 끌어안고 요란스럽게 키스를 했는데,
입술이 떨어질 때 얼마나 요란한 소리를 냈는지
교회 안을 진동시킬 정도였다니까요. 난 거기까지 보고
창피해서 나와버렸지만, 조금 있으면 일행이
돌아올 거요. 난 이런 미치광이 결혼식은 처음 봤소.
저기 악사들의 연주 소리가 들리는구려.

악사들을 선두로 결혼식 행렬이 들어온다. 페트루치오와
　　　　카타리나, 비앙카, 밥티스타, 호텐쇼, 그루미오 등장

페트루치오　여러분, 수고하셨습니다.
　오늘 모두 만찬을 함께 할 생각으로
　굉장한 결혼 잔치를 준비해 놓으신 모양입니다만,
　나는 급한 볼일이 있어서 이제 떠나야 합니다.
밥티스타　아니, 오늘 밤에 떠나겠다고!
페트루치오　지금 떠나야 합니다. 밤까지 기다릴 수가
　없습니다. 이상하게 생각하실 건 없습니다. 장인어른이
　제 사정을 아신다면 어서 가보라고 하실 겁니다. 여러분,
　정말 감사합니다. 여러분 덕택에 이 세상에서 드물게
　인내심 강하고 상냥하며 정숙한 여자를 아내로 맞게
　되었으니까요. 그럼 여러분, 피로연은 장인어른과 함께
　즐기시고, 저희 건강을 축원해 주십시오. 인제 그만
　가봐야겠습니다. 그럼 다들 안녕히 계십시오.
트라니오　아니, 제발 잔치가 끝나는 걸 보고 가시오.
페트루치오　그럴 수는 없습니다.
그레미오　제발 부탁하오.
페트루치오　안 돼요.
카타리나　제발 부탁이에요.
페트루치오　아, 고맙소.

카타리나　그럼 머물러 계시겠다고요?

페트루치오　당신의 청은 고맙소. 하지만 당신이 아무리
　　부탁한다 해도 난 머물러 있을 수가 없소.

카타리나　절 사랑하신다면 가지 마세요.

페트루치오　이봐, 그루미오, 어서 말을 준비해라.

그루미오　예, 주인님, 말은 준비해 두었습니다.
　　귀리를 실컷 먹였어요.

카타리나　흥! 그렇다면 당신 맘대로 하세요.
　　저는 오늘 같이 가지 않을 테니까요.
　　아니, 마음이 내키지 않으면 내일도 가지 않을 거예요.
　　문은 열려 있으니까, 자, 가보세요. 그 장화가 닳아빠질
　　때까지 원 없이 터벅터벅 돌아다녀 보시죠.
　　제 마음이 안 내키면 저는 아무 데도 가지 않을
　　거라고요. 처음부터 이러니 앞으로 얼마나 뻔뻔스럽고
　　심술궂은 상놈 본성을 드러내는지 누가 알겠어요.

페트루치오　케이트, 안심해요. 그렇게 화낼 일이 아니오.

카타리나　이런 데도 화를 내지 말라고요?
　　아버지, 아버진 좀 가만히 계세요.
　　누가 자기 맘대로 하게 가만둘 줄 알고?

그레미오　아이구, 이제 드디어 시작하는구먼.

카타리나　여러분, 피로연장으로 들어가세요.
　　인제 보니, 여자란 여간 마음이 강하지 않고선
　　바보 취급 당하기 십상이네요.

페트루치오   이봐, 케이트, 누구 명이라고
연회장으로 안 들어가겠소? 들러리분들도
신부의 명령에 복종하시오! 자, 연회장으로 들어가서
실컷 마시고 즐기십시오. 그리고 신부의 처녀성을
축복해 주십시오. 미치도록 떠들건 목을 매건
맘대로 하십시오. 그러나 내 귀여운 신부 케이트만은
내가 데리고 가야겠습니다. (카타리나에게) 이봐,
그렇게 발을 동동거리면서 위협조로 나오지 마시오.
당신이 아무리 노려보고 안달해도 내 소유물이니,
내가 주인 아니오. 이 여자는 내 소유물이요, 동산이요,
집이요, 살림 도구요, 전답이요, 창고요, 말이요,
소요, 당나귀라고요. 아무튼 내 거란 말입니다.
저기 서 있는 저 여자한테 누구든 감히 손을 대봐!
파도바에서 아무리 잘난 자라 해도 내 길목을 막으면
가만있지 않을 거야. 야, 그루미오, 칼을 빼라.
우린 도둑들한테 포위당해 있어. 네가 사내라면
아씨를 구해내야 할 것 아니냐. 이봐, 케이트,
아무 걱정하지 말아요. 아무도 당신에게 손대지 못하게
할 테니까. 백만 명이 대들어도 당신만은 꼭 방어해
낼 테니까!   (카타리나를 안고 퇴장. 그루미오는
                          호위하는 태세로 그 뒤를 따라 퇴장한다)
밥티스타   아, 여러분, 내버려 둡시다. 부부 사이가 제법 좋
구면.

그레미오 저들이 빨리 떠나줘서 다행입니다. 난 하도 우스
워 하마터면 죽을 뻔했소이다.

트래니오 나 원 참! 별 미치광이 같은 결혼식을 다 봤네.

루첸티오 비앙카, 그래, 언니를 어떻게 생각합니까?

비앙카 평소 언니가 미치광이 같으니까 저런 미치광이하
고 결혼한 것이겠지요.

그레미오 페트루치오와 케이트는 틀림없이 천생연분입
니다.

밥티스타 여러분! 신랑 신부의 좌석은 비어 있어도, 음식
은 많이 차려져 있습니다. 자, 루첸티오, 당신은 신랑 좌
석에 앉고, 비앙카는 언니 좌석에 앉거라.

트래니오 아름다운 비앙카에게 신부 연습을 시키자는 건
가요?

밥티스타 그렇소, 루첸티오, 그럼, 여러분 들어갑시다.

(모두 퇴장)

4막 1장
(페트루치오의 시골 저택)

이층 복도로 통하는 계단. 커다란 난로와 탁자, 벤치, 걸상이 놓여 있다. 입구가 세 개인데, 하나는 현관으로 통하고 있다. 그루미오가 바깥에서 들어온다. 어깨에는 눈이 쌓여 있고 다리에는 진흙이 튀어 있다.

그루미오 (벤치에 털썩 주저앉으면서) 제기랄, 무슨 팔자가 이래! 말들은 늙어빠진 데다 주인 내외는 발광을 하고, 길은 진창이니, 세상에 이렇게 지독한 꼴을 당한 사람이 있을까? 이렇게 혼이 나고, 이렇게 욕을 본 사람이 있을까? 나보고는 먼저 가서 불을 피워 놓으라 하고, 저희는 나중에 와서 몸을 녹이겠단 배짱이지. 내 몸이 작은 항아리처럼 쉽게 뜨거워지니 망정이지, 그렇지 않았다면 입술은 당장 얼어 이빨에 달라붙고, 혀는 입천장에 얼어붙고 말았을 거야. 뱃속의 심장도 얼어붙었을 거야. 불을 지

펴서 몸을 녹일 겨를도 없이 말야. 이제 슬슬 불을 지펴서
몸이나 녹여볼까? 이런 날씨엔 나보다 키가 큰 사람은 감
기 걸리기에 십상이겠군. 이봐, 커티스!

커티스 등장

커티스 이렇게 얼어붙은 소리를 내는 사람이 누구야?

그루미오 얼음 조각일세. 내 말을 믿지 못하겠거든 내 어
깨를 좀 짚어보게. 그러면 손이 발꿈치까지 금세 미끄러
져 내려가고, 어깨에서 발꿈치 사이가 머리와 모가지 정
도의 거리밖에 안 느껴질 테니. 이보게, 커티스, 불 좀 지
펴줘.

커티스 주인 내외분은 오시는 중인가, 그루미오?

그루미오 그렇다네, 커티스. 그러니까 불을 피워, 불을. 아
니, 물은 끼얹지 말고.

커티스 그래, 아씨는 소문처럼 지독한 말괄량이던가?

그루미오 이번에 서리가 내리기 전까지는 그게 사실이었
어. 하지만 너도 알다시피 겨울이 오면, 남자고 여자고 짐
승이고 죄다 풀이 죽잖아. 글쎄, 우리 주인님과 아씨도 그
렇고, 나도 내 동료인 너도 그렇단 말이야.

커티스 내가 네 동료라니, 요 세 치밖에 안 되는 바보 주제
에! 내가 너와 같은 짐승인 줄 알아?

그루미오 아니, 내가 세 치밖에 안 된다고? 그럼 너의 오쟁

이 진 뿔은 한 자는 되겠군? 그렇다면 내 키도 최소한 한 자는 될걸. 그건 그렇고, 어서 불 좀 피워 줄래? 싫다고 하면 아씨께 고자질할 테야. 그러면 아씨는 곧 도착할 텐데, 넌 그녀의 손바닥에 얻어맞겠지. 불을 안 피워놓은 죄로 네 눈에서 불이 날 거란 말이야.

커티스　(난로에 불을 지피면서) 이봐, 그루미오! 세상 돌아가는 이야기나 좀 해주겠나?

그루미오　이봐, 네가 맡은 일을 제외하면 세상은 어딜 가나 차디차다는 걸 알라고. 그러니까 빨리 불을 피우란 말이야. 자기가 해야 할 일을 다하면 복이 온다고 하잖아. 나리와 아씬 지금 얼어 죽게 됐어.

커티스　(일어서면서) 자, 불을 피웠어. 그런데 이봐, 무슨 소식은 없나?

그루미오　없긴 왜 없어! 싫증 날 정도로 널렸네.

커티스　하긴 넌 못된 장난질을 숱하게 알고 있을 테지.

그루미오　(불에 손을 쬐면서) 그러니까 몸을 좀 녹여야겠어. 난 꽁꽁 얼어 있으니까. 그런데 요리사는 어디 갔나? 저녁은 준비됐나? 집 안은 치워놓았고? 돗자리는 깔아놓고, 거미줄은 걷었어? 하인들은 새 옷으로 갈아입었겠지? 흰 양말로 갈아 신었고? 다들 예복으로 갈아입었어? 남자들은 밖을 깨끗이 하고 여자들은 안을 깨끗이 해야만 하거든. 테이블보는 깔아놨겠지? 만반의 준비가 되어 있나?

커티스 다 됐어. 그러니 제발 재미있는 소식이나 전해 줘.

그루미오 첫 번째 소식은 말은 지쳤고, 주인 내외가 낙마를 했다는 거야.

커티스 어쩌다?

그루미오 안장에서 진창으로 굴러떨어졌어. 거기에는 까닭이 있지.

커티스 그 이야기 좀 들려줘.

그루미오 그럼 귀를 좀 이리.

커티스 자.

그루미오 바로 이거야.　　　　　　　(커티스의 귀를 때린다)

커티스 아니, 얘기는 않고 귀를 느끼게 해주겠다는 거야?

그루미오 그러니 누구나 느낄 수 있는 얘기란 말이야. 이렇게 따귀를 갈겨놓으면 네 귀가 정신을 차릴 것 아닌가. 자, 그럼 이야기를 시작하지. 그때 우리 일행은 진창길을 내려오고 있었지. 주인님이 아씨 뒤에 걸터타고서 말이야.

커티스 내외분이 같은 말을 탔단 말인가? 말이 가엾군.

그루미오 그게 어쨌다는 거야?

커티스 하긴 말이 한 필이니까.

그루미오 그럼 네가 얘기해 봐. 네가 내 말을 가로막지만 않았다면 말이 어떻게 넘어졌는지, 아씨가 어떻게 말 밑에 깔리게 됐는지 얘기해 줬을 것 아냐? 그리고 그곳이 얼마나 지독한 진창이었는지, 아씨가 얼마나 진흙투성이가 되었는지, 주인님은 말에 깔린 아씨를 그대로 두고, 말을 넘어뜨렸다고 날 얼마나 두드려 팼는지도. 그리고 아씨는 주인님이 날 못 때리게 막느라고 진창에서 어떻게 기어 나왔는지 내가 얘기해 줬을 것 아닌가. 주인님은 욕을 퍼붓고, 생전 빌어본 적 없는 아씨는 용서를 빌고, 난소리를 내지르고, 말고삐가 끊어지고, 말의 엉덩이 줄이 떨어져 나가면서 말이 달아난 이야기들, 아니, 그 밖의 소중한 이야기들은 모조리 망각 속에 파묻혀 버리고 말 테고, 그래서 결국 넌 그런 얘길 듣지도 못한 채 무덤으로 들어갈 테지. 내 말을 가로막지만 않았다면 내가 그런 얘기들을 모조리 들려줬을 것 아닌가?

커티스   지금까지 듣기론 주인어른 쪽이 아씨보다 한술 더 뜨셨다는 거군.

그루미오   그야 물론이지. 주인님이 돌아오면 너도, 이 댁의 최고로 거만한 하인도 알게 될 거야. 그러나 지금은 이런 얘기를 하고 있을 때가 아냐. 자, 모두 이리로 불러들여. 너새니얼, 조셉, 니콜러스, 필립, 월터, 슈가소프, 피터 그 밖의 하인들도 모두 이리로 오게 해. 머리는 깨끗이 빗질하고, 파란 코트는 솔질해서 입고, 대님은 야무지게 매야 하네. 인사할 때는 왼쪽 다리를 굽히면서 하고, 손에 키스하기 전에 주인님이 탄 말의 말총에 손을 대서는 안돼. 그럼 준비는 다 됐나?

커티스   다 됐고말고.

그루미오   그럼 모두 이리 불러와.

커티스   (부른다) 여보게들! 어서 이리 와서 주인님을 맞이
해서 새아씨의 얼굴을 세워 드리게나.

그루미오   아씬 원래 얼굴이 똑바로 서 있어.

커티스   그걸 누가 모르나?

그루미오   네가 금방 하인들에게 아씨 얼굴을 세워 드리라
고 했잖아.

커티스   그야 하인들이 새아씨에 대한 믿음을 갖자는 거지.

그루미오   그러나 아씨는 여기 오셔서 하인들에게 아무것
도 요구하지 않으실 것이 확실해.

하인 네댓 명이 등장하여 그루미오를 둘러싼다.

너새니얼   무사히 돌아왔군, 그루미오.

필립   그래 어떤가, 그루미오.

조셉   야, 그루미오.

니콜러스   이봐, 그루미오.

너새니얼   이봐, 그래, 어떻던가?

그루미오   아, 다들 잘 있었겠지? 재미는 좋았는가? 인사는
이만 줄이지. 한데, 이봐, 팔팔한 동료들, 준비는 다 됐나?
모든 준비는 됐냐고?

너새니얼   준비는 다 되어 있고말고. 그런데 주인님은 지금
오시나?

그루미오　이제 곧 오실 거야. 지금 말에서 내리는 중이야. 그러니 알겠어? 제발 입을 꽉 다물란 말이야. 어, 저기 들어오시는 소리가 들리는군.

문이 난폭하게 열리며 페트루치오와 카타리나가 들어온다. 두 사람 모두 머리부터 발끝까지 온통 진흙투성이이다. 페트루치오가 방 한가운데로 걸어 들어온다. 카타리나는 거의 까무러칠 것 같으면서도 겉으로는 아무렇지도 않은 체하고 벽에 기대 서 있다.

페트루치오　이 자식들은 다 어디 있어? 그래, 문간에 마중 나와서 등자를 붙들고 말고삐를 잡아주는 놈이 한 놈도 없단 말이냐! 너새니얼, 어디 있느냐! 그레고리와 필립은?
하인들　여기 있습니다, 주인님. 여기 있습니다, 나리.
페트루치오　여기 있습니다, 주인님! 예, 모두 여기들 있지요! 에잇! 이 멍텅구리 바보 자식들아! 아니, 마중도 안 나오고 경의도 안 표하다니! 할 일을 안 해도 좋단 말이냐? 그래, 내가 먼저 보낸 그 바보 녀석은 어디 있나?
그루미오　예, 여기 있습니다. 미련한 놈이긴 합니다만.
페트루치오　이 촌뜨기 농사꾼 같으니라고! 맥아 제조소의 망아지처럼 막일이나 할 빌어먹을 놈 같으니라고! 이 망할 자식들을 모두 데리고 수렵장까지 마중 나오라고 내가 지시했잖아.

그루미오   글쎄, 주인님! 너새니얼의 코트는 미처 준비되지
않았고, 가브리엘의 구두는 뒤축이 덜 돼 있었고, 피터의
모자는 광택을 낼 먹검정이 없었고, 월터의 단도는 칼집
에서 빠지지 않았습니다. 게다가 애덤과 랄프와 그레고
리 이외에는 모두 꼴이 말이 아니었는데, 실은 헌 누더기
를 걸친 거지발싸개 같았거든요. 하지만 어쨌든 이렇게
다들 주인님과 아씨를 맞으러 나오긴 했습니다.

페트루치오   이 망할 놈들아, 어서 가서 저녁상을 가져와.
(하인들 서둘러 퇴장. 페트루치오 혼자서 흥얼거린다) '어제
의 내 생활은 어디로 갔나!' 이 자식들이 다 어디로 갔어?
(문 앞에 있는 카타리나를 알아보고) 케이트, 앉아요. 잘 와
주었어. (난롯불 곁으로 카타리나를 데리고 간다) 이제야 식
사야! 식사! 식사! (저녁 식사 쟁반을 든 하인들이 등장한다)
아니, 지금까지 뭘 하느라 꾸물거리고 있었던 거야? 이
봐, 케이트, 기분을 내라고. (케이트 곁에 앉으면서) 이놈
들아, 구두를 벗겨! 이놈들아, 뭘 꾸물거리고 있는 거야?
(하인이 무릎을 꿇고 구두를 벗긴다. 페트루치오가 다시 노래하
듯이) '어떤 수도원의 신부가 길을 걸을 때' 이 자식아, 넌
내 발을 비틀어 뽑아낼 작정이냐? (하인의 머리통을 때린
다) 꿀밤 맛이 어때? 알았으면 이쪽은 잘 벗기란 말이야.
(양쪽 구두를 다 벗긴다) 이봐, 케이트, 기운을 내요. 여기
물 좀 가져와. 이 자식아, 여기야! (하인이 물을 가지고 들어

오지만 페트루치오는 그것을 못 본 체하며) 사냥개 트로일러
스는 어디 있어? 이놈아, 넌 빨리 가서 내 사촌 퍼디넌드
를 이리 모시고 와. (하인 한 사람 나간다) 이봐, 케이트, 그
분에게 꼭 키스해 드리고, 좀 사귀어 줘야겠어. 내 슬리퍼
는 어디 있어? 도대체 물은 언제 가져오는 거야? (하인이
대야를 내민다) 자, 케이트! 이리 와서 손을 씻어요. 참 잘
와주었어. (하인을 슬쩍 밀쳐 물을 쏟으며) 이 빌어먹을 놈
좀 보게. 물은 왜 엎질러!   (하인을 때린다)

카타리나   제발 용서해 주세요. 모르고 그랬잖아요.

페트루치오   빌어먹을 얼간이 같으니라고! 나무망치 같은
　　　대가리에 저 늘어진 개 같은 귀 좀 보라지!
　　　자, 케이트, 여기 앉아요. 배고플 텐데.
　　　(카타리나가 테이블 머리에 앉는다) 이봐요,
　　　감사의 기도를 올려주겠소, 케이트? 아니,
　　　내가 올리리까? 뭐야, 이건 양고기야?

하인1   예!

페트루치오   누가 가져온 거야?

피터   제가 가져왔어요.

페트루치오   이건 탔구나. 음식이 모두 왜 이 모양이야.
　　　이런 개자식을 봤나! 요리사 녀석은 어디 있어?
　　　그래, 너희 놈들은 내가 싫어하는 줄 뻔히 알면서
　　　조리대에서 이걸 가져와서 억지로 먹일 심산이야?
　　　썩 가지고 나가지 못해? 접시고 컵이고 죄다.

(하인들 머리에다 음식을 내던진다) 이 조심성 없는
미련한 녀석들아! 도대체 뭐가 불만이야! 말해 봐.
                                    (하인들 쫓겨 나가고 커티스만 남는다)

카타리나 제발, 그렇게 화내지 마세요. 제가 볼 땐
고기는 멀쩡한걸요, 당신만 좋으시다면.

페트루치오 아냐, 케이트. 그 고기는 다 타서
바싹바싹하잖소. 의사가 이런 건 절대로 입에 넣지
말라고 했소. 글쎄, 이런 걸 먹으면 답답증이 나서 화가
치민다고 했다니까. 우리 둘 다 단식을 하는
게 좋겠소. 안 그래도 우리는 화를 잘 내는 편이잖소.
그러니 저렇게 타버린 고기는 안 먹는 게 좋을 거요.
좀 참읍시다. 내일이면 어떻게 되겠지. 오늘 밤은
둘 다 단식을 합시다. 그럼 침실로 갑시다.
    (두 사람이 계단을 올라간다. 커티스가 그 뒤를 따라 올라간다)

하인들, 발소리를 죽이며 등장

너새니얼 피터, 전에도 이런 적이 있었나?
피터 독을 독으로 다스리는 셈이지.

커티스, 계단으로 내려온다.

그루미오 주인님은 어디 계신가?

커티스　아씨 방에 계시네. 지금 절제에 관해
　설교하시는 중인데, 어찌나 고래고래 악을 쓰고
　야단을 치는지 가엾게도 아씨는 어디 서 있어야 좋을지,
　어느 쪽을 봐야 좋을지, 무슨 말을 해야 좋을지
　갈피를 못 잡고 마치 꿈에서 갓 깨어난 사람처럼
　멍하니 앉아 계실 뿐이야. 어서 숨어.
　주인님이 내려오셔.　　　　　　　　　(모두 나가버린다)

　　　　페트루치오가 계단 머리에 나타난다.

페트루치오　난 이렇게 교묘하게
　나의 지배권을 장악하겠어.
　성공적이지? 나의 매는 지금 지독하게
　배가 고플 거야. 접시에 달려들 때까지는
　배불리 먹이지 말아야지. 매가 배부르면
　제대로 길들일 수가 없으니까. 사나운 매를
　길들여 주인의 부름에 오게 하는 또 다른
　방법이 있는데, 그건 다름 아니라 잠을
　못 자게 하는 거야. 사납게 날개를 푸드덕거리며
　말을 듣지 않는 매에게 그런 수를 쓴다지.
　아내는 오늘 아무것도 못 먹었어. 물론 앞으로도
　못 먹게 할 거야. 그리고 어젯밤엔 한잠도 못 잤어.
　물론 오늘 밤도 못 자게 해야지. 글쎄, 아까 그 고기와

마찬가지로 잠자리에 관해서도 생트집을 잡아서
베개는 저리, 홑이불은 이리, 시트는 저리, 모조리
내던져 버려야지. 그런 일을 할 때는 당연히 아내를
지극히 위하는 것처럼 해야 해. 기나긴 밤을
눈도 못 붙이게 하고, 조는 기색이라도 보이면
마구 악을 써서 절대로 잠을 못 자게 할 거야.
친절을 가장해 생사람 잡는다고나 할까?
이런 방법으로 저 미치광이 같은 고집을 꺾는 거야.
말괄량이를 길들이는 더 좋은 방법이 있다면
누가 내게 가르쳐줘 봐요. 적선이 될 테니까.

(휙 돌아서서 침실로 퇴장)

4막 2장
(파도바의 광장)

루첸티오와 비앙카, 나무 아래에서 책을 읽고 있다.
트래니오와 호텐쇼가 정면 광장에 있는 어느 집에서 나온다.

트래니오　이보오, 리치오 씨, 어찌 그럴 수가 있답니까?
　비앙카 양이 이 루첸티오를 두고 다른 남자를
　사랑하다니? 내게 호의가 있는 척했는데도?
호텐쇼　내 말을 정 믿지 못하겠다면 이 근처에

숨어서 저 작자의 수업 태도를 좀 살펴보시오.

(둘은 나무 뒤에 숨는다)

루첸티오　그럼 아가씨, 이제 읽은 걸 이해했습니까?

비앙카　선생님, 뭘 읽어주셨나요?

　　먼저 그것부터 대답해 주세요.

루첸티오　그야 물론 내 전공인 연애기술이었지요.

비앙카　그럼 더 공부해서 연애기술의 전문가가 되세요.

루첸티오　아가씨가 내 애인이 되어준다면 그건

　　어렵지 않은 일이오.

호텐쇼　과연 우수한 학생이군! 이봐요, 이래도

　　비앙카에게 루첸티오 외에는 애인이 없다고 하겠소?

트래니오　아, 추잡하다, 연애란 건. 정녕 믿지 못할 게

　　여자로군요. 리치오 씨, 정말 어안이 벙벙하구려.

호텐쇼　난 이제 가면을 벗겠소. 난 리치오가 아니고

　　음악가도 아니오. 그건 가면이었소.

　　나 같은 신사를 버리고, 저런 천한 녀석을

　　신처럼 추앙하는 여자를 위해 이따위 가면을 더는

　　쓰지 않을 거요. 사실 나는 호텐쇼라는 사람이오.

트래니오　호텐쇼 씨, 당신이 비앙카를 무척 사모한다는

　　이야기는 전부터 들었소. 그런데 내 눈으로

　　저 여자의 경박함을 목격했으니,

　　나도 당신처럼 비앙카를 포기하겠소. 영원히.

호텐쇼　저것 좀 봐요. 저렇게 키스를 하며 사랑을

주거니 받거니 하고들 있잖소. 루첸티오 씨, 자, 우리

악수나 합시다. 맹세코 저 여자에겐 절대 청혼하지

않을 것이오. 이제 완전히 포기하겠소. 그럴 만한

가치도 없는 여자였는데 공연히 애를 태웠군요.

트래니오   그렇다면 나도 진정으로 맹세하지요.

나는 저 여자와는 절대로 결혼하지 않을 겁니다.

설령 저쪽에서 애원한다고 해도 말이죠. 에이,

더러운 계집 같으니라고! 저 교태 좀 보라고요.

호텐쇼   저자 이외에는 온 세상 누구도 저 여자를

거들떠보지 말았으면! 나는 지금 한 맹세를 지키기 위해

사흘 안에 돈 많은 미망인과 결혼하겠소.

그 미망인은 나를 쭉 사랑해 온 여자지요. 내가

날 업신여기는 거만한 계집을 사랑해 왔듯이 말이오.

그럼 안녕히 계세요, 루첸티오 씨. 뭐니 뭐니 해도 여자는

외모보다 마음씨 아니겠소. 이제 내 애정은 마음씨에

끌리오. 그럼 조금 전의 그 맹세를 가슴에

새긴 채 그만 가보겠소.

　　　　　　(호텐쇼 퇴장하고, 트래니오가 두 사람 곁으로 간다)

트래니오   비앙카 양, 축하합니다. 행복한 여인이란

당신을 두고 하는 말 같군요. 두 분의 정다운 모습을 보고

저와 호텐쇼는 연정을 접었습니다.

비앙카   트래니오 씨, 그런 농담을?

한데 정말로 두 분 다 저를 단념하셨나요?

트래니오　예, 그렇습니다.

루첸티오　그렇다면 우린 리치오를 물리친 셈이군요.

트래니오　예, 그분은 이미 정력이 왕성한 미망인을
　　찾아가서 당장에 구혼하고 결혼식을
　　올리겠다고 하더군요.

비앙카　제발 잘되기를 빌겠어요!

트래니오　하긴 그분은 여자를 잘 길들일 것입니다.

비앙카　글쎄, 그렇게 할 건가 봐요.

트래니오　그래요, 여자를 길들이는 훈련 학교에 들른다고
　　했어요.

비앙카　훈련 학교라뇨? 아니, 그런 곳이 있나요?

트래니오　물론이죠. 페트루치오 씨가 그곳 선생인데,
　　그분은 각종 다양한 묘법을 가르쳐 준답니다.
　　말괄량이를 길들이는 독설로 여자를 꼼짝달싹 못 하게
　　해버리는 묘법 말입니다.

비온델로가 달려 들어온다.

비온델로　아이고, 주인님, 주인님! 전 어찌나
　　오래 지키고 서 있었던지 고단해 죽을 지경이에요.
　　그런데 마침내 찾아냈습니다. 글쎄, 천사 같은
　　한 늙은이가 산길을 내려오는 중입니다.
　　이제 됐습니다.

트래니오　그래, 어떤 사람인가?

비온델로　글쎄, 상인인지 교사인지 잘은 모르겠습니다만,
　　옷차림은 단정하고 걸음걸이와 인상이 꼭 부친과 닮았습
　　니다.

루첸티오　그런데 트래니오, 그 노인을 어쩔 셈이냐?

트래니오　만일 그분이 쉽사리 제 청을 들어준다면,
　　그분을 빈첸티오 나리로 가장시켜, 밥티스타 미놀라에게
　　보증을 서주는 주인님의 부친 역할을 하게 하겠습니다.
　　뒷일은 제게 맡기시고, 아씨를 모시고 먼저
　　들어가십시오.

　　　　　　　(루첸티오와 비앙카, 밥티스타의 집으로 들어간다)

교사 등장

교사　안녕하시오.

트래니오　아, 안녕하십니까. 잘 오셨습니다.
　　어디로 가시는 길인가요? 아니면 여기가 목적지인가요?

교사　일단 여기 머물다가 한두 주일 후에 다시 길을
　　떠나 저 멀리 로마로 갈 겁니다. 그리고 죽지만 않는다면,
　　트리폴리까지도 가볼 생각입니다.

트래니오　고향이 어디신데요?

교사　만토바요.

트래니오　아니, 만토바에서 일부러 파도바에?

그건 말도 안 돼요! 목숨이 아깝지도 않습니까?

교사   목숨이요? 왜요? 이거 야단났는걸.

트래니오   만토바 사람이 파도바로 오는 건

　　죽음터로 뛰어드는 거나 마찬가집니다. 모르셨습니까,

　　그 원인을. 만토바의 선박들이 지금 베니스에

　　억류당해 있습니다. 만토바의 공작과 이곳

　　파도바의 공작 사이에 뭔가 시비가 붙어서

　　그런 모양인데──아무튼 파도바의 공작이

　　시민들에게 공공연히 그런 포고를 내렸답니다. 하긴

　　당신은 지금 막 도착했으니 아무것도 모르는 것도

　　무리가 아닙니다만, 공작이 포고 내린 걸

　　전혀 모르고 있었다는 건 참으로 이상하군요.

교사   맙소사, 이거 낭패로군. 게다가 난 피렌체에서

　　환어음을 가지고 왔는데, 이곳에 사는

　　사람에게 전해 줘야 하거든요.

트래니오   그렇습니까? 당신을 위해서 드리는 말씀인데

　　이렇게 하는 게 어떻겠습니까──그런데 먼저 좀 물어볼

　　말이 있어요. 혹시 피사에 가보신 적이 있습니까?

교사   예, 피사엔 종종 가봤지요. 그곳 사람들은 성실해요.

트래니오   혹시 빈첸티오라는 분에 대해 들어본 적이 있으

　　십니까?

교사   직접 만난 적은 없지만 소문은 들었지요.

　　어마어마한 재산을 가진 상인이라더군요.

트라니오 실은 그분이 제 부친입니다. 솔직히 말해
  제 부친 얼굴이 댁의 얼굴과 어딘가 비슷합니다.

비온델로 (방백) 차라리 사과랑 굴조개가
  비슷하다고 해라. 아무튼 상관없는 일이야.

트라니오 생사의 기로에 선 댁을 위해 제안드립니다.
  댁이 우리 부친을 닮은 것은 참으로 다행입니다.
  그러니 우리 부친의 이름과 신용으로 제 집에서
  편안하게 묵으시고, 우리 부친처럼 행동하십시오.
  아시겠습니까? 이곳에서 일을 다 보실 때까지
  편히 머무르셔도 좋단 말입니다. 이쪽 기분을
  이해하신다면 부디 제 제안을 받아들여 주십시오.

교사 예, 받아들이고말고요. 그리고 일생을 두고
  당신을 내 생명의 은인으로 잊지 않겠소이다.

트라니오 그럼, 나와 같이 가서 일을 처리합시다.
  그런데 이건 미리 알아두십시오. 다들 제 부친이
  도착하길 기다리는 중이라는 것 말입니다.
  나는 밥티스타라는 분의 따님과 결혼하기로
  되어 있는데, 제 아버지는 결혼을 성사시키기 위해
  제가 신부에게 줄 재산에 대한 보증을 서기로
  되어 있습니다. 자세한 사정은 차차 말씀드리겠습니다.
  아무튼 같이 가셔서 저의 부친처럼 복장을
  갖추어 입으시지요.   (모두 퇴장)

4막 3장
(페트루치오의 시골 저택)

카타리나와 그루미오 등장

그루미오　안 돼요, 안 됩니다, 마님. 그 일은 안 돼요.

카타리나　내가 궁지에 빠질수록 그인 점점 심해지는

　　것 같아. 아니, 그인 날 굶겨 죽이려고 결혼했을까?

　　우리 친정집에서는 문간에 나타난 거지들도 애걸하면 무

　　얼 줬어. 그들이 친정집에서 못 얻으면 다른 곳에서 적선

　　을 받았어. 그런데 한 번도 애걸이란 걸 해보지

　　않은 내가, 아니 애걸할 필요조차 없었던 내가

　　배가 고파 죽을 지경이야. 게다가 한잠도 자지 못해

　　머리가 빙빙 도는데, 그인 줄곧 소리를 질러대서 눈도

　　붙이지 못해. 그러나 무엇보다 분한 건

　　그이 태도야. 이 모든 게 날 사랑하기 때문이라나.

　　글쎄, 내가 무얼 먹거나 자는 날엔 죽을병에 걸리든가

　　당장에 목숨을 잃을 것이라는 투로 말해.

　　제발 먹을 것 좀 갖다줘. 뭐든 상관없으니까.

　　독만 들어 있지 않다면 상관없어.

그루미오　황소 다리는 어때요?

카타리나　더없이 좋아. 제발 가져와.

그루미오   그건 너무 자극적인 음식 아닐까요?

   걸쭉하게 끓인 곰국은 어떨까요?

카타리나   그것도 좋으니까, 어서 좀 가져와.

그루미오   그것도 좀 자극적이지 않을까요?

   쇠고기에 겨자를 바른 것은 어떻겠습니까?

카타리나   그건 내가 좋아하는 요리야

그루미오   하지만 겨자가 좀 매울 텐데요.

카타리나   그럼 쇠고기만 가져오고, 겨자는 빼.

그루미오   안 될 말씀입니다. 겨자를 뺄 순 없습니다.

   이 그루미오가 쇠고기만 갖다드려서 되겠어요?

카타리나   그럼 양쪽 다 가져오든가, 한쪽만이라도.

   그루미오, 마음 내키는 대로 가져와.

그루미오   아, 그럼 쇠고긴 빼고 겨자만 가져오겠습니다.

카타리나   나가버려, 이 엉터리야!   (그루미오를 때린다)

   내게 음식 이름이나 먹이려 들다니! 가만 안 둘 테다.

   모두가 덤벼들어 날 못살게 굴 셈이야. 썩 꺼져버려.

페트루치오와 호텐쇼가 고기 접시를 들고 등장

페트루치오   아, 케이트, 아니, 왜 그리 기운이 없소?

호텐쇼   부인, 무슨 일 있으십니까?

카타리나   아, 이렇게 욕을 보이다니.

페트루치오   이봐요, 기운 내고 얼굴 좀 펴요.

이렇게 내가 애를 써서 손수 요리를 만들어
왔잖소. (요리를 내려놓자 카타리나가 얼른 집는다)
여보, 이만하면 내게 감사하다는 말 한마디쯤 해야 하는
것 아니오? (카타리나가 요리를 입에 넣는다)
이런, 한 마디도 않는 거요? 그렇담 맛이 없나 보구먼.
난 괜히 헛수고만 한 셈이야.
(요리 접시를 뺏으며) 여봐라, 접시를 치워라.

카타리나   제발 거기 놔두세요.

페트루치오   아무리 맛없는 요리일지라도 고맙다는
　　말은 해야 하는 법이오. 내 요리를 먹기 전에
　　고맙단 말쯤은 해야 할 것 아니오.

카타리나   고마워요. (페트루치오, 접시를 내려놓는다)

호텐쇼   여보게, 페트루치오! 자네 너무하는군.
　　부인, 제가 동석해 드리겠습니다.

페트루치오   (호텐쇼에게 방백) 여보게, 날 생각한다면
　　자네가 먹어 치워 주게. 자네의 그 친절한 마음씨가
　　효력을 발휘하기만을 바라네.
　　(큰 소리로) 케이트, 어서 먹어요. 식사하고 당신
　　친정에 가봅시다. 좋은 옷으로 근사하게 차려입고
　　가서 흥청거리는 거요. 비단 코트에
　　실크 모자, 금가락지, 주름 잡힌 깃,
　　멋진 소매 장식, 버팀테가 있는 스커트에다
　　목도리와 부채, 갈아입을 옷 두 벌에 호박 팔찌,

장식용 구슬 등 진짜와 가짜 뒤섞어서.

(카타리나가 잠깐 얼굴을 든 사이에 페트루치오가
눈짓을 하자 그루미오가 얼른 요리접시를 치운다)

저런, 벌써 다 먹었소?

자, 재단사가 당신을 기다리고 있소.

당신 몸매를 아주 멋지게 꾸미려고 말이오.

(이때 재단사 등장) 재단사, 어서 오게.

어디 구경 좀 합시다. 그 옷 좀 꺼내 보시오.

재단사가 테이블 위에 옷을 펴 보이자
잡화상이 상자를 들고 등장한다.

무슨 볼일인가?

잡화상　(상자를 열며) 주문하신 모자를 가져왔습니다.

페트루치오　(모자를 집어 들며) 아니, 이건 죽 그릇을
틀 삼아 만든 게 아닌가. 벨벳 접시로군. 쯧쯧!
물건을 이따위로 상스럽게 만들다니! 아니,
조개 같기도 하고 호두 껍데기 같기도 하군. 이건
노리개, 장난감, 사탕발림, 아기 모자 같아. (그것을
방구석으로 내던진다) 집어치워! 좀 더 큰 걸 가지고 와.

카타리나　더 큰 건 싫어요. 이게 요즘 유행하는 거예요.
얌전한 부인들은 모두 이런 모자를 써요.

페트루치오　당신도 얌전해지면 이런 걸 갖게 될 거요.

그때까진 안 돼.

호텐쇼 (방백) 쉽게 안 되겠군.

카타리나 뭐라고요? 저도 이제 가만 안 있겠어요.

할 말은 하겠어요. 전 어린애도, 갓난애도 아니라고요.

당신보다 훌륭한 분들도 제 말을 가로막지 않았다고요.

듣기 싫으면 당신이 귀를 막으면 되잖아요.

제 혀는 가슴속의 울화를 터뜨려야겠어요.

억지로 참으면 제 가슴이 터질 테니까요..

그러니 속 시원히 말하겠어요.

속 시원하게 실컷 말해 버리겠다고요.

페트루치오 정말 그래. 당신 말대로 이건 보잘것없는

모자요. 커스터드 푸딩 같다고 해야 하나

장난감 같다고 해야 하나 비단 파이 같다고 해야 하나.

당신이 이걸 싫어하니 난 당신이 더욱 사랑스럽구려.

카타리나 사랑스럽고 뭐고, 저는 이 모자가 좋아요.

그러니 이 모자로 하겠어요. 다른 건 싫어요.

페트루치오 그럼 당신 옷은? 재단사, 구경 좀 하겠네.

(테이블 쪽으로 가는 사이 그루미오가 잡화상을 돌려보낸다)

오, 맙소사! 이건 가장무도회에 입고 가는 옷이야?

이게 뭐야? 이게 소매란 거야? 꼭 대포 총구 같네.

허허! 위나 아래나 똑같은 것이 사과파이 같잖아.

여기도 싹둑, 저기도 싹둑, 여기저길 온통 잘라냈으니,

마치 이발소에서 가위질한 것 같네. 이보게, 재단사,

이건 대체 어디 쓰는 물건이오?

호텐쇼　(방백) 이래서는 모자고 옷이고 부인 손에
　　들어가질 못하겠는걸.

재단사　주문하실 때 유행에 맞게 만들라고 하셨지
　　않습니까?

페트루치오　그야 그랬지. 하지만 생각 좀 해봐요.
　　유행에 맞춰서 물건을 못 쓰게 만들면
　　어떡하나? 썩 물러가서 빈민굴이나 찾아다녀.
　　이제 우리 집엔 드나들지 말라고! 그따위 물건은
　　필요 없으니까. 어서 싸 들고 돌아가요.

카타리나　하지만 저는 이렇게 멋진 옷은 처음이에요.
　　요즘 유행하는 스타일이고, 여러 가지로 제 마음에
　　들어요. 당신은 나를 꼭두각시 취급할 셈이에요?

페트루치오　글쎄 말이오. 재단사가 당신을 꼭두각시
　　취급하는군.

재단사　아닙니다. 나리께서 부인을 꼭두각시
　　취급하신다고 부인께서 말씀하셨습니다.

페트루치오　이런 시건방진 자식 좀 보게!
　　거짓말 작작 해. 이 실오라기 같은 자식아,
　　골무 같은 자식아, 석 자, 두 자, 한 자, 여덟 치,
　　두 치도 안 되는 자식아, 벼룩 같은 자식아,
　　벌레 알 같은 자식아, 겨울철 귀뚜라미 같은 자식아,
　　그래, 내 집에 와서 실타래를 휘두르겠다고?

이 넝마 같은 자식아, 눈곱만한 헝겊 조각 같은 자식아,

썩 나가! 우물쭈물하고 있으면 네 잣대로 갈겨줄 테다!

그래, 죽는 날까지 그렇게 서서 조잘댈 거야?

아씨의 옷을 이렇게 못 쓰게 만들어 놓는 법이 어디 있어.

재단사　나리, 뭔가 착각을 하고 계시나 봅니다.

이 옷은 나리께서 주문하신 대로 만들었습니다.

그루미오가 어떻게 만들라는 주문을 전달해 줬어요.

그루미오　난 아무 주문도 전달한 적이 없어요.

다만 옷감을 갖다주었을 뿐입니다.

재단사　하지만 어찌어찌 만들어달라고 하지 않았습니까?

그루미오　그야 말했죠. 실과 바늘로 만들라고.

재단사　어찌어찌 재단하라고 하지 않았다고요?

그루미오　당신 참 무던히도 많이 붙여댔구먼.

재단사　그래요.

그루미오　날 책망하지 말아요. 당신은 지금까지

여러 사람에게 으름장을 놓았겠지만 내겐 안 통해.

난 만만하게 문책이나 당하는 허접한 사람이 아니오.

그러니 잘 들어둬요. 나는 당신 주인에게 옷을

재단해 달라고 했지, 옷감을 조각조각 잘라내라고

부탁하지는 않았어요. 그러니 당신은 거짓말쟁이오.

재단사　그러면 증거를 보여드리겠어요.

어떤 식으로 만들라는 주문 쪽지 말입니다.

페트루치오　어디 읽어봐.

그루미오   그 쪽지는 새빨간 거짓말일걸. 내가 그런 말을
  했다고 적혀 있다면.

재단사   (읽는다) '첫째, 품이 넉넉한 부인복을 만들 것.'

그루미오   주인님, 제가 품이 넉넉한 부인복을 주문했다면,
  저를 그 스커트 속에 넣고 꿰맨 뒤 실패로 죽어라
  때려도 좋아요. 저는 그냥 부인복이라고만 했습니다.

페트루치오   그다음을 읽어봐.

재단사   '원형의 작은 케이프를 달 것.'

그루미오   케이프라고는 확실히 말했습니다.

재단사   '소매는 볼록하게 만들 것.'

그루미오   소매를 두 개 만들라고는 확실히 했습니다.

재단사   '소매를 멋지게 재단할 것.'

페트루치오   거기야. 거기가 돼먹지 않았단 말이네.

그루미오   이 쪽지는 순전히 엉터립니다, 주인님.
  내가 이렇게 말했잖아. 소매를 재단해서 다시
  꿰매라고 말이야. 이봐, 재단사, 당신이 그 작은
  손가락을 골무로 무장하고 있다 해도
  일은 일대로 따져봐야겠어.

재단사   저는 진실만을 말합니다. 나가보면
  당신도 알게 될 거요.

그루미오   그러면 나가보자고. 당신은 칼 대신 그 쪽지를
  가져. 그리고 당신 잣대는 나에게 줘. 자, 덤벼라.

호텐쇼   아니, 그루미오! 그러면 재단사가 불리하잖아.

페트루치오   어쨌든 좋아. 그 옷은 내 취향이 아니야.

그루미오   그야 당연하죠. 그 옷은 아씨 것이니까요.

페트루치오   가지고 가서 자네 주인 맘대로 처분하라고 해.

그루미오   제기랄! 그건 절대로 안 돼. 우리 아씨
　　옷을 저 작자 주인에게 마음대로 처분하게 하다니!

페트루치오   아니, 그건 또 무슨 뜻으로 하는 말이냐?

그루미오   아, 거기엔 좀 까닭이 있지요. 글쎄, 안주인의
　　옷을 저 자식 주인이 함부로 해서야 되겠어요?
　　쳇! 쳇! 당치도 않은 일이지요.

페트루치오   (작은 소리로) 이봐, 호텐쇼. 재단사하고
　　대금 이야기를 해. (재단사를 보고 큰 소리로) 자, 가지고
　　가요, 빨리 가라고. 이제 아무 말도 하기 싫으니까.

호텐쇼   (작은 소리로) 재단사 양반, 옷 대금은 내일 치를
　　거요. 저분이 성질에 못 이겨 한 말이니 오해는 마시오.
　　자, 이제 가보시오. 그리고 주인께 잘 말씀드리게.

　　　　　　　　　　　　　　　　　　　　(재단사 퇴장)

페트루치오   자, 그럼 케이트! 장인댁으로 출발합시다.
　　이 옷은 그대로 입고 가는 거요. 수수하고 단정하오.
　　옷은 남루하나 지갑은 두둑하오. 우리의 육체를
　　풍요롭게 하는 것은 뭐니 뭐니 해도 정신 아니겠소?
　　옷이 아무리 남루하다 해도 미덕은 절로 빛나는
　　법이오. 태양이 시커먼 구름을 헤치고 빛나듯이.
　　어치의 깃털이 아무리 곱다 해도 종달새보다 더

소중히 여겨지진 않지. 얼룩무늬 껍질이 곱다고 해서
독사를 장어보다 더 좋다고 할 사람은 없소. 이봐요,
케이트, 같은 의미에서 장신구가 빈약하고 의복이
남루하다고 해서 당신을 얕볼 사람은 없소.
그것이 창피하다면 모두 내 책임으로 돌리구려.
그럼 기운을 내 당신 친정집으로 가서
흥청대며 잔치를 열어봅시다.
누구 가서 하인들을 불러오너라.
우린 당장 떠나는 거요.
말은 롱 레인 길모퉁이에다 매어 둬라.
거기서부터 타고 가겠다.
자, 그곳까지는 걸어서 갑시다.
그런데 지금 일곱 시쯤 됐나 본데,
우린 점심때까진 도착할 거요.

카타리나   아니, 벌써 두 시예요. 지금부터 출발해도
저녁 식사 전까지는 도착하지 못해요.

페트루치오   말을 매어 놓은 곳까지 가면 일곱 시가
될 거요. 당신은 내 언행에 일일이 트집을
잡는구려. 여봐라, 그만두자. 오늘은 가지 않겠다.
내가 말한 시각이 아니면 떠나는 걸 그만두겠다.

호텐쇼   (방백) 아니, 이 호걸은 태양에조차 호령을 하겠다
는 거로군.   (모두 퇴장)

4막 4장
(파도바의 광장)

트래니오와 빈첸티오로 가장한 교사 등장.
교사는 이 지방에 갓 도착한 것처럼 장화를
신고 있다. 두 사람이 밥티스타의 집으로 간다.

트래니오　이 집이 그 집입니다. 좀 들렀다 가도
　괜찮겠습니까?

교사　그러려고 여기 온 게 아니냐? 밥티스타 씨가
　박정한 위인이 아니라면 날 기억할 거야. 내 기억이
　틀림없다면 한 이십 년 전 제노아의 페가수스라는
　여관에 같이 투숙했던 적이 있지.

트래니오　됐습니다. 어떤 경우에도
　제 부친처럼 위엄 있게 말씀하셔야 됩니다.

교사　걱정 마라. (비온델로 등장) 아, 저기 네 하인이
　오는구나. 저이한테도 얘기해 두는 게 좋을 것 같은데.

트래니오　염려 마십시오. 이봐, 비온델로, 부탁인데,
　이분을 진짜 빈첸티오 나리로 생각해야 해, 알았나.

비온델로　예, 염려 마십시오.

트래니오　헌데 밥티스타 댁에 심부름은 다녀왔나?

비온델로　예, 말씀 전했어요. 주인님의 부친께서

베니스에 계셨는데 오늘 파도바로 오신다고요.

트라니오 오, 잘했어. 자, 이걸 가지고 가서
술이나 마셔. (돈을 준다. 문이 열리며 밥티스타가 들어오고,
루첸티오가 뒤따른다) 밥티스타 씨가 오는군요. 제 아버지
인 체하십시오. 밥티스타 씨, 마침 잘 만났습니다. (교사에
게) 아버지, 이분이 제가 말씀드린 분입니다. 이분과 인사
를 나누십시오. 그럼 유산과 관련된 부분을 말씀드려 제
가 비앙카 양과 결혼하게 해주십시오.

교사 넌 좀 가만히 있거라. 초면에 이런 말씀 드리는
것이 거북하지만, 실은 빌려준 돈을 받아야 해서
파도바까지 오게 됐소이다. 헌데 제 아들 루첸티오의
말을 듣자니, 제 아들과 댁의 여식 사이에
사랑이라는 중대사가 발생했다고 하더군요.
댁의 존함은 나도 익히 들었습니다.
헌데 아들놈이 댁의 여식을 사랑하고 있고,
댁의 여식 역시 우리 애를 사랑한다고 하니, 기왕
이리 된 것, 아들놈을 너무 애태우게 하는 것도
뭣하고 하니 아비의 입장에서 결혼을 시켜주는 것이
좋겠다고 생각했지요. 댁에서도 별 이의가 없다면
확실히 약속을 지킨다는 조건으로 당신 딸에게
증여할 유산 건에 기꺼이 동의할 생각이오. 당신은
워낙 명성이 자자하니 굳이 댁에 관해 알아볼
필요는 없을 것 같더군요.

밥티스타　미안한 말씀이나 저도 한 말씀 드릴까 합니다.
댁의 솔직하고 간결한 말씀을 들으니 기쁩니다.
사실 댁의 아들 루첸티오 군이 내 여식을 사랑하고
있고, 우리 애도 댁의 아드님을 사랑하는 건 맞습니다.
그리고 둘은 가볍게 만나는 것 같지는 않습니다.
그러니 당신은 제게 이 말씀만 해주시면 됩니다.
즉 아버지로서 잘 따져 보시고 제 여식에게 충분한
유산을 주겠다는 말씀만 해주시면, 이 결혼은
성사된 거나 마찬가지이고, 만사가 순조로울 것입니다.
……그럼 제 여식을 아드님에게 기꺼이 드리겠습니다.

트래니오　감사합니다. 그럼 약혼식은 어디서 하는 것이
좋을까요? 피차간에 계약서도 교환해야 하니
적절한 장소가 필요합니다.

밥티스타　우리 집은 좀 난처합니다. 아시다시피
물주전자에도 귀가 있다고 하는데 집에는 하인들이
많은 데다 그레미오 영감이 항상 동향을 살피고 있어서
방해받을 우려가 있으니까요.

트래니오　그렇다면 제 숙소가 어떻습니까?
마침 아버지도 저와 같이 묵고 계시니까요.
그럼 오늘 밤 그곳에서 몰래 일을 치러버리자고요.
여기 당신 하인을 보내 따님을 오라고 하십시오.
(루첸티오에게 눈짓한다) 공증인은 제 하인을 보내
불러오겠습니다. 다만 죄송한 건 일이 워낙 갑작스럽게

이루어져 어른께 변변하게 대접을 못 한다는 점입니다.

밥티스타　염려 말게나. (루첸티오에게) 이봐요, 캠비오!
　어서 집으로 가서 비앙카한테 곧 나올 준비를 하라고
　전해 줘요. 그리고 루첸티오의 부친이 파도바에
　오게 된 그간의 사정도 좀 전해 주고.
　그 애가 루첸티오의 아내가 될 거라는 사정 말이오.
　　(루첸티오, 퇴장하며 트래니오의 눈짓으로 나무 뒤에 숨는다)

비온델로　(방백) 하느님 아버지, 제발 그렇게만 되게
　해주십시오.

트래니오　하느님하고만 빈둥대지 말고 어서 좀
　갔다오라니까. 　　　(비온델로에게 루첸티오가 있는 곳으로
　　　　　가라고 눈짓을 한다. 하인이 트래니오의 숙소 문을 연다)
　밥티스타 님, 이리 들어오시겠습니까?
　오신 걸 환영합니다. 요리를 한 접시밖에 못 내올지
　모르겠습니다만. 자, 나중에 피사에 오시면
　잘 대접해 드리겠습니다.

밥티스타　그럼 따라 들어가 보기로 하지요.
　　　　　　　　(트래니오, 밥티스타, 교사 들어간다.
　　　　　　　루첸티오와 비온델로가 앞으로 나온다)

비온델로　이보세요, 캠비오!

루첸티오　왜 그러나, 비온델로?

비온델로　우리 주인님이 당신에게 눈짓을 하며 웃는 것 보
　셨죠?

루첸티오 그래, 그게 어쨌단 말이냐?

비온델로 아무것도 아닙니다. 한데 우리 주인님은 저더러 여기 있다가 그 눈짓에 대한 신호의 의미를 나리께 설명해 드리라고 하던뎁쇼.

루첸티오 그럼 그건 좀 설명해라.

비온델로 그건 이렇습니다. 밥티스타님은 걱정없어요. 글쎄, 그분은 가짜 아들이 마련한 가짜 아버지와 회담중입니다.

루첸티오 그래서 그분이 뭘 어쨌단 말이냐?

비온델로 당신이 그분의 따님을 식사 자리에 데려오기로 되어 있습니다.

루첸티오 그래서?

비온델로 성 누가 성당의 늙은 신부님이 기다리고 있습니다. 일을 봐 드리기 위해서요.

루첸티오 그러면 어떻게 되는 거지?

비온델로 모르겠습니다. 저는 이것밖에 모릅니다. 글쎄, 지금 다들 모여서 가짜 계약서를 작성하느라 바쁘십니다. 그러니 당신도 어서 아씨와 계약을 하세요. '판권 독점'을 해버리시라고요. 신부님과 서기, 그리고 몇몇 적절한 증인을 빨리 성당으로 데리고 가세요. 이게 나리가 바랐던 일이 아니라면 이제 전 아무 말씀도 드리지 않겠으니, 비앙카 아가씨에게 가서 영원히 작별 인사나 하세요.

(나가려고 한다)

루첸티오　이봐, 비온델로!

비온델로　더는 꾸물거릴 수 없습니다. 저는 이런 얘길 알고 있어요. 글쎄, 토끼에게 먹이려고 마당으로 양미나리를 뜯으러 간 규수가 그날 저녁때는 벌써 시집을 갔다나요. 그러니 당신도 그렇게 하는 게 좋겠네요. 그럼 안녕히 계십시오. 전 주인님의 명령으로 성 누가 성당으로 가봐야 하니까요. 당신이 일행을 거느리고 오기 전에 신부님도 나오실 준비를 하라고 전해야 합니다.　　　(퇴장)

루첸티오　그녀만 그렇게 해준다면 나도 그렇게 되길 당연히 바라고말고. 그녀는 좋아할 거야. 그렇다면 내가 염려할 필요는 없지. 일이 어떻게 되든 간에 나는 가서 그녀에게 솔직히 얘기해야겠어. 이제 이 캠비오는 그녀 없이는 도저히 살 수 없으니까.　　　(퇴장)

4막 5장
(파도바로 통하는 큰 산길)

페트루치오, 카타리나, 호텐쇼, 하인들
산길 가에서 쉬고 있다.

페트루치오　자, 갑시다. 이제 당신 친정집도
　　그리 멀지 않았소. 거참, 달빛이 어지간히 밝네.

카타리나　달이라고요? 태양이에요. 지금 이 시각에
　　달이 뭐예요!

페트루치오　아냐, 저건 밝고 밝은 달이라니까 그러네.

카타리나　아녜요, 저건 밝은 태양이라고요.

페트루치오　아, 우리 어머니의 아들, 바로 나 자신에 걸고
　　단언하지만 저건 달이거나 별이오. 아니, 적어도
　　당신 친정집에 도착할 때까지 내가 바라는 게 뭐든
　　바로 그거야. (하인에게) 여봐라, 말머리를 돌려라.
　　일일이 날 받아치는구나. 받아치는 것밖에 몰라!

호텐쇼　(카타리나에게 작은 목소리로) 그렇다고 해두세요.
　　안 그러면 어느 세월에 도착할지 몰라요.

카타리나　이제 제발 가요. 기왕 여기까지 왔으니까요.
　　달이건 태양이건 당신이 뭐라고 하든 좋아요. 뭣하면 촛
　　불이라고 해도 이제부터는 그렇다고 해 두겠어요.

페트루치오　글쎄, 달이라니까.

카타리나　네, 달이에요.

페트루치오　아니야, 당신은 거짓말쟁이야. 분명히
　　저건 태양이오.

카타리나　아, 그러시다면 저건 확실히 태양이에요.
　　하지만 당신이 태양이 아니라고 말씀하신다면,
　　당연히 태양이 아니지요. 달님은 변하니까요,
　　당신 맘같이. 당신이 그것이라고 이름 지으시면
　　그것이 돼요. 그리고 저도 그렇게 부르겠어요.

호텐쇼 (낮은 음성으로) 페트루치오, 이제 가세.

　자네가 이겼네.

페트루치오 그럼, 가보자꾸나. 앞으로! 앞으로!

　공은 굴러서 내려가는 법. (카타리나의 팔을 잡는다)

　순순히 자연의 이치를 따라야지. 헌데 가만있자,

　이게 누구야? (여행자 복장으로 반대쪽에서 올라오는

　빈첸티오에게) 안녕하세요, 아가씨? 어딜 가세요?

　(케이트에게) 여보, 케이트, 이처럼 성성한 귀부인을

　본 적이 있소? 저 볼을 좀 보라고. 흰색과 빨간색이

　다투고 있는 것 같잖아! 천사 같은 얼굴에 저리도

　잘 어울리는 두 눈, 그 어떤 별도 저렇게 아름답게

　밤하늘을 비추진 못하겠지? 아름다운 아가씨,

　다시 한번 인사드립니다. 여보, 케이트, 저렇게도

　아름다운 분을 좀 포옹해 드리구려.

호텐쇼 (방백) 노인을 여자 취급하다니,

　저 사람을 미치게 만들려고 작정을 했나?

카타리나 꽃망울처럼 앳된 아가씨,

　성성하고 어여쁜 아가씨, 어딜 가세요?

　댁은 어디세요? 이렇게 예쁜 따님을 둔 부모는

　행복할 거야. 그리고 아가씨를 침실 동무로 삼는

　행운의 별 아래 태어난 남자는 얼마나 행복할까?

페트루치오 아니, 여보! 당신 미쳤소?

　이분은 노인 아니오? 쭈글쭈글한 주름에 시들어

생기라곤 없는데 아가씨라고? 당치도 않은 소리요.

카타리나 어르신, 용서해 주세요. 네, 어찌나 햇빛이

눈부신지 모든 게 초록빛으로 보여서 제가 잘못 봤어요.

자세히 보니 연세 지긋한 어르신이군요. 용서해 주세요.

네, 제가 큰 실수를 저지르고 말았네요.

페트루치오 영감님, 용서해 주십시오. 그건 그렇고,

어디까지 가는지 알려주시겠습니까?

같은 방향이라면 기꺼이 동행해 드리겠습니다.

빈첸티오 아, 두 분 모두 재미있는 분이구려.

하도 인사를 묘하게 하는 바람에 난 깜짝 놀랐소이다.

(머리를 숙인다) 난 빈첸티오라는 사람으로,

피사에 살고 있는데, 지금 파도바로 가는 중이외다.

한참을 못 본 자식 놈을 찾아가는 길이지요.

페트루치오 아드님 이름은요?

빈첸티오 루첸티오라고 합니다.

페트루치오 정말 잘 만났습니다. 당신 아드님을

위해서도. 그런데 법적으로 보나 영감님의 연세로 보나

저는 영감님을 다정한 아버지라고 불러야겠습니다.

여기 있는 제 아내의 여동생과 영감님의 아드님은

지금쯤 결혼했을 겁니다. 놀라지도 마시고, 슬퍼하지도

마십시오. 당신 며느리는 훌륭한 여성이니까요.

지참금도 많고, 집안도 좋습니다. 더욱이 어떤 신사의

배필로도 부족하지 않은 자질을 갖춘 여성이랍니다.

자, 빈첸티오 영감님, 우리 포옹합시다.

(두 사람, 포옹한다)

그럼 아드님을 만나러 갑시다. 아버지의 도착을
아드님은 무척 기뻐할 것입니다.

빈첸티오　그게 정말이오? 장난하는 것 아니오? 유쾌한
여행가들이 누굴 만나 장난치는 수작 아니냔 말이오.

호텐쇼　영감님, 제가 보증하겠습니다. 장난이 아닙니다.

페트루치오　아무튼 가서 보세요. 가서 보시면 판명 날
테니까요. 처음 만나 장난을 쳐서 믿지 못하는 모양이군
요.

(호텐쇼만 남고 모두 퇴장)

호텐쇼　그래, 페트루치오, 덕분에 나도 용기를 얻었네.
그 미망인한테 가서 수완을 발휘해 봐야겠어.
상대방이 고집이 세다면 난 자네한테 배운 대로
억세게 나가야겠어.

(산길을 뒤쫓아 올라간다)

5막 1장
(파도바의 광장)

그레미오가 나무 그늘에 앉아 졸고 있다.
밥티스타의 집 문이 열리며 비온델로가 등장하고, 뒤따라
가장을 벗은 루첸티오와 몸을 감싼 비앙카가 등장한다.

비온델로　(낮은 소리로) 가만가만, 빨리 오세요. 신부님이
　　대기하고 계십니다.

루첸티오　난 지금 날고 있어, 비온델로. 넌 누가 찾을지도
　　모르니까 집으로 얼른 돌아가!　　(비앙카와 황급히 퇴장)

비온델로　(뒤쫓아 가며) 아냐. 성당으로 안전하게 들어가는
　　것을 보고 돌아가야지.

그레미오　(일어서면서) 웬일일까? 캠비오가 아직도 나타나
　　지 않으니.

페트루치오, 카타리나, 빈첸티오, 그루미오 및 하인들이

등장하여 트래니오의 숙소로 간다.

페트루치오   여기가 루첸티오의 숙소 현관입니다. 우리 장
　　인댁은 시장 쪽으로 좀 더 가야 합니다. 저는 그리로 가봐
　　야 하니 이만 실례하겠습니다.
빈첸티오   아니, 한잔하고 가셔야지요. 내가 대접하겠소이
　　다. 아마 그만한 음식이야 있겠지요.　　　　　（노크한다）
그레미오   （다가와서）안쪽은 바쁜 모양입니다. 좀 더 세게
　　노크해야 할 것 같은데요.　　　（페트루치오가 세게 노크한다）

교사가 창으로 내다본다.

교사   누구요, 노크하는 분이? 문을 부술 작정이오?
빈첸티오   루첸티오는 안에 있소?
교사   있긴 하지만 아무도 그 애를 만나지 못합니다.
빈첸티오   그를 기쁘게 해주려고 일이백 파운드를 가지고
　　왔는데도 말이오?
교사   그런 돈일랑 당신이나 잘 간수하시구려. 내가 살아있
　　는 동안 그 애는 그런 돈이 필요 없으니까.
페트루치오   자, 보셨지요? 아드님은 파도바에서 대단한 사
　　랑을 받고 있습니다. （교사에게）이봐요, 그런 경솔한 수작
　　은 그만두고 루첸티오에게 좀 전해 주시오. 피사에서 부
　　친이 오셔서 지금 현관 앞에서 기다린다고 말이오.

교사   헛소리하지 말아요. 그 애 아버지는 벌써 파도바에 도착해서 이렇게 창밖을 내다보고 있지 않소.

빈첸티오   그럼 당신이 그 애 부친이란 말이오?

교사   그렇소. 그 애 어미가 그렇다더군요. 거짓말인지 참말인지 몰라도.

페트루치오   (빈첸티오에게) 도대체 어찌 된 영문이오? 이봐요, 당신 진짜 악질이군. 남의 이름을 사칭하다니!

교사   그 악당 좀 잡아 주시오. 그놈은 아마 내 이름을 사칭해서 이 도시에서 누굴 사기치려는 배짱인 것 같으니.

비온델로 등장

비온델로   (혼잣말로) 두 분은 무사히 성당으로 들어가셨어. 제발 하느님의 축복을 받으십쇼. 아니, 저분이 누구야? 우리 늙은 주인님 빈첸티오 나리가 아닌가? 아이고, 이젠 다 글렀군, 글렀어.

빈첸티오   (비온델로를 보고) 야, 이놈아, 이리 오너라. 이 죽일 놈아!

비온델로   (그 옆을 지나가면서) 실례하겠습니다.

빈첸티오   (비온델로를 붙잡는다) 악당 같으니라고! 이리 못 와? 그래, 네가 날 잊었단 말이냐?

비온델로   잊었다고요? 천만에요! 생전 처음 보는 사람을 잊다니요.

빈첸티오 　아니, 이런 고얀 놈을 봤나. 네 주인의 아버지를 생전 처음 본다고?

비온델로 　제 주인의 아버님 말씀입니까? 예, 그야 잘 알고 있지요. 저기 창문으로 내다보고 계시는 바로 저분입죠.

빈첸티오 　너 정말 이럴래? 　　　　　　　(비온델로를 때린다)

비온델로 　사람 살려! 사람 살려! 미치광이가 나를 죽이려고 해요. 　　　　　　　　　　　　　　　(달아난다)

교사 　얘야, 아들아, 좀 도와줘라. 밥티스타 씨도 좀 도와주세요. 　　　　　　　　　　　　　　(창문을 닫는다)

페트루치오 　여보 케이트, 우린 비켜서서 일이 어떻게 되어가는지 지켜나 봅시다. 　　　　　　(나무 밑에 앉는다)

교사가 하인들을 데리고 나온다. 그 뒤로
밥티스타와 트래니오가 몽둥이를 들고 따른다.

트래니오 　대관절 누가 내 하인을 때리는 거야?

빈첸티오 　내가 누구냐고? 아니, 넌 누구냐? 허, 기가 막혀. 이 망할 녀석 좀 보게. 비단 저고리에 벨벳 바지, 새빨간 외투에 운두 높은 모자라! 아이고, 내 신세야! 내 신세 좀 보라고! 아비는 그리도 짠내 나게 살았는데, 아들 녀석과 하인 놈은 유학한답시고 돈을 탕진하고 있었으니.

트래니오 　도대체 이건 뭐야?

밥티스타 　아니, 미친 사람 아니오?

트래니오   이봐요, 옷차림으로 봐선 점잖으신 노인 같은데, 하는 말은 꼭 미친 사람 같구려. 그런데 이봐요, 내가 진주와 금을 지니고 있든 말든 무슨 상관이오? 이 모든 건 내 아버지 덕택이니 당신이 이러고저러고 할 건 없잖소?

빈첸티오   네 아버지 덕택이라니! 이놈아, 네 아비는 베르가모에서 돛 만들고 있잖아.

밥티스타   사람 잘못 본 것 아니오? 사람 잘못 본 것 아니냐고요. 대체 이 사람을 누군 줄 아는 거요?

빈첸티오   누군 줄 아냐고요? 내가 모를 줄 아오? 난 저 녀석을 세 살 때부터 길러왔는걸. 저놈은 트래니오지 누구긴 누구요?

교사   가시오, 가. 미친 바보 같으니라고! 이 애 이름은 루첸티오요. 이 빈첸티오의 외아들이자 상속자라고!

빈첸티오   루첸티오라고? 그럼 네놈이 주인을 죽여버린 게로군. 자, 공작님의 이름으로 널 체포하겠다. 아이고, 내 아들! 오, 내 아들아! 이 녀석아, 말해 봐. 내 아들 루첸티오는 어디 있느냐?

트래니오   누가 경찰 좀 불러줘요. (경찰이 나타난다) 이 미치광이를 감옥에 처넣어 주시오. 장인어른, 이 작자를 감옥으로 보내게 수속 좀 밟아주세요.

빈첸티오   날 감옥으로 보내겠다고?

그레미오   경찰 양반, 잠깐만! 감옥으로 데리고 갈 것까진 없을 것 같소.

밥티스타   참견하지 마시오, 그레미오 씨는. 내 이자를 기어이 감옥으로 보낼 작정이니.

그레미오   밥티스타 씨, 공연히 속지 말고 신중히 대처하세요. 내 보기엔 이분이 진짜 빈첸티오 씨 같으니까!

교사   정 그렇게 생각한다면 어디 맹세를 해보시오.

그레미오   아니오. 맹세까지는 아니오.

트래니오   그렇다면 내가 루첸티오가 아니라는 말씀이오?

그레미오   아니, 당신은 틀림없는 루첸티오요.

밥티스타   이 주책없는 영감쟁이도 저 늙은이와 함께 감옥으로 끌고 가시오!

빈첸티오   낯선 고장에 가면 흔히 이렇게 욕을 보는 법이지. 에이, 못돼먹은 악당 같으니라고!

비온델로가 루첸티오와 비앙카를 데리고 등장

비온델로   아이고, 이제 뒤죽박죽이에요. 저길 보십시오. 아버님이 계신다고요! 모르는 체하시고, 남한테 왜 이러시냐고 잡아떼세요. 안 그러면 모든 건 끝장이에요.

루첸티오   (무릎을 꿇고) 용서해 주십시오, 아버지.

빈첸티오   아들아, 살아 있었구나.

비앙카   (무릎을 꿇고) 용서해 주세요, 아버님.

(이때 비온델로, 트래니오, 교사가 허겁지겁 도망친다)

밥티스타   아니, 네가 뭘 잘못했단 말이냐? 한데 루첸티오는 어디 있어?

루첸티오 예, 여기 있습니다. 방금 당신 따님과 결혼식을 마치고 왔습니다. 가짜들이 장인어른을 속이고 있는 틈에요.

그레미오 이런 음모를 꾸미다니? 우리가 모두 감쪽같이 속아 넘어갔구나.

빈첸티오 그 고얀 트래니오는 어디 갔어? 뻔뻔스럽게 나한테 대들던 트래니오 놈 말이야.

밥티스타 도대체 어찌 된 영문이냐? 이 사람은 우리 집 캠비오 아니냐?

비앙카 루첸티오가 캠비오로 변신했던 거예요.

루첸티오 사랑이 이런 기적을 가져온 겁니다. 비앙카에 대한 사랑이 제 신분을 트래니오와 바꾸게 하고, 그동안 트래니오는 이곳에서 제 역할을 하고 다닌 겁니다. 덕분에 저는 행복의 항구에 도착했고요. 트래니오의 소행은 모두 제가 강제로 시킨 겁니다. 그러니 아버지, 절 봐서라도 트래니오를 용서해 주십시오.

빈첸티오 그 악당 놈의 코를 찢어놔야겠다. 감히 날 감옥에 집어넣겠다고?

밥티스타 그런데 가만있자, 이봐, 자네는 내 승낙도 없이 내 딸과 결혼했단 말인가?

빈첸티오 염려 마십시오, 밥티스타 씨! 당신 소원대로 해 드리리다. 우선 안으로 들어가서 그 악당 녀석부터 혼을

내줘야지.   (루첸티오의 숙소 문을 열고 들어간다)

밥티스타   나도 가만있지 않겠다. 이 음모의 밑바닥을 캐봐
  야겠다.   (자기 집으로 들어간다)

루첸티오   이봐, 비앙카, 그렇게 핏기 없는 얼굴을 하지 말
  아요. 우리 아버지가 화를 내지는 않을 테니까.
                          (두 사람, 밥티스타의 뒤를 따른다)

그레미오   내 과자만 덜 구워졌군. 하지만 나도 같이 들어
  가자. 희망이 없어졌으니 먹기라도 해야지. (뒤따라 퇴장)

          페트루치오와 카타리나, 일어선다.

카타리나   여보, 우리도 들어가 봐요. 이 소동이 어떻게 되
  어가는지 구경하게요.

페트루치오   그러기 전에 우선 키스부터 해주오.

카타리나   아니, 이런 큰길에서요?

페트루치오   아니, 상대가 나여서 창피하오?

카타리나   아뇨, 천만에요. 키스하기가 부끄러워서죠.

페트루치오   좋소! 그럼 다시 집으로 돌아갑시다. (하인들에
  게) 여봐라, 돌아가자.

카타리나   아니에요, 그럼 키스해 드릴게요. 제발 돌아가진
  말아 주세요.   (키스한다)

페트루치오   이거 좋잖아? 자, 가요, 케이트. 뭐든 부딪쳐 보
  는 거야. 망설이면 못 써.   (두 사람이 밥티스타의 집으로

들어간다. 카타리나가 페트루치오의 팔에 매달린다)

5막 2장
(루첸티오 숙소의 한 방)

하인이 문을 연다. 밥티스타, 루첸티오, 빈첸티오, 그레미오,
교사, 비앙카, 페트루치오, 카타리나, 호텐쇼, 미망인, 차례로
등장. 끝으로 트래니오와 비온델로, 하인들이 술상을 들고
등장.

루첸티오   오래 끌었지만, 마침내 불협화음도 장단이
　맞아 격전이 끝났습니다. 이제 구사일생으로 위기를
　모면한 이야기를 웃으며 돌이켜 보게 되었네요.
　이봐요, 비앙카, 우리 아버지를 진심으로 환영해 주오.
　나도 장인어른께 잘하겠소. 동서 페트루치오와
　처형 카타리나, 그리고 호텐쇼와 아름다운
　미망인, 자, 마음껏 드십시오.
　모두 잘 오셨어요. 이 술상은 이미 치른 저 성대한
　잔치에 이어 우리의 위장을 좀 더 채우기 위해서입니다.
　자, 여러분, 앉으십시오. 앉아서 먹으며 얘기나 합시다.
　　　　　　　　　(모두 좌석에 앉는다. 하인들이 술을 따르고,
　　　　　　　　　과일 등을 차려놓는다)

페트루치오   이건 앉아서 먹자판이군.

밥티스타   여보게, 내 사위 페트루치오! 이런 호의는 파도
　바가 베푸는 거라네.

페트루치오   압니다. 파도바가 베풀 수 있는 거라곤
　호의뿐이니까요.

호텐쇼   저희 내외에게도 그 말이 진심이길 바랍니다.

페트루치오   호텐쇼, 자넨 미망인에게 겁먹은 모양인데?

미망인   천만에요, 제가 겁을 먹다뇨?

페트루치오   난 댁이 생각이 깊은 줄 알았는데, 제 말을
　오해하셨군요. 호텐쇼가 댁을 무서워한다는 뜻입니다.

미망인   현기증이 나는 사람은 세상이 도는 줄 알죠.

페트루치오   솔직하게도 대답하시는군요.

카타리나   잠깐만, 지금 하신 말씀은 무슨 뜻이에요?

미망인   글쎄, 페트루치오 씨를 보니 생각나서요.

페트루치오   날 보니 생각나다니요! 그런 말씀을 호텐쇼
　앞에서 하셔도 괜찮습니까?

호텐쇼   아냐, 이 사람 말은 자네를 보니 그런 말이
　생각났다는 뜻이네.

페트루치오   됐소. 그럼 미망인께서 호텐쇼에게
　키스해 드리세요.

카타리나   '현기증이 나는 사람은 세상이 도는
　줄 알지요.' 그 말의 뜻을 얘기해 보세요, 네?

미망인   글쎄, 댁 남편은 말괄량이로 말미암아 욕깨나

보고 계시잖아요. 그래서 자신의 비참한 심정에
비추어 다른 사람도 그렇겠거니 생각한다는
뜻이에요. 이제 아시겠어요?

카타리나   참 시시한 얘기네요.

미망인   그야 당신이 그렇잖아요?

카타리나   난 그저 그렇죠. 당신의 시시함에 비하면.

페트루치오   케이트, 이겨라!

호텐쇼   우리 편 이겨라!

페트루치오   백 마르크 걸겠어. 케이트는 미망인을 쓰러뜨
릴걸.

호텐쇼   쓰러뜨리는 건 내가 할 일이야.

페트루치오   자네가 할 일이라고? 말 한번 잘했네.
자, 건배!   (호텐쇼와 건배한다)

밥티스타   어떻소, 그레미오 씨? 저렇게 속사포처럼
쏘아대는 기지가?

그레미오   정말, 머리통으로 멋지게 박치기를 하네요.

비앙카   머리통으로요? 하지만 정말 재치 있는 분은
머리통이 아니라 뿔로 들이받는다고 할 거예요.

빈첸티오   허허, 며늘아기야! 너까지 기지에 눈을 떴냐?

비앙카   네, 하지만 놀라서 눈을 뜬 건 아니에요.
그러니까 금방 잠이 들 거예요.

페트루치오   그렇게는 안 될걸요. 이건 처제가 먼저
시작하지 않았소? 그러니 한두 개 좀 더 짭짤한

기지를 쏴줘야지.

비앙카   그럼 저는 형부의 새가 되어야 하나요?

　그렇다면 다른 덤불로 옮겨 가겠어요. 자, 활을 들고

　쫓아오세요. 여러분, 모두 잘 오셨어요.

(모두에게 인사하고 방을 나간다.

카타리나와 미망인이 그 뒤를 따라 퇴장)

페트루치오   보기 좋게 선수를 당했군. 이봐, 트래니오,

　저건 자네가 노린 새였네. 하긴 자네가 맞히진 못했지만.

　자, 우리 맞힌 사람과 못 맞힌 사람 모두를 위해

　건배합시다!

트래니오   아, 그야 주인님이 절 사냥개처럼 풀어놓았기

　때문에 저는 주인님을 위해 사냥을 해왔을 뿐이지요.

페트루치오   참으로 날쌘 비유긴 한데, 좀 치사하군.

트래니오   하긴 당신은 손수 사냥을 했지만,

　자기 암사슴한테 물린 것처럼 보이는걸요.

밥티스타   페트루치오, 자네가 트래니오한테 역습당했네.

루첸티오   고마워, 트래니오. 멋지게 복수해 줘서.

호텐쇼   인제 그만 손들게. 손들라고!

　정통으로 얻어맞았잖은가.

페트루치오   살짝 할퀴긴 했지. 그런데 내게 겨냥된

　그 화살이 빗나가서 자네들 두 사람을 찌른 걸

　자네들은 모르고 있군.

밥티스타   이봐, 페트루치오! 섭섭하게 들리겠지만,

자네는 세상에 둘도 없는 지독한 말괄량이를
아내로 얻었네.

페트루치오　절대 그렇지 않습니다. 그 증거로 각자
아내를 불러보기로 하지요. 불렀을 때 가장
빨리 오는 사람이 순종적인 아내라고 보면 됩니다.
그 남편이 우리가 거는 돈을 모두 갖기로 하자고요.

호텐쇼　좋아. 얼마씩 걸까?

루첸티오　이십 크라운씩.

페트루치오　이십 크라운? 매나 사냥개한테도 그 정도
돈은 걸지 않나? 아내라면 그것의 스무 배는 걸어야지.

루첸티오　그럼 백 크라운으로 합시다.

호텐쇼　좋소!

페트루치오　나도 찬성이오.

호텐쇼　누가 먼저 부르겠나?

루첸티오　내가 먼저 하겠어요. 비온델로, 가서 아씨더러
내가 좀 나오란다고 전해라.

비온델로　예!

밥티스타　여보게, 사위! 자네가 건 돈 절반은 내가
책임져 주지. 비앙카는 금방 달려올 테니까.

루첸티오　절반은 싫습니다. 제가 전부 책임지겠습니다.
（비온델로가 돌아온다）오, 돌아왔군. 아씨가 뭐라더냐?

비온델로　예, 지금 바빠서 나갈 수 없다고 그러는데요.

페트루치오　오, 바쁘다고, 그래서 나올 수 없다고?

그게 네 안주인의 답이냐?

그레미오   아, 여간 친절한 대답이 아니구먼.

　제발 당신 부인한테서는 그보다 더 지독한 대답이나

　듣지 않도록 하느님께 기도드리구려.

페트루치오   난 그보다는 좋은 답을 받을 거요.

호텐쇼   이봐, 비온델로, 가서 내 아내더러

　좀 오시라고 전해 주게.　　　　　　　　（비온델로 퇴장）

페트루치오   맙소사, 오시라고! 그렇게 청해야 겨우

　나오신다고.

호텐쇼   뭣한 말이지만 자네 아내는 청해도 꿈쩍 않겠지.

　（비온델로가 돌아온다） 이봐, 내 아내는 어떻게 됐나?

비온델로   뭔가 장난을 꾸미고 계신다고 생각하는지

　안 오시겠다는데요. 도리어 나리께서 들어오시라는데요.

페트루치오   갈수록 태산이군. 그러니까 안 나오시겠다

　이거지! 제기랄, 이래서야 어디 참을 수 있겠냔 말이야!

　이봐 그루미오, 너 가서 아씨보고 내 명령이니 좀

　나오라고 전해.　　　　　　　　　　　（그루미오 퇴장）

호텐쇼   거기도 뻔할 뻔 자지 뭐!

페트루치오   뭐라고?

호텐쇼   절대로 나오지 않을 거야.

페트루치오   그렇게 되는 날엔 볼 장 다 보는 거지 뭐.

　　　　　　　　（이때 카타리나가 문 앞에 나타난다）

밥티스타   아니, 카타리나가 나오잖아?

카타리나   무슨 일로 저를 부르셨어요?

페트루치오   비앙카는 지금 어디 있소? 그리고
    호텐쇼의 집사람은?

카타리나   난로 곁에서 수다 떠는 중이에요.

페트루치오   가서 좀 데리고 오시오. 만일 오지
    않겠다고 하면, 때려서라도 남편들한테로 끌고 와요.
    자, 빨리 가서 데리고 와요.   (카타리나 퇴장)

루첸티오   기적이 있다면 이거야말로 기적이야.

호텐쇼   정말 그렇군. 그런데 이건 무슨 징조일까?

페트루치오   그야 평화와 사랑의 징조, 평온한 생활의
    징조지. 위엄 있는 지배, 올바른 지배권의 징조지.
    요컨대 이거야말로 사랑과 행복이지 뭐겠나.

밥티스타   아, 이봐, 페트루치오! 행복을 고이 간직하게나.
    판돈은 자네 거네. 내가 이천 크라운을 더 얹어줌세.
    새사람이 된 딸에게 새로운 지참금을 주는 걸세.
    글쎄, 저 애가 딴사람이 되었으니 말일세.

페트루치오   아니, 난 승리에 덧붙여서 내 아내의 순종과
    새로 지니게 된 정숙함까지 보여드리겠습니다.

        카타리나가 비앙카와 미망인을 데리고 등장

    저길 보시오. 고집쟁이 아내들을 여자답게 설득해서
    포로로 만들어 데리고 오고 있지 않소. 카타리나,

당신 모자는 어울리지 않는구려. 그 장난감 같은 걸
벗어서 발로 밟아버려요.　　　　(카타리나가 그대로 따른다)

미망인　어머나, 이런 엉터리 수작을 보여주려고 일부러
불러낸 건 아니죠? 살다 살다 이런 바보짓은 처음 봐요.

비앙카　쳇! 미련하게 이렇게 불러내서 뭘 어쩌자는 거
예요?

루첸티오　당신이 좀 미련했더라면 좋았을걸. 당신이 약게 생
각한 덕에 저녁 식사 뒤에 난 백 크라운이나 손해를 봤어.

비앙카　미련한 건 당신이에요. 저를 미끼로 내기를 하시
다니!

페트루치오　카타리나, 이 완고한 부인들에게 얘기 좀 해드
리시오. 아내 된 자는 남편에게 어떻게 해야 하는지를.

미망인　아니, 사람을 조롱하는 거예요?
그따위 설교는 듣고 싶지 않아요.

페트루치오　자, 얘기하라니까. 저 부인에게 먼저 해줘!

미망인　흥! 누가 들어준대요?

페트루치오　글쎄, 얘기해 드리라니까. 이 부인에게 먼저.

카타리나　아, 그 험상궂은 이맛살은 좀 펴고, 그렇게
멸시하듯 쏘는 눈빛은 거두세요. 그건 자기 남편한테
상처 주는 짓이니까요. 임금이자 지배자인 자기
남편에게 말이에요. 그건 서리가 목장을 망치듯 자신의
아름다움을 망치는 짓이에요. 회오리바람이 아름다운
꽃봉오리를 뒤흔들어 놓듯 자기의 이름을 더럽히는

짓이라고요. 어느 모로 보나 좋지 않고, 상냥한 얼굴도
아니에요. 성난 여자는 흐린 샘물 같다고나 할까,
진흙탕이니, 보기도 흉하고 탁해 아름다움이 사라지니
아무리 갈증 난 남자도 감히 물을 마시려고도,
손댈 생각도 않을 거예요. 남편은 우리의 주인이고
생명이자 수호자며, 우리의 머리, 군주라고요. 글쎄,
아내를 위해 주려는 마음에 바다에서나 육지에서나
등골 빠지게 일하잖아요. 태풍 부는 밤이나 혹한에도
눈을 안 붙이잖아요. 그 덕에 우리는 안심하고 아늑한
집에 누워 있는 거라고요. 그런데도 남편은 아내한테서
사랑과 고운 얼굴, 진실, 순종밖엔 다른 공물을
바라지 않아요. 그렇게도 큰 빚을 진 것에 비하면
지불은 참으로 하찮지요. 신하가 군주에게 지는 의무,
그것이 곧 아내가 남편에게 져야 할 의무 아닐까요?
그런데도 아내가 고집을 피우고 짜증을 내고
불쾌감을 드러내며 남편의 선한 의사에
반항한다면 그야말로 사악한 반역자지요.
인자한 군주에게 반역을 꾀하는 배은망덕한
무리라고 해야겠지요? 평화를 위해 무릎을
꿇어야 할 상황에 선전포고를 하거나 사랑과
헌신으로 봉사해야 할 상황에 지배하려 들거나 권력을
휘두르는 것은 어리석은 여자들이 저지르는 낯부끄러운
과오예요. 우리 여자들의 몸은 연약하고 살결은

부드럽고 매끄러워서 세상의 고된 일에는 적합하지
않잖아요? 다시 말해 우리의 마음이 부드러워
그 같은 육체적 조건과 일치한 것 아닐까요?
자, 자, 이 무력한 고집쟁이들이여!
나도 처음에는 당신들처럼 교만하고,
고집 세고, 말에는 말로, 고집에는 고집으로
대항했어요. 하지만 마침내 깨닫고 보니
여자의 창이란 지푸라기와 같고,
여자의 힘은 그 무엇과 비교할 수 없을
정도로 약해요. 아무리 강한 척해 봤자 약한 건
어쩔 수 없더라고요. 그러니 오만을 버리세요.
그런 건 쓸데없으니까요. 그리고 남편 발밑에
손을 갖다놔요. 남편이 원한다면 난 순종의
증거로 언제든지 남편 앞에 엎드릴 거예요.

페트루치오   암, 그래야지! 자, 키스해 주오, 케이트.

루첸티오   실컷 재미 보시구려. 승리는 형님 것이니까요.

빈첸티오   자라나는 아이들한테 들려주고 싶을 만큼 좋은
　이야기구나.

루첸티오   하지만 고집 센 여자 귀에는 거슬릴 겁니다.

페트루치오   자, 케이트, 우리 이젠 자러 갑시다.
　세 쌍이 결혼했지만, 자네들 두 쌍은 낙제네.
　(루센티오에게) 자넨 과녁의 변두리를 쏘았으니 우승은
　나네! 그럼 물러가겠네. 모두 안녕히들 주무십시오!

호텐쇼　그럼 가서 재미나 보게. 자넨 지독한 말괄량이를
　길들였네.
루첸티오　꼭 기적 같군. 실례인지 모르지만 저렇게 순종적
　인 여자로 길들이다니!　　　　　　　　　　　(모두 퇴장)

십이야 Twelfth Night

당신은 저급한 두려움에 빠져 자신의
정당한 지위를 부인하는군요. 두려워 마요,
세자리오, 행운을 붙잡아 당신 자신이 되세요.
그러면 당신이 두려워하는 사람만큼 위대해질 거예요.
-'십이야' 중에서

등장인물

비올라　난파당한 뒤 세자리오로 변장하는 아가씨

선장　파선 뒤에 비올라를 돕는 사람

세바스티안　비올라의 쌍둥이 오빠

안토니오　세바스티안을 돕는 다른 선장

오르시노　일리리아의 공작

큐리오, 밸런타인　오르시노 공작을 시중드는 신사들

두 군관

올리비아　여백작

마리아　올리비아의 시녀

토비 트림 경　올리비아의 삼촌

앤드루 에이규치크 경　토비 경의 친구

말볼리오　올리비아의 집사

페스테　어릿광대, 올리비아의 재담꾼

파비안　올리비아의 집안 식구

신부

하인　올리비아 집안 소속

악사, 귀족, 뱃사람, 경찰, 시종들

장소 : 일리리아 및 아드리아 해안의 다른 나라

1막 1장
(공작의 궁전)

음악이 흐르며 일리리아 공작 오르시노와 큐리오 및
다른 귀족들 등장

오르시노 음악이 사랑의 자양분이라면 연주하라.
  계속 연주하라. 그래서 물리면 그 욕구 병들어 죽어
  없어질 것이니. 그 선율 반복해 봐. 뚝 떨어지던데.
  오, 그것은 제비꽃 핀 강둑 위를 스치는 달콤한 남풍처럼
  향기를 훔쳐 와 내 귓전에 뿌리며 들어왔어. 됐다, 그만.
  이번 건 이전 것보다 달콤하지 않아. (음악이 멈춘다)
  오, 사랑이여! 넌 어찌 그리도 재빠르고 기운찬가?
  그처럼 적은 용량이 바다처럼 내 마음을
  빨아들이는구나. 아무리 가치 있고 고귀한 것도
  그 안에 들어가면 순식간에 천해져 가치를 잃고
  왜소해지는구나. 오로지 연정만이 강렬한 상상이

빚어낸 형상으로 넘친다.

큐리오 각하, 사냥하러 가시겠습니까?

오르시노 큐리오, 무얼 잡으려고?

큐리오 수사슴요.

오르시노 사냥이라면 이미 시작됐다. 난 사슴이 되어
　　쫓기고 있지 않느냐. 오! 내 눈이 올리비아를 처음 봤을
　　때, 그녀는 공기 중의 역병을 정화한 것 같았어.
　　순간 나는 한 마리 수사슴이 되었고,
　　애욕은 잔혹한 사냥개들처럼 줄곧 나를 뒤쫓는구나.

밸런타인 등장

그래, 그녀가 뭐라고 하더냐?

밸런타인 죄송합니다, 공작님! 직접 뵙지는 못했고,
　　하녀를 통해 이런 회답을 받았습니다.
　　일곱 해의 더위가 지나갈 때까지 하늘조차도 자신 얼굴
　　넉넉히 못 볼 것이며, 자신은 수녀들처럼 베일을 쓰고
　　걸으며, 하루 한 번은 거처의 곳곳을 흘러내리는
　　짠물로 적실 거라고 했습니다. 이 모든 건 세상을 떠난
　　오라버니의 사랑을 슬픈 기억 속에 오래도록
　　간직하기 위해서랍니다.

오르시노 아, 오빠에게 진 사랑의 빚을 갚는 것에
　　그리도 갸륵한 마음씨를 보이다니, 그녀가 자기 안에

들어 있는 모든 감정이 큐피드의 황금 화살촉에
맞아 죽어 없어지면 어떻게 사랑할까——
군주들의 옥좌 같은 간, 뇌, 심장 그리고 그녀의
완벽한 자질이 한 사람의 연인에게 점유된다면,
그 사랑은 얼마나 달콤하고 완전무결해질 것인가!
아, 나를 감미로운 꽃침실로 인도하라. 연정은
그늘진 쉼터에서 더욱 풍성해지는 법이니!　　　(모두 퇴장)

1막 2장
(해안)

비올라, 선장, 선원들 등장

비올라　친구들, 여긴 어느 나라인가?

선장　일리리아라고 합니다, 아가씨!

비올라　일리리아에서 내가 뭘 할 수 있겠나?
　　오빠는 엘리시움*에 갔는데.
　　우연히 익사를 피했는지도 몰라. 당신들 생각은?

선장　아가씨는 우연히 구조되었습니다.

비올라　가엾은 오빠! 어쩌면 그리됐을지 몰라.

---

* 엘리시움 : 선량한 사람이 죽음 후에 지내는 곳.

선장　맞아요, 아가씨. 우연히가 위로가 된다면 확신시켜

　　드리건대, 우리 배가 난파당해 아가씨와 몇몇 구조된

　　분들이 떠돌던 그 쪽배에 매달려 있을 때 봤어요.

　　위기를 간파한 당신의 오빠가──용기와 희망을

　　잃지 않고 침착하게──바다 위에 뜬 큰 돛대에 몸을

　　묶고 돌고래 등에 탄 아리온*처럼 거친 파도를

　　익숙하게 타는 걸 제 눈으로 똑똑히 봤습니다.

비올라　그 말을 해준 대가로 금화를 드리네.

　　내가 죽지 않고 살았으니, 그도 그럴 수 있다는 희망이

　　생기는군.──네 말이 거기에 권위를 더하고 있어──

　　선장은 이 나라에 대해 잘 아는가?

선장　네, 아가씨, 잘 압니다. 제가 태어나서 자란

　　곳이 여기서 세 시간도 채 안 걸리는 곳이니까요.

비올라　이곳을 다스리는 사람은 어떤 분이오?

선장　이름처럼 사람 또한 고귀한 공작입니다.**

비올라　그분 이름은?

선장　오르시노입니다.

───────────

* 아리온 : 반전설적인 그리스 시인으로, 선원들이 자기 물건을 강
　　탈하고 죽이려 하자, 리라 반주로 노래를 불러 돌고래 한 마리를
　　불러낸 다음, 자신을 안전하게 코란트 섬으로 데려가도록 했다.
** 이름처럼~공작입니다 : 오르시노는 고귀한 이탈리아 가문 출신
　　이어서 고귀하고, 또한 그 이름이 이탈리아어로 '작은 곰'이라는
　　뜻인데, 오르시노 가문에서는 곰을 고귀하게 여겼다.

비올라 　오르시노! 아버지가 그분 이야기를 하는 걸 들었
　　어. 그때는 독신이었는데.

선장 　지금도 그래요. 아니면 최근까지라고 해야 하나?
　　한 달 전, 제가 이곳을 떠날 때만 해도 아리따운
　　올리비아에게 구애한다는 소문이 파다했죠.
　　아시다시피 높은 분들이 하는 일은 늘 아랫사람들의
　　화젯거리가 되게 마련인지라.

비올라 　그 여자가 누군가?

선장 　정숙한 처녀로, 일 년 전에 세상을 떠난 한 백작의
　　딸인데, 백작은 죽기 전에 자기 아들, 즉 그녀의 오빠에게
　　동생의 후견인이 되어주라는 유언을 남겼지요. 허나
　　그 아가씨가 의지하고 지냈던 오빠마저
　　세상을 떠나고 말았어요. 사람들 말로, 그 아가씨는
　　오빠 사랑이 극진해 남자들과의 모임이나
　　만남을 일체 단절했다고 합니다.

비올라 　아, 내가 그 아가씨의 시중을 들었으면 좋겠어.
　　내 신분은――그걸 밝힐 기회가 무르익을 때까지
　　――세상에 드러내지 않았으면 좋겠는데.

선장 　그건 좀 힘들 것 같은데요. 그녀는 누구의
　　부탁도 듣지 않으니까요. 물론 공작님의 요청도요.

비올라 　선장은 좋은 분 같네. 조물주는 때로는
　　아름다운 벽으로 오물을 감싸지만, 선장은 고매한
　　겉모습에 어울리는 마음을 지녔다고 난 믿을 것이네.

부탁인데——은혜는 후하게 갚아드릴 테니——
내 정체를 감춰 주고, 의도하는 모습에 어울릴지
모르겠지만 변장하는 걸 도와주게.
난 공작님을 섬기고 싶네. 선장이 나를 공작님께
환관으로 소개해 준다면 수고한 보람이 있을
것이네. 나는 갖가지 노래와 이야기를 음악에
맞춰 풀어내는 재주가 있는데, 공작님은 내 봉사의
가치를 알아줄 것이네. 그 밖의 일은 시간에
맞길 테니 내 계획대로 침묵을 지켜주게.

선장   아가씨가 공작의 환관이 되면 저는 벙어리가 될게요.
제 혀가 함부로 입을 놀리면 이놈의 눈을 멀게 하세요.

비올라   고맙네. 그럼 앞장서 주게.   (함께 퇴장)

1막 3장
(올리비아의 저택)

토비 트림 경과 마리아 등장

토비 경   제기랄, 오빠의 죽음에 질녀가 저리도
상심하다니! 근심은 수명을 단축시키는 법인데.

마리아   정말이지 토비 경, 귀가 시간을 좀 앞당겨야겠어
요. 너무 늦게 돌아오신다는 걸 아씨가 알고 몹시 못마땅

해하세요.

토비 경 뭐라, 못마땅해하신다고! 다 그만두라고 해.

마리아 예, 하지만 상식적인 범위를 벗어나지는 말아야죠.

토비 경 벗어나? 난 지금 이 상태에서 전혀 벗어날 마음 없어. 이 옷은 술을 마시기에 안성맞춤이고, 이 구두도 마찬가지야! 만약 그렇지 않다면 저절로 터져버리라지.

마리아 그렇게 벌컥대고 마시면 몸이 남아나질 않아요. 아씨께서 어제 그런 말씀을 하시는 걸 들었어요. 또 당신이 언젠가 아씨의 구혼자라며 여기 데려온 그 얼뜨기 기사 얘기도 하셨고요.

토비 경 누구? 앤드루 에이규치크 경 말이야?

마리아 네, 맞아요.

토비 경 그는 이 일리리아에서 누구 못지않아.

마리아 그건 무슨 말씀이세요?

토비 경 그 사람의 연 평균 수입이 삼천 다카트나 돼.

마리아 예, 하지만 그 모든 다카트도 일 년을 못 버틸걸요. 흥청망청 써버리는 진짜 바보니까요.

토비 경 쳇, 무슨 소릴 하는 거야? 그 사람은 비올라 다 감바를 연주하고, 서너 개 나라 언어를 또박또박 책 없이도 말할 줄 아는 데다 천부적인 재능을 지녔어.

마리아 천부적인 재능을 많이도 지녔네요. 천치 같은 바보에다 대단한 싸움꾼이니까요. 타고난 비겁함이 그 기질을 누그러뜨려 주니 망정이지 아니었으면 벌써 저승길로 직행했을 거라는 걸 알 만한 사람들은 다 알아요.

토비 경   이 손에 맹세코 그렇게 말하는 자들은 불량배에 험담꾼들이야. 누가 그랬나?

마리아   누가 그러긴요. 그 사람이 매일 밤 당신과 어울리며 퍼마신다고 나불거리는 이들이죠.

토비 경   나야 질녀를 위해 건배하느라 그랬지. 계속 그녀를 기리며 마실 거야. 내 목에 목구멍이 있고, 이 일리리아에 술이 동나지 않는 한 마실 거라고. 내 질녀를 기리며, 머리가 교구 팽이처럼 핑핑 돌 때까지 퍼마시지 않는 자는 겁쟁이에 잡것이야.

앤드루 에이규치크 경 등장

허, 이 여자야, 호랑이도 제 말 하면 온다더니 앤드루 경이 오는군.

앤드루 경   토비 트림 경! 안녕하신가, 토비 트림 경?

토비 경   친애하는 앤드루 경!

앤드루 경   (마리아에게) 왈가닥 이쁜이 잘 있었나?

마리아   나리도요.

토비 경   앤드루 경, 정식으로 접근을 하지그래.

앤드루 경   그게 뭔가요?

토비 경   내 질녀의 시녀니까.

앤드루 경   친절한 접근 아가씨, 잘 부탁드립니다.

마리아   제 이름은 마리아인데요.

앤드루 경   친절한 마리아 아가씨, 아가씨께 인사드려요.

토비 경   잘못 알았어요, 기사 양반. '인사'란 여자 앞에 버티고 서서 구애하고 설득하며 부딪친다는 뜻이네.

앤드루 경   원, 내가 지금 여기서 어떻게 버티고 서서 이 여자에게 부딪치란 말인가? '인사'란 말이 그런 뜻인가?

마리아   전 이만 실례하겠어요.   (나가려고 한다)

토비 경   아니, 이렇게 떠나보내면 앤드루 경, 당신은 칼을 뽑은 기사라고 할 수 없지.

앤드루 경   아가씨, 그렇게 가버리면 칼을 뺀 기사가 무안하잖소? 고운 아가씨, 당신은 바보들을 손에 넣었다고 생각하오?

마리아   누가 당신을 상대한대요?

앤드루 경   상대하게 해드리지요. 악수합시다.

마리아   (악수하며) 참, 생각은 자유라더니, 청컨대 손을 주방으로 가져가 마시라고 하시죠.

                          (그의 손을 자기 가슴으로 가져간다)

앤드루 경   왜요, 아가씨? 그건 어떤 비유요?

마리아   메말랐다고 할까요.

앤드루 경   허, 그런 것 같구먼. 난 손을 항상 적셔둘 만큼 바보가 아니오. 한데 무슨 농담이 그래?

마리아   메마른 농담이랄까요.

앤드루 경   그런 농담을 잔뜩 가지고 있소?

마리아　그럼요, 그런 농담을 손가락 끝에 주렁주렁요. (그의 손을 놓는다) 어머, 당신 손을 놓으니까 이제 씨가 말랐네요.

(마리아 퇴장)

토비 경　오, 기사여! 그대는 포도주 한 잔이 모자라오. 이렇게 풀이 죽은 그대를 난 못 본 것 같은걸?

앤드루 경　이렇게 당해 보긴 처음인 것 같소. 술한테야 당해 봤지만. 내 생각에 내 머리가 기독교인이나 보통 사람보다 나은 것 같진 않소. 아마도 소고기를 너무 많이 먹어 나빠진 것 같소.

토비 경　틀림없소.

앤드루 경　이럴 줄 알았더라면 진작 끊는 건데. 토비 경, 난 내일 집으로 가겠소.

토비 경　푸르콰?* 친애하는 기사여?

앤드루 경　'푸르콰'라니요? 가라는 거요, 말라는 거요? 내가 검술과 춤과 곰 놀리기에 보낸 시간에 여러 외국어를 공부하는 데 쏟았다면 좋았을걸. 오, 외국어 공부를 했더라면 좋았을 텐데.

토비 경　그랬다면 빼어난 머리칼을 가졌을 거요.

앤드루 경　아니, 그랬다면 내 머리칼이 좋아졌겠소?

토비 경　당연하지, 보다시피 머리가 원래 곱슬머리는 아니니까.

---

* Pourquoi : 프랑스어로 '무엇 때문에'라는 뜻.

앤드루 경 하지만 보기 흉한 머리칼은 아니지 않소?

토비 경 빼어나오! 꼭 실감개 막대에 감아 놓은 아마 같소. 그래서 어떤 계집이 당신을 사타구니에 끼고 확 돌려 풀어내는 꼴을 봤으면 좋겠소.

앤드루 경 정말 난 내일은 집으로 돌아갈 거요. 질녀는 날 만나주려고도 않고, 만나봤자 싫단 소리 들을 게 뻔하니까. 바로 요 근방에 사는 백작이 몸소 그녀에게 청혼했다면서?

토비 경 그녀는 백작 따윈 거들떠보지도 않소. 재산이나 나이, 지능이 자기보다 높은 쪽은 싫다는 거요. 이 두 귀로 똑똑히 들었소. 그러니까 아직 희망이 있다 이거요.

앤드루 경 그럼 한 달만 더 머물겠소. 난 세상에서 가장 이상한 놈이라서 때론 가면극과 연회를 한꺼번에 즐긴다오.

토비 경 기사가 그런 잡기에 재주가 있단 말이오?

앤드루 경 그 어떤 일리리아 남자만큼이나요. 나보다 신분이 낮은 사람이라면 그 누구한테도 지지 않지. 하지만 노인과 비교해선 안 되오.

토비 경 빠른 춤에서 기사는 특기가 뭐요?

앤드루 경 정말이지 높이 뛰는 것이지요.

토비 경 그렇다면 난 날 수 있소.

앤드루 경 백 트릭*은 일리리아에서 나를 따라올 자가 없을걸.

토비 경 그런 재주를 왜 숨겼소? 왜 그런 재능 앞에 장막을 쳤단 말이오? 몰 부인의 초상화처럼 먼지나 쌓이라고? 왜 당신은 교회에 갈 때는 빠른 춤을 추며 갔다가, 돌아올 때는 뛰는 춤을 추면서 돌아오는 거요? 내 발걸음도 삼박자로 해야겠소. 앞으로 난 오박자 춤 자세가 아니면 오줌도 누지 않겠소. 한데 당신 어쩔 거요? 당신, 그런 재주를 감추고 살겠다는 거요? 난 그 잘빠진 다리를 볼 때마다 이건 분명히 빠른 춤 별자리 아래에서 만들어졌을 거로 생각했소.

앤드루 경 예, 튼튼하지요. 그리고 갈색 양말에 썩 어울리지요. 어디 한바탕 신나게 놀아보겠소?

토비 경 달리 할 일이 없잖소. 황소자리에서 태어난 우리 아니오!

앤드루 경 황소자리? 그건 옆구리와 심장의 별이네.

토비 경 아니오, 다리와 허벅지요. 자, 높이 한번 뛰어 보자고. (앤드루 경이 높이 뛴다) 하, 더 높이. 하, 하, 정말 멋져!

(함께 퇴장)

1막 4장

---

* 백 트릭 : 거꾸로 뛰는 춤.

(오르시노 공작의 궁전)

밸런타인과 세자리오로 남장한 비올라 등장

밸런타인   세자리오, 공작의 총애가 지금처럼 지속된다면
　　자네는 승진 가능성이 크네. 공작께서 당신을 만난 지 고
　　작 사흘밖에 안 됐는데도 친근히 여기시거든.
비올라   그분의 총애가 지속될까 의심하는 걸 보니 당신은
　　그분의 변덕이나 나의 태만을 걱정하는군요. 공작님은
　　변덕이 심한 분인가요?
밸런타인   아니, 날 믿으시오.

　　　　오르시노, 큐리오, 시종들과 함께 등장

비올라   고마워요. 저기 공작님이 오시는군요.
오르시노   여봐라, 누구 세자리오를 못 보았느냐?
비올라   여기 대령했습니다, 각하!
오르시노   (밸런타인, 큐리오 및 시종들에게)
　　그대들은 잠시 물러가 있게. (비올라에게) 세자리오,
　　넌 내 모든 걸 알게 됐을 거다. 내 영혼의
　　비밀 장부를 송두리째 보여줬으니까.
　　그러니 이봐, 그녀에게 발길 돌려 면회를
　　사절당하더라도 문 앞에 버티고 서서

발에서 뿌리가 돋는다고 해도 아씨를 뵙기 전엔

물러가지 않겠다고 해라.

비올라 고귀하신 공작님, 그녀가 소문처럼 깊은 시름에

잠겨 있다면 분명 저를 받아들이지 않을 것입니다.

오르시노 예의범절에 구애될 것 없이 시끌벅적하게

소란이라도 피워라. 아무 소득 없이 돌아오지 말고.

비올라 만약 말을 하게 되면 공작님, 그다음엔요?

오르시노 오, 그때는 내 사랑의 열정을 펴 보여라.

그리고 굳건한 내 신념 얘기로 그녀를 제압하라.

비탄에 빠진 내 사랑을 전할 적임자로 너는 무척

잘 어울리니, 그녀는 네게 깊은 관심을 보일 것이다.

까다로운 대리인보다는 젊은 네가 적격이야.

비올라 저는 그렇게 생각지 않습니다, 각하!

오르시노 내 말을 믿어라. 너를 성년 남자라고 하는 이도

행복한 네 나이는 못 맞힐 테니까.

디아나의 입술도 네 입술만큼 부드럽고 붉진 않아.

너의 작은 목소리는 처녀처럼 높고 맑아.

그래서 전체적으로 여자의 모습과 흡사해.

나는 네 별자리가 이 일에 적합하다는 걸 안단다.

(밸런타인, 큐리오 및 시종들에게)

너희들 네댓이 세자리오와 같이 가거라. ──

원한다면 전부 가도 좋아. ──곁에 사람이 없는 게

난 최고로 좋으니까. (비올라에게) 이 일을 성사시켜.

그러면 너는 주인의 재산을 네 것이라 부르며
그처럼 자유롭게 살게 될 것이다.

비올라　온 힘을 다해 그 숙녀께 구애하겠습니다.
(방백) 허나 험난하구나. 설득은 해보겠지만 공작의
아내가 되고 싶은 사람은 나 자신인걸.　　　　(모두 퇴장)

1막 5장
(올리비아의 저택)

마리아와 광대 페스테 등장

마리아　글쎄, 어딜 쏘다녔는지 말해 봐. 안 그러면 내 너를
감싸주려고 터럭 한 올 들어갈 만큼도 입을 안 열 테니까.
네 멋대로 집을 비웠으니 아씨는 널 목매달 거야.

페스테　매달라고 해요. 목이 잘 매달린 사람은 더는 두려
워할 필요가 없으니까요.

마리아　그걸 입증해 봐.

페스테　아무것도 못 보니 두렵지 않다는 거지요.

마리아　아주 매가리가 없군. '두려워할 필요가 없다'는 말
이 어디서 비롯됐는지 난 알아.

페스테　그게 어디서 나온 말인데요, 마리아 아가씨!

마리아　전쟁에서야. 그러니 넌 그걸 농담 삼아 용감하게

뺄을 수 있는 거고.

페스테   글쎄요, 신은 지혜 있는 자에게는 그걸 더욱 주시
고, 바보에게는 자기 재주나 부리며 살게 해주소서.

마리아   그렇지만 너는 집을 너무 오래 비웠으니 목매달릴
거야. 아니면 여기서 쫓겨날 텐데, 그건 네게 목매달리는
거나 다름없잖아?

페스테   목을 잘 매달면, 덕분에 나쁜 결혼은 막아주겠죠?
그리고 이왕 쫓겨날 거면 여름이면 좋겠는데!

마리아   그렇다면 각오는 한 거야?

페스테   그건 아니지만 두 멜빵을 잡고 결심했어요.

마리아   한쪽을 못 쓰면 다른 쪽이 잡아주고, 두 쪽 다 못
쓰면 바지가 흘러내린단 말이지.

페스테   맞았어요. 정말로. 딱 맞혔어요. 자, 가봐요. 토비
경이 술만 끊는다면 당신은 일리리아에서 가장 잘나가는
아내감이 될 텐데.

마리아   입 닥쳐, 이 악당아. 그 얘긴 그만해.

올리비아가 검은 상복 차림으로 등장하고
말볼리오가 시종들과 뒤따른다.

아씨께서 나오신다. 현명하게 변명해 봐. 그러는 게 네 신
상에 좋을 테니까.   (퇴장)

페스테   기지여, 제발 나에게 근사한 광대 노릇을 하도록

도와다오. 널 가졌다고 생각하는 재주꾼들에게선 자주 바보라는 사실이 드러나고, 네가 없다고 확신하는 난 현명한 사람으로 통할 수 있단다. 쿠이나팔루스*가 그랬잖아. '바보 같은 재주꾼보다는 재주 있는 바보가 돼라'라고. 아씨, 인사드려요.

올리비아   저 광대를 끌어내.

페스테   어이, 뭣하는 거야? 이 아씨를 끌어내라는데.

올리비아   이봐, 넌 메마른 바보야. 내겐 쓸모가 없어졌다고. 더군다나 불성실하기까지 하니.

페스테   마돈나여, 그 두 가지 허물이야 술과 훌륭한 충고로 고칠 수 있답니다. 메마른 바보에겐 술을 주면 축축해질 거고, 불성실해서 고치라고 분부를 내리시면 더는 불성실하지 않을 겁니다. 그래도 버릇이 안 고쳐지면 수선공더러 고치라고 하면 돼요. 허나 뭐든 고쳐진 건 땜질됐을 때뿐입니다. 죄를 범한 미덕이란 죄가 땜질됐을 때뿐이고, 보상된 죄란 미덕이 땜질됐을 때뿐이지요. 만약 이 간단한 삼단논법이 보탬이 된다면 좋겠는데, 그렇지 않다고 해도 별도리가 없잖아요? 오쟁이를 지는 신세가 되느니 '재앙이여, 너를 아내로 삼겠다. 미인의 생명은 꽃처

---

* 쿠이나팔루스 : 페스테가 만들어낸 라틴어 권위자로, 수사학적이고 논리적 맥락으로 볼 때 아마도 고대 로마의 수사학자 쿠인틸리아누스로부터 영감을 받은 것 같다.

럼 짧으니까.' 이런 말도 있잖아요? 아씨께서 이 광대를 끌어내라고 말했지요. 그러므로 내가 다시 명하니 아씨를 끌어내란 말이야.

올리비아 이봐, 내가 끌어내라고 한 건 너야.

페스테 정말이지 최고급 오해입니다. 아씨, 성직자 모자 썼다고 다 성직자는 아니거든요. 그건 제가 머릿속까지 바보는 아니라는 말이지요. 죄송하지만 아씨가 바보라는 걸 증명해 드릴까요?

올리비아 네가 그걸 증명할 수 있어?

페스테 그럼요, 능수능란하게요.

올리비아 어디 증명해 봐.

페스테 그럼 마돈나여, 교리 문답을 해야겠습니다. 고결하신 아씨, 대답해 보세요.

올리비아 자, 그럼 별다른 심심풀이도 없으니 네 입증이나 받아주마.

페스테 훌륭하신 마돈나는 왜 그리도 슬퍼하시나요?

올리비아 훌륭한 바보야, 오라버니의 죽음 때문이지.

페스테 그분의 영혼은 지옥에 있는 모양이군요, 마돈나.

올리비아 이 바보야, 그분의 영혼은 천국에 가 있어.

페스테 마돈나여, 그렇다면 그대는 더욱더 바보네요. 오라버니의 영혼이 천국에 있는데 슬퍼하다니요.——이 바보를 내다 버려요, 여러분!

올리비아 말볼리오, 이 바보를 어떻게 생각해? 나아진 거

아냐?

말볼리오　예, 죽음의 격통에 흔들릴 때까지 나아질 것입니다. 현자들은 노쇠해지면 무너지지만, 바보들은 언제나 더 좋아지니까요.

페스테　신이시여, 저분에게 빨리 망령을 내려 주세요. 그의 우둔함이 더욱 커지도록 노쇠를 앞당겨 주소서! 토비 경도 제가 여우가 아니라는 맹세는 하겠지만, 당신이 멍청이가 아니라는 것에 내기를 걸라면 땡전 한 푼 걸지 않을걸요.

올리비아　이 말엔 뭐라고 받아칠 텐가, 말볼리오.

말볼리오　아씨께서 이따위 시시한 불한당을 재밌어하시다니 놀랍습니다. 최근에도 저 녀석이 돌대가리나 다름없는 대수롭잖은 광대에게 당하는 걸 봤습니다. 저것 보세요, 이미 방어도 못 하잖아요. 아씨께서 웃으며 계기를 만들어 주지 않으면 그는 말문이 막힌답니다. 단언컨대 이런 유의 딱딱한 바보들의 말에 탄성을 지르는 현자들은 바보의 들러리만도 못합니다.

올리비아　오, 말볼리오, 자네는 자애심이 병들었고, 불건전한 식욕에 맛들었어. 너그럽고 결백하며 관대한 성품을 지닌 사람이 장난감 화살이라고 생각하는 걸 넌 포탄이라고 생각하는 거야. 공인된 바보는 줄기차게 욕설을 퍼붓는다 해도 험담이 없고, 신중하다고 알려진 사람은 줄기차게 꾸짖는다 해도 욕설이 없어.

페스테 바보들을 이토록 칭찬해 주시다니! 속임수의 신
　　머큐리가 당신에게 허언을 내리시기를!

마리아 등장

마리아 아씨, 문밖에 웬 젊은 신사분이 뵙고 싶어 해요.
올리비아 오르시노 공작이 보낸 사람인가?
마리아 모르겠어요, 아씨. 잘생긴 청년인데 수행원도 몇
　　있어요.
올리비아 누가 응대하고 있는 거야?
마리아 아씨 친척 토비 경이십니다.
올리비아 어서 그를 데려와, 제발. 정신 나간 소리밖에 더
　　하겠어? 하필이면 그야.　　　　　　　　(마리아 퇴장)
　　말볼리오, 자네가 가. 공작이 보낸 사람이면 난 아프거나
　　집에 없어. 적당히 물리쳐.　　　　　　　(말볼리오 퇴장)
　　이봐, 이제 알겠지. 네 바보 놀이가 얼마나 낡았고, 사람
　　들이 싫어하는지.
페스테 아씨가 우리를 변호해 주셨네요. 마치 아씨의 맏아
　　들을 광대로 만들기라도 할 것처럼요. 조브 신이시여, 저
　　맏아들의 머리에는 뇌수를 가득 채워 주십시오. 왜냐하
　　면 아씨의 집안 어른이 마침 오시는데, 저 어른이 몹시 빈
　　약한 뇌막을 가지셨거든요.

토비 경 등장

올리비아 아, 이런, 반쯤 취했어. (토비 경에게) 아저씨, 밖에 찾아온 사람은 누구예요?

토비 경 신사지.

올리비아 신사? 어떤 신사요?

토비 경 신사가 있다니까, 거기에. (트림한다) 염병할 청어 절임 같으니라고! (페스테에게) 잘 지냈나, 멍청아?

페스테 토비 경.

올리비아 아저씨, 아저씨, 어쩌다 이른 아침부터 이렇게 무기력해 계시는 거예요.

토비 경 발기력? 난 발기력을 무시해. 문간에 누가 왔는데.

올리비아 맞아, 참, 누군데요?

토비 경 악마라면 악마일 테지. 나야 상관없어. 내게 믿음을 달라 이거야. 하지만 어차피 마찬가지야. (퇴장)

올리비아 술주정뱅이는 뭣과 같다고 그랬지, 바보야!

페스테 물에 빠진 사람, 바보, 그리고 미치광이와 같지요. 알딸딸할 때 한잔 더하면 바보가 되고, 두 잔 더하면 미치광이, 석 잔을 넘으면 물귀신이 되지요.

올리비아 넌 빨리 검시관을 찾아 아저씨를 검사해 보라고 해. 아저씨는 음주 삼단계에 빠졌으니까. 가서 돌봐줘.

페스테 그는 아직 미치광이 정도예요, 마돈나. 그러니 이 바보가 미치광이를 돌봐주는 거네요. (퇴장)

말볼리오 다시 등장

말볼리오 아씨, 저기 젊은 친구가 아씨를 맹세코 뵙고 가 겠다는군요. 병이 났다고 했지만 그건 이미 알고 있다고 하면서, 직접 뵙고 드릴 말씀이 있다는 거예요. 지금 주무 신다고 했더니 그것도 이미 예상하고 있었던 것 같았어 요. 어쨌든 아씨를 뵙겠다고 했어요. 뭐라고 해야 좋을까 요, 아씨? 아무리 거절해도 그는 끄떡도 안 해요.

올리비아 나와는 얘기 못 할 거라 전해 줘.

말볼리오 그렇게 말했어요. 근데 그는 시청 정문의 말뚝처 럼 버티고 서서 의자의 다리가 되는 한이 있어도 기어코 얘기를 하겠다는 거예요.

올리비아 어떤 종류의 사람인데 그래?

말볼리오 그야 인류에 속하지요.

올리비아 태도는 어땠어?

말볼리오 아주 고약해 보입니다. 좌우간 만나겠답니다.

올리비아 인물이나 나이는 어느 정도로 보여?

말볼리오 성인이라고 하기에는 부족하고, 그렇다고 소년 이라고 하기에는 그리 애 같지가 않아요. 여물기 전의 풋 콩깍지라고 할까요, 아니면 익은 풋사과라고 할까요. 소 년과 성년 중간 정도예요. 얼굴은 아주 잘생겼고, 날카로 운 소리를 내는데, 아직은 어머니의 젖내가 덜 빠졌어요.

올리비아　이리로 안내해. 그리고 시녀를 들라 하고.

말볼리오　(문으로 간다) 이봐요, 아씨께서 부르셔.　(퇴장)

마리아 다시 등장

올리비아　그 베일을 이리 줘. 자, 얼굴에 씌워라. 오르시노 공작의 말을 한 번만 더 들어보자.

비올라 등장

비올라　어느 분이 존경하는 이 댁 아씨인가요?

올리비아　내게 말해요. 그녀 대신 대답할게요. 용건은요?

비올라　비할 데 없이 빛나는 절묘한 아름다움을 지닌 분이 시여, 그대가 이 집안의 여주인이라면 그렇다고 말해 주세요. 저는 한 번도 뵌 적이 없으니까요. 저는 제 연설을 버리기 싫습니다. 연설문이 빼어날 뿐 아니라 외느라 고생을 많이 했기 때문이죠. 미녀들이시여, 부디 저를 조롱하지 마십시오. 저는 조금만 업신여김을 당해도 주눅이 든답니다.

올리비아　어디에서 오셨나요?

비올라　저는 공부한 것밖에는 말할 수 없는데, 그 질문은 제 대사를 벗어난 겁니다. 상냥한 분이여! 당신이 이 댁의 여주인이라면 제가 연설을 계속할 수 있도록 적당한 언질을 주십시오.

올리비아   당신은 배우인가요?

비올라   아니오! 속속들이. 그렇지만 욕먹을 각오하고 말씀
드리자면, 저는 제가 연기하는 인물은 아니랍니다. 당신
은 이 댁 여주인이 맞나요?

올리비아   그래요. 내가 스스로를 강탈하지 않았다면요.

비올라   당신이 그녀라면 분명히 자신을 강탈하셨습니다.
자기 것이라도 당연히 내줘야 할 것을 지키고 있기 때문
입니다. 하지만 이건 지시 밖의 일이고, 당신을 찬양한 다
음 심부름의 알맹이를 말씀드리겠습니다.

올리비아   찬양은 생략하고 핵심을 말하세요.

비올라   아아, 그걸 외느라고 얼마나 고생했는데요. 게다가
시적이기까지 한데.

올리비아   그렇다면 더더욱 꾸민 거네요. 제발 그건 그냥
넣어두세요. 문간에서 건방지게 구는 사람이 있다고 하
기에 도대체 어떤 사람인지 궁금했소, 당신은 용무를 올
바로 전달하기보다 사람들을 놀라게 만들었다고 하더군
요. 미친 게 아니라면 돌아가 줘요. 이유가 있다면 간단히
말하고요. 난 달 때문에 이렇게 미친 대화를 나눌 수 없는
시기에 있어요.*

---

* 난~있어요 : 당시 달의 변화는 인간의 마음에 영향을 미친다고 생
각했다.

마리아　자, 돛을 올리시겠어요? 뱃길은 저쪽입니다.

비올라　그만둬요. 갑판 청소부! 나는 여기 좀 더 정박해 있
　　　어야겠소.──친절한 아씨, 이 거인*을 달래주시고, 당신
　　　속내를 얘기하세요. 저는 그저 심부름꾼일 뿐입니다.

올리비아　무섭게 예의를 차리는 걸 보니 보나마나 소름 끼
　　　치는 걸 전할 모양이군. 용무가 뭐예요?

비올라　그건 당신 귀에만 들려줄 용무입니다. 저는 선전 포
　　　고나 조공을 재촉하러 온 게 아닙니다. 손에는 올리브 가지
　　　를 쥐고 있고, 제 말은 내용만큼이나 평화가 가득합니다.

올리비아　허나 당신은 불손하게 시작했어요. 당신은 대체
　　　누구요? 원하는 게 뭐요?

비올라　제가 불손하게 보였다면 댁에서 그런 대접을 받았
　　　기 때문입니다. 제가 누구이고, 원하는 것이 무엇인지는
　　　처녀성만큼이나 비밀스러워서 당신 귀에는 신학이지만,
　　　다른 사람 귀에 들어가면 신성모독이 됩니다.

올리비아　모두들 물러서거라. 이자의 신학을 듣겠노라.

　　　　　　　　　　　　　　　　　(마리아와 시종들 함께 퇴장)

　　자, 말씀해 보시오.

비올라　비할 데 없이 아름다운 아씨!

---

* 거인 : 전통적 로맨스 작품에는 거인들이 귀부인의 보호자 역할을
　하지만, 여기서는 마리아 역을 하는 소년 배우의 작은 체구를 역
　설적으로 표현한 것 같다.

올리비아　위안을 주는 교리라면 그에 대해서 할 말이 많겠지요. 말씀은 어디 있소?

비올라　오르시노 공작님의 가슴속에요.

올리비아　그분의 가슴속이라! 가만있자, 가슴속 몇 장이오?

비올라　같은 방식을 따르자면 그분 가슴속 첫째 장이지요.

올리비아　아, 그거라면 들어봤어요. 이단이었어요. 더 할 이야기가 있나요?

비올라　아씨, 얼굴 좀 보게 해주세요.

올리비아　내 얼굴과 협상하라는 주인의 분부를 받았소? 당신은 지금 본건에서 벗어났소. 하지만 짐은 장막을 열고 그림을 보여주겠소. (베일을 벗는다) 자, 보세요. 난 이런 사람이었어요. 괜찮은 그림 아닙니까?

비올라　빼어납니다, 신이 빚은 거라면.

올리비아　타고난 것이지요. 비바람에도 견디는.

비올라　완벽한 조화로, 자연의 여신이 붉은색과 흰색을 솜씨 좋게 버무렸군요. 이렇게 우아한 걸 무덤으로 가져가 복제품을 남기지 않는다면 당신은 살아 있는 여자 중 최고로 잔인한 분입니다.

올리비아　무슨 말씀을! 난 그렇게 모진 사람이 아닙니다. 조만간 이 미모의 목록을 발표할 생각입니다. 재고를 조사하고 모든 부품 부위에 딱지를 붙일 것입니다. 예컨대 물품, 적절히 붉은 두 입술. 물품, 잿빛 두 눈과 그에 따른 눈꺼풀. 물품, 목 하나, 턱 하나 등. 나를 찬미하러 당신을 여기에 보낸 건가요?

비올라   당신이 어떤 사람인지 알았어요. 너무나 거만해요.

　　하지만 당신이 악마라고 해도 아름다운 것만은

　　분명합니다. 저의 주인이신 공작님은 당신을

　　사랑하십니다. 오, 당신이 아무리 절대미의 관을

　　썼다 해도 그 사랑에는 응답하지 않을 수 없습니다.

올리비아   그분은 나를 어떻게 사랑하죠?

비올라   공경하는 마음속에 넘치는 눈물과 우레 같은

　　사랑의 신음, 불타는 한숨을 담아서.

올리비아   당신 주인은 내가 자신을 사랑하지

　　않는다는 걸 알아요. 그는 덕망 있고

　　고귀하며 재력가에 활기차며 완벽해요.

　　평판도 좋고, 넓은 아량에 학식 있고, 용맹하며

　　훤칠한 체격은 기품을 더해 주죠. 하지만 나는 그분을

　　사랑할 수 없어요. 이런 대답은 이미 받아 갔을 텐데요.

비올라   제가 만일 주인님의 열정으로 당신을

　　사랑한다면, 그토록 치열하게 목숨 걸고

　　당신을 사랑한다면, 그런 거절이 귀에 들어오겠어요?

　　저로서는 이해할 수가 없겠어요.

올리비아   그렇다면 당신은 어떻게 할 건데요?

비올라   당신의 대문 앞에 버드나무 움막 지어놓고

　　집 안의 내 영혼인 아씨를 소리쳐 부르겠어요. 그리고

　　모멸당한 사랑에 충성하는 곡을 써서, 한밤중에 큰 소리로

노래할 겁니다. 또 당신의 이름을 큰 소리로 불러
메아리치게 하여, 공중에서 주절대는 그 수다쟁이에게
'올리비아'라고 외치게 할 겁니다. 오, 당신은 하늘과 땅
어디에서도 못 쉬어 결국 저를 동정할 것입니다.

올리비아   당신이라면 그럴 것 같군요. 당신의 가문은?

비올라   지금 제게 닥친 운명보다야 좋지만 제 지위도
괜찮아요. 저는 신사거든요.

올리비아   돌아가서 주인께 전해 주세요.
당신을 사랑하지 않으니 다시는 사람을 보내지 말라고요.
단, 내 말을 어떻게 받아들였는지 알려주러 당신이
와서 전한다면 몰라도. 잘 가요. 수고 많았어요.
(돈을 내놓는다) 나 대신 써요.

비올라   저는 고용된 사람이 아니니, 지갑은 넣어두세요.
보답은 제가 아니라 주인님이 못 받으십니다.
당신이 사랑할 남자의 심장이 돌이 되기를!
당신의 열정이 주인님처럼 경멸받기를! 그럼 안녕히.
아름답고 냉혹한 분이시여!   (퇴장)

올리비아   '당신의 가문은?'
'지금 제게 닥친 운명보다야 좋지만 제 지위도
괜찮아요. 저는 신사랍니다.' 그건 틀림없어.
──당신의 혀, 얼굴, 사지, 거동, 기백은
자신이 훌륭한 신사라는 걸 분명히 보여주고 있거든.
내가 너무 빨라. 천천히, 천천히──

이 하인이 주인이 되지 않는다면. 어떡하지?
이렇게도 재빠르게 그 역병*에 옮을 수가?
그 젊은이의 미모가 식별이 불가능한
도둑발로 내 눈 속에 기어드는구나. 아, 나도 몰라.
여봐라, 말볼리오!

말볼리오 등장

말볼리오　아씨, 여기 대령했습니다.
올리비아　아까 성가시게 굴던 그 공작의 시종을
　뒤쫓아 가보라. 내 의사와 상관없이 이 반지를 두고 갔어.
　이런 건 안 받는다고 말해 줘. 그의 주인에게는
　아첨 떨 필요도, 희망을 줄 필요도 없다고 전해라.
　난 그와는 맞지 않아. 그 청년이 내일 중으로 이쪽으로
　오겠다면 그때 이유를 말해 주겠다. 서둘러, 말볼리오.
말볼리오　예, 아씨.　　　　　　　　　　　　　(퇴장)
올리비아　난 뭔지도 모르는 걸 하고 있고, 내 눈이
　마음에게 아첨할까 두렵다. 운명이여, 너의 힘을 보여라!
　우린 주인이 아니다. 정해진 건 필연이고, 이번 일도
　되어가는 대로 지켜볼 수밖에!　　　　　　　　(퇴장)

---

* 역병 : 사랑을 말함. 그리고 그 시기에 실제로 상존했던 페스트의
　위험을 비유적으로 암시하기도 한다.

2막 1장

(바닷가)

안토니오와 세바스티안, 선장 안토니오의 집 앞에서 등장

안토니오 더는 머물지 않겠단 말이오? 내가 동행하는 것
  도 원치 않고?

세바스티안 미안하지만 그래요. 내 운명의 별들이 가물거
  리는데, 그 악영향이 당신에게 미칠지도 모릅니다. 내 불
  운을 혼자서 감당하게 해줬으면 좋겠다는 거요. 당신에
  게 혹여 재앙이라도 닥친다면 당신의 사랑에 잘못 보답
  하게 되니까요.

안토니오 정 그러면 행선지라도 알려주시오.

세바스티안 안 됩니다, 정말로. 내 여정은 정처 없는 방랑
  이거든요. 하지만 당신은 겸손한 분이니 내가 감추려는
  걸 억지로 알아내려고 하진 않을 것으로 압니다. 그러니
  내 신분을 솔직하게 말씀드리는 것이 예의일 것 같소. 안

토니오 씨, 알아두시오. 나를 로데리고라고 소개했지만, 원래 이름은 세바스티안입니다. 아버지는 당신도 들어 알고 있는 메살린의 바로 그 세바스티안입니다. 아버지는 같은 시간에 태어난 쌍둥이 누이동생과 나를 남기셨지요. 하늘이 원한다면 죽는 것도 한날한시에 이루어졌겠지요. 그런데 그걸 당신이 바꿔버린 셈입니다. 당신이 험난한 파도에서 나를 구해 준 그 몇 시간 전에 누이는 바다에 빠져 죽었으니 말입니다.

안토니오 오, 저런!

세바스티안 사람들은 누이가 나와 많이 닮았다고들 했지만, 미인이라고 했어요. 그 애가 놀랄 정도로 아름답다는 말을 그대로 믿지는 않아도 이 말만은 대담하게 공포할 수 있소. 그 애는 시기심조차도 곱다고 할 수밖에 없는 그런 마음씨를 지녔노라고. 그녀는 짜디짠 바닷물에 이미 빠져 죽었어요. 내가 더 많은 짠물로 그녀에 대한 기억을 다시 빠뜨리는 것 같소만.

안토니오 미안하오. 당신을 초라하게 대접해서.

세바스티안 오, 안토니오, 수고를 끼친 점 용서하시오.

안토니오 당신을 사랑한다고 날 죽이지 않는다면 나를 하인으로 삼아주십시오.

세바스티안 당신이 베푼 친절을 헛되이 하지 않으려면, 다시 말해 구해 준 사람을 죽이지 않으려면 그런 걸 바라진 마세요. 곧장 작별합시다. 내 가슴은 인정으로 넘치는 데

다 아직 어머니의 습관에 젖어 있어 하찮은 일도 내 눈이
날 일러바칠 것이오. 나는 오르시노 공작의 궁정으로 갈
예정입니다. 그럼 안녕히!   (퇴장)

안토니오   당신에게 신들의 가호가 있기를! 오르시노 공작의
저택에는 내 적이 많아. 안 그러면 급히 그를
따라가 볼 텐데. 하지만 난 그대를 너무나 사모하여
위험조차 장난으로 보일 테니 따라갈 것이오.   (퇴장)

2막 2장
(거리)

비올라와 말볼리오, 각각 다른 문으로 등장

말볼리오   조금 전에 올리비아 여백작과 함께 있었던 사람
이 당신 아니었소?

비올라   예, 지금 막. 그리고 보통 걸음으로 여기까지밖엔
못 왔지만.

말볼리오   아씨께서 이 반지를 돌려드리랍니다. (반지를 보
여준다) 당신이 갖고 갔더라면 이런 헛수고를 안 해도 됐
을 텐데. 덧붙여서 아씨는 당신 주인과는 볼일이 없을 거
라는 절망적인 확신을 그분께 심어드리라는 분부가 있었
어요. 그리고 한 가지 더, 당신은 주인 일로는 두 번 다시

찾아오지 말라고 하셨소. 하지만 그 말을 그분이 어떻게
받아들였는지 알려 주러 오겠다면 개의치 않겠다고 했습
니다. (반지를 내민다) 자, 이걸 받아 가시오.

비올라   그 반지는 내게서 받은 반지요. 난 안 받겠어요.

말볼리오   왜 이러쇼? 당신이 보채듯 그녀에게 안긴 반지
아니오. 아씨는 같은 식으로 돌려주라고 했소. (반지를 던
진다) 이게 허리를 굽힐 가치가 있다면 여기 당신 눈앞에
있소. 아니라면 먼저 줍는 사람이 임자지, 뭐.   (퇴장)

비올라   난 반지를 놓아두지 않았는데, 아씨가 무슨 일로
이러는 걸까? 맙소사! 겉모습을 보고 내게 홀리지
않았기를! 그런데 내 얼굴만 바라보고 있었어. 정말이지
그녀는 넋을 잃고 할 말을 잃은 것 같았어.
놀라 횡설수설했으니까. 나를 사랑하는 거야.
그래서 그녀의 연정이 잔꾀를 써서 그 무례한 사자를
보내 날 끌어들이려 해. 공작님의 반지를 안 받겠다고?
참 나, 보낸 적이 없는걸. 내가 그녀의 남자라니!
그렇다면, 그러니까 불쌍한 아씨여, 차라리 꿈을
사랑하소서. 변장이여, 네 사악함을 이제야 알겠구나.
교활한 사탄은 널 이용해 많은 일을 하니까.
겉만 번지르르한 사기꾼이 밀랍 같은 여자 마음에
자신의 형체를 새기는 일은 얼마나 쉬운가!
아아, 그 원인은 우리의 약함이지 우린 아니야.
왜냐하면 만들어진 그대로가 우리니까.

어떻게 되려나? 공작께서는 아씨를 지극히
사랑하고, 이 남장 괴물인 나는 주인을 좋아하고,
아씨는 날 남자로 오인하고 혹한 것 같다.
이 일은 어찌 해결될까? 나는 남자라서 주인님을 향한
내 사랑은 절망이다! 나는 여자이기에, 아, 이런,
너무나 가엾다. 올리비아 아씨는 헛된 한숨을
내쉬어야 하니. 오, 시간이여, 네가 해결하라. 복잡하게
뒤얽힌 매듭 풀 힘이 내게는 없으니.   (퇴장)

2막 3장
(올리비아의 저택)

토비 경과 앤드루 경 등장

토비 경 이쪽으로 오게, 앤드루 경. 자정이 넘도록 잠자리
에 안 들었다는 건 조기 기상임을 당신도 알잖소.

앤드루 경 그런 건 모르네. 정말로. 하지만 난 알아요. 밤늦
도록 안 잔 건 안 잔 거요.

토비 경 그건 틀렸소. 그런 식의 말은 빈 술잔 같아서 난
딱 질색이오. 자정이 지나서까지 깨어 있다가 그때 잠자
리에 든다면 곧 날이 새지 않겠어? 그러니 한밤중이 지나
서 잠자리에 든다는 건 일찍 기상한 거나 다름없지요. 무

릇 인간의 생명은 사원소로 구성되어 있잖은가?

앤드루 경 맞아요. 사람들이 다들 그렇게들 말하더군. 하지만 내 생각엔 먹고 마시는 것으로 구성된 것 같네.

토비 경 당신은 학자요. 그러니 먹고 마셔보자고! 어이, 마리아! 여기 포도주 한 컵만.

어릿광대 페스테 등장

앤드루 경 여기 바보가 왔군, 진짜로.

페스테 여어, 나의 친애하는 나리들! '우리 세 사람'이라는 그림을 한 번도 본 적 없어요?

토비 경 잘 왔다, 바보야! 자, 우리 돌림노래나 해볼까.

앤드루 경 이 바보는 정말이지 목청이 빼어나. 나는 사십 실링을 갖느니 저 죽 빠진 다리와 감미로운 노래 부르는 음성을 갖겠어. 어젯밤에 넌 정말 우아한 익살을 떨더군. 큐에부스의 적도를 지나가는 바피아 사람들의 피그로그로미투스 얘기 말이야. 그건 아주 좋았어, 진짜로. 네 애인한테 쓰라고 육 펜스를 보냈는데 받았나?

페스테 당신의 위로금은 제가 착복했습니다. 말볼리오의 코는 채찍 손잡이가 아니고, 우리 아씨의 손은 백옥같이 희고요, 그리고 미르미돈* 요정은 선술집이 아니란 말씀이지요.

앤드루 경 기막히군. 아주 멋들어진 익살이야, 다 끝나고 보니까. 자, 한 곡조 뽑아보라고!

토비 경   (페스테에게) 어서 해봐. 여기 육 펜스 있다. 한 곡
조 뽑아봐!

앤드루 경   (페스테에게) 나도 같은 동전 하나 내놓을게. 적
어도 기사가 돈을 준다면──

페스테   사랑 타령을 할깝쇼, 수신가를 할깝쇼?

토비 경   사랑 타령, 사랑 타령으로 하게나.

앤드루 경   그래, 그래. 난 수신가는 관심 없어.

페스테   (노래한다)

오, 나의 임아, 어찌 이리 헤매나요?

오, 잠시 멈추고 들어보세요, 온갖 노래 다 하는

그대의 참사랑이 이리로 오잖아요.

더 멀린 가지 마오, 달콤한 예쁜이여!

연인들이 만나면 여행이 끝난다는 걸

현자의 아들은 누구나 안다오.

앤드루 경   정말 멋지다, 진짜야.

토비 경   좋아, 좋아.

페스테   (노래한다)

사랑이 뭐냐고요? 훗날을 기약하지 마.

당장의 기쁨은 당장의 웃음 낳고

---

* 미르미돈 : 호메로스의 『일리아스』에서 전쟁에 참여한 아킬레스
의 부하들을 말함.

앞으로 올 일은 언제나 몰라요.

지체하면 풍요로움은 사라지리니

이리 와 키스해 주오, 달콤한 그대여!

청춘은 오래 가지 않아요.

앤드루 경 내가 참기사이듯 네 목소리는 감미로워.

토비 경 전염성 있는 목소리요.

앤드루 경 정말이지 달콤하고 전염성이 강하오.

토비 경 코로 듣는다면 전염될 향기죠! 우리 하늘이 빙빙 돌 정도로 춤춰 보겠소? 직공 한 명에게서 영혼 세 개를 뽑아내는 돌림노래를 하면서 밤 올빼미를 깨워 보겠소? 그거 해보겠소?

앤드루 경 날 사랑한다면 합시다. 돌림노래는 내가 귀신이니까.

페스테 맹세코, 어떤 귀신들은 사람을 빙빙 돌려요.

앤드루 경 정말 확실해. 우리 돌림노래를 '이 악당놈아'라고 하자고!

페스테 '닥쳐, 이 악당놈아'라는 돌림노래 말인가요? 그럼 저는 부득이 당신을 악당 놈이라고 해야겠네요.

앤드루 경 내가 누구더러 어쩔 수 없이 나를 악당이라고 부르게 한 건 이번이 처음은 아니야. 시작해. 바보야, '닥쳐'부터야.

페스테 제가 입을 닥치면 어떻게 노래를 시작해요?

앤드루 경 허긴 그래. 자, 시작해.　　　(돌림노래를 시작한다)

마리아 등장

마리아 이 무슨 암내 난 고양이 울음소리람! 아씨께서 말
볼리오 집사를 불러 당신들을 문밖으로 내쫓으라고 명했
는지 아닌지 두고 보시면 알 거예요.

토비 경 아씨는 중국 여자야. 우린 모사꾼들이고, 말볼리
오는 날라리지. 그리고 (노래한다) '우리들 세 사람은 유
쾌한 짝패들!' 난 아씨와 같은 혈통 아닌감? 그녀와 피를
나누지 않았느냐고! 멍청하게도 말이야. 자, '아씨' 노래
를 하자. (노래한다) '바빌론에 한 사나이 있었다네. 아씨,
아씨!'

페스테 아이고, 기사님의 익살이 정말이지 감탄스럽군요.

앤드루 경 그렇고말고, 신명이 나면 끝내주지. 나 역시 마
찬가지야. 저 친구는 좀 우아하고, 난 천연덕스럽게 해.

토비 경 (노래한다) '십이월 십이일에*—'

마리아 하느님 맙소사! 제발 좀 조용히 해요.

---

* 십이월 십이일에 : 술 취한 토비 경은 '크리스마스의 십이일'을 잘
못 인용했을 수 있다. 그것은 이 극에 아주 적절하게도 전통적으
로 크리스마스 후 열두째 날, 즉 십이야(1월 5일)에 시작된다. 따
라서 십이야는 1월 6일 공헌 축제 전야이고, 공휴일로서 축제와
오락 및 화톳불 놀이를 즐기는 때다.

말볼리오 등장

말볼리오 여러분, 다들 머리가 돈 것 아니오? 도대체 왜들 이래요? 지각도 염치도 체면도 팔아치웠나요? 이런 한밤중에 땜장이들처럼 떠들어대다니! 아씨 저택을 술집으로 만들 참이에요? 소리를 죽이지도 않고 쉴 새 없이 구두 수선공들이 돌림 노래하듯 꽥꽥대는군요. 당신들은 장소도, 시간도, 누구 눈치도 안 본단 말이오?

토비 경 돌림 노래의 박자와 시간은 지켰어. 제기랄!

말볼리오 토비 경, 당신께 솔직히 말씀드리죠. 아씨께서 전하시길, 당신을 친척이니 모시고는 있지만, 당신의 이런 무질서함에는 두 손 들었대요. 만약 광란에 찬 생활을 청산한다면 이 집에서 환대하겠지만 그리 못한다면 당신과 기꺼이 작별하겠답니다.

토비 경 (노래한다) 작별해요, 내 사랑, 난 가야만 하니까.

마리아 아니, 토비 경!

페스테 (노래한다) 그의 눈을 보니 며칠 남지 않았네요.

말볼리오 이럴 수가?

토비 경 (노래한다) 하지만 난 절대 죽지 않아.

페스테 (노래한다) 토비 경, 당신은 거짓말하고 있어요.

말볼리오 당신들 칭찬이 자자하겠는데요.

토비 경 (노래한다) 썩 꺼져버리라고 할까?

페스테 (노래한다) 만약 그러신다면?

토비 경   (노래한다) 가차없이 할 거야. 썩 꺼져버리라고!

페스테   (노래한다) 아니, 아니, 아니, 그렇게는 못 하죠.

토비 경   (페스테에게) 곡조가 안 맞아.──네 말은 틀려먹었
어. (말볼리오에게) 네가 집사밖에 더 돼? 이 도덕 선생아,
그래서 과자와 맥주는 내놓지 않겠다고?

페스테   맞아요, 성녀 안나도 알고 있었지요. 맹세코 생강
은 정력에 좋지요.

토비 경   네 말이 옳아. (말볼리오에게) 이봐, 가서 빵 부스러
기로 네 목걸이나 닦지그래.──마리아, 술 가져와.

말볼리오   마리아 아가씨, 당신이 아씨 호의를 조금이라도
중히 여긴다면 이런 무례한 짓을 도와줘선 안 되오. 이 손
에 맹세코 알려드리고 말 거요.   (퇴장)

마리아   가서 당나귀처럼 귀나 흔드시지!

앤드루 경   누가 저 녀석에게 결투를 신청해 놓고 고의로
바람맞히는 식으로 그를 바보로 만든다면, 시장기가 돌
때 마시는 것만큼이나 잘하는 행동일 텐데.

토비 경   기사가 해보시오! 도전장은 내가 써줄 테니까. 아
니면 몹시 격분한 당신 마음을 내 입으로 전달하겠소.

마리아   토비 경, 오늘 밤은 좀 참으세요. 공작님이 보낸 젊
은 청년이 아씨를 찾아온 뒤로 마음의 갈피를 못 잡고 계
세요. 말볼리오 씨 문제는 제게 맡겨두세요. 제가 우리 모
두를 위해 그를 바보의 대명사로 만들겠어요. 그러지 못
하면 저를 침대에 바로 누울 자격조차 없는 여자라고 생

각하셔도 좋아요. 전 할 수 있다고요.

토비 경   알려줘, 알려줘. 그 인간에 관한 얘기도 좀 해봐.

마리아   글쎄요, 그는 이따금 좀 청교도같이 행동해요.

앤드루 경   오, 내가 그걸 알았다면 녀석을 개 패듯 패줬을 텐데.

토비 경   아니, 청교도니까 패겠다고? 오, 기사여! 그대의 희한한 이유를 듣고 싶네.

앤드루 경   희한한 이유는 없지만 충분한 이유는 된다네.

마리아   그는 입으로는 청교도라고 개나발을 불지만, 그렇고 그런 기회주의자 나부랭이예요. 게다가 높은 분들의 말투를 외워 마구잡이로 써먹는 덜떨어진 허풍선이로, 세상에 자기밖에 없다는 탁월한 식견을 갖고, 자기 생각에 너무 꽉 차 있어서 자기를 쳐다보는 모든 이가 자기를 사랑한다고 굳게 믿고 있는데, 이런 그의 약점을 이용해 그를 치욕을 당하게 해 줄 거예요.

토비 경   어떻게 할 작정인데?

마리아   그가 다니는 길목에다 좀 모호한 연애편지를 떨어뜨려둘 거예요. 그는 거기에서 자기의 수염 색깔이며, 다리 생김새, 걸음걸이, 눈 표정, 이마와 피부색이 아주 생생하게 그려져 있다는 걸 알아챌 거예요. 저는 당신 질녀인 아씨의 글씨 흉내를 그대로 낼 수 있어요. 내용을 잊어버렸을 땐 우린 서로의 필체를 구분할 수 없답니다.

토비 경   빼어나군. 난 계책을 냄새 맡았어.

앤드루 경 내 코에도 그게 왔소.

토비 경 그는 자네가 떨어뜨린 편지를 보고 그게 내 질녀 한테서 왔고, 그녀가 자기를 사랑한다고 생각하겠지?

마리아 제 계획이 바로 그런 색깔의 말이에요.

앤드루 경 그럼 당신 말이 이제 그를 노새로 만들겠군.

마리아 그래요. 그는 바보니까요.

앤드루 경 오, 이건 탄복할 만한 일이군.

마리아 최고의 오락거리를 보장할게요. 약발 제대로 받을 겁니다. 전 당신들 두 사람을──나머지 한 사람인 광대 도──그가 편지를 발견하는 곳에 심어둘 거예요. 그자의 해석을 지켜보세요. 오늘 밤은 편히 주무시고, 결과가 어 떻게 될지 꿈꿔 보시라고요. 그럼 안녕히!　　　(퇴장)

토비 경 잘 자요. 아마존의 여왕님이시여!

앤드루 경 정말 훌륭한 여자야.

토비 경 그녀는 순종 비글*로, 날 사모한다오. 그야 뭐 아무 려면 어때?

앤드루 경 한때는 나도 사모 받았어요.

토비 경 자, 잠자러 가요, 기사. 당신은 돈을 좀 더 송금받 아야겠소.

앤드루 경 자네 질녀를 손에 넣지 못하면 난 알거지가 된 다네.

---

* 비글 : 작은 사냥개.

토비 경   돈을 더 보내 달라고 해요, 기사! 그 애를 끝내 갖
   지 못한다면 날 꼬리 잘린 말이라고 불러요.
앤드루 경   그야 여부가 있나. 내 말을 어찌 받아들이든지
   간에.
토비 경   자, 난 따끈한 와인이나 한잔해야겠어! 잠자리에
   들기엔 너무 늦었으니까. 자, 갑시다, 기사. (두 사람 퇴장)

2막 4장
(공작의 궁전)

오르시노 공작, 비올라, 큐리오 및 그 밖의 사람들 등장

오르시노   음악 좀 들려줘, 친구들. 좋은 아침이야.
   자, 세자리오, 우리가 간밤에 들었던 그 노래,
   그 흘러간 고풍스러운 노래 말이다.
   급변하는 세태에 영합해 교묘하게 꿰맞춘
   경박한 가사보다 내 고통을 정말로 크게 덜어줬거든.
   자, 한 곡조만.
큐리오   죄송하오나 그 노래를 부를 자가 여기 없습니다.
오르시노   누구였더라?
큐리오   각하, 어릿광대 페스테지요. 올리비아 아씨의 부친
   께서 아주 좋아했던 그 광대 말입니다. 그 집 어딘가에 있

을 거예요.

오르시노　찾아오너라. 그동안 그 곡을 연주해다오.

　　　　　　　　　　（큐리오가 퇴장하면서 음악이 연주된다）

（비올라에게） 세자리오, 이리 와. 네가 만일

사랑하게 되거든 감미로운 그 아픔 속에서 날

기억해 줘. 참사랑의 연인들은 모두 다 나처럼

사랑하는 사람의 영상 속에 잠겼을 때 말고는

허다한 감정에 휘둘리고 변덕이 죽 끓듯 해.

넌 이 곡조가 마음에 드느냐?

비올라　사랑의 신이 앉은 바로 그 옥좌에 메아리를 보내

네요.

오르시노　대가로구나. 넌 아직 어리지만, 그 눈은

사랑하는 이의 얼굴에 머문 적이 있었어. 맞지?

비올라　조금요. 덕분에요, 공작님.

오르시노　어떤 여자였느냐?

비올라　피부가 공작님 같았어요.

오르시노　그렇다면 네겐 안 어울려. 그래, 나이는?

비올라　공작님과 비슷했답니다.

오르시노　너무 많군. 정말이야. 여자는 자기보다 연상인

남편을 만나는 게 좋아. 그래야 금슬도 좋고 항상 남편

마음을 사로잡지. 남자란 아무리 호의적으로 봐주어도

여자들보다 들뜨기 쉽고 변덕스러우며 굳건하지 못해.

늘 갈망하고 요동치며 쉬 권태를 느껴 닳아버리니까.

비올라　정말 그런 것 같습니다, 각하!

오르시노　그러니 너보다 어린 애인을 두어라.

　안 그러면 너의 사랑은 팽팽히 유지 못 해.

　여자는 장미꽃과 같아서 피어났나 싶으면

　바로 그 시각부터 져버리니까.

비올라　그들은 그래요. 아, 그들이 그렇다니!

　완벽해지려는 바로 그때 죽다니.

　　　　큐리오가 페스테를 데리고 등장

오르시노　(페스테에게) 녀석아, 간밤에 불렀던 노래 좀

　불러봐. 세자리오, 잘 들어봐. 소박한 옛 노래야.

　양지바른 곳에서 아무 근심 없이 양털 짜는

　처녀들이 뼈 막대에 실을 감으며 불렀던 노래지.

　가식 없는 진실을 이야기하며, 지난날의 천진난만했던

　순수한 사랑을 희롱하는 노래야.

페스테　각하, 준비되었습니까?

오르시노　그래, 불러봐라.

페스테　(노래한다) 오라, 죽음이여, 어서 오라.

　　　　　　측백나무 슬픈 관에 날 뉘어다오.

　　　　　사라져라, 숨결이여, 사라져 버려라.

　　　　　곱고 독한 아씨가 이 목숨 빼앗았네.

　　　　　 주목 가지 잔뜩 꽂은 하얀 내 수의,

오, 그것을 준비해다오.

나와 똑같이 상사병 걸려

죽은 이 세상 어디에도 없으리.

예쁜 꽃은 한 송이도, 한 송이도

나의 검은 관 위에 놓지 마라.

친구여, 그대들은 한 명도 단 한 명도

내 뼈 묻을 곳이며 시신에 절하러 오지 마라.

아, 무수한 탄식 아끼려면

슬픔에 젖은 참사랑 연인

무덤 찾아와 절대 울지 못하는 곳

오, 그곳에 날 묻어주오.

오르시노　(돈을 주며) 수고비다, 받아라.

페스테　별말씀을요, 각하. 노래 부르는 게 기쁜걸요.

오르시노　그래, 그러면 이게 네 기쁨의 값이다.

페스테　좋습니다, 각하! 기쁨은 언젠가 그 대가를 치를 겁니다.

오르시노　이제 너를 떠날 허락, 허락을 해라.

페스테　자, 그럼 우울의 신이 당신을 보호해 주시고, 양복장이는 당신에게 오색 명주 저고리를 입혀주시길! 당신의 마음은 진짜 오팔이니까요. 저는 그처럼 일관성을 가진 사람들을 바다로 내보내 만사가 그들의 볼일이 되고, 도처에 뜻을 두게 하겠어요. 왜냐하면 그것이야말로 여행을 멋진 헛수고로 만드니까요. 그럼 물러가겠습니다.

(퇴장)

오르시노   나머지도 물러가라.   (비올라만 남고 모두 퇴장)

세자리오, 한 번만 더 그 잔인함의 지존을 방문하라.

가서 전해라. 세상 무엇보다 더 귀한 내 사랑은

더러운 땅의 양에 가치를 두지 않는다고 말이야.

게다가 난 행운의 여신이 그녀에게

하사한 것들을 행운만큼 하찮게 여긴다고 전해 줘.

하지만 내 영혼은 자연이 꾸며 놓은 기적 같은

보석인 여왕에게 끌린단다.

비올라   하지만 당신을 사랑할 수 없다고 했다면요?

오르시노   그런 응답을 듣지 않겠다.

비올라   하지만 들으셔야죠. 만약 어떤 숙녀가

──혹 있을지도 모를 이런 경우를 생각해보세요

──올리비아 향한 당신의 아픔만큼

큰 사랑을 품었는데, 당신이 사랑할 수 없다고 말했다면,

그러면 그 여자로선 어쩔 도리가 없지 않겠어요?

오르시노   여자의 옆구리로는 이렇게 강력히 두드리는

격정을 감당하지 못할 거야. 여자의 가슴 크기론

그걸 못 담아. 그만한 보존력이 없으니까.

아, 여자들의 사랑은 식욕과 같아. 간이 아닌

혓바닥의 작용이기에 물리고 싫증 내고 반발하게

된다고. 그렇지만 내 사랑은 바다처럼 갈증이

강하기에 그만큼 소화력도 강해.

어떤 여자가 내게 품은 사랑과 내가 올리비아에게

품은 사랑을 비교해서는 안 돼.

비올라 예, 하지만 저는 알고 있습니다.

오르시노 네가 무얼 안단 말이냐?

비올라 여자들의 남자 사랑 어떤지 알아요.

정말이지 그들의 진심도 남자 못지않아요.

제 아버지의 딸 하나가 어떤 남자를 사랑했지요.

만약 제가 여자였다면——혹시 가능하다면——

공작님을 그렇게 사랑했을 거예요.

오르시노 그래, 그 후 그녀의 사랑은 어떻게 됐느냐?

비올라 공작님, 그녀는 텅 비었어요.

사랑을 절대 내색하지 않고 꽃눈 속 벌레처럼

숨긴 채 붉은 뺨을 갉아먹도록 뒀지요. 그녀는

상념으로 야위고, 시퍼렇고 샛노란 우울증에 걸려

비탄 보고 미소 짓는 인내의 석상처럼 앉아 있었지요.

이것이 진정한 사랑 아니겠어요? 우리 남자들은

말로는 맹세 많이 해도 실제로는 그럴 의지가

없고, 겉치레에 치중하지요. 우린 맹세는

거창하게 하지만 사랑은 조금만 하니까요.

오르시노 그래서 네 누이는 상사병으로 죽었느냐?

비올라 아버지 집안에서 제가 모든 아들이자 딸이지만,

아직은 모릅니다. 공작님 그러면 아씨에게 갔다 올까요?

오르시노   그래, 그게 본론이다. 급히 가서

　　이 보석을 전하고, 내 사랑은 거절도 양보도

　　안 된다고 전해라.　　　　　　　　　　　(모두 퇴장)

2막 5장
(올리비아의 저택)

토비 경, 앤드루 경, 파비안 등장

토비 경　파비안 군, 같이 가!

파비안　같이 가고말고요. 이런 구경거리를 놓친다면 우울

　　증이 끓어올라 죽고 말 거예요.

토비 경　자넨 저 인색한 악당, 양이나 깨무는 개자식이 지

　　독한 창피를 당한다면 기쁘겠지?

파비안　기뻐 날뛸 겁니다. 지난번에 곰 놀리기했다고 그가

　　저를 아씨의 눈 밖에 나게 한 일 아시잖아요.

토비 경　놈의 얼굴이 붉으락푸르락해지게 곰을 다시 불러

　　와 골려줘야지. 그게 좋겠지, 앤드루 경?

앤드루 경　그렇게 못하면 우리 일생의 수치지요.

마리아 등장

토비 경   어! 악당이 납신다. 그래, 어떻게 되어 가나? 이 금쪽같은 인도 아가씨?

마리아   세 사람은 그 회양목 그늘에 숨으세요. 말볼리오가 이 길을 따라 내려오고 있어요. 그는 햇살 아래에서 반시간 이상 자기 그림자를 상대로 행동거지를 연습하고 있어요. 웃음거리를 원하면 그를 잘 지켜보세요. 이 편지를 읽고 나면 눈동자를 말뚱거리는 백치가 될 테니까요. 장난기에 맹세컨대 꼭꼭 몸을 숨겨요. (남자들은 숨고, 그녀는 편지를 땅바닥에 떨어뜨린다) 너는 여기 있어. 저기 간지럼 태워서 낚아야 할 송어가 오고 있으니까.   (퇴장)

말볼리오 등장

말볼리오   운명이야, 다 운명이라고. 마리아가 언젠가 말했지. 올리비아 아씨께서 날 좋아한다고. 그녀 스스로 이렇게까지 하는 말을 들었어. 만약 자기가 누굴 사랑한다면 나 같은 사람의 혈색을 가진 사람일 거라고. 게다가 아씨는 아랫사람들 중 누구보다도 나를 깊은 존경심으로 대하시지. 이걸 어떻게 생각해야 하지?

토비 경   저 뻔뻔한 악당 좀 봐!

파비안   오, 쉿! 망상에 빠져 수컷 칠면조가 됐네요. 깃털을 잔뜩 추켜세우고 거드름을 피우는 꼴이라니!

앤드루 경   제기랄. 저 악당을 한 대 패 쳤으면 시원하겠다.

토비 경   쉿, 조용!

말볼리오   난 말볼리오 백작이 된다 이거야.

토비 경   아, 저런 불한당을 봤나!

앤드루 경   확 쏴버려요, 쏴!

투비 경   쉿, 쉿!

말볼리오   이런 일은 선례가 없는 것도 아니지. 스트래치 백작 가문의 아씨는 의상 담당 향사*와 결혼했잖아.

앤드루 경   저런 뻔뻔한 이세벨**을 봤나.

파비안   쉿! 이젠 깊이 빠졌어요. 그가 망상에 빠져 얼마나 부풀어오르는지 보자고요.

말볼리오   아씨와 결혼하고 석 달가량 지나면 난 백작 자리에 앉게 되겠지.

토비 경   에잇, 투석기로 저놈의 눈을 쏴버렸으면!

말볼리오   좌우에 부하들을 도열시키고, 난 꽃무늬 공단 가운 차림으로 잠든 올리비아를 두고 낮 침대에서 나왔으니까——

토비 경   저 유황불에 튀길 놈!

파비안   오, 쉿, 쉿!

말볼리오   그런 뒤 권력자 티가 나는 엄숙한 시선을 한 바퀴 돌린 뒤——각자 본분에 충실해야 나도 내 위치에서 최

---

* 향사 : 신사 아래 계급의 자작농으로, 여러 특권이 허용되었다.
** 이세벨 : 화장한 예쁜 여자를 말한다.

선을 다할 수 있다고 하면서——친척인 토비를 찾으면.

토비 경 이런 족쇄를 채울 놈!

파비안 오, 쉿 쉿 쉿! 자, 자!

말볼리오 그러면 부하 일곱이 그자를 찾으려고 공손히 나
가겠지. 그동안 나는 엄숙한 얼굴로 회중시계 태엽을 감
거나 (집사 목걸이를 만지작거리면서) 값진 보석을 만지작
거리겠지. 그때 토비가 다가와 내게 공손하게 무릎 굽혀
절을 하고.

토비 경 저 자식을 살려줘야 하나?

파비안 마차의 힘이 우릴 끌어낸다 해도 침묵해야 해요.

말볼리오 그러면 나는 손을 이렇게 내밀고, 친밀한 웃음기
를 근엄한 통제의 눈길로 누르면서——.

토비 경 그런데도 이 토비가 네 입을 쥐어박지 않는다고?

말볼리오 그리고 말하는 거지. '처삼촌, 내가 운 좋게 당신
질녀와 맺어져 이런 특권을 누리게 되었으니.'——

토비 경 뭐, 뭐라고?

말볼리오 '당신 그 술버릇 좀 고치게나.'

토비 경 꺼져버려, 이 무뢰한아!

파비안 제발 참으세요. 이러다간 우리 계책이 어그러져요.

말볼리오 '게다가 당신은 바보 천치 같은 기사와 어울리면
서 보물 같은 시간을 낭비하고 있어요.'

앤드루 경 저건 내 얘기야, 장담컨대!

말볼리오 '아, 그 앤드루 경 말입니다.'

앤드루 경 난 줄 알았어. 모두 날 바보라고 부르니까.

말볼리오 (편지를 본다) 어라, 이게 뭐지?

파비안 하, 맷도요가 덫에 가까이 왔어요.

토비 경 쉿, 익살의 요정이여, 제발 저놈이 큰소리로 읽게 해주시기를!

말볼리오 (편지를 집어 든다) 맹세컨대 이건 분명히 아씨의 필체야. 이게 바로 그녀의 'c'자 'u'자 't'자이고, 그리고 대문자 'P'자도 이렇게 커다랗게 쓰시지. 이건 의심할 여지 없는 아씨 필체야.

앤드루 경 그녀의 'c'자 'u'자 't'자라고? 그게 어쨌다는 거야?

말볼리오 (읽는다) '사랑받는 줄 모르는 이에게, 이 글과 제 진정한 마음을 전합니다.' 아씨 말투 그대로군. 실례한다, 밀랍이여, 부드럽게──이 봉인은 루크레티아 반지*인데, 그걸 봉인으로 하셨지. 아씨 게 맞아. 받는 사람이 누굴까?   (편지를 연다)

파비안 오장이 통째로 걸려들었어.

말볼리오 (읽는다) '신만이 아는 내 사랑,

　　　　　　　허나 제 사랑은 누굴까요?

───────────

* 루크레티아 반지 : 로마 신화에서 순결의 상징인 루크레티아의 이미지를 새긴 봉인용 반지. 아마도 그녀가 타르퀴니우스로부터 능욕을 당한 뒤 자결하는 장면을 담았을 것이다.

입술이여, 꼼작 마라.

누구도 알아서는 안 되니까.'

'누구도 알아서는 안 돼.' 그다음은 뭐지? 궁금하게 만드네. '누구도 알아서는 안 돼.' 만약 그게 말볼리오라면?

토비 경　허 참, 목매 뒈져버려라, 오소리 같은 놈아!

말볼리오　(읽는다)　'내 사모하는 이를 부리니,

침묵은 루크레티아의 비수처럼

유혈도 없이 이 가슴을 찌르는구나.

말 리 보 오, 내 삶을 지배하네.'

파비안　그 수수께끼, 뺑이 심하군.

토비 경　그녀는 머리가 보통이 아니야.

말볼리오　'말 리 보 오, 내 삶을 지배하네.'

아니, 가만. 어디 보자, 어디 보자, 어디 보자.

파비안　마리아가 아주 지독한 독약을 준비했군!

토비 경　그리고 황조롱이는 그걸 낚아채려고 날개를 세게도 꺾는걸.

말볼리오　(읽는다) '내 사모하는 이를 부리니' 그럼, 아씨가 날 부리고 있잖아. 나는 그분을 섬기고, 그녀는 내 여주인이다. 아니 이건 바보가 아닌 이상 다 아는 사실이지. 아무런 결함이 없어. 그리고 끝부분——이런 글자의 배치는 뭘 의미할까? 그것을 내 것인 그것과 비슷하게 만들 수만 있다면! 가만——(읽는다) 말 리 보 오.

토비 경　자, 맞혀보라고. 오, 놈은 이제 사냥감의 냄새를 잃

어버렸어.

파비안 그럼에도 이 똥개는 그 냄새가 지독하단 듯이 여우처럼 자기가 찾았다고 짖어댈 겁니다.

말볼리오 '말.' 말볼리오. '말'——맞았어.——내 이름 첫 자가 아닌가.

파비안 해결할 거라고 했잖아요? 개자식이 냄새는 기가 막히게 맡아요.

말볼리오 '말'이라, 그런데 그다음에 일치점이 없어. 점검해 보니 문제가 있어. '볼'자가 와야 하는데 '리'자가 있으니 말이야.

파비안 오! 안타깝군 그래.

토비 경 맞아. 그렇지 않으면 내가 '오!' 소리 나도록 패줄 거야.

말볼리오 그다음엔 '보'자가 뒤에 온단 말이야.

파비안 맞아, 만약 네게 보는 눈이 뒤통수에 달렸다면 앞에 있는 행운보다 뒤꿈치 쪽의 비방이 더 먼저 보일 테니.

말볼리오 말 리 보 오라! 이 위장술은 앞에 있는 것과 다르네. 그렇지만 이걸 좀 무리하면 내게 꿰맞출 수가 있어. 모두 내 이름 속에 들어 있는 글자들이니까. 가만, 지금부터는 긴 산문이다. (읽는다) '만일 이 편지가 당신 손에 들어가거든 숙고하세요. 타고난 신분은 제가 당신보다 높아요. 하지만 저의 고귀함을 두려워 마세요. 누구는 고귀하게 태어나고, 누구는 스스로 고귀한 신분을 성취하고,

또 누구는 고귀함을 떠안게 됩니다. 운명이 당신께 두 팔을 벌렸으니 혈기와 기개로 그것을 포용하고, 앞으로 맞을 당신의 모습에 익숙해져야 해요. 미천한 허물을 벗어버리고 새로워지세요. 저의 친척에게는 냉정하게 대하고, 하인들에게는 거만하게 대하고, 도도한 입으로는 국정에 대해 논하고, 독특한 습관을 익히도록 하세요. 당신을 위해 한숨짓는 사람이 이렇게 조언을 드립니다. 기억하세요, 당신에게 그 노란 양말을 추천하고, 언제나 열십자로 맨 대님을 보고 싶어 하는 사람이 누구인지.——꼭 기억하세요. 그래요, 당신의 운명은 바뀌었어요. 결심만 하면 돼요. 그러나 만약 원치 않는다면 난 당신을 언제나 집사로, 하인들의 친구로, 다시는 행운의 여신의 손을 붙잡지 못할 사람으로 보렵니다. 안녕히! 당신과 직무를 바꾸고 싶은

　　　　　　　　　행운 속에서 불행한 여인 올림.'

한낮의 들판이라 해도 이보다 더 명료하게는 못 보여준다. 이건 명백해. 나는 거만하고, 정치를 다루는 작가의 책을 읽으며, 토비 경을 경멸하고, 저속한 놈들과의 교제는 다 끊고, 완벽하게 바로 그 남자가 되는 것이다. 난 이제 스스로 바보가 되어 상상에 속아넘어가지는 않겠다. 왜냐하면 이 모든 상황이 아씨가 날 사랑한다는 사실을 일깨우니까. 그녀는 최근 내게 노란 양말을 추천하셨고, 십자 대님 맨 내 다리를 멋있다고 칭찬했어. 그런 일련의 행동

은 나에 대한 사랑을 분명히 한 것이며, 일종의 지시로서 그녀는 자신이 좋아하는 이런 복식을 내게 강요하셨다. 난 내 별들에게 감사해. 난 행운아야. 이제부터 난 냉정하고 거만하게 행동할 것이고, 노란 양말을 신고 대님을 십자형으로 잽싸게 맬 거야. 운수 대통이다. 오, 여기 추신이 있구나. (읽는다) '당신은 내가 누군지 짐작할 것입니다. 만약 제 사랑을 수용하겠다면 미소로 답해 주세요. 미소는 당신에게 너무나 잘 어울린답니다. 그러니 제 앞에서는 언제나 미소를 지어주세요. 사랑하는 자기, 부탁해요.' 신이시여, 감사합니다. 미소를 지어야지. 아씨가 원한다면 무슨 짓인들 못 하리!　　　　　　　　　　　(퇴장)

파비안　저는 페르시아 황제의 연금 수천 냥을 준다 해도 이런 재미와 바꾸지 않을 겁니다.

토비 경　이런 계략을 짜낸 여자와 결혼할 수도 있어.

앤드루 경　나도 그래.

토비 경　이런 재밋거리를 한 가지만 더 마련해 준다면 지참금도 필요 없어.

앤드루 경　나 역시 그래.

마리아 등장

파비안　아! 저기 바보 잡는 명포수가 나타나셨군.

토비 경　(마리아에게) 자네, 내 목에 발을 올려놓을 테야?

앤드루 경   아니면 내 목은 어때요?

토비 경   내 자유를 판 돈으로 내기에서 지면 자네 노예가 되어줄까?

앤드루 경   나 역시 같은 생각인데, 어때?

토비 경   한데 당신은 그놈에게 너무 큰 꿈을 꾸게 했어. 환상이 깨지는 날엔 미쳐버릴 거야.

마리아   그래요, 진실을 말해 봐요. 효과가 좋았어요?

토비 경   산파의 독한 술처럼 좋았어.

마리아   이 장난의 최고 절정은 그가 아씨 앞에 나타날 때니 잘 보세요. 틀림없이 노란 양말을 신고 올 거예요. 노란색은 아씨가 진저리치는 색깔이에요. 그리고 십자 대님도 아씨가 무척 싫어하죠. 게다가 아씨를 보고는 히죽거리며 웃어델 텐데, 요즘같이 상심이 큰 아씨에게 기분과 동떨어진 그런 행동을 한다면 경멸의 대상이 될 수밖에 없을 거예요. 그걸 보시겠다면 저를 따라오세요.

토비 경   그래, 지옥의 문까지라도. 귀신같이 빼어난 재주를 가진 그대여.

앤드루 경   나도 함께할 거요.   (모두 함께 퇴장)

3막 1장
(올리비아의 정원)

비올라와 피리를 불고 북을 치는 페스테 등장

비올라 안녕, 친구, 그리고 자네 악기도. 자네는 북을 끼고
　　사는가?

페스테 천만에요. 교회에 빌붙어서 살고 있죠.

비올라 그럼 성직자인가?

페스테 그런 게 아닙니다. 교회 곁에 살고 있다는 뜻이지
　　요. 글쎄, 저는 우리 집에서 살고 있는데, 그 집이 바로 교
　　회 옆이거든요.

비올라 그럼 거지가 왕 근처에 머물면 자넨 왕이 거지를
　　끼고 누웠다고 하겠군. 또 북이 교회 곁에 있다면 교회가
　　북을 끼고 있다고 할 테고.

페스테 말씀 한번 제대로 했네요. 요즘 세태를 보세요. 훌
　　륭한 재담꾼들에게 하나의 문장은 가죽장갑이나 마찬가

지죠. 재빨리 안팎으로 뒤집어놓을 수 있거든요.

비올라   맞아. 그건 분명해. 말을 교묘하게 갖고 노는 사람들은 그걸 재빨리 음탕하게 만들 수 있으니까.

페스테   그러니 제 누이에겐 이름이 없었으면 좋겠어요.

비올라   그건 왜?

페스테   그 이름이란 게 말이고, 그 말을 교묘하게 갖고 놀다 보면 제 누이도 음탕해질 수 있으니까요. 정말이지 말은 계약서에서 망신을 당한 뒤로 아주 파렴치해졌어요.

비올라   그 이유가 뭔데?

페스테   이유를 말하려면 말을 하지 않고는 이유를 댈 수가 없는데, 그 말이라는 것이 너무 타락해서 난 그걸 써가며 이유를 대고 싶지 않습니다.

비올라   장담컨대 자네는 유쾌한 친구야. 그리고 무엇에도 거리낌이 없어.

페스테   아뇨. 거리낌이 없을 리 있나요? 그렇다고 당신을 꺼린다는 건 아니에요. 만약 아무것에도 거리낌이 없다면 당신은 이곳에 없는 거나 마찬가지니까요.

비올라   자넨 올리비아 아씨의 바보가 아닌가?

페스테   아닙니다, 절대로. 올리비아 아씨에겐 바보가 없으니까요. 결혼할 때까지는 바보 따위를 곁에 두지 않을 겁니다. 정어리와 청어가 비슷한 것처럼 남편이란 건 바보와 비슷하니까요. 다만 남편 쪽이 좀 더 클 따름이죠. 그러니까 난 그녀의 바보가 아니라 언어 타락자랍니다.

비올라   최근 그대를 오르시노 공작님 댁에서 봤어.

페스테   광대란 태양처럼 온 지구 위를 걸어다닙니다. 모든
　　　곳을 다 비추죠. 이 바보가 제 여주인만큼이나 자주 당신
　　　주인님과 함께하지 않으면 미안하거든요. 거기에서 지혜
　　　님, 당신을 뵌 것 같습니다.

비올라   아니, 자네가 나한테 덤비려 들다니, 이제 더는 자
　　　네를 상대하지 않겠어. 자, 이건 수고비야.　　(돈을 준다)

페스테   신이시여! 다음에 털을 배분하실 때는 이 사람에
　　　게도 턱수염을 주시옵소서!

비올라   단언컨대 나도 수염이 좀 있었으면 좋겠어.
　　　(방백) 하긴 턱수염이 내 턱에 돋는다면 곤란하겠지만 말
　　　이야.──아씨는 안에 계신가?

페스테   이 돈에게 짝이 있다면 새끼를 칠까요?

비올라   그럼, 그걸 굴려서 이자 놀이를 하면 되겠군.

페스테   내가 프리기아의 판다로스 경이 되어 이 트로일로
　　　스에게 크레시다 한 명을 데려올까 생각하고 있습니다.*

비올라   알았다고. 구걸 한번 잘하네.　　(동전을 하나 더 준다)

페스테   내가 큰 걸 바라나요? 단지 구걸하는 것뿐이에요.

---

* 프리기아의~있습니다 : 프리기아는 소아시아에 있던 고대 국가이
　고 트로이가 거기에 속해 있었다고 추정된다. 그리고 크레시다의
　삼촌인 판다로스는 트로일러스가 그녀에게 구애할 때 중매쟁이
　역할을 했다. 페스테는 이런 잡다한 학식을 동전 한 닢을 더 얻기
　위해서 사용한다.

크레시다는 거지였어요. 아씨는 안에 계십니다. 그들에
게 당신이 어디에서 왔는지 통역해 드릴게요. 하지만 당
신이 누구이고, 뭘 원하는지는 제 영역 밖의 일이니 그리
아십쇼. 이제 이 말도 너무 낡았군요.   (퇴장)

비올라   저 친구는 영리하니까 바보 노릇을
하는 거야. 바보짓을 제대로 하려면 지능이
요구되거든. 익살을 떨려면 자신이
놀려먹을 사람들의 기분이며 성격,
기회를 잘 살핀 다음 야생의 매처럼
눈앞에 보이는 날짐승은 뭐든 쫓아야 하니까.
이 직업은 현자의 기술만큼 각고의 노력이
필요해. 저 친구가 바보짓을 하는 건
어울리지만 영리한 사람이 바보짓을 하면
지혜가 타락했다고 봐야 해.

토비 경과 앤드루 경 등장

토비 경   안녕하시오, 신사 양반.
비올라   안녕하세요?
앤드루 경   디외 부 가르드, 무슈.*

---

* 디외 부 가르드, 무슈 : 프랑스어로 '주님의 가호를 빕니다'라는 뜻
  이다.

비올라　에 부 조시, 보트르 세르비퇴르.[*]

앤드루 경　그러기를 바라고 나도 그래요.

토비 경　이 집과 대면하시겠소? 내 질녀는 당신이 거래할
　　일이 있다면 들어오길 원하오.

비올라　난 당신 질녀 쪽으로 향하고 있어요. 제 항해의 종
　　착지는 당신 질녀입니다.

토비 경　그럼 당신 다리를 써 봐요. 작동시켜 보라는 뜻
　　이오.

비올라　다리를 써 보라는 말씀이 무슨 뜻인지는 잘 모르겠
　　지만 제 두 다리는 제 할 일을 잘 알고 있어요.

토비 경　내 말은 걸어서 들어가라는 뜻이었소.

비올라　그럼 걸어서 입장하는 것으로 답하겠습니다.

　　　　　　올리비아와 마리아 등장

　　그런데 우리가 선수를 빼앗겼군요. (올리비아에게) 세상에
　　서 최고로 아름답고 훌륭하신 아씨여, 하늘은 그대에게
　　향기를 내리소서!

앤드루 경　(방백) 저 청년은 대단한 궁정인이야. '향기를 내
　　려달라'니, 끝내주는군!

---

* 에 부 조시, 보트르 세르비퇴르 : 프랑스어로 '당신도 안녕하세요?
　저는 당신의 하인이에요'라는 뜻이다.

비올라 아씨께서 넓은 아량으로 수용해 주시지 않는다면
　제가 용무를 말씀드리기 어려울 것 같습니다.
앤드루 경 (방백) '향기'에다 '아량'과 '수용'이라, 이 세 마
　디는 곧바로 써먹을 준비를 해야지.
올리비아 정원 문을 닫고, 홀로 듣게 물러가라.

　　　　　　　　　　　　　(토비 경, 앤드루 경, 마리아 퇴장)

　당신 손을 이리 줘요.
비올라 아씨께 최고의 경의를 표합니다.
올리비아 당신의 이름은?
비올라 아씨 종의 이름은 세자리오입니다. 공주님.
올리비아 내 종이라니! 겸손을 가장하는 것이
　예의가 된 이래 좋은 시절은 다 갔지요.
　젊은이는 오르시노 공작의 종이오.
비올라 저의 주인은 아씨의 하인이기에, 그분의 하인들은
　곧 아씨의 하인이지요. 따라서 아씨의 하인의 하인인
　저는 아씨의 하인이지요.
올리비아 그 사람, 난 그를 생각하지 않아요. 그분 생각을
　나로 채우지 마시고, 허공에 그대로 두라고 하세요.
비올라 아씨, 이 몸이 그분을 위해 당신의 마음을
　돋우러 왔습니다.
올리비아 오, 미안하지만, 바라건대 다시는 그분 얘기를
　꺼내지 마세요. 허나 만약 당신이 다른 요청을 한다면
　천체의 음악을 듣는 것보다 더 기쁘게 들어주겠어요.

비올라 흠모하는──.

올리비아 제발 잠깐만요, 말 좀 하게 해줘요.

당신이 지난번 여기서 마법을 건 뒤, 당신을 뒤쫓아

반지를 하나 보냈어요. 그래서 난 나 자신과

하인, 그리고 당신마저 속였어요. 그처럼 염치없이 꾀를

부려 당신의 것도 아닌 반지를 무리하게 떠맡긴

이 사람은 중벌을 받아 마땅합니다. 그 일을 어떻게

생각하세요? 당신은 내 명예를 곰처럼 말뚝에 묶어놓고

잔혹한 악심의 입마개를 모두 풀어 물게 했잖아요?

당신은 눈치 백 단이니 짐작하셨겠죠?

내 마음을 가리는 건 가슴이 아닌 망사니까요.

당신 말을 들려줘요.

비올라 동정합니다.

올리비아 동정은 사랑의 시발점 아닌가요?

비올라 오, 천만에요. 흔해 빠진 일이지만

우리는 원수조차 너무 자주 동정합니다.

올리비아 그렇다면 내가 다시 미소를 지어야겠군요.

세상에, 가엾은 것이 빨리도 오만해지는구나!

어차피 먹이가 될 바엔 늑대보다는 사자에게

당하는 것이 훨씬 낫지.   (시계가 친다)

시간을 허비한다고 시계도 꾸짖는군.

젊은 양반, 걱정할 것 없어요. 당신을 원하진 않을 테니.

하지만 지혜와 젊음이 결실을 볼 때면 당신의

아내 될 사람은 멋진 남편을 거둬들이겠죠.

자, 당신이 갈 길은 저기 서쪽이에요.

비올라　그럼 서쪽으로 출발! 은총과 평온이

아씨와 함께하기를! 저희 주인님께 전하실 말씀은?

올리비아　잠깐만,──나를 어떻게 생각하는지 제발 말해

줘요.

비올라　아씨가 잘못 생각하고 계신다, 그렇게요.

올리비아　내 생각이 그렇다면 당신도 같다고 생각해요.

비올라　그건 옳은 생각입니다. 저는 제가 아니니까요.

올리비아　당신이 내 소망 속의 사람이라면 좋으련만.

비올라　그게 지금의 저보다 더 나은 사람입니까?

그렇기를 바랍니다. 지금의 저는 당신의 바보니까.

올리비아　(방백) 오, 저 사람 입에서 나오는 것은

경멸이나 분노조차도 얼마나 아름다운가!

감추고 싶은 사랑의 감정은 살인죄보다 신속하게

드러나니, 사랑하면 한밤중도 대낮이다.

──세자리오, 난 그대를 봄날의 장미와 처녀성과 순결,

진실, 그 밖의 모든 것에 걸고 사랑해요.

그러니 그대가 제아무리 오만하게 기지와 논리로

무장한다 해도 내 열정은 못 덮어요. 내가 구애하니

구애할 이유가 없다는 전제로 거절할 논리를 억지로

끌어내진 마세요. 차라리 논리로 논리를 억누르세요.

찾아낸 사랑도 좋지만 절로 오면 더 좋다고요.

비올라 순수성과 제 젊음에 걸고 맹세합니다만, 저에겐
　　단 하나의 마음, 하나의 가슴, 하나의 진실밖에 없는데,
　　그러나 이건 그 어떤 여자에게도 드릴 수가 없어요.
　　저 외엔 그 누구도 그걸 소유할 순 없습니다.
　　그럼 안녕히 계십시오. 아씨, 다시는
　　주인님의 눈물을 호소하러 오지 않겠어요.
올리비아 하지만 또 오세요. 지금은 그분이 마음에 없지만
　　당신 얘길 들으면 혹시 내가 그분 좋아하는 마음이
　　생길지도 모르니까요.　　　　　　　　　　(모두 퇴장)

3막 2장
(올리비아의 저택 한 방)

토비 경, 앤드루 경, 파비안 등장

앤드루 경 젠장맞을, 이젠 한시도 여기 머물지 않겠어.
토비 경 이유를, 이 독설가 양반아, 이유가 뭔가?
파비안 앤드루 경, 당신은 이유를 밝힐 필요가 있어요.
앤드루 경 제기랄, 자네 질녀가 백작 심부름꾼에게 호의를
　　베푸는 걸 봤어. 지금까지 내게 보인 것보다 더 많이. 정
　　원에서 다 봤다니까.
토비 경 오, 늙은 소년이여! 말해 보게. 내 질녀는 거기 있

는 자네를 봤는지.

앤드루 경 지금 내가 당신을 보듯이 봤고말고.

파비안 그게 바로 아씨께서 당신에게 사랑을 품었다는 커다란 증거죠.

앤드루 경 제기랄! 자넨 날 멍청이로 만들 작정인가?

파비안 제 말이 얼마나 논리적인지 보여드리죠. 판단력과 이성에 걸고요.

토비 경 허나 그 둘은 노아가 배를 타기 전부터 버젓이 배심원들이었어.

파비안 아씨께서 당신이 보는 앞에서 그 젊은이에게 호감을 보인 건 나리를 안달하게 만들어 생쥐 같은 당신의 용기를 일깨워 심장엔 불을 지피고, 간에는 유황을 쏟아붓기 위해서겠죠. 그럴 때 그녀에게 다가가 갓 찍어낸 동전처럼 신선한 익살을 부린다면 그 젊은 녀석은 어안이 벙벙해지지 않겠어요. 아씨는 그걸 고대하고 있었는데, 당신이 기가 죽어 뒤로 물러선 거예요. 당신은 금박을 두 번 입힌 기회를 놓쳐버렸다고요! 이젠 아씨의 애정은 식어버려 당신은 당분간 네덜란드 사람의 턱수염에 매달린 고드름 신세가 되어 북해를 항해할 수밖에 없게 되었다고요. 만약 당신이 우러러볼 만한 용기나 술책을 동원하여 실수를 만회하지 못한다면 말이지요.

앤드루 경 길이 있다면 그건 용기여야 해. 술책은 싫으니까. 꾀를 부리느니 차라리 청교도가 되겠소.

토비 경   그럼 용기를 밑천으로 행운을 잡아보는 거요. 공
     작이 보낸 젊은 녀석에게 결투를 신청해 열한 군데 정도
     상처를 입히라고! 그럼 내 질녀도 주목할 거요. 장담컨대
     사랑의 중매쟁이가 여자에게 남자를 추천할 때는 용기가
     있다는 평판보다 강력한 건 이 세상에 없다니까.

파비안   그 길밖에 없어요, 앤드루 경!

앤드루 경   그럼 누가 그자에게 도전장을 전달하겠소?

토비 경   무사다운 글씨로 신랄하게 써요, 성깔 있고 짧게.
     재치가 있느냐는 문제가 안 돼요. 유창하고 창의력이 있
     어야 해. 잉크의 자유를 빌려 그를 매도하는 거지. 세 번
     정도 '너'라고 해도 위신이 떨어지지는 않을 것이고, 편지
     지에 쓸 수 있을 만큼 거짓말을 잔뜩 늘어놓으란 말이오.
     그 종이가 저 잉글랜드의 웨어읍 침대*만큼 넓다 해도 말
     이지. 자, 시작해요. 잉크에 쓸개즙을 듬뿍 넣고, 거위 깃
     털 펜으로 써도 괜찮아요. 시작해요.

앤드루 경   어디에 있을 거요?

토비 경   우리가 자네 거처로 찾아가겠네. 가요.

                                          (앤드루 경 퇴장)

파비안   토비 경, 저이는 당신의 비싼 인형이군요.

토비 경   이봐, 그에게 난 비싼 사람이네. 이천 이상은 뜯어

---

* 웨어읍 침대 : 엘리자베스 시대의 유명한 침구로 그 크기가 가로
  세로 3.35미터나 되었다.

냈으니까.

파비안   우린 아주 희한한 편지를 건네받을 텐데, 설마 전
달은 안 하겠죠?

토비 경   전달 않겠다면 날 믿지 마. 난 어떻게 해서든 그
청년도 응하도록 부추길 거야. 그런데 황소 마차 밧줄로
끌어도 그 둘을 붙여놓진 못할 거야. 앤드루를 해부해 보
면 그의 간에서 벼룩의 발 하나가 잠길 만큼의 피라도 발
견된다면 나머지는 내가 먹어주겠어.

파비안   게다가 상대인 젊은 녀석의 얼굴 역시 잔악한 구석
이라곤 안 보였어요.

마리아 등장

토비 경   오, 저기 아홉 마리 굴뚝새의 막내*가 오는군.

마리아   배꼽 빠지게 웃고 싶거든 저를 따라오세요. 멍청
이 말볼리오가 이교도가 됐어요, 배교자 말이에요. 올바
른 신앙으로 구원받으려는 그리스도교 신자라면 누구도
그토록 얼토당토않은 조잡한 문구를 진실이라고 안 믿어
요. 노란 양말까지 신었어요.

토비 경   십자 대님도 맸나?

---

* 아홉~막내 : 가장 작은 새의 가장 작은 새끼. 마리아의 체구가 작
음을 의미하는 문구다.

마리아 　아유, 구역질나게, 자기 학교가 없어서 교회에서
　　　가르치는 선생처럼 했어요. 저는 살인자를 쫓듯이 그 뒤
　　　를 밟았어요. 그랬더니 제가 떨어뜨려놓은 편지에서 지
　　　시한 대로 모조리 따르고 있답니다. 글쎄, 해죽이 웃는데,
　　　그 얼굴 양쪽에 마치 인도를 추가한 새 지도에 그려진 선
　　　만큼이나 많은 주름이 잡혔는데, 그런 꼴은 처음 보게 될
　　　거예요. 그저 뭐라도 집어 던지고 싶은데 꾹 눌러 참느라
　　　고 혼났어요. 아씨는 보나마나 그에게 매질할 거예요. 그
　　　러면 그는 자기가 좋아서 그러는 줄 알고 웃겠죠.
토비 경 　자, 우리를 그가 있는 곳으로 데려가! 　(모두 퇴장)

3막 3장
(길거리)

세바스티안과 안토니오 등장

세바스티안 　이렇게까지 폐를 끼치고 싶진 않았지만
　　　수고를 기쁨으로 여기겠다 하니 더는 꾸짖지 않겠소.
안토니오 　당신과 헤어져 있을 수가 없었소. 벼린
　　　칼보다 강한 욕망이 나를 자극하였고, 당신과 함께하고
　　　싶은 욕심뿐 아니라──그건 더 먼 길도 떠나게
　　　했을 만큼 컸지만──여행 중에 당신에게 혹시

불상사가 닥치지나 않을까 걱정하는 마음도

있었소. 안내자도 친구도 없는 이방인을 이 난폭하고

불친절한 곳에 홀로 둘 순 없었으니까요.

그런 염려 때문에 당신을 추적했소.

세바스티안　친절한 안토니오! 고맙다는 말밖엔

달리 할 말이 없소. 고맙소, 영원히.

선행이 때로는 이처럼 당치않은 푸대접을 받습니다.

내 재산이 의리를 표할 만큼 확고하다면 당신이

제대로 된 보답을 받으련만. 한데 뭘 해드리죠?

이 도시의 유적이라도 돌아보는 것이 어떻소?

안토니오　구경은 내일 하고, 숙소로 가보는 게 좋겠소.

세바스티안　피로하지 않아요. 저녁은 아직 이르니

이 도시를 빛내는 기념물이나 잘 알려진

특산물을 구경하며 눈 호강이나 하자고요.

안토니오　미안하지만 나는 이 거리를 자유롭게 다닐 수

없소. 예전에 난 백작의 갤리선과 맞붙은

해전에서 맹활약을 했기에 여기서 잡히면 끝장이오.

세바스티안　그 사람의 백성을 많이 죽인 모양이군요.

안토니오　대단한 유혈 사태가 있었던 것은 아니오.

시기로 보나 분쟁의 성격으로 보나 유혈이 일어날

수도 있었지만, 이후 우리가 뺏은 전리품을 돌려주면

해결될 일이었소. 그건 우리 지역의 교역상들이

원했던 일이기도 했고요. 허나 제가 반대했지요.

그러니 붙잡히는 날에는 곤욕을 치를 게 뻔하오.

세바스티안 그렇다면 나다니지 마십시오.

안토니오 참으로 난감합니다. 자, 지갑이오.

이 도시 남쪽 교외에 코끼리라는 간판을 단 여관이

있는데, 그곳이 그나마 괜찮을 것 같소. 저녁 식사를

시켜놓을 테니 그동안 시내라도 구경하고 상식을

넓히시오. 난 거기 있겠소.

세바스티안 왜 내가 당신 지갑을?

안토니오 우연히 맘에 드는 물건에 눈이 갈 때

당신 돈으로는 살 여유가 없을 테니 말이오.

세바스티안 그럼 이 지갑을 받아 한 시간쯤 돌아다니겠소.

안토니오 코끼리 여관에서 봐요.

세바스티안 기억해 두지요.   (각자 퇴장)

3막 4장
(올리비아의 정원)

올리비아와 마리아 등장

올리비아 (방백) 그를 불렀더니 그는 오겠다고 했어.

어떻게 대접할까? 무얼 선물할까?

젊은이의 마음을 얻으려면 구걸하거나

차용당하는 것보다는 흔히 선물을 주지.

내 목소리가 왜 이리 커졌지?

(마리아에게) 말볼리오는 어디 있어? 차분하고 진중해서
직분에 어울리는 사람이야. 말볼리오, 어디 있는 거야?

마리아 지금 오고 있어요, 아씨. 한데 요즘 이상해졌어요.
꼭 악마에 홀린 사람 같아요.

올리비아 아니, 무슨 일인데? 헛소리라도 하느냐?

마리아 아니요! 그냥 히죽이 웃기만 해요. 그가 오면 아씨
곁에 호위병이라도 두어야겠어요. 제정신이 아닌 게 분
명하니까요.

올리비아 어서 이리 불러와.   (마리아 퇴장)
나도 그처럼 미쳤어. 우울하고 유쾌한 두 광기가 같다면.

노란 양말에 십자 대님을 맨 말볼리오,
마리아와 함께 등장

어떻게 지내나, 말볼리오?

말볼리오 친절한 아씨, 호호호!

올리비아 왜 웃어? 난 진지한 일로 불렀는데.

말볼리오 진지한 일이라니요, 아씨? 저도 진지해질 수 있
다고요. 이게 아주 피를 막고 있는데,——이 십자 대님 말
이에요.——하지만 괜찮습니다. 누군가의 눈을 즐겁게 해
준다면 제게 이건 '한 사람을 즐겁게 해서 모두가 즐겁다'

라는 진실한 소네트와 같으니까요.

올리비아 　아니, 어떻게 된 거야? 무슨 일이 있는 거야?

말볼리오 　비록 제 다리는 노란색이지만 마음은 어둡지 않 습니다. 그건 확실하게 당사자의 손에 들어왔고, 명령은 이행될 것입니다. 우린 피차 아름다운 이탤릭체를 알고 있으니까요.

올리비아 　침대로 가는 게 어때, 말볼리오?

말볼리오 　침대라고요? 사랑하는 이여! 그대에게 가리다.

올리비아 　하느님 맙소사! 왜 그런 미소를 짓고 손에 입을 자주 맞추는 거지?

마리아 　괜찮아요, 말볼리오?

말볼리오 　당신이 물었어요? 좋아, 꾀꼬리도 까마귀에게 답은 하지.

마리아 　왜 이렇게 뻔뻔하고 우스꽝스러운 태도로 아씨 앞 에 나타났어요?

말볼리오 　'고귀함을 두려워 마세요.' 좋은 말씀이셨어요.

올리비아 　그게 무슨 뜻이야, 말볼리오?

말볼리오 　'누구는 고귀하게 태어나고.'

올리비아 　뭐라고?

말볼리오 　'누구는 스스로 고귀한 신분을 성취하고.'

올리비아 　무슨 소리야?

말볼리오 　'또 누구는 고귀함을 떠안게 됩니다.'

올리비아 　하늘이여, 회복시켜 주소서!

말볼리오 '기억하세요, 누가 당신이 노란색 양말을 신기를
　　　　 바랐는지.'

올리비아 　노란 양말을?

말볼리오 '또 열십자로 맨 대님을 보고 싶어 하는 사람이
　　　　 누구인지.'

올리비아 　십자 대님?

말볼리오 '그래요, 당신의 운명은 바뀌었어요. 결심만 하
　　　　 면 돼요.'

올리비아 　내 운명이 바뀌었다고?

말볼리오 '만일 원치 않는다면 난 당신을 언제나 집사로
　　　　 보렵니다.'

올리비아 　아니, 이건 완전히 한여름의 광기로군.

하인 등장

하인 　아씨, 오르시노 백작의 젊은 신사가 되돌아왔어요.
　　　아무리 돌아가라고 간청해도 아씨를 기다리겠다고 합
　　　니다.

올리비아 　지금 가겠다. 　　　　　　　　　　　　(하인 퇴장)
　　　마리아, 이 친구를 돌봐줘. 토비 아저씨는 어디 계셔? 집
　　　안 사람 누구 시켜서 그에게 특별히 관심을 가지라고 해.
　　　내 지참금의 반이 없어지는 한이 있더라도 이 사람이 잘
　　　못되는 일이 있어서는 안 돼. 　　(올리비아와 마리아 퇴장)

말볼리오   오호라! 내 말을 알아들으셨단 말이지요? 토비 경 정도의 사람에게 날 돌보라니! 편지에 쓴 것과 일치하는군. 아씨가 그를 부른 것은 의도적이었어. 나에게 그를 야단치도록 하기 위한 거야. 편지에서도 내게 그걸 부추겼으니까. '미천한 허물을 벗어버리세요.'라고 하셨어. '친척에게는 냉정하게 대하고, 하인들에게는 거만하게 대하고, 도도한 입으로는 국정에 대해 논하고, 독특한 습관을 익히도록 하세요.'라고 하셨지. 그리고 거동에 대한 지시가 있었지. 근엄한 얼굴, 위엄 있는 행동, 느린 말투, 유명 인사의 복장을 할 것에 대해서였어. 난 아씨를 꽉 잡았어. 하지만 이건 조브가 한 일이니, 내가 고마워해야 할 분은 조브다! 그리고 그녀는 금방 가면서, '이 친구를 돌봐줘'라고 하셨어. 말볼리오라거나 내 직급이 아니라 '친구'라고 했어! 그래, 모든 것이 다 일치해. 한 점의 의혹도 없이, 한 점도 안 틀리게, 어떠한 결함이나 황당함이나 불확실한 상황 없이.──무슨 말을 하겠어?──내 희망찬 미래를 방해하는 건 세상 그 무엇도 없어. 글쎄, 이 일은 내가 아니라 조브가 했으니 난 그분께 고마워해야 해.

토비 경, 파비안, 마리아 등장

토비 경   천지신명의 이름으로 묻는데, 그는 어디 있어? 지옥의 모든 마귀들이 좁디좁은 곳에 득실거리고, 마왕 자신이 그에게 홀렸다 해도 내가 상대해 주겠어.

파비안 여, 여기 있어요, 여기 있어요. (말볼리오에게) 괜찮
아요? 이봐요, 괜찮은 거죠?

말볼리오 저리 가! 난 당신들을 버렸어. 혼자 있고 싶으니
까 저리 가.

마리아 저 봐요! 악마가 저 사람 몸에서 얼마나 깊은 동굴
같은 소리를 내는지. 내가 말씀드린 대로죠? 토비 경, 아
씨께서 당신에게 저 사람을 돌보라고 하셨어요.

말볼리오 아 하! 아씨가 그러셨단 말이야?

토비 경 자, 자, 쉿, 쉿! 이런 사람은 살살 다뤄야 해. 내게
맡기라고. 말볼리오, 어때? 이 친구야, 마왕을 물리쳐야
지. 생각해 봐. 놈은 인류의 적이라고!

말볼리오 자신이 무슨 말을 하는지 알고나 있어요?

마리아 저것 보라니까요. 당신이 마귀를 적대시하니까 욱
하잖아요. 제발 그가 마법에 걸리지 않았기를!

파비안 이자의 오줌을 여자 주술사에게 가져가요.

마리아 맞아요. 내일 아침에 그럴게요. 아씨는 절대 그를
잃지 않으려 해요.

말볼리오 뭐라고, 이 여자야?

마리아 어머나!

토비 경 제발 입 좀 다물어! 이런 식으론 안 돼. 자네가 그
를 화나게 한다는 걸 모르나. 내게 맡겨둬.

파비안 살살 달래는 수밖에 없다고요, 그냥 살살. 마귀란

놈은 거칠어서 거칠게 다루면 안 돼요.

토비 경 괜찮아, 멋쟁이? 어떤가, 우리 병아리?

말볼리오 이봐요!

토비 경 자, 얘야 나랑 가자. 아니, 이봐! 신사 체면에 악마와 공기놀이를 해서는 안 되지. 더러운 석탄 장수*는 목을 매버려!

마리아 토비 경, 기도문을 외게 하세요. 기도하게 해요.

말볼리오 기도가 뭐야, 말괄량이 같으니!

마리아 저봐요, 장담컨대 경건한 건 안 들으려 하는군요.

말볼리오 에잇, 다들 가서 목이나 매. 어리석고 천한 것들 같으니라고. 난 당신네 족속들과는 차원이 달라. 두고 보면 알게 돼. (퇴장)

토비 경 이럴 수가?

파비안 이게 무대에서 공연된다 해도 믿기지 않는 허구라고 비난할 겁니다.

토비 경 이보게, 저 녀석의 수호신이 우리의 계략에 딱 걸려들었어.

마리아 아니, 우리의 계략이 드러나 김새면 안 되니 지금 그를 뒤쫓아 가요.

파비안 그럼 우린 그를 정말 미치광이로 만들걸요.

마리아 그럼 집 안이 좀 조용해지겠죠.

---

* 석탄 장수 : 악마의 검은색을 가리키는 말임.

토비 경   저자를 묶어서 어두운 방에 가둬야겠어. 질녀는 이미 저 친구가 정신이 나갔다고 믿고 있어. 그러면 저 녀석에겐 속죄의 시간이 될 거고, 우린 기쁨을 얻을 테지. 이 놀이도 시들해져 저놈이 안쓰러워지면 지금까지의 계략을 공개하고, 그를 미치광이 감별사로 모시는 거지.

앤드루 경 등장

가만있자, 가만있자.

파비안   오월제 희극의 소재가 또 하나 오는군요.

앤드루 경   이게 결투의 도전장이니 읽어보게. 거기에 식초와 후추를 듬뿍 쳤다고 보장하네.

파비안   그렇게 매워요?

앤드루 경   암, 그렇지. 보증해. 읽기나 해.

토비 경   이리 주게. (읽는다) '애송이 녀석아! 네가 어떤 놈인지는 모르지만 치사한 놈이 확실하다.'

파비안   좋아요, 그리고 용감해요.

토비 경   (읽는다) '내가 너를 이렇게 부른다고 해서 이상하게 여기거나 놀랄 건 없다. 난 그 이유를 말하지 않을 테니까.'

파비안   좋은 지적이에요. 이걸로 법망은 피할 거예요.

토비 경   (읽는다) '넌 올리비아 아씨를 찾아왔고, 내가 보는 앞에서 아씨의 호의를 받았어. 하지만 너는 새빨간 거

짓말을 하고 있다. 허나 그 때문에 결투를 요청하는 건 아
니야.'

파비안 아주 짧고 의미가 뛰어나게 잘 (방백) 안 통합니다.

토비 경 (읽는다) '난 네가 집으로 돌아가는 길에 잠복할 거
다. 네가 거기서 혹시 날 죽인다면'——

파비안 좋아요.

토비 경 (읽는다) '넌 마치 나를 악한이나 불한당처럼 죽일
것이다.'

파비안 역시 절묘하게 법망을 피하셨네요.——좋아요.

토비 경 (읽는다) '잘 있거라. 그리고 신은 우리 영혼 중 하
나에게 자비를 베푸소서. 내 영혼에게 자비를 베풀 수도
있지만, 내 희망은 크니까 넌 조심해야 해. 너의 태도 여
하에 따라 너의 친구가 될 수도, 원수가 될 수 있는 앤드
루 에이규치크.' 이 도전장을 보고도 안 움직이면 그놈은
움직이지 못하는 놈이야. 이건 내가 전달하겠어.

마리아 그걸 할 수 있는 매우 적절한 기회가 올 거예요. 그
는 지금 아씨와 얘기를 나누고 있는데, 곧 떠날 거예요.

토비 경 가보게, 앤드루 경. 척후병처럼 과수원 모퉁이에
서 놈을 염탐해요. 놈을 보는 즉시 전광석화처럼 칼을 뽑
으면서 무섭게 욕설을 해대란 말이오. 흔히 있는 일이지
만 허풍 떠는 말투로 무시무시한 욕설을 매섭게 내뱉으
면 그 어떤 시험으로 얻은 것보다 남자다움을 인정받을
테니까. 자, 가보게!

앤드루 경 알았어. 욕이라면 자신 있어.   (퇴장)

토비 경 난 이 편지를 전해 주진 않을 거야. 그 애송이 신
사를 보아하니 재주도 있고 교양도 제법 있어 보였거든.
그건 공작이 녀석을 내 질녀에게 보내는 것만 봐도 알 수
있어. 그러니까 그는 너무나 탁월하게 몰상식한 이따위
편질 보고 전혀 겁먹지 않을 거야. 그는 이걸 바보 멍청이
가 보냈단 사실을 알 테지. 하지만 난 그의 도전을 구두로
전달하면서 앤드루 경을 대단히 용감한 대장부라고 속인
뒤, 그 젊은 신사에게는——그 청년은 내 말을 즉각 알아
들을 테니까——상대가 용맹하고 숙련된 싸움 솜씨를 지
녔으며, 맹렬히 타오르는 광기는 보는 이로 하여금 소름
이 돋는 인물이라는 견해를 갖게 할 거야. 이렇게 양쪽이
모두 겁을 먹게 해놓는다면 이 둘은 너무 놀라 노려만 봐
도 사람이 죽는다는 괴룡처럼 서로 죽이려 들 거야.

올리비아와 비올라 다시 등장

파비안 그가 당신 질녀와 같이 오네요. 그가 떠날 때까지
기다렸다가 곧바로 따라가세요.

토비 경 난 그동안 도전을 부추길 끔찍한 말을 곰곰이 생
각해 보겠어.   (토비 경, 파비안, 마리아 퇴장)

올리비아 난 돌 같은 사람에게
너무 많은 말을 했고, 아무런 조심성도 없이

순결을 맡겼어요. 내 안의 무언가가 잘못을 질책하지만,

그 고집 센 녀석은 너무나 힘이 세고 강력해

그 질책을 조롱할 뿐이에요.

비올라   제 주인의 비탄도 당신과 꼭 같은

방식으로 계속되고 있습니다.

올리비아   자, 이 보석을 목에 걸어요. 제 초상화예요.

제발 거절하지 말아요. 혀가 없어 귀찮게 굴진

않을 거예요. 그리고 내일 다시 와줘요.

내게 뭘 요청해도 난 거절하지 않겠어요.

순결을 지키면서 달라면 줄 만한 것은요?

비올라   제 주인님께 드리는 당신의 사랑뿐입니다.

올리비아   당신에게 이미 바친 사랑을 어떻게

명예롭게 그분에게 줄 수 있겠소?

비올라   제가 되돌려 드리겠어요.

올리비아   그럼, 내일 또 오세요. 잘 가요. 내 영혼은

악마 같은 당신 따라 지옥이라도 갈 거예요.   (퇴장)

토비 경과 파비안 다시 등장

토비 경   신사 양반에게 신의 가호가 있기를!

비올라   당신에게도!

토비 경   방어책이 있다면 쓰시오. 당신이 무슨 잘못을 저

질렀는지는 모르지만, 추적자 하나가 악의에 차 피에 굶

주린 잔인한 사냥개처럼 과수원 모퉁이에서 당신이 오기를 기다리고 있소. 단검을 끌러 만반의 태세를 갖추시오. 상대의 잽싼 칼솜씨는 치명적이오.

비올라　오해하신 겁니다, 분명히. 저는 누구에게도 원한을 살 만한 일을 한 적이 없습니다. 내 기억은 자유롭고 깨끗하며, 거기엔 어떤 죄의 모습도 없습니다.

토비 경　당신은 사태를 제대로 파악 못 했다는 걸 확신하게 될 거요. 그러니 자신의 생명을 조금이라도 아낀다면 신속히 방어 태세를 갖추시오. 상대는 젊고 기운깨나 쓰는 데다가 솜씨도 그만이고, 화가 치밀면 무서운 게 없는 놈이란 말이오.

비올라　청컨대 어떤 사람인데요?

토비 경　기사요. 전쟁터의 무공 없이 수상하게 작위를 받긴 했지만, 개인적 원한에는 악마랍니다. 이미 세 놈의 영혼과 육체를 갈라놓은 전력이 있어요. 그럴 때의 그의 격노는 실로 억제가 불가능하여 상대가 묘지에 들어가는 것을 보고야 만족을 느끼지요. 죽느냐 사느냐가 그의 좌우명이오. 죽이거나 죽는 거요.

비올라　집 안으로 다시 들어가 아씨의 호위를 요청해야겠어요. 난 싸움을 할 줄 몰라요. 세상에는 고의로 싸움을 걸어 자신의 용기를 시험해 보는 사람들이 있다는 얘기를 들은 적이 있는데, 그 사람도 그런 별종인가 봅니다.

토비 경　아니오. 그자가 격분한 이유는 상당한 모욕을 받았기 때문입니다. 그러니 가서 그자의 요구에 응하란 말이오. 당신은 집 안으로 들어가진 못할 거요. 만약 그를 상대하는 만큼 나와 한판 붙지 않는다면 말이오. 그러니까 나가요, 그리고 지금 당장 칼을 싹 뽑아요. 어차피 당신은 말려들 수밖에 없으니까. 그게 아니면 그 쇠붙이를 아예 차지 마시오.

비올라   그것참 괴상하고도 무례하군. 청컨대 그 기사에게 내가 무슨 결례를 저질렀는지 알아보는 중요한 소임을 당신이 맡으시겠소? 이건 내 부주의지, 의도한 게 전혀 아니오.

토비 경   내 알아보지. 파비안 군, 내가 다녀올 때까지 이 신사 곁에 있게나.   (퇴장)

비올라   혹시 당신은 이 일에 대해 알고 있소?

파비안   그 기사가 선생에게 격분해서 목숨을 내놓고라도 결판을 지으려 한다는 건 알지만 그 이상은 모르오.

비올라   도대체 그는 어떤 종류의 사람이오?

파비안   그의 생김새로 말하자면 그가 용맹성을 입증한 곳에서 당신이 그걸 찾아낼 놀라운 가망성은 없을 것 같네요. 사실 이곳 일리리아에서 그는 보기 드물게 칼싸움 솜씨가 좋고 잔인하며 치명적인 적수지요. 자, 그가 있는 곳으로 가봅시다. 제가 힘닿는 데까지 화친을 주선해 보겠소, 가능하면.

비올라   그렇게만 해준다면 고맙지요. 난 사실 기사님보다는 사제를 상대하고 싶습니다. 내 기질이 그렇다는 것을 남이 안다고 해도 신경 쓰지 않습니다.   (함께 퇴장)

토비 경과 앤드루 경 등장

토비 경   아니, 이봐, 그는 악마 같은 놈이네. 내 살아오면서 그런 여장부*는 정말 처음 봤다니까. 난 칼을 칼집에 낀 채 그와 한판 붙었는데, 놈이 어찌나 치명적으로 가격해 오는지 내가 피할 수 없었네. 놈의 칼솜씨는 당신이 땅에 발이 닿은 것만큼 확실했소. 소문에 그가 페르시아 왕의 호위무사였다지, 아마?

앤드루 경   염병할! 나 그만두겠어.

토비 경   음, 하지만 이젠 진정시킬 순 없을걸. 파비안이 저 쪽에서 붙잡고 달래느라 애를 먹는 모양이던데.

앤드루 경   빌어먹을! 그자가 용감하고 칼솜씨가 그토록 뛰 어나다는 걸 미리 알았더라면 도전하기 전에 그가 영벌 받는 꼴을 봤을 거요. 그가 이번 일을 눈감아준다면 내 꼬 마 회색 말을 주겠다고 전해 주오.

토비 경   가서 말은 해봄세. 여기 서 있어요. 태연한 척하고. 이 일은 인명 손상 없이 끝날 거요. (방백) 자, 내 자네를

---

* 여장부 : 토비 경은 세자리오의 성 정체성을 암암리에 의심하고 있다.

올라타듯이 자네 말도 한 번 타봐야겠어.

파비안과 비올라 다시 등장

(파비안에게 방백) 싸움을 말리는 대가로 그의 말을 손에 넣게 됐네. 그 젊은 친구를 대단한 악마라고 믿게 했어.

파비안　(토비 경에게 방백) 이 사람도 그를 소름 끼친다고 생각하고 마치 곰한테 쫓기는 것처럼 새파랗게 질려 헐떡이고 있어요.

토비 경　(비올라에게 방백) 구제책이 없군요. 그는 맹세했기에 기어이 싸울 거요. 한데 그도 깊이 숙고해 본 끝에 싸우는 이유가 하찮다는 걸 알았나 봅니다. 그러니 그의 서약을 예우하는 차원에서 칼을 뽑아요. 그는 당신에게 상처를 내지는 않겠다고 약속했으니까.

비올라　(방백) 제발 보호해 주소서! 사소한 일로도 내가 얼마나 위축되는지 드러날 거야.

파비안　(앤드루 경에게 방백) 그가 사납게 몰아치거든 물러서세요.

토비 경　(앤드루 경에게 방백) 자, 앤드루 경, 이젠 뾰족한 수가 없네. 저 신사는 명예를 지키기 위해서라도 한판 붙을 거네. 결투의 규칙상 그건 피할 수 없어. 하지만 내게 약속하기를 자기는 신사에다 군인이므로 당신을 해치지 않겠다고 했네. 자, 시작하게.

앤드루 경 (방백) 그가 맹세를 지키게 하소서!

안토니오 등장

비올라 (앤드루 경에게) 분명히 말하지만 이건 내 의도가
    아니오.   (둘은 칼을 뽑는다)
안토니오 (칼을 뽑으며 앤드루 경에게) 그 칼을 거두시오.
    만약 이 젊은 신사가 잘못을 범했다면 죄는 나에게 있소.
    당신이 이 사람을 해치면 내가 응수하겠소.
토비 경 당신은? 왜 그래요, 당신은 누구요?
안토니오 그가 당신에게 뭐라고 했는지 모르지만,
    나는 저분을 위해서라면 더한 것도 감행할 사람이오.
토비 경 (칼을 뽑는다) 좋아, 대리인이라면 내가 상대해
    주지.

군관들 등장

파비안 오, 토비 경, 멈춰요. 저기 군관들이 와요.
토비 경 (안토니오에게) 곧 상대해 주겠소.
비올라 (앤드루 경에게) 괜찮다면 제발 그 칼을 거두시오.
앤드루 경 아, 그러지요. 그리고 내가 당신에게 약속한 건
    반드시 지키겠소. 그 말은 당신을 편안하게 태우고 고삐
    따라 잘 움직일 거요.

군관1 　(안토니오를 가리키며) 바로 이자다. 공무를 집행
　　하라.

군관2 　안토니오, 오르시노 백작의 기소로 너를 체포한다.

안토니오 　사람 잘못 봤소.

군관1 　단연코 아니다! 난 당신 얼굴을 알아. 선원 모자를
　　안 썼지만. 이자도 내가 안다는 걸 알걸. 데려가.

안토니오 　하는 수 없군.

　　(비올라에게) 당신을 찾다 이렇게 됐소.

　　하지만 대책이 없으니 내가 책임지겠소. 이제 내가

　　궁지에 몰렸으니 아까 드린 돈 지갑을 돌려주시겠소?

　　내게 닥친 일보다 당신을 돕지 못해 애석하오.

　　깜짝 놀란 것 같은데 너무 염려 말아요.

군관2 　자, 빨리 가자.

안토니오 　(비올라에게) 그 돈을 얼마라도 주시오.

비올라 　아니, 돈이라뇨? 제게 친절을 베풀어 주신 건

　　감사하고, 더욱이 당신이 이런 곤경에 처했으니

　　미력하나마 줄어든 자금의 일부를 드리겠소.

　　여기요, 현금의 절반이오. (안토니오에게 내민다)

안토니오 　(거부한다) 이제 나를 부인한단 말이오?

　　내가 당신에게 지금까지 베푼 친절이 아무것도

　　아니란 말이오? 내 불행을 시험하지 마십시오.

　　그로 인해 내가 너무 나약해져 당신에게 베푼

　　친절을 들먹이면서 당신을 꾸짖게 될지도 모르니까요.

비올라　친절이라니, 무슨 소리요. 당신의 목소리나
　　　모든 특징이 나에겐 생경하오. 난 거짓말, 허영심,
　　　헛소리나 음주벽 그 밖에 나약한 인간을 타락시키는
　　　그 어떤 악덕보다 배은망덕을 미워하오.

안토니오　오, 하늘도 무심하시지.

군관2　자, 이봐요, 갑시다!

안토니오　몇 마디만 더 하겠소. 난 이 청년이
　　　죽음의 아가리에 절반쯤 들어갔을 때
　　　낚아채 구했고, 지극히 신성한 사랑으로
　　　친절을 베풀며 돌봐주었소.
　　　참으로 존경할 만한 가치가 있다고 여겼기에
　　　이 사람에게 경배를 드렸소.

군관1　그게 무슨 상관이냐? 시간만 갈 뿐. 가자.

안토니오　아, 근데 이 신께선 얼마나 비열한 우상인가!
　　　세바스티안, 그대는 그 고상한 용모를 욕보였소.
　　　자연 세계의 결함이란 마음 말고는 없는데,
　　　몰인정한 자들이야말로 불구라 할 수 있소.
　　　미덕은 아름답소. 하지만 아름다운 악행은
　　　악마가 넘치게 장식한 속 빈 궤짝이오.

군관1　이 사람 맛이 갔군그래. 데려가라. 어서!

안토니오　이제 날 연행해 가시오.　　　(군관들과 함께 퇴장)

비올라　(방백) 저렇게 흥분해서 소리치는 걸 보니
　　　저 사람 말이 진심 같다만, 나는 전혀 아니다.

상상이 들어맞는다면 저 사람은 혹시 나를

그리운 오빠로 잘못 알고 있는 것이 아닐까?

토비 경 어이, 기사 나리, 이리 오게. 파비안도.

우리 괜찮은 격언 한두 개 주고받아 보자고.

(그들은 비켜선다)

비올라 (방백) 그가 세바스티안을 불렀어.

난 내 모습에 오빠가 살아 있다는 걸 알아.

오빠는 얼굴이 나와 꼭 닮았고, 그는 내가 모방한 바로

이런 복장과 빛깔, 장신구를 좋아했어. 오, 이게 사실이면

태풍은 친절하고 바닷물은 넘치는 사랑 간직했어. (퇴장)

토비 경 (앤드루 경에게) 아주 파렴치하고 시시한 어린애인

데다 토끼보다 더한 겁쟁이야. 그의 파렴치함은 어려움

에 처한 친구를 안면을 몰수하는 데서 드러났고, 그의 겁

쟁이 기질에 대해선 파비안에게 물어보오.

파비안 겁쟁이가 맞아요. 지독한 겁쟁이로,

그 정도가 거의 종교 수준이에요.

앤드루 경 제기랄, 그를 따라가서 흠씬 패줘야겠다.

토비 경 패! 실컷 패주라고! 하지만 칼을 빼서는 안 돼!

앤드루 경 내 안 패면── (퇴장)

파비안 가요, 결말을 보자고요.

토비 경 난 얼마를 걸어도 좋은데, 허탕일 게 뻔해.

(함께 퇴장)

4막 1장
(올리비아의 저택 문 앞)

세바스티안과 어릿광대 페스테 등장

페스테　내가 당신을 부르러 온 게 아니라고 믿으라는 거요?

세바스티안　저리 가. 바보 같은 소리는 집어치우고. 널 이
　　제 상대하지 않겠어.

페스테　시치미를 잘도 떼시는군요. 네, 저는 당신을 모르
　　고, 아씨께서 담소를 나누려고 당신을 부르러 보낸 것도
　　아니란 말이죠. 그리고 당신 이름은 세자리오가 아니고,
　　이 코도 내 코가 아니란 말이지요. 그러니까 그것이라고
　　하는 건 뭐든 그것이 아니네요.

세바스티안　제발 그런 바보짓은 딴 데 가서 발산해. 난 너
　　를 몰라.

페스테　바보짓을 발산하라니! 어떤 높은 어른한테 주워들
　　은 말을 이 바보한테 써먹겠다 이거군. 바보짓을 발산해!

저는 이 크고 멍청한 세상이 응석받이가 될까 봐 걱정입니다. 부탁인데 시치미 떼지 마시고 내가 아씨께 돌아가 뭘 발산해야 할지 말해 줘요. 아씨께 당신이 오고 있다고 발산할까요?

세바스티안 바보 같은 익살꾼아, 제발 좀 가줘! 자, 여기 돈 받아. 계속 엉겨 붙으면 가만두지 않을 테야.

페스테 참말이지, 당신 손은 관대하군요. 바보들에게 돈을 주는 현명한 분들은 좋은 평판을 얻는답니다. 그걸 열네 해 동안 사들인 다음에요.

앤드루 경, 토비 경, 파비안 등장

앤드루 경 이런, 당신을 또 만났군. 자, 어디 맛 좀 보셔.

(세바스티안을 친다)

세바스티안 뭐? 자, 맛 좀 봐라. 여기도, 저기도. (앤드루 경을 친다) 사람들이 죄다 미쳤나!

토비 경 그만둬. 안 그러면 당신 칼을 지붕 너머로 던져버릴 거야. (세바스티안의 팔을 붙잡는다)

페스테 이 사실을 당장 아씨에게 알려야겠어. 두 푼 정도 받고는 이런 난장판에 뛰어들지 않겠어. (퇴장)

토비 경 자, 당장 멈춰요.

앤드루 경 아냐, 내버려둬. 다른 방법을 써보겠소. 이 일리리아에 법이 있으니까 그를 폭행죄로 고소할 거요. 내가 먼저 치기는 했지만 그건 상관없어.

세바스티안 　(토비 경에게) 이 손 치워요.

토비 경　아니, 못 치워. 이봐요, 젊은 군인 양반, 검을 거두시오. 그만하면 할 만큼 했잖소. 어서.

세바스티안　날 붙들지 말라니까. (토비 경에게서 벗어나며) 자, 이제 어떡할 겁니까?

　　성질을 돋우고 싶으면 뽑으시오.　　　　　(칼을 뽑는다)

토비 경　뭐, 뭐라고! 그렇다면 네놈의 시건방진 피를 한두 됫박 흘리게 해주마.　　　　　　　　(칼을 뽑는다)

올리비아 등장

올리비아　멈춰요, 토비! 목숨이 아깝거든 멈춰요.

토비 경　올리비아!

올리비아　또 이러실 거예요? 당신에겐 파렴치한 인간이나 예의범절도 못 배운 사람이 기거하는 산속이나 동굴 속이 어울려요. 내 눈에 안 띄게 썩 꺼져버려요. 화내지 말아요, 사랑하는 세자리오! 이 무뢰배야, 썩 꺼져버려.

　　　　　　　　　　(토비 경, 앤드루 경, 파비안 함께 퇴장)

　　예의 바른 친구여, 당신의 평화를 깬 불법적 폭력을 격정이 아니라 지혜로 통제하세요. 내 집으로 함께 가요.

저 불한당이 얼마나 못된 짓을 엮어냈는지
아신다면 이번 일도 웃어넘길 수 있을 거예요.
당신은 가야만 해요. 거절하지 마요.
빌어먹을 인간이야. 당신 안의 가엾은
내 마음을 놀라게 하다니.
세바스티안   이건 무슨 의미지? 어찌 된 영문이지?
내 정신이 온전치 못하거나 꿈을 꾸고 있는 거야.
상상이 내 감각을 언제나 망각 속에 적셔
이런 꿈을 꾼다면 계속 잠들어 있게 해다오.
올리비아   자, 어서요. 제가 하자는 대로 따르세요.
세바스티안   그럴게요, 아씨!
올리비아   오, 그럼 행동으로 보여주세요.   (모두 퇴장)

4막 2장
(올리비아의 저택)

가운과 가짜 수염을 든 마리아와 어릿광대 페스테 등장

마리아   아냐, 자, 어서 이 가운을 입고 수염을 달아. 그가
너를 부목사인 토파스 경이라고 믿게. 어서 서둘러. 그동
안 나는 토비 경을 모셔 올게.   (퇴장)
페스테   그럼 이걸 입고 변장해야지. 이런 가운으로 변장

한 최초의 인물이라면 좋겠다. 난 부목사를 하기에는 키가 부족하고, 훌륭한 신학도라고 하기엔 충분히 마른 체격이 아니지만, 명예로운 시민이자 후덕한 집주인이라는 말을 듣는 건 신중한 대학자라는 소리를 듣는 것 못지 않게 괜찮아. 저기 동업자들이 오는군.

토비 경과 마리아 등장

토비 경 목사님, 조브의 축복을 빕니다.

페스테 보노스 디에스,* 토비 경, 펜과 잉크를 본 적 없는 프라하의 늙은 은둔자가 고보덕 왕**의 질녀에게 재치 있는 경구를 말해 주었지요. '있는 것은 곧 있는 것이다'라고요. 그러므로 난 목사니까 목사인 거예요. 왜냐하면 '것'이라는 건 '것'이고, '있음'은 '있음'이 아니고 무엇이겠습니까?

토비 경 토파스 경, 그에게 말하시오.

페스테 여봐라, 거기 누구 없느냐? 이 감옥에 평화를!

토비 경 녀석, 흉내 한번 그럴듯하군.──좋은 녀석이야.

말볼리오 (안에서) 거기 밖에 계시는 분은 누구요?

---

* 보노스 디에스 : 라틴어로 '안녕하세요'라는 뜻.
** 고보덕 왕 : 전설적인 브리튼 왕. 하지만 그에게는 질녀가 없었으며, 앞서 언급된 프라하의 늙은 은둔자가 글을 모르기 때문에 이들은 모두 페스테가 꾸며낸 가짜 문학 권위자들이다.

페스테 　미치광이 말볼리오를 만나러 부목사 토파스 경이
　　왔노라.

말볼리오 　토파스 경, 토파스 경, 훌륭하신 토파스 경, 아씨
　　께 가주십시오.

페스테 　썩 꺼져라. 이 떠버리 악마야! 왜 이 사람을 괴롭히
　　느냐? 넌 아씨 얘기밖엔 할 말이 없느냐?

토비 경 　목사님, 맞는 말씀입니다.

말볼리오 　토파스 경, 세상에 이렇게 학대받은 사람은 없을
　　거예요. 훌륭하신 토파스 경, 절 미쳤다고 생각하지 마세
　　요. 그들이 나를 이 소름 끼치는 암흑 속에 가뒀어요.

페스테 　닥쳐, 이 파렴치한 사탄아! 난 너에게 최대한 겸손
　　한 용어를 쓰고 있다. 비록 상대가 악마라 해도 나는 예의
　　를 지키는 부드러운 사람이니까. 그래, 방이 어둡다고?

말볼리오 　지옥 같아요, 토파스 경!

페스테 　아니, 그 방의 퇴창은 방벽처럼 투명하고, 북남향
　　에는 채광창이 흑단처럼 빛나고 있다. 그런데도 넌 장애
　　물이 있다고 불평하느냐?

말볼리오 　저는 미치지 않았어요, 토파스 경. 맹세컨대 이
　　방은 어두워요.

페스테 　미치광이여, 너는 잘못 알고 있다. 이 세상에 무지
　　외에는 암흑이 없느니라. 너는 안개 속에서 길을 잃고 헤
　　매는 이집트 사람들보다 더 큰 혼란에 빠져 있다.

말볼리오 　무지는 지옥같이 어둡다고 하지만, 이 방도 무지

처럼 캄캄해요. 그리고 세상에 저처럼 능멸당한 자는 없다고요. 저는 당신보다 정상에 더 가깝습니다. 이치에 닿는 어떤 질문으로 시험해 보세요.

페스테 날짐승에 관한 피타고라스의 견해를 밝혀보아라.

말볼리오 죽은 할머니의 영혼이 새의 몸에 깃들 수도 있다는 것입니다.

페스테 넌 그의 견해를 어떻게 생각하느냐?

말볼리오 영혼은 고귀한 것이기에 그의 견해를 인정하지 않습니다.

페스테 잘 있게. 언제까지나 어둠 속에 머물기를! 넌 내가 제정신이라고 인정할 때까지 피타고라스의 견해를 유지할 것이고, 그래서 네 할머니의 영혼을 쫓아낼 것이 두려워 멧도요를 못 죽일 것이다. 잘 있어라.

말볼리오 토파스 경, 토파스 경!

토비 경 토파스 경은 참으로 뛰어나.

페스테 그럼요, 뭐든 해드립니다.

마리아 넌 이걸 수염과 가운 없이도 할 수 있어. 저쪽에서는 널 못 보니까.

토비 경 (페스테에게) 이번에는 네 음성으로 말해 봐. 그런 뒤 그의 반응을 알려줘. (마리아에게) 이 장난도 이쯤에서 끝내는 게 좋겠어. 적당히 그를 풀어 주는 게 좋을 것 같아. 내가 질녀에게 지은 죄가 너무 커서 이 장난을 도저히 막판까지 끌고 갈 자신이 없어. 좀 있다 내 방으로 와! (마

리아와 함께 퇴장)

페스테 　(그 자신이 되어 노래한다)

　　　　　이봐, 로빈! 유쾌한 로빈!

　　　　　네 아씬 뭘 하시냐?

말볼리오 　바보로군!

페스테 　(노래한다) 　아, 아씨는 무정하시지. 맙소사!

말볼리오 　바보야!

페스테 　(노래한다) 　아, 아씨는 왜 그러실까?

말볼리오 　이봐, 바보야!

페스테 　(노래한다) 　다른 남잘 사랑하다니 ──

　하! 누가 날 부르나?

말볼리오 　착한 바보야, 나한테 좋은 대접 받고 싶으면 양
　초와 펜과 잉크와 종이 좀 갖다줘. 난 신사니, 이번 일로
　네게 늘 감사하며 살 거야.

페스테 　말볼리오 집사님이신가요?

말볼리오 　그래, 착한 바보야.

페스테 　아이고, 어쩌다 정신이 그렇게 됐습니까?

말볼리오 　바보야, 세상에 나같이 학대받고 산 사람은 절대
　없어. 알고 보면 나도 너같이 정신이 멀쩡해, 바보야.

페스테 　나처럼이라고 말했나요? 그렇담 당신은 정말로 미
　친 거군요. 이 바보보다 나은 게 없다면 말이죠.

말볼리오 　저놈들이 나를 물건 취급하며 여기에 처박았어.
　이런 깜깜한 어둠 속에 가두고 목사 떨거지를 보냈다니

까! 나를 미친놈으로 만들려고 별짓을 다했어.

페스테 말을 가려서 해요. 그 목사님이 아직 여기 계셔요.——(토파스 경으로) 말볼리오, 말볼리오, 주님의 은총으로 네가 제정신이 돌아오기를! 충분히 자고, 쓸데없는 소리는 그만 지껄이시오.

말볼리오 토파스 경!

페스테 (토파스 경으로) 그와 얘기를 나누면 안 되네, 착한 친구여! (자신의 음성으로) 누구, 저 말인가요? 물론이지요! 살펴 가세요, 토파스 경! (토파스 경으로) 잘 있게, 아멘. (자신의 음성으로) 그럴게요, 예, 그럴게요.

말볼리오 바보, 바보야! 이 바보야!

페스테 아이쿠, 참으시라니까요. 뭐라고요? 당신과 말한다고 욕먹었어요.

말볼리오 착한 바보야, 촛불과 종이 좀 갖다줘. 분명히 말하는데, 난 이 일리리아의 그 누구보다 정신이 온전해.

페스테 아이고, 그렇다면 좋겠어요.

말볼리오 그렇다, 이 손에 맹세코. 잉크와 종이와 촛불을 갖다줘. 그리고 내가 쓴 것을 아씨에게 전해 줘. 그러면 그 어떤 편지를 전달한 것보다 더 많은 사례를 받을 거야.

페스테 갖다 드립죠. 하지만 사실을 말해 봐요. 정말 미쳤어요, 아니면 미친 척하는 거예요.

말볼리오 날 믿어줘. 미치지 않았어. 진짜라니까.

페스테 예, 저는 미친 사람의 뇌수를 보기 전까진 절대 믿지 않아요. 촛불과 종이와 잉크를 가져오겠어요.

말볼리오　바보야, 사례는 후하게 하마. 제발 빨리 가.

페스테　(노래한다)

　　　　가겠어요. 예, 지금 곧 말입니다.

　　　　그리고 당신에게 돌아오겠어요.

　　　　옛 연극의 악역처럼 순식간에

　　　　당신 요구 채워드리겠어요.

　　　　그들은 목검을 들고 격노하고 광분하며

　　　　악마에게 '아, 하!'라고 고함을 질러요.

　　　　미친 녀석처럼 '아빠, 손톱 좀 깎으세요.

　　　　잘 있어요, 악마 떨거지.' 이렇게요.　　　(모두 퇴장)

4막 3장
(올리비아의 정원)

세바스티안 등장

세바스티안　이건 대기고, 저건 찬란한 태양이며,

　　그녀가 준 이 진주의 감촉을 난 느끼고 보면서

　　이렇게 놀라긴 했지만, 정신이 나가진 않았어.

　　그런데 안토니오는 어디 있는 걸까?

　　코끼리 여관에 가봤지만, 거긴 없었어.

한데 그는 거기 있다가 날 찾으려고
읍내를 누볐다는 전갈을 받았어.
지금 그의 충고는 황금 같은 도움을 줄 텐데.
왜냐하면 내 마음이 감각과 충분히 논의해 본
결과 착오는 있었을지 몰라도 광증은 아님이
증명되었으니까. 하지만 지금의 쇄도하는 행운은
모든 사례, 모든 논증 과정을 완전히 뛰어넘어
내 눈의 신뢰를 의심할 만해. 내 이성과 논쟁을
하면 이성은 내가 미쳤거나 이 집 아씨가 미쳤거나
둘 중 하나라고 믿게 하니 말이야. 만일 아씨가
미쳤다면 어떻게 저리도 매끄럽고 사려 깊고
안정된 태도로 집안을 다스리고 하인들을 장악해
주요 사안을 신속히 처리해 낼 수 있단 말인가?
거기엔 뭔가 헷갈리는 게 있다.
아, 저기 아씨가 오고 있군.

올리비아와 신부 등장

올리비아   제가 너무 성급하게 군다고 나무라지 마세요.
   괜찮다면 지금 저와 이 성자와 함께 근처
   교회로 가시지요. 이분 앞에 서서, 그리고
   그 신성한 지붕 아래에서 당신의 믿음을
   맹세해 줘요. 불안해하고 의심 많은 이 영혼이

편히 쉴 수 있도록. 신부님은 당신이 이 맹세를

공표해도 좋다고 하실 때까지 비밀에 부칠 거예요.

그리고 그때가 되면 우리가 신분에 어울리는 예식을

올리기로 해요. 어떻게 생각하세요?

세바스티안　신부님을 따라 당신과 함께 가서 진심을

맹세한 뒤 언제까지나 약속을 지키겠어요.

올리비아　그러면 신부님은 우리를 인도해 주세요.

하늘은 제 행동에 빛을 비추어 굽어살피소서! (함께 퇴장)

5막 1장
(올리비아의 저택 앞)

편지를 든 페스테와 파비안 등장

파비안   자, 넌 나를 좋아하잖니. 그 편지 좀 보여봐.

페스테   파비안, 내 부탁 하나 들어줘요.

파비안   뭐든.

페스테   부탁이니, 이 편지를 보자고 하진 마세오.

파비안   이건 개 한 마리를 주고는 그 보상으로 그 개를 도
로 달라고 하는 것과 같군.

오르시노 공작, 비올라, 큐리오 및 귀족들 등장

오르시노   자네들은 모두 올리비아 아씨 댁 사람들이지?

페스테   예, 각하, 아씨의 장신구이옵니다.

오르시노   너를 잘 알지. 그래, 어떻게 지내느냐, 녀석아?

페스테　솔직히 말하자면 각하! 적들 덕분에 잘 지내고, 친
　　구들 때문에 힘듭니다.

오르시노　그 반대로 친구들 덕에 잘 지낸다고 해야지.

페스테　아니에요, 힘들어요.

오르시노　어떻게 그럴 수가 있지?

페스테　그게 각하! 친구들은 저를 추어올리고 나서 바보
　　로 만들지만, 적들은 제게 바보라고 분명하게 말해 주거
　　든요. 그래서 적들 덕분에 저 자신을 알게 되니 덕을 보지
　　만, 친구들에겐 늘 속고 있답니다. 그래서 그 결론이 키스
　　와 같다면 네 번의 부정은 두 번의 긍정이 되니까 친구들
　　때문에 손해를 보고, 적들 덕분에 잘 지낸다고 하는 거죠.

오르시노　허, 정말이지 재치가 뛰어나군.

페스테　맹세코 그런 말씀은 마세요! 각하께서 기쁜 마음
　　으로 제 친구가 되더라도.

오르시노　친구가 되더라도 나 때문에 손해를 봐서야 되겠
　　나? 자, 이 돈을 받게.　　　　　　　　　　(돈을 준다)

페스테　하나 더 주시면 암거래가 되는 건가요?

오르시노　오, 넌 몹쓸 일을 가르치려 하는구나.

페스테　체면일랑 호주머니 속에 넣어두시고 피와 살이 시
　　키는 대로 하세요.

오르시노　그래, 암거래에 응해 죄인이 되겠어. 자, 또 한 닢
　　받아라.　　　　　　　　　　　　　　　　　(돈을 준다)

페스테　하나, 둘, 셋, 이건 아주 재미있는 놀이입니다. 옛말

에도 삼세번에 득한다는 말이 있습죠. 그리고 춤출 때도 삼박자가 그만이지요. 아니면 성 베네트 성당의 종소리를 떠올려보시죠.──하나, 둘, 셋.

오르시노 　이번엔 그런 수작에 안 넘어갈 거야. 네가 만약 아씨께 내가 이야기하러 왔노라고 전하고, 이리로 모시고 나온다면 내 선심을 일깨울 텐데.

페스테 　그럼 각하! 제가 다시 돌아올 때까지 그 생각은 잠시 재워두세요. 갑니다, 각하. 하지만 저는 욕심 사납게 무슨 짓이든 하는 바보는 아닙니다. 그리고 말씀처럼 각하의 선심께는 잠시 낮잠을 주무시라고 해주십시오. 제가 곧 깨워드릴 테니. 　　　　　　　　　　(퇴장)

안토니오와 군관들 등장

비올라 　저분이에요. 저를 구해 준 분이에요.

오르시노 　난 저자의 얼굴을 똑똑히 기억한다.
예전에 만났을 때는 전쟁의 연기로 불카누스*의 신처럼
얼굴이 시커멨지. 배수량이 아주 적고 선체 또한
볼품없는 범선의 선장이었는데, 그것으로
우리 함대 최고의 전함과 맞붙어 얼마나 막대한
손해를 입혔는지, 적개심을 품었던 자들조차

───────────

* 불카누스 : 로마 신화에서 대장장이의 신.

그에게 영웅 대접을 했었지. 무슨 일인가?

군관1   공작님, 이자는 안토니오입니다. 피닉스 호와

크레타 선적의 화물을 빼앗고, 사촌 티투스 경이 다리를

잃었을 때 맹호 함에 올랐던 자입니다.

한데 수치심도 신분도 잊고 사적인

말다툼에 끼어든 걸 보고 체포했습니다.

비올라   이분이 친절하게도 저를 위해 싸워줬어요.

그런데 마지막에 이상한 말을 했어요.

착각이 아니라면 그게 뭔지 모르겠어요.

오르시노   악명 높은 해적이여, 바다의 강도여!

넌 얼마나 대담하기에 네가 벌인 잔인한 전투로

원수가 된 적의 손아귀에 스스로 걸려들었느냐?

안토니오   오르시노 공작님, 제게 씌운 그 오명을

벗게 해주세요. 이 안토니오는 해적도 강도도

아니올시다. 오르시노 공작의 적이라는 건 근거가

충분하니 인정하오나 제가 여기에 오게 된 것은

마술에 홀린 탓이오. 당신 곁의 저 배은망덕한

녀석을 격노해 거품 뿜는 바다의 아가리에서

구조해 낸 건 저입니다. 절망의 잔해가

그였소. 저자의 생명을 구해 사랑으로 보살펴

오늘에 이르렀지요. 오직 그를 위해, 오직 그를

사랑했기에 적의 품은 이 도시에 위험을 무릅쓰고

모습을 드러냈지요. 저자가 포위당했을 때 지켜주려고

칼을 뺐는데, 제가 붙잡히자마자 저자는 변심하여
잔꾀 부리며 위험을 나누지 않으려고 나를 알지
못한다고 시치미를 떼었습니다. 그러니 눈 깜짝할
사이에 우리 둘 사이는 이십 년은 멀어진 물건처럼
됐지요. 더욱이 내가 반시간 전에 쓰라고 그에게
맡긴 돈지갑조차도 돌려주길 거부했습니다.

비올라　어떻게 이럴 수가?

오르시노　그가 언제 이 도시에 왔느냐?

안토니오　오늘 왔습니다, 백작님! 우리 둘은
지난 석 달 동안 잠시도, 일 분의 빈틈도 없이 밤낮으로
같이 지냈습니다.

올리비아와 시종들 등장

오르시노　여백작이 오시는군. 선녀가 땅 위를 걷는다.
허나 네 말은 앞뒤가 안 맞아. 이 젊은이는
석 달 동안 줄곧 내 시중을 들었다. 그 얘긴 조만간
다시 하기로 하겠다. 일단 이자를 저리 데려가라.

올리비아　각하께서 가질 수 없는 것을 빼고
이 올리비아가 도움이 될 만한 게 있으신지요?
세자리오, 당신은 나와의 약속을 어겼어요.

비올라　아씨──

오르시노　기품 넘치는 올리비아──

올리비아   뭐라고요, 세자리오? (공작에게) 공작께선──

비올라   각하에 대한 제 임무는 침묵입니다.

올리비아   옛 노래를 다시 부를 작정이라면

　　　제 귀에는 그것이 음악이 끝난 뒤 듣게 되는

　　　고함처럼 조잡해 거슬릴 거예요.

오르시노   계속 그리 잔인할 거요?

올리비아   언제나 변함없습니다.

오르시노   아니, 꼬였단 점에서요? 몰인정한 숙녀여!

　　　그처럼 무정하고 무자비한 당신의 재단에

　　　내 영혼은 여태껏 봉헌이 가능한 최고의

　　　충절을 바쳤는데, 이제 난 어찌해야 하오?

올리비아   각하께 어울리는 하고픈 일을 하셔야지요.

오르시노   그럴 용기가 있다면 나는 궁지에 몰린

　　　이집트인 강도처럼 사랑하는 사람을 죽이고

　　　말았을 거요. ──잔혹한 질투도 때로는 고귀한데

　　　──허나 들어보오. 그대는 내 진심을

　　　거들떠보지도 않는데, 당신의 애정 속에 내가

　　　차지해야 할 자리를 몰아낸 장본인이 누군지

　　　알고 있소. 당신은 언제까지나 대리석처럼 차가운

　　　폭군으로 쭉 사시오. 한데 당신이 총애하는

　　　이 젊은이는 나 역시 극진히 아낀다오. 속상한

　　　주인 두고 그 잔혹한 눈 속에서 왕관을 쓰고

　　　앉아 있지만, 내가 그를 꺼내 갈 거요.

(비올라에게) 얘, 같이 가자.

내 머릿속은 잔악함으로 그득하다.

내가 사랑하는 어린 양을 제물 삼아 귀여운 비둘기의

외모 안에 도사린 까마귀의 마음을 괴롭혀 줘야겠어.

（문으로 간다)

비올라　저는 주인님이 유쾌해져 안정될 수

있다면 천 번 만 번이라도 죽겠어요.

（오르시노를 따라간다)

올리비아　세자리오, 어딜 가세요?

비올라　이 두 눈보다, 제 목숨보다, 아니 그 어떤

것보다 사랑할 아내보다 더 깊이 사랑하는 이분 뒤를

따라가요. 이게 꾸며낸 것이면 저 위의

증인들은 제 사랑을 더럽힌 제 생명을 벌주소서!

올리비아　아아, 버림받다니, 난 정말 속았구나.

비올라　누가 아씨를 속여요? 누가 당신을 학대했어요?

올리비아　정신이 나갔어요? 그게 그리 오래됐어요?

누구 가서 신부님을 모셔 와.　（시종 퇴장)

오르시노　이리 와. 어서 가자.

올리비아　어딜 가요? 세자리오, 서방님, 기다려 줘요.

오르시노　서방님?

올리비아　예, 서방님이라고요. 부인하시게요?

오르시노　네가 그녀의 남편이냐?

비올라　아뇨, 각하, 아닙니다.

올리비아　오, 저런, 당신은 저급한 두려움에 빠져 자신의
　　정당한 지위를 부인하는군요. 두려워 마요, 세자리오,
　　행운을 붙잡아 당신 자신이 되세요. 그러면 당신이
　　두려워하는 사람만큼 위대해질 거예요.

신부 등장

　　신부님, 어서 오세요. 신부님, 존경하는 당신께 명하니,
　　사실을 밝혀주세요. 최근까지 묻어둘 작정이었으나
　　이제는 때가 되어 밝히려 하니 이 젊은이와
　　저 사이에 새로 생긴 일을 말해 주세요.
신부　두 사람은 영원히 변치 않는 사랑의 결합을
　　약속하고, 이를 증명했으며, 서로 손을 맞잡고
　　확인하고, 신성한 입맞춤으로 증명했고,
　　서로 반지를 교환함으로써 그것을 강화했습니다.
　　그 모든 결합 의식은 본인의 직분과 증언으로
　　확정되었습니다. 제 시계로 계산해 보니 저는
　　단지 제 무덤 쪽으로 두 시간 더 다가갔더군요.
오르시노　오, 이런 새끼 사기꾼! 세월이 흘러
　　그 가죽에 흰 서리 내리면 뭐가 돼 있을까!
　　아니면 네놈의 계략이 너무 빨리 성숙하여
　　남의 발을 걸려다가 너 스스로가 넘어질래?
　　가거라. 그리고 그녀를 가져. 하지만 발걸음은

나와 절대 마주치지 않도록 해라.

비올라   각하, 저는 단언컨대 그런 일은 절대—

올리비아   오, 맹세하지 말아요!

　믿음을 좀 가지세요, 두렵기야 하겠지만.

앤드루 경 등장

앤드루 경   하느님, 맙소사! 어서 의사를 불러!

　당장 토비 경에게 사람을 보내요.

올리비아   무슨 일 났어요?

앤드루 경   그놈이 내 골통을 부수고, 토비 경의 골통도 부
　수어 피를 흘리고 있어요. 제발 도와주세요. 사십 파운드
　를 버리더라도 집에 있었더라면 좋았을 텐데.

올리비아   누가 그랬어요, 앤드루 경?

앤드루 경   공작의 시종 세자리오란 사람이오. 겁쟁이인 줄
　알았더니 악마가 따로 없었다니까요.

오르시노   내 시종 세자리오가?

앤드루 경   원, 세상에 여기 있었군. (비올라에게) 당신은 왜
　아무런 이유도 없이 내 머리통을 깬 거요? 내가 그때 그
　런 것은 토비 경이 부추겼기 때문이라고!

비올라   왜 그런 얘길 하는 거요? 난 누구도 안 해쳤소. 당
　신이 막무가내로 칼을 빼 들고 달려들었지만 난 좋게 타
　이르고, 털끝도 안 건드렸어요.

토비 경과 페스테 등장

앤드루 경 골통에 피를 흘리게 한 게 해친 거라면 당신은 날 해쳤소. 피투성이가 된 골통쯤은 대수도 아니라는 거요? 저기 토비 경이 다리를 절뚝거리며 오고 있으니 자세히 말해 줄 거요. 그가 술에 취하지 않았다면 당신은 따끔하게 혼쭐이 났을 거요.

오르시노 (토비 경에게) 어떻게 된 일이오, 신사 양반?

토비 경 여러 말 할 것 없이 난 저자한테 당했고, 그게 다요. (페스테에게) 멍청아, 닥터 딕 봤냐, 멍청아?

페스테 오, 그는 취했어요, 토비 경. 한 시간 전부터요. 아침 여덟 시에 눈이 감겨 있었으니까요.

토비 경 에이, 그 자식은 불량배에 느려터진 돌팔이야. 난 술고래 불량배는 딱 질색이야.

올리비아 그를 데려가! 이들을 엉망으로 만든 게 누구냐?

앤드루 경 내가 도와줄게. 토비 경, 우린 같이 치료를 받아야 하니까.

토비 경 자네가 도와주겠다고? 돌대가리에다 골통에, 얄팍한 불량배 얼간이가?

올리비아 침대로 옮겨서 상처를 돌봐드리도록 해.

                      (페스테, 파비안, 토비 경, 앤드루 경 퇴장)

세바스티안 등장

세바스티안 　(올리비아에게) 미안하오, 부인!
　　당신 친척을 해쳐서요. 피를 나눈 형제라 해도,
　　나의 안전을 지키려니 어쩔 수 없었다오.
　　낯선 눈길을 보내시는 걸 보니, 이 일로 당신이
　　화가 났나 보구려. 여보, 용서해 주오. 조금 전에
　　맺은 서약을 생각해서라도.

오르시노 　같은 얼굴, 같은 말씨, 같은 복장의 두 사람!
　　실재이자 헛것인 자연이 만든 요지경이야.

세바스티안 　안토니오! 오, 사랑하는 안토니오, 당신을
　　잃어버리고 얼마나 긴 고통의 고문을 받았던가!

안토니오 　당신이 세바스티안?

세바스티안 　왜 그걸 의심하는 거요?

안토니오 　자기를 스스로 둘로 나눴소?
　　사과 하나를 두 쪽으로 갈라놓아도 이렇게
　　똑같을 수는 없을 거요. 어느 쪽이 세바스티안이오?

올리비아 　오, 믿을 수 없어.

세바스티안 　(비올라를 본다) 내가 서 있는 건가?
　　남동생은 없었어. 난 여기저기 동시에 존재하는
　　신통력은 없어. 누이는 있었어. 눈먼 파도의
　　물기둥이 삼켜버린 여자지만. 말해 보오.
　　나와 혈연관계요? 어느 나라 사람이오? 이름은? 양친은?

비올라　메살린에서 태어났고, 아버지는 세바스티안,

　　오빠의 이름도 세바스티안이었어요.

　　지금 입고 있는 것과 같은 복장으로 수장되었습니다.

　　만일 혼령이 육체를 갖추고 옷을 입는다면

　　당신은 우리를 겁주러 온 게 맞아요.

세바스티안　내가 진정 그 혼령이오.

　　난 어머니 자궁 속에서부터 함께 해온 육체에

　　조잡한 천조각을 걸쳤을 뿐이오.

　　그대가 여자라면 나머지는 의심의 여지가 없소.

　　그대 뺨에 내 눈물을 떨구며 말하리다.

　　'비올라, 세 번을 불러 환영한다!

　　물에 빠진 비올라야.'

비올라　아버지 이마에는 사마귀가 있었는데.

세바스티안　내 아버지도.

비올라　비올라가 태어난 지 꼭 13년째 되던 날

　　돌아가셨어요.

세바스티안　오, 그 기록은 내 영혼에 생생하오.

　　그가 세상을 하직한 날은 누이가 열세 살 되던 날이었지.

비올라　우리 둘의 행복한 만남을 방해하는 것이

　　남장 때문이라면 장소, 시간, 운명의 매 상황이 모두

　　일치하니 이 몸이 비올라가 될 때까지 날 안지 마세요.

　　—그 사실을 확인해 주러 처녀 적 옷이 있는

　　읍내의 한 선장에게 당신을 안내해 드리려고 하는데,

그 선장이 나를 친절하게 구조해 주어 지금껏

공작님의 시중을 들었어요. 그 이후 제 운명과 관련된

모든 일이 공작님과 이 아씨 사이에서 일어났어요.

세바스티안 　(올리비아에게) 여인이여,

그래서 날 잘못 보신 거군요.

하지만 자연은 이렇게 옳게 되돌려놓았네요.

당신은 처녀와 계약할 뻔했지만,

그렇다고 절대 속았다고 볼 일은 아닙니다.

당신은 처녀와 총각 양쪽과 약혼했으니까요.

오르시노 　놀랄 건 없어요, 이 청년의 혈통은 고귀하니.

이게 사실이면 요지경 속에 진실이 숨겨져 있었던

거요. 나도 이 행복한 난파선에서 한몫 챙겨야겠소.

(비올라에게) 얘, 네가 수천 번이나 말했었지?

'나를 사랑하는 만큼 그 어떤 여자도 사랑 않는다'고.

비올라 　그 모든 말씀에 걸고 거듭 맹세합니다.

그 맹세는 제 영혼을 건 진실이었음을.

낮과 밤을 갈라놓는 태양의 천구층이

영원히 타오르는 불꽃을 간직하듯.

오르시노 　네 손을 이리 줘. 여자 옷 입은 널 보고 싶다.

비올라 　처음 저를 발견하고 이 바닷가로 안내한 선장이

처녀 적 옷을 보관하고 있는데, 그는 지금 아씨의

시종인 말볼리오가 기소해 구금되어 있습니다.

올리비아 　속히 풀어주겠소. 말볼리오를 불러라.

아, 이제야 생각나네. 가엾게도 그 사람이
완전히 얼이 빠졌다고 하던데.

편지를 든 페스테와 파비안 등장

내가 광기에 휩싸이는 바람에 그 사람 일은 기억에서
새까맣게 지워졌어. 이봐, 말볼리오는 좀 어떠냐?

페스테 아씨, 그는 지금 마왕한테서 헤어나려 안간힘을 쓰
고 있어요. 그가 여기 아씨께 편지를 썼어요. 오늘 아침에
드렸어야 했는데, 미친 인간의 서한이 복음서가 아니라
는 생각에 늦어졌군요.

올리비아 열어서 읽어봐라.

페스테 그럼 바보가 광기의 뜻을 전해드릴 테니 교훈을 얻
기 바랍니다. (미치광이 흉내를 내며 읽는다) '주님께 맹세
코 아씨는'──.

올리비아 왜 그래, 너도 미쳤어?

페스테 아니에요, 아씨! 저는 광기를 읽을 뿐입니다. 아씨
께서 그걸 생생히 들으시려면 효과음을 허락하셔야 합
니다.

올리비아 제발, 정신 좀 차리고 읽어다오.

페스테 그러려고요, 마돈나여! 하지만 그의 온전한 정신을
읽으려면 이렇게 할 수밖에 없어요. 그러니 아씨, 숙고하
고 들어주십시오.

올리비아 (파비안에게) 이봐, 네가 읽어라.

파비안 (읽는다) '주님께 맹세코 아씨가 저를 학대하신 건
세상에 다 알려질 것입니다. 저를 어둠 속에 가두고, 주정
뱅이 친척에게 저에 대한 결정권을 주셨지만, 소인도 아
씨만큼 감각의 도움을 받고 있습니다. 제게 그런 복장을
취하도록 유도한 아씨의 편지를 보관하고 있습니다. 그
것으로 제가 정말 옳았거나 아씨가 몹시 부끄러워해야
함이 밝혀질 수 있다고 믿어 의심치 않습니다. 저를 어떻
게 생각하셔도 좋습니다. 제가 본분에서 적잖이 벗어난
줄은 알지만, 상처받은 마음으로 호소합니다.

미치도록 이용당한 말볼리오 올림'

올리비아 이걸 그가 썼느냐?

페스테 그렇습니다, 아씨!

오르시노 큰 착란에 빠진 것 같진 않군요.

올리비아 파비안, 그를 이리로 데려오너라. (파비안 퇴장)
공작님, 괜찮으시면 이 일을 더 생각해 보세요. 그리고 저
를 아내 같은 처남댁이라 생각하고, 제 집에서, 저의 비용
으로 같은 날 결혼식을 올리고 싶으니 이 인척 관계를 마
무리해 주십시오.

오르시노 참으로 기꺼이 그 제안을 받아들입니다.

(비올라에게) 네 주인이 널 놓아주겠다.

고이 자란 너는 오랜 기간 여자의 성정과

괴리된 생활을 했고, 받아온 교육과도

너무나 동떨어진 봉사를 했다.

또 참으로 오래 나를 주인이라 불렀으니

이제 너에게 약속한다.

──넌 이제부터 네 주인의 여주인이 될 것이다.

올리비아　당신은 내 시누이요!

　　　　편지를 든 말볼리오, 파비안과 함께 등장

오르시노　이 사람이 착란에 빠진 사람인가?

올리비아　맞아요, 공작님! 말볼리오, 좀 어떠냐?

말볼리오　아씨는 저를 학대하셨어요.

　정말 지독하게 학대하셨어요.

올리비아　말볼리오, 내가? 정말 아니야.

말볼리오　하셨어요, 아씨. 편지가 여기 있는걸요.

　당신 필체가 아니라곤 못 하실걸요.

　이것과 다른 필적이나 문장을 써 보세요.

　아씨의 봉인과 문장이 아니라고 해보십시오.

　그런 말 못 하시겠죠. 그렇다면 인정하고

　명예롭게 품위 갖춰 답변해 주세요. 아씨는

　왜 그처럼 사랑의 표시를 분명히 보여 주셨으며,

　저더러 웃음 짓고 십자형으로 대님을 매라,

　노란 양말을 신어라, 토비 경을 비롯한

　가벼운 자들에게 눈살을 찌푸리라고 하셨습니까?

그래서 희망을 품고 복종하며 그걸 실행했을
뿐인데, 왜 저를 어두운 감옥에 가두고,
목사를 보내 궁리해 낼 수 있는 가장 지독한
바보 천치로 만드셨습니까? 왜 그러셨어요?

올리비아　이런, 말볼리오,
이건 내가 쓴 게 아니야.
필적이 닮았단 사실은 고백해야겠지만,
이건 분명 마리아의 필체야.
아, 이제야 생각났는데,
네가 실성했다고 맨 먼저 말해 준 사람이 마리아였어.
그때 마침 네가 히죽히죽 웃으며
편지에 쓰인 대로 이상야릇한 옷차림으로
나타났지. 제발 진정해. 이 계책을 써서
널 낭패 보게 했군. 하지만 이 일이 일어난
까닭과 꾸민 주모자를 알게 되면 본인이
소송의 원고이자 재판관을 겸하게 해줄게.

파비안　아씨, 제가 한 말씀 드리겠습니다.
이 놀라움을 금치 못할 시각에 싸움이나
언쟁으로 분위기를 망치지 않게 도와주십시오.
그러길 바라며 솔직히 고백건대 저와 토비가
여기 있는 말볼리오의 지나치게 완고하고
불손한 점을 인식해서 이 계책을 썼습니다.
그 편지는 토비 경이 졸라서 마리아가

쓴 거고요. 그 보답으로 토비 경은 마리아와
결혼했습니다. 사실 양편이 서로에게 입혔던
상처를 공평하게 저울질해 본 뒤 이번 일이
얼마나 장난 섞인 악의로 벌어졌는지
알게 되면 복수심보다는 웃음이
터질 거예요.

올리비아   이런 딱한 바보! 그런 큰 놀림감이 되다니!

페스테   글쎄요! '누구는 고귀하게 태어나고, 누구는 스스로 고귀한 신분을 성취하고 누구는 고귀함을 떠안게 된다'고 했지요. 나도 이 연극에 끼어들어 토파스 경 역할을 했는데, 별것 아니었어요. '맹세코 바보야. 미치지 않았어.' (말볼리오에게) 하지만 기억나세요? '이따위 시시한 불한당을 재밌어하시다니요? 아씨께서 웃으며 계기를 만들어 주지 않으면 그는 말문이 막힌답니다.' 그리하여 시간이란 팽이는 복수를 불러온답니다.

말볼리오   당신들 패거리들에게 보복할 거요!   (퇴장)

올리비아   그는 참 지독한 학대를 받았네요.

오르시노   따라가서 진정시키고 화해를 청하게.
선장 이야기는 아직 듣지도 못했군.   (파비안 퇴장)
그 일이 판명되고 황금 시간이 왔을 때
소중한 우리의 영혼은 엄숙하게 결합할 것이오.
그때까지 짐은 여기서 머물겠소.
세자리오, 이리 와요.

──당신이 남장을 하고 있는 한 그 사람일 테니.
그러나 다른 옷을 입은 네가 나타나면
오르시노의 애인으로,
사랑의 여왕이 될 것이오.　　　　　(페스테만 남고 모두 퇴장)

페스테가 노래한다.

그 옛날, 코흘리개 시절에는
헤이, 호! 비바람이 불었었지.
장난을 쳐도 아무렇지도 않았어.
쉼 없이 비가 내렸으니까.

그러나 내가 어른이 되니
헤이, 호! 비바람이 불었었지.
도둑놈들 때문에 다들 문을 걸었어.
쉼 없이 비가 내렸으니까.

그러나 아, 마누라가 생겼을 때
헤이, 호! 비바람이 불었었지.
등쳐먹고 잘 살 수는 없었어.
쉼 없이 비가 내렸으니까.

그러나 내가 늙어 드러누웠을 때

헤이, 호! 비바람이 불었었지.
술고래와 술꾼들은 늘 함께였다네.
쉼 없이 비가 내렸으니까.

오래전에 이 세상은 시작됐고,
헤이, 호! 비바람이 불었었지.
허나 상관없어. 연극은 끝났고,
여러분이 즐기도록 최선을 다할 테니까.　　(퇴장)

작가의 생애와 작품 세계

작가의 생애　　　　윌리엄 셰익스피어는 르네상스가 만개했던 엘리자베스 1세 통치기인 1564년 4월에 영국의 소도시 스트랫퍼드온에이번에서 태어났다. 위로 두 명의 누나가 있었으나 모두 어린 나이에 세상을 떠났고, 밑으로는 세 명의 남동생과 두 명의 여동생을 두었다.

아버지 존 셰익스피어는 농산물과 모직물 중개업으로 성공해 신분 상승을 이룬 인물이었고, 어머니 메리 아든은 워릭셔의 명문가에서 태어난 귀족이었다. 결혼으로 사회적 지위를 굳건히 다진 아버지는 1568년 스트랫퍼드온에이번의 시장으로 선출되기에 이르렀다.

네 살 때부터 아버지를 따라 연극 구경을 다닌 그는 열한 살 때 그래머스쿨에 입학했다. 그는 이곳에서 라틴어, 그리스어를 비롯해 문법, 논리학, 수사학, 문학 등을 익혔으며, 오비디우스의 『변신 이야기』, 『플루타르크 영웅전』, 영국 역사에 대해서도 배웠다. 특히 『성서』와 오비디우스의 『변신 이야기』에 매료됐는데, 이 텍스트들이 셰익스피어의 무한한 상상력의 원천이 됐다.

그러나 이후 아버지의 계속되는 사업 실패로 가세가 기울면서 대학에 진학하지 못하고 18세 때인 1582년에 여덟 살 연상인 유복한 농가의 딸 앤 해서웨이와 결혼해 1남 2녀를 두었다.

그런 그가 청운의 꿈을 품고 가족과 고향을 떠나 런던으로 옮겨간 정확한 연대나 이유는 분명치 않다. 다만 1580년대 말 경부터 배우로서 생활한 듯 보이며, 1592년에는 연극계의 신예로 좋은 평을 얻었다는 기록이 전해진다.

1596년 셰익스피어는 아들을 잃는 아픔을 겪었고, 이듬해 고향에 호화주택을 구해 그곳에서 아내와 딸들과 함께 만년을 보내다가 숨을 거두었다.

천재 작가를 탄생시킨 영국의 르네상스

엘리자베스 여왕이 즉위한 지 5년째 되던 해(1564년)에 태어난 셰익스피어는 엘리자베스 1세 시대를 살았다. 그러나 그의 가장 중요한 작품들은 여왕의 뒤를 이어 즉위한 제임스 1세 시대에 주로 쓰였다. 『맥베스』는 스코틀랜드 출신인 제임스 1세를 위해 스코틀랜드 역사의 한 장면을 가공해 쓴 것이다.

셰익스피어는 르네상스의 세례를 톡톡히 받은 인물이다. 르네상스는 '리버스Rebirth'를 뜻하는 프랑스어 '르네상스Renaissance'에서 유래했다. 처음 유럽의 르네상스를 주도했던 나라는 이탈리아였다. 이탈리아가 미술과 건축, 패션 등 시각적인 분야에서 두각을 나타냈다면 영국은 문학에서 다른 유럽 국가들의 추종을 불허하는 유산을 남겼다.

영국은 섬나라인 까닭에 르네상스 운동이 대륙에 비해 늦게 시작되었다. 하지만 영국인들은 바깥세상과 유럽의 다른 나라들에 대해 알고 싶은 지적 열망이 대단했다. 셰익스피어는 이들의 열망을 채워주기 위해 이국적인 배경의 외국 이야기를 자신의 희곡에 가져다 씀으로써 관객들의 지적 욕구를 충족시켜주었다.

셰익스피어의 전체 작품 가운데 이탈리아를 배경으로 한 작품은 3분의 1이 넘는다. 『로미오와 줄리엣』, 『말괄량이 길들이기』, 『베로나의 두 신사』, 『베니스의 상인』, 『헛소동』, 『줄리어스 시저』, 『오셀로』, 『티투스 안드로니쿠스』, 『겨울 이야기』가 모두 르네상스의 발원지였던 이탈리아가 그 무대다. 그리고 『한여름 밤의 꿈』, 『아테네의 타이먼』은 고대 그리스 문명을 이상적 유토피아로 바라보았던 영국인들의 내면을 반영하고 있다. 또한 『햄릿』은 덴마크, 『맥베스』는 스코틀랜드, 『리어 왕』은 프랑스, 『안토니와 클레오파트라』는 이집트가 배경이다. 그 외에도 튀르키예, 유고슬라비아, 스페인, 오스트리아 등 셰익스피어의 희곡은 일반 영국인들이 쉽게 가볼 수 없는 이국적인 나라들이 배경으로 펼쳐진다. 극장은 관객들의 욕망이 투영된 공간이라는 사실을 19세기 후반, 영화가 등장하기 전부터 이미 간파하고 있었던 것이다.

셰익스피어가 활동하던 당시의 영국은 유흥거리가 많지 않아 연극은 매우 인기 있는 유흥의 하나였지만, 런던시에서는 연극이 공연되는 극장을 곱지 않게 바라보았다. 걸인이나 불량배들이 꼬이는 극장은 치안이 취약하고 불법과 무질서가 난무하는 장소였으며, 페스트와 같은 전염병을 확산시킬 위험이 컸기 때문에 개선이 시급한 상태였다. 그래서 당시에 활약했던 배우들의 신분은 매우 불안정했다. 따라서 이들 배우들은 왕을 비롯한 고위 공직자의 후원을 얻어 생활하거나 그들의 하인 신분으로 공연 활동을 했다. 이러한 분위기는 엘리자베스 여왕 시대를 지나 제임스 1세가 왕위에 오르면서 끝이 났다. 셰익스피어가 소속된 체임벌린 극단은 제임스 1세 재임 시절에 '왕실극단The King's Men'으로 개명되면서 승격되었고, 배우들을 제대로 대우하기 시작했다.

셰익스피어 극의　셰익스피어의 작품 37편은 집필된 시기별로
시기별 특성　　 다른 경향을 보인다. 그의 작품 세계는 일반적으로 제1기부터 제4기로 분류한다. 시기별로 집중된 장르가 달라지기도 하고 같은 희극이라 하더라도 제2기에 쓰인 것과 제3기에 쓰인 극의 성격이 아주 다르다. 셰익스피어의 5대 희극은 모두 제1기와 2기 사이에 쓰였으며, 4대 비극은 제3기에 쓰였다. 이처럼 시기별로 작품의 수준이나 분위기 등이 크게 달라지는 까닭에, 어떤 작품이 어느 시기에 쓰였는지 안다는 것은 작품을 이해하는 데 큰 도움이 된다. 셰익스피어 극의 시기별 분류는 학자마다 다소 의견이 다르기는 하지만 가장 보편적으로 여겨지는 네 시기를 분류해보았다.

제1기(1590~1594년) : 습작기

흔히 습작기라고 부르는 제1기의 극들은 후기 작품들에 비해 작품의 토대가 된 원전을 기계적으로 따르는 경향이 강하다. 그래서 플롯이 치밀한 극적 구조 속에 통합되기보다 관련된 여러 사건이 나열되어 있다. 대사도 사건의 진행과 직접적인 관련이 없는 경구, 말장난, 미사여구, 장황한 수사를 불필요하게 남발하

거나 등장인물의 심리묘사를 제대로 살리지 못하고 있다.

제1기의 작품으로는 『실수 연발』, 『말괄량이 길들이기』, 『베로나의 두 신사』 등이 있다. 각기 라틴 희극 및 이탈리아 르네상스 희극에서 내용과 수법을 차용한 것으로, 젊은 극작가의 습작 과정이 고스란히 드러나 있다. 그러나 이러한 작품에서도 작가는 자신이 배워야 할 것과 새로 첨가해야 할 것을 명확하게 해, 뒤이어 발표할 자신의 희극세계를 구축하는 발판으로 삼았음을 알 수 있다. 제1기의 사극은 영국 역사를 다룬 작품들로 『헨리 6세 1, 2부』, 『리처드 3세』 등이 있다. 제1기의 유일한 비극은 『타이터스 앤드러니커스』다.

제2기(1595~1600년) : 사극과 희극의 완성기

셰익스피어는 제2기에 접어들면서 사극과 낭만 희극을 거의 완벽한 형태로 발전시켰다. 그리고 이때부터 다양한 사건을 하나의 플롯 속에 짜 넣어 기존의 이야기를 재구성하고, 여기에 다채로운 생동감을 부여하는 데 천재적 자질을 드러내기 시작했다.

이 시기는 긍정적 사고가 지배했는데, 이때 쓴 비극은 『로미오와 줄리엣』 한 편뿐이다. 제2기에 쓰인 사극 『리처드 2세』, 『헨리 4세 1, 2부』, 『헨리 5세』는 뒤따르는 역사적 사실을 다룬 작품이다. 그 밖에도 줄리어스 시저의 암살을 둘러싼 내용을 다룬 로마 사극 『줄리어스 시저』가 있다.

이 시기에 그는 젊은 남녀의 사랑을 그린 낭만 희극을 주로 썼는데, 대표적 작품으로는 『사랑의 헛수고』, 『한여름 밤의 꿈』, 『베니스의 상인』, 『헛소동』, 『좋으실 대로』, 『십이야』 등이 있다.

흔히 낭만 희극이라 불리는 이들 작품은 젊은 남녀 사이의 사랑이 갖가지 우여곡절 끝에 행복한 결말(결혼)에 이르는 낭만 희극의 정석을 기본으로 하여 사랑의 희열과 고뇌, 사랑의 온도 변화, 사랑과 관련된 위트, 그리고 사랑의 파괴적 힘에 이르기까지 실로 다양한 모습을 보여주고 있다. 이러한 주제는 중세에서 르네상스에 이르기까지 유럽 문화의 전통을 따르면서도 인간성에 대한 따뜻한 이해와 공감을 일깨우고 있다.

제3기(1601~1608년) : 암울한 비극의 시기

엘리자베스 1세의 말년부터 셰익스피어의 극세계는 비극적 색채를 띤다. 산양의 노래라는 어원을 가진 비극tragedy은 그리스의 종교적 제의식에서 유래했다. 아리스토텔레스는 비극적 주인공은 높은 지위를 가진 고귀한 인물이지만 작은 성격적 결함으로 인해 높은 위치에서 추락하는 운명을 맞이하는 것이 특징이라고 말하고 있다.

셰익스피어가 비극을 쓰기 전부터 르네상스 시기의 영국에는 세네카의 비극을 토대로 한 복수극이 유행하고 있었다. 셰익스피어 비극의 중요한 특징인 5막 구조, 복수와 잔인한 폭력을 수반하는 플롯, 사색적이고 철학적 독백, 유령과 마녀들의 등장, 자살 등은 모두 세네카의 비극적 특징을 이어받아 변형하고 발전시킨 것이다.

『셰익스피어 4대 비극』은 셰익스피어 개인에게 일어난 비극과 맞물려 있다. 1599년 봄, 아일랜드에서 일어난 타이론의 반란을 진압하기 위해 출정했던 에식스 경의 원정군에는 셰익스피어의 절친한 친구이자 후원자였던 사우샘프턴 백작도 있었다. 그러나 원정이 실패로 돌아가면서 영국 왕실의 분노를 사게 되자, 에

식스와 사우샘프턴은 공격의 목표를 아일랜드의 반란군에서 런던의 왕실로 바꿔 회군했다. 그러나 여론의 지지를 얻지 못한 그들은 결국 체포되어 재판에 회부되었다. 에식스는 반역 죄인으로 몰려 런던탑에서 참수되었으며, 사우샘프턴은 종신형을 언도받고 런던탑에 갇히게 되었다.

이 불행한 사태는 셰익스피어에게도 커다란 충격을 안겨주었다. 그 영향으로 1600년 이후, 그의 작품 세계는 확연하게 달라지면서 비극시대가 개막되었다.

셰익스피어는 이 시기에 저 유명한 4대 비극인 『햄릿』, 『오셀로』, 『리어 왕』, 『맥베스』를 발표하면서 천재 작가로서의 면모를 갖추게 된다. 이 시기에 딸과 아내를 잃었다가 다시 상봉하는 내용의 낭만극 『페리클레스』를 제외한 모든 작품은 인간의 비극적인 운명을 그리고 있다. 『끝이 좋으면 다 좋아』, 『잣대엔 잣대로』, 『트로일로스와 크레시다』 같은 희극조차도 내용이 비극적이고 심각해 '문제 희극'이라고 불린다.

제4기(1609년~1613년) : 낭만극(희비극)의 시기

셰익스피어는 마지막 활동 시기인 제4기에 세 편의 희극과 한 편의 사극을 썼다. 존 플레처와 함께 쓴 것으로 추측되는 사극 『헨리 8세』는 헨리 8세가 로마 가톨릭교회에 대항하여 영국 국교회를 설립한 과정을 다루고 있다.

로맨스극인 『심벌린』, 『겨울 이야기』는 둘 다 남편이 정숙한 아내를 의심하여 비극적인 상황을 맞이하지만 결국 오해를 해소하고 부부가 행복하게 재결합한다는 내용이다. 이 시기의 마지막 희극 『태풍』은 동생에게 부당하게 쫓겨난 프로스페로가 한 섬에

서 마법을 익히며 딸과 함께 살다가 동생 일행에게 복수할 기회를 갖게 되나 그를 용서한다는 내용이다. 이렇게 갑자기 작품의 성격이 바뀐 것은 셰익스피어가 말년에 인생을 바라보는 시각이 바뀐 탓도 있고, 그 무렵 셰익스피어 극단이 임대한 사설 극장 블랙프라이어즈의 고급 관객들의 취향에 부응하려 했을 것으로도 보인다.

셰익스피어의 5대 희극

셰익스피어의 5대 희극에 실린 『한여름 밤의 꿈』, 『베니스의 상인』, 『좋으실 대로』, 『말괄량이 길들이기』, 『십이야』는 소위 대표 희극이라고 불리는 작품들이다. 이들 희극은 크게 두 가지 공통점이 있다. 첫째 슬픔보다는 웃음을 주고, 둘째 행복한 결혼으로 마무리를 맺는다.

요정들이 사는 마법의 숲을 생생하게 묘사한 『한여름 밤의 꿈』은 중세 로맨스, 중세 서사시, 고전 신화 등에서 빌려온 서로 다른 이야기들을 유기적으로 결합하여 사랑의 난관을 극복하는 과정을 그려냈다. 작곡가 멘델스존은 이 작품을 읽고 관현악곡 〈한여름 밤의 꿈〉을 작곡했을 정도로 시적 상상력이 응집된 작품이다.

이 희곡의 핵심 주제는 사랑과 결혼이다. 허미아와 라이샌더, 헬레나와 드미트리우스가 결혼하게 되는 과정은 결코 순탄하지 않다. 사랑에 빠진 연인들을 괴롭히는 질투와 폭력이 무시무시한 힘으로 그들을 괴롭히기 때문이다. 짝사랑으로 괴로워하는 헬레나는 말한다. '……사랑은 눈이 아닌 마음으로 보는 법이니까. 그

래서 날개 달린 큐피드를 장님으로 그려놨지. 사랑하는 사람의 마음에는 분별심이라곤 없으니 말이야.'

이 극의 배경은 밤과 낮의 대비에 따라 환상과 현실의 세계, 요정과 인간의 세계, 아테네라는 도시와 숲의 세계로 양분되어 있다. 이곳에서 요정, 아테네의 귀족, 아테네 시장 장인들의 삶이 환상과 현실적 공간을 넘나들며 펼쳐진다.

『베니스의 상인』의 주인공 샤일록은 유대인의 부정적 이미지를 언급할 때 가장 자주 거론된다. 또한 포셔는 재색을 겸비한 여성의 전형으로 거론되는 인물로, 햄릿만큼이나 잘 알려져 있다. 이 작품은 세 개의 상자 이야기, 살 1파운드를 담보로 한 차용증서 이야기, 반지 이야기를 중심으로 매우 흥미진진하게 전개된다.

'선행은 사악한 세상을 밝히는 한 줄기 빛이다'라는 포셔의 이 대사는 『베니스의 상인』의 주요 내용을 관통하는 핵심 키워드다.

유대인 샤일록의 안토니오를 향한 맹목적인 미움을 포셔는 '자비'라는 무기로 반격한다.

『좋으실 대로』에는 네 쌍의 남녀가 결혼하는데, 다양한 연애 과정과 구애 장면을 선보인다. 여기에 우울한 사색가 자크와 기지 넘치는 어릿광대 터치스턴 같은 불멸의 캐릭터가 작품에 활기와 다양성을 주고 있다.

이 작품에서 그 유명한 자크의 명대사 '세상은 무대요, 인간은 잠시 등장했다 퇴장하는 배우일 뿐'이라는 문구를 확인할 수 있다. 그 외에도 셰익스피어의 불멸의 명언이 도처에 포진해 있다. 이 극은 다른 희극들에서는 볼 수 없는 권력 찬탈과 질시, 반목 등의 무거운 주제와 복잡한 사랑 문제가 결합되어 있다.

『말괄량이 길들이기』에는 세상에서 유례를 찾기 힘든 마초남 페트루치오가 말괄량이 조련사로 등장한다. 그는 모든 걸 갖추었으나 성격이 까다로운 살쾡이 같은 아가씨를 상대로 멋대로 결혼식 날짜를 정해버린다. 결혼식 당일 신랑이 나타나지 않아 애를 태우는 가족 앞에 말괄량이 조련사가 기상천외한 옷차림을 하고 나타난다. 결혼식을 올린 그는 아내에게 음식을 주지도, 잠을 재우지도 않는 등 말괄량이 길들이기 작전에 돌입한다. 말괄량이 아내가 대들자, '나는 당신을 길들이기 위해 태어났소'라고 답하며 천하의 말괄량이를 조신한 여성으로 변화시킨다. 서막과 본극의 구조로 나누어진 이 작품은 셰익스피어 작품 가운데 가장 먼저 유성 영화와 TV 드라마로 제작되었다.

『십이야』는 '일리리아'라는 발칸 반도 서부 아드리아해 동쪽에 위치한 고대 국가를 배경으로 전개되는 희극으로, 바네이브 리치가 쓴 『이제 군인은 그만』 중 〈아폴로니어스와 실러의 이야기〉를 원전으로 쓴 것이다.

셰익스피어가 희곡 작품 속에 삽입한 노래들은 엘리자베스 시대의 무대에서도 현대의 뮤지컬처럼 춤과 노래가 섞여 있었음을 알 수 있는데, 특히 이 극은 유달리 많은 노래를 포함하고 있다. 다른 낭만 희극들처럼 이 극도 복잡하게 얽힌 사랑 문제가 해결되고 여러 쌍이 결혼하는 것으로 막을 내린다.

작가 연보

1564. 4. 23.	영국 스트랫퍼드어폰에이번에서 아버지 존 셰익스피어와 어머니 메리 아든의 장남으로 출생.
1965 (1세)	아버지 존, 스트랫퍼드의 부읍장 중 한 명이 됨.
1582 (18세)	8세 연상인 앤 해서웨이와 결혼하고 결혼 허가장이 11월 27일 발급됨.
1583 (19세)	장녀 수잔나 출생.
1585 (21세)	쌍둥이인 아들 햄닛과 딸 주디스 출생.
1588~1589 (24~25세)	런던에서 최초의 극작품이 공연됨.
1589~1592 (25~28세)	고향을 방문한 극단을 따라 런던으로 진출하여 배우와 극작가 생활을 시작한 것으로 추정됨.
1590~1592 (26~28세)	『실수 희극』. 3부작 『헨리 6세 』.
1593 (29세)	『비너스와 아도니스』, 『루크리스의 강간』 출판. 이 두 편의 시를 사우샘프턴 백작에게 헌정. 로드 체임벌린 멘 극단의 주주가 됨. 『말괄량이 길들이기』, 『베로나의 두 신사』, 『리처드 3세』, 『티투스 안드로니쿠스』.
1595~1597 (31~33세)	『로미오와 줄리엣』, 『리처드 2세』, 『존 왕』, 『한여름 밤의 꿈』, 『사랑의 헛수고』.
1596 (32세)	아들 햄닛 사망. 아버지의 문장 사용이 허가됨.
1597 (33세)	『베니스의 상인』, 『헨리 1세 1부』. 스트랫퍼드에서 뉴 플레이스 저택 구입. 『헨리 4세 1부』.
1598~1600 (34~36세)	『헨리 4세 2부』, 『좋으실 대로』, 『십이야』, 『대단한 헛소동』, 『헨리 5세』, 『율리우스 카이사르』, 셰익스피어 극단이 새로운 글로브 극장으로 옮겨감.
1601 (37세)	『햄릿』, 『트로일러스와 크레시다』. 아버지 사망.

1603 (39세)	엘리자베스 여왕 사망. 스코틀랜드의 제임스 6세가 영국의 제임스 1세가 된다. 셰익스피어의 극단이 킹스 맨이 된다.
1603~1604 (39~40세)	「끝이 좋으면 다 좋아」, 「잣대엔 잣대로」, 「오셀로」.
1605~1606 (41~42세)	「리어 왕」, 「맥베스」.
1607 (43세)	딸 수잔나 결혼.
1607~08 (43~44세)	「아테네의 티몬」, 「안토니우스와 클레오파트라」, 「페리클레스」, 「크리올라누스」.
1608 (44세)	어머니 사망.
1609 (45세)	「심벌린」, 「소네트」 출판. 셰익스피어 극단이 블랙파이어즈 극장을 사들임.
1610~11 (46~47세)	「겨울 이야기」, 「템페스트」. 셰익스피어 스트랫퍼드로 은퇴.
1616 (52세)	스트랫퍼드에서 4월 23일 사망.
1623	글로브 극장 시절의 동료 배우 존 헤밍과 헨리 콘델이 편집한 셰익스피어 극작품들이 이절판으로 출판. 부인 앤 해서웨이 사망.

※ 셰익스피어의 모든 작품은 정확한 집필 연대를 알 수 없다. 기술된 집필 연대는 공연에 대한 당대인들의 언급이나 극단 회계장부, 기록 보관소의 출납 기록 등에 의거하여 많은 학자들이 추정해낸 연대이므로, 학자에 따라 다를 수 있다.

편역 뉴트랜스레이션

뉴트랜스레이션은 세계적 명성을 자랑하는 고전을 현대인이 읽기 쉽게 편역하고 있습니다.
원작의 특색은 충실히 따르되 아름다운 우리말의 운율과 품격에 어울리는 문장이 되도록
최선을 다해 노력하고 있습니다.

셰익스피어 5대 희극

초판 1쇄 인쇄 | 2021년 7월 10일
초판 2쇄 인쇄 | 2022년 12월 10일
초판 3쇄 인쇄 | 2023년 10월 5일

지은이 | 윌리엄 셰익스피어
편 역 | 뉴트랜스레이션
발행인 | 강민자
펴낸곳 | 다상출판사
등 록 | 2006년 2월 7일
주 소 | 서울시 성북구 북악산로 3길 38-7
전 화 | 02-365-1507
팩 스 | 0303-0942-1507
이메일 | dasangbooks@hanmail.net

ISBN 979-11-968811-8-4 (04840)
ISBN 979-11-957642-3-5 (세트)